btb

Die Schweiz in den zwanziger, in den dreißiger und in den fünfziger Jahren: In seinen Romanen »Die verschluckte Musik«, »Das schwarze Eisen« und »Die besseren Jahre« erzählt Christian Haller auf faszinierende Weise von den Brüchen im Leben einer Familie im 20. Jahrhundert: Die Geschichte einer jungen Frau, die mit ihren Eltern das mondäne Bukarest verlassen und sich in der Schweiz ansiedeln muss. Die Geschichte des Großvaters, der sich aus armen Verhältnissen hocharbeitete und zu einem führenden Industriellen wird. Und schließlich die Geschichte eines begabten Verkäufers, des ewigen Sohnes in der Familie, der in der neuen Zeit nach 1945 nicht wieder richtig Fuß fassen und seinen Platz in der Gesellschaft verteidigen kann. Drei Romane, geschrieben aus jeweils einer anderen Perspektive, über die in der »Literarischen Welt« geurteilt wurde: »Christian Hallers Trilogie ist – auch wegen seiner überaus sinnlichen Darstellungsweise – ein zentraler Beitrag zu unserer Erinnerungskultur.«

CHRISTIAN HALLER wurde 1943 in Brugg, Schweiz, geboren, studierte Biologie und gehörte der Leitung des Gottlieb-Duttweiler-Instituts bei Zürich an. Er wurde u.a. mit dem Aargauer Literaturpreis (2006), dem Schillerpreis (2007) und dem Kunstpreis des Kantons Aargau (2015) ausgezeichnet. Zuletzt ist von ihm der Roman »Die verborgenen Ufer« (2015) bei Luchterhand erschienen. Er lebt in Laufenburg.

CHRISTIAN HALLER BEI BTB
Im Park. Roman (74230)
Der seltsame Fremde. Roman (74853)

Christian Haller

Die verschluckte Musik
Das schwarze Eisen
Die besseren Zeiten

Trilogie des Erinnerns

btb

Der Verlag weist ausdrücklich darauf hin, dass im Text
enthaltene externe Links vom Verlag nur bis zum Zeitpunkt
der Buchveröffentlichung eingesehen werden konnten.
Auf spätere Veränderungen hat der Verlag keinerlei Einfluss.
Eine Haftung des Verlags ist daher ausgeschlossen.

Verlagsgruppe Random House FSC® N001967

2. Auflage
Genehmigte Taschenbuchausgabe Februar 2008,
btb Verlag in der Verlagsgruppe Random House GmbH,
Neumarkter Str. 28, 81673 München
Copyright © Die verschluckte Musik, 2001,
Das schwarze Eisen, 2004, und Die besseren Zeiten, 2006.
Alle drei Bände: Luchterhand Literaturverlag, München,
ein Unternehmen der Verlagsgruppe Random House GmbH
Umschlaggestaltung: Design Team München
unter Verwendung eines Motivs von © Ilja C. Hendel/visum creative
Satz: Filmsatz Schröter, München
Druck und Einband: CPI books GmbH, Leck
MK · Herstellung: BB
Printed in Germany
ISBN 978-3-442-73676-8

www.btb-verlag.de
www.facebook.com/btbverlag
Besuchen Sie auch unseren LiteraturBlog www.transatlantik.de

Die verschluckte Musik

Die Gegenwart ist unser Leben.
falsch daher jedes Streben
und Warten auf die goldene Zeit,
die keinem Menschen je erscheint.

Wappenspruch der S. zu Köln, an den sich keiner der Familie
auch nur einen Moment lang gehalten hat.

Für meine Mutter

I

ICH SEHE SIE NICHT ...

– Es schwankt, sagte Madame S., stand wie festgewurzelt am oberen Ende des Stegs, die Hand auf das Bruststück des Leinenkostüms gelegt, den Schatten des breitkrempigen Hutes über den Augen. Ihr Blick war hart und starr, als hätte sich Großmama in ebendem Moment trotzig gegen jegliche Bewegung entschieden, ein Protest gegen die unsicheren, schwankenden Lebensumstände, die zu Schiffsreisen führten, einem »Geschaukel«, wie sie vorausgesagt hatte, und jetzt durch das Scheuern des Schiffbords am Holz der Landungsstelle bestätigt sah.

– Ja, es schwankt, sagte der Herr im schattendunklen Anzug, den Hut steif auf das schmale Gesicht gesetzt, das mit der Spitze seines Kinns auf den Flügeln des Vatermörders balancierte. Ja, es schwankt, sagt der Herr, der mein Großpapa werden würde, doch das wird sich geben. Und er sagte es leise, wie es seine Art war, ohne die weichen, sinnlichen Lippen, die ein blonder Schnauzbart vermännlichte, allzu sehr zu bewegen, doch in einem Ton, der erst fein und zögerlich einen Faden Resignation mitspann. Er neigte sich vor, fasste den Griff des Koffers, der aus einem dicken Rindsleder genäht war und zwei Messingschlösser besaß, ein breiter, aber nicht allzu großer Koffer, und Großpapa hob ihn vermutlich in dieser ergebenen und entschlossenen Art auf, die ich später – sehr viel später – noch oft sehen sollte.

Als hätte man Gelbfolie vor die Scheinwerfer geklemmt, um nostalgische Gefühle zu wecken und mich in eine Epoche zu versetzen, die Jahrzehnte zurückliegt: Vielleicht habe ich deshalb bei meinem Besuch im Hafengebäude von Dhaka das Empfinden gehabt, mich in einer verfilmten Vergangenheit zu bewegen. Der Widerschein der Sonnenflecken, die hellgeschnittenen Flussbilder der Ausgänge, die hallenden Geräusche erfüllten den Raum mit einer Atmosphäre, die mir das Einschiffen der Familie S. so unerwartet vergegenwärtigte, als wäre ich unversehens zu deren Begleiter geworden, wobei ich gestehen muss, zu diesem Zeitpunkt noch nie in Rumänien gewesen zu sein. Doch dieses Licht in Sadarghatt, dem Flusshafen an der Buriganga, erinnerte mich so sehr an die Erzählungen meiner Mutter, dass ich die Gebäulichkeit ganz selbstverständlich in meine eigenen Vorstellungen übernahm und sie mir – wie bei Filmen üblich – von dem sehr viel südlicheren Lande auslieh, von Bangladesh, um genau zu sein, und die gesamte Anlage nach Giurgiu an die Donau verlegte. Ich tat es mit der plötzlichen Gewissheit eines Wiedererkennens: So muss der Moment damals gewesen sein, als meine Mutter Rumänien, in dem sie aufgewachsen war, für immer verließ.

Das Hafengebäude lag langgestreckt am Ufer, durch die Straße von den Lagerschuppen und den Geschäften der Händler getrennt, ein geradliniger, schnörkelloser Bau, der in der Sonne leuchtete, wie die endlosen Kornfelder, durch die meine Großeltern mit Tochter und Sohn von Bukarest nach Giurgiu gefahren waren. Drei Stufen führten aus dem Gedränge der Straße zu den Zugängen der Halle, vor denen Drehkreuze angebracht waren und Zutrittskarten verkauft wurden. Gierig schluckten die Hände das Geld von den speckigen Tischplatten, schoben einen Kupon hin, der zum Aufenthalt im Hafengebäude berechtigte, und ein weiterer Passant rückte in der Reihe wartender Händler und Reisender vor.

Großpapa legte den Geldschein für sich und seine Familie mit der ihm eigenen Langsamkeit und Sorgfalt vor den Kontrolleur hin, durch nichts würde er sich hetzen lassen, was nur zu unbedachter Fahrigkeit führen konnte und seiner innersten Lebensform, der Vornehmheit, widersprach.

Nachdem er sein Portefeuille in die Bauchbinde zurückgeschoben hatte, trat er einen Schritt beiseite, ließ zuerst Ruth, dann Curt und Großmama passieren, nahm den Koffer auf, schob ihn unter dem Gestänge durch, und nachdem er sich aufgerichtet, den

Zwicker mit dieser kurzen, doch energischen Geste festgedrückt hatte, legte er die Hand auf den eisernen Balken des Drehkreuzes, schob ihn ein Viertel der Umdrehung – besiegelt vom vertieften Wappen seines Rings – weiter: Man schrieb das Jahr 1926, die Familie S. verließ Rumänien endgültig, keiner von ihnen sollte es je wiedersehen, und Großpapa hatte beschlossen, diesmal die Reise gemächlich, in der entsprechenden gesellschaftlichen Ambience und auch mit Vergnügen zu tun, zu Schiff nämlich, von Giurgiu auf der Donau bis Wien. Bedachtsam wollte man sich der Schweiz nähern und in einer Art, die, bei aller künftigen Ungewissheit, keinen Zweifel an der gesellschaftlichen Zugehörigkeit offenließ.

Und in der verfilmten Vergangenheit, durch die ich selbst mich bewege, betritt die Familie S. das Hafengebäude, einen zum Dach hin offenen, fensterlosen Raum, in dem sich auf Seite des Stroms ein Gitter aus Mauerwerk entlang der Decke zieht, rautenförmige Öffnungen, durch die das Sonnenlicht einfällt, gleißende, flüssige Flecken auf den Steinboden und die Wand wirft und die staubige Luft mit blauen Bändern schraffiert. Nach dem Lärm der Straße ist es in der Halle beinahe still. Einzelne Klangbrocken hallen von den Wänden, was dem Raum eine ungerechtfertigte Würde gibt. In der Mittelachse sind Bänke in regelmäßigen Abständen angebracht, die von nur wenigen Reisenden besetzt sind, während auf ausgebreiteten Decken Gruppen von Menschen kauern, die Frauen mit Kopftüchern, die Männer in Pluderhosen, umgeben von Körben. Diese Leute reisen, so wenigstens ist anzunehmen, weil die Umstände, die Not und Armut, sie weitertreiben, und der Herr, der in dunklem Anzug, den Strohhut auf dem Kopf, eben an einer der Gruppen ausgemergelter Gesichter vorbeigeht, ohne sie zu beachten, könnte durchaus etwas über das Zwiespältige des Reisens beitragen, wäre er nicht fest entschlossen, es diesmal einseitig und fraglos als Vergnügen zu sehen, obschon auch er nicht freiwillig fährt. Er schreitet, den Koffer in der Hand, seitlich hinter Großmama und den Kindern her durch die Halle, an deren Ende der Ausgang zum Steg leuchtet, der hinunter zur Anlegestelle führt, ein helles Viereck Tag.

Der Strom zog gemächlich in die Ebene hinein, und das dunstige Nachmittagslicht legte einen Schimmer aufs Wasser, der die Oberfläche beruhigte, beinahe verfestigte und eine metallische Drohung in die erdige Umgebung legte, als träte etwas Unerbittliches zutage, ein Stück fettigen Stahls, das an den Winter siebzehn erinnerte. Doch diese Sicht entsprach eher der Wahrnehmung des Herrn S., der seinen goldenen Zwicker zwischen Daumen und Zeigfinger sich panoramisch umzusehen beliebte, während Großmama das nahe Aufquellen der Wassermassen beargwöhnte, die gegenläufigen Strömungen, denen entlang Ketten von Wirbeln sich öffneten; diese unsteten Muster, die sich verändernd, in einem unaufhaltsamen Rhythmus, kurzatmige Wellen ausschickten. Und auch sie empfand eine Unerbittlichkeit, als sie unter der Krempe ihres mit Blumen und einem Schleier geschmückten Conotiers auf den Strom sah. Das Wasser bewegte sich von rechts nach links, von rechts nach links, und sie spürte diese ziehende Strömung in ihrem Kopf, merkte, wie ein Rad unter dem hochgesteckten Haar in Schwung geriet, die sie aufrecht haltende Transmissionsstange in Drehung versetzte und den Magen unter dem Korsett sich heben ließ: Sie bekäme ihre berüchtigten Schwindel, die Schwindel, die eine Gewissheit bestätigten, der sie sich bereits vor der Abreise sicher gewesen war:

– Wir hätten die Eisenbahn nehmen sollen, wie die anderen Male auch.

Doch der Herr, der mein Großpapa werden würde, hatte den Koffer bereits in der Hand und schickte sich eben an, mit den beiden Kindern den Steg zum Schiff hinunterzugehen.

Ich sehe meine Mutter als ein kleines Mädchen in einem weißen Kleid, eine Schlaufe im strohblonden Haar, sie läuft neben ihren Eltern her, die Beine nackt und gebräunt, die Füße in Sandalen. Sie wird in wenigen Schritten durch den Ausgang hinaus ins diesige Licht des Nachmittags treten, wird für immer und auf eine mir rätselhafte Weise verschwinden, mich in Vermutungen zurücklassen, den Steg – wie ich annehmen muss – hinuntergehen und das sehen, was sie mir so oft erzählt hat: Der Strom, der breit in die Landschaft hineinglitt, die Donau, von der sie gehört hatte, war nicht blau, sie war sandgelb. Und vielleicht ist es wegen dieser naiven Erwartung, die so sehr enttäuscht worden war, dass ich sie als ein Mädchen von fünf oder sechs Jahren sehe, obschon sie damals bei der Abreise aus Rumänien bereits siebzehn und eine junge Dame gewesen ist.

Doch die Fluten waren sandgelb, und Großmama sah unter ihrem Conotier hervor nach dem Schiff, das unter Dampf stand und trotz seiner Größe schwankte, während meine Mutter über das von vielen Händen blanke Geländer aufs Wasser schaute, ihr Bruder Curt die Schritte beschleunigte, getrieben vom Wunsch, in den Maschinenraum hinabzusteigen, dorthin, wo es nach Ruß und öligen Stahlstangen stank, der Feuerschein aufblakte und die Flamme aus dem Ofenloch schoss, wenn der Heizer die Tür aufriss, um die Kohlenbrocken einzuschaufeln. Die Sirene heulte, ein Erzittern und Erschauern lief durch den Schiffsrumpf, Wellen schlugen an die Ufermauer, und Großmama fasste oben am Steg, vor dem schattenhaften Viereck des Ausgangs, den einsamen Entschluss, sogleich, nachdem ihr eleganter Schuh das Deck betreten haben würde, sich in die Kabine zu begeben, um sich hinzulegen und sich für die Dauer der Reise nicht wieder zu erheben. Großpapa, der auf dem Fallreep einen Blick zwischen Mauer und Bordwand auf das Wasser warf und das Gefühl eines schicksalhaften, einzigartigen Momentes hatte, dachte bereits an die Zahlmeisterei und die Fahrkarten. Mit einer Spur Unwillen sagte er zu der schlanken, weißgekleideten Gestalt seiner Tochter, die zögernd ihre Hand aufs Geländer legte:

– Wir sind in Rumänien. Blau ist sie in Wien. Dort ist die Donau blau, nicht in Rumänien.

Blau ist der zweite der pigmentlosen Farbeffekte. Während Weiß von sämtlichen Zellen einer Feder erzeugt werden kann, ist Blau streng begrenzt: Nur die Federäste vermögen diese besondere Strahlenauslese im weißen auffallenden Licht. Dieses Blau ist eines der Wunder des Alltags, vom gleichen Ursprung wie das des Himmels.

Die Farben, die ich benutzt habe, um den Ort der endgültigen Abreise meiner Großeltern zu kolorieren, erinnern mich an meinen alten Universitätslehrer. Sein Büro im ehemaligen Hauptgebäude der Universität, das ich oftmals betreten hatte, lag im zweiten Stockwerk, die Fenster mit Blick auf die Altstadt, und er setzte sich jeweils an den Schreibtisch, vor die Regale mit den Nachschlage- und Standardwerken, der schier endlosen Reihe der Traités zoologiques.

Die Kopfform des Professors hatte mich stets ein wenig überrascht. Der Schädel war langgezogen, knochig und erinnerte mich an eine frühe Menschenspezies. Seine Augen blickten konzentriert in stetig witternder Beobachtung. Er hatte auf den verschiedenen Gebieten der Morphologie gearbeitet, der Gestaltlehre, wie er sie nannte, seine Liebe jedoch gehörte der Feder, diesem »Hautgebilde« der Vögel, das so viel Wunderbares, Widersprüchliches und Unerklärliches ausdrückt: Die Feder war für ihn das sichtbare Zeugnis, dass sich die Lebenserscheinungen nie ganz erklären lassen, aller Forschung zum Trotz.

Und es war während eines unserer Gespräche gewesen, als er den Satz sagte, der mich zu dem Beruf führen sollte, die längst umgefallenen Lebewesen wieder aufzustellen, ihnen Fleisch auf ihre versteinerten Skelette zu dichten und sie in Lebensräume aus Schachtelhalmwäldern zu setzen, die längst als Kohle gebrochen und verfeuert sind: in Fabrikanlagen mit Stahlöfen und Schloten, die ihrerseits unter den Bombenteppichen des Jahrhunderts zur Schuttnagelfluh sedimentierten.

Er sagte:

– Dem Paläontologen ist vertraut, ausgehend von fossilierten Resten – einzelnen Knochenstücken beispielsweise –, das gesamte Skelett und damit die Gestalt zu rekonstruieren. Die Analogie, wie auch die Formverwandtschaft, die eine Entsprechung in der Entstehung hat – was als Homologie bezeichnet wird –, verhelfen ihm zur Anschauung, und es ist eine wunderbare Fähigkeit des menschlichen Geistes, vergleichend, ergänzend und Einzelheiten verknüpfend zu einem Bild von einem Ganzen zu kommen, das selbst so nicht mehr existiert, vielleicht auch nie existiert hat.

Und vor dem Fenster seines Arbeitszimmers flog eine Möwe vorbei, hell aus dem Hintergrund geschnitten durch ihr Weiß, dem ersten der pigmentlosen Farbeffekte: *Feinste Luftbläschen, in der Hornsubstanz der Federzellen eingeschlossen, haben die Wirkung, dass alle Strahlenarten des Lichts gleichmäßig vermischt ins Auge gelangen. Besonders rein begegnet uns das Weiß vor allem bei Vögeln, die die Wasserfläche beleben ...*

Sind deshalb auch die Dampfschiffe weiß und heben sich klar von der Wasserfläche und den vorbeiziehenden Ufern ab, weil sie sich geschützt vom Strom die Auffälligkeit leisten können? – Aus dem dunstigen Licht tauchte rechts von den Bündeln aufgeschichteter Rundhölzer, weiß und breitausladend, der Dampfer auf der Buriganga auf, den ich für die Abreise meiner Familie aus Rumänien zu benutzen gedenke: Er war 1921 gebaut worden, ein in England konstruiertes Schiff für ferne indische Kolonien. Doch gänzlich verschieden von einem Donaudampfer in Giurgiu konnte das Schiff wohl nicht sein, schließlich war es ebenfalls für die Flussschifffahrt bestimmt gewesen und somit, wie ich fand, für meinen Zweck verwendbar. Nachdem der Dampfer am Landungssteg verankert lag, ließ ich mir das Innere zeigen, den Maschinenraum, die Kombüse, in der mit Zweigen eingefeuert wurde, das Zwischendeck, auf dem sich Familien auf Decken und Matten drängten, um schließlich hinauf in die 1. Klasse zu gelangen, in deren Räumen noch immer ein verblichener Glanz spürbar war ...

Und Großpapa zog die Kabinentür, die direkt auf den Salon ging, hinter sich ins Schloss, sah kurz über die Tafel hin, die den langgestreckten Raum beherrschte, an deren Ende der Kapitänstisch vor den Fenstern zum vorderen Deck stand. Dann schritt er in entgegengesetzter Richtung, um sich beim Dressoir unter der Schiffsuhr, die halb vier zeigte, einen Kaffee beim Kellner zu bestellen, blieb überrascht stehen, rückte an seinem Zwicker und trat entschlossen auf einen Herrn zu, der leicht gelangweilt mit zwei Damen beim Kaffee saß.

– Was für eine Überraschung, sagte Großpapa, ohne seiner Freude mehr als einen andeutenden Ausdruck zu gestatten, wir scheinen uns auf Reisen immer wieder zu sehen.

– Oder die Zeit zwingt uns zu reisen, sodass man sich notwendigerweise auf Reisen trifft. Sehr angenehm, Herr S.

Die beiden Herren – denn das waren sie, ganz ohne Zweifel – begrüßten sich mit einem angedeuteten Lächeln und einer ganz leichten, eigentlich nur innerlich, in Gedanken vollzogenen Verbeugung.

- Sie haben recht, Herr Silberling, unruhiger ist es geworden. Man bleibt davon nicht verschont.

Großpapa wurde den beiden Damen vorgestellt, einer Reisebekanntschaft, Mutter und Tochter aus Cernowitz, und er setzte sich zu ihnen, winkte die Bedienung herbei und bestellte einen türkischen Kaffee und einen Țuică.

Er hatte »Onkel Mendel«, wie Mutter Herrn Silberling nannte, 1917 während der Bahnfahrt nach Wien kennengelernt, als ein weiteres Verbleiben in Rumänien wegen des Krieges unmöglich schien, man war zusammen für Wochen im Lager von Linz gewesen, ein kleiner, agiler Mann, der ein rundes und auffallend abgeflachtes Gesicht besaß, das durch das straff nach hinten brillantierte Haar noch auffälliger wurde. Er hatte die unruhigsten Augen, die man sich nur denken kann, dunkel, mit einem fiebrigen Glanz, denen nichts entging: Als ich Onkel Mendel 1947 im Elsass das erste Mal getroffen habe, da glaubte ich, er brauche den Goldrand seiner Brille, damit ihm die Augen nicht entlaufen würden. Ich ahnte ja nicht, dass sie es gerne täten, weil sie gesehen hatten, und wieder in Träumen sehen mussten, unauslöschlich, was an Furchtbarem keine Worte nennen können.

- Sie müssen mir recht geben, Herr S., und der Dampfer querte die Donau nach Bulgarien, lange noch vor jenem Tag, an dem für Onkel Mendel beginnen würde, unauslöschlich, was kein Ende mehr finden konnte, Sie müssen mir recht geben, die guten alten Zeiten, die auch nicht nur gut waren, sind vorbei, die Unruhe wird größer, und die Geschäfte werden schwieriger werden.

– Es wird sich auch wieder bessern, sagte Großpapa in der Überzeugung, die ihn noch immer einen Zwicker tragen ließ. Unsere Firma, die Bumbac-Weberei – ich gebe das gerne zu –, hat sich seit Kriegsende allerdings nicht so vergrößert, wie wir uns das wünschten.

– Was sag ich Ihnen, und Sie reisen zurück. Obschon, in Wien ist es nicht besser, nun ja, vielleicht in der Schweiz. Aber ich glaube nicht, dass es irgendwo leichter werden wird.

Die Stühle, auf denen sie saßen, hatten hohe Lehnen, waren cremefarbig gestrichen, die Rahmen und Armstützen von einer Goldlinie verziert. Die Polster waren mit einer rosagemusterten Seide bezogen, und sowohl bei den Mahlzeiten wie beim Kaffee schien die Atmosphäre des Salons Großpapa in seinen Ansichten zu bestätigen: Auf dem Schiff, das gegen den Strom stampfte, war noch alles so wie »immer damals«.

– Warum also gehen Sie? Bukarest hat doch dank des Öls so etwas wie seine beste Zeit, vielleicht ein Jahrzehnt noch, vielleicht zwei, wer kann das sagen? Und es lebt sich dort sehr angenehm, geben Sie zu.

– Weißman in Wien, wo er selber noch eine Fabrik betreibt, hat Söhne, die ins berufstätige Leben treten und mit der gesetzlich vorgeschriebenen Rumänisierung der Direktion, was lässt sich dagegen einwenden?

Onkel Mendel und mein Großpapa liebten es, sich an die gleiche Tischkante zu setzen, die Stühle einander zugewandt, sodass sich die Beine noch bequem übereinanderschlagen ließen und der Tisch als Lehne benutzt werden konnte. Großpapa rauchte eine ovale Zigarette, trank, falls sie sich nachmittags trafen, Kaffee und einen Țuică, während Onkel Mendel Selterswasser vorzog.

– Ich habe dafür Verständnis, sagte Großpapa, seine Söhne werden später die Firma übernehmen, die Betriebe in Ploeşti, in der Türkei und natürlich das Stammhaus in Wien. Sie brauchen Erfahrung, und so übernimmt der eine jetzt meine Direktion der Bumbac.

– Warum schickt er seinen Sohn nicht nach London? Oder Lyon? Hätte ihn Weißman vor dem Krieg nach Bukarest geschickt?

Und ich sehe, wie Onkel Mendel dieses Lächeln lächelt, das angenehm war und ihn gleichzeitig versteckte, als wäre sein Gesicht ein zurückgelassenes Erinnerungsstück aus dem Familienbesitz, kostbar ja, aber vereinzelt und durch die Umstände in fremde Hände gekommen.

– Man könnte wissen, was geschieht, sagte er, doch wer hat ein Interesse? Man hat diese Verträge gemacht, in Versailles, und man hat sie gemacht, damit sich die Konflikte fortsetzen, glauben Sie nicht? Schauen Sie, Herr S., man will ein nationales Deutschland als Bollwerk gegen den Internationalismus. Nun begreifen Sie, weshalb die Ökonomie ist, wie sie ist, eigentlich schwach – und Weißman schickt seinen Sohn nach Rumänien, wo es wenigstens noch einen König gibt.

Und während der Dampfer flussaufwärts stampfte, in Budapest und Bratislava anlegte, führten Großpapa und Onkel Mendel Gespräche, lag Großmama von Schwindel befallen in der Kabine, trieb sich Curt im Maschinenraum und auf der Brücke herum, nur meine Mutter sehe ich nicht. Was hatte sie unternommen, wie sich amüsiert, Ruth, eine siebzehnjährige Dame, schlank, das Gesicht blass? Sie würde nicht in einem der Korbstühle auf dem Sonnendeck gesessen haben, sie, die stets die Sonne mied. Hatte sie sich Onkel Mendels Reisegesellschaft angeschlossen, der Dame mit Tochter, denen Großpapa vorgestellt worden war? Leistete sie Mama in der Kabine Gesellschaft? – Ich weiß es nicht, und doch muss sie am Ende der Reise, in Wien, aufs Wasser geschaut haben, auf die Donau, und diese war grau:

– Es brauchte sehr viel guten Willen, einen Schimmer Blau zu sehen.

II

FOTOGRAFIEN

Das Hotelzimmer hinter dem Bahnhof war trist. Es roch nach Flüchtigkeit, und das grünlich sirrende Neonlicht machte den Raum kalt, illusionslos. Der letzte Zug war eine Viertelstunde vor meiner Ankunft weggefahren. Ich hatte die Ausgrabung am Monte San Giorgio erst spät und nach der Übergabe an meinen Assistenten verlassen können. Im Dämmer der Bettlampe las ich über die Triasfunde des Chicagoers The Field Museum in Nevada, zappte mich durchs Spätprogramm. Um halb drei löschte ich das Licht. Obschon ich die Jalousien vorgezogen hatte, drang der Schein der Straßenleuchte herein, jodfarbig wie Tinktur auf einer Schürfwunde. Ich lag da, die Arme hinter dem Kopf verschränkt, nahm den Lärm vor dem Fenster hin, er war wie ein unförmig sich windender Körper, gepierct von Polizeisirenen. Ich sah zur Wand am Bettende. Über sie lief ein Lichtstreifen. Der Umriss einer Ständerlampe drückte sich ins Halbdunkel ein. Ich dachte an den Telefonanruf bei meiner Mutter am Nachmittag, und diese Helle und die schattige Figur an der Wand lösten eine Schicht über den Erinnerungen ab, brachten einen schwarzglänzenden Abdruck meiner Kindheit zum Vorschein, die nachmittäglichen Spiele, die ich als Junge während der Ruhezeit an der Zimmerdecke und an den Wänden gespielt hatte. Und während sich die Erinnerung aus dem Kinderzimmer ausstülpte, Kreise um das Haus und durch die Zeit zog, ich mir Mutters Stimme im Telefonhörer vergegenwärtigte, wurde mir die bange Dringlichkeit bewusst: Ich hatte seit jenem Tag in Sadarghatt, als mir die junge Dame, die meine Mutter einstmals gewesen war, durch den Ausgang zu dem schwankenden Flussdampfer entschwand, immer wieder nachfragen wollen. Jetzt bliebe nicht mehr viel Zeit, sie in ihrer Vergangenheit zu finden, Ruth S. aus den Überschichtungen der Jahre zu lösen, vielleicht ihr eigenes Zeugnis zu hören, den Grund zu erfahren, weshalb sie in ihrer eigenen Lebenszeit ausstarb wie eine Spezies des Erdaltertums... und dennoch meine Mutter war, eine selbstverständliche und lebenslang vertraute Gestalt.

Ich hatte sie angerufen, während einer Pause am Nachmittag, sie lebte allein in ihrem Haus, außerhalb des Städtchens L., an einem ehemaligen Rebhang, und es dauerte eine Weile, ehe sie abhob.
Ihre Stimme klang flach, sie flüsterte gehetzt und atemlos, redete, ohne mich zu begrüßen oder sich zu erkundigen, von wo ich anrufe, redete in einem sich endlos fortsetzenden Monolog, und die Wörter

balancierten auf einem brüchigen Ton der Kopfstimme:

– ... sie sind alle da weißt du alle und sie machen Musik unaufhörlich und immer wieder spielen sie das gleiche di da da dum und dann nochmals und nochmals di da da dum es sind die Jenseitigen man darf das nicht sagen aber ich sage ihnen so die Jenseitigen und sie spielen Musik unaufhörlich di da da dum aber du verrätst mich nicht du behältst es für dich sonst sagen die Leute ich bin verrückt ich bin nicht verrückt doch sie sind da die Jenseitigen ein Chor ganz aus Licht aus strahlendem Licht blau und grün und sie machen Musik ...

Sie redete ohne Rhythmus und Pause, und ihre Stimme war dünnes Glas. In der unglaublichen Langsamkeit, mit der die Zeitlupe das Aufprallen eines Tropfens auf der Wasserfläche sichtbar macht, eine flüssige Krone aufstreben und wieder zerfallen lässt (ich hatte die Bilder zum ersten Mal im Kino, in der Sonntagsmatinee mit Vater gesehen), lief ein Riss durch dieses Glas, ein Sprung, der eine scharfe Kante einzog, an der sich das Licht brechen würde und diese glatte, ungetrübte Fläche zerstörte.

Ich regelte die Arbeit auf der Ausgrabung für den folgenden Tag, stopfte Zahnbürste und Unterwäsche in die Tasche, dann ließ ich mich in der Dämmerung hinunter ins Tal und zum Zug bringen. Als ich nach der schlaflosen Nacht im Hotel am Morgen den Taxifahrer bezahlte, wusste ich nicht, was mich erwarten würde. Ich stand vor dem Haus, das ich selbst zwar nie für längere Zeit bewohnt hatte, das aber doch mein Elternhaus war, Ergebnis und bauliches Gerüst ihrer Lebensform.

Die Azaleen blühten, der Durchgang zum Garten, so oft ausgehauen, war wieder zugewachsen. Moospolster bedeckten das zur Einfahrt hin tiefgezogene Dach, hinter der Giebellinie ragten die drei Masten des japanischen Ahorns auf: Seine Kronen standen wie grün flirrende Segel vor dem Himmel. Zur Eingangstür führten beidseits Stufen hinab, das Haus war in den Abhang hineingebaut, die Fassade mit dem Küchenfenster und den nach oben versetzten Fenstern des Bads hatte die Farbe verwaschenen Graus, feine Risse durchzogen den Verputz. – Es bewegt sich, dagegen lässt sich nichts tun, hatte Vater jeweils gesagt, ein Hanghaus eben, das rutscht unvermeidlich – nichts war gemacht worden, kein Anstrich, kein Ausbessern der Sprünge. Es sah nicht schäbig oder baufällig aus, das nicht, es war nur eben dünn und wie unter einer fein lasierten Patina durchsichtig geworden, die hölzerne Eingangstür hatte wieder einen rohen, ungeschützten Zustand erreicht, und die Azaleen, der Ahorn, die wild gewachsenen Büsche hinter der Garage hielten ihre Zweige über den Schorf der Flechten.

Befremdlich an jenem Morgen war, während ich – die Reisetasche in der Hand – auf dem überwucherten Vorplatz verhielt und die gewohnte Ansicht in mir aufnahm, das Haus mehr und mehr in der Zeit zurückbleiben zu sehen, von einer wachsenden Vergangenheit überwältigt, als wäre die Kontinuität meiner Wahrnehmung eben gerissen: Ich sah das Haus wie auf einer Fotografie abgelichtet, schwarzweiß, ein Albumblatt, und mich erfasste eine Ratlosigkeit wie vor allen Erinnerungsfotos.

Mutter würde nicht hören, wenn ich das Türschloss aufsperrte, meinen Besuch hatte ich auch nicht angekündigt, so öffnete ich die Tür vorsichtig und langsam, um sie nicht zu erschrecken. Durch den Flur spähte ich in den um drei Stufen nach unten versetzten Wohnraum, der im Gegenlicht der großen, nach Süden gerichteten Fenster lag. Hinter kahlen Büschen breiteten sich unter Nässe und Nebel die Felder aus, von den Gehöften zog Rauch über den Weg hin zu den Obstbäumen, und obschon das jahreszeitlich nicht stimmen konnte, es war damals Frühsommer, ist mir ein graues, einförmiges Licht in der Erinnerung geblieben, das den Wald verwischte, die Erde voll Wasser sog, das Gras welk und die Bäume kahl machte und die Gehöfte duckmäuserisch unter ihre Kamine drückte.

Vor diesem winterlichen Ensemble saß Mutter im hochlehnigen Lederfauteuil, saß unbeweglich in dem klobigen *meuble*, in dem vor zwanzig Jahren mein Vater gestorben war und das sie seither »besaß«, kleiner und leichter werdend.

Im Haus herrschte eine tiefe Stille, eine Reglosigkeit auch. Es roch nach den abgetretenen Teppichen, nach versteckter Feuchtigkeit, und eine Wärme wie von einer schlottrigen Strickjacke umgab mich. Mutter, dem Fenster abgewandt, blickte gegen den Kamin, die Arme auf die Lehnen gelegt. Vorgeneigt hielt sie den Kopf ins Genick gedrückt, sah geradeaus, sah etwas, das nicht nur das leere Cheminée mit den geschnitzten Steinfiguren und dem dreiarmigen Kerzenstock auf dem Marmorsims sein konnte. Und sie saß, dachte ich, schon eine geraume Weile so da, ummantelt von der Einsamkeit der vertrauten, aber zu großen Räume. Fädig und sehr gerade fiel ihr Haar herab, ein feines Gespinst, das ein Leben lang zu Wellen und Schlaufen gelegt gewesen war und in Farbe und Form an einen noch frischen, blasshäutigen Nusskern erinnert hatte. Ihr Gesicht, weiß, wie von Sprüngen einer Craquelé-Glasur durchzogen, wölbte sich nach innen, war ein Eindruck, in den sich Reste einsammelten, wie in eine Schale, gleichgültig, womit man sie füllt. Das Blau ihrer Augen wirkte wie von allzu häufigem Gebrauch verwaschen, Spuren von Pinselstrichen, über die sich die dünnen Bögen der Brauen wölbten. Ihre Scheitelpunkte drangen in einen Himmel voller Kondensstreifen – und diese hohe, durchfurchte Stirn stand im krassen Gegensatz zum Kinn, das spitz und brüchig geworden war, als hätte sich allmählich der Wille aus ihrem Leben gestohlen.

Langsam, ohne Erschrecken, ohne ein Zeichen der Überraschung, wandte sie mir das Gesicht zu, als ich unter die Wohnzimmertür trat, sagte, als hätte ich schon lange dort gestanden und sie nähme das Wort nur wieder auf:

– Es ist grün und blau, sehr hell, sehr strahlend, grün und blau, und sie spielen Musik, di da da dum, unaufhörlich, ein Chor von Jenseitigen ...

Und ich hatte das Gefühl, in dem Moment müsste es dunkel in den großen, nach Süden gerichteten Fenstern geworden sein.

– *Was wissen wir denn?*, meldete sich mein Professor im weißen Labormantel, die weinrote Krawatte zwischen den Revers. *Angesichts des gestaltlichen Reichtums und des sinnvollen Baus der fertigen Feder zögern die Versuche des Denkens, eine Geschichte ihrer Entstehung zu ersinnen, wo kein Lichtschimmer der Vorstellungskraft wenigstens ungefähr den Weg weisen kann.*

Ich würde meine Mutter nicht allein lassen können. Ich rief den Arzt an, der sie seit vielen Jahren behandelte und kannte, bat ihn herzukommen, ich sei sehr beunruhigt, Mutter höre unablässig Musik in ihrem Bauch spielen, eine sie quälende, von Visionen begleitete Musik, die auch nachts nicht verstumme; meldete mich bei der Ausgrabung für den nächsten Tag ab, ich müsste zuwarten, wie sich der Zustand meiner Mutter entwickle und was der Arzt empfehle; sah in der Küche nach, was an Lebensmitteln noch im Haus war, öffnete den Kühlschrank, und im Licht der eingebauten Lampe zeigte sich mir Mutters schmal gewordenes, bedürfnisarmes Leben. Ein Glas Konfitüre, ein Bällchen Anken, eingeschweißter Aufschnitt, ein halber Salatkopf, das Kännchen mit Milch und ein Knuchelchen mit den Resten einer Mahlzeit. Dies Wenige lag auf den Gitterrosten wie die Waren in einem leeren Kaufgeschäft in Bukarest – damals, als während der Revolution die ersten Bilder im Fernsehen zu sehen waren.

Ich fuhr zum Supermarkt einkaufen, brachte auch einen »Russenzopf« mit, ein Gebäck, das sie besonders liebte. Ich kochte Tee und suchte im Schrank mit den Aperitifs und Schnäpsen nach der Flasche Rum: *Ceai cu rom*, den wir an den Winternachmittagen vor dem Eindunkeln getrunken hatten, aus dem gleichen Herend-Teeservice von Großmama, wie ich es auch jetzt hervorholte, und dieser »Tee mit Rum« musste eines der verborgenen Rituale gewesen sein, das sie, für sich und ohne dass wir anderen seine Bedeutung kannten, von Bukarest her weiterführte. »Machen wir einen Tschaigorum«, das war für den Jungen, der ich damals gewesen bin, ein schweigendes Zusammensitzen im Wohnzimmer, vor den dünnwandigen, mit Blumen bemalten Tassen, zurückgelehnt in die Polster des Kanapees, während die Fenster sich tintenblau füllten. Eine Wärme durchdrang mich, und unsere damalige Wohnung am Dorfausgang von S., inmitten der Molasse, wurde noch einsamer, die Felder, von Schneeresten durchsetzt, dehnten sich zur Ebene, weiteten sich zu einer scheinbar endlosen Tiefe des Landes.

Und jetzt war ich es, der den Tee einschenkte, den Löffel Rum zusammen mit dem Zucker einrührte, während Mutter weiter und weiter erzählte, dass die Jenseitigen Musik machten: Di da da dum, immer gleich, unaufhörlich wie ein Radio. Dann, als sie zittrig, tief gebeugt über der Tasse den Duft einsog und einen Schluck nahm, lächelte sie, und ihre Stimme hatte wieder den Klang, den ich kannte, ruhig für einen Moment.

– Alle Häuser besaßen einen Lattenzaun vom Hof zur Straße hin, und der Schnee lag am Morgen, nachdem es geschneit hatte, bis zu meinem Fenster hoch. Ich sah aus dem Eckzimmer auf eine gleißende Fläche, auf der vom Zaun zur Strada Morilor nur noch eine Reihe von Häubchen zu erkennen war, Brioches aus Schnee.

Großpapa besaß 1912 eine Fotokamera, er liebte Bilder, und das Gerät war noch immer, obschon seit einem Vierteljahrhundert verbreitet, das Merkmal eines gesellschaftlichen, die Zeit charakterisierenden Typs. Das dunkle Gehäuse auf den hölzernen Stelzen des Stativs entsprach der steifen, schwarzberockten Gestalt, die daneben stand und über ein Kabel den Auslöser betätigte: Man besaß den kühlen objektivierenden Blick, der festhalten und bewahren würde, emotionslos. Denn bei aller Brüchigkeit der Epoche, der Apparat bestätigte anschaulich das Vertrauen, wie sehr man mit den technischen Einrichtungen gleichwohl die Zeit, das Licht und das Arrangement der Dinge in der Hand hatte. Großpapa war Ingenieur.

Er besaß eine Vorliebe für die »nature morte«, das Stillleben. Selbst wo Menschen auf seinen sorgfältig abgezirkelten Fotografien zu sehen sind, wirken sie in ihrer Reglosigkeit wie abgebrochene, zurechtgelegte Früchte in der Schale ihrer Umgebung. Seine Bilder sind so präzise komponiert, dass sich bei längerer Betrachtung darin verborgene geometrische Linien zeigen, die an Koordinaten eines morphogenetischen Feldes erinnern, aus denen sich Rückschlüsse auf deren Entstehung ziehen lassen.

Es könnte also gewesen sein, dass im Oktober 1912 – ein paar Tage nach Ankunft seiner Frau und der Kinder in Bukarest – Großpapa das Lattentor zur Strada Morilor geöffnet und das »Trottoir«, wie man damals den Gehsteig in Bukarest bezeichnete, betreten hat. Er blickte kurz nach dem dunstig blassen Himmel, wandte sich nach rechts, der tiefstehenden Sonne zu, die über den Baumkronen entlang der Dîmbovița ein spätsommerliches Licht in die Straße und auf die Fassaden der Häuser warf. Im schwarzen Gehrock, das Stativ mit der festgeschraubten Kamera im Arm, betrat er nach einigen Schritten die

Fahrbahn, blickte zurück in die breitangelegte Strada Morilor, die bis auf eine Droschke, dort, wo die Straße leicht anstieg, verlassen lag. Er schätzte die Distanz, klappte die Stützen aus, versuchte die Eisenspitzen zwischen den Feldsteinen, die als ein holpriger Belag in die Erde gedrückt waren, zu verankern. Er blickte durchs Objektiv, verschob den Standort, schraubte an den Stützen: Die Aufnahme zeigt deutlich seine Absicht, das Haus derart abzulichten, dass auf dem Bild so viel wie nur möglich von der Stirn- und Seitenfront zu sehen sein würde, jedoch nichts von den Nachbarhäusern erschiene. Er löste »die kleine Villa« bewusst aus der Reihe herrschaftlicher Bauten, die bereits das Serielle, das Vervielfältigte selbst vornehmer Häuser verriet. Er hätte sich gewünscht, dass das Haus allein dastünde, dass er und seine Familie ein Jahrhundert früher lebten und die hohen Fenster beidseits der Nische mit der Statue einer lichtbringenden Botin auf einen Park blickten. Doch bei der optischen Korrektur der Wirklichkeit unterlief Großpapa ein Fehler. Einer, den außer ihm niemand bemerkte, auch meine Mutter nicht, der aber auf dem Bild festgehalten war. Ich entdeckte ihn an dem Tag, als ich nach Hause kam, weil die Musik im Bauch meiner Mutter spielte.

– Immer wieder verschwanden Kinder, und Mama hatte Angst um uns. Wir durften unbegleitet nie ausgehen, auch nicht auf die Straße vor unserem Haus.

Wir wohnten im Süden Bukarests, hinter der Fabrik begannen die Felder und lag das Schlachthaus. Die Straße entlang der Dîmbovița führte zwischen Obstbäumen ins Unbekannte, wohin wir nicht gehen durften: Dort wohnten die Zigeuner und begann für mich, damals als Kind, das Ende der Welt. Dagegen fuhren wir oft ins Zentrum der Stadt, wo ein Bäcker seinen Laden hatte, der die besten Fleischpasteten Bukarests machte, und es gehörte zum guten Ton, bei diesem Bäcker Pasteten zu kaufen. Sie waren sehr begehrt, schon weil es sie nicht jeden Tag gab, und die besseren Kreise holten sich in ihren Cabriolets diese feinen, leicht süßlichen Stücke. Und immer wieder verschwanden Kinder. Und wir alle hatten von den Pasteten gegessen …

Am Abend, nachdem ich meine Mutter zu Bett gebracht hatte – das Neuroleptikum würde ich erst am nächsten Tag abholen können –, trug ich die kleine Biedermeiertruhe, die einst im Salon in Bukarest gestanden hatte, als Großpapa das Haus fotografierte, ins Wohnzimmer. Sie enthielt jetzt die Alben und Umschläge mit Fotos, die Bilder eines ganzen Lebens, ungeordnet und lückenhaft, wie die Erinnerungen meiner Mutter heute. In ein Etui aus Krokoleder hatte Großpapa kohlefarbene, löschblattartige Seiten von Halbkarton mit einer Kordel zu einem Album gebunden und auf die Seiten seine Fotos geklebt. In weißer Tusche bezeichnete er die Aufnahmen, und seine Schrift ist mir als Kind, das noch nicht lesen konnte, selbst wie ein Bild oder ein dazugehöriges Ornament erschienen: *Bucureşti 1912, Unser Haus, Strada Morilor 7*: Der Schriftzug bedeutete für mich ein Stück gusseisernes Geländer an der Dîmboviţa, von dem aus man das Haus sah.

Ich bin lange am Tisch vor diesem ersten Bild des Albums gesessen, das in meiner Kindheit so wichtig und mir so vertraut gewesen ist. Es gehörte zu Mutters »geheimer Galerie« – einer Handvoll Fotografien, die ich mir immer wieder ansehen durfte –, zu deren einzelnen Bildern Mutter manchmal eine Geschichte erzählte, wie die von den Kindern, die verschwunden waren, und von dem Bäcker, der wunderbare Fleischpasteten backte.

Die Bilder dieser kleinen inneren Seelenausstellung wurden in der obersten Schublade der Kommode gehütet, und sie bezeugten, »wie man damals gelebt hat« – ein Zeugnis, das eine unausgesprochene Kritik der Gegenwart beinhaltete.

Die Aufnahme von 1912 ist mir so vertraut, als kennte ich die hohen Fenster, ihre verzierte Laibung und die figuren- und wappengeschmückten Stürze, das Giebelband mit den gemalten Ornamenttafeln, das kleine Lichthaus und den wie einen Keil in den Himmel ragenden Dachaufbau mit seinen zwei Wetterspitzen aus eigener Anschauung. Als besäße ich eine Erinnerung, die über das Bild hinaus und zurück ginge, und so betrachtete ich an jenem Abend erneut das Foto, untersuchte es mit der Lupe, den Kopf so tief gebeugt, dass ich den säuerlich-staubigen Geruch der Blätter riechen konnte ...

Und in den Baumwollgardinen des Salons verfing sich das blasse Licht der Sonne, drang in den hohen Raum, wo Großmama und ihre Schwester Anna, die sie auf der Reise nach Bukarest begleitet hatte, noch beim »Tschaigorum« saßen und von den Kuchen naschten, die sie bei Wienert am Ende der Straße hatten holen lassen. Auf dem ovalen Tisch mit der gehäkelten Decke stand das Herend-Service, Curt lehnte sich in einem der Stühle zurück, deren dunkles Holz einen Bogen um das Geflecht spannte, in deren achteckige Löcher ich drei Jahrzehnte später meine Finger stecken würde.

– Wo ist Ruth?

– Ich denke, Ernst hat sie mit sich vors Haus genommen.

– Doch nicht auf die Straße? Curt, sieh bitte nach.

Sie trat ans Fenster, schlug die Gardine zurück, blickte in den Garten hinaus, auf das Oval von Rosenstöcken und auf die Zweige des kahlen Flieders.

– Er möchte sowieso, dass wir für die Aufnahme vors Haus treten.

– Ahba, sie wandte sich ab, du weißt, wie lange er an seinem Apparat herumschraubelt.

Großmama machte es »nervös«, wie rückhaltlos ihr Mann sich mit Stativ und Kamera beschäftigen konnte, die Einstellung der Höhe mehrmals veränderte, endlich die Eisenspitzen festdrückte, um im nächsten Moment die spreizige Stütze doch wieder hochzuheben, sie ein paar Ellen zu verschieben und erneut mit Zurechtrücken, Schrauben, durchs Objektiv spähen zu beginnen. Die Bügelfalte knickte ein über das andere Mal ein, wenn er gebeugt an den Flügelmuttern drehte.

Curt und Anna hatten noch nicht das Gartentor erreicht, da war der Auslöser gedrückt, die Aufnahme gemacht, und Großpapa bemerkte sein Missgeschick. Wie um es gutzumachen, stellte er Curt neben den jungen Alleebaum, und der Sechsjährige stand da, so offensichtlich herbefohlen und ausharrend, bis Großpapa seine Kamera neu eingerichtet hatte, dass mir an dem Abend, während ich mit der Lupe die Aufnahmen untersuchte, klar geworden ist, dass gerade dieses zweite Bild, das die Strada Morilor in der Zentralperspektive zeigt, das Eingeständnis eines Fehlers bei seinem ersten Bild war. Großpapa hatte beabsichtigt, das Haus so vorteilhaft wie möglich abzulichten. Doch durch das dauernde Herumrücken, Abzirkeln und Korrigieren der Wirklichkeit war die kleine Ruth, die er neben dem Lattentor aufgestellt hatte, perspektivisch hinter das Stämmchen und die Haltestange des Alleebaums geraten: Sie war von dem Bild, das sie ein Leben lang bewunderte, verschluckt worden, bis auf eine Haarschleife, die hervorschaute.

Mutter hatte an die Zeit vor Bukarest nur eine einzige Erinnerung, ihre erste Erinnerung überhaupt, das Geschehnis hat sich möglicherweise im süddeutschen Murg zugetragen, wo mein Urgroßvater, bevor er in der Schweiz zwei Textilfirmen kaufte, eine Weberei leitete und nahe der Fabrik ein stattliches Haus hatte bauen lassen. Es muss eine geräumige Küche gewesen sein, die Wände waren gekachelt, der steinerne Fußboden zeigte ein dunkleres, von einem roten Band umfasstes Karree. Durchs Fenster fiel das nüchterne Licht eines Frühjahrnachmittags, lag kalt auf den Wänden und den wenigen Einrichtungsgegenständen.

Großmama hatte die kleine Ruth, in einem gestärkten Leinenröckchen, auf den Küchentisch beim Fenster gesetzt, um ihr einen Schmetterling zu zeigen, der an der geklöppelten Jalousie krabbelte und in regelmäßigen Abständen die Flügel spreizte: Zwischen schwarzen Arkaden offenbarte er einen dunklen Purpur, samtig, und er hatte gegen die Spitze hin einen blauen Punkt, als wäre dort eine bloße Stelle, durch die der Himmel schimmerte. Doch es war nicht der Himmel, es war kein Blau, und noch während Mutter den Schmetterling betrachtete, sah sie, dass er inmitten lohender Flammen saß, die das Fenster mit einem reißenden Glutstrom ausfüllten, scheinend und strahlend, als wäre die Sonne herabgestürzt und vor dem Küchenfenster in einen Feuerball zerplatzt. Die Fabrik brannte. Die Fabrik! – und der Flammenschein verwandelte den Schmetterling, ließ ihn wie ein dürres Blatt aussehen, hängen geblieben im geklöppelten Netz der Jalousie.

III

POSTKARTEN

– Wer weiß, sagte der Professor, ob wir etwas über die Frühzeit der Vögel wüssten, hätte nicht Alois Senefelder 1796 in München den Steindruck erfunden.

Die Luft im Büro war trocken, bestaubt von einem leimigen Geruch, der aus Ritzen und Fugen drang. Man vermeinte im Dämmer einen grünen Linoleumbelag wahrzunehmen, Tresen mit metallverstärkten Kanten, doch die Nüchternheit wurde gemildert durch einen Lichtkegel, der geometrisch im Raum stand, ein Stück geborgener Stille: Die Lampe warf ihren Schein zwischen die Stapel von Büchern und Skizzen, auf das Mikroskop und eine Abbildung des Archaeopteryx lithographica, dessen Original im Museum für Naturkunde in Berlin aufbewahrt wird: die besterhaltene Versteinerung des Urvogels, 1877 bei Eichstätt gefunden.

– Welch ein Zusammentreffen von Zufällen!, sagte der Professor. Ein Vogel, der allem Anschein nach Gebüsch und Wald bewohnt hat, findet am Meeresstrand den Tod. Sein Körper wird im Schlamm derart eingebettet, dass die ausgebreiteten Fittiche mit einzelnen sichtbaren Fingern und Zehen uns erhalten bleiben. Feinste Spuren bezeugen die Federstruktur recht zuverlässig.

Was mich am Archaeopteryx lithographica immer zutiefst berührt hat, ist das Schriftzeichen, das die Form des versteinerten Skeletts für mich bedeutet, ein Piktogramm, unmissverständlich und vor aller Zeit geprägt. Der Kopf – ins Profil gedreht – ist zurückgeworfen, als wäre er auf das Undurchdringliche, Undeutbare geprallt und dadurch sofort und endgültig verwandelt worden, zu einer seltsam gelösten Nutzlosigkeit. Die Schwingen und Beine sind ausgebreitet zu einer ungewollten Ergebenheit, dem Annehmen des Unausweichlichen, und ich lese das versteinerte Skelett, es heißt »Vergänglichkeit«, ist ein Dunkel und auch eine Leere.

– Der versteinerte Archaeopteryx besaß echte Schwungfedern, der Professor fixierte mich, und sein Blick war von belustigter Boshaftigkeit. Wir aber wollen wissen, wie gerade dieses Außerordentlichste am Vogel, die Feder, geworden ist. Dieses Geheimnis jedoch verrät keiner der Funde.

»Sfîntu Gheorghe/Lipscani: Dies ist der Centralpunkt, nach welchem man von uns aus per Tram fährt, um nach den verkehrsreichen Plätzen zu fahren.« – So schrieb Großpapa am 30. 6. 1912 auf die Rückseite einer Postkarte. Da die Linien nicht ausreichten, überschrieb er im rechten Winkel seine schwung-

volle Schrift, sodass ein Gewebe altdeutscher Schriftzeichen entstand, leicht und locker wie das Baumwolltuch, das die Societatea română pentru Industria de Bumbac unter Großpapas Leitung herstellte.

Die Postkarte ist koloriert, als einzige eines Bündels, das er in jener Zeit geschrieben hat und das ich bei den Alben in der handlichen Biedermeiertruhe gefunden habe. Großpapa hatte sie in einem Schreibwarengeschäft an der Strada Lipscani gekauft, von dem ich annehme, dass es ein schlauchartig tiefer Raum gewesen sein muss, abgedunkelt durch die rotgestreiften Storen vor der Auslage, und Großpapa beugte sich über die Postkarten, stieß die eine oder andere auf dem Tresen mit seinen behandschuhten Fingern an, rückte den Zwicker auf der Höckernase zurecht und murmelte: *Bun o iau*. Die glanzbezogene Ansicht des Platzes und der zu den Kuppeln am Horizont verlaufenden Geschäftsstraße sollte seiner Frau ein Bild von dem Ort vermitteln, der seine Gefühle so sehr bewegte: Spross einer alten, großbürgerlichen Familie, hatte er endlich, nach Jahren der Unentschiedenheit, seinen »Centralpunkt« doch noch gefunden, und es war am Platz Sfintu Gheorghe, eingangs der Strada Lipscani, wo der vornehme Herr, der mein Großpapa war, zur Überzeugung gelangte, dass ein schon lang währender Verlust endlich und für immer seinen Ausgleich finden würde.

Er war nach Rumänien vorausgereist – Großmama und die beiden Kinder sollten in drei, vier Monaten nachkommen –, und nach dem zweitägigen Aufenthalt in Wien, bei seinem Schwager Alfred, der an der Mariahilfer-Straße Federn für Hüte färbte, stand Großpapa vor dem Schlafwagenabteil am Fenster, blickte auf die größer werdenden Häuser, deren Fassaden im Licht wie Marmor schimmerten, als der Zug in Bukarest einfuhr. Der Rauch der Lokomotive wurde von der Bahnhofsbedachung herabgedrückt, zog wie Nebelfetzen vor der Scheibe vorbei und drang als teeriger Geruch in den Waggon. Auf dem Bahnsteig tauchten einzelne Reisende und Paare aus den Rauchschwaden auf, auch Gruppen in orientalischer Kleidung, eine dichter werdende Menge harrender Menschen, die vorbeiglitt, bis nach einem langanhaltenden Pfiff die Bremsen griffen, sich festfraßen, und der Zug mit einem Ruck zum Stehen kam. Als wäre etwas von der Energie auf die Umgebung übertragen worden, entstand eine Bewegung unter den Wartenden, Stimmen und Rufe wurden hörbar, der Gang füllte sich mit Reisenden, die ihre Gepäckstücke aus den Schlafabteilen zogen, Träger stiegen zu, boten ihre Dienste an, Männer in abgenutzten Röcken, Mützen auf den Köpfen, und es war Großpapas Bedächtigkeit, die einen fetten Mann zugreifen ließ: Mit fleischigen Händen packte er den geflochtenen Koffer und die beiden Schnürpakete, die Großpapa ordentlich bereitgestellt hatte, schleppte sie durch den Gang, während der Herr in Cut und gestreifter Hose, mein Großpapa, den Zylinder aufsetzte und mit einiger Beunruhigung den Stock aus der Ablage holte.

Gara de Nord București.

Er stand an der Waggontür, bereit die Stufen hinabzusteigen, blickte in die Gesichter unter ihm, fremde Gesichter – ein Gemisch unter der glasigen Hitze des Mittags –, und einen Moment lang umfing ihn eine Stille, an der er sich wie eine Fatamorgana gespiegelt fühlte: Eine überschlanke, hochgezogene Gestalt, im Ausschnitt der Weste die Krawatte mit Brillantnadel, den Stock unter den Arm geklemmt, einen Anflug von Grau an den Schläfen, die Augen hinter dem Zwicker vorstehend und stechend, von einem hellen, wässrigen Blau. Und Großpapa begriff, dass die Blicke der drängenden, meist einfachen Menschen ihn künftig auf den Stufen oben festhalten würden, Blicke, die scheinbar gleichgültig waren – aus dunklen, staubigen Augen eines unbekannten Herkommens – und die ihn doch auf unerklärliche Weise bedeutend machten und ausgezeichnet erscheinen ließen.

Dieser Moment einer Erhöhung überraschte Großpapa, als er sich anschickte, die Stufen des Waggons hinunterzusteigen, und über der harrenden Menge schwebte, wie er mich überraschte, als ich bei meiner Ankunft in Dhaka die Halle des Flughafens verließ, durch die verglaste Tür aus der klimatisierten Blutbahn der Industrienationen in eine heiße, staubige Luft trat.

Ich denke, die damalige Zugsfahrt nach Bukarest entspricht heute einer Reise nach Bangladesh. Die Postkarte der Gara de Nord, die ich im Bündel gefunden habe, eine Außenansicht des Bahnhofgebäudes, zeigt allerdings einen gewichtigen Unterschied zu meiner Erinnerung an die Ankunft in Dhaka, Bangladesh: nichts von Überfüllung, von unabsehbarer Masse an Menschen, Fahrzeugen, Handlungen. Hell und offen liegt der Platz in der Hitze des Junivormittags. Reisende streben dem Seiteneingang des winkelförmigen Gebäudes zu, sie tragen Koffer auf den Schultern und in den Händen, gemächlich schreiten sie aus, während die Schatten kürzer werden. Vor dem Haupttrakt und den mit offenen Loggien gekrönten Türmen stehen die Mietkutschen, reihen sich entlang der Überdachung unter den Bogenfenstern, und dort hatte auch Herr Leo Schachter, Generaldirektor der Bumbac, seinen Landauer warten lassen, um Großpapa am Zug abzuholen.

In den Tagen nach seiner Ankunft fühlte sich Großpapa beflügelt und hochgestimmt, als wäre durch die Ankunft in Bukarest etwas in Ordnung geraten, das nicht allein ihn betraf, sondern die Zeit, die Epoche – und was anfänglich ein mit Eindrücken durchmischtes, undeutliches Gefühl gewesen war, begann zu einer Gewissheit zu werden, nachdem er bei der

Kirche Sfîntu Gheorghe über den eisernen Tritt der Equipage hinab aufs Pflaster getreten war, den Stock leicht aufgesetzt hatte und unter den Bäumen, in deren Schatten Bauern neben Packen und Körben lagerten, gemessen zum Boulevard vorging, den flachen Strohhut auf dem Kopf: Endlich würde sich das Leben zu einer ihm gemäßen und lange entbehrten Form bequemen, einem sittlich geordneten und von Wohlstand und Vornehmheit geprägten Dasein. Zigeunerinnen verkauften Blumen, riefen ihn an *(Domnu! Domnu!)*, den Arm voll Margeriten, deren Blüten über den krautigen Stielen leuchteten: Es war heiß, ein weiter, wolkenloser Himmel spannte sich über die Stadt, die Luft stand reglos, es roch nach ausgegossenem Wasser und Staub der von weither in die Strada Lipscani und ihrer Märkte gekarrten Waren. Großpapa blieb stehen, den Stock leicht abgewinkelt. Die mit Eisenreifen beschlagenen Räder der Karren ratterten hinter den Hufschlägen über das Pflaster, das in konzentrischen Kreisen um den »Centralpunkt« gesetzt war, ein Rondell, in dessen Mitte, auf wappengeschmücktem Sockel, die Lupa Capitolina gestanden hat, die Wölfin, die Romulus und Remus säugt, zwei lustvoll sich windende Kinder. Drei ältere Damen, in schwarzen geschnürten Kostümen, halten ihre Schirme gegen die Sonne aufgespannt, eine junge Frau in luftiger Bluse und sommerlich weitem Rock wartet auf die Pferdetrambahn, sie sieht einem Händel vor der Kirche Sfîntu Gheorghe zu, während der Mann, der eben seinen Hut von der schweißnassen Stirn gezogen hat, nach Kleingeld für eine Bettlerin in der Rocktasche sucht.

Hinter diesem hell aus der kolorierten Postkarte herausdrängenden Rondell zieht sich die Strada Lipscani gerade in die Häuserflucht hinein, gegen die pralle Sonne sind die rotgestreiften Storen des Schreibwarengeschäftes ausgeklappt, gegenüber räumen die Händler in weißen Schürzen ihre Waren auf das Trottoir, und Herr S., der sich eben anschickt, den Platz zu queren, um nach einer Postkarte für seine Frau Ausschau zu halten, wird einen Blick zu den vierschrötigen Gesellen werfen, die niedergebeugt zusammenstehen, als wäre dort eben ein Tier geschlachtet worden und hätte Neugierige angezogen. Doch auch vor La Papagal drängen sich die Leute, weichen zur Straße hin aus, wo die Kutschen an abgestellten Gespannen vorbeizirkeln. Ein Schild preist in roten Lettern die Anfertigung von Röcken. Danach verengt sich die Strada Lipscani zwischen den Fassaden und nackten Brandmauern, läuft in einen Fluchtpunkt unter den Kuppeln eines Prunkgebäudes, und sie ist warm und gelb wie Mais, erfüllt von einer Gemächlichkeit und sommerlichen Nonchalance, vielleicht ein kleines Paris, doch eines – so wenigstens auf Großpapas Postkarte –, in dem die Wölfin in die Straße schaut.

Und ich stehe auf den Tag genau fünfundachtzig Jahre später an der Stelle, an der Großpapa gestanden hat, und spüre in meinen Mundwinkeln sein Lächeln unter dem gezwirbelten Schnurrbart, dieses leicht versteckte Verziehen der Lippen, und ein Glanz muss damals in seine Augen gekommen sein, ein helles Leuchten, wie ich es gesehen habe, als Onkel Mendel ihn besuchte, kurz bevor er starb.

Das Sitzpolster war heiß von der Sonne, ein rotgefärbtes Leder, durch Knöpfe gespannt, deren Vertiefungen ein rautenförmiges Muster suggerierten, doch in seiner dünnen Auflage wenig gegen die Schläge der Räder auf der Steinpflasterung vermochte. Großpapa lehnte sich in die Ecke des Landauers zurück, die Beine übereinandergeschlagen, den Stock gegen die Leiste der gegenüberliegenden Sitzbank gestellt, blickte, halb zugewandt, am scharfen Profil Herrn Schachters vorbei auf die Fassaden, deren Säulen, Karyatiden, girlandengeschmückte Gesimse in der Sonne blendend leuchteten, als wären sie aus einem durchscheinenden Material gefertigt. Die Geschäfte waren geschlossen, eiserne Rouleaus schützten die Eingänge, wenige Passanten, ihre Sonnenhüte ins Gesicht gezogen, schritten während der Mittagszeit auf den hitzeflimmernden Trottoirs aus. Sie nutzten die schmalen, harten Schatten, die wie Reste eines Schnittbogens entlang von Kanten und unter Absätzen lagen. Doch man saß erhöht, bequem in die Ecke gelehnt. Als der Landauer in die weiße Flucht des Boulevards einbog, brachte ein leichter

Luftzug Kühlung, einen Anhauch aus den Gärten und aus hinter Linden verborgenen Fensterreihen, einen Anhauch feucht erdigen Geruchs.

– Sie werden sehen, Herr S., in Bukarest lässt es sich ausgezeichnet leben ...

Und Leo Schachter erinnerte in seiner untersetzten, wohlgenährten Statur, seinem gepflegten Äußeren, dem blanken, freundlichen Gesicht, der Krawatte mit Goldnadel und einer Uhrkette, an der zwei Medaillons über den englischen Westenstoff scheuerten, Herr Schachter erinnerte in seiner selbstgewissen, der eigenen Stellung bewussten Art, an Gustav Wilhelm S., der seit alters her aus dem Rahmen seines Porträts in das Wohnzimmer meines Elternhauses blickte.

Das Pflaster der kurzen Allee, durch die ich nach Ankunft in Bukarest im Taxi gefahren bin, um zu dem Haus zu gelangen, in dem ich wohnen sollte, war in der Mitte aufgerissen. Die grob behauenen Steine lagen gehäuft und von Kot und Abfall bedeckt entlang des zugeschütteten Grabens. Der Gehsteig, notdürftig ausgebessert, mündete auf einen Platz, ein durch die Verzweigung der Allee weites, ungleichschenkliges Dreieck, von Zäunen und Mauern begrenzt. Die zerfallenden Häuser hielten sich in dünnen Schatten kranker Bäume, deren Äste und Zweige weichere Risse zwischen die wirklichen legten und deren Blätter blasse Flecken auf den abgeblätterten Putz warfen. Klassizistisch-orientalische Portale, Säulen, Stuckornamente drängten sich zwischen Büsche und Verschläge; matt, von Staub und Rost verkrustet, wucherten Autowracks unter Wicken, trotteten Hunde in den Gartenkorridoren zwischen Haustür und Gartenportal oder lagen, die Zitzen rot und prall, auf den zerbrochenen Platten, hechelnd in der Hitze des Nachmittags. Leer und verstummt lag der Platz in der Sonne, ein vergilbendes Licht, das eine Nuance heller und härter war als das Mais- und Tabakgelb der Fassaden: Diese unvergleichliche Farbe, die ich ein Leben lang kannte, ohne sie bis zu meiner Ankunft in Bukarest an diesem Nachmittag wirklich gesehen zu haben. Sie war der sichtbare Niederschlag eines Duftes, den das Wort »Rumänien« für mich ausströmte, warm und süß, und rief Muster einer vergangenen Ornamentik wach, die sich kratzig anfühlten wie das bestickte Baumwolltuch, das Mutter im Schrank, in Seidenpapier eingeschlagen, aufbewahrte.

An diesem Platz, unter den vor fünfundachtzig Jahren noch jungen Bäumen, ließ Leo Schachter den Landauer vor einem Gartenportal halten. Er wies den Kutscher an, die Gepäckstücke hineinzubringen, stieß das Tor, das tagsüber unverschlossen blieb, auf und bat Großpapa um den Vortritt: Die kürzlich erst mit Wasser besprengten Platten des Gehweges führten an einem Rosenbeet unter der Grundstücksmauer entlang zum seitlichen Eingang des großzügigen, von Elementen des Wiener Jugendstils geprägten Hauses.

Sie betraten die Eingangshalle.

– Ich lasse Ihr Gepäck in Ihre Räume schaffen, Sie werden von der Reise ermüdet sein, sagte Leo Schachter, während sie die drei Stufen zum Vorraum hochstiegen, wo sie Hut und Stock auf der Garderobe ablegen würden. Doch bis alles hergerichtet ist, wollen wir – wenn es Ihnen recht ist – Kaffee trinken. Bitte!

Er wies zur Tür des Empfangssalons, und Großpapa ließ sich in ein schattiges, hohes Zimmer bitten, unter einen reich mit Stuck verzierten Plafond, in dem ein Heris, über den andere kleinere Teppiche gelegt waren, die Schritte und Stimmen dämpfte. Die Wände waren von Stichen, die eher spärlichen Möbel von Sammelstücken, auch Nippes, bedeckt, und den Salon beherrschte eine gelassene, doch auch träge Atmosphäre, die – verstärkt durch den Rauchtisch und die niederen Sessel – orientalisch wirkte.

– Von den Geschäften wollen wir nicht reden, dafür haben wir noch genügend Zeit.

Großpapa verbeugte sich leicht, nahm auf der Ottomane, nachdem sich Herr Schachter gesetzt hatte, Platz, wobei er die Bügelfalten seiner gestreiften Hose hochzog, und legte den Arm angewinkelt auf die Lehne.

Er hoffe, Großpapa werde sich wohl fühlen,

selbstverständlich sei vieles anders als in den europäischen Städten, und an einiges müsse man sich gewöhnen, doch sei das Leben hier im Ganzen genommen – wie schon gesagt – angenehm:

– Gute alte Zeiten! Gute alte Zeiten! Ein wenig wie die Belle Epoque damals. Obschon die Regierung immer mehr Restriktionen uns Ausländern gegenüber erlässt, was den Investitionen nicht eben bekommt. Aber sie brauchen uns, sehen Sie, sie brauchen uns. Und so ist die Parole der Liberalen, ihr *prin noi înşine*, »durch uns selbst«, auch nur ein Wunsch.

In dem helleren Speisezimmer, das durch einen offenen Zugang verbunden war, bauschte die Zugluft sich in den weißen Vorhängen der Terrassentür.

Herr Schachter bot Zigaretten in einer silbernen Dose an, er selbst entnahm einem Etui eine Zigarre, deren Kopf er mit einem kleinen Messer einschnitt.

– Es wird geredet und geredet, und es entstehen Gerüchte, fürchterliche, manchmal kitschige. Tragisch sind sie immer. Stets gibt es Verwicklungen, Vermutungen, Befürchtungen. Lassen Sie sich nicht irremachen. Das gehört zu Bukarest: Es ist seine Würze und sein Gift – und ein wenig wird man süchtig davon.

Und Leo Schachter, zurückgelehnt, den Embonpoint über den gespreizten Schenkeln, sah auf den Rauchfaden seiner Zigarre, und sein Gesicht hatte den Ausdruck eines Menschen, dem Gott die Gabe verliehen hat, die Dinge klar und einfach zu sehen, wie sie nun einmal sind, nützlich und verwendbar.

– Ein feines Gewebe, leicht, duftig, nicht ganz zu fassen: Nichts scheint so, wie es ist. Alle denken sich, es müsste ein Dahinter geben, versteckte Kräfte, die man nicht genau kennen kann, die aber überall und jederzeit hervorbrechen und die Welt verändern können.

Doch gar nichts werde geschehen, vor allem nicht hier in Rumänien. Ja, die Spannungen zum Wiener Hof wegen des magyarischen Siebenbürgen, die territorialen Ansprüche der Bulgaren an das Osmanische Reich, doch das alles sei nicht ernst zu nehmen, so wenig wie das Säbelrasseln des Kaisers.

– Was braucht er in Marokko auch die Engländer zu ärgern. Die Deutschen sind nun mal keine Kolonialmacht – werden es auch nie sein. Es reicht auch, wenn sie ihre Hand über Jerusalem und uns Juden halten.

Und Leo Schachter hob seine buschigen Brauen, dass sich die Stirn unter dem tiefen Haaransatz runzelte und er den Ausdruck eines Mannes bekam, dessen helle, wässrige Augen eine Freude am unveränderlichen Erhalt angenehmer Umstände verrieten.

– Schließlich, nicht wahr, sind die europäischen Mächte zivilisierte Nationen. Und Sie werden mir als Ingenieur recht geben, dass die Wissenschaften uns in den letzten Jahrzehnten eine Technik beschert haben, mit der die meisten Probleme zu lösen sind.

Großpapa beugte sich vor, nickte, als wäre es ein persönliches Kompliment.

– Ich bin ganz Ihrer Meinung, sagte er fest.

Das Mädchen brachte türkischen Kaffee, dazu Țuică, und Herr Schachter ließ Madame in den Salon bitten.

Gelb ist als echte Farbe in der Feder enthalten. Wir sondern ein mehr gelbbraunes bis rötliches »Phäomelanin« von einem schwärzeren »Eumelanin«. Diese Melanine werden durch besondere Farbzellen an die Federanlage abgegeben und dort in verschieden dichter Ablagerung in die Hornsubstanz der Federanlage eingeschlossen. Die vielen Abstufungen der Färbung werden durch die Dichte der Verteilung in den Federstrahlen bewirkt. – Alles Gelb der Vogelfeder entsteht auf diese Art, und nur die Vögel haben das Reptilienerbe besonders gelber und roter Pigmente bewahrt.

Madame Schachter betrat den Salon, mit der Linken die angedeutete Schleppe des langen, anliegenden Kleides zum Schein gerafft, und die beiden Herren erhoben sich.

– Mascha, darf ich dir Herrn S. vorstellen, unseren neuen Direktor …

Großpapa klappte unhörbar die Hacken zusammen, beugte sich über die ihm dargebotene blasse und kühle Hand, blickte in das nicht sehr ebenmäßige, zu charaktervolle Gesicht, irritiert durch die dunklen, freundlichen Augen. Madame Schachter war eine selbstbewusste, elegante Frau, jünger als ihr Mann, schlank, doch nicht sehr groß gewachsen. Sie besaß eine natürlich ruhige Art, sich zu geben, und Großpapa staunte, weil ihre vornehme Ausstrahlung so sehr dem Rang entsprach, den er sich im gesellschaftlichen Umgang erhofft hatte, dass er sich auf das Angenehmste bestätigt sah.

Er entspannte sich, hielt den Arm nicht mehr ganz so steif angewinkelt und schlug die Beine übereinander.

Madame erkundigte sich nach Herrn S. Familie, wann seine Frau und die beiden Kinder nachzukommen gedächten und in welchem Teil der Stadt sie zu wohnen beabsichtigten. Darüber habe er sich noch keine Gedanken gemacht, es bleibe genügend Zeit, in Ruhe einen Ort zum Wohnen zu finden. Seine Familie werde erst nach der Hitze, gegen Ende September herreisen, seine Tochter Ruth wäre dann drei Jahre alt und somit in einem Alter, in dem sie die Reise unbeschadet bestünde. Großpapa versäumte nicht, bei der Gelegenheit zu danken, dass er vorübergehend im Schachterschen Hause wohnen dürfe.

– Man lebt in Bukarest eben in allem ein wenig zu groß, sagte Madame, und so bereite es keine Schwierigkeiten, ihm einen Salon und ein Zimmer abzutreten.

– Dazu also kein Wort. Erzählen Sie uns lieber von Ihrer Reise. Sie waren in Wien?

– Ein kurzer Aufenthalt bei meinem Schwager, der an der Mariahilfer-Straße ein Atelier für modische Accessoires betreibt und als Hoflieferant einen weltweiten Handel mit Federn führt.

Und Großpapa wählte am nächsten Tag im Ladengeschäft an der Strada Lipscani, wo er schon einmal unter den rotweißen Storen eine Ansicht für seine Frau gekauft hatte, eine weitere Postkarte aus. *An Fredi geht heute ein Brief ab*, schrieb er an Großmama. *Kannst Du bei demselben eine Feder für Frau Schachter bestellen, tue es bitte rasch. Ich habe eben im Salon davon Erwähnung getan.*

– Ich muss Ihnen allerdings gestehen, sagte Großpapa eben im Schachterschen Salon, obschon, wie Sie sehen werden, mein Schwager exzellente Stücke herstellt, dass es mir stets ein wenig wunderlich erschienen ist, die Gebilde, welche die Natur am reichsten und farbigsten ausgestattet hat, auch noch färben zu wollen.

– Du musst zugeben, Leo, sagte Madame Schachter, nachdem Großpapa durch einen engen Flur in seine Räumlichkeiten geführt worden war, Herr S. ist zwar außerordentlich sympathisch, aber doch auch sehr deutsch. Da möchte er alles in seiner Natürlichkeit belassen und ist selbst auf strengste Förmlichkeit bedacht. Und ich denke nicht, dass er weiß, auf was für einen künstlichen und romantisch eingefärbten

Alltag er sich hier einlässt. Denn dazu hat das europäische Parkett doch den federgeschmückten Orient gemacht.

Sie lachte dieses unnachahmliche Lachen, das ihr später, als von zivilisierten Nationen keine Rede mehr sein konnte, so manches Mal helfen sollte: dieses helle Lachen, das eine arglose Freude am Erkennen ausdrückte.

Zu Großpapa jedoch sagte sie:

– Ich habe große Sympathien für das Handwerk Ihres Schwagers, Herr S. Wir färben doch immer die Federn, wenn Sie mir gestatten, so salopp daherzureden. Wir Menschen können gar nicht anders. Stets müssen wir verändern, wollen entsprechend unseren Wünschen umgestalten, wenn auch – leider Gottes – meistens zum Nachteil: Doch wo sich unser Drang zur Veredelung auf einen Schmuck am Hute einer Frau richtet, finde ich ihn sehr liebenswert.

Und Großpapa, dem ihr Schalk, so nehme ich an, entgangen war, setzte andertags seinen Stock auf das grobe Pflaster, ging gemessen unter den Bäumen zum Boulevard vor und von da in die Strada Lipscani, beugte sich im Ladengeschäft mit den rotweißen Storen über die Auswahl der Karten und entschied sich für das Bildnis der Principesa Maria: eine stolze, schöne Frau, die im Schnitt der Augen entfernt an Großmama erinnerte. Sie trug einen breitrandig ausladenden Hut.

IV

DAGUERREOTYPIEN

Gelb. Dieses Gelb, das ich ein Leben lang kannte und an jenem Nachmittag, nach Ankunft in Bukarest, das erste Mal sah, berührte mich, als glitte ein Gewebe durch die Finger, und ich spürte kratzig die feinen Widerhaken darin. Ein Muster ist in dieses Gewebe hineingearbeitet: Knäuel schwarzer Wolle, die glatte, den Fingern angenehme Inseln bilden, doch versetzt sind mit tückisch scharfschnittigen Pailletten. Neben roten und gelben Linien aus Garn sind leuchtende Glasperlen in die knäueligen Inseln gestickt, als wären Körner der Phäomelanine und Eumelanine in das Gewebe eingewandert, hätten sich verdichtet zu einem Labyrinth mit vielen Irrgängen.

Und dieser bestickte Stoff ist durchtränkt von Alterung. Eine versteckte Brüchigkeit verbirgt sich in den Fasern und Fäden, ein Staub auch von Ereignissen, von längst vergessenem Gebrauch, von Wetter und Ungeschicklichkeit der Dienstboten und einem Wind, der den Sand von der Straße hochwirbelte. Eine Textur des Hörensagens steckt in dem kratzigen Stück – vielleicht gewoben in der Societatea română pentru Industria de Bumbac –, es ist dicht und gleichzeitig so undurchdringlich nah vor Augen, als beugte ich mich unablässig darüber. Und auf die leuchtende, durch das Schwarz noch verstärkte Farbe, hat sich das Vergilben wie eine Trübung geschlagen, stumpf, zu bräunlichen Tönen neigend: Es nimmt dem Stoff das Klare und gibt ihm eine Wärme, wie sie nachmittags aus Wänden und Mauern dringt, wenn die Sonne einen trägen, tiefliegenden Schein in die Straße wirft.

Rumänien war für mich ein südliches Land.

In der Eingangshalle des Hauses, in dem ich eine Woche lang in Bukarest wohnen sollte, platzten Wasserflecken aus dem Plafond. Sie sickerten braun gerändert über die Kante ins Ornament, lösten stellenweise die Jugendstiltapete, blähten sie zu buckligen Blasen über den drei Stufen, die zu dem hohen Vorraum führten, in dem sich die marmorne Ablage für Hüte und Stöcke ungenutzt erhalten hatte. Die Tür lag zurückversetzt, den Blicken verborgen, seitlich des Treppenaufgangs und dem Empfangssalon gegenüber, unter einer von farbigen Gläsern eingefassten Scheibe, die ein gebrochenes Licht in den Flur warf, den wir eben im Begriff waren zu betreten.

Monsieur Uricariu, emeritierter Professor für Biologie an der Bukarester Universität, bat mich, ihm zu folgen, und er bückte sich leicht unter der sehr hohen Tür, schwenkte seinen Kopf mit dem kurzgeschnittenen, ergrauten Haar, schritt zielstrebig, die Arme schlenkernd, voraus. Der Flur glich einem Schacht, verstellt von Pappkartons und einem monströsen Kühlschrank, dessen Farbe abgegriffen und zerkratzt war und dessen Tür mit Klebeband verschlossen gehalten wurde.

– Ich werde Sie nicht stören, aber ein-, zweimal am Tag muss ich im Kühlschrank etwas holen. Woher haben Sie eigentlich meine Adresse?

Die Frage war mit eisiger Schärfe gestellt, und ich erklärte ihm, dass ich bei der Fakultät angerufen hätte, ob sie mir ein Gastzimmer im Museum überlassen könnten, selbstverständlich gegen Bezahlung. Da es solche Gastzimmer aber offensichtlich nicht gäbe, habe man mir seine, Monsieur Uricarius, Adresse genannt.

– Ich vermiete nur gelegentlich. Meine Tochter bewohnt die Räume. Doch das Haus ist sehr groß, es gibt genügend Zimmer im ersten Stock. Ich habe Ihnen ein Fach im Kühlschrank freigemacht.

Er zog das Klebeband weg, die Tür schwang auf, zeigte rostige Gestelle und eine zerbrochene Lampe, der Motor sprang an, versetzte den Schrank in hüpfende, brummende Schwingungen.

– Und Sie arbeiten an der Universität? Mit wem werden Sie sich treffen?

Ich sei nicht aus beruflichen Gründen hierhergekommen, erklärte ich, meine Mutter habe in Bukarest ihre Jugend verbracht, heute sei sie eine alte Dame, außerdem krank und nicht mehr fähig zu reisen. Ich wollte an ihrer Stelle zurückkehren und nach den Orten suchen, wo sie gelebt habe ...

– So? Und wo hat sie gewohnt?

– An der Strada Morilor, Nummer 7.

Seine Fragen behielten die eindringliche Schärfe, und nicht zufällig erinnerten sie mich an die Präparationsschnitte eines Skalpells. In ihnen verbarg sich nicht so sehr Neugier als der Zwang, hinter jeder Äußerung eine verheimlichte Absicht zu wittern, die es aufzudecken galt. Entstammte dieser Argwohn von Monsieur Uricariu der Vergangenheit, der Zeit vor der Revolution, als das Land mit meinem »Rumänien« nichts gemeinsam hatte, es den Eisernen Vorhang gab, der für mich aus Rumänien einen blinden Fleck machte, eine Landschaft mit Städten und Menschen, die fiktiver waren als die Bruchstücke, die ich aus Erzähltem gesammelt hatte? Vom Schnee im Garten, der den Zaun zudeckte, vom Bäcker, der süßliche Pasteten backte, und von Großpapa, der den Stock stets sorgfältig aufs Pflaster setzte, weil dieses Zubehör ein Erbstück und aus *Cöln* war und jenem Gustav Wilhelm gehört hatte, dessen Daguerreotypie im Wohnzimmer hing.

Monsieur Uricariu dagegen zeigte nicht einmal ein höfliches Interesse an meiner familiären Vergangenheit. Ihm genügte es zu wissen, dass ich keine Kontakte zur Fakultät besaß und suchte. Sein Gesicht, blass mit sommersprossigen Altersflecken, nahm den Ausdruck gepflegter Unverbindlichkeit an.

– Strada Morilor, sagen Sie? Die ist im Süden der Stadt. Große Blocksiedlungen. *Sie* – und er machte eine kurze, mir unverständliche Zäsur – haben dort viel gebaut.

Mutters »Hausaltar« hing in allen Wohnungen, an die ich mich erinnern kann, an einem schattigen, wenig beachteten Ort, zuletzt im Wohnraum mit den großen nach Süden gerichteten Fenstern. Obschon er halb verdeckt war – falls die Tür aufstand, und das tat sie meistens –, ging von ihm eine Wirkung aus, die mich nachhaltig beeinflusst hat, vielleicht sogar meine Berufswahl mitbestimmte. Selbst heute noch taucht bei meiner Beschäftigung mit den Fragen einer Spezies und ihrer Abstammung dieser einfache Stammbaum in meinem Gedächtnis auf, wie er sich mir in der Folge von Ahnenbildern, von Mutter in ihrem »Hausaltar« symmetrisch gehängt, in der Form einer zwiebelförmigen Kirchturmspitze zeigte. Zuoberst, als point d'origine, hing das Brustbild Johann Wilhelms im messingnen Oval, ein Scherenschnitt, die Linien des hohen Capotkragens eingeritzt. Darunter weitete sich seine Nachfolge en famille, der älteste Sohn, zwei Kinder und Madame in bändergeschmückter Frisur als tuschgezeichnete Schattenrisse, um danach zu den Stützsäulen der Familie überzugehen, zwei Ölgemälden – wenn auch nur in fotografischer Reproduktion –, Porträts des Gold- und Silberminenbesitzers Johann

Christian und seiner Frau Maria Carolina, geborene Bockhacker, vor Vorhängen und rheinischer Tiefebene. Der Sockel wurde von drei Daguerreotypien gebildet: von Mutters Urgroßvater, im Garten des Stammhauses zu Cöln, von seiner Frau mit »Affchen« (einem verkrüppelten Kind) sowie von Sohn Gustav, dem älteren Bruder jenes Ernst August, der von einer seiner vielen Reisen durch Russland krank zurückkam und starb, als Großpapa eben ins Gymnasium eintrat.

Wie der nachmittägliche »Tschaigorum« gehörte auch der Hausaltar zu Mutters gehüteter Welt, an der ich manchmal teilhaben durfte, wie einige wenige Besucher auch, die, allerdings ohne es zu ahnen, für würdig befunden wurden, den Tee, statt aus der geblümten Herend-, aus der Zinnkanne eingeschenkt zu erhalten, die für gewöhnlich mit dem Krug für die Milch und der Zuckerdose als »Messgeräte« unter der kleinen Galerie der Ahnen auf der Biedermeierkommode standen: Das »Ensemble« war »noch von Cöln« – und alles, was von daher kam, besaß einen eigenen, unanfechtbaren Rang. Die Teekanne war übrigens von wirklicher Eleganz, besaß eine Vollendung der Form, die einen leicht überhöhten, fast schon manieristischen Charakter hatte, wie er an Leitfossilien zu beobachten ist: Sie war bauchig, mit spiraligen Rippen, die sich zu dem schlanken Hals hochwanden, im Deckel ihre Fortsetzung fanden und sich bündelten, um eine Knospe hervorzubringen, auf der zwei Finger der gastgebenden Dame beim Nachgießen zu ruhen hatten. Der Griff war mit Rohr umwickelt, und sie stand auf drei geschwungenen Füßen, die an ein Schokoladekonfekt erinnerten, das unter anderem zum Tee gereicht gehörte.

»Von Cöln« war die Chiffre für ein einstöckiges Stadtpalais, zweiflügelig, mit je acht Fenstern, zweimal vier übereinander, und einem vorgewölbten Mittelbau, zu dessen Portal eine Rundtreppe führte. So zumindest hatte ich mir das »Stammhaus« vorgestellt, in Anlehnung an das Wildt'sche Haus in Basel, einem vornehmen Bürgerhaus des 18. Jahrhunderts, an dem mein Weg während der Studienzeit täglich vorbeiführte. Das Haus verkörpert ein für uns heute fast unfassbares Selbstverständnis, wie es auch jener Johann Wilhelm S. besessen haben muss, der Handels- und Bergwerkgeschäfte noch mit künstlerischer Beschäftigung verband, nicht alles Tun der Nützlichkeit unterwarf und nicht jeder Lebensäußerung einen Zweck unterstellte. Ein knappes Jahrhundert lang gestand sich ein aufgeklärtes Bürgertum den Luxus unprofitabler Tätigkeiten zu: Man schürfte zwar die Erze, doch man zeichnete auch die Versteinerungen ab, verbesserte den Bergbau und beschrieb den Zwischenkieferknochen. *Eine Verbindung* – wie mein Professor in einer seiner kurzen Betrachtungen schrieb –, *die im Goetheschen Zeitalter ihren reinsten Ausdruck fand und mit dem Scheitern der Farbenlehre und dem Einschwenken auf die helmholtzsche Theorie der Farbe zu*

Ende war. Ein Wandel, der zu einem Weltbild führte, in dem alles Entstehen und Überleben durch konkurrierende Nützlichkeit bestimmt wird und das der Professor – bedeckt wie Mutter ihre Teezeremonien ausrichtete – durch das Studium der Vogelfeder zu widerlegen suchte.

An jenem Abend, nachdem ich Mutter zu Bett gebracht und im Wohnzimmer die Fotoalben angesehen hatte, blieb ich auch eine Weile vor dem »Hausaltar« stehen. Es war spät geworden, draußen heulte ein Sturm, doch in mir hatte sich eine Landschaft verstreut aufgestellter Fotos ausgebreitet, gelblich braune Bilder, die wie Plakatwände rechteckige Löcher in den Horizont stießen, illusionäre Ausschnitte, reglos, stumm. Und ich besah den Stammbaum, der neben der Abfolge der Generationen auch eine Entwicklung in den Mitteln der Abbildung zeigte – von Scherenschnitt, Schattenriss und Gemälden zur Daguerreotypie –, und war verwirrt von der Entdeckung, dass die nächstfolgende Möglichkeit der Ablichtung fehlte. Fiel es mir deshalb erstmalig auf, weil ich den ganzen Abend Fotografien betrachtet hatte?

Gustav Wilhelm, Mutters Urgroßvater, war als Letzter 1847 auf einer Silberplatte festgehalten worden, die ihn in mittleren Jahren zeigte. Dann gab es noch die Daguerreotypie seiner Frau mit der verkrüppelten Bertha, und eine weitere des Urgroßvaters mit seinem ältesten Sohn Gustav, einem Jüngling, vielleicht vierzehnjährig, sein Nachfolger. Und dieser hätte als Erwachsener mit seinem Bruder Ernst Rudolf und seiner Frau Anna, Mutters Großeltern, eine nächste Reihe bilden sollen, doch die Fotografien fehlten, die ovalen Porträts, die damals in Mode waren.

An diese Entdeckung eines »missing-link« zu Großpapa dachte ich, als Monsieur Uricariu mich verlassen hatte und ich mich müde von der Reise, genervt auch vom Verhör meines Gastgebers, auf das Doppelbett fallen ließ, auf den seidenen Überwurf in Vieux-rosé, zwischen die Bettladen imitierten Empires. Es war dunkel in den hohen Fenstern geworden, das Licht brannte im angrenzenden Salon, wo meine Taschen und Gepäckstücke geöffnet standen, und ich sah, die Arme unter den Kopf geschoben, zu dem schadhaften und mehrmals übermalten Stuck des Plafonds hoch, folgte Rissen, die herbstlich in die goldgestreifte Tapete rannen, und verweilte dann auf der vierflügeligen Falttür, die das Schlafzimmer vom Salon trennte. Sie hatte die Höhe des Raums, nahm dessen ganze Breite ein und war geschwungen wie ein Barockgiebel. Und in die hundert Vierungen waren geschliffene Kristallgläser eingesetzt, in denen sich das Licht des Lüsters brach: Gelb fiel sein Schein auf die Seidentapete und den gekachelten Rundofen, draußen heulten Hunde, und während ich dalag, unter schweren Lidern hervor hinaufsah, hellte sich der Plafond des Salons auf, die Risse füllten sich, die umlaufenden Girlanden, die hervorbrechenden Frucht- und Blumenornamente wurden gestochen klar, und in das Geheul der Hunde mischten sich die Schläge von Pferdehufen. Großpapa hatte damals, als er bei »Herrn Schachters« wohnte, und sie ihm für die Dauer, bis seine Familie nachgekommen wäre, zwei Zimmer überließen, ebenso wie ich jetzt auf dem Bett gelegen. Er hatte durch diese Glastür zum Lüster geblickt und sich glücklich bei dem Gedanken gefühlt, den ich noch in mir nachwirken spürte: Er würde fotografieren. Von ihm gäbe es die Fotos, die von seinem Vater fehlten. Er würde sie an die Verwandtschaft schicken, sorgfältig abgezirkelte Bilder, Kompositionen, die den herrschaftlichen Charakter seines jetzigen Lebens zur Geltung brächten und dem Betrachter vor Augen führten, dass die Cölner Verhältnisse wiederhergestellt wären mit repräsentativem Haus, Garten und Blumenrondellen um Fliederbüsche.

Der Sturm heulte die ganze Nacht. Ich hörte den Wind in den Ästen des Ahornbaums, es war Jahre her, dass ich in dem Zimmer in L. geschlafen hatte, und doch war mir das Rütteln der Fensterläden, die Laute, wenn der Dachboden sich mit regenfrischer Luft füllte und die Balken dehnte, vertraut, als wäre ich nie fortgewesen. Dabei hatte ich nur die letzten Monate vor dem Studium noch in dem Haus verbracht, das dennoch mein »Elternhaus« geworden war und an dem ich hing, ohne eine genaue Vorstellung zu haben, weshalb.

Ich lag wach, dachte an die vergangene Nacht im Hotel, an die nackte, triste Atmosphäre des Zimmers, in dem eine dunkle Leere offenbar gemacht hatte, dass ich keine Erinnerung besaß und Mutter in meinem Gedächtnis fehlte, als hätte es sie in meiner Kindheit nicht wirklich gegeben, ich meine als einen Menschen, den man umarmen und halten kann und der nicht nur verstreut in Gegenständen und Verrichtungen existiert. Ich hatte nach ihr in den alten Fotos zu suchen begonnen und sie hinter einem Alleebaum entdeckt, durch Großpapas Ehrgeiz zum Verschwinden gebracht, die künftige Familienikone »Unser Haus, Strada Morilor No. 7« zurechtzuschraubeln und -zurücken. Auch ihm war die kleine Ruth abhandengekommen, war im Moment, da der Auslöser klickte, die Blende sich öffnete und schloss, bis auf ein Seidenband von der Perspektive verschluckt worden, die das Haus herrschaftlicher präsentierte, als es war.

Als ich am Morgen nach kurzem Schlaf erwachte, saß Mutter am Bettrand, das Licht eines reingewaschenen Tags fiel durch die halb zugezogenen Gardinen, porzellanweiß war das Nachthemd, bedruckt mit kleinen blauen Blumen. Ihre Lippen bewegten sich, faltige, verblasste Säume, und erinnerten an den verschossenen Velours ihrer Abendrobe:

Mutter flüsterte ihre hektisch gehetzten Worte, und dabei blickte sie mich aus geweiteten, klaren Augen an, ein ungetrübter Blick, der durch mich hindurch in eine Unbegrenztheit gehen musste, wo es Licht, aber keine Zeit gab – und dieses Licht widerspiegelte sich leuchtend und gläsern in ihren Augen. Einer dieser todesnahen Blicke, wie ich ihn als Kind bei Großpapa gesehen hatte, als Onkel Mendel ihn zum letzten Mal besuchte.

Ihr Gesicht war blass, das Kinn klein und schmal geworden, doch ihre Stirn besaß Großzügigkeit, war der rechteckig entworfene Platz eines Großstadtquartiers, belebt durch ein Geflecht des Handelns; Linien über Linien durchzogen ihn, brachen die möglichen Beschränkungen und Beengungen auf, und doch blieb ein fester Horizont klassizistischer Fassaden. Viele Generationen hatten darin ihre Spur hinterlassen: Es war ein »altes« Gesicht, in das ich an diesem Morgen sah, eines, das unterschiedliche Epochen geschaut hatte – und jetzt zerfiel.

– Ich habe versucht die Musik zu ertränken ich habe versucht sie zu verbrühen ich wollte sie erbrechen doch sie spielt in meinem Bauch – di da da dum – immer gleich wie eine Maschine die dreht – di da da dum – und das Zimmer wird hell und es ist ein Chor von vielen hundert Leuten und sie alle sehen mich von der Zimmerwand herab an grünleuchtend sind ihre Köpfe und ihre Augen blaue Lichter sie singen immer wieder dasselbe wie eine Maschine die dreht – di da da dum – di da da dum – und ich kann nicht in ein anderes Zimmer umziehen ich nehme die Stimmen mit die Musik spielt spielt da unten in meinem Bauch ...

Und ihre Schultern waren nach vorne gefallen, rundeten den Rücken, aus dem sich ihr Kopf heraufbog, ins Weiß der Haare gehüllt, und das blaugemusterte Porzellan des Nachthemdes ließ einen Ausschnitt faltiger Haut über der eingesunkenen Brust frei, Haut eines Körpers, den ich nie gesehen hatte.

– Ich bin doch normal. Ich kann Sätze sagen. Man kann mit mir reden wie jetzt –

Sie war in der Nacht aufgestanden, als ich schlief. Sie versuchte die Musik zu erbrechen, würgte über der Schüssel. Sie versuchte die Musik zu ertränken, trank kaltes Wasser im Bad. Sie versuchte die Musik zu verbrühen, trank heißes Wasser in der Küche.

– Doch die Musik macht im Bauch di da da dum – di da da dum –

Im Garten lag ein großer abgebrochener Ast. Ich sah auf ihn hinunter, als ich die Gardinen zurückschlug. Mutter saß noch immer auf der Bettkante, nackt unter dem Nachthemd, und der Ast lag im welken, vom Regen niedergedrückten Rasen, so nutzlos.

Zu den beiden Zimmern, die mir Monsieur Uricariu überlassen hatte, gehörte auch eine Küche. Als ich sie das erste Mal betrat, empfand ich eine nicht genau zu beschreibende Vertrautheit, als kennte ich sie seit langer Zeit, jedoch nur als eine Erinnerung, ohne wirkliche Vergangenheit. Lag es an den weiß und dunkelblau gekachelten Wänden, der Palme, die in einem Kübel auf dem Tisch und vor dem Fenster zum Garten stand, dem Keramikschüttstein oder dem Gasherd? Karg war diese Küche, eine Couch, bedeckt von einem verschlissenen Überwurf, stand an der rückwärtigen Wand, ein nüchterner, kühler Geruch erfüllte den hohen Raum, und vielleicht war gerade er es, der mich an Süden, an Italien nach dem Krieg, wohin wir damals in Urlaub gefahren sind – meine erste große Reise –, denken ließ.

Ich kochte Kaffee in einem langstieligen Töpfchen, wie ihn Mutter gekocht hatte, manchmal, wenn wir allein waren, die Wohnung noch warm von der Mahlzeit roch und wir schweigend vor den Tässchen »Türkischen« sitzen blieben, rauchten und eine schützende Atmosphäre gegen das neblige Licht des Nachmittags, die Viehweide vor dem Fenster, den Kohlgarten des Nachbarn zu erhalten suchten.

– Was werden Sie heute tun?

Ich hatte durch den Hinterausgang das Töpfchen und eine Tasse in den Garten getragen, einen wackligen, von zerrissenem Plastik bedeckten Tisch ins Gras gestellt, mich hingesetzt.

– Nichts.

Es versprach ein heißer Tag zu werden, Wolken zogen hinter Dächern und Wipfeln hervor, kamen aus den Bergen, waren über die Ebenen gezogen, hatten die Pappelspitzen gestreift – und waren dabei ein wenig fremdartig geworden.

– Sie gehen nicht zur Universität?

Monsieur Uricariu war neben dem Haus aufgetaucht, hatte getan, als sähe er mich nicht, die Hände auf dem Rücken gefaltet, das Gesicht leicht schräg und abgewandt, blass, ohne scharfe Züge, eine angenehme Verschliffenheit, wie sie Menschen zu eigen ist, denen das Ansehen und ihre Stellung erlaubt, den Egoismus wie ein Privileg zu pflegen.

– Ich habe mich mit anderen Dingen zu beschäftigen, sagte ich.

Mit einer Flucht von Fenstern über der angrenzenden Mauer zum Beispiel. Mit Großpapas Garten. Mit einem Blick auf eine steingewordene Verwirrung –

Ja, und mit Mutters »Musik«, von ihr fand ich mich überrascht, während ich auf dem wackligen Hocker am Tisch saß und in eine surreale Biologie von Trümmern blickte. Unter Pflanzenschutt war die ehemalige Anlage des Gartens noch zu erahnen, die Gehwege und Buchshäge, die Beete und Rondelle; schief wuchsen zwei Nussbaumstämme, einstmals die Pfeiler des schattigen Bogens vor der Sitzbank im gewalzten Karree, auf dem nun ein metallisierter Wagen der gehobenen Mittelklasse rostete, radlos – und die Rinde war schwarz, schwarz die Schnittflächen der Äste, zersägt zu Rümpfen, von denen Zweige mit schütterem Laub wegstaksten in dünnen, hilflosen Fluchtversuchen. Sie bildeten den verzerrten Rahmen, in dem sich aus verdrängendem Grün eine Spirale von Mauern, Wänden, Fassaden, Platten und Pfeilern wand, sich öffnend und weitend wie die degenerative Form der Ammoniten am Ende der Kreidezeit: Zuinnerst ein Holzhaus, bucklig geduckt, mit Blech bedeckt, aus dem zwei Wände, nackt und kahl, wie ein Keil durch die Wucherung hochdrängten; auf ihrer Spitze balancierte ein halbes Haus, wie durchschnitten, dessen Vorderseite die verzierte Fassade einer Villa um die Jahrhundertwende vorwies, rundbogige Fenster, die seitlich und nach hinten wegzurutschen drohten, wo ein Raster aus Beton und Eisen, Platten auf stelzigen Pfeilern, schwarze Löcher dazwischen, aufragte, ein leerer Rohbau, der sich unfertig in den Himmel extrapolierte... Und wie um das Bild zwischen den Nussbaumstümpfen zu vervollkommnen, ragte ein Audi Quattro Jahrgang 90 aus dem Gewuchere von Wicken, Wein und Hibiskusstauden. Und während ich schaute, den Kaffee nach vielen Jahren wieder einmal so zubereitet trank, wie ihn Mutter an nebligen Nachmittagen manchmal gekocht hatte, hörte ich einen Betonmischer, der gleichmäßig leierte – di da da dum, di da da dum, di da da dum –, und ich erinnerte mich an jenen Morgen, als sie auf meinem Bett saß und sagte:

– Man weiß ja nie, was auf einen zukommt. Ich habe es nicht gewusst. Die Nachbarn haben es nicht gewusst. Hast du es gewusst?

V

MUSTER

Die Platten im Garten an der Strada Morilor waren gemustert, erzählte Mutter, und sie erzählte davon so, als erinnerte sie sich plötzlich, doch ohne erkennbaren Zusammenhang mit den uns umgebenden Dingen, ein losgelöstes Stück Erinnerung, wie die anderen Stücke es auch waren, die ich im Gedächtnis bewahrt habe. Die Platten im Garten waren also gemustert:

– Kreuzchen wie Kreuzstiche, und dieses Muster fand sich ähnlich an den Gardinen im Salon und im Speisezimmer, an Mamas Blusen, die sie seit Ankunft in Bukarest trug, an den Bordüren der Kopftücher. Und auch mein Sonntagskleid war damit umsäumt, Kreuzchen wie Kreuzstiche. Es war seltsam, plötzlich Kleider zu tragen, die so anders waren als die Kleider, die ich bisher getragen hatte, leichter und aus einem luftigen Stoff, gesäumt von gestickten Bändern oder mit einem Besatz feiner Spitzen. An dem glockigen Kleid, das ich trug, als Papa die Bilder im Garten machte, war am Kragen und am Saum ein Muster – Kreuzchen wie Kreuzstiche – aus jeweils vier im rechten Winkel gegeneinander gerichteten Schlitzen, umsäumt von einem grauen Faden, und diese »Kreuzchen« glichen denen in den Platten unseres Gartens, nur bestanden diese aus stäbchenlangen Rillen, meist gefüllt mit Sand und so breit, wie damals mein Zeigefinger war. Fuhr ich auf den rötlichen, ins gelbliche und gewitterwolkige spielenden Klinkerplatten den sandgefüllten Rillen nach, sah es für mich aus, als könnte ich schreiben und die Platten wären aus weichem Ton. Der Sand war hell, und wenn ich ihn ausschabte, kam darunter ein Rot hervor oder ein Rauchgrau, und es war von einem Rest Feuchtigkeit dunkel und leuchtender als die übrige Platte. Ich half mit Spucke nach, denn ich wollte gern schreiben, Muster in die Muster schreiben, und sie waren wie Wörter für das, was alles so andersartig war, Wörter für Rumänien. War es jedoch sehr heiß und trocken und das Hausmädchen hatte den Garten noch nicht gegossen, dann war der Sand in den Rillen festgebacken, weiße Kreuze auf rötlichem Grund, und ich konnte sie verschwinden machen, indem ich sie auskratzte. Es war wie ein umgekehrtes Schreiben. Ich konnte auslöschen, was mir drohte. Nämlich, dass ich den Garten, das Haus, die neuen Kleider und die Eltern verlassen müsste. Zurückkehren, wieder in die Schweiz zurückkehren müsste, mit Anna, Mamas Schwester, die uns auf der Reise begleitet hatte und ein paar Monate bleiben wollte. Da mich mein Bruder Curt, der drei Jahre älter war als ich und schon Buchstaben lesen konnte, auslachte, wenn er mich schreiben oder auslöschen sah, begann ich die Muster nur noch im Kopf zu machen. Ich setzte mich auf die Stufen, die zum Salon führten, und wenn ich dann ganz lange auf die Platten starrte, mich konzentrierte und durch die Kreuzchen hindurchzublicken versuchte, dann changierten sie plötzlich, und das anfängliche Muster ergab ein neues. Es verwandelte sich, bestand nicht mehr aus Kreuzchen, sondern aus Sternen, deren Mittelpunkte sich durch die Ecken der aneinanderstoßenden Platten ergaben. Und wenn ich nur lange genug hinsah, dann begannen die Farbunterschiede in die Muster hineinzuwirken, verbanden sich die Kreuzchen und die Sterne zu neuen Figuren, die wiederum größere Muster ergaben, so große, dass ich sie nur mit Mühe überblicken konnte. Und dann entdeckte ich eines Tages, dass der Plattenbelag als Ganzes ebenfalls ein Muster bildete: Wie alle Häuser in Rumänien stand auch das unsere mit der Schmalseite zur Straße hin. Von der anschließenden Lattentür, gleich unter meinem Fenster, bedeckten die Platten den Gehweg entlang der Hausfront zum Garten hin, ein Streifen, von einem Bordstein abgeschlossen. Dieser Streifen weitete sich nach einigen Schritten, bildete einen rechteckigen Vorsprung, der wieder zurückgenommen wurde, dann vor dem Salon sein Gegenstück fand, den Streifen verschmälernd, um sich beim Kücheneingang wieder vorspringend zu weiten, sodass die Schlusssteine eine mäandrierende Linie bildeten wie bei den Stickmustern. Auch das Haus hatte eine Bordüre wie die Kopftücher, Hemden und Blusen, und ich entdeckte plötzlich diese Muster in den Bäumen, in den Blumenbeeten, zwischen den Kübelpflanzen. Ich stieß auf sie in den Straßen, sah die Muster an den Menschen und an den Fassaden der Häuser, ich entdeckte sie in den Spiegelungen des Lichts und in der Empfindung der Wärme. Drückte ich auf meine Augenlider, dann sah ich gelbe und rote Bänder und Kreuze, manchmal waren sie auch von sattem Grün. Muster, wie sie auf die locker luftigen Stoffe gestickt waren, die vor den Fenstern hingen, sich bauschten und immer auch etwas verbargen.

Einmal, als Mutter wieder von den Mustern auf den Platten im Garten des Hauses an der Strada Morilor erzählte, spürte ich, damals noch ein Kind von vielleicht acht oder neun Jahren, wie sie sich in Gedanken hinter diese bestickten Stoffe zurückzog, in die Vergangenheit entschwand und mich zurückließ in dem Haus am Ausgang des Dorfes S., inmitten der Molasse, umgeben von Rasen und Apfelbäumen, mit Gehwegen von gesichtslosen, grauen Betonplatten.

– Diese Muster, sagte sie schon aus großer Ferne und ohne noch eine körperliche Gegenwart zu haben, ordneten das Verwirrende. Sie gaben den Eindrücken eine Form, die sie anschaulich machten, und waren gleichzeitig ein Schmuck, der verzierte und wiederum Gefühle und Stimmungen fasste: Ein Schriftzug ohne Worte, den ich mit meinen Augen neu in die noch unbekannten Dinge schrieb.

Großpapa ließ im Schachterschen Haus, wo er vorerst einen Schlafraum und einen Salon bezogen hatte, den Tisch nach draußen tragen und hieß ihn im Schatten der Nussbäume aufstellen. *Komme soeben per Fuhrwerk »Landauer« von der anderen Weberei her und bin in der Stadt zum Mittagstisch gewesen.* Er liebte es, nach der Ruhestunde noch eine Weile im Freien zu sitzen, sich den Kaffee bringen zu lassen und das Bukarester Tageblatt zu lesen. *Soeben sind Herr Schachters für sechs Tage verreist und haushalte ich nun allein mit dem Dienstmädchen im freien Haus.* Das Wetter war seit seiner Ankunft gleichmäßig schön und heiß gewesen, *während ihr Brände und Bergstürze habt*, und er bat das Dienstmädchen, sie möge um einen Zugänger besorgt sein, der nach Mittag die Wege entlang der Rosenbeete und die Flächen bei den Rondellen besprenge, um den Staub zu binden. Doch in Wirklichkeit liebte er den feucht erdigen Geruch, durch den der Schatten unter den vier, im Quadrat stehenden Bäumen tiefer wurde und das Grün leuchtender. Selbst die Blumenfarben der Beete erschienen in der befeuchteten Luft klarer – so wenigstens glaubte er.

Großpapa trank den Kaffee in kleinen Schlucken, vorsichtig schlürfend, und blickte nach einem letzten, schon rauen *goût* in das Porzellanrund, wo sich nassglänzend der Kaffeesatz zurückzog. *Diese Woche hatte ich schon Besuch und habe denselben per Equipage in der Stadt herumgeführt.* Bei der Glut, die um die Bäume lag, mit gleißenden Bändern in die Schatten drang, Muster auf die besprengten Flächen warf, grüngelbe Muster, erlaubte sich Großpapa den Rock abzulegen und lediglich in Weste und Hemd auf der Gartenbank zu sitzen, auch wenn ihm nicht entgangen war, dass aus dem Nachbarhaus, das mit hohen Fenstern über die Umfassungsmauer ragte, ein Blick ihn streifte und manchmal eine schlanke Gestalt an einem der Fenster wie zufällig erschien. *Herr Schachter hat mir das Fuhrwerk für eventuell abends in die Stadt zu fahren zur Verfügung gestellt, was ich benutzen werde.* Er zog aus der Hosentasche das silberne Etui, entnahm ihm eine der ovalen Zigaretten und klopfte sie ausgiebiger als sonst auf dem Deckel, bevor er das Mundstück seitlich zwischen die Lippen klemmte. Es war ihm nicht unangenehm, sich vor diesem Hintergrund französischen Impressionismus beobachtet zu fühlen. Im Gegenteil empfand er, im rechten Licht und dem ihm angemessenen Bild zu sitzen. *Morgen bin ich zu einem Besuch bei den Suters eingeladen und werde die Equipage erneut benutzen.* Während er rauchte, sah er auf das Blumenrondell, das, umfasst von Buchsbaum, wie ein Bukett von Rosen, Rittersporn, Phlox und Lupinen war – ein Bukett, aus der Hand gelegt, auf eine Tischdecke von Licht und Schatten: Ein grüngelbes Muster, das er einmal malen würde, später, als keine Ordnung mehr war und Großpapa die stürzende Zeit in Stillleben zwingen wollte.

Doch an diesem Mittag im Juni 1912 bestand das Muster noch, war der Garten, nach französischer Manier symmetrisch angelegt, ein wirklicher Garten, und der Ablauf des Tages bestimmte unabänderlich, dass im nächsten Augenblick das Mädchen aus der Tür treten würde, Großpapas Rock überm Arm, Hut und Stock in ihren geröteten Händen, weil es jetzt und für alle Zeiten so bleiben würde: *Ich werde jeden Morgen und Mittag abgeholt.*

Die Zeichnungen des Vogelkleides, ihre farbliche Vielfalt, den Formenreichtum von unscheinbarster Sprenkelung zur prunkvollen Ausstattung, hat die Forschung durch bestimmte Zwecke zu erklären versucht. Das Problem jedoch ist, dass selbst eine klar umrissene Funktion wie der Signalgehalt einer Zeichnung noch nicht erklärt, warum ein bestimmtes Muster so und nicht ganz anders ist: Es könnte in einer veränderten Ausgestaltung nicht weniger gut die eine oder andere Funktion ausüben, was besagt, dass sich in den Zeichnungen der Feder und des Vogelkleides insgesamt noch etwas ausdrückt, das um seiner selbst willen wahrgenommen werden soll: Doch den Lebensphänomenen einen unerklärlichen Teil zweckfreier »Selbstdarstellung« zuzugestehen, widerspricht zutiefst unserem Zweck- und Nützlichkeitsdenken.

Sieht so der Schachtersche Garten am Ende des Jahrhunderts aus?

Ich blickte auf die zwischen den Nussbäumen sich zum Himmel weitende Spirale von Gebäuden, die mir wie Trümmer aus Mutters Kopf vorkamen, hierhergesetzt ans Ende des Gartens, in dem ich an einem Tisch saß, mich noch ein wenig dumpf von der gestrigen Ankunft in Bukarest fühlte und Kaffee trank.

In meinem Rücken erhob sich die Gartenmauer, über die das obere Drittel des Nachbarhauses ragte, hohe Fenster, die Jalousien halb vorgezogen, darüber, in engerer Folge gedrängt, die ehemaligen Dienstbotenkammern in dem von Zinkblech verkleideten Dach. Und während ich flüchtig über die Schulter zu der verwitterten, vom Erdbeben 1977 gezeichneten, ansonsten aber intakten Fassade vom Anfang des Jahrhunderts emporsah, empfand ich – wie zuvor in der Küche – eine Vertrautheit, als kennte ich den Anblick schon lange, als wäre er ein Teil meiner eigenen Erinnerung.

Wie aber konnte eine Erinnerung über die eigene Lebenszeit hinaus zurückgehen? Gibt es vielleicht doch einen Lamarckismus des Erinnerns, ein Vererben erworbener Bilder von der einen zur nächsten Generation? Das Weiterreichen eines geistigen Albums von weichen, filzigen Seiten, wie sie Großpapa in einen Umschlag aus Krokoleder gehüllt hatte?

Ich holte mein Notizbuch und begann den Pflanzenschutt genauer anzusehen. Dieser überwucherte den mittleren und rechten Teil des Gartens, türmte sich gegen das entferntere Ende auf, während im linken Teil bis zur Mauer hin die Wiese lag, auf der ich meinen Tisch aufgestellt hatte. Entlang der Mauer zog sich eine Fahrspur zu einer Garage, neben der ein Feigenbaum windende Äste ausstreckte, die an den Enden noch belaubt waren. *Eine tote Akazie*, notierte ich, *ein absterbender Pappelbaum*. Er streute jetzt schon seine Blätter aus, als wäre Urin aus den Stielen in die Zellen gesickert und hätte das Gewebe allmählich wie einen Beutel gefüllt. *Ein junger, gequälter Kirschbaum*. Die genauere Untersuchung der Garage ergab, dass sie aus einem Gartenhaus bestand, dessen Stufen, Bodenbretter, Bänke herausgerissen und für die grobgezimmerten Seitenwände, welche das ursprünglich quadratische Haus verlängern halfen, verwendet worden waren. Einzelne Umfassungssteine neben den Radspuren deuteten auf ein ehemaliges Blumenbeet hin, das an der Mauer entlang einen Kiesweg zum Gartenhaus gesäumt hatte. Ich drang zwischen hochgeschossenen Ruten gegen die Mitte vor, wo ich auf Reste von Buchsbaum stieß, von denen ich auch noch Kümmerlinge tiefer im Gewucher fand: die Überbleibsel – so vermutete ich – der Einfassung einer Blumenrotunde, wie sie in der französischen Gartenkunst angelegt wird. Die Erde musste ehemals bucklig aufgeschüttet gewesen sein, gekrönt von einem Fliederbusch, von dem ein Seitentrieb des umgesägten Hauptstammes noch existierte. *Rosen, Taubnesseln, Kümmel, Kamille, Holunderschößlinge* ... Die Rosen dürften als Einzige auf die ehemalige Bepflanzung hinweisen, wobei ich denke, dass Rittersporn, dazu weiße Lupinen, vielleicht mit Phlox gemischt, das Sommerbukett hätten bilden können, das dem frühlingshaften Flieder folgte, während die Rosen bis tief in den Herbst hinein blühten. Die Bank stand heute unmittelbar vor der Kühlerhaube des Audi, schwammig geschwärztes Holz unter abplatzender Farbe. Hinter ihr und unter Brennnesseln verborgen, fanden sich die Strünke zweier weiterer Nussbäume. Und da ich rechts des verstümmelten Stammes ebenfalls noch einen verwilderten Rosenstock entdeckte, schloss ich auf eine symmetrische Anlage. Beidseits des Schattenkarrees aus vier Bäumen war je eine Blumenrotunde aufgeschüttet gewesen, in deren Mitte ein Fliederstock gepflanzt worden war. Die Bank hatte auch damals da gestanden, wo sie noch heute stand, nur dass der Platz zwischen den Bäumen nicht von Unkraut, sondern von gewalztem Sand bedeckt gewesen war.

Während ich mich durch Kürbispflanzen, Sonnenblumen, Hibiskus vorarbeitete und am entfernten Ende des Gartens eine verrostete, zerfallene Weinlaube entdeckte, von Ranken und Wicken und Windrosen niedergezerrt, spürte ich den Blick, wandte mich um, sah zum Haus. Im ersten Stock stand eine

Gestalt am offenen Fenster, halb verdeckt von der Jalousie. Es musste Monsieur Uricarius Tochter Michaela sein, die mir ihren Wohnanteil überlassen hatte. Sie mochte schon eine Weile dort am Fenster gestanden und mich beobachtet haben. Ich winkte, doch da war auch schon ihr heller Umriss verschwunden. Als hätte ich ihn mit der Hand weggewischt.

Ich hatte das Album mit den zwei Dutzend Fotos, auf filzige Seiten geklebt und in Krokoleder eingeschlagen, neben dem Notizbuch, der Lupe und einem Bündel von Großpapas Postkarten in die Reisetasche gesteckt.

– Du gehst zur schlimmsten Zeit, hatte meine Mutter beim Abschied gesagt. Die Hitze im Sommer ist unerträglich. Du solltest nach Mittag nicht ins Freie gehen.

Stets blieben während des Tages die Jalousien geschlossen, und ein schattiges Licht erfüllte Mutters Eckzimmer. Durch die geöffneten Fenster drangen die Geräusche der Straße – Schritte, die vorübergingen, das gleichmäßige Rollen der Fuhrwerke mit dem einsam beschwerlichen Stakkato der Hufe, später die Händler, von fern, näher kommend, gleichmäßig ihre Waren anpreisend, Ansätze von Melodien, die abbrachen, sich wiederholten – wie eine in der Rille hängen gebliebene Grammophon-Nadel –, sich wiederholten, abbrachen, lauter und eindringlicher wurden, bis sie unter Mutters Fenster angelangt waren:

– Ich konnte dann die Händler sehen, wie sie sich zur Dîmboviţa hin entfernten, immer nur von hinten, helle Gestalten in pludrigen Hosen, überfallenden Hemden, den Korb auf dem Kopf. Und die Rufe verebbten: Aaardeiradicidelunăcartofi... Und diese Rufe waren wie ein Fieber im Kopf, das ich jeden Sommer bekam. Hitzefieber, von der Feuchte und Hitze, die im Juni begann und sich in den Wochen steigerte, bis die Sonne glühende Beschläge ums Haus legte und mich einschloss. Ich lag im Bett. Ich sah zu, wie der bläuliche Schatten, an dem noch eine Spur Geruch von nächtlicher Feuchte haftete, farblos ausdörrte, um dann gelb und staubig zu werden, wenn ein erster, zweiter Glutstab schwimmenden Sonnenlichts auf dem Teppich erschien, es viele wurden, die näher und näher ans Bett rückten, mich bedrängten; das Fieber stieg. Mama machte essigsaure Wickel, wie Doktor Schlesinger anempfohlen hatte, ein kleiner spitzbärtiger Mann in dunklem Anzug, der jeden Abend auf Visite kam, den Rachen seiner Ledertasche aufsperrte und ein Geschling herauszog, dessen Bügel er sich hinter die Peikes klemmte, und ich konnte das kalte Mondrund auf meiner Brust schon spüren, ein schreckhaftes Zusammenzucken, noch bevor es aufgelegt wurde und der Doktor über mich hinweg auf die Tapete starrte: blasse Augen, vergrößert von einem randlosen Zwicker. – Nu, nu, nu, sagte er, nu, nu, nu. Viel Tee trinken und Wickel machen, Madame S. Es wird sich schon geben. Und Mama saß an meinem Bett, als es schon dunkel war und die Lampe brannte, wechselte die stechend riechenden Tücher, die sich feucht um meine Beine legten. Die Tür zum Salon durfte offen bleiben, und während ich der lauen Nässe um meine Waden nachspürte, hörte ich das Rascheln, wenn Papa die Zeitungsseite wendete, die er auf dem Tisch aufgeschlagen las. Ein tröstlich müder Luftzug wehte von dem weit geöffneten, mit Fliegengitter geschützten Fenster herein, der plötzlich süß von Papas Zigarette roch ...

Es war nicht so sehr die nachmittägliche Wärme gewesen als Mutters Erinnerung, die mich nach einer kurzen Ruhe auf dem aufgedeckten Bett in den Salon gehen ließ. Ich wollte eine Einzelheit prüfen, die mir in Monsieur Uricarius Garten eingefallen war. Das Album in der Hand begab ich mich durch die hohe Tür mit den geschliffenen Gläsern zum Tisch beim Fenster. Die Läden waren angelehnt, durch die Spalten fiel ein staubiges Licht. Die Stühle, Empire-Imitation mit runden Lehnen, hatten Schutzbezüge aus gräulichem Leinen, verrutscht und zerknittert, und auf dem Rund des Tisches lag eine dicke, billige Decke. Ich stellte die Porzellanvase, in der Stoffblumen steckten, auf den Fenstersims, zog die Tischlampe näher, falls ich sie brauchen sollte, und schlug das Album auf.

Während ich Monsieur Uricarius Garten untersucht hatte und aufgrund der Reste unter den Pflanzentrümmern die Wege, Blumenbeete und Sitzplätze zu rekonstruieren versucht hatte, erinnerten mich die Strünke der Fliederbüsche vage an ein Foto des großelterlichen Gartens. Die Aufnahme, von den Eingangsstufen an der Strada Morilor aus gemacht, zeigte – wenn auch nur nebenher und als eine Einrahmung der abgebildeten Familie – ein ähnliches Grundmuster in der Anlage, wie ich sie eben draußen, unter dem Pflanzenschutt, in Monsieur Uricarius Garten, angedeutet gefunden hatte, nämlich Beete, die sich wie Hügel aus dem gewalzten Sand wölbten und von kleinen Fliederbüschen gekrönt gewesen waren. Vielleicht entsprach die Art der Anlage und Bepflanzung einer damaligen Mode, und doch faszinierte mich die Ähnlichkeit, ließ mich sogar für einen Augenblick erwägen, Großpapa könnte den Schachterschen Garten kopiert haben, und während ich mich mit der Lupe zu vergewissern suchte, ob es sich bei den abgebildeten Büschen tatsächlich um Flieder handelte, irrte ich ab, glitt mit vergrößerndem Blick über die Gesichter der Familie S., București 1913, Strada Morilor numǎr şapte, und machte dabei eine Entdeckung. Die Fotografie, die ich da mit Vergrößerungsglas untersuchte und betrachtete, musste Großpapas repräsentative Darstellung von den wiederhergestellten Cölner Verhältnissen sein, die er nach Ankunft im Schachterschen

Haus herzustellen sich vorgenommen hatte. In all den Wochen, seit ich die Biedermeiertruhe ins Wohnzimmer meiner Mutter hinuntergetragen hatte und in denen ich die Bilder des Albums immer wieder betrachtet und untersucht hatte, war mir nie aufgefallen, dass unter all den rechteckigen, länglichen, breitformatigen und auch quadratischen Aufnahmen nur diese eine Fotografie oval war. Mit Genauigkeit zurechtgeschnitten, musste sie später hier ins Album eingeklebt worden sein, statt – wie ursprünglich wohl beabsichtigt – einem Rahmen aus Messing eingepasst zu werden, als würdige Nachfolge von Scherenschnitt und Daguerreotypie. Es war ein sorgfältig arrangiertes Stillleben: Herr S. in Cut und gestreifter Hose sitzt in einem hochlehnigen Gartenstuhl, den selbstbewussten Blick gerade zur Kamera gerichtet, als Requisit die gefaltete Zeitung auf den Knien: Vornehme Abkunft, ausgedehnt bis zu den locker auf die Schenkel gestützten Händen und der leicht verschobenen Beinstellung, die den linken Schuh um eine Länge vorstellt. Ganz Haltung, vollendet, prototypisch. Großmama in hochgeschlossener Bluse, das Medaillon umgelegt, ein Perlennetz im sorgfältig frisierten Haar, am Gartentisch auf der Bank sitzend, den rechten Unterarm leicht auf die Rücklehne gestützt; das bedruckte Tuch verdeckt die übergeschlagenen Beine, die sich in einer leichten Nachgiebigkeit des Körpers verraten und die ihrerseits wieder durch die sehr gerade Kopfhaltung über ihrem schlanken

Hals korrigiert wird: Stolz, auch ein lächelndes Erfülltsein. Man besaß, was man erreichen wollte, und die Kinder – Curt in seinem Matrosenkostüm, Mutter in ihrem glockigen Rock mit dem Muster aus Kreuzchen – waren kleine Abbilder der künftigen Nachfolge, Prinz und Prinzessin, auf dem »Bildnis einer herrschenden Familie im Garten«.

Was mich berührte, war die naive Überhebung, die in dem Bild ihren Ausdruck fand, das Antiquierte der Lebensform, das angesichts des aufziehenden Krieges, der sich abzeichnenden gesellschaftlichen Umwälzungen, keine Chance mehr haben würde. Es war die Darstellung verweigerter Anpassung, die Großpapa und seine Familie im rückständigen Rumänien zelebrierten. Beim Betrachten ihres Eigensinns streifte mich die Ahnung, weshalb eine Generation im Stammbaum des »Hausaltars« übersprungen worden war, man nahtlos bei Johann Wilhelm, 1850, anschloss und großzügig alles außer Acht ließ, was sich in der zweiten Hälfte des Jahrhunderts verändert hatte. Jenes »missing-link«, der unglückliche Gustav Lorenz S., war von der Zeitströmung weggespült worden. Über dem aufgeschlagenen Album an jenem Nachmittag in Bukarest schien mir zumindest der Gedanke nicht abwegig, dass dieser Gustav Lorenz in den siebziger und achtziger Jahren des letzten Jahrhunderts das getan haben musste, was alle vermögenden Bürger im Rausch der Gründerjahre, der globalen Märkte und rücksichtslosen Industrialisierung getan hatten. Er spekulierte und verlor. Und da sich die menschliche Würde auf Geld und Macht verkürzt hatte, setzte er auch das treuhänderische Vermögen seines Bruders Ernst ein, der auf einer Reise nach Russland erkrankt und in Köln gestorben war, als Großpapa noch zur Schule ging, setzte es ein, um den Verlust wettzumachen, und verspekulierte auch noch den Teil des Vermögens, der ihm nicht gehörte, bis nichts mehr blieb und es an Großpapa kam, die ehemaligen Verhältnisse wiederherzustellen – und das hatte er nicht ganz so großartig, aber dank »kolonialer« Verhältnisse doch ansehnlich geschafft, wie das ovale Bild bezeugen sollte, bestimmt für die Ahnengalerie, in die es dennoch keine Aufnahme mehr gefunden hat.

Die Familie S. blickte ahnungslos in die Zukunft, die sie verschlucken würde.

VI

STADTPLAN

Das Glas umschloss die Flüssigkeit, hielt sie aufrecht in der Luft, eine Säule Wasser, beschriftet mit Etikett und verschweißt mit einer Plastikkrone: In die Flasche eingeschlossen, sich nach oben verjüngend, war die Möglichkeit, den Durst zu löschen. Mutter konnte das Wasser durch das Glas betrachten, danach greifen, nochmals versuchen, den Verschluss zu öffnen. Doch eben an diesem Tag war ihr die Selbstverständlichkeit, eine Flasche zu öffnen, abhandengekommen, hatte sie eine so einfache Fertigkeit, die sie täglich ausführte, verloren. Sie sah auf diese Säule von Wasser vor ihr auf dem Tisch aus Cöln, spürte, gedemütigt von der eigenen Kraftlosigkeit, wie das Alltägliche und Selbstverständliche begann, sich unerreichbar zu machen, sich in ein Jenseits zurückzuziehen, wo all die Menschen lebten, die hunderterlei Griffe unbewusst taten, und wo man die Plastikkrone aufdrehte, wenn man ein Glas Wasser trinken wollte; sie jedoch bliebe in einem Diesseits trockener Luft zurück: Die Lippen waren rissig, die Musik leierte auch jetzt in ihrem Bauch – di da da dum – di da da dum – , und sie schaute in diese jenseitige Klarheit, die vor ihr, eingeschlossen in Glas, auf der Tischdecke aus Bukarest stand, und war sich ein paar Zuckungen ihrer Halsschlagader später sicher, gerade jetzt, nicht wirklich Durst zu haben, ja von dem Augenblick an den Durst nie mehr zu beachten und in ihrem Empfinden eine Lücke zu lassen wie im Hausaltar.

Vor wenigen Tagen, an einem Abend, hatte sie im Wohnzimmer gesessen, im Lederfauteuil meines Vaters, schmal zwischen den rissigen, abgegriffenen Armpolstern, den Wollschal um ihre nach vorn gerutschten Schultern gezogen. Das Oberlicht der Stehlampe brannte, ein dünnes Licht, das einen Kreis auf den Teppich warf, an dessen Peripherie glasige Bilder im Fernseher flackerten. Ein Blitz schoss aus der Röhre, zuckte grell durchs Zimmer, erhellte es weißflüssig, und das Haus flüsterte, redete, füllte sich mit Stimmen, die über Mutter, über die Familie sprachen, unausgesetzt und weitererzählten, während der Bildschirm mit einem Mal grau und tot war. Die Stimmen tönten von oben, aus den Schlafzimmern und aus Vaters Büro, kamen aus der angrenzenden Küche, drangen durch die Wand der Halle, deren Flügeltüren zum Garten gehen. Mutter rief die Nachbarn an. Ob sie diese Störung auch hätten, eben jetzt, seit wenigen Minuten: Kein Bild, doch das Haus voll von Stimmen? Die »Herr Wincklers« hatten schon am Hügel gewohnt, als unser

Haus noch nicht gebaut war, sie kamen den Weg herauf und die Zufahrt entlang, Frau Winckler am Arm ihres Mannes, leicht einknickend bei jedem Schritt, während er sich steif und gerade hielt, kamen in ihren Mänteln auf das Haus zugegangen, um nachzusehen, was es mit der Störung und den Stimmen auf sich habe. Sie fanden Mutter im Lederfauteuil sitzen, vor laufendem Fernseher, dessen Ton ausgeschaltet war. Stille war im Haus, das Licht warf einen Kreis um den Fauteuil. Auf dem Beistelltisch stand ein Teller mit Krumen.

– Ich habe sie kommen sehen, auf unserer Straße. Sie haben nicht gemerkt, dass ich sie beobachtete. Doch als ich die »Herrn Wincklers« kommen sah, Frau Winckler am Arm ihres Mannes, wusste ich nicht genau, wer die Frau war, die mir auf der Straße entgegenkam, und ob nicht ich es sei, die auf mich zukäme. Und die Stimme in meinem Kopf sagte zu der Frau im Mantel, die beim Gehen leicht einknickte: Moaş'ta pe gheaţă! Sagte zu jedem ihrer Schritte, die meine eigenen waren:

Moaş'ta pe gheaţă! Schleif auf Eis zurück ins Loch, aus dem man dich gezogen hat.

Und Mutter glitt allmählich und sanft wie auf Eis in ihre Kindheit zurück, gab die Gegenwart auf, verließ die jüngste Vergangenheit, bald schon würde sie auch die Zeit meiner Jugend und Kindheit vergessen, in der sie mich diesen Fluch »Moaş'ta pe gheaţă« gelehrt hatte, obschon sie selbst nicht wusste, was er bedeutete.

Solange ich mich erinnern kann, lagen diese Wörter widerspenstig im Strom der Sprache: Ich durfte sie nicht brauchen, obschon Mutter sie mich gelehrt hatte.

Großpapa konnte zornig werden und aufgebracht sein, wie mir Mutter erzählte, doch seine Selbstachtung ließ nicht zu, sich gehen zu lassen, auch im Zorn nicht. Das Fluchen war Sache der Kutscher; sie schworen und verwünschten, schnitten dämonische Fratzen, während es seinem Stand entsprach, sich gesittet in einem Panorama zu bewegen, das dank Technik und Wissenschaft die Welt zu einer Promenade in der Abendsonne machte, in der die Bäume geordnet stehen, die Wege gerecht sind und die Bänke zum Verweilen einladen. Kraftausdrücke und Fratzen wären an einem solchen Ort höchst deplatziert.

Und doch war dieses unaussprechliche Wort – »die Hebamme auf dem Eis«, wie Mutter flüsternd übersetzte – von der Familie S. aus Rumänien mitgenommen und an mich weitergegeben worden. Mutter lehrte mich die Aussprache, obschon sie Großpapas Ansicht teilte und an seinem Lebensbild festhielt, selbst dann noch, als die Promenaden längst zu Abstellplätzen der Autos geworden waren und die dämonische Fratze sich als biederes Verbrechergesicht eines Flachmalers entlarvt hatte.

– Du musst die Silben anders aussprechen, nein, nein, hör genau zu: Mua-sch-tä-pè-gi-atze! Und ich wiederholte, bis Mutter mit meiner Aussprache zufrieden war.

– Es ist der schlimmste Fluch, den es in Rumänien gibt, sagte sie. Die Hebamme auf dem Eis!

Und es war dieser Widerspruch – das Schlimmste und gleichzeitig so harmlos und unverständlich zu sein –, das dem Fluch eine Kraft und Magie gab, seinem Laut etwas Absolutes verlieh, gegen das die Dorfjungen nichts mehr vermochten, wenn ich es ihnen in die verdutzten Gesichter schrie: Moaş'ta pe gheaţă! Die Hebamme auf dem Eis!

Ich konnte ja nicht ahnen, dass auch Mutter nicht verstand, was der Kraftausdruck hieß, nicht wusste, was er bedeutete, bis vielleicht an jenem Abend, da sie ihn sich selbst entgegenrief, als die Frau im Mantel, die beim Gehen leicht einknickte, am Arm ihres Mannes zum Haus kam, das voll von Stimmen war.

Als ich vom Einkaufen in der Stadt zurückkam, saß Mutter am Esstisch, vor sich eine Flasche Mineralwasser und ein unbenutztes Glas. Ich hatte in der Apotheke die Medikamente besorgt, die der Arzt ihr verschrieben hatte. Dann war ich zur Reisebuchhandlung gefahren und hatte einen Stadtplan von Bukarest gekauft.

– Du musst die Kapseln mit einem Schluck Wasser nehmen.

– Wirklich? Muss ich das?

Das becherförmige Glas gehörte zu einem Set, das sie vor Jahrzehnten »für den Garten« gekauft hatte – damals, als wir am Dorfausgang von S. wohnten, der Sitzplatz unter einem alten Apfelbaum lag und die Blumenbeete zur Viehweide hin voll Phlox, Lupinen und Rittersporn blühten.

– Ich brauche kaum noch Wasser, sagte sie, eigentlich fast nichts mehr. Ich habe Wasser nie gemocht. Es gibt blaue Därme.

Die Mittel wirkten zu meiner Erleichterung erstaunlich rasch. Ich würde am Abend losfahren können und wäre spätestens am folgenden Nachmittag von der Ausgrabung im Tessin zurück. Ich könnte dann mit gutem Gewissen ein paar Tage bei Mutter bleiben.

– Ich höre sie noch leise und sehr weit weg. Ich glaube, die Musik ist im Haus umhergeflogen, und ich habe sie aus Versehen verschluckt. Vielleicht als ich schlief, als ich mit offenem Mund schlief. Hältst du das für möglich?

Schon am Nachmittag verlor ihre Stimme das flüsternd fiepsige Stakkato, sank ab in die Normallage und sedimentierte im Ton der nachdenklichen Sprechweise, die sich während der Jahre ihrer Einsamkeit vertieft hatte.

– Es ist ein Tabu. Über die verschluckte Musik darf man nicht reden. Die Leute denken sonst, man spinnt. Ich habe »Herrn Winklers« nichts von der

Musik gesagt. Nur von der Störung des Fernsehers, und sie sind gekommen, und ich habe sie gesehen. Dumme, dumme Frau, hat die Stimme im Haus gesagt, dumme, dumme Frau. Moaş'ta pe gheaţă!

– Solange ich mich erinnern kann, lagen diese Wörter widerspenstig im Strom der Sprache, sagte ich zu Sorin Manea, den ich am zweiten Abend meines Aufenthalts in Bukarest getroffen hatte, überraschend und eigentlich nicht vorgesehen, ein Herpetologe, den ich früher einmal während eines Kongresses kennengelernt hatte.

– Ein Fluch, der sehr hässlich sein soll.

Wir saßen in der Lăptăria, einer Jazzbar im Nationaltheater, und nachdem Sorin Manea eine Weile nachgedacht hatte, das Wort im Mund herumgedreht, Aussprache und Betonung geändert hatte, lächelte er boshaft, beugte sich unvermittelt vor, schrie einen Tischnachbarn an, der einsam dahockte und an einer Suppe löffelte: – Moaş'ta pe gheaţă! Es war ein etwa fünfzigjähriger Mann, ein kalkgraues, müdes Gesicht, von wirren, ungepflegten Haaren umrahmt, und das Gesicht hob sich über dem Suppenlöffel, verblüfft und konsterniert. Dann schimpfte er los, stampfte auf, drohte. Sorin lehnte sich zurück, kniff die Augen zu, sagte sehr leise: – Moaş'ta pe gheaţă!, und der Mann fuchtelte, zappelte und war dann ganz plötzlich verschwunden.

– So ist das in unserem Land, sagte Sorin, schrei

ihn an, und er verschwindet. Es ist noch immer ein Reflex aus den Tagen, da man nie wusste, was jemand von einem wollte, und es besser war zu tun, was ein anderer von einem verlangte: Schleif auf Eis zurück ins Loch, aus dem man dich gezogen hat!

Wir alle haben schon erfahren, wie leicht sich die Federäste voneinander trennen lassen. Doch ein zartes Glätten in der »Strichrichtung« bringt alles wieder in Ordnung: Die Haken an den vorderen Strahlen greifen nach unten in besondere Krempen ein. Brechen allerdings die Haken, so bleibt ein Spalt in der Federfahne, der durch nichts, durch kein noch so liebevolles Glätten zu schließen ist.

Es war nach Mitternacht, vor dem Haus stand der Mietwagen, mit dem ich eben am Monte San Giorgio angekommen war. Ich spürte die Berge, die nebelfetzigen Hänge, und der Regen eines vorangegangenen Gewitters rauschte im offenen Fenster: Er vertiefte die Stille, verwandelte das Licht der Tischlampe zu einer hellen Geborgenheit, und in sie schob ich den Stadtplan von Bukarest, ein gelber Umschlag mit blauem Band.

Die Unterkunft befand sich unweit von der Ausgrabung entfernt, im morphogenetischen Feld meines Berufes sozusagen, und entsprechend funktionierte mein Kopf, geschult, auf Fakten bezogen. Ich faltete das Blatt auseinander, beugte mich vor, als wollte ich ein Präparat untersuchen:

1. Stadtplan von Bukarest. Der erste Gegenstand in meinen Händen, der die Wirklichkeit der heutigen Stadt bezeugt. Er ist quasi der Beleg ihrer Existenz, allerdings in einer abstrakten Übersetzung: Flächen, Linien, Farben, zweidimensional wie ein Mikroschnitt unterm Binokular, Muster einer Lebensanordnung.

2. Fleischfarbenes Muskelgewebe bebauter Areale, durchzogen vom Weiß der Venen und vom Gelb der dickeren Arterien, der Schlagadern. Eingebettet in die Muskelfaszikel sind einzelne Organe, Grünflächen, die eine oder mehrere wässrige Kavernen einschließen, bläulich gefärbt.

3. Beinahe der erste Blick trifft auf den Namen Strada Morilor, verblüffend früh und unerklärlich rasch für die Tatsache, dass ich von der Stadt und der Lage der Straße kaum eine Ahnung habe: Eine periphere Arterie am unteren Bildrand, im Bereich der Netzgefäße, in Unschärfen versickernd.

4. Es gibt sie. Es gibt sie tatsächlich. Es gibt sie tatsächlich noch.

5. Sie existiert, wenn vorerst auch nur als Name, nicht als Bezeichnetes: Kein Aufschluss darüber, wie sie aussieht. Ob sie noch diese gerade, in der Tiefe leicht ansteigende Chaussee ist, die Großpapa sich anschickte, 1912 aufnehmen zu wollen, dabei die Stützen seiner Kamera auf dem Pflaster ruckte, um das Haus Nummer 7 vorteilhaft in den Sucher zu bekommen.

Was mich jedoch wirklich verblüffte, war das Bild, das sogleich mit großer Eindringlichkeit in meinem Kopf entstand, räumlich wie bei diesen alten Guckgläsern, in die man Karten mit doppelten Fotografien steckt und die ein plastisches Sehen des Abgebildeten ermöglichen. Ich schaute von oben in einen Straßenzug, in einen Boulevard, vielleicht von Paris entliehen. Links lag eine breitangelegte Fahrbahn, rechts, hinter Bäumen und dem Gehsteig, paradierte eine Fassadenflucht klassizistischer Häuser, ausgerichtete Serien von Fenstern und Gesimse über Geschäften und hohen, säulenbewehrten Eingängen. Doch der Boulevard war seltsam leer: kein Vehikel, keine Menschen – bis auf eine verwischte Figur, in Weiß und lange Röcke gekleidet, die einen Sonnenschirm hielt. Die Unbelebtheit, die Storen vor einzelnen Auslagen und die mageren Schatten, dazu die Figur, die allein und unscheinbar vor der Fassadenflucht stand, lösten ein Gefühl in mir aus: Das erinnerte Gefühl von sommerlichem Nachmittag in einer Vorstadt, wo die Zeit durch brütende Hitze angehalten scheint, wo das gebrochene Licht der Sonnenstoren auf die zum Schutz leergeräumten Etagieren einer Bäckerei fällt und sich bewegungslos im Spiegel hinter dem Verkaufstresen die Einrichtung nochmals wiederholt, glasig, entrückt in eine Vergangenheit, die vor meiner eigenen liegt ...

– Habe ich dir die Geschichte von den Pasteten erzählt, die so berühmt in Bukarest waren, dass die bessere Gesellschaft hinfuhr, um sie zu kaufen, Fleischpasteten mit einem süßlichen Geschmack, wie es sie eben nirgends sonst gab, zart und fein, und dass immer wieder Kinder verschwanden?

Mutter saß am Tisch, sie hatte eine Lupe, das in Krokoleder gebundene Album und einen Bleistift auf der rumänischen Tischdecke zurechtgelegt.

– Wir werden spazieren gehen, hatte sie gesagt, als ich sie am Morgen vom Tessin aus anrief und von dem Stadtplan erzählte. Nein, die Musik sei nur noch tief innen, aber kaum noch zu hören. Das Hirn sei in Ordnung, habe Doktor Schlesinger gesagt, und das hat mich gewundert. Ich habe immer gedacht, alles hänge mit dem Hirn zusammen.

Sie hatte Tee gekocht und das Service hervorgeholt, dieses hauchdünne schneeige Porzellan mit den kleinen, handgemalten Bouquets, das sie bei Besuchen und besonderen Anlässen verwendet hatte, doch das seit längerer Zeit unbenutzt im Schrank stand. Sie hatte den Rest Russenzopf aufgeschnitten und die Kuchengabeln mit dem geschwungenen Monogramm ihres Papas bereitgelegt, dazu die Servietten mit den Kreuzchen, vier im rechten Winkel gegeneinander gerichtete Schlitze, von einem grauen Faden umsäumt.

– Ich freue mich, sagte sie, und nachdem ich kurz

von der Fahrt ins Tessin berichtet hatte, dass ich nun für ein paar Tage bei ihr bleiben könne, holte ich den Stadtplan hervor, breitete ihn auf der gestickten Decke vor Mutter aus.

– Ich freue mich, wieder durch Bukarest zu gehen.

Mutter reckte ihren schütteren Leib, sah auf diesen von weißen und gelben Linien durchzogenen Farbfleck. Ihre Augen zitterten leicht, der Blick glitt über das Netz der Straßen, suchte Halt, suchte und suchte, ihre Hand tastete dabei nach der Lupe neben dem Blatt, ließ diese über die Stadt schweben, eine gläserne Scheibe in verchromter Fassung, die im Zenit plötzlich herab ins Zentrum sackte.

– Oh je, ich sehe nichts. Ich brauche Licht. Ich kann nichts sehen.

Föhnige Luft, grell und klar, stand in den Fenstern, die Sonne durchschoss die Äste des Ahorns, brannte auf dem Rot des Teppichs, doch ich holte die Lampe, schloss sie an, schob ihren Lichtkreis aufs Blatt, eine leichte Gilbung.

Die Lupe wackelte so stark über Bukarest hin, dass ich Mutters Hand halten und führen musste.

Ich zeigte ihr die Strada Morilor.

– Das ist sie? Nun gut, dann kannst du der Dîmbovița entlang zum Platz vor Lemaître gehen …

– Die Fabrik heißt jetzt Timpuri Noi.

– Das ist ein Druckfehler. Die Rumänen sind in

nichts sehr genau, sagte sie. Merk dir den Namen Lemaître. Dort kannst du die Pferdetrambahn nehmen, die Nummer eins zum Sfintu Gheorghe.

– Es ist jetzt eine Métrostation.

Sie wackelte mit der Lupe stadteinwärts. Sie wollte zum Sfintu Gheorghe, zum *Centralpunkt, nach welchem man von uns aus per Tram fährt*, suchte nach der Strada Lipscani, um in sie hineinzusehen, wie es Großpapa getan hatte, den Stock sorgfältig aufs Pflaster gesetzt und von der Gewissheit durchdrungen, ein schon lang währender Verlust gliche sich endlich und für immer aus. Doch Mutter fand sich nicht zurecht.

– Da sind ja keine Häuser mehr, sagte sie, nur Straßen. Aber ich kann die Namen nicht lesen.

Ich zeigte auf die Calea Victoriei, deren Namen ich seit meiner Kindheit kannte, von der die Großeltern, Mutter, Onkel Mendel erzählt hatten und deren Namen nach glänzendem, bewegtem Leben klang: Calea Victoriei, die Straße des Sieges.

– Die wirst du doch kennen, sagte ich.

– Die Calea Victoriei? Selbstverständlich. Ich bitte dich, die Calea Victoriei! Ist sie das? Sie hat sich sehr verändert.

Es half nichts zu erklären, dass die rosafarbenen Flächen für die Bebauungen stünden.

– Ich habe gedacht, man sähe die Häuser auf dem Plan. Ich würde sie sehen und sie wiedererkennen, wenn wir zusammen durch die Straßen gingen. Ich könnte dir die Gebäude zeigen, die Plätze, die Restaurants.

Und ihr Körper sank ein, der Blick ihrer hellen Augen glitt über den Plan und die Tischdecke hinweg, fing sich im Geflecht der gegenüberstehenden Stuhllehne, aus Cöln, Louis-Philippe – und vor dem Fenster wirbelten im föhnigen Licht die »Flügelnasen« des Ahorns, der sie gewaltig ein letztes Mal ausstreute.

VII

SÜSSIGKEITEN

Gelb, das ist auch ein Geruch, und er haftete nach den Mühen scheinbar endlosen Mahlens an den Händen, wenn ich Großmama die türkische Kaffeemühle wieder hinstreckte: Ein Minarett aus Messing, dessen Kuppel man abheben konnte, um die Kaffeebohnen einzufüllen; dann stülpte man über die Vierkantspitze den klappbaren Hebel, und die Litanei des Mittaggebetes konnte beginnen, ein an-abschwellendes Geräusch wie in einem Fiebertraum, schrallkörnerig splitternd zerreibend. Und dieser messingene Zylinder schwoll warm an, wurde feucht in der linken Hand, und ich presste ihn fester zwischen die Knie, während ein Schmerz von der Schulter durch den rechten Arm zu sickern begann. Langsamer, stockender wurde die Stimme des Muezzins, doch ein harziger Geruch stieg in langen, feinen Fäden auf, mischte sich in die Wärme der Gasflamme, die im Küchendämmer brannte, und ich war jedes Mal erleichtert, wenn die Kraft endlich ausschoss und der Hebel leer drehte, einen befreiten Lauf hinterherleiernd. Großmama klopfte auf den Zylinder der Kaffeemühle, drehte den unteren Teil auf und schob ihr Gesicht über den Becher voll pudrig gemahlenen Kaffees: Ein blasses, fleckiges Gesicht unter dem dünn gewordenen, noch immer hochfrisierten Haar. Steif machte sie nervöse Schritte zum Herd, wo das gezuckerte Wasser im Pfännchen kochte, spähte durch ihre Altersbrille vom Pulver im Messingbecher zum siedenden Wasser im Messingpfännchen, als würde sie blickweise bereits Kaffee und Wasser vermischen. Dann murmelte sie ihr »Sakerment«, weil ihr erst dann der Löffel einfiel, und das war kein beliebiger Löffel, sondern einer aus Rumänien, billig und aus Blech, der einen absurd langgezogenen Stiel besaß und den es hier nicht zu kaufen gab. Einzig mit ihm ließ sich das Pulver ins sprudelnde Wasser einrühren.

Es war damals Frühjahr, als ich Großmama während der Schulferien für ein paar Tage in ihrer Mietwohnung besuchte, draußen blieb es kühl und regnerisch, und ich lag für Stunden auf der Chaiselongue, um die »roten Verben« im Lateinbuch zu büffeln. Doch mittags, wenn Großmama mit dem Löffel den Kaffee behutsam einrührte, füllte sich die nüchterne Küche mit Hitze und Staub, die Küchenlampe warf ein Stück Sonnenschein auf die Wand, und Großmama lächelte. – *Caimac*, sagte sie, *caimac*, und schöpfte den aufquellenden Kaffeeschaum ab, dessen Blasen ölig schimmerten.

Neben Monsieur Uricarius Gartentür war am Mauerpfeiler ein Schild angebracht, auf dem der Straßenname in emaillierten Buchstaben stand, »Salcâmilor«, wie ihn Monsieur Uricariu am Telefon diktiert hatte, als er mir seine Adresse nannte. Am zweiten Abend meines Aufenthaltes trat ich aus der Gartenpforte, um ein Restaurant in der Nähe ausfindig zu machen, und während ich mich umblickte, fiel mein Blick auf das Schild am Gartenzaun gegenüber jenem am Mauerpfeiler, das als Straßennamen »Salcîmilor« nannte, und diese in sich asymmetrische Spiegelung schuf einen unscharfen, undefinierten Raum, in den ich unversehens geraten war. (Später erklärte mir Sorin Manea, die Schreibweise des rumänischen Lautes â sei von Ceaușescu in das phonetisch nähere î umgewandelt worden, was die Herkunft eines Wortes in vielen Fällen jedoch zur Unerkennbarkeit entstellt habe.) Während ich irritiert dastand, die kurze, im Zwielicht liegende Straße nach Fluchtpunkten absuchte, schlug ein hartes Gebell an. Von dem langgezogenen Platz, der durch die Einmündung der Allee und einer weiterführenden Straße gebildet wurde, schoss plötzlich ein Hund ums Eck, gehetzt von einer Meute von acht bis zehn schakalartigen Kötern. Sie hatten struppiges, im Nacken gesträubtes Haar, die Zunge hing schlapp und schlenkernd zwischen den Zähnen, die Lefzen begeifert, bellten sie scharfkantig, jagten in der Mitte der Straße vorbei, und die Krallen kratzten auf den Pflastersteinen.

Jemand rief, schimpfte, aus dem Haus gegenüber kam ein Mann, der seiner Frau abschätzig befahl, und sie bückte sich im Moment, da der Gehetzte sich durch den Biss seines Verfolgers überschlug, einen Augenblick freikam, zwei, drei Längen gewann und zurückfloh, dem Platz zu, die Meute hinter sich herziehend, die jede Abweichung von der Geraden nutzte, den Weg zu verkürzen, und die Frau, klein und beleibt, hob den Arm, schleuderte einen Stein, der stiebend aufschlug, über den Hund sprang und hellklingend an die Mauer prallte. Der Hund wich aus, überschlug sich erneut, doch diesmal war die Meute über ihm, heulende Bälger, aus denen ein spitzes Gewinsel schrie. Dann lag der Hund da, ein Fetzen seines schwarzen Fells hing an dem nackten, blutigen Fleisch, das handgroß auf seinem Rücken klaffte, bereit für die Fliegen, die es dunkel bedecken würden, und hellgelb sickerte der Urin zwischen den Läufen hervor, netzte die Steine, dass sie glänzten – für einen Moment glänzten, ehe der Staub die Flüssigkeit überzog, eindickte zu einem klebrigen Fleck. Winselnd hob sich der Hund auf die Vorderpfoten, rutschte, die Hinterläufe über die staubigen Steine schleppend, den Kötern hinterher, die gegen den Platz trotteten: Jeder für sich, leicht und mit glattem Fell, wie an den Nasen in die Dämmerung gezogen, die aus den Toreinfahrten, Gartenpforten, aus den Mauerschatten und Hauseingängen auf den Platz floss, eine wachsende Dunkelheit, in der die Köter verschwanden.

– Weißt du, sagte Großmama, indem sie über mein Lehrbuch hinweg zum Fenster sah, die Tasse Kaffee in der Hand, weißt du, dass »Stern« auf Rumänisch *astru* heißt, fast genauso wie auf Latein? Und casa *casă* und campus *câmp* ... und Brot *pâine* und Hühner *găină*?

Und jedes der rumänischen Worte ließ auf ihrem Gesicht vergilbte und weit entfernte Umrisse wetterleuchten.

Ich kehrte um, öffnete die Gartenpforte, schritt den Plattenweg zurück zum Haus: Ich wollte nicht ziellos, wie beabsichtigt, durch die Straßen laufen, auf der Suche nach einem Restaurant. Dies konnte nicht die Art sein, mich der Stadt zu nähern, Bukarest, das bis zu dem Zeitpunkt – von der Fahrt vom Flughafen zu Monsieur Uricarius Haus einmal abgesehen – nicht mehr als ein freundlicher Klang aus meiner Jugend gewesen war. Doch die Hunde, ihr unerwarteter Einfall in die Straße mit den beiden Schildern, hatte mir klargemacht, dass sich jetzt der Name von einem Klang, der Vergangenes und Vorgestelltes beinhaltete, zu einer Stadt mit Boulevards, Plätzen und Plattenbauten vergegenständlichen würde, in der es, anstelle der Pferdetrambahnen und Kutschen, den Autoverkehr und eine Métro gab, unklare Straßenschilder und Rudel verwilderter Hunde.

Wir treten stets mit einer vergangenen, unvollkommenen Theorie an ein neues Fundstück, hörte ich meinen

Professor sagen, und ich erinnerte mich plötzlich seines Lächelns. *Der Urvogel scheint eindeutig zu sein – das endlich gefundene Link – doch schon beim zweiten Blick wird dieser wunderbare Archaeopteryx mehrdeutig, dann vieldeutig, zuletzt undeutbar, sodass man ihn heute in absolutem Dunkel verwahrt, aus Angst, er verblasse im Licht. Gewandelt hat sich lediglich das Dunkel, das ihn schon immer umgeben hat, von Schiefer zum lichtlosen Raum.*

Eine Weile saß ich an dem runden Tisch unter dem Lüster des Salons. Ich trank Tee, aß dazu ein Stück Brot, das vom Frühstück übrig geblieben war. Ich würde in der Woche, die ich in Bukarest bleiben konnte, nichts von dieser Stadt erfahren, außer einem flüchtigen, äußerlichen Anschein. Ich brachte nur Reste ferner, nicht einmal eigener Erinnerungen in meinem Kopf mit, Gehörtes, Hängengebliebenes, Angesammeltes. Doch von Bukarest, das da draußen so handgreiflich existierte, wie es sich Mutter vom Stadtplan gewünscht hatte, würden mir zum Schluss ein paar Bilder bleiben, die nicht viel mehr waren als die Fotografien eines Touristen, in ein neues Album geklebt.

Karlsbader Oblaten
Waffeln und Kokosnussbisquits
Mandel- und Teegebäck
Allbeliebte Margarethen-Bisquits
Plumpkakes und Nürenberger Lebkuchen

Erfurter Kranz
Fruchtcremewaffeln
Karlsbader Zwieback, ärztlich empfohlen
für Magenkranke und Diabethiker
TH. G. WIENERT, STRADA MORILOR, NO. 20
Weiteres Geschäft: Str. Coltei 17, Bukarest

Ich fand den Ausschnitt in einer flachen Holzschachtel, als ich das Haus räumte – ein paar Monate nach meiner Reise nach Bukarest, als feststand, dass Mutter nicht mehr zurückkehren könnte und der Lederfauteuil beim Südfenster leer bleiben würde.

Warum hatte sie eine Annonce aufgehoben? Warum gerade diese? Was für eine Wichtigkeit konnte eine so belanglose Anpreisung haben?

Ich zeigte ihr den Ausschnitt bei einem nächsten Besuch im Pflegeheim, legte ihn auf den Tisch vor sie hin, fragte und wunderte mich, dass sie ihn scheinbar nicht ansah. Und doch musste sie ihn wiedererkennen: Ihr Gesicht verjüngte sich wie von innen, straffte die Haut, als erinnerten sich auch die Gesichtszüge und die Muskeln nähmen eine frühe und kindliche Haltung ein, des vierjährigen Kindes, das sie damals gewesen war, und Mutter bekam einen schelmenhaften Ausdruck, den ich nie zuvor an ihr gesehen hatte, eine verschmitzte Durchtriebenheit, mit der sie sich vorbeugte und durch die Tischplatte hindurch auf die staubig gelbe Strada Morilor ihrer Kindheit hinabzublicken schien.

– Ja siehst du das nicht? So wie die Annonce war die damalige Zeit, mit Spezialitäten von überallher, und wenn Besuch kam – aber oftmals auch einfach für Mama zum Tee –, holten »das Mädchen« und ich Gebäck oder Kuchen bei Wienert an der Kreuzung: Es war ein langer Weg, und wir liefen auf der Straßenseite, die im Schatten der Häuser lag, die Bäume waren ja noch jung. Du musst dir vorstellen, die Häuser stehen direkt am Gehsteig, und zwar immer mit ihrer Schmalseite, die zwei oder drei Fenster hat, zur Straße hin, und dazwischen sind Holzzäune, die eine Toreinfahrt in den Hof haben, und man konnte durch die Ritzen in die Gärten spähen …

Und in der hofartigen Abgeschlossenheit des Gartens, im Holzpavillon unter dem Maulbeerbaum, sagte Herr Leo Schachter, als das Kuchenmesser durch einen Erfurter Kranz von Wienert fuhr und ein Stück abtrennte:
 – Ich bitte Sie, vor zehn Tagen sagte Take Ionescu während eines Banketts in Caracal, Neutralität und Frieden hätten die größten Vorteile gebracht, und jetzt wird mobilisiert. Aber ändert sich etwas, außer dass in einer Woche alles ganz anders ist?
 Innenminister Take Ionescu hatte die Tischrede am 23. Juni gehalten, und so nehme ich an, dass »Herr Schachters« am 4. Juli 1913 bei »Herrn S.« zum Tee eingeladen waren, ein Tag, der laut Bukarester Tageblatt bewölkt und heiß gewesen sein muss.

Großmama hatte im Pavillon aufdecken lassen und ihre Schwester Anna gebeten, mit den Kindern am Tisch bei der Gartenbank – wo für gewöhnlich der Kaffee eingenommen wurde – Platz zu nehmen, es wäre sonst im Gartenhaus mit der umlaufenden Bank und dem einen Tisch nicht »komfortabel« genug.

– Ist es nicht schon immer so gewesen?, fragte Herr Schachter, ohne Antwort zu erwarten. Die Konservativen machen dies, und die Liberalen machen das, die Regierung wechselt, Reformen werden angekündigt, doch alles bleibt beim Alten, wie es schon immer gewesen ist, nicht sonderlich gut, doch auch nicht so, dass unsereiner zu leiden hätte.

Neben ihm wirkte Großpapa schmal und in seiner bewusst geformten Haltung beinahe zerbrechlich. Leo Schachter sprühte von hitziger Tatkraft.

– Wir haben hier so etwas wie die Stabilität aus größtmöglicher Lethargie, sagte er und stieß ein glucksendes Lachen aus, das in einem Hustenanfall endete, der sein ohnehin gerötetes Gesicht noch tiefer verfärbte.

– Eine entzündliche Stelle ist der Balkan dennoch, wandte Madame Schachter ein, während sie Großmama dankend für das Stück Kuchen unter ihrem Hut hervor zunickte, dass die Federn aus der Wiener Mariahilfer-Straße wippten.

– Und nach diesem zweiten Krieg wird ein dritter kommen, bis der europäische da ist, mit dem der deutsche Kaiser jetzt schon droht. Ich weiß nicht, was von allem dann noch übrig bleibt.

Der freimütige Widerspruch der scharfgesichtigen, wachäugigen Mascha Schachter erinnerte Großmama an ihre Gastgeberrolle. Es schien ihr nicht ganz schicklich, wenn sich Gatten in Gesellschaft widersprachen. Und so versuchte sie, das Thema auf ein, wie sie glaubte, unverfänglicheres Gebiet zu lenken, zumal die Gerüchte um den Krieg gegen Bulgarien ihr ein Unbehagen bereiteten, als könnte sie dadurch etwas von der Lebensführung einbüßen, an die sie sich in Bukarest so leicht gewöhnt hatte.

– Haben Sie von der gestrigen Kundgebung in der Calea Victoriei gehört? wandte sie sich an Herrn Schachter, während sie ein Stück Erfurter Kranz von der Kuchenschaufel auf den Teller des Herrn schob, der mein Großpapa war und der seinen Scheitel, die gezwirbelten Bartspitzen und den Zwicker auf seiner Höckernase in sehr aufrechter Haltung zu balancieren schien.

– Es sollen sich Tausende von Menschen versammelt haben ...

– Ein Volksfest, sagte Leo Schachter, richtete seinen gedrungenen Körper auf, dass die Weste sich füllte und die Goldkette das Medaillon in die Auffälligkeit hob. Monsieurs rundes, furchiges Gesicht straffte sich, und sein Lächeln ließ offen, ob es der Erinnerung an die Kundgebung oder dem Stück

Kuchen auf dem Teller mit den gemalten Blumenbouquets galt.

– Da rennen die Leute zusammen, man weiß nicht, wie und warum, und es wird geschrien, protestiert, gelacht, gesungen, gegafft, bis man genug hat und befriedigt auseinanderläuft, als wär's eine Unterhaltung im Theater gewesen. Da haben Sie diese Leute!

– Waren Sie da?, fragte Großpapa, indem er sich dem Kuchen zuwandte und die mit seinem Monogramm verzierte Gabel aufnahm. Haben Sie die Demonstration mitverfolgt?

– Nu ja zufällig und bequem von meinem Coupé aus.

Herr Schachter schob sich ein Stück Erfurter Kranz in den Mund und blinzelte von unten herauf seine Frau Mascha an, die ihm seinen Wunsch, sie möchte seine Leichtfertigkeit nicht durchgehen lassen, nur zu gern erfüllte:

– Immerhin hat die Polizei nicht gewagt, die Fahnen und Handzettel mit den Protesten gegen die österreichisch-ungarische Monarchie einzuziehen. So festlich kann es dann wohl nicht gewesen sein, wie es bequem von einem Coupé aus den Anschein haben mochte.

Großmama entging, wie befriedigt Herr Schachter über den erneuten Einspruch seiner Frau war. Da er sich in der Annahme bestätigt sah, seine kluge Mascha würde ihm widersprechen, musste er ihr gegenüber wohl auch recht in all den anderen Annahmen haben. Nämlich, dass nichts sich am gegenwärtigen Zustand ändere und bei der äußeren Unruhe die Annehmlichkeit seines Lebens von solider Beständigkeit wäre. Darin wusste er sich mit Madame S. einig, die ein wenig ungehalten sagte, wobei sie unvorsichtigerweise Madame Schachter mit einem Blick streifte, der Großpapa ärgerte:

– Wie kann man nur so protestieren wollen.

– Das typisch schweizerische Erbteil meiner Frau, wandte dieser sich entschuldigend an Madame Schachter, ohne in seinem etwas stechenden Blick die Bewunderung für die Frau verbergen zu können, die für ihn das Aristokratische verkörperte, auf eine ihm bis anhin unbekannte Art, ohne Titel und entsprechende Stellung, und eben doch so, wie er ein wenig unklar glaubte, das Aristokratische hätte sein müssen und bei seinen Vorfahren gewesen war.

– Der Schweizer Souverän geht nicht auf die Straße, man hält sich ruhig und äußert seinen Zorn mit einem Zettel, den man – jeder für sich und in strengster Diskretion – sonntäglich in einen Kasten steckt, der sich Urne nennt. Ein wenig langweilig mag das vielleicht sein, doch sehr tugendsam.

Und Großmama, die sich zugutehielt, eine große Sympathie für das rumänische Königshaus zu hegen, sah sich in ihrer bäuerlich-republikanischen Herkunft dennoch verletzt und genötigt, das Thema erneut zu wechseln.

– Und was haben die Leute gegen Österreich-Ungarn?

– Was schon sollen sie haben, sagte Herr Schachter jovial. Worum es immer geht. Die einen wollen dies, die anderen das, in jedem Fleck Land wohnt einer, der zu einem anderen Land gehören will, der eine andere Religion hat oder eine andere Sprache spricht, die sein Nachbar nicht versteht. Was wollen Sie? So ist das Leben. Und die Deutschen und Österreicher mag man hier nicht besonders, wie uns Juden auch nicht. Sollen wir deswegen klagen? Keiner wird umgebracht. Und das will etwas heißen, wenn man liest, was zurzeit mit den Juden in Polen geschieht. Haben Sie von Lodz gehört?

Und Großpapa war froh, ein Stichwort zu haben, um nach einem Bedauern über die Pogrome, die ihre Wurzeln, wie er anmerkte, auch in der mechanisierten Herstellung der Textilien hatten, endlich die Politik, die er verachtete und hasste, verlassen zu können. Nach einer angemessenen Pause sagte er:

– Die Einführung der neuesten dampfgetriebenen Webstühle hat zweifellos Elend geschaffen, das zu Streiks und Gewaltausbrüchen geführt hat. Andererseits konnte Aschkenasi, einer der Großen von Lodz, bis tief nach Russland expandieren, er liefert Tücher bis nach Sibirien, Kopftücher, wie sie die Frauen tragen. Und das kann er, weil diese Webstühle das rund Zehnfache produzieren. Ich habe die Maschinen von

Rieter, einer Firma, die mein Vater in Russland vertreten hat, studiert ...

Die Abendsonne fiel doch noch in die Maulbeerzweige, und Großpapa neigte sich vor, um aus dem Etui eine Zigarette zu ziehen.

Der veränderte Ausdruck in Leo Schachters Gesicht erfüllte ihn mit Genugtuung und einer beinah familiären Vertrautheit: Die Züge waren hart und geschäftsmäßig geworden, interessiert und von dieser selbstgewissen Festigkeit, die Herrn S. so sehr an seinen Großvater Gustav Wilhelm erinnerte, den Großkaufmann zu Cöln.

Ein Fleck Sonnenlicht lag auf seinen Händen und der geöffneten Dose. Das Weiß der aufgereihten Zigaretten und der silberne Rand des Etuis leuchteten, als wären sie von kristallener Durchsichtigkeit, und Großpapa fühlte sich glücklich, als hätte ihm eben sein Vorfahre durch Herrn Schachter freundlich zugenickt.

Und doch erinnere ich mich heute nicht mehr an den Geruch von Messing und Kaffee, wie ich ihn von Großmamas Küche her kannte, ohne gleichzeitig nicht auch den Rauch der Zigaretten zu riechen, die Mutter und ich jeweils rauchten, wenn Vater mittags zurück ins Geschäft fuhr und die Blechdose mit den »Prince de Monaco« zurückließ. Im schneeweißen Karton im Innern fanden sich meist noch vier, fünf der kurzen, ovalen Zigaretten, die Vater bereits zu trocken waren: Sie besaßen ein filterloses Goldmundstück, ein zartgerripptes Papier und waren mit einem blonden Tabak gestopft, einer orientalischen Mischung, die beim Rauchen einen Duft verbreitete, der warm und in feinen Schwaden in unserem Wohnzimmer hing. Dieser süßlich sehnsüchtige Duft verband sich mit der Farbe des Deckelinneren der Dose, auf dessen lamettiertem Grund die Wappen von Königen abgebildet waren, an Höfe, Pyramiden und Weltreiche gemahnend, die es, bis auf die Pyramiden selbstverständlich, nicht mehr gab.

Dulceaţă, sagte meine Mutter vor sich hin, wiederholte es, wiegte den Kopf, während sie durch den Korridor zur Küche ging oder am Fenster stand und hinaus in den Garten sah: *Dulceaţă*. Als wäre das rumänische Wort für Süßigkeit eine Anrufung gegen die nüchterne, dörfliche Welt, in die es sie verschlagen hatte, gegen die Molassehügel und eine Viehweide unter Obstbäumen, gegen den Wald im Hintergrund, der wie eine dunkel hereinbrechende Woge war, zur immerwährenden Drohung erstarrt.

Vielleicht erinnerte sie das Wort *Dulceaţă* an das Inserat von Wienert im Bukarester Gemeindeblatt, und mit ihm tauchte auch die Straße wieder auf, gerade und leicht ansteigend, sie ging mit dem »Mädchen« auf der Schattenseite zur Bäckerei an der Kreuzung Appele Minerale, wo man über drei Stufen den hellen, nach zwei Seiten mit Schaufenstern ausgestatteten Raum betrat. Auf den Etageren waren die Süßigkeiten ausgestellt, Kuchenstücke nach deutschem Rezept, Strudel aus Österreich, Lebkuchen und englischer Plumpcake, die Erinnerungen an »Europa« weckten und den Bäckerladen noch heller werden ließen; ein hoher Kubus von Hefegeruch und Vanille, eingefasst von goldenen Leisten an Paneelen, dem zuckrigen Stuck an der Decke und den Spiegeln hinter dem Verkaufstresen, in denen das Schaufenster und ein Rand der Storen die beschienene Straße, die Holzverschläge und Fassaden rahmte. Und in dem Haus, kurz bevor die Straße in die Allee entlang der Dîmbovița einmündete, ließ Großmama im Dämmer des Salons ihrer Nachbarin, Madame Megiesch, einen Kaffee servieren, mit den dazugehörigen zuckerbestäubten Schlehwürfeln, welche die ungarische Köchin aus dem Saft der weißen, sehr süßen Früchte des Maulbeerbaumes einkochte, des *dud*, der beim Gartenhaus an der Mauer wuchs. Der Kuchen würde gleich gebracht werden, sagte Großmama, sie habe eben das Mädchen und die kleine Ruth zu Wienert nach *cozonac* geschickt.

Und manchmal, an regnerischen Nachmittagen, wenn meine Mutter beschloss, von den Molassehügeln in die nahe Stadt zu fahren, stand sie im Bad vor dem Spiegel: *Dulceață*, sagte sie leise, während sie ihr blasses Gesicht aus hellen Augen betrachtete. Sie legte einen Hauch »rouge« auf, zog die Brauen mit einem Stift nach, sah verstohlen auf ihre Fingernägel, die sie mit einem klaren, farblosen Lack bedeckt hatte. In der dörflichen Enge zwischen den Molassehügeln schmierte man sich nicht »die Schnorre und Chralle« an, und wenn eine Frau rechtschaffen haushaltete, brauchte sie kein »Geschmier am Grind wie eine Hure«. Doch Großmamas Wangen damals, als Mutter Süßigkeiten bei Wienert holte, dufteten von Puder, Madame Megiesch hatte einen dunkelrot geschminkten Mund, und ihre großen, sinnlichen Augen waren mit bläulichen und glitzernden Schatten umrandet, damit sie größer und noch sinnlicher wurden. *Dulceaţă*, das hieß doch auch Liebreiz, und Mutter sah in den Spiegel, sah in ihr Gesicht, hinter dessen blassen, ebenmäßigen Zügen die Strada Morilor zwischen Fassaden und Holzverschlägen bis zur Allee an der Dîmboviţa vorging, und sie sagte zu sich ein Wort, von dem ich damals nur den Klang hatte, *dulceaţă*, einen Ton mehr in einer mir unbekannten Musik.

VIII

SCHLACHTHAUS

A*bator*. Als ich die Karte der Stadt Bukarest im Licht der Lampe studierte, damals in meiner Unterkunft am Monte San Giorgio, fand ich den Namen abgewandelt wieder, Bulevardul Abatorolui, unweit der Strada Morilor, und ich erinnerte mich: Das Wort Abator hatte für mich als Kind einen unheimlichen Klang, war Schwärze in den Farben.

Der Name weckt auch heute noch unangenehme Empfindungen, die sich wie einzelne Partikel – vielleicht durch Mutters Erzählungen – an den Wortlaut geheftet haben; Bilder stellen sich ein, hässliche Bilder, doch auch sie sind zerscherbt, genauso wie Mutters Erinnerungen heute, ich aber werde sie nicht los, während sie auch diese wenigen Bruchstücke noch verliert.

– Da, sagte ich und zeigte auf den Straßennamen, während Mutter hilflos mit der Lupe über dem Stadtplan wackelte, da muss das Abator sein ...

– Das Schlachthaus, sagte sie und beugte sich über das Glas. Das Schlachthaus lag genau der Fabrik gegenüber.

– Diese Straße da ist der Bulevardul Abatorolui.

– Sie hieß früher Spleiul Abatorolui.

Doch außer an einen Komplex von Ziegelbauten, aus dem das Schlachthaus bestanden haben soll, erinnerte sie sich an nichts mehr:

– Das weiß ich nicht, sagte sie nur immer wieder, während ich erzählte und mich in die seltsame Lage versetzt sah, meiner Mutter aus ihrer eigenen Kindheit zu berichten, ihr die Eindrücke zu schildern, die sich bei mir als Junge eingestellt hatten und die ich jetzt mit meinen heutigen Wörtern nachzubilden versuchte.

– Am Abator endet die Stadt und beginnt die Wüste, eine dürre, versteppte Ebene, in die schnurgerade eine Straße hineinläuft, sich verjüngt, zur Linie wird und schließlich als Punkt zwischen Dürre und Gewölk endet.

Links der Straße steht ein Baum, ein einzelner Baum, jung, mit schlankem Stamm und aufstrebenden Ästen, und er ist in all den Jahren meines Erinnerns nicht gewachsen. Ein Ast ist gebogen und seine Krümmung gespannt, an ihm hängt ein Mensch, das Seil um den Hals, und der Hals hat unnatürliche Falten, ist zu lang und zu dünn, und aus dem stoppelbärtigen Gesicht hängt die Zunge.

Im Feld liegt – unverändert durch die Zeit, während der ich dieses Bild herumtragen musste – ein weißes Hemd zwischen gelben Halmen, schweißnass und prall gefüllt, an dem seitlich sich nackte Schenkel abspreizen, wulstige, blasse Schenkel, die in flachen Knien enden, deren Haut schorfig ist. Zwischen diesen Fleischzacken, unter dem hochgeschobenen Hemd hervor schwellt ein Arsch, feiste, drängende Backen, begrenzt durch den bestickten Gurt der Hose. Pranken zerren die bleichen Arme auseinander, dazwischen und neben einer Mütze ein abgewendetes Gesicht unter aufgelösten Haaren, der Mund offen, doch stumm.

Rechts der Straße, zwischen den Steilufern, fließt träge das Wasser der Dîmbovița, es ist rot von Blut, das aus einer Röhre im Schlick wie aus einer gebrochenen Ader schießt. Auf dem Treidelpfad laufen die Hunde, traben auf und ab, spähen aufs Wasser, verbellen die Ratten. Sie schieben sich mit den Vorderläufen übers Bord hinab, lappen das blutige Wasser aus dem Schlachthaus, schnappen nach einem Fetzen Darm oder Magen, der weißlich in der Färbung treibt …

»Abator« steht über dem Torbogen aus Ziegelstein, man sieht in einen Innenhof von festgetretener staubiger Erde, dahinter niedere Gebäude, rot auch sie, dann schließt sich das Tor, ein Bretterverschlag, verstrebt durch Balken. Aus dem Innern dringt das Schreien der Tiere, langgezogenes Brüllen, ängstlich und sehnsüchtig, und im Wind liegt ein süßlicher Geruch.

Ruthchen, Ruthchen gib schön acht
wo man unsere Kälbchen schacht'.

Ich hörte Monsieur Uricariu, wie er sich am Kühlschrank auf dem Flur zu schaffen machte, und er tat dies auf so absichtliche Weise, dazu ausgiebig lärmig, dass ich mich entschloss, über meinen Pyjama eine Hose zu ziehen und nachzusehen. Ich hatte zudem Lust auf einen Morgenkaffee.

– Sie haben also doch Kontakt zur Universität aufgenommen?

Die Neonröhre brannte, die Kühlschranktür stand auf, und Monsieur Uricariu blickte hoch, ein Lichtschimmer aus dem Kühlschrank lag auf seinem Gesicht: Bonjour, Monsieur, hatte er gesagt, Sie haben also doch Kontakt zur Universität aufgenommen, ein glattrasiertes Gesicht, der Blick freundlich, doch versteckt in der Tiefe seiner grünblauen Iris eine befremdliche Wachsamkeit. Das Telefon in meinem Schlafzimmer war mit demjenigen in seiner Wohnung verbunden, was ich nicht wissen konnte, als Monsieur Uricariu mir anerbot, den Apparat benützen zu dürfen. Er musste meinen Anruf gestern Abend mitgehört haben.

– Ich habe mit Sorin Manea gesprochen. Wie Sie wissen werden, lebt er von einer Rente.

Als ich gestern unterm Lüster im Salon an dem Stück Brot vom Frühstück kaute und mir überlegte, wie ich mich der Stadt nähern sollte, war mir Sorin Manea eingefallen.

– Er ist nicht mehr am Antipa?
– Seit einem halben Jahr nicht mehr.

– Er hat früher bei Grigurescu an der Fakultät gearbeitet. Ein Herpetologe, nicht wahr?

Ich hatte Sorin Manea vor rund zwei Jahren auf einem Kongress kennengelernt. Damals arbeitete er noch am Muzeul Antipa, dem Bukarester Naturkundemuseum, betreute eine Schriftenreihe und hatte früher über Anneliden geforscht. Ich erinnerte mich eines großgewachsenen Kerls um die vierzig, der eine Schwere ausstrahlte, die er durch Witz, Spott und Selbstironie neutralisierte. Er lachte ein eigenes meckerndes Lachen, und obschon er nichts und niemanden schonte, verletzte er nicht. Er war zu weit weg von aller Ernsthaftigkeit, zu fern schon von Einfluss und Protektion, und das machte ihn auch ein wenig närrisch. Die Leute unterhielten sich amüsiert und waren ahnungslos, wie genau und mitleidlos er hinsah.

Ich hatte damals während eines Nachtessens mit ihm gesprochen, und obschon ich das Gespräch geschätzt hatte und eine gegenseitige Sympathie spürbar gewesen war, gab es keinen Grund, weiteren Kontakt zu pflegen. Es ist einzig meinem Ordnungssinn zuzuschreiben, dass ich die am Ende des Essens hingeschobene Karte aufhob und die Adresse und die Telefonnummer später in mein Notizbuch übertragen habe: Șoseaua Cîmpia Libertății, Intr. Vislei, BL 3, App. 16, Sector 3. 285 9083.

Ich rief ihn an, und er erkannte mich sofort, erinnerte sich an unser Gespräch während des Kongresses in Zürich und lud mich zu sich nach Hause ein. Er werde mir ein Taxi schicken und vor dem Haus auf der Straße warten. Der Fahrer wüsste mit der Adresse Bescheid.

– Und haben Sie diesen Sorin Manea gestern Abend besucht?

Ja, sagte ich zu Monsieur Uricariu, und aus diesem Ja brach ein Boulevard von gewalttätiger Breite hervor, ich verspürte wieder das Schlagen der Reifen auf dem Belag, die Erschütterungen und scheppernden Vibrationen der Karosserie. Die Straßenleuchten stachen Ketten greller Lichter ins Dunkel, verödeten jodfarbig den Belag, und ihr Schein kroch an den Fassaden der Blöcke hoch, gleichförmige, erodierende Gebäude, und ich sah neben dem Gesicht des Fahrers vorbei auf diese Flucht einer endlosen Kasernierung von Menschen. Die graue Ärmlichkeit der vierziger Jahre war ins Monströse gesteigert, eine zu Beton gewordene Extrapolation des Zweiten Weltkriegs, und wir fuhren stadtauswärts zur Şoseaua Cîmpia Libertăţii, zur Chaussee des Freiheitsfeldes, wo Sorin Manea wohnte.

Dem Schlachthaus gegenüber öffnete sich die Einfahrt zum Werkplatz der Bumbac, »Alt Rumäniens größten Textilwerken«, wie Mutter die Weberei in einem Lebenslauf bezeichnet hatte, die jedoch nach dem Stadtplan von 1912 und der Fotografie in Mutters Album nicht größer gewesen sein konnten als die Fabrik im badischen Murg, die Großmamas Vater betrieben hatte. Zum Spleiul Abatorolui öffnete sich ein unregelmäßiges Eck gestampfter Erde, auf dem in Haufen gespaltenes Holz lag. Links standen ein- und mehrstöckige Betriebsgebäude, aus deren wechselnd zueinander gestellten Dächern drei Schlote ragten. Rechts war das Hauptgebäude, ein langgestreckter, zweigeschossiger Bau an der Uferstraße, helle Säle, in denen Großpapas neueste Webstühle einen betäubenden Lärm erzeugten, Zwirne von den Spulen liefen und die Maschinen einen metallischen Rhythmus schlugen.

Stadtwärts, wo die Direktionsvilla sich anschloss, zeigte das Hauptgebäude eine repräsentative Fassade, die mich stets an einen Buffetaufsatz erinnert hat und deren Anblick durch die kahlen Alleebäume die Vertrautheit eines Möbelstückes besaß. Vielleicht konnte ich als Kind die Größenverhältnisse aus der winterlichen Fotografie, die Mutter mir zeigte, nicht übertragen, doch die Fassade mit Giebelaufsatz, gedrechselten Türmchen und der Reliefschrift »*Sc. română p. Industria de Bumbac*« gehörte für mich zur Wohneinrichtung meiner Großeltern, hatte sich in meiner Vorstellung mit der Kredenz verbunden, die in Großmamas letzter Wohnung neben dem Fenster zur Straße hin stand, ein Möbel aus Rosenholz, auf dessen Ablagen sie noch Erinnerungsstücke aus Rumänien stehen hatte, Devotionalien ihres »Hausaltars«.

Im Gegensatz dazu lag der Werkplatz weit entfernt von großelterlichen Wohneinrichtungen an jenem Rand der Wüste, wo auch das Abator war und die Straße schnurgerade zum Horizont lief, durch eine Ebene, über die hinweg ein eisiger Wind blies, wie es in Russland gewesen sein musste, als Urgroßvater in seinem Schlitten todkrank zurückkam.

Es lag Schnee auf der festgefrorenen Erde des Werkplatzes, bildete längliche Krusten am kantig gespaltenen Holz, und die Schritte der mit Lappen und mit Stücken alten Treibriemens umwickelten Füße knirschten. Der Rândaş, der Knecht, sah zu den Schloten auf, zwischen denen am Horizont Pappeln standen: Seit Tagen war es eisig kalt, es würde auch so bleiben, der Himmel war bleiig. In der ehemaligen Färberei standen die Fenster auf. Rândaş hatte sie aufgestoßen und dann seinen Domnule gebeten, sich selbst zu überzeugen, die Ratten waren von der Dîmboviţa oder dem Abator gekommen, und sie kamen aus den Abläufen, liefen an den Wänden entlang, »Hunderte« hatte der Rândaş gesagt, der nicht zählen konnte, und es waren Hunderte, und sie hatten schäbige, struppige Felle. Großpapa trat drei Schritte vom Fenster zurück, stand da in seinem schwarzen Wintermantel, den Hut aufgesetzt, die Handschuhe in der Linken.

– Schieß!, sagte er. Schieß so viele du kannst.

Und er sah zu, wie der Rândaş, die Ellenbogen auf

das Sims gestützt, feuerte, lud, feuerte. Und er empfand dabei eine angenehme Befriedigung.

Ich wurde verfolgt, spürte hinter mir jemanden näher kommen, wich aus – und da! Im äußeren linken Augenwinkel tauchte ein Umriss auf, eine Hexe aus gräulichen Schatten, die eben im Begriff war, mich zu packen. Ich schlug einen Haken und lief, schlug einen nächsten Haken und lief weiter, sprang unerwartet zur Seite, doch die Hexe blieb mir auf den Fersen, wurde größer, wuchs mit meiner Angst, und ihre Bewegungen waren blitzschnell: Ich würde ihr nicht entrinnen können. Ich bückte mich, griff einen Stein, drehte mich, warf – die Hexe sank zusammen, verwandelte sich zu einem Berg von Schokolade, und ich aß und aß von der Schokolade, und sie schmeckte süß, und ich könnte immer weiteressen, solange ich nur wollte, denn der Haufen würde nicht kleiner werden.

Das war mein »großer Traum« von der Schokoladenhexe, und ich erzählte ihn beim Frühstück am ovalen Tisch, am Louis-Philippe-Tisch aus Cöln, der im Salon in Bukarest gestanden hatte, meiner Mutter. Ich war damals drei Jahre alt gewesen, und Mutter hatte den Unterarm auf die Tischkante gestützt, den Oberkörper über den Teller und die Tasse vorgeneigt, sie gab eine blasse Silhouette im morgendlichen Licht des Fensters ab und war durchscheinend wie feines Porzellan.

– Du wirst ihn vergessen, sagte sie, als ich meinen Traum zu Ende erzählt hatte, du wirst ihn vergessen.

– Madame Megiesch? Mutter sah mich groß und erstaunt an, sie war damals bereits im Spital, denn ich sehe ihren Kopf auf das Kissen gebettet, die Haare unordentlich um das eingefallene, sehr blasse Gesicht. Früher hätte sie sich nie gestattet, selbst mir gegenüber nicht, sich unfrisiert zu zeigen, und es rührte mich, sie jetzt mit zerdrückten, wirren Haaren zu sehen. Sie fuhr mit der zittrigen Hand über die Stirn und schob eine vermeintliche Haarwelle zur Seite, wie sie es früher so oft getan hatte, eine zärtliche Linie, die ihr Mittelfinger wacklig über der Braue zog.

– Madame Megiesch? Selbstverständlich erinnere ich mich. Sie war meine Schokoladenmama. Ihr Mann war Direktor des Abator, und die Megieschs wohnten an der Strada Morilor uns gegenüber in einem Haus, das ich sehr liebte. Zusammen mit den Sontags, die zwei Kinder hatten, waren sie die einzigen Bekannten an der Strada Morilor, die zu Besuch kamen und mit denen meine Eltern freundschaftlich verkehrten.

Ich hatte in meiner zweiten Nacht in Bukarest, nach dem Besuch bei Sorin Manea, als die Hunde im Morgengrauen heulten, rumänische Namen geträumt. Die meisten vergaß ich nach dem Erwachen sogleich wieder, andere – wie Sǎndulescu oder Lupescu – notierte ich in mein Notizbuch, ohne die leiseste Ahnung zu haben, wie ich zu ihnen kam. Der Name Megiesch jedoch war fest mit Schokoladenmama und Frau des Direktors des Abator verbunden, und ich schilderte meiner Mutter, wie ich sie mir vorgestellt hatte, in der Hoffnung, Mutters Erinnerungen anzuregen, auf die Art mehr über diese Nachbarin zu erfahren, als ich schon wusste und zu einem Bild zusammengetragen hatte. Mutter lag im Bett, die hellen Augen zur Decke gerichtet, lauschte, als würde ich ihr eine Gutenachtgeschichte erzählen und sie wäre das Mädchen von vier, fünf Jahren, das sie damals gewesen ist.

– Nachdem du auf der Treppe zum Salon gesessen bist, auf die gemusterten Platten gestarrt hast, bis die Kreuzchen in Sterne und die Sterne sich in die Bordüre ums Haus verwandelt hatten, bist du aufgesprungen, im bestickten Leinenröckchen durch den Salon ins Zimmer von Großmama gelaufen, dessen Fenster zur Straße hin und dem schmiedeeisernen Zaun von Madame Megieschs Haus sahen, und hast gerufen: Ist Madame Megiesch im Garten? Darf ich zu ihr gehen? Und Großmama hat unwillig den Kopf aus dem Kissen gehoben, sie legte sich jeden Nachmittag hin, sagte: Bitte lass die Jalousie in Ruhe, ich habe meine Schwindel und ertrage kein Licht. Und vor dem schattenreichen Heiligtum von Großmamas Schwindel hast du die Hände auf den Rücken gelegt und gesagt: Das Hausmädchen begleitet mich, und da hob sich im abgedunkelten Zimmer Großmamas blasse Hand, fiel zurück, und schon wirbelten deine nackten Beine durch den Salon und über die Treppe, die Gartenplatten und die Pflastersteine der Strada Morilor, sahst du durch die vergitterten Stäbe in Madame Megieschs Garten, und sie trat aus dem turmartigen Mittelbau auf die Eingangsstufen unter den Glasfächer des Vordachs, eine kräftige Frau in sehr gerader Haltung. Sie trug ein einfaches Kleid, das unter der Brust gegürtet war und glockig zu den Knöcheln fiel. Was für überraschend regelmäßige Gesichtszüge sie hatte! Die Proportionen von Stirn zu Wangen und Kinn, der Augen zu Nase und Mund waren wunderbar ausgewogen, erinnerten an die idealisierten Statuen einer späteren heroischen Bildhauerei. Doch Madame Megieschs Blick löste diese Assoziation an eine Zukunft, die sie selbst noch nicht kennen konnte, sogleich auf, er war warmherzig und intelligent, dabei von großem Selbstbewusstsein, und der Mund, die weichen, geschwungenen Lippen, ließen hinter der beherrschten Haltung ein leidenschaftliches, sinnliches Temperament erahnen, eine Vitalität auch, die keine Schwindel und abgedunkelte Zimmer kannte. Und Madame Megiesch hat dir die Gartenpforte aufgeschlossen, dich an der Hand genommen und auf dem Kiesweg durch den Garten geführt, sie hat sich gebückt bei den Rosenbeeten und dabei den Arm um deine Schultern gelegt, bog die Orangenblüten herab, damit du den Duft riechen konntest, führte dich ins Teehaus mit dem geschwungenen Dach, in dem es nach Holz roch, und ging dann zum Küchenanbau hinüber, um die Köchin anzuweisen, Schokolade zu kochen und ins Teehaus zu bringen. Schließlich war sie deine Schokoladenmama, und wenn ich auch weiß, dass sie selbst keine Kinder hatte, dass ihr Mann, der Direktor des Abator, ein schmächtiger, kränklicher Mensch war, mit gelblichem Teint und hageren Gesichtszügen, der Stechapfel-Zigaretten, die nach verbranntem Heu rochen, gegen sein chronisches Asthma rauchte, so bleibt mir doch unklar, wer Madame Megiesch wirklich war? Sie war so riesengroß, und ich vermute, dass sie nicht nur deine Schokoladenmama gewesen ist, weil sie dir jedes Mal eine Tasse Schokolade vorsetzen ließ, sondern weil sie dich an der Hand nahm, mit dir redete und Spiele machte, und weil sie dich hielt, in ihre kräftigen Arme nahm und etwas von ihrer Sinnlichkeit spüren ließ. War es nicht so?

Mutter lächelte, wandte mir langsam ihr Greisengesicht mit dem Haar wie eine zerzauste Feder zu und sagte, mit der leisen, brüchigen Stimme, die sie nach der Lungenembolie hatte:

– Selbstverständlich erinnere ich mich an Madame Megiesch. Sie wohnte gleich da, und Mutter tippte mit dem Zeigefinger auf die Bettdecke, doch Madame Megiesch war keine Frau, sie war eine Dame, eine wirkliche Dame, und ich roch ihren Puder und das Parfum so gern.

Das Taxi bog von der Ausfallstraße in einen Weg zwischen Plattenbauten ein, zweigte in eine Fahrspur ab, die sich schmal zwischen den abgestellten Wagen ins Niederholz wand, das vor blass beschienenen Fassaden wucherte: Heraufragende Wände, durchstanzt von Öffnungen, in denen vereinzelt Lichter brannten. Wir gerieten in einen blinden Gang, die Scheinwerfer stachen ins wuchernde Buschwerk, ließen Papierfetzen aufleuchten, und die Augen von Hunden glühten rötlich zwischen den Stämmchen. Der Fahrer setzte zurück, knipste die Leuchte über dem Rückspiegel an, sah lange auf den Zettel, auf dem nicht mehr als eine Hausnummer stand. Dann fuhr er weiter durch Wege, an Hauswänden entlang, die sich in nichts von den vorherigen Wegen und Wänden unterschieden, selbst die Zweige und Äste, die über die Karosserie schleiften, schienen die gleichen zu sein. Wieder endete der Weg, das Licht im Innenraum leuchtete auf, die Wände drängten heran, türmten Abfall vor sich auf, ließen ihn aus den Lücken rostender Karosserien quellen. Der Fahrer starrte auf den Zettel, besprach ihn wie einen zu beschwörenden Gegenstand, kurbelte das Wagenfenster herunter, schrie gegen die Wände, fluchte, als nichts und niemand sich regte, fuhr weiter in einen nächsten blinden Gang, wo er das ewige Licht anknipste, seine Lesung wiederholte. In der Frontscheibe tauchte eine Gestalt auf, groß, massig: Sorin Manea, er winkte, lärmte mit dem Fahrer, gab ihm, nachdem ich bezahlt hatte, doch eine Zigarette, streckte mir dann zwei kräftige Hände entgegen. Die Schirmmütze hatte er schon während des Kongresses in Zürich getragen.

– Darum warte ich unten auf der Straße. Ich sage ihm, dass es nach der vierten Abbiegung die erste Verzweigung ist. Aber schreibt er es auf? So ist unser Land.

Sorin ging neben mir her, schwerfällig, in Anzug und Krawatte, ein wuchtiges Gesicht unter dem Schirm der Mütze, fiebrige, von dunklen Rändern umzogene Augen, er redete gebrochen Französisch, und die Stimme hatte einen müden, auch beschwerten Klang.

– Es ist sehr schön hier, sehr sehr schön, und ich wohne gerne da draußen, sagte er, besonders jetzt, da die Büsche und Bäume grün sind, die Hitze ist hier weniger drückend als im Zentrum.

Er führte mich einen geteerten Gartenweg entlang durch drängendes, sich behinderndes Gesträuch, in das hinein Straßenleuchten ein blasses Licht auf die Erde warfen, die bloß lag, mit Löchern und aufgescharrten Stellen. Sorin blieb bei einer Krüppeleibe am Hauseingang stehen, zündete sein Feuerzeug an, spähte unter der Schirmmütze hervor ins Dunkel der Zweige.

– Da, sehen Sie?

Und in seiner vorgeneigten Haltung, der Hand, die behutsam einen Ast zur Seite schob, der anderen, die mit dem Feuerzeug in die Höhlung wies, lag eine rührende Zärtlichkeit.

– Ich schaue sie mir an, jedes Mal, wenn ich vorübergehe, schon den dritten Tag.

Kopfüber, an den nackten Beinchen, die Krallen um einen Ast geklammert, hing eine tote Amsel, den Kopf zurückgeworfen, an Archaeopteryx gemahnend, die Kehle nackt, die Augen stumpf, ein zerzaustes Bündel Nacht.

Wir betraten den Hauseingang, nüchterne, von Feuchtigkeit zerfressene Wände, eine Birne brannte an Drähten, streute ein gelbliches Licht auf den sandigen Betonboden. Es roch nach Verlassenheit, ein gleichgültiger, von nichts durchdrungener Geruch, und die Schritte hallten, während wir die Treppenstufen hochstiegen.

– Ich bin hier aufgewachsen, sagte Sorin. Die Wohnung gehört uns, meiner Mutter und mir. Vater ist früh gestorben, und seit meiner Scheidung lebe ich wieder daheim.

Sorin schloss die Tür zu seinem Apartment auf, hieß mich eintreten und schob mich zum nächstgelegenen Zimmer, das offen stand, ein schmaler länglicher Raum. An den Wänden hingen Mützen und Hüte, Fotografien waren festgezweckt, ein präparierter Alligator, eine Maispfeife im Rachen, kletterte die Wand hoch, Schellackplatten hingen neben Zinntellern, eine Zornnatter kroch aus dem aufgespannten Schirm, der verkehrt von der Decke hing und das Licht der Lampe dämpfte. Rauch und Musik füllten das Zimmer, auf den beiderseits aufgestellten Liegen saßen zwei junge Frauen sich gegenüber, dazwischen hockte ein schlacksiger, rothaariger Mann am Boden, unter dem mit Rollo verschlossenen Fenster flackerte ein Athletikmeeting über den Bildschirm, die Frequenzen des Stereoapparates zuckten, und die Gesellschaft sah mich an, lächelte, und ich wurde vorgestellt: Un ami de la Suisse, paléontologue connu.

Ich erzählte, dass ich erst gestern Nachmittag angekommen sei und mein erster Ausflug an einer Meute Hunde gescheitert sei, die ein Opfer durch die Straße gehetzt und zerbissen hätte, und während Sorin in der Küche Salami aufschnitt, von der er behauptete, sie koste ein Drittel seiner Rente, sagte der Rothaarige, ein Schauspieler, wie ich bei der Begrüßung erfahren hatte:

– Bukarest ist voll von Hunden, es gibt bestimmt zwei- bis dreihunderttausend davon in der Stadt, sie sind überall, und es ist ihnen längst nicht mehr beizukommen. Sie sind ein Erbe des bürgerlichen Bukarest, das noch aus Häusern mit Gärten bestand und in dem jede Familie ihren Vierbeiner hatte. Als Ceaușescu den Stadtkern zerstörte und die Leute in die Wohnblocks zwang, durften sie keine Hunde mitnehmen. Die Tiere blieben in den Straßen zurück, verwilderten, vermehrten sich, und wenn man heute tagtäglich fünfzehn Hunde sterilisiert, so ist das nichts, ein Tropfen auf den heißen Stein – so wie mit allem in unserem heutigen Desaster.

Sorin brachte die Salami auf einem Teller, Brot gab es nicht, dafür Wodka, und er übersetzte für die beiden Frauen, die außer wenigen Brocken Französisch nur Rumänisch sprachen, meine Hundegeschichte, was mir ein entschuldigendes, auch nachsichtiges Lächeln einbrachte, wie für ein Kind, das sich vor dem schwarzen Mann fürchtet, ohne zu wissen, dass er es selber ist. Mariana war Juristin, arbeitete bei einer Versicherung als Sekretärin, eine großgewachsene, blonde Frau, die ihr Haar kurz trug, sehr schnell und mit einer bestimmenden Diktion sprach …

– Mariana hat wiederholt, übersetzte Sorin, was man sich in Bukarest als einen Witz erzählt, und der ist so: Trifft ein Hund den anderen. Fragt der eine: Wo gehst du hin? Sagt der andere: Nach Bukarest. – Um Gottes willen, warum? – Nun, ich hab gehört, man hat dort ein gutes Hundeleben.

Sorin keckerte, und dieses Lachen klang, als träte aus dem Schatten seines schwerfälligen Körpers ein spottender, tanzender Kobold, der ebenso rasch, wie er aufgetaucht war, auch wieder verschwand.

– Und inzwischen ist es nicht nur gut, es ist absolut sicher geworden, wir haben hier ein sicheres Hundeleben. Wenigstens bis die Füchse kommen und die Tollwut wieder einschleppen, die es jetzt nicht gibt.

Adina, eine dunkeläugige, noch fast kindliche Frau,

die unter einer Kuppel schwarzer Haare ein blasses, offenes Gesicht hatte, fragte, weshalb ich nach Bukarest gekommen sei, und ich erzählte von meiner Mutter, den Großeltern, dass ich ihr Haus und Spuren der Erinnerung finden möchte, und sah auf den Gesichtern ein höfliches sich Distanzieren, das ich mir nicht erklären konnte, mir aber das Gefühl vermittelte, etwas Abwegiges zu tun.

Die Strada Morilor kannte niemand, und als ich sagte, sie sei im Süden der Stadt gelegen, in der Nähe des Abator, schwiegen sie. Sorin zündete sich eine Zigarette an, sah unbestimmt zur Wand.

– Es ist geschlossen, sagte er. Und man sollte es abbrechen. Es ist ein schlimmer Ort. Niemand wird dir davon erzählen, weil es das alles nicht gibt und folglich auch nie gegeben hat. Es hat keinen Antisemitismus in Rumänien gegeben. Das wirst du immer hören. Doch es hat das Abator gegeben, einen der schlimmsten Orte dieses Jahrhunderts.

Ich fragte, aber er schüttelte den Kopf. Er wollte oder konnte nicht erzählen, stattdessen sagte er:

– Mach dir keine Hoffnung, noch etwas von damals zu finden. Auf den Stadtplänen stehen manchmal Straßen verzeichnet, die es nicht mehr gibt. Die Ceaușescus haben da unten nichts übrig gelassen.

Er meckerte das ironisch boshafte Lachen, streckte den Teller mit der aufgeschnittenen Wurst vor mich hin.

– Nimm, solange es hat, wenn du auch nie sicher

sein kannst, dass die Salami nicht nur eine angenehme Einbildung ist. Um sie zu kaufen, muss man vorher verhungern ...

Und er lachte, übersetzte, und sie alle lachten, bis ihnen die Tränen kamen.

Was für eine Verknüpfung! Welche Nachbarschaft!

So wie sich das Schlachthaus und die Weberei gegenübergelegen haben, so taten es die Häuser der jeweiligen Direktoren. Und beide Male trennte sie eine Straße, lag das Haus der Megieschs und das Abator stadtauswärts, und das Haus der S. und der Bumbac stadteinwärts.

– Ich verließ das Athenee Palace Ende 1941, schrieb Goldie Horowitz, von der ich mir Züge für Mascha Schachter ausgeliehen habe, *ich verließ das Athenee Palace im Bewusstsein, dass Deutschlands unblutige Eroberung Rumäniens so vollständig war, als hätten ihre Armeen das Land niedergetrampelt und ihre Flugzeuge seine Städte zerbombt: Bukarest, die letzte Kapitale mit internationalem Glanz in Europa, war nichts mehr als ein Etappenort deutscher Truppen auf ihrem Weg nach Süden.*

Man hielt einen freundschaftlichen Kontakt über die beiden Straßen, und das schuf eine Verbindung zu diesem Ort, dem Abator, das für mich ein Name war, der einen dunklen Klang hatte und in dem ein kindlicher Schrecken lauerte, der den höllischen Abgrund, der in dem Laut festgelegt war, erst offenbarte, als ich selber Bukarest besuchte und vor dem geschlossenen Tor stand und zu fragen begann, was es mit dem Schlachthaus für eine Bewandtnis habe, dessen Direktor in freundschaftlicher Nachbarschaft gelebt hatte und dessen Frau die Schokoladenmama meiner Mutter gewesen war.

– *In derselben Nacht starteten die Gardisten ein Pogrom, teilweise als Geste des Protestes, teilweise weil sie sich schon immer ein Pogrom gewünscht hatten, teilweise in der Absicht, dass, wenn sie schon zum Untergang bestimmt seien, sie dann so viele Menschen wie nur möglich in einem Ausbruch des blutigen Terrors mit sich reißen wollten.*

Mascha Schachter wohnte an diesem 21. Januar 1941 im Athenee Palace, dem Hotel an der Calea Victoriei, in dem die Deutschen residierten, aber auch Engländer und Franzosen wohnten und die Crème des rumänischen Adels verkehrte. Sie war mit ihrem amerikanischen Pass im Sommer 40 nach Bukarest zurückgekehrt, das sie nach dem Tode ihres Mannes, anfangs der zwanziger Jahre, verlassen hatte, noch vor meinen Großeltern, als Beauftragte des Völkerbundes gereist war und sich 1931 in Amerika wiederverheiratet hatte.

– *Synagogen brannten, die Ehemänner wurden gezwungen, der Entwürdigung ihrer Frauen und Töchter zuzusehen, bevor sie selbst auf so grässliche Art umgebracht wurden, dass ihren Frauen nur der Ausweg in den Wahnsinn blieb.*

Als Journalistin hatte Mascha Schachter die allmähliche Machtübernahme Rumäniens durch Hitler-Deutschland beschrieben: Scharfsichtig und mit dieser raren geistigen Noblesse, die mein Großpapa spürte und nicht benennen konnte, weil er die Vornehmheit zu sehr noch im äußeren aristokratischen Gebaren suchte. Mascha Schachter aber – dank ihrer distanzierten und freien Art des Denkens – erkannte gerade im Erfolg der Nazis, am Beispiel der Übernahme Rumäniens, bereits das Scheitern Hitlers, als Siegesmeldung um Siegesmeldung im Athenee Palace mit Champagner begossen wurde. Doch sie wusste auch, dass dieses Scheitern so entsetzlich sein würde, wie Rumänien dafür bereits im Abator ein Beispiel gegeben hatte, an diesem 21. Januar 1941, der Pogromnacht. Und sie schrieb es auf, ein Buch – *Athenee Palace, Hitlers New Order comes to Rumania*, erschienen 1943 in London –, das noch immer, wenn auch nur durch ein Versehen, unter Zensur gestanden hat, als ich es 1998 für meine Studien in der Landesbibliothek ausleihen wollte und man mich beschied, dass ich es nur kurz im Lesesaal einsehen dürfte. Einzelne Passagen, markiert mit feinem Bleistiftstrich, sollten nicht öffentlich werden:

– An diesem Montag, noch bevor die Entlassung der gardistischen Vertreter beschlossen war, nahmen die Gardisten mehrere hundert Verhaftungen vor, hauptsächlich wohlhabende Juden. Sie wurden zur Präfektur getrieben, wo viele von ihnen auf so unvergleichlich grausame Art

gefoltert wurden, dass einige Selbstmord begingen. Die anderen wurden zum Schlachthaus geschleppt, wo sie verstümmelt und getötet wurden, dann hing man sie an die Haken wie Schweine, schickte sie durch alle Stationen einer automatischen Schlachtung, ein Schild kennzeichnete sie als »Kosheres Fleisch« ...

Zwei Tage wütete das Pogrom, »einer der brutalsten der Geschichte«, wie die jüdische Universalenzyklopädie nach dem Krieg festhielt.

– In dieser Nacht hörten die Schüsse auf, das Geschrei und die Demonstrationen erstarben, die Kampfrufe, die Angst- und Todesschreie, so unheimlich und schrecklich, dass man nie wusste, waren sie Traum oder Wirklichkeit, tönten noch immer durch die Nacht, doch unterbrochen von langen Intervallen der Stille. Der gute weiße Schnee war sehr dreckig, und die Feuer der Synagogen brannten tief.

IX

GESPINST

Es gab ein verschlossenes Schrankfach in Mutters Plättezimmer, das sie ein- oder zweimal im Jahr ohne einen erkennbaren Anlass öffnete, um die darin enthaltenen Schätze herauszuziehen, Straußen- und Pfauenfedern, einen Karton mit Stoffen und Stickereien, einen Spankorb mit in Seidenpapier eingeschlagenem Porzellan. Sie öffnete die Deckel, zog Bänder auf, schlug Papier auseinander, betrachtete die Stücke, legte sie auf dem ovalen Tisch im Speisezimmer aus wie ein Kind seine Spielsachen, schuf ein Pfauenauge im Licht der Flügeltür, die zu unserem Garten ging und aus deren oberen Vierungen die Kohlköpfe von Nachbars Gemüsebeet blickten.

An einem Nachmittag, es muss wohl kurz nach drei Uhr gewesen sein, kam ich früher als vorgesehen von der Schule nach Hause, lief den Flur, in dem noch immer ein Duft von Kaffee und Zigaretten hing, entlang zum Wohnzimmer, und ich sah Mutter durch die Tür, wie in einem gerahmten Ausschnitt, auf dem mit grünem Samt bezogenen Hocker sitzen, umgeben von zwei, drei Stapeln Stoffen und einem Bund Federn, die sie auf dem Parkettboden ausgelegt hatte. Sie saß der Tür abgewandt da, das frisierte Haar erinnerte an einen frischen Nusskern, und ihr Kopf war über ein Gewebe gebeugt, das auf ihren Knien ausgebreitet lag, durchzogen von Knickfalten, deren Muster die seitlich fallende Bewegung auflöste. Das schmale Viertelprofil war von einem Schatten bedeckt, der entlang der Schläfenlinie und der Nase von nachmittäglicher Helle begrenzt war und ihr Gesicht tief in den Lichteinfall des Fensters drückte. Es musste an einem Wintertag gewesen sein, vielleicht lag Schnee im Garten und auf den alten Apfelbäumen, und ich blieb wie angewurzelt im Flur stehen, sah durch die Türvierung auf die Frau, die dasaß und mit ihrer feingliedrigen Hand über das Tuch fuhr, immer wieder, als liebkoste sie dieses Gespinst feinster Baumwolle, so versunken und zärtlich, wie ich es nie erfahren hatte.

Sie ist damals, so vermute ich, aus den Molassehügeln zurück in ihre Vergangenheit geschlüpft, an die Strada Morilor, wo im Garten die Gänse ihr Geschnatter hoch auf weißen Hälsen trugen, einmal in der Woche das Brettertor geöffnet wurde und die Zigeuner hereinkamen, ein Zug, den sie von ihrem Eckfenster aus beobachtete, hauptsächlich Frauen und Kinder, geführt von zwei Alten. Sie gingen lautlos auf nackten Füßen, trugen Säcke bei sich und geflicktes Zeug am Leib, streiften an den Rosensträuchern entlang, und Ruth würde, nachdem sie wieder abgezogen wären, die hell aufgerissenen Stengelenden suchen. Ein, zwei Blüten fehlten immer, würden dann im Haar eines Mädchens stecken, das jetzt zwischen den grellfarbigen Kopftüchern der Frauen sich nach der Küche schlängelte, wo Großmama den Topf Suppe herausbringen ließ und sich der Klüngel zwischen Haus und Umfassungsmauer ins Gras niederhockte, ein Gerede und Geschrei begann, die Alten ihre Tabakbüchsen aus den Gürteln klaubten, die Köchin Brot und kalte Maisschnitten herausgab und Suppe aus dem Topf schöpfte, während Großmama die Dinge holte, von denen sie glaubte, sie nicht mehr zu benötigen, und sie war großzügig in dem, was kurzerhand als unbrauchbar erklärt wurde. Neben der Küchentreppe brachte sie das »Gerümpel« den Zigeunerinnen zu Gesicht, deren Blicke flink wie die Hände waren, die schon ihre Säcke öffneten, gierige Rachen, in die ein Topf, ein Kästchen, ein zerbrochenes Gerät verschwanden. Die kleine Ruth stand auf der Schwelle der Küchentür, zu der sie durch den schmalen, dunklen Gang von ihrem Zimmer hergeeilt war, sah ihrer Mama und den Frauen zu, wie ein Gegenstand für einen kurzen Augenblick zwischen allen Händen zu schweben schien, dann ein nächster und noch einer, das sich wiederholende Moment der Teilhabe, in das Mama einbezogen war, und Ruth blickte zu den Kindern, die im Gras bei ihren Müttern und Geschwistern hockten, dünne, gedrehte Zigaretten rauchten und aneinanderhingen, dafür mit der Plage der Nähe, den Läusen, bestraft waren, dass Ruthchen auf gehörige Distanz unter die Küchentür gebannt blieb. Und doch sah sie zu den Kindern, während Großmama den Zigeunerinnen einen alten Anzug gab, wartete von Woche zu Woche auf der Türschwelle, wartete in ihrem weißen Röckchen auf etwas, das sie nicht kannte, auf einen Moment, auf einen Augenblick – doch nie geschah etwas mehr, als dass die Zigeuner sich erhoben, abzogen, wie sie gekommen waren, und das Hausmädchen das Tor hinter ihnen schloss.

Und Mutter saß auf dem grünen Hocker im Wohnzimmer, fuhr mit ihrer feingliedrigen Hand über das Tuch, streichelte die sanfte Weichheit so selbstvergessen, und ich stand im Flur, sah zu wie bei etwas Verbotenem und stahl mich dann davon. Ein wenig traurig.

Ein Baumwollchiffon, locker gewoben, luftig, sanft, in dem das Licht milchig matt hängenbleibt, wie ein weißliches Mineral, in das Falten und Rundungen hineingeschnitten sind, wo Lagen übereinanderliegen, und das durchscheinend ist, wo das einfache Gewebe auf der Haut oder dem Kleid liegt, ein Hauch, durch den die Farben dringen. Sanft ist das Tuch anzufassen und doch auch kratzig, als besäße es einen heimlichen Widerstand, und noch immer, da ich es auf dem Schoß vor mir liegen habe, fleckig vom Tragen, im Gewebe einen Hauch Parfum bewahrend, der stickig geworden ist, vermischt mit dem Geruch nach Schimmel des feucht gewordenen Wandschranks, elfenbeinfarben vom Alter – noch immer, wenn ich darüberstreiche, irritiert mich der Widerspruch, der eingewoben ist, das Widerspenstige und Glatte, das Sanfte und Kratzige – und dieser Widerspruch musste zu einer einzigen ungeteilten Empfindung in Mutters Handfläche geworden sein, einem sich zu Hause fühlen ihres Tastsinns.

Die Musik in Mutters Bauch blieb stumm, der nächtliche, leuchtende Chor, den sie an der Zimmerdecke gesehen hatte, blieb verschwunden, die Medikamente »Doktor Schlesingers« taten ihre Wirkung.

– Er *ist* ein guter Arzt, er kuriert einfach alles. Ich habe schon in Bukarest im Sommer immer diese Fieber gehabt. Und Mama wollte nie nach Cotroceni zum Palast fahren, denn damals gab es noch die Malaria in Bukarest, wusstest du das?

Ich war zur Ausgrabung am Monte San Giorgio gefahren, rief ein- oder zweimal am Tag zu Hause an, kurz nach Mittag oder gegen Abend. Am frühen Morgen schaute eine Pflegerin im Haus vorbei, ging Mutter beim Ankleiden zur Hand und machte die Besorgungen. Eine Unruhe erfasste mich jedes Mal, wenn ich die Zahlen der Telefonnummer eintippte. Ich fürchtete, die flüsternde Stimme zu hören, die ununterbrochen redete … und die sich wiederholenden Rufzeichen hängten Beschwernisse an die Seele,

die nur allmählich und, wie ich vermute, nie ganz verschwanden, auch wenn Mutter sich endlich meldete:
— Denk dir, ich habe heute einen Vogel gesehen. Er war wunderbar und so prächtig in den Farben. Ich war zufällig unten in meinem Arbeitszimmer und wollte im Schrank nachsehen. — Weißt du, wo das Puppengeschirr ist? Ich hatte es in einer Spankiste, doch in der ist jetzt Weihnachtsschmuck.
— Du hast es in die Vitrine gestellt.
— Hab ich das? Da bin ich beruhigt. Es ist nämlich sehr wertvoll. Und dieser Vogel setzte sich auf den Busch direkt am Fenster. Ich glaube es war ein Eichelhäher. Also es war ein wunderbarer Vogel, und er war einfach da. Hätte ich ihn suchen wollen, so hätte ich ihn nie gefunden. Es ist unmöglich, einen so prächtigen Vogel suchen zu wollen. Doch weil ich ihn nicht gesucht habe, war er da.

Ich kann nicht sagen, dass mich ihre Geschichten beruhigten. Das leuchtende Licht des Chores, das nachts ihr Zimmer erfüllt hatte, schien sich in ihr selber ausgebreitet zu haben. Sie war weise, aber auch entrückt, als hätte sie sich von ihren Eigenheiten entfernt und allgemeinere Züge angenommen, die mich beeindruckten, manchmal stolz auf sie machten, in mir jedoch auch eine höhere Wachsamkeit weckten.

— Bist du nicht auch Zoologe? Das andere — was du tust — kann ich mir nicht merken. Aber du hast doch auch Zoologie studiert, nicht wahr? Ich wollte dich fragen, wie das bei Spinnen ist. Ich habe beobachtet, wie eine Spinne ein Netz gebaut hat. Ich wollte die Frage aufschreiben, damit ich sie nicht vergesse, doch es geht nicht mehr, meine Hand zittert zu stark, also habe ich mir die Frage wieder und wieder vorgesagt. Warte, sie wird mir einfallen: Besitzen die Spinnen innerhalb oder außerhalb des Panzers ein Nervensystem, und wie unterscheiden sie die Beute vom Wind, da beide sich doch im Netz verfangen?

Rund zehn Tage, nachdem ich wieder auf der Ausgrabung am Monte San Giorgio war, die Zahlen eingetippt hatte und lauschte, blieben die Rufzeichen unbeantwortet, höhlte der Summton Zimmer für Zimmer aus, machte das Haus unbewohnt, und die Unruhe brach hervor, wurde Angst, die mich in eine Flucht von Vermutungen hetzte.

Mutter – so erfuhr ich schließlich von Nachbarn – war gestürzt, hatte die Nacht am Boden gelegen und war am Morgen von der Pflegerin gefunden worden, sie hatte einen Bruch des Oberschenkelhalses erlitten, war ins Krankenhaus gebracht worden, und als ich eintraf, hatte man sie bereits auf die Intensivstation verlegt: Lungenembolie mit anschließendem Herzstillstand. Sie lag unter einem Zelt, ein schmales, eingefallenes Gesicht ...

Später, als sie auf die Abteilung verbracht worden war, noch immer in einem kritischen Zustand, sagte sie:

– Ich möchte wissen, ob es von Rumänien noch etwas außerhalb meiner Erinnerung gibt.

Ihr Kopf in den Kissen lag zurückgeworfen, als wäre er auf etwas Undurchdringliches, Undeutbares geprallt, sie sprach sehr leise, und ihre Lippen waren trocken und fliederfarben.

Ihr Rumänien, das sie nie ganz verlassen hatte.

Ich verlangte den diensttuenden Arzt zu sprechen. Solange sie gesund gewesen war, hatte sie nicht zurückgehen wollen, und da sie mit einem Teil ihres Wesens in Bukarest wohnen geblieben war, wenn auch in einer Vergangenheit, so hatte sie doch kein Bedürfnis verspürt, dahin reisen zu wollen. Zudem fürchtete sie, eine Illusion zu verlieren, an der sie festgehalten hatte mit einem verheimlichten Trotz. Dass es nämlich diese Welt auch heute noch gab, die vornehme Welt ihres Papas, deren Werte und verfeinerte Lebensart, dieses nie zu verlierende Gut, das um so viel höher im Rang stand als das klotzige »Prasten« der neureichen Väterwelt in den Molassehügeln.

– Ich kann Ihnen nichts versprechen, sagte der Arzt, Sie müssen mit dem Schlimmsten rechnen. Die nächsten paar Tage sind sehr entscheidend ...

Und Mutter sagte:

– Fahr! Ich warte.

Und beinahe auf den Tag genau fünfundachtzig Jahre später als Großpapa stand ich am Morgen nach meinem Besuch bei Sorin Manea am Sfintu Gheorghe, zu dem ich mit der Trambahn von der Strada Viitorolui aus gefahren war, am *Centralpunkt* – wie mein Großpapa geschrieben hatte –, und spürte sein Lächeln, versteckt unter den gezwirbelten Schnurrbartspitzen, fühlte, wie sanft er den Stock aufs Pflaster gesetzt hielt und hinüber zur Strada Lipscani sah – in diese Straße mit den jüdischen Geschäften, deren Besitzer unter den Markisen auf Kundschaft warteten, ihre Stoffe, Anzüge, die Hüte, Schuhwerk aus Paris und Hemden aus London anpriesen, schon mal einen Passanten aus dem nicht abreißenden Strom von Leuten, der sich vorbeiwälzte und -schob, am Ärmel packten und ins Ladeninnere zogen, um ihn vor aufgetürmten Waren nach allen Regeln der Verkaufskunst zu umgarnen, den Diener um ein Glas Tee auszuschicken, wie der Händler im Bongomarket in Dhaka, der in seinem Budchen einen niederen Tisch aufstellen ließ, sich setzte und in seine prachtvollen Seidentücher Gott und die Welt und sehr viel Schmeicheleien wob, jedoch ein beinharter und blendender Stratege auf dem Schachbrett der Dollars war.

– Weißt du, die Geschichte (eine von Mutters Anekdoten) machte in Bukarest die Runde, man erzählte sie im Salon und bei Besuchen, dass zwei Händler in der Strada Lipscani, beide überzeugt von ihrem Recht, als Erster die Hand am Ärmel des ahnungslosen Herrn zu haben, an diesem derart heftig zerrten, dass sein Rock, den er eben drei Geschäfte weiter vorne halb genötigt gekauft hatte, zerriss und ein Fetzen war, zur Gaudi der Schaulustigen ...

Und Großpapa sah an der Lupa Capitolina vorbei in die Straße, den Ruf – Domnu! Domnu! – der Zigeunerinnen im Ohr, die mehrere Röcke übereinander und Messingreife um die Knöchel trugen, doch die Brüste offenherzig sehen ließen, feste, junge Brüste, die ihm hinter den Buketts der Margeriten nicht entgangen waren, und seinen Blick versonnen auf den Zitzen der Wölfin hatte ruhen lassen, bis er ihn an den lustvoll sich windenden Kindern vorbei in die Straße verwies, in deren Fluchtpunkt sich Kuppeln in den Himmel wölbten.

Leben, und es hatte die pralle Süße von Früchten. Die Schale hatte sich wieder gefüllt, einen Verlust ausgeglichen, und die Fülle präsentierte sich still auf dem Tuch eines hellen Sommertags.

Und da, an dem Ort Sfîntu Gheorghe, stand ich zwei Generationen später, an diesem Centralpunkt eines Lebens, und es war eine trostlose Haltestelle. Ich blickte über breite Fahrbahnen, suchte Großpapas Perspektive zu finden und sah in die Strada Lipscani hinein, den Blick halb verstellt von einem Kioskgebäude, und es war keine »romantische Passage«, in der Stände und Läden an einen »bunten, orientalischen Basar« erinnerten, wie ich in einem Reisebuch gelesen hatte, sondern eine ärmlich zerrüttete Straße mit schäbigen, halb leeren Läden, Baulücken, Ruinen und aufgerissener Pflasterung, ausgesaugt von Entbehrung, als hätte alle Anstrengung auf etwas außerhalb ihrer selbst gerichtet werden müssen – wie in einem Krieg. Ja, so war es, und wenn auch einzelne Gebäude noch von vergangenem Glanz zeugten, ich ging durch eine Nachkriegsstraße, spürte die Ermüdung aus Fassaden und Gesichtern, ebenso wie den Reflex des Überlebens, fuchsig, die Schatten nutzend, entlang des geringsten Widerstandes: eine verelendete Straße, und sie erinnerte mich an einen Besuch in Freiburg, 1947, wohin meine Eltern mit mir gefahren waren, an die Verstörtheit und Angst, die die Schutthaufen und leeren Fenster in mir wachriefen, und an den Schrecken, der von einer aus Schuttziegeln behelfsmäßig aufgeschichteten Mauer ausging ... und mich zur immer ängstlich wiederholten Frage zwang:

– Es kommt wieder Krieg, Mama, nicht wahr? Es kommt wieder Krieg?

– Es war Krieg!, sagte Sorin Manea, als ich ihn im Café Victoria traf, in dem wir uns verabredet hatten, es war Krieg. Ein Krieg gegen die eigene Bevölkerung.

Mutters »wunderbare Weiden« im Cişmigiu-Park hatten mächtige Stämme und eine rissige Borke, und sie neigten sich gegen das Wasser, angekrallt am Ufer, und ließen ihre Zweige in Troddeln niederhängen, berührten mit den Spitzen die spiegelnde Oberfläche, auf der aufgetürmte Wolken schwankten, besprenkelt von flaumigen Federn der Schwäne, gerändert von einem Schaum Dreck. Das Schwanken zog sich auf ein tropfendes Ruder zurück, das ruhig und unregelmäßig eintauchte, das Boot gleiten ließ, in dem ein Herr in schwarzer Silhouette saß und eine Dame, ganz Kirschblüte, die einen ausladenden Hut präsentierte, geschmückt mit Emufedern aus der Wiener Mariahilfer-Straße.

– Es geht zu Ende, sagte Mascha Schachter. Ich bin von Berlin über Wien zurückgekehrt. Ich spür es. Die Leute wollen die Hände fallen lassen. Sie wollen dieses Europa nicht mehr halten.

Und die Troddeln der Weiden waren wie ein Vorhang aus zartbelaubten Schnüren, durch die man zum anderen Ufer des Teiches sah, wo Spaziergänger, einzeln oder in Gruppen, durch einen Schwarm von Sonnenflecken, den Fußweg entlang promenierten.

Großmama fuhr niemals Boot, wegen der Schwindel, und Leo Schachter hatte sich anerboten, ihr Gesellschaft zu leisten, während ihre beiden Partner auf eine halbe Stunde ein Boot mieteten. Und während sie von der Anlegestelle gegen den Buturuga spazierten, wo man sich verabredet hatte, blieben sie im hellzittrigen Schatten der Weide stehen, Großmama die kleine Ruth an der Hand – während Curt vorausgerannt war –, Monsieur Schachter auf einen knotigen Stock gestützt, die Zigarre in der Linken. Sie sahen zu dem Boot hinüber, in dem Großpapas

Hände weiße Flecken auf dem Rundholz waren und sein höckernasiges Profil den Mund bewegte, doch sie konnten nicht hören, wie er eben sagte:

– Ich schätze nichts so wie Ihr empfindsames Gespür: Sie haben eine größere Fähigkeit, die Dinge in ihrem Entstehen zu erkennen, als wir anderen, und doch meine ich, dass Sie sich in dem Falle irren. Es ließe sich niemand finden, der eine Schale schönsten Sèvres- oder Meißner Porzellans – gefüllt noch mit den auserlesensten Delikatessen – aus Mutwillen fallen ließe.

Überliefert ist ein Satz, den Mascha Schachter bei der Gelegenheit gesagt haben soll, den Mutter manchmal vor sich hingesprochen hatte, als wäre es ein Familienfluch, der sich wiederholte und die Ursache von Enttäuschungen und Missgeschicken war:

– Sie denken zu freundlich von den Menschen, Herr S.!

Und wenn ich die Art, in der Mutter die Worte aus mir jeweils unverständlichen Gründen vor sich hinsprach, als ein Maß nehme, dann hatte Mascha Schachter sie 1914 im Cişmigiu-Park, während der Bootsfahrt mit Großpapa, hart und kalt gesprochen. Das Verdikt einer intellektuellen Scharfrichterin, die Madame zuweilen sein konnte.

– Manchmal denke ich, sagte Monsieur Schachter zum Unbehagen meiner Großmama, meine Frau müsste zurück in eine Weltstadt wie Berlin oder Wien, wo sie gerade gewesen ist. Sie können sich nicht vorstellen, wie enthusiasmiert sie von den Zeitläufen ist, von all den drohenden Veränderungen, die sich ankünden, von denen ich – wie ich gerne gestehen will – lieber gar nichts wüsste …

Und Ruth sah die »wunderbaren Weiden«, die einen Scheitel zum Himmel hatten, einen Vorhang aus Troddeln um einen hängten, durch den sie aus angenehm geborgenen Schatten hinaus auf das von spiegelnden Bäumen gerahmte Wasser spähen konnte, zu dem Boot, das mit müdem Ruder dahinglitt.

– Ich bin dort viel spaziert, später auch mit Schulfreundinnen, und ich liebte den Park im Sommer, da er wie ein Schattenzelt mit großen Teichen war, und ich liebte ihn im Winter, wenn zwischen den verschneiten Bäumen eine Fläche Eis geräumt wurde und man Schlittschuh lief, zusammen mit all den eleganten Menschen in ihren Pelzmänteln und -mützen, die Hände fest im Muff.

Ich kann heute nicht mit Gewissheit unterscheiden, was Mutters Erzählung gewesen ist und was sich durch die Jahre in meinem Kopf ausgesponnen hat, doch als ich in Begleitung von Sorin Manea den Cişmigiu-Park, unweit der Calea Victoriei, aufsuchte, war mir, als beträte ich den Ort einer Erzählung, der sich aus den Buchseiten und ihren Wörtern vergegenständlicht hätte, und die Fiktion zu Bäumen, Wegen, der Grotte, einem Musikpavillon und einer langgestreckten Allee geworden wäre, durch die ich jetzt schlenderte.

– Das trifft auch für anderes zu, sagte Sorin Manea, ganz Bukarest ist so ein Ort, nur dass unsere Fiktionen schlecht erdacht sind und noch mangelhafter ausgeführt werden.

Er lachte, doch im Spott schwang eine melancholische Verzweiflung mit, die mir bisher entgangen war. Dieser Sorin Manea, von dem ich nicht viel mehr wusste, als dass er einmal Herpetologe und jetzt ein Frührentner von Anfang vierzig war, liebte dieses Land, an dem er litt – und ich verstand plötzlich, dass er eine Geschichte hatte, eine der unaussprechlichen Geschichten wie diejenige Onkel Mendels oder die des Abator. Wir setzten uns unter die Bäume beim Buturuga, einem aus Zement gemauerten Baumstrunk, groß genug für eine Person, die durch eine Öffnung im zementenen Stamm Getränke verkaufte. Hier würden sich die beiden Partien, Großpapa und Mascha Schachter einerseits, Großmama, Monsieur und die Kinder andrerseits, nach der Bootsfahrt wiedergetroffen haben. Man wäre, wie Sorin und ich jetzt, an einem der Tische gesessen, die Herren hätten ein Bier und die Damen ein Omnibus getrunken, während Curt den künstlichen Hügel hinter dem Buturuga hinaufgeklettert wäre – und die kleine Ruth still dabeisaß, wie es sich damals für ein Mädchen geziemte. Doch sie saß so ruhig und reglos da, dass sie den Erwachsenen über ihren Gesprächen vergessen ging und Herr Leo Schachter beim Aufbruch am Abend ein wenig verwundert die kleine Ruth wiederentdeckte. Er lobte sie für ihr Stillhalten mit staunenden Ahs, nahm sie bei der Hand und führte sie zu der mechanischen Waage, die nahebei aufgestellt war und noch heute unverändert dort steht. Das Kärtchen mit dem aufgedruckten Gewicht und einem Bild auf der Rückseite fand sich während der Hausräumung in der Holzschachtel, in der auch die Annonce der Bäckerei Wienert gelegen hatte. Es war abgenutzt durch die Jahre, in denen das Kärtchen im Portefeuille gesteckt hatte, als eine Devotionalie ihres reglosen Ausharrens, das andere vergessen ließ, dass auch sie mit am Tisch saß.

– Ich habe versucht, in den letzten zwei, drei Jahren wieder zu arbeiten, antwortete Sorin Manea auf meine Frage, während wir im Schatten vor dem Buturuga saßen, doch es geht nicht mehr. Die Reptilien sind mir zu nahe gekommen, er lachte, und sie hatten Gesichter von Aufsehern und Ärzten ...

Er war unter Ceaușescu im Gefängnis gewesen, drei Jahre lang.

– Ich bin jung und verrückt gewesen, verrückt genug, mich auffällig zu machen.

Während Gorbatschows Besuch in Bukarest holten sie ihn erneut in seiner Wohnung ab, lieferten ihn in die psychiatrische Klinik ein.

– Brainwashing, sagte er, obschon wir französisch sprachen. Sie gaben mir die Spritzen durch die Kleider. Dann wusste ich nichts mehr. Nicht, wer ich bin. Nicht, wie ich heiße. Drei weitere Jahre lang.

Andeutungen, Bruchstücke. Ich würde auch von Sorin Manea nie wirklich erfahren, was ihm zugestoßen war, und im Park Cişmigiu, inmitten von Menschen, die sich ruhig und freundlich durch die Wege bewegten, sich auf die Bänke setzten, zögernd an einer Gabelung stehen blieben, wurde mir bewusst, welch nie gekannte Zahl von Menschen dieses Jahrhundert geschaffen hat, für deren Erfahrungen es keine Wörter gibt. Die einen stummen, sprachlosen Bezirk in sich tragen, auf den nur die fiebrigen, von dunklen Rändern umzogenen Augen, die mit einem dumpfen Klang beschwerte Stimme hindeuten wie bei Sorin Manea.

– Man hat mich immer wieder aufgefordert, über meine Erlebnisse im Gefängnis und auch danach, in der Klinik, zu schreiben. Ich kann es nicht. Ich kann nicht einmal vergessen. Täglich kämpfe ich gegen die Erinnerung an. Jetzt zum Beispiel.

Er dürfe sie nicht zulassen, sagte Sorin, denn obschon er stark wirkende Medikamente einnähme, brächten ihn die Erinnerungen aus dem Gleichgewicht, stürzten ihn in Verwirrung und Angstzustände …

– Die Duschräume, die zwei Quadratmeter in der Zelle, nein, sagte Sorin heftig, nein, ich kann nicht!

Und während ich eine hinter Vorhängen und Tüchern verborgene Zeit aus Andeutungen und Bruchstücken zu rekonstruieren trachtete, saß ich unversehens inmitten von Bukarest einem Mann gegenüber, dem nur noch die eine Tätigkeit geblieben war, nämlich die Erinnerung zu ersticken.

– Ein Jahr war ich nach der Revolution in Holland zur Rehabilitation gewesen. In einer Klinik, so unfassbar luxuriös: Es war wie ein Fünfsterne-Hotel, mit einem wunderbaren Park, ich konnte einen Wagen mit Chauffeur benutzen, am Meer spazieren gehen, mich in ein Café setzen. Man gab mir Geld, und ich hätte dort vielleicht gesund werden können …

Doch Sorin Manea wollte zurückgehen, in die von Irrsinn zerrüttete Stadt, er musste an dem Ort leben, der ihn zerstört hatte, der selbst zerstört war und in dem es »ein gutes Hundeleben« gab, um den Preis starker, zerstörerischer Medikamente.

– In zehn, vielleicht fünfzehn Jahren werden mich die Nebenwirkungen ruiniert haben. *Sie* hätten dann ihr Ziel doch noch erreicht, obschon sie selbst erschossen und längst begraben sind.

Und ich sah den Dämon tanzen, spöttisch lachend, der nichts und niemanden ernst nahm, am wenigsten sich selbst, und Sorin Manea sagte, und seine Augen hatten einen fiebrigen Glanz:

– Medikamentöse Vollstreckung der Todesstrafe unter Gewährung eines Aufschubs, vollständig bewegungslos in wochenlangen Depressionen abzusitzen.

Und er meckerte sein Lachen, dieses stotternde Sperrfeuer, bis es überraschend abbrach, eine Stille aus dem Blätterschatten herabsackte, und Sorin Manea ruhig und gefasst sagte:

– Doch es ist besser als Gefängnis. C'est mieux que la prison.

X

CALEA VICTORIEI

Ich trug eine große Straße in mir, eine Fürstenstraße, und ich ließ sie aus mir herausrollen, mitten durchs Dorf, zwischen die gedrückten Häuser, am Kolonialwarengeschäft und dem Tea-Room vorbei, mitten hinein ins Schul- und Gemeindezentrum. Meine Fürstenstraße tapezierte das damals noch ländliche Dorf, schuf in meiner Imagination einen Korridor sich hinziehender Geschäfte, Hotels, Cafés, der sich aus meinen Schläfen heraus öffnete, leicht gewunden durch aufstrebende wuchtige Fassaden führte, die sich wie aufgestellte Dominosteine aneinanderreihten. Schilder und Schriften ragten in den Straßenraum, und es hätte eines sehr genauen Beobachters bedurft, um zu bemerken, dass der Junge, der ich damals gewesen war, sich nicht einfach auf dem Schulweg befand.

Ich war, seit wir ins Dorf gezogen waren, flecken- und streckenweise ein Emigrant, und mehr noch, ohne es zu wissen, ein Snob, der an grauen Tagen, da Kartoffeln und Runkelrüben aus den Fenstern und Türen zu quellen schienen, sich einen pompösen Laufsteg schuf, auf dem er sich – wenn auch nur in der Fantasie – der Promenade inmitten eines Gedränges flanierender Leute überließ, das rechts und links der Straße sich an den Auslagen eleganter Geschäfte entlangschob, eine schmale Mitte offen lassend, durch die sich die Kutschen auf ihren gummierten Rädern lautlos in einer nicht abreißenden Kette zwängten: Kaleschen, Cabs und Landauer, in denen die Herren in Gehröcken zurückgelehnt saßen, sich mit den Damen unterhielten, die ihre Blicke unter den Huträndern hervor in die Menge schweifen ließen, zu Offizieren in taillierten, mit Kordeln und Tressen geschmückten Uniformen, zu Paaren und Familien und den ausländischen Attachés, ihre Augen glitten flüchtig über die Gesichter der Männer mit keck aufgesetzten Hüten, zugeknöpften Jacketts, das Spitzentuch in der Pochette, prüften die Frauen, die Schminke der Lippen, die Eleganz des Kostüms und die Zierlichkeit der in Mode gekommenen hohen Schnürstiefel, verweilten mit dem Blick länger auf einem Kollier zwischen Pelzbesatz, ließen ihn auf dem Orden einer Staatsuniform ruhen. Man grüßte mit einem Kopfnicken zu einer kreuzenden Kutsche hinüber, bewunderte Madame Volvoreano oder Duca oder Ghica, die statt eines Hutes einen Schal aus Venedig luftig um den Kopf geschlungen trug, entsprechend der Vorliebe Königin Marias, die man in ihrem Automobil zu sehen hoffte, schätzte eine kurze Stockung vor Riegler oder Capșa, um vielleicht ein bekanntes Gesicht im Innern der plüschigen Cafés zu entdecken, und wenn man dann am Palatul regală und dem Athenäum vorbei beim Hotel Athenee Palace angekommen war, so konnte man sich entscheiden, weiter und hinaus zur Şoseaua Kiseleff zu fahren, wo einmal im Jahr das Blumenfest stattfand und die Chaussee zwischen Gärten und Villen zu den Seen führte, oder eben wieder zu wenden und den Corso durch die Calea Victoriei neu zu beginnen, durch Wagen- und Menschengedränge zurück zum Platz vor dem Nationaltheater, so einige Male, bis man genug gesehen hatte und genug gesehen worden war.

– Bitte, sagte Mutters Schulfreundin Ana Săndulescu, als sie nach den Sommerwochen in Sinaia zurück in Bukarest war, fahren wir einige Male die Calea Victoriei hinauf und hinunter, es ist das erste Vergnügen in der Stadt, und dann bin ich wieder daheim.

Wie sich mit Hilfe des Elektronenmikroskops nachweisen ließ, entstehen in den Schillerradien die verschiedenen Farben wie Dunkelblau, Türkis, Rotbraun, Gelb, Violett, Grünrot allein durch Änderung der Gitterabstände. Die Farberzeugung nach diesem Prinzip stellt eine unerhörte Präzisionsleistung dar, die sich im Größenbereich von Hunderttausendstelmillimetern abspielt.

Selbstverständlich hatte ich als Kind meine Fürstenstraße nicht mit all den Einzelheiten ausgeschmückt. Ich wusste noch nicht so recht, um mit Madame

Schachter zu reden, wie man bereits farbige Federn färbt, dazu fehlte mir auch nur annähernd die Vorstellung, wie die Calea Victoriei ausgesehen haben mochte, durch die Mutter mit ihren Eltern an den Sommerabenden zum Vergnügen und als Teil eines Corsos der Eleganz und Verschwendung gefahren war, auch dann noch, als die Kanonen zu donnern begannen und sich Mascha Schachters Vorahnung bewahrheitete: Der Weltkrieg brach aus, König Carol I. starb, und Großpapa sah sich veranlasst, das Bukarester Tageblatt abzubestellen. Er hasste die deutschfreundliche Kriegshetze, die Rumänien an die Seite Wilhelms drängen wollte, und verzieh dem Kaiser die Dummheit nicht, die mit Gütern aus aller Welt gefüllte »Schale« – die für ihn Europa war, getragen von der Ingenieurskunst und einem zivilisierten Umgang unter den Menschen – kaputtzuschlagen. Er ließ die wilhelminischen Schnurrbartspitzen schneiden, entschied sich für die Bartmode Eduards VII. und eine gemäßigte Zeitung, ansonsten hatte alles beim Alten zu bleiben.

Nach dem Abendbrot rollte Großpapa seine Serviette sehr sorgfältig und genau zusammen, schob den Silberreif mit seinem Monogramm über die Rolle aus Leinen, und der Moment, in dem seine blasse Hand die Serviette neben den Teller legte, entschied, ob man den Abend in der Stadt oder in gemeinsamer Lektüre um den Tisch im Salon verbringen wollte. Er hielt nichts von Beunruhigung und zappliger

Erwartung während der Mahlzeit, und so kam frühestens nach dieser das Abendbrot abschließenden Geste die Ankündigung, er hätte den Landauer bestellt, *falls es dir recht ist, noch auszufahren*, um danach am Zwicker zu rücken und mit leicht vorquellenden Augen aufzusehen, im Wissen, es wäre Großmama immer recht – und oftmals schien es das einzige Mittel gegen ihre Schwindel gewesen zu sein.

Man hatte sich für den Abend gekleidet und stieg vor dem Holzzaun in die wartende Kutsche, in einer festgelegten Reihenfolge, die der Sitzordnung entsprach, die durch Großpapas Ansicht begründet war, es sei seine Pflicht, den gefährdeten Platz zur Straßenseite hin einzunehmen. Großmama saß auf der Seite der Geschäfte und flanierenden Menschenmengen, und da die Kinder entsprechend über Kreuz zu sitzen hatten, saß Mutter stets ihrem Papa gegenüber. Das mochte von Vorteil gewesen sein, wenn Großpapa den Kutscher anwies, entlang der Dîmbovița zur Stadt zu fahren. Mutter hatte dann den Quai auf ihrer Seite, sie konnte somit ungehindert die Spaziergänger, die Bauern und Gruppen von Zigeunern, manchmal auch den Türken mit dem Tanzbären betrachten und hatte den Ausblick auf den Hügel der Metropolei und auf das Justizgebäude. Doch wenn sie durchs jüdische Viertel fuhren, durch die engen Altstadtgassen, wo die Lädchen und Läden waren, bärtige Männer in ihren Kaftanen umherliefen, auch abends noch ein Handeln und Gerede war – wie ich es in Dhaka nach Einbruch der Dunkelheit beobachtet hatte –, Petroleumlampen auf Tischen und in Schubkarren brannten, ein Rauch und Geruch zwischen den Häusern hing, den Großmama abscheulich fand und Großpapa liebte, wie das ganze Quartier – *da hätte ich lieber mit Curt getauscht, um besser sehen zu können.*

Man fuhr zwei-, dreimal vom Theaterplatz zum Athenäum, setzte sich in ein Terrassencafé oder ging an kühleren Abenden zu Riegler oder Capşa. Das eine oder andere Mal, wenn sie von der Synagoge her zur Calea Victoriei fuhren, ließ Großpapa an der Strada Stavrapoleos vor dem Carul cu Bere halten, einer Bierhalle, deren Wände reich bemalt waren, in der eine Zigeunerkapelle spielte und es ein selbstgebrautes, nicht sonderlich kräftiges Bier zu trinken gab.

Doch oftmals fuhren sie durch die Calea Victoriei geradewegs zur Chaussee, entlang der herrschaftlichen Häuser und Gärten, hinaus nach Herestrău an die Seen.

– Und weißt du, sagte ich zu Sorin Manea, als wir den Cişmigiu-Park verließen und in Richtung der Calea Victoriei gingen, in meiner kindlichen Vorstellung wurden all die Eindrücke, die ich doch ziemlich wirr in mir trug, nochmals ins Fürstliche gesteigert durch Mutters Erwähnung, im Winter seien sie genauso oft ausgefahren, eingehüllt in Pelzdecken, selbstverständlich im Schlitten.

Im Schlitten war auch mein Urgroßvater durch Russland gefahren. Und als wir im Lesebuch der Grundschule eine Geschichte laut lesen mussten, von einer Fahrt durch die weiten, verschneiten Ebenen, aus denen plötzlich die Wölfe auftauchten, dem Schlitten erst folgten, dann die Pferde anfielen, der Reisende ein struppiges Fell ums andere rötete, bis keine Patronen mehr in seinem Revolver steckten, er eines der beiden Pferde vom Leitseil schneiden musste, um zeitweilig einen weiteren Vorsprung zu gewinnen, schließlich mit letzter Anstrengung doch noch den Gutshof, die Station oder was es auch immer gewesen sein mochte, erreichte – wusste ich, auch wenn ich kein Wort zu meinen Mitschülern verlauten ließ, aus Angst, ausgelacht zu werden, dass das die Geschichte meines Urgroßvaters war.

Wenn mein Bruder und ich die Großeltern in B. besuchten, meistens auch mein Cousin und die Cousine dazukamen, wollten wir Kinder die Ausrüstung sehen, die jener Ernst Gustav S. als Vertreter modernster mechanischer Webstühle auf seinen Reisen nach Lodz, Petersburg und Moskau bei sich gehabt hatte, und Großpapa, im schwarzgestreiften Anzug, den er auch noch zu der Zeit und bis an sein Lebensende trug, holte den Revolver, einen Totschläger und den Staubmantel seines Vaters hervor, die er im Schrank seines Zimmerchens verwahrte. Am meisten faszinierte uns der Totschläger, eine Bleikeule, von Lederstreifen kunstvoll umflochten, mit einer Lasche am Ende des Haltestiels. Die Keule selbst hatte die Größe eines Hühnereis und war während unserer Räuberspiele – die allerdings sogleich beendet wurden – äußerst wirkungsvoll: Großpapa drückte eine Silbermünze auf unsere Beulen.

Später hörte ich von der Beresina, vom Desaster des Übergangs über den Fluss, vom Hunger und von der Krankheit der Soldaten, von den Pferden, die getötet wurden, und der Kaiser fuhr allein im Schlitten zurück, eine düstere, gebrochene Schattengestalt in Schneegestöber und heulendem Wind. Genauso wie Napoleon, in Decken und Pelze eingeschlagen, gezeichnet vom Fieber, fuhr Ernst Gustav S. in seinem Schlitten aus den eisigen Wüsten Russlands zurück. Auch er hatte verloren wie der Franzosenkaiser – so bildete ich mir ein – und starb in Köln, vermutlich an Typhus, der damals in Russland wütete, doch die Wölfe hatten ihn nicht erwischt.

Ich wollte die Calea Victoriei großartig und glanzvoll sehen, doch selbst mit dem bestem Willen und einer beschönigenden Fantasie gelang mir dies nicht: Die Straße war ausgezehrt und ausgeblutet, ein trister Korridor des Mangels, grau von Teer und Staub, durch den der Verkehr sickerte. Die Passanten trugen abgenutzte Kleider, und ihre Bewegungen waren müde oder steif von unbewussten Durchhalteparolen. Die Geschäfte hatten wenige und zufällige Waren anzubieten, eher aus Hinterhöfen zusammengetragen als einem Überfluss und Luxus entnommen, und unter dicken Schichten kalkgrauer Vernachlässigung entdeckte ich Reste einstiger Pracht und Urbanität, eine Fassadenfront, ein einzelnes Gebäude, die ich von alten Fotos oder aus Erzählungen kannte, doch sie wirkten wie zufällige Überbleibsel zwischen der drängenden Hässlichkeit der Blocks: Gleich dreimal habe ich ein Karree fotografiert, ein Rasenstück mit Bouchers Bronzeplastik »Die Läufer« von 1918 und einer Blautanne, eingefasst von drei Blockbauten, zusammengesteckte Betonschubfächer für Menschen, rußig grau. Durch die Einfassung und dieses karge, mit Klee durchwucherte Stück Rasen werden Bouchers Läufer zu atemlos Gehetzten, zu Fliehenden und Süchtigen vor der einzigen Farbtafel, einem Stillleben aus Flaschen, Gläsern, Zitronen, das von der Betonwand herab ein besseres Leben vorlügt: »Stalinskaya«, in großen Lettern, Markenname eines Wodkas. Vielleicht habe ich dreimal auf den Auslöser gedrückt, weil mir die Läufer auf dem Rasenstück, die Rasterfassade und die Alkoholwerbung wie das bildliche Ergebnis dieses Jahrhunderts vorgekommen sind und ich hoffte, durch das dreimalige Ablichten könnte ich die Flucht, die Betonpferche, die geschundene Natur, die angepriesene Betäubung verdeutlichen, sie aus dem Gewohnten einer Straßenansicht herausheben, und dieses naive Vertrauen in die Fähigkeiten des Fotoapparats gehört für mich heute ebenfalls zu dem

Bild, auch wenn man gerade diese Naivität nicht sehen kann.

»Die Läufer« von Boucher hatten einstmals vor dem Athenäum gestanden, als es entlang der Hotelfront des Athenee Palace noch einen Streifen Grün gegeben hat. Heute schließt sich ein Platz an, der von abgestellten Autos bedeckt ist, und ich stand mit Sorin Manea in einer Leere vor dem Königspalast, die eigentlich eine Abwesenheit war, und hatte die Empfindung, im Magen von Bukarest angekommen zu sein.

– Da drüben, sagte Sorin, ist das Gebäude des ehemaligen Zentralkomitees, und wo wir stehen, hatte sich die Menge versammelt, eine »große Volksversammlung«, wie die befohlenen Aufmärsche damals hießen, eine Volksversammlung gegen die Demonstrationen in Timişoara. In der Klinik lief das Fernsehgerät, ärztlich verordnet, aber ich nahm nichts wahr, und doch spürte ich, etwas stimmte nicht, etwas war nicht wie sonst, und ich sah, wie *er* klein wurde, einschrumpfte, zu stottern begann, ich hörte Pfiffe und Buhrufe, und die Kamera irrte ab auf die Fassade: Es war wie eine mentale Störung, die kontrollierten Bilder verrutschten, gerieten in Unordnung, erloschen auf einen Schlag, Bilder, die uns jahrzehntelang beherrscht hatten. Und ich wusste wieder meinem Namen, wusste wieder, was ich getan hatte – ebenfalls hier, auf diesem Platz, vor Jahren ...

Das Athenee Palace war eingerüstet, es würde umgebaut, sagte Sorin Manea, während der Revolution seien Fassade und Einrichtungen beschädigt worden. Es wird das Bukarester Hilton, fügte Sorin bei, und ich hörte am Klang, wie er den Namen aussprach, den Stolz auf die Zugehörigkeit zur Internationale der Flughäfen und Shopping Malls. Ich würde das Interieur nicht mehr sehen, in dem sich Mascha Schachter zwischen Prinzen und Prostituierten, Korrespondenten, Militärs und Gesandten so souverän und auffällig 1940/41 bewegt hatte, dass ihr Kollege von United Press ziemlich konsterniert feststellte, sie hätte als Jüdin vollständig ungezwungen in höchster Nazi-Gesellschaft verkehrt, während die britischen und amerikanischen Kollegen längst keinen Zutritt zum Speisesaal mehr hatten, sondern sich in der Bar drängten, die sie gegen den wachsenden Druck der Deutschen zu halten suchten.

– Es hat mich immer fasziniert, die Reaktion gebildeter Deutscher zu beobachten, wenn ich sagte, ich wäre nicht Arierin. Die meisten sahen gepeinigt und schuldig und unbehaglich aus. Ich konnte zusehen, wie sich ihre Gesichter zur plötzlichen Wachsamkeit verhärteten, und konnte hinter ihren sich verschleiernden Augen die vorsichtigen Gedanken sehen. Sie versuchten jedes Wort zu erinnern, das sie zu mir gesagt hatten und ob sie meine Hand zu lange geküsst hätten oder ob jemand sie beobachtet hätte, als sie meine Hand zu lange küssten. Wenn sie fanden, dass so weit nichts Kompromittierendes vorgefal-

len sei, machte die nackte Erleichterung auf ihren Gesichtern sie Autofahrern ähnlich, die den Wagen gerade noch rechtzeitig aus einem Graben herausgefahren haben.

Und Mascha Schachter, bei ihrer Abendtoilette gestört, blickte an einem Spätsommerabend vom Balkon ihres Hotelzimmers aus auf den Platz und die Menge, die stetig anwuchs, während die Sonne in düster aufgetürmten Wolken unterging, einen drohenden Widerschein auf die Menschen warf, die sich um das Denkmal Carols I. versammelt hatten, stumm zum Palast sahen, auf dem die rumänische Fahne auf Halbmast gesetzt war: Transsylvanien musste an Ungarn abgetreten werden, so hatten Ciano und Ribbentrop in Wien verfügt. Die Leute weinten, sie liefen durch die Straßen, strömten zum Platz vor dem Schloss, über den die Dunkelheit einfiel, während die Lüster in den hohen Fenstern des Palastes angezündet wurden. In den schweren Vorhängen sah man flüchtige Silhouetten, und in die betäubte Menge, die jetzt den ganzen Platz ausfüllte, kam Unruhe.

– Unten begannen die dunklen Gestalten in Bewegung zu geraten, irgendwo musste sich jemand an sie gewandt haben, denn jetzt erhob sich eine einzelne Tenorstimme, begann mit der Nationalhymne Trească Regili *– Heil dem König! –, doch kaum, dass diese ersten Worte erklungen waren, ging der Gesang auch schon in einem wütenden Geschrei unter, immer deutlicher aus dem Tumult heraus schoss ein Wort hoch in die Nachtluft, wurde auf-*

genommen, wiederholt – abdica, abdica –, bis der ganze Protest des Landes sich in der einen Forderung gelöst hatte, dass der König abdanken und nicht länger König sein sollte.

Und Carol II. schrumpfte ein, ließ den »roten Hund« aus dem Gefängnis kommen, General Antonescu, Sympathisant der faschistischen Eisernen Garde und künftiger Conducator von Hitlers Gnaden: Er würde in wenigen Tagen Carol zwingen, die Abdankung zu unterzeichnen, morgens um vier Uhr, in dem Schloss, zu dem ich vom Platz aus blickte, und ich konnte mich drehen um hundertachtzig Grad, weg vom Schloss und den Unruhen des September 40, und ich sah auf das Gebäude des Zentralkomitees, einem ebenfalls in den dreißiger Jahren gebauten klassizistischen Bau, und konnte mich den Geschehnissen im Dezember 89 zuwenden, beides Revolutionen, die wie Machenschaften anmuteten. Die Gegenwart jedoch war eine Abwesenheit: Der Platz war wie das geschlossene Abator, es gab ihn, aber er hatte keine Funktion mehr, wenigstens nicht zu diesem Zeitpunkt.

– Auf dem Platz habe ich mich mit Benzin übergossen, sagte Sorin Manea, und all die Leute, die herbeigerannt waren und mich mit ihren Mänteln zudeckten, dieser Moment, in dem die körperwarmen Stoffe das Licht verdunkelten und viele Hände mich umklammerten, dieser Moment ist genauso wenig zu beschreiben oder zu benennen wie die im

Gefängnis oder der Klinik verbrachte Zeit. Doch es war ein Moment der Erlösung und eines unfassbaren Glücks.

Als 1926 die Familie S. die letzten Wochen vor ihrer Abreise im Athenee Palace wohnte, zierten die französischen Türmchen in der Art der Pariser Hotels Meurice oder des Ritz noch die Fassade, wie sie der Architekt Theophil Bradeau entworfen hatte und wie sie eben vollendet worden waren, als meine Mutter in Bukarest als dreijähriges Kind ankam. Sie würden verschwinden, im Jahr ihrer Hochzeit 1937, als die Zeit Glas und Stahl verlangte, die Karyatiden und Ornamente heruntergekratzt wurden und eine weiße Glätte die wohlgeordnete Funktionalität vorgab, die besser zu Uniformen und militärischen Aufmärschen passte. Das Athenee wurde zu Ende des rumänischen Faschismus zerstört und zu Anfang des rumänischen Kommunismus rekonstruiert, wurde erweitert in der Zeit, da mein Bruder und ich das Elternhaus verließen, und bekam ein paar Salven ab, als Mutter achtzig Jahre alt wurde: Jetzt war es eine Bauruine und würde zu einem Hotel werden, das den globalisierten westlichen Standards entsprach. Doch auch dann trüge meine Mutter das Bild noch in sich, das sie 1926 zurückgelassen hatte, nachdem sie als junge Dame ein paar Wochen im besten Haus gewohnt und die Freiheit genossen hatte, allein oder in Begleitung ihres Bruders durch die Calea Victoriei zum Cişmigiu-Park oder der Strada Lipscani zu schlendern, bei Cina einen Kaffee zu trinken oder sich in der Pasagiul English zu vergnügen. Vielleicht, dass eine Wehmut sie auf ihren Promenaden begleitete: Die Direktionsvilla der Bumbac, in der die Familie nach dem Krieg gewohnt hatte, war geräumt, der Hausrat verschickt, sie würde einer unbekannten Zukunft entgegengehen, in einem Land, das Mutter nicht mochte. Jeder Blick war auch ein Abschied, war ein letzter Blick, und dieser dunkle Untergrund mochte die Gegenwart umso leuchtender erscheinen lassen: Ruth liebte es, von der gleißend hellen Straße durch die Drehtür ins Foyer und damit auf eine Bühne zu treten, auf der die Lüster auch tagsüber brannten, rote Teppiche ausgelegt waren, an den Marmorsäulen Spiegel in Goldrahmen hingen und es nach türkischen Zigaretten und Kaffee roch. An den Tischen saßen die Exzellenzen, die ihre Monokel einklemmten, wenn sie vorbeiging, die wie feste Versatzstücke, Tag für Tag, das Foyer überwachten, ihre Zeitungen lasen, nickten und begrüßt wurden, jedermann und alles kannten, die großen Damen selbstverständlich und noch besser die leichten. Im Hintergrund des Foyers war die Bar, seitlich der grüne Salon mit den Sofas, in dem Ruth nachmittags eine Limonade trank, beim Nebentisch mithörte und die Gäste beobachtete, gehütet von Großpapa, der vielleicht zuinnerst wusste, dass er hier, wenn auch nur als einer Inszenierung für die Gäste, zum letzten Mal jenes gesellschaftliche Tableau betrat, das er für sich als angemessen ansah und 1912 im Schachterschen Salon vorgefunden hatte. Er verbrachte diese letzten Tage in Bukarest mit »abschließenden Arbeiten«, machte Besuche oder saß mit seiner Tochter im grünen Salon des Athenee Palace, die Beine übereinandergeschlagen, den Ellenbogen aufgestützt, nippte gelegentlich an einem Amalfi – ein Getränk in flachem Glas aus Vermouth und Ţuică gemixt –, während Großmama lediglich zu den Malzeiten das Zimmer im zweiten Stock verließ. Die »Räumerei« und die bevorstehende Schifffahrt hatten einen Zustand nervöser Erschöpfung hervorgerufen, der ihr jeden weiteren »Trubel« unerträglich machte. Großpapa reservierte bei günstigem Wetter einen Tisch im Innenhof, den man vom grünen Salon durch eine Glastür erreichte, und wenn die Dunkelheit eingefallen war, die Gäste sich in Abendtoilette im Foyer, in der Bar oder dem Salon versammelt hatten, in Gruppen zusammenstanden, die anderen Gruppen plaudernd beobachtend, stieg mit dem Geräusch der Stimmen die Spannung auf diesen allabendlichen Moment einer plötzlichen Bewegung, als hätte ein Zeremonienmeister das Zeichen gegeben, und die Gesellschaft begab sich, ein Schleifen und Drehen eleganter Schuhe, in den Speisesalon oder den Innenhof zu einem dieser späten Dinners, zu denen auch die angelegentliche Frage an den Kellner gehörte, was für Neuigkeiten es in der Stadt gäbe.

Mutter würde den Laut nie vergessen, den die rückenden Stühle auf den Steinfliesen im Innenhof des Athenee Palace erzeugt hatten, ein Geräusch – so will es mir scheinen, mit dem die Zeiger ihrer Uhr sich in der Erinnerung festfraßen und ihre Zeit zum Stillstand brachten. Das luxuriöse Hotelfoyer würde für immer die Szenerie bleiben, in der sie sich bewegte, wie ich in meiner Fürstenstraße.

– Hallo, kannst du mich hören?

Zwanzig Minuten hatte ich im Telefonpalast, unweit des Platzes, auf die Verbindung gewartet. Ein schwankend wackliges Schweigen war in der Linie, ein dünnes Atmen, dann hörte ich Mutters Stimme schwach und zögerlich.

– Wo bist du?

– In Bukarest, schrie ich. Ich rufe dich von der Calea Victoriei an. Ich bin an der Calea Victoriei!

Und ich spürte ihre Erschütterung: Sie lag im Spital, in einem dieser Vierbettzimmer, abgetrennt vom Alltag, und ihr Sohn meldete sich aus der Vergangenheit, vom Ort ihrer Kindheit, wo sie die beste Zeit ihres Lebens verbracht hatte. Ich begriff, dass ich in dem Moment durch meine Reise zu einer Figur ihrer Seele geworden war, zu einem Boten, der ihr Nachricht aus den eigenen inneren Räumen bringen würde und sich in den Bildern eines mit dem eigenen Sterben beschäftigten Menschen bewegte.

– Und wie gefällt dir Bukarest?

– Es ist wunderbar, sagte ich, so überzeugt, wie es

mir möglich war und auf eine später noch zu entdeckende Art auch stimmte. Ich mag die Stadt, ich liebe sie!

Der Triumph teilte sich selbst über diese Distanz hinweg durch die Telefonleitung schweigend mit. Sie war erlöst, sie hatte sich nicht getäuscht, es gab Bukarest, es gab die Calea Victoriei noch, und sie waren genauso geblieben, wie sie die Stadt und ihre Prachtstraße erinnerte, nämlich wunderbar.

– Doch halte dich nicht auf der hinteren Plattform auf, wenn du das Rösslitram benutzt. Dort hält sich allerlei Gesindel auf. Taschendiebe. Ohne dass du es merkst, stehlen sie dir das Geld aus der Bauchbinde.

XI

KOPFALBUM

Keramik, bemalt und glasiert, zwei Teller, ein Topf, die Ṭuicăflasche: Auch Großmama besaß einen Hausaltar, und wenn ich zu Besuch oder in den Ferien in der engen Wohnung an der Ringstraße weilte, zog es mich vor das zierliche Dressoire aus Rosenholz, dessen Aufbau aus drei Etageren bestand, gekrönt von gedrechselten Türmchen. Neben einer Fotografie Großmamas im breiten rumänischen Holzrahmen, den Sèvres-Tassen für den türkischen Kaffee und den drei marmornen Säulen mit Trümmerkapitell wollte ich die üppig bemalte und fremdartige Töpferware ansehen. Von ihr ging ein wärmendes, behütendes Gefühl aus wie von Bäumen und Ufern: Es gäbe den paradiesischen Garten also doch, wo die Sterne Blumenarme hatten und die Schnecken regenbogenfarbene Gehäuse trugen wie auf der Ṭuicăflasche, Farben, die an das Licht eines Gewitterregens erinnerten, gedämpft und doch leuchtend, auf einem gelblichen Weiß, mit Ruß beschmiert, der »Patina«, wie Großmama sagte, ein Schmutz, der gleichsam domestiziert, ein Zeichen des Alters wäre und durch verdunkelnde Ränder die Schönheit eines Gegenstands vertiefte.

Ich bewunderte die Ţuicăflasche, auch die Teller, das Ännchen, das wie aus ungebleichtem Leinen gefertigt schien, doch meine Liebe gehörte dem unscheinbarsten Stück dieser kleinen Sammlung, einem Aschenbecher, der auf dem mittleren Gestell aufrecht angelehnt stand: Handgroß und tellerartig besaß er einen fingerbreiten Rand, in den drei Rillen zum Ablegen der Zigaretten eingedrückt waren. Sie unterteilten den Rand in gleichmäßige Segmente, auf deren weißem Untergrund sich dunkel ausgefüllte Halbkreise, je sieben, gegen die Innenseite wölbten. Ein gelber Streifen umzog die Vertiefung, in deren innerer Fläche sich die Halbkreise wiederholten, jedoch weiß mit einem gelben Tupfen, gefolgt von einem Kranz schwarzer Tropfen, die in die leere Mitte zu stürzen schienen.

Dieser Aschenbecher war eine Sonne, ein orientalisches Mandala, er bildete den Mittelpunkt, aus dem heraus ein Salon wuchs, eine Ottomane, der Rauchtisch, die Lüster und Bücherschränke. Um ihn kreiste Müßiggang, die gedämpften Bewegungen auf Perserteppichen, ein schläfriges Dunkel, das nach ägyptischen Zigaretten duftete und die Süße von Schlehwürfeln hatte: Das Licht hing in Jalousien und Vorhängen, Stimmen murmelten, ein Rascheln der Zeitung, und vor den hohen Fenstern war der Mittag eine glutige Säule, die langsam und spät aus dem Gleichgewicht kippte, zu dumpfer Hitze zerbarst.

Irgendwer musste wie ich empfunden haben, vielleicht Großpapa oder Mutters Bruder, vielleicht sie selbst: Ich würde es nie erfahren. Doch dieser Jemand hatte beim Betrachten gespürt, dass von dem einfachen Gegenstand eine Atmosphäre ausging, die Bilder und Stimmen wachrief, *aber ich bitte Sie, Madame, a fost foarte frumos aici*, als wäre der Aschenbecher aus Erinnerungen geformt. Und trotz der unzähligen beschädigten Stellen, an denen die Glasur weggeschlagen war und rotgebrannter Ton zum Vorschein kam, musste er dem Unbekannten sehr wertvoll gewesen sein. Denn der Aschenbecher besaß eine Eigenheit, die mich zutiefst faszinierte. Er war zerbrochen, mittendurch, von einer der Rillen zum gegenüberliegenden Segment, eine splittrige Bruchlinie, sehr sorgfältig geleimt, aber eben doch zerbrochen. Auf der Rückseite, auf dem unglasierten Ton glänzt eine fingerbreite Leimspur, die der Unbekannte gezogen hat, und dort ist auch ein Stempel im Ton eingedrückt, der mich noch heute verblüfft: TROTTA, Bucureşti, daneben ein Kreuz wie auf Friedhöfen.

– Die Bomben fielen im Süden der Stadt, weil dort verschiedene Fabriken lagen, die Bumbac, Lemaître oder die Fabrica de Oţet. Die Flugzeuge tauchten wie riesige Stechmücken zwischen den Pappeln der Dîmboviţa auf, langbeinig und gespreizt und streuten einen bohrenden Lärm aus, der am Boden und nahe der Häuser explodierte. Die Fensterscheiben zersplitterten, und wir rannten auf die Straße. Mit Nachbarn und Passanten zusammen bestaunten wir die Bombentrichter. Sie waren lächerlich im Vergleich zu denjenigen des Zweiten Weltkrieges. Vielleicht einen Meter tief und zwei im Durchmesser, doch sie stellten eine ungeheure Neuheit dar, die wir erschreckt bewunderten.

Und einer dieser Bombentrichter, den Mutter mir vielleicht beschrieben hatte, war mein eigenster Besitz. Er war kreisrund, inmitten einer Straße, die ich nicht kannte, sauber aus der Pflästerung gesprengt, ohne Schutt, einfach ein kegelförmiges Loch in sandigem Grund. Er hatte nichts mit der Verdunkelung zu tun, die meine Eltern – als ich selber Kind war – jeden Abend beachteten, nichts mit der Bombe hinter Drahtgittern, die mir Vater im Luftschutzraum zeigte, nichts mit dem brennenden Himmel über dem Jurazug, den wir, auf der Straße stehend, bestaunten.

Der Bombentrichter blieb ein einzelnes Bild, als hätte ich in meinem Kopf mit dem Wenigen, das Mutter erzählte, ein Album angelegt, in das ich die Bilder – wie Großpapa seine Fotos –, auf ein braunes, filziges Papier geklebt, aufbewahrte.

Mișcă-te!, sagte meine Mutter, wenn ich nur dasaß, träumte und Gedanken nachhing. Beweg dich! Mach schon! Und mișcă-te!, sagte ich später zu mir selbst, wenn ich träge oder entmutigt war, und mich doch ins Unvermeidliche schicken musste.

Und Rumänien bewegte sich, nachdem der Krieg ein Weltkrieg und zu einer in der Menschheitsgeschichte erstmaligen Massenvernichtung durch industriell gefertigte Technik geworden war. Die Schlachten an der Marne, bei Ypern, um Verdun, die Schlachten von Tarnow und Gorlice waren Namen gewesen für ein weit entferntes, nicht vorstellbares Geschehen, das Großpapa im Salon, wo der Lüster seit kurzem ein wunderbar helles Licht aus elektrischen Birnen gab, über die Zeitungsseiten gebeugt, zu verstehen suchte, die Heeresberichte las, die Kartenausschnitte studierte und sich tröstete, dass in Bukarest alles so bleiben würde, wie es gewesen war. Der Gänsebraten kostete noch immer einen Leu vierzig Bani, man ging seinen Geschäften und noch mehr den Vergnügungen nach, promenierte in der Calea Victoriei, Großpapa selbst jedoch verlor mehr und mehr die Fassung. Er hatte 1900 die Weltausstellung in Paris gesehen, hatte sich am Lebensgefühl begeistert, das von ihr ausging, der Hoffnung, welche eine neue dynamische Technik im Rahmen der alten gefestigten Ordnung weckte. Er hatte verblüfft den Lichterpalast bestaunt, der in einem unvorstellbaren Glanz erstrahlte; er hatte sich an eine der Haltestangen geklammert, als er stehende Menschen sich auf einem rollenden Gehsteig bewegen sah; er war überwältigt von den Dampfanlagen und Generatoren im englischen Pavillon, vor dem Orientalen in Turban und weißen Röcken Elefanten spazieren führten. Und nun schlug die Ingenieurskunst in eine nie für möglich gehaltene Zerstörung um? Noch hatte Großpapa gehofft, im neutralen Rumänien würde die alte Zivilisation überleben, bis hierher in den Südosten Europas vermöchte die Sinnlosigkeit nicht zu dringen, doch im August 1916, beim Kriegseintritt Rumäniens, schüttelte er lange und langsam den Kopf, legte das Blatt zur Seite, um nie wieder regelmäßig und ausführlich die Zeitung zu lesen, wie es bis dahin seine Gewohnheit gewesen war, steckte seinen Zwicker ein und blieb auf dem Stuhl sitzen, ohne sich nochmals zu regen.

Mişcă-te! Doch die rumänische Armee bewegte sich hauptsächlich auf dem Rückzug, den vereisten Pass hoch, den vereisten Pass runter – die Friedhöfe entlang der heutigen Straße stehen noch immer, ich habe sie, ohne mir ihre Bedeutung bewusst zu machen, gesehen: Rostige Kreuze, die eingefriedete Wiese durchwuchert von Brennnesseln und Minze.

– Wir sind in der Stadt gewesen, Mama und ich, und überall sah man Militär, bulgarische, österreichische und deutsche Offiziere, die Musik spielte, wir machten die letzten Einkäufe für Weihnachten, und ich glaube, in dem Jahr bekam Curt den Meccano-Baukasten geschenkt, eine Schachtel voll grüngestrichener Metallstäbchen, die Löcher hatten, durch die man sie mit Schrauben und Muttern aneinanderfügen und so Türme, Kräne oder Seilbahnen bauen konnte. Ich weiß nicht mehr, ob man uns suchen musste und wie man uns schließlich benachrichtigte, doch als wir endlich zu Hause ankamen, stand neben jedem der Betten ein Gewehr.

Und auf der grauzelligen Aufnahme in meinem Kopfalbum war es der Karabiner meines Vaters, im Schrank hinter Mänteln und Kleidern aufbewahrt, der in Mutters Zimmer, von dem aus sie über den Zaun in die Strada Morilor und zu den Bäumen entlang der Dîmbovița sehen konnte, an der Wand lehnte: ein fettiger, grobschlächtiger Gegenstand, von berechneter Zweckdienlichkeit, der mit seiner messingnen Verschlusskappe einen Fleck auf dem rotgoldenen Ornament der Tapete hinterließ, wie zum Zeichen, dass künftig Stahl und Öl und nicht mehr Großpapas Stoffe die Kultur bestimmten.

Gerhard Velburg hatte in Craiova in Etappe gelegen, wurde nach der Einnahme Bukarests durch die Truppen General Mackensens in die Hauptstadt verlegt, wo er vorübergehend in der Kadettenschule einquartiert war, bis zum Befehl, als Bursche des Herrn Hauptmanns Stolte das Haus Nummer 7 an der Strada Morilor zu requirieren: Sein Vorgesetzter hatte eine entsetzliche Angst vor Rumänen, denen er angeblich nicht traute, und hatte um Quartier bei einer deutschen Familie gebeten. Mit zwei weiteren Offizieren, die dort ebenfalls Quartier nehmen sollten, saß er im Salon, als Großmama nach Hause kam, empfangen von der aufgeregt weinenden Köchin. Die Herren tranken Großpapas Țuică, rauchten, erhoben sich, als Großmama eintrat, schlugen die Hacken zusammen und knickten leicht in den gegürteten Taillen, murmelten Entschuldigungen, allerdings, man sei auch gezwungen, leider Befehl, alle Zimmer bis auf eines ...

In Bukarest herrscht tiefster Friede. Es gibt noch Brot, Kaffee, Fleisch, Alkohol – Ihr würdet staunen. Und zu niedrigen Preisen. Ich habe kürzlich in der Bodega Zographi gegessen, in einer Straße voller Vergnügungslokale. Zwei orientalische Salate, Nudelsuppe, Ente mit Kartoffeln, Tomaten, Paprikaschoten, Kaffee, Kuchen und Wein. Für umgerechnet drei Reichsmark! An der Ecke Bulevardul Elisabeta–Calea Victoriei bin ich mir vorgekommen wie damals am Kranzlereck in Berlin, ein so reger Personen- und Trambahnverkehr hat da geherrscht. Die Droschken haben Gummi an ihren Rädern, und die Pferdebahn ist unentgeltlich. An dieser Ecke sieht man viele unserer Offiziere stehen, sie plaudern, rauchen, tun unbeteiligt, dabei schauen sie den gut chaussierten Damen auf die Knöchel, wenn sie den Gehsteig hinunter auf die Fahrbahn treten, ein rege diskutiertes Vergnügen. Hohe und sehr luxuriöse Schnürstiefel sind hier in Mode, wie sie bei uns in Deutschland unbekannt sind. Flutwellen von Parfum wehen hinter den Damen her, die klein und grazil sind, sich in teure Pelze einschlagen und »Kriegsbemalung« im Gesicht tragen. Viele der deutschen, vorab der österreichischen Damen erkennt man, nebst dem Feh-

len der Schminke, der eleganten Schuhe und Pelze, am sichersten Zeichen, den Hut stets weit nach hinten geschoben zu tragen. Schuhe sind ganz offensichtlich wichtige Renommierstücke, nicht nur in der Art, sondern auch in der Zahl. Die Militärverwaltung hat jedem Zivilisten nur fünf Paar Schuhe bewilligt, was in Bukarest als eine unzumutbare Einschränkung empfunden wird. Man hat hier doch seine zwanzig bis dreißig Paare, wobei kein Schuster sohlen will und selbst ein gewöhnlicher Damenstiefel hundertfünfzig Lei kostet. Das sind die Sorgen und der Luxus, mit denen man sich hier beschäftigt.

Die Überraschung im Salon an der Strada Morilor war außerordentlich, als die Herren Offiziere ihre Burschen »zum Bekanntmachen befahlen« und sich herausstellte, dass Großmama den kräftigen und hübschen Gerhard Velburg, der sanfte Augen und einen gewichtigen Schnauzbart hatte, aus ihrer Jugendzeit im südbadischen Murg kannte, ihn herzlich begrüßte und auch sogleich nach gemeinsamen Bekannten befragte. Wie dessen Brief an die Eltern in die Holzschachtel gelangt ist, die ich bei der Hausräumung fand, ist mir nicht bekannt. Vielleicht, dass Großmama nach dem Krieg diesen Gerhard Velburg nochmals getroffen und ihn um Dokumente aus jener Zeit gebeten hat, wie sie auch die Postkarten, welche an Verwandte geschickt worden waren und diese aufbewahrt hatten, wieder einsammelte. Eines jedoch ist gewiss: Der ruhige Wohlstand, den Velburg mitten im Krieg in Bukarest antraf und in seinem Brief an die Eltern in Murg kräftig ausmalte, endete abrupt. Im Cişmigiu-Park wurden Kohlköpfe zwischen die Blumen gepflanzt, das Revuestück »Treci la rînd – Stelle dich an« in der Arena Amici Orbilor, über das man leichtfertig gelacht hatte, war Alltag geworden: Überall bildeten sich Schlangen vor den Verkaufsgeschäften, man stellte sich an für Lebensmittelmarken, für den Ausweis, der nun für den Bezug der Lebensmittelmarken benötigt wurde, wartete in der Reihe, um schließlich einen Blick auf das leere Verkaufsgestell zu tun.

Großpapa kam gegen Mittag zu Fuß nach Hause, die Gamaschen von Schneematsch bespritzt: Er war gemächlich über die Bogenbrücke beim Abator geschritten, war unter den kahlen Bäumen entlang der Dîmboviţa gegangen, hatte den Stock sorgfältig auf das mit wässrigem Schnee bedeckte Pflaster gesetzt. Er legte im Entrée den Hut auf die Ablage, ließ sich aus dem schwarzen Wollmantel mit Pelzbesatz helfen, rieb sich die immer ein wenig kühlen Hände, nickte den Offizieren zu, grüßte Großmama und die Kinder, setzte sich an den ovalen Tisch aus Cöln und sagte:

– Die Fabrik hat die Arbeit eingestellt.

Und niemand um den Tisch konnte hören, was in Großpapas Ohren lärmte: Die Stille, nachdem die Webstühle alle abgestellt waren.

Winter, das Haus nackt, offen gegen die vereiste Straße hin. Der Zaun aus geteerten Latten ist weggerissen, gestohlen worden. Feuerholz in diesem harten Kriegswinter. Der sorgsam gehütete Hof, die Beete des Gartens, die Wege, Büsche und Bäume, das Gänsegehege und der Rasenplatz, auf dem die Zigeuner ihre wöchentliche Suppe geschöpft erhielten, sind den Blicken preisgegeben, ungeschützt vor dem Wind, offen für Gesindel und streunende Hunde. Verschwunden sind die Tür- und Torpfosten, über deren Spitzen die Äste und Zweige des Maulbeerbaumes ragten. Und diese Schutzlosigkeit, dazu die winterliche Kargheit, lassen den Garten verwüstet, die Hausfassade beschädigt aussehen – als wäre die Zerstörung des Krieges eingedrungen, hätte sich in den Mauern, Platten, Beeten und Wegen festgesetzt und eine ungeahnte Vergänglichkeit sichtbar gemacht.

Mutter steht am Fenster ihres Eckzimmers, schaut ins glasig klare Licht, das die Luft an jenem Morgen im Winter 17/18 durchdrungen hat, ohne eine Spur Wärme abzugeben: Sie hat eine staunende Angst vor dieser Zerstörung, vor der Widerrechtlichkeit und der Not, die an die unmittelbare Grenze ihres gewohnten Daseins gerückt ist.

– Es gab nichts mehr, erzählte sie mir später. Nicht einmal Holz für die Heizung. Die Leute hungerten und froren. Und eines Morgens war der Gartenzaun weg. Man musste einen Haag aus Eisenstäben machen.

– In meinem Kopfalbum, sagte ich zu Sorin Manea, gibt es nach dem Bombentrichter, dem Gewehr neben Mutters Bett, dieses dritte Bild des gestohlenen Bretterverschlags, der das Haus nackt und irgendwie absurd machte, herausgebrochen, vereinzelt, ohne gewohnte Bedeutung …

Wir betraten beim Athenäum ein Café, in dem Theaterleute verkehrten und wo wir um die Zeit, es war kurz vor vier, vielleicht Mircea treffen würden, den rothaarigen Schauspieler, den ich gestern Abend bei meinem Besuch an der Şoseaua Cîmpia Libertăţii kennengelernt hatte.

– Wenn du Lust hast, gehen wir heute Abend in die »Lăptăria«, eine Jazzbar im Nationaltheater, sagte Sorin scheinbar zusammenhanglos, sie ist nach einer Molkerei benannt, die es wirklich gegeben hat, nicht weit vom heutigen Ort entfernt. In ihren Räumen fanden die ersten Dada-Veranstaltungen Bukarests statt, Tristan Tzara war ja Rumäne, und er war 1916 nach Zürich gereist, wo ein Schweizer Schriftstellerkollege ihn zu einem Gericht in Bern begleitet hat, ein psychiatrisches Gutachten in der Tasche, das Tzara aufgrund seiner Gedichte Jugendirresein attestierte und ihn vom Kriegsdienst in der rumänischen Armee befreien sollte. Aber Tzara war nicht wahnsinnig. Er war nur einfach Rumäne.

Sorin meckerte sein Lachen, dieses leicht irre, irisierende Lachen.

– Er war Rumäne, und als er das Gericht verließ,

sagte er »merde« und »da da« – wie zur Bekräftigung: »dada« – jaja.

Wir setzten uns an einen Tisch am Fenster, von wo aus ich einen Teil der Straße und des Platzes einsah, die in ihrer Verödung an ein ausgetrocknetes Bachbett erinnerten.

– Ich habe auf der Terrasse der Lăptăria im letzten Sommer ein Gedicht geschrieben, mit über zweitausend Versen. Ich hatte einen Tisch, er war für mich reserviert, ich saß jeden Abend dort, trank Kaffee – ich darf wegen der Medikamente keinen Alkohol trinken – und schrieb. Schrieb bis in den Oktober, wenn es bereits kalt wird und man die Schneeluft von den Bergen riechen kann. Seither bin ich ein Möbel geworden, ich habe mich zu einem Dekor verwandelt und bekomme dafür die Getränke gratis.

Mircea stürzte herein, fuchtelte mit den Armen, er kam nicht von der Probe, sondern von einer Verwaltungssitzung des Wohnblocks, und ich begann zu verstehen, was Herr Leo Schachter gemeint haben muss, als er zu Großpapa sagte, in Bukarest scheine nichts so, wie es ist. Daran hatte sich offenbar nichts geändert. Manea war kein Wissenschafter, und Bukarest ein jenseitiger Seelenraum meiner Mutter. Die Dichter wurden Möbelstücke und die Straßen zum ausgetrockneten Bachbett, die Schauspieler verwalteten Wohnblocks, und diese hatten keine Heizung – wie Mircea erzählte – und folglich im Winter auch kein Wasser, wenigstens nicht aus Leitungen, die einfroren, dafür an den Wänden. Da man die Heizung im Sommer installieren müsste, um es im Winter warm zu haben, im Sommer aber keiner an die Heizung denke, hätte man im Winter wieder kein Wasser, und überhaupt, sagte Mircea und war bereits unter der Tür:

– Beeilen Sie sich nicht, beeilen Sie sich nicht. *Die* haben dort unten, wo Ihre Großeltern gewohnt haben, fast alles zerstört.

– Da da, sagte ich, jaja. Und mir gegenüber saß Sorin Manea vor seiner Kaffeetasse, blickte mich an mit diesem ungerührten Blick, der in seinen Augen zurückblieb, wenn der Spott erloschen war und die Trauer ihn noch nicht erreicht hatte.

Er war tatsächlich ein Möbelstück.

Großpapa gab nach.

– Man bekommt ja nichts mehr.
– Gut, gut, sagte er jeweils, gut, gut.

Doch Ende November 1917 sage er:

– Gut, gut, dann also Luzern.

Der Hausrat wurde in der Fabrik eingestellt, Fräulein Ruth S. bekam das Attest 2211 von der Entlausungsanstalt der Kommandantur, dass sie frei von Läusen und ansteckenden Krankheiten sei, Großmama bat den Offiziersburschen Georg Velburg, ihr aus Militärbeständen Brot, Eier und Geflügel zu besorgen, ließ daraus einen Proviant herrichten, der säuberlich mit Servietten und Tafelsilber in einen

Weidenkorb gepackt wurde, Großpapa schrieb an Weißman in Wien, schloss sehr sorgfältig sein Büro, und schließlich fand man sich nach einer Schlittenfahrt an die Gara de Nord im Kupee des Zuges, in Pelzmäntel gehüllt und mit einigen Koffern Handgepäck, hörte auf den Pfiff der Lokomotive, der dem heftigen Ruck vorausging, als die Bremsen gelöst wurden und der Zug zu rollen begann: Dampffetzen schoben sich vor die eisigen Scheiben, und die Häuser und verschneiten Straßen blieben zurück.

Im Abteil reiste ein Paar mit, beide um die dreißig, er von kleiner Statur, modisch in einen schwarzen Anzug gekleidet, mit einem auffallend abgeflachten, runden Gesicht, dunklen, sanften Augen, die ruhig und manchmal auch kindlich blickten; sie eine schlanke, elegante Frau, sehr blass, mit einem leidenden Zug, der sie anziehend, aber auch unnahbar machte. Großpapa, als der ältere der beiden Herren, stellte sich und seine Familie vor, die »Herr Silberlings« waren erfreut, man tauschte Höflichkeiten aus, und Großmama seufzte über die schweren Zeiten – während sie fürchtete, doch noch den »Schwindel« zu bekommen –, als Onkel Mendel offenbar jenen Satz sagte, den ich im Zusammenhang mit Mutters »Wiener Erzählungen« immer wieder zu hören bekam, sei es, dass er sich gegen Großmamas klagendes Selbstmitleid richtete, sei es, dass er Onkel Mendels lebensklugen Optimismus dokumentierte, die neunjährige Ruth musste auf jeden Fall mit einem erstaunten Lächeln zugehört haben, als der agile, kleine Herr seine behandschuhten Hände von sich streckte und sagte:

– Was sollen wir klagen. Die Welt ist, wie sie ist, und wir haben Glück und sitzen in einem Bahnwagen – nun, ich gebe zu, nicht allzu komfortabel und kalt ist es auch –, doch am Ende werden wir in der Schweiz sein, in einem verschonten Land, und das ist doch heute schon so etwas wie ein Wunder.

Seine Frau war nierenkrank, und Onkel Mendel hoffte, wie er erklärte, in der Schweiz eine bessere medizinische Betreuung für seine Frau Gemahlin zu finden, ausreichende Ernährung, vielleicht auch einen Kurort, an dem sie sich in Ruhe und ohne die überall herrschende Not erholen könne. Und während Großmama erzählte, ihr Vater, der sich vor ein paar Jahren in Luzern niedergelassen habe, begleite regelmäßig seine Frau, sie sei lange schon herzleidend, nach Rheinfelden ins Solbad, eine Kur, die bei Mama sehr gut anschlage, und die Herren sich über die Auswirkungen der russischen Revolution austauschten, von der die widersprüchlichsten Gerüchte im Umlauf waren, über Enteignungen von Banken und Fabriken, von Erschießungen und der Gegenwehr der Menschewiki, musste Mutter wieder und wieder auf die Kette am Hals der Frau Silberling sehen. Die Perlen kamen unter den hochgesteckten Nackenhaaren hervor, fielen unter dem Kragen in einem weichen Bogen auf die weiße, bestickte Bluse, versanken im Pelz des Mantelrevers, und diese Perlen waren dunkle Kugeln, abgezählte Wochen, abgezählte Monate.

– Warum sind die Perlen schwarz?

Und Mutter erzählte, dass ein Verstummen im Waggon gewesen sei, das Schlagen der Räder wäre plötzlich sehr laut geworden, und die Eltern hätten wie keine Gesichter mehr gehabt.

– Es kommt von meiner Krankheit, sagte Frau Silberling, ohne aufzublicken, und nur Onkel Mendel sah Mutter an, lächelte und sagte:

– Die Kette ist so doch schöner, nicht?

Fasanen-, Marabu- und Straußenfedern lagen im Schrank neben der Holzspankiste, von Mutter mit einem seidenen Haarband zusammengebunden, der Rest aus dem Atelier an der Mariahilfer-Straße in Wien: Sie waren für mich fremde Abgesandte gewesen, »Mohren« aus den Kolonialreichen, die Wildheit in die Weltstädte brachten. Sie hatten ihre Entsprechung in den fächernden Palmen auf den Jardinieren, die in den Salons und am Eingang zu Madame Megieschs Haus standen. Beide, die Federn wie die Palmen, gehörten in die Länder der Heiden und Wilden, die nackt in »Völker der Erde« abgebildet waren, für die verleugneten Blicke auf Brüste und Steiß. Und Großpapas Schwager ließ sich per Dampfschiff die leichte Fracht schicken, aus den Tropenhainen der europäischen Weltreiche, besorgt um die Motten, die die rohe Pracht zerstören und sein Archiv, in dem jede von ihm gefärbte Feder mit einem Muster und nummeriert abgelegt war, für den Fall, er müsste sie kopieren, zu einem klebrigen Gespinst verwandeln konnten.

Die Feder sieht zierlich und zerbrechlich aus, doch sie ist ein sehr widerstandsfähiges Hornprodukt. Achtzig Grad musste das Wasser haben, damit wir sicher sein konnten, alle Larven abgetötet zu haben. Motten sind das Gefährlichste im Atelier des Federkünstlers, sie zerfressen alles, vor allem auch im Archiv: Denn von jeder gefärbten Feder hatten wir ein kleines Muster nummeriert und abgelegt.

Doch nicht die Motten hatten Onkel Alfreds Kunst zerstört. Als die Familie S. aus Bukarest in Wien eintraf, war in der Metropole, die Großpapa so glänzend in Erinnerung hatte und wo er bei seinem Schwager an der Mariahilfer-Straße zu wohnen gedachte, das Zeitalter, das sie in Bukarest eben erst verlassen hatten, bereits zu Ende gegangen: Es herrschte Not, niemand brauchte Federn, und Onkel Alfred war abgereist.

XII

STILLLEBEN

Ich hatte Sorin Manea gebeten, nachdem wir vom Cişmigiu-Park durch die Calea Victoriei zum Athenäum flaniert waren, noch zu den Seen im Herestrău-Park zu fahren, die Route also abzuschließen, von der Mutter erzählt hatte, die Fahrt hinaus in die Biergärten sei das übliche Ausflugsziel an sommerlichen Abenden gewesen. Am Anfang der Şoseaua Kiseleff, einer breiten von Villen und Gärten gesäumten Chaussee, ließ Sorin das Taxi vor dem naturkundlichen Museum halten und bot eine Besichtigung seines früheren Arbeitsortes an: Nach Besuchen in Büros und Labors führte eine ehemalige Kollegin uns durch die Sammlung, die mich an die verbrachten Stunden meiner eigenen Studienzeit in Präparatensammlungen erinnerte und in mir ein Empfinden weckte, als wäre in den Glaskästen die Anschauung wie ein Überbleibsel des letzten Jahrhunderts eingesperrt, Anschauung als mögliches Erkennen – und ich nickte lächelnd einem australischen Kasuar zu, der gravitätisch und starr hinter Glas stand wie die vogelgewordene Farbenlehre Goethes: Das Schwarz des Körpers verwandelte sich am Hals in ein

Blau, als hätte Weiß sich ins Schwarze gedehnt, während die Halslappen, die ins Schwarz hingen, in Purpurrot strahlten, als hätte sich dort das Weiße zusammengezogen. Die Kuratorin erklärte, nicht ohne Stolz, Grigore Antipa habe die ersten Dioramen oder Schaubilder der Welt entworfen, in elf Sälen, die im Juni 1914 eingeweiht worden waren, um dem Besucher eine lebensnahe Empfindung für die ausgestellten Tiere zu geben.

Ich sah in diese »natures mortes« von ausgestopften Tieren in gemalten Landschaften, denen ein Büschel Schilf oder ein Felsbrocken beigegeben war, um die Illusion einer natürlichen Umgebung zu erzeugen, und ich spürte ein Fieber, einen Wörtersturm in meinem Kopf, doch es waren unscharfe, nicht fassbare Wörter, und sie ließen eine flüchtige Spur zurück, die sich von den Ausstellungsgegenständen in die Gegenwart zog: Anschauung, Empfinden, höhnte es in meinem Kopf, »man suche ja nicht hinter den Phänomenen, sie selber sind die Lehre« – damit war Mitte des letzten Jahrhunderts doch Schluss: Die Welt wurde auf einen Mechanismus reduziert, die Gesetze waren mathematisch-physikalisch, jede Wirkung hatte eine Ursache, es gab eine einzige Wirklichkeit, und die war ein Ding, das man zergliedern, auseinanderschrauben und zusammensetzen konnte. Und je nachdem, wie man bastelte und klempnerte, gab es Glühlampen oder rollende Gehsteige, Dampfwebstühle und Anilinfarben,

Großpapas Ingenieurswelt also, mit Schloten und Werkhallen als Hintergrund vor gepflegten Alleen, eine vernünftige und in allen Teilen herstellbare Welt, die für den Herrn, der mein Großpapa war, ein unfassbares Ende fand mit Bomben, Mörsern, Giftgasen, einem zugesperrten Büro in der Bumbac und einer Internierung in Linz. Oh Anna Blume!, die eine und einzige Wirklichkeit wurde nicht nur auf dem Schlachtfeld vernichtet, sie fand auch theoretisch in Relativität und Quantensprüngen ihr Ende, wenigstens ein knappes Jahrzehnt lang, bevor sie dann im Monumentalen (ein Volk, ein Wahn, ein Führer) rekonstruiert wurde, die Evolutionsprinzipien zu Siegheilrufen verkamen, die Technik einen Zacken zulegte, die Ökonomie als ein Uhrwerk alle fünf Jahre die Fortschritte vom Kirchturm läutete und die Theorie atomar zu noch ungeahnteren Ursachen und Wirkungen zerplatzte.

Und in all dem Wahn und Schrecken sah ich meinen Professor, der eine Feder hochhielt, deren Erklärbares man erklären und deren Unerklärliches man still bewundern sollte: Offenbar hatte die Natur doch etwas hervorgebracht, das so augenscheinlich der Anschauung diente, ein Gegenüber voraussetzte, das zu Empfindungen fähig war.

– Du bist blass, ist dir nicht gut?, fragte Sorin, indem er mich ansah wie ein Ausstellungsstück, an dem etwas nicht ganz stimmen mochte.

– Es ist verwirrend, sagte ich, die vielen Eindrücke ... Ich konnte nicht erläutern, dass mir der Professor für einen Augenblick wie die metamorphisierte Gestalt meines Großpapas erschienen war, durch eine Generation voneinander getrennt, doch beide vornehme Menschen und auf eine nicht umkehrbare Weise vergangen, wie diese Stücke hinter Glas im Muzeul Grigore Antipa, Şoseaua Kiseleff, Nr. 1 Bucureşti.

Im Winter 17/18, in einer möblierten Wohnung am Weinmarkt in Luzern, im ersten Stock über dem Silberwarengeschäft Näf, stellte Großpapa beim tiefeingelassenen Fenster der Wohnstube eine Staffelei auf, schnitt Leinwand zurecht, besorgte sich Farben und begann zu malen – eine Beschäftigung, die Großmama angesichts der Umstände nachsah und ihrer Verwandtschaft gegenüber, die am Hirschengraben heller und großzügiger wohnte, mit der Bemerkung abtat, er müsse stets etwas »chlütterle« – man denke doch an seine Fotografiererei, was das für ein Aufhebens gewesen sei, bis er endlich das Haus an der Strada Morilor abgelichtet habe, man sei darüber »taubentänzig« geworden und so sei es eben auch jetzt, nur werde nicht fotografiert, er male Helgen.

Großpapa saß Stunden für Stunden an seiner Staffelei, in dem eher dünnen Winterlicht, selbst ein Schattenriss vor dem Fenster zum Hinterhof, malte an den Rundungen der Früchte, an den Falten des

Tischtuches – *pînză*, wie sie in der Fabrik gewoben worden war –, stand unvermittelt auf, nahm Hut und Stock von der Ablage, um durch die Gassen zum See zu spazieren, wo er an dem gusseisernen Geländer stehen blieb, aufs Wasser und in den Bogen der Bucht mit ihren Hotels sah, um in einem der samtlüstrigen Foyers einen Kaffee mit Pflümli zu trinken.

Pînză – ich weiß nicht, woher ich dieses Wort kannte, doch als ich mit Sorin Manea beim Herăsträu-Park den Eingang zum See hinunterspazierte, zog es mich zu einem Verkaufsstand, wo Tücher an Stangen hingen, betastete zwischen den Fingerspitzen ein Gewebe, das ein wenig rau war, als besäßen die Fäden Widerhaken, das sich andererseits auch locker und von elastischer Weichheit anfühlte, und sagte:

– *Pînză*. Das ist *pînză*.

Sorin, der mir gefolgt war, lachte, schüttelte den Kopf, korrigierte die Aussprache, in dem er das P als harten, aspirierten Verschlusslaut sprach, und sagte, das sei ein altes Wort, kaum noch gebräuchlich, bedeute zwar Tuch, doch von der Art, wie Maler es für ihre Bilder bräuchten, und so erzählte ich ihm von Großvater, von dem Bild, das er im Winter 1918 gemalt hatte und das, solange ich mich erinnern kann, bei uns in der Wohnung gehangen hat: ein Stillleben. Es trägt seine schwungvolle Signatur und die Jahreszahl und zeigt auf einem Tisch, dessen leinene Decke vom Eck her aufgestoßen ist, einen Pfirsich vor einem Apfel, ein Kristallglas mit Wein, an dessen Standfläche zwei Nüsse liegen; dahinter, im dämmrigen Dunkel umfasst eine Traube, wie der point d'origine aller Rundungen, den Vordergrund, über den sich ein warmes, südliches Licht breitet, das durch gezogene Jalousien dringen muss, sich im Kristallglas bricht, auf dem Apfel glänzt und samtig sich auf der Pfirsichhaut vertieft.

– Dieses Bild, sagte ich zu Sorin Manea, während wir an dem Herestrău-See entlangspazierten, im Schatten alter Bäume, die das Ufer säumten, mit ihren Kronen das geteerte Band überwölbten und zwischen ihren Stämmen einen gleißenden Blick aufs Wasser freigaben, dieses Bild hat mich meine ganze Kindheit begleitet. Und während wir den Wegen folgten, in der etwas vagen Hoffnung, jenes Restaurant auf einem Floß zu finden, von dem Mutter mir erzählt hatte, sie hätte jeweils auf einer kleinen schwimmenden Insel unter Bäumen, zu der ein Steg übers Wasser führte, Limonade getrunken, erschien mir Großpapas Stillleben nicht mehr als das Genrebild, für das ich es immer genommen hatte.

– »Salonfrucht«, sagte ich zu Sorin, wird der Pfirsich in einem der schweizerischen Dialekte genannt, und offenbar ist dieser Frucht eine ähnliche Bedeutung zugekommen wie in den neunziger Jahren unseres Jahrhunderts der Banane: Sie stand für eine soziale Errungenschaft, symbolisierte eine Lebensform. So wird mir erst jetzt klar, dass Großpapa nicht einfach ein beliebiges Motiv zu seiner Unterhaltung gemalt hat. Die Traube gleicht ja einem Stammbaum mit vielen Früchten, der Nussbaum ist ein uraltes Symbol der Erneuerung und Wiedergeburt, und dieses Kristallglas – das kein beliebiges, sondern eines von *Cöln* darstellte – steht für Tradition und eine geklärte Überlieferung. Großpapa hat im Kriegswinter 1918, als seine Welt zerbrach, eine Art Familienporträt geschaffen, in dem die Nüsse am Fuße des Weinglases für seine Kinder standen, während der Apfel die bäurische Herkunft von Großmama verbildlichte, die stützend, wenn auch nur im Hintergrund, die »Salonfrucht« in ihrer samtigen Tiefe zur Wirkung brachte, eine weiche, verderbliche Frucht – was mir heute nicht ohne Ironie erscheint –, doch in wunderbar vornehmem Widerspiel mit dem Kristall und dem leuchtenden Wein. Was mich jedoch anrührt, ist die für meinen Großpapa so typische Auffassung, dass diese von ihm gemalte »Welt« vom Textilen getragen wird: der Tischdecke, die allerdings von einer Ecke her aufgefaltet worden ist, eine von außen zugefügte Störung.

– Der Tischdecke aus *pînză*, sagte Sorin, lachte und ließ seinen Dämon tanzen, *pînză*, welche die Gegenstände deiner gelehrten Deutung trägt, doch diese gemalte *pînză* wird wiederum von einer *pînză* getragen, die dein Großvater zuschnitt und auf den Rahmen spannte und letztlich ein Wort ist, das sein Enkel an einem Marktstand am Ende des Jahrhunderts gebraucht, ohne zu wissen, was es bedeutet ...

Und sein Lachen ließ über das Wasser und die Laubmassen der Bäume ein Erzittern gehen, als wehte ein Wind.

Nach dem Tee begleitete Großmama ihren Herrn Vater auf den Corso am See, ein wacker ausgeführter Spaziergang, mit Lüften des Hutes nach allen Seiten, ein paar freundlichen Worten zu näheren Bekannten, doch dieser Gang unter den Platanen, in dem kalten und oft feuchten Wetter, nahm sich dürftig vor der Erinnerung an die Calea Victoriei aus, erschien Großpapa von unbelebter Nüchternheit, die auch den Menschen anhaftete, die selbst das Flanieren noch als eine Art der Leibesertüchtigung begriffen, das sie mit dem Ernst eines Geschäftes betrieben. Er schloss sich nur aus Höflichkeit und mehr noch aus Rücksicht seinem Schwiegervater gegenüber an, wie er auch dessen Weberei in Emmenbrücke mehr aus Verpflichtung denn aus Interesse besuchte, allerdings die neuen Webstühle in den soliden, sauberen Hallen sehr bewunderte – mit wie wenig Arbeitskräften sie produzierten –, doch eine Beschäftigung, wie sie ihm sein Schwiegervater anbot, sah er für sich nicht vor, zumal er noch immer Direktor der Bumbac in Bukarest, sein Aufenthalt in der Schweiz ein vorübergehender war und er in die Verhältnisse zurückzukehren gedachte, die er verlassen hatte. Er malte, gab so dem Vergänglichen eine Dauer und gebot dem Verderblichen Einhalt: Das Licht würde nicht schwinden, die Früchte nicht schrumpfen und faulen. Und während Großpapa versuchte, auf der Leinwand die Zeit malend anzuhalten, fand Großmama durch Besuche bei der Verwandtschaft endlich geduldige Zuhörer, die sich durch ihre Klagen beeindrucken ließen, eine »zopfige Gesellschaft« – wie sie diese abschätzig nannte –, die keine Ahnung von den Nöten und Wirren hatte, die einem so viel »Schwindel« verursachten.

– Es gab nichts mehr, verkündete sie über die gereichte Tasse Tee hinweg. Der Gartenzaun war eines Morgens gestohlen, in den Geschäften stand man umsonst um Lebensmittel an, auch wenn man noch Karten hatte, und wäre nicht die Requirierung gewesen und hätte uns Gerhard Velburg nicht ab und zu Fleisch und Brot aus Militärbeständen gebracht, wir hätten hungern müssen wie die meisten Leute in der Stadt. Die Fabrik hatte wegen mangelnder Rohstoffe schließen müssen, und so fuhren wir mit Silberlings, einem sehr vornehmen Ehepaar – er ist in Bankgeschäften tätig –, nach Wien, und als wir ankamen, da hatte ich in meinem Weidenkorb noch eine *jimblă*, einen Laib Weißbrot, den mir mein Bekannter aus Murg mit dem Reiseproviant mitgegeben hatte. Wir wurden angewiesen, einen Gasthof aufzusuchen, wo wir zwei Nächte vor der Weiterreise verbringen sollten, und wir freuten uns auf das Frühstück am nächsten Morgen, auf Kaffee und Brötchen, und da wir auf dem Weg von einem Burschen angebettelt wurden, gab ich ihm das Weißbrot, es war ja doch drei Tage alt, wir würden es nicht mehr essen wollen, und morgen gäbe es sowieso frisches Brot im Gasthof ...

Und die achtjährige Ruth S., in Pelzmantel und kleinem Muff, verbarg sich hinter ihrer Mama, die den Weidenkorb am Arm trug, sah – müde von der Reise – erschreckt auf diesen gleichaltrigen Knaben, der in zu dünnen Kleidern frierend dastand, sie aus hungrigen Augen anblickte, eine Hand hinstreckte, die Mutter an die Krallen eines toten Vogels erinnerte, und sie fühlte auf eine ihr unbekannte Weise den Wunsch, dem Jungen zu helfen, ihm beizustehen, als Großmama den Deckel des Korbes aufklappte und in der für sie typischen Unbedachtsamkeit alles, was nicht ihren Ansprüchen genügte, wegzugeben, die *jimblă* herausnahm, diesen hellschimmernden, krustigen Brotlaib vor sich hielt und nicht gewahr wurde, wie in die Augen des Burschen ein ungläubiges Staunen kam, zum Erschrecken wurde, als ihm Madame den ganzen Laib von feinstem Weißbrot hinstreckte. Und Ruth S., ihre Fäuste fest im Pelzmuff, begann zu weinen, sah, wie die mageren Finger nach dem Brot griffen, es umklammerten, als könnte es ihm wieder weggenommen werden, und unter Großpapas Lachen losrannte, als ginge es um sein Leben.

– Zum Frühstück gab es einen grauen, harten Klumpen, mit Strohhalmen versetzt. Wie hätten wir auch wissen sollen, dass es in Wien kein Brot mehr gab, in der Reichshauptstadt!

Und niemals ahnte Großmama, während sie die Geschichte wieder und wieder erzählte, dass sich in dem Augenblick, da sie den Brotlaib hingestreckt hatte, bei ihrer Tochter ein nie mehr zu lösendes Schuldgefühl einbrannte, das sie noch erschütterte, als sie im Flur des Pflegeheims saß, durch das Fenster hinaus auf den Strom und die alten Häuser sah und in ihrer brüchig gewordenen, leisen Stimme sagte:

– Wir haben diesem Knaben Unglück gebracht. Niemand wird ihm geglaubt haben. Einen so wunderbaren Brotlaib, den man auch in Rumänien nur an Feiertagen aß. Kein Mensch in der ganzen Donaumonarchie würde den freiwillig hergeben ...

Und ihre Lider füllten sich wieder mit Tränen.

Auslöschen einzelner Farbmöglichkeiten, Steigerung der anderen – das Phänomen nennt der Physiker Interferenz, und es ist am Werk, wenn in der Vogelfeder die Farbwirkungen ganz besonders metallisch sind.

Großmama fand in Wien, während eines kurzen Spaziergangs in der Innenstadt, ihren »Traum« von Schuhen, und sie ließ die Stiefeletten, die sie trug, im Geschäft zurück, denn das neue Paar war von so erlesener Eleganz, dass sie dieses sogleich zu tragen wünschte, und Großpapa schätzte sich glücklich, nach der unbefriedigenden Unterkunft in dem Gasthof, dem miserablen Frühstück, eine Entschädigung gefunden zu haben, die seine Frau freute und sie heimlich in den Schaufenstern die gespiegelte Wirkung des glänzigen Leders unter dem schwingenden Mantelsaum bewundern ließ.

– Lassen S' die alten ruhig da, hatte der Verkäufer gesagt und sie unter den Verkaufstisch geräumt, was braucht man sie noch, wenn man was Neues hat.

Und zuerst war es am Fuß nur ein wenig kühl, dann nass und schließlich kalt geworden, und als Großmama im Gasthof die neuen Schuhe auszog, in einer letzten Täuschung über das glänzige Leder fuhr, entdeckte sie je ein Loch in der Sohle ... und Madame S. soll in dem Augenblick, was ganz unwahrscheinlich anmutet, gekichert und sich ohne Schwindel und Klage darüber amüsiert haben, dass offenbar »das Neue« überraschende Wendungen nähme, eine Brandsohle nicht mehr unbedingt eine Brandsohle sei, sondern ein Stück Pappkarton, und eine Reise, die in den vergangenen Jahren nach einem Aufenthalt bei Alfred gewöhnlich nach Thalwil führte, wo man im Hotel Bahnhof abstieg, um sich am folgenden Tag ausgeruht und in frischer Kleidung der Luzerner Verwandtschaft zu präsentieren, nun unerwartet in Linz enden sollte: Ihr Bruder sei abgereist, beschied sie ihr Ehemann, das Atelier geschlossen, und befremdet sah sie, wie Großpapa ratlos, so kannte sie ihn nicht, in Papieren kramte, die besagten, dass die Familie S., einreisend aus Rumänien (einem feindlichen Land), ins Internierungslager Linz überstellt werde und sich auf Bahnsteig vier einzufinden habe ... Und während Großpapa schimpfte, nicht einmal sein Wort gelte etwas, ausschlaggebend seien allein Papiere, von irgendwelchen Beamten ausgestellt, fühlte Großmama eine Genugtuung: Dieses Cöln, das immer ein wenig stolz über den Luzerner Verhältnissen gestanden hatte, galt wie so vieles seit diesem Krieg nichts mehr. Die Brandsohle war Pappkarton, und die Schuhe hatten ein Loch.

Der Zwangsaufenthalt in Linz war nichts, worüber man sprach, eine splittrige Bruchlinie in der Lebensfayence, sehr sorgfältig geleimt – erst als Mutter im Spital lag und ein nicht vorhandenes Radio durch die Decken- und Zimmerwände enthüllende Mitteilungen über die Familie S. verlas, die Mutter mir flüsternd anvertraute, empört über den heutigen Journalismus, erfuhr ich von der Internierung in der ehemaligen Pension, in deren schäbigem Empfangsraum, vollgestellt mit Koffern und Gepäckstücken, sie die Silberlings wiedergetroffen hatten.

Ich habe in Bibliotheken und Archiven nach Beschreibungen gesucht, die mir von der Internierung einen Eindruck geben sollten, und stieß auf den Bericht einer Engländerin, die offenbar eine Weile das Zimmer mit Rahel Silberling geteilt hatte, während Onkel Mendel mit einem Russen wohnte und die Familie S. in einem Einbettzimmer untergebracht war.

– *We were received by the doctor and a number of officials*, schrieb Maude Parkinson in ihren Erinnerungen von 1921, *einer von ihnen verlangte plötzlich die Schlüssel zu den Koffern. Alles wurde in einen riesigen Ofen gestopft und volle zwanzig Minuten in Dampf erhitzt. Dann wurden wir zu unseren Unterkünften geführt, ein Zimmer, das ich mit einer Frau und ihren Kindern zu teilen hatte. Jeden Morgen kam ein Soldat mit einer Flasche Desinfektionsmittel, besprühte uns und unsere Kleider, sodass noch nach Monaten alles nach dem Mittel roch. Wir wurden auch bewacht. Tatsächlich wurden wir von Soldaten so streng bewacht, dass die Wache das Gewehr auf mich richtete, als ich eines Tages ein paar Schritte über den für uns bezeichneten Bereich hinaus machte. Danach hielt ich Zurückhaltung für die bessere Verhaltensregel und überschritt die Grenze nicht mehr.*

Die Dame, die das Zimmer zu Beginn mit mir geteilt hatte, wurde nach zwei Tagen entlassen, und ihr Platz wurde von einer Jüdin eingenommen, die mit ihrem Gatten von Rumänien gekommen war. Sie waren ein äußerst amüsantes Paar. Sie saß den ganzen Tag auf ihrem Bett und legte Patience. Er stand in der Ecke des Zimmers, ein Handtuch anstelle des Gebetsschals über den Schultern, und sprach die Gebete. Er war in einem angrenzenden Zimmer mit einem Russen zusammen untergebracht, kam jedoch dauernd in unser Zimmer, um seine Frau zu besuchen, manchmal so früh am Morgen, dass ich noch nicht angekleidet war. Er ging zwar zurück in sein eigenes Zimmer, angeblich um etwas zu holen, kam aber geradewegs zurück.

– Gott hat mir nicht viel Zeit gegeben, in der ich sie noch sehen kann, hatte Onkel Mendel zu Großpapa gesagt. Und ich fürchte, unter den Bedingungen wird die Zeit noch viel weniger werden. Ich muss die Stunden nutzen und Gott bitten, mir die Rahele Berkowicz noch ein wenig zu lassen.

Und das Radio meldete, dass damals, im Winter 1917/18, der Ingenieur Ernst S., Direktor der Societatea română pentru Industria de Bumbac, im Internierungslager Linz nachts auf zwei zusammengeschobenen Stühlen geschlafen habe, sich jedoch weigerte, die Unterkunft trotz misslichen Umständen ohne die Silberlings – seinen Gästen, wie er behauptete – zu verlassen, während die beiden Kinder Ruth und Curt Flaschen stibitzten, die im Verschluss eine Glaskugel hatten.

– Wir zerschlugen die Flaschen, flüsterte mir Mutter hinter ihrer wackligen Hand zu, unten am Bach und spielten mit den Murmeln, und abends im Bett zählte ich sie. Sie waren dann dunkel wie Tante Raheles Perlen, und ich zählte und zählte die schwarzen Kugeln, die Tage, die Monate, bis ich einschlief.

Onkel Mendel sprach nie von der Deportation, die zwei Tage vor Sukkot, am 13. Oktober 1941, angeordnet und allen Juden der Südbukowina befohlen worden war, ohne Angabe, wohin sie verschickt werden sollten, doch mit der Weisung, nur mitzunehmen, was man in der Hand tragen könne ...

– Es ist doch gut, hat Rahele davon nichts erlebt.

Und niemand von uns hat jemals nach der Zeit im Bug gefragt, sagte Mutter, aus Respekt vor Onkel Mendel und aus Angst, an etwas zu rühren, das für ihn unerträglich wäre und jegliche Neugier verbot. Deshalb wurde auch nie über Linz gesprochen, weil bei aller Unvergleichbarkeit an das Schreckliche gerührt werden könnte, das sich mit Lager und Internierung verband und doch gegenwärtig war, wenn wir mit Onkel Mendel am Tisch saßen, sein Lächeln einen beschwichtigenden Zug hatte und seine Seele sich in einen Fisch verwandelte, der entschlüpfen konnte: Es war da als eine Verfinsterung, um die wir uns bewegten, wir, die Ahnungslosen, die über Linz auch deshalb schwiegen, um selbst nicht erinnert zu werden.

Doch einmal, es muss nach dem Tode meines Großpapas gewesen sein, hat Onkel Mendel zu mir gesagt:

– Leute, die Nachbarn waren, Bekannte in der Stadt, die man gegrüßt, mit denen man geredet hat, sie waren plötzlich ganz andere Menschen, und sie haben im Haus genommen, was ihnen gefiel, noch bevor wir mit unserem Koffer auf der Straße zum Bahnhof waren ...

Ich war vielleicht vierzehn und Mendel Silberling ein alter Mann.

– Ich träume noch heute davon, sagte er und tastete nach der Westentasche, in der ein goldenes Döschen mit den »neuen Tabletten« steckte, dank denen er – wenigstens ein paar Stunden in der Nacht – schlafen konnte.

XIII

GERICHTE

– Verzeihen Sie, Monsieur, hörte ich im Schlaf eine Stimme, während in meinem Kopf Schritte hallten, ich durch einen Flur hastete, wieder und wieder an Türen klopfte, die niemand öffnete – excusez moi –, und ich kannte dieses Haus nicht, durch das ich lief, das sehr alt, das sehr baufällig sein musste und dessen Türen an den Kanten und um die Klinken abgegriffen waren, speckglänzig im einfallenden Licht einer Dachluke ...

– Ich habe nicht gewusst, dass Sie noch schlafen.

Und in die Lidspalten drangen das Vieux-rosé der Überzüge, die Salontür mit den geschliffenen Kristallgläsern, ein wenig Stuck der Decke, und da – umrahmt von diesen Elementen meines Schachterschen Salons – stand Monsieur Uricariu, in einen zerschlissenen Bademantel gehüllt, den Kopf mit den kurzgeschnittenen, nach hinten gekämmten Haaren leicht geneigt, sein Gesicht zeigte den Ausdruck zurückhaltender Erkundigung:

– Sie sind sehr spät nach Hause gekommen?

– Ja, sagte ich, ja – und erinnerte mich, gestern Nacht, als ich den Gartenweg zum rückwärtigen

Eingang meiner Wohnung gegangen war, in einem erleuchteten Kellerfenster Monsieur Uricariu in Unterwäsche an einem Tisch, über Papiere gebeugt, sitzen gesehen zu haben ...

– Um wie viel Uhr sind Sie nach Hause gekommen?

– Ich weiß es nicht mehr, ich habe nicht nach der Uhr geschaut. Und ich stellte die Fragen – Kennen Sie die Lăptăria? Waren Sie schon da? –, um einer nächsten Erkundigung zuvorzukommen, stellte sie im selben versteckt fordernden Ton und fühlte eine Genugtuung, als ich sah, wie sie ihn unsicher machten, wie der alte, von dem Bademantel umhüllte Körper kuschte und etwas Unterwürfiges in Monsieurs Gesichtszüge sickerte.

– Im Nationaltheater, nicht wahr – ist sie nicht da? –, ganz oben, in einem Kuppelgang, Monsieur Sorin Manea hat Sie hingeführt, es ist eine Bar, wo die jungen Leute, Studenten unserer Universität ...

Moaş'ta pe gheaţă!, hatte Sorin Manea zu dem kalkgrauen, müden Gesicht vor seinem Teller Suppe gesagt – Schleif auf Eis zurück ins Loch, aus dem man dich gezogen hat! –, Mutters unanständigen Fluch, und ich lächelte bei der Erinnerung.

– Sie haben sich gut amüsiert, Sie haben sich mit Manea auch über mich unterhalten?

Ich setzte mich auf, spähte nach meinen Sandalen. Nein, wir hatten uns nicht über Monsieur Uricariu unterhalten, wir hatten überhaupt kaum gesprochen, und ich würde weder Sorin noch diesem misstrauischen Mann, der etwas mir Unbekanntes zu befürchten schien, begreiflich machen können, dass für mich der Abend wie eine Rückkehr in die eigene Jugend gewesen war, in eine Zeit, da mein Bruder und ich uns Jazzplatten kauften und es in der benachbarten Stadt einen ersten Clubkeller gab, mit gezackten rot und gelb bemalten Eisenplatten an den Wänden, zwischen denen wir den Samstagabend an Nierentischen verbrachten, rauchend, trinkend, den Hals unter dem Rollkragen schweißnass, schwarze Wolle, kratzig wie die Frage, ob der Existentialismus ein Humanismus sei …

– Ich gehe duschen, sagte ich, ich will heute in den Süden der Stadt gehen. Zur Strada Morilor.

– Oh, das hat Zeit, Sie können am Nachmittag hingehen, sagte Monsieur Uricariu, meine Frau und ich möchten Sie zum Essen einladen. Sie kocht heute, und meine Frau ist eine wunderbare Köchin. Ist Ihnen ein Uhr recht?

Ich spülte die Kakerlaken, die an der Wand der Badewanne hockten, in den Ausguss, bevor ich mich hineinlegte und chloriges Wasser über meinen Körper rinnen ließ.

Jeder schien mich abhalten zu wollen, in den Süden der Stadt zu gehen, in der Strada Morilor nach Mutters Haus zu suchen, als gäbe es dort etwas, das ich nicht sehen sollte.

Blau, ein kühles und künstliches Blau, begann den Alltag zu durchdringen, ihn aufzuhellen, ihn zunehmend mit einer Reinlichkeit und einem Wohlstand einzufärben: Ein Strukturblau auf dem Dunkel des Zweiten Weltkriegs, das sich verstärkte durch die Zunahme von Kühlschränken und Bügeleisen, von Autos, von Nylon, Orlon und Perlon – Kunstfasern, die alles ersetzen würden, was noch auf Feldern wuchs, zum Beispiel bumbac und pînză.

Im Dorf zwischen den Molassehügeln wurde ein neuer Laden eröffnet, einer, der anders war als alle, die ich bisher kannte: Er hatte ein Drehkreuz beim Eingang, man lieh sich einen Drahtkorb aus, die es dort gestapelt gab, schlenderte dann Gestellen entlang, auf denen Flaschen, Büchsen und bereits abgepackte Waren standen, die man nehmen und in den Korb legen durfte – als könnte man sich im Lager des Krämers bedienen. Nein, man ließ den schnauzbärtigen, untersetzten Herrn Kleinert und seine Kolonialwaren nicht sogleich fallen, doch allgemein hieß es, die Früchte und Gemüse seien »wegen des Umsatzes« einfach frischer, das sei leider nicht zu bestreiten, auch wenn man schwor, noch niemals dort eingekauft zu haben, schließlich schützte man, wie alle anderen, den Mittelstand und benutzte die Hintere Dorfstraße, um zu dem neuen Laden zu gelangen, statt des Einkaufsnetzes eine Sporttasche in der Hand.

Zughetti hatte es bereits gegeben, als die ersten Arbeiter aus Italien in das leer stehende Bauernhaus im Lätt einzogen, und Mutter höhlte die länglichen olivfarbenen Früchte mit einem Messer aus, füllte sie mit Reis und gehacktem Fleisch, kochte sie zusammen mit Tomaten, und wir löffelten Brocken milchigen Joghurts aus Bakelitbechern auf die Stücke – so hat die Köchin Zughetti in Rumänien zubereitet – und aßen sommers den »Tschinggen-Fraß«, wie mein Schulfreund Werner sagte, jeden Donnerstag, eine ihm unvorstellbare Sauerei, Zughetti mit Joghurt, wo man schon von diesen Gemüseschwänzen kotzen musste.

Doch nach Eröffnung des neuen Ladens brachte Mutter Peperoni mit, legte sie auf die Herdplatte, briet sie auf dem aufglühenden Eisen, bis die glänzige Haut schwarz wurde und ein beißender Rauch die Küche füllte, wusch die verbrannte Haut unter dem Wasser ab, legte die schlapp gewordenen und mit einem gelblichen Schimmer überzogenen Früchte in eine Glasschale, goss Öl darüber, salzte und pfefferte sie, und wir schoben Stücke in den Mund, sahen uns durch dicke Tränen an, denn die Peperoni damals waren noch scharf, und manche brannte so höllisch im Mund, dass ich ins Bad rennen musste, um kaltes Wasser in den Mund laufen zu lassen, ein wenig stolz über die feurige Initiation in die tabakgelbe Südlichkeit der Namen Bukarest und Rumänien.

Ardei impluți, *Vinete* – je mehr Namen und rumänische Gerichte aus der Vergangenheit herauftauchten, desto mehr verschwanden die einheimischen. Vater fand seine geliebte Bohnensorte – die Kellerschnecken – nicht mehr auf dem Markt, es gab nirgends mehr die kleine glasige Frühbirne zu kaufen, mit der allein man das echte »Schnitz-und-Drunder«, eine alte Bauernmahlzeit aus Kartoffelstücken und Birnenschnitzen in einer zuckrigen Soße, zubereiten konnte ... und der Geschmack der verlorenen und wiedergefundenen Speisen ließ mich bewusst werden, dass ich nicht so selbstverständlich zu meinen Schulfreunden gehörte, wie ich mir das zurechtgelegt hatte und auch wünschte: Sie hatten keinen Onkel Mendel, der von seiner Deportation nur gerade den Weg von der Haus- zur Gartentür erzählen konnte, keinen Großpapa, der verstummt und vereinsamt in der Waschküche seine Stillleben bis zur Unkenntlichkeit zermalte, keinen »Tschaigorum« und keine Mutter, die in ihrem weiten Sommerkleid aus einem mit roten Streifen und Blumenbuketts bedruckten Leinenstoff vor dem Beet Lupinen und Phlox in unserem Garten stand und aus einem mir unbekannten Grund einen Satz sagte, der mich in seiner Heftigkeit erschreckte, mich verfolgte, bis ich ihn mir zu eigen gemacht hatte:

– Ich bin eine Emigrantin, ich habe mich in der Schweiz nie anders als eine russische Emigrantin gefühlt, die 1917 ihr Land verlassen musste ...

Es war ein schwüler Nachmittag gewesen, gegenüber auf der ehemaligen Viehweide waren die Stangen für die Wohnsiedlung ausgesteckt – damals, als ich vielleicht vierzehn Jahre alt gewesen bin –, und das Land, das doch auch meines und das meines Vaters und Großvaters war, wurde reich, die Boomjahre machten aus Bauern und Kleinbürgern Leute mit Häusern und Autos, Neureiche eben, wie Mutter verächtlich sagte, die protzten und keine Lebensart hatten, bäurische Rüpel blieben, auch wenn sie am Steuer eines Chevrolet saßen.

– Ich gehöre nicht hierher, nicht zu diesen Grobklötzen.

Und ich erinnere mich, dass ich sprach- und hilflos war. Diesen Moment trug ich viele Jahre wie eine erste Farbaufnahme mit mir herum, so wie man ein Erinnerungsfoto im Portefeuille stecken hat. Ich sehe das bittere Gesicht so deutlich vor mir wie damals und spüre die Ohnmacht, einen Menschen nicht mehr erreichen zu können: Ein Gefühl, das ich heute wieder empfinde, wenn ich Mutter besuche, und sie nicht weiß, wer ich bin.

– Warum hast du damals diesen Satz gesagt?, fragte ich sie, als sie im Pflegeheim am Fenster saß und die großen Beerdigungen am Flussufer beobachtete, die nur sie sehen konnte – Abertausende von schwarzgekleideten Menschen, wo die nur alle herkommen? Und so viele sterben heute – :

– Warum hast du gesagt, du fühltest dich wie eine russische Emigrantin, die 1917 das Land verlassen musste, wo ihr doch in Rumänien wart und dahin zurückgekehrt seid?

– Habe ich so etwas gesagt? Daran kann ich mich nicht erinnern. Davon weiß ich gar nichts.

Dann zeigte sie mit ihrem schmalen, zittrigen Finger zum Fenster hinaus, flüsterte: – Tausende, Tausende, wo so viele nur herkommen, das Ufer ist schwarz von Menschen. Nichts mehr gibt es, nichts – und in einem der Zeitsprünge, die sie übergangslos machte, fuhr sie achtzig Jahre früher in ihrem Satz fort, gar nichts, kein Holz, kein Brot, und wir sind nach Luzern zu meinen Großeltern gefahren, nachdem wir zuvor in Linz, im Lager mit Onkel Mendel gewesen sind, und wir standen mit den Silberlings am Hirschengraben in der hellen, geheizten Wohnung, standen in unseren besten Kleidern unter der Tür zum Speisezimmer – Tante Rahele mit ihren schwarzen Perlen, Mama in einer gestickten rumänischen Bluse, Papa in der zu weit gewordenen Hose – und sahen auf den Tisch, auf den gedeckten Tisch, und meine Großmama trug einen langen schwarzen Rock und eine anthrazitfarbene Seidenbluse mit Spitzenbesatz und Perlknöpfen, sie sagte, die Hand auf den weißen Perlknöpfen, wegen ihres Herzleidens, mit dem sie alle terrorisierte, sie sagte: – Ihr müsst entschuldigen, dass wir so wenig anbieten können, aber es ist Krieg, und wir haben Not... Und da waren Butter, Brot, Wurst, verschiedene Käsesorten, Milch und Kaffee und Honig auf dem Tisch – Köstlichkeiten, die wir seit Wochen nicht mehr gesehen hatten, geschweige denn gekostet. Wir haben alle gegessen, weil wir Hunger hatten, aber ich habe zugleich nicht gegessen, ich habe gegessen und nicht gegessen in diesem Land, und ich bin mit Großpapa über die Brücke zum Corso gegangen und habe die Häuser und Schwäne angeschaut, und ich habe sie nicht gesehen. Nie! Aber du, du siehst doch auch die Tausende von Menschen, die drüben am Ufer stehen, in schwarzen Anzügen. So viele! Jeden Tag sind zwei oder drei Beerdigungen.

Alles war größer geworden: Das Land, die Fabrik, die Villa, in die man 1919 einzog, der Garten mit den Obstbäumen, den Stallungen und der Knechtswohnung. Großpapa behielt zwar seinen Buggy und den Landauer, doch es stand eine schwarze Limousine mit Chauffeur zur Verfügung, mit der Madame jeweils zur Stadt fuhr, um die Einkäufe zu besorgen, während Mutter im »Kütschchen« zur Schule gebracht und auch wieder abgeholt wurde: Man hatte Altrumänien verlassen und war eineinhalb Jahre später nach Großrumänien zurückgekehrt. Großpapa stellte die Staffelei in den Salon, platzierte darauf das Stillleben, das er zuletzt in Luzern vollendet hatte, ein Wasserglas mit Zitrone und Messer – rasierte Kinn und Wangen aus und ließ unter seiner Höckernase ein schmales Schnäuzchen stehen, Reminiszenz vergangener und unselige Vorahnung künftiger Zeiten.

Das Büro im Hauptgebäude wurde aufgesperrt, durch die Decken tönte das vertraute Erzittern, die

Webstühle rasselten, spulten die Fäden ab, klackten das Staccato der Schiffchen, Herr Popescu, der leitende Ingenieur, ging mit Großpapa durch die Säle, die Maschinen hatten beinahe eineinhalb Jahre gestanden, man musste sie warten, überholen, Ersatzteile bestellen, zudem hatte der Herr, der mein Großpapa war, vor der Rückkunft bei Rieter in Winterthur die neuesten Modelle geprüft, man müsste die Färberei erweitern, um die höhere Leistung auch wirklich umsetzen zu können – und in der Eingangshalle der Direktionsvilla nahm Großpapa den Stock, setzte beschwingt seinen Hut auf und begab sich zu einem Rundgang durch den Werkhof, bevor er Kosice anwies, den Landauer vorzufahren, um mit seiner Frau eine Begrüßungsvisite bei den Schachters zu machen.

– Bitte, sagte Mascha Schachter, die ihnen in der Eingangshalle ihres Hauses entgegenkam, als das Mädchen Hut und Stock und das Plaid von Madame abnahm, lassen Sie ihn nicht allzu sehr spüren, wie stark er verändert ist. Sie werden von seiner Krankheit gehört haben. Im Übrigen freut er sich, dass Sie wieder da sind, und ich mich selbstverständlich auch.

Man betrat den Salon, der noch immer so eingerichtet war wie damals, als Großpapa zum ersten Mal zu Besuch kam, Jalousien dunkelten die Fenster ab, sodass auch jetzt ein dämmriges Licht den Raum füllte, allerdings blieb die Flügeltür zur Terrasse geschlossen, die weißen Vorhänge zugezogen, da es noch zu kühl war, doch die übereinandergelegten Teppiche dämpften angenehm die Schritte, die Ottomane und der Rauchtisch, die niederen, ausladenden Sessel erzeugten die orientalische Atmosphäre, die Großpapa mochte und schon bei seinem ersten Besuch geschätzt hatte. Nichts erweckte den Anschein großer Veränderungen, alles erinnerte an damals, einzig die Bücher waren mehr geworden: Madame Schachter hatte ihre Bibliothek um Freud, Marx, Herzl, um Fragen der Völkerverständigung und des Völkerrechts erweitert, las Bände von Dichtern, die sich als Expressionisten oder Futuristen bezeichneten: – Jetzt, wo wir doch wenig ausgehen und sich die Zeit so heftig ändert.

– Nun, das sehen Sie an mir, lieber Herr S., sagte Leo Schachter, der tief in seinem Fauteuil saß, noch immer füllig, doch ohne die hitzige Tatkraft und das Selbstbewusstsein, das Großpapa an jenen Gustav Wilhelm zu Cöln erinnert hatte. Sie verzeihen – und vor allem Madame –, wenn ich mich nicht erhebe, doch setzen Sie sich, setzen Sie sich, nehmen Sie eine Zigarre, Herr S., und Mascha, sag bitte dem Mädchen, sie soll Kaffee und Ţuică bringen und einen *cozonak* für Madame …

Und Leo Schachter lächelte, ein schiefes Lächeln, bei dem der eine Mundwinkel nicht mitmachte, störrisch an der Wange zerrte und das Lid unter dem Auge herunterzog, dass ein tränend blutroter Halbmond unter dem Augapfel hing.

– Wir sind froh, wieder in Bukarest zu sein, sagte

Großpapa, indem er sich in den Kissen der Ottomane einrichtete, nachdem die Damen Platz genommen hatten, obschon meine Frau den Aufenthalt bei ihren Eltern und die Besuche der Verwandtschaft genossen hat, doch wir haben uns auch zurückgesehnt, und eben, als ich die Eingangshalle betreten habe, musste ich an meinen ersten Besuch denken, nach meiner Ankunft an der Gara de Nord, als ich das Vergnügen hatte, hier zu wohnen: Ich freue mich, alles noch ganz so vorzufinden, wie es damals gewesen ist.

– Nun, nun, ich fürchte, wir beide sind die Verlierer, und die kluge Mascha hatte recht: Die Dinge sind nicht geblieben, wie sie waren, und es wird auch nie mehr so werden, wie es früher war. Sogar Rumänien hat sich verändert, stellen Sie sich das vor, es hat sich wirklich verändert – mit Siebenbürgen, Bessarabien und was da sonst noch alles dazukommt. Und wenn die Alliierten jetzt sogar mit vorgehaltener Pistole die Regierung zwingen, weniger antisemitisch in ihrer Gesetzgebung zu sein, so wird man es rasch einfacher finden, die Pistolen auf uns Juden zu richten, als die Gesetze zu ändern.

Herr Leo Schachter fuhr sich mit der Rechten über die welke Gesichtshälfte, während Großpapa seinen Generaldirektor daran zu erinnern versuchte, das *prin noi înşine* – das »Durch uns selbst« – hätte er doch als einen bloßen Wunsch der Rumänen bezeichnet: Die Fremden würden nicht weniger gebraucht, vor allem in der Industrie, und wenn erst einmal der Krieg und seine Folgen überstanden seien, werde wieder Vernunft einkehren.

– Hatten Sie nicht auch Unruhen und Straßenkämpfe in der Schweiz?, fragte Mascha Schachter, während sie sich eine Zigarette anzündete, was Großmama mit Befremden, aber auch Neugier beobachtete, denken Sie an Berlin und Bayern, die Räteregierung in Budapest, den Bürgerkrieg in Russland – all diese Unruhen werden weniger zur Vernunft als zum Nationalismus führen, mächtig befördert von den Siegern eines Krieges, der noch nirgends zu Ende ist ...

– Mascha, du übertreibst, sagte Herr Schachter, doch mit sichtlichem Vergnügen an der Leidenschaftlichkeit seiner Frau. Doch was soll man machen, da die Zeiten übertrieben sind? Und er wandte sich an Großpapa: Schauen Sie, da hat Arion, der Minister des Äußeren, im Juli gesagt, die Judenfrage werde später ihre endgültige Lösung finden. Was soll das sein, eine endgültige Lösung? Ach, die Zeiten sind wirklich anders geworden, und mit seinem schiefen Lächeln, als blickte er im eigenen Gesicht um eine Ecke, sagte er:

– Madame, versuchen Sie eine Zigarette. Meine Mascha raucht, und ich muss es aus gesundheitlichen Gründen bleiben lassen.

Und Großmama rauchte im Schachterschen Salon eine erste Zigarette, bevor man zu Tisch ging und Herr Leo Schachter meinem Großpapa bei Fisch seine Pläne erläuterte, eine Arbeitersiedlung neben der Fabrik zu bauen, wo die Leute wohnen und auch eine medizinische Betreuung finden sollten.

War es Mascha Schachters Arbeitszimmer gewesen, ein Schlaf- oder Ankleidezimmer, ich konnte mich für eine Festlegung nicht entschließen, als ich im oberen Stockwerk von Monsieur Uricarius Haus in ein Zimmer geführt wurde, das hoch und geräumig, doch nicht von der Großzügigkeit der Salons war. Einen Moment blieb ich in der Tür stehen, während Monsieur Uricariu in einem verwaschenen Seidenanzug voranging, schiefbeinig und mit der einen Hand winkend, ich solle eintreten, doch der Anblick des ausladenden Tisches, aufs Sorgfältigste gedeckt mit Kristallgläsern, mit einem Service, das wohl aus Familienbesitz stammen musste, mit Silberbesteck, bestickten Servietten, silbernen Bälkchen zum Niederlegen von Gabel und Messer – ein Gegenstand, den ich seit Jahren nicht mehr gesehen hatte –, mit einer Vase aufgeblühter Rosen, dazu Schalen und Schüsseln gefüllt mit Speisen und Salaten, hielt mich fest: Ich stand überrascht auf der Schwelle, überrascht von einer Fülle, die ich nicht erwartet hatte, und musste an die Ankunft der Silberlings und S. in der Wohnung am Hirschengraben im Grippewinter 1918 denken. Wie ich heute, so mussten sie damals unter der Schiebetür zum Esszimmer gestanden haben, in ihren besten Kleidern, die nach den

Desinfektionsmitteln des Internierungslagers rochen, und staunend auf einen Reichtum geblickt haben, den ich hier in Bukarest, einer Stadt wie nach einem Krieg, so wenig erwartet hatte, wie die Silberlings und die S. es in Luzern getan hatten, als sie endlich in der Schweiz angekommen waren.

Monsieur Uricariu bat mich, oben am Tisch Platz zu nehmen, und während ich mich setzte, fiel mein Blick durchs Fenster auf das Nachbarhaus, auf die hohen Fenster und die darüber in enger Folge gedrängten Dienstbotenkammern in dem von Zinkblech verkleideten Dach, und wieder stellte sich ein Gefühl der Vertrautheit ein, wie ich es bei meinen Untersuchungen im Garten vor zwei Tagen verspürt hatte: Ich saß bei Großmama zu Tisch, in Bukarest und zu einer Zeit, da ich noch gar nicht geboren war.

Madame Uricariu und ihre Tochter wurden mir vorgestellt, Madame setzte sich mir gegenüber, Monsieur zur Linken, seine Tochter Michaela zur Rechten, nein, Dienstboten gab es keine, man bediente sich selbst, und ich nahm von der *vinete*, dem Auberginensalat, den Mutter in meiner Jugendzeit zubereitet hatte, ein Mus in Öl aufgerührt, mit Zwiebeln, Salz und Pfeffer gewürzt, das man fingerdick aufs Brot strich.

– Warum wollen Sie dorthin? Wozu?

– Nun, weil meine Mutter dort gelebt hat.

– Aber das ist eine andere Zeit gewesen, das ist

sehr lange her. Wann, sagen Sie, hat sie dort gewohnt?

– An der Strada Morilor – von 1912 bis 1917, nach dem Krieg wohnten sie in der Direktionsvilla der Fabrik, am Spleiul Abatorolui, nach dem Stadtplan zu urteilen, zwei-, dreihundert Meter von der Strada Morilor entfernt.

– Und Sie wollen heute dorthin gehen?
– Ja.

Madame hatte aufmerksam zugehört und versucht, unserem Gespräch zu folgen, obschon sie selbst kaum Französisch sprach, während Michaela, die mich fließend und akzentfrei begrüßt hatte, jetzt wie abwesend wirkte. Sie mochte Mitte dreißig sein und war Werksärztin in einem noch immer staatseigenen Betrieb, doch die vier Stunden täglichen Dienst strengten sie zu sehr an, wie sie später erzählte, sie habe eben um eine Verkürzung ihres Dienstes nachgesucht.

Eine Schüssel mit gefüllten Peperoni – *ardei impluți* – wurde gereicht, und der Anblick der noch kleinen, gekochten Früchte, ihr Geruch und der Geschmack des ersten Bissens ließen die Erinnerung in mir aufsteigen, gleißend und spiegelnd: Der Blick von der Chaiselongue her durch die Tür ins schattige Dunkel der Küche bei Großmama, die Ölbilder der Cölner Ahnen über dem Kanapee mit der rumänischen Decke, die cremefarbenen, mit kleinen Blumen bemalten Teller, unseren Garten im Dorf, die Beete von Phlox und Lupinen, der Tisch unter dem

Apfelbaum, wo wir sommers zu Mittag aßen, Tsching-genfraß aus einer Fayenceschüssel, für die es nicht zu schade war, im Garten benutzt zu werden.

– *Am fost directoare la ministerul de finanțe*, sagte Madame Uricariu unvermittelt, und ich nickte, ohne zu wissen, zu was. Stolz legte sich um ihre Augen wie eine schimmernde Halbmaske, das Lächeln grub eine herrische Falte um den Mund. – Meine Frau, übersetzte Monsieur Uricariu, ist die Direktorin des Finanzministeriums unter Ceaușescu gewesen – und das unauffällige Gesicht der gealterten Frau wurde zu dem einer Funktionärin, eingerahmt von Fahnen, Spruchbändern und Monumentalbildern des Conducators.

– Er war wahnsinnig, hörte ich Monsieur Uricariu sagen, kein Zweifel, zum Schluss war er wahnsinnig, aber er hat viel Gutes getan, es war nicht alles schlecht. Es ist sehr gut, was er da unten getan hat, Sie werden das sehen, das Haus des Volkes! Sehr imposant! Das größte Gebäude der Welt nach dem Pentagon in Washington.

Und Michaela, die unbeteiligt am Tisch saß, in den Speisen stocherte, während ihr Vater etwas pries und rechtfertigte, das ich nicht kannte, war für mich überraschend nicht mehr, wie ich geglaubt hatte, die kränkliche Tochter, sondern die gekränkte Tochter der Uricarius, der man eine glänzende Zukunft genommen hatte, die seit dem politischen Umsturz statt Chefärztin einer Klinik, in der werkeignen Vorsorge eines zerfallenden Kombinats vor sich hinserbelte, überzeugt, es stünde ihr eine weitaus bessere Stellung zu; doch auch der Bissen, den ich im Mund hatte – mit dessen Geschmack ich mich eben häuslich in der Erinnerung der eigenen Jugend hatte einrichten wollen –, wurde bitter: Nichts scheint, wie es ist, und ich saß unerwartet mit Angehörigen der ehemaligen Nomenklatura zu Tisch, und mich erschreckte, dass, bei aller Verschiedenheit der Gründe, es dennoch etwas gab, das uns verband: Der rückwärtsgewandte Blick, diese Sehnsucht nach Vergangenem.

Und wie Mutter damals in Luzern, am reichgedeckten Tisch ihrer Großeltern, habe auch ich gegessen und nicht gegessen, habe geredet und geschwiegen, höflich gelächelt und mich einen Narren geschimpft.

XIV

SCHNEISE

Federriss. – *Brechen allerdings die Haken, so bleibt ein Spalt, der durch nichts zu schließen ist* –: Unerwartet, auf dem Weg zur Strada Morilor, stand ich auf der Piaţa Unirii, fassungslos über die Monstrosität des Platzes, lachte wohl ziemlich laut, sodass einige der Passanten sich umdrehten, mich mit Gesichtern ansahen, die mein Lachen sofort zum Verstummen brachten, da ich in ihren Mienen den Preis dieses Kahlschlages zu sehen glaubte. Das also hatten die beiläufigen Bemerkungen wie ... *die haben dort so vieles zerstört. Beeilen Sie sich nicht* ... bedeutet, eine Ungeheurlichkeit, die mir jegliches Empfinden für meinen Körper nahm, vielleicht auch nehmen sollte. Ich hockte mich auf den Rand eines Brunnens inmitten des Platzes, den man nicht Platz nennen konnte, die Dimensionen waren gesprengt, hockte mich an den Rand eines langgestreckten Beckens zwischen den Fahrbahnen, eine Konsole in der Mitte für die Wasserdüsen, doch das Becken war leer, die blauen Mosaiken des Bodens zerbrochen, Abfall hatte sich angesammelt, und ich sah in die Schneise hinein, den Boulevard Unirii, den man nicht Boulevard nennen konnte, eine Flugschneise, gesäumt von löchrigen, wabenartigen Fassaden, kalkgrau – *Philips, CocaCola, L'Oréal de Paris* – auf die Giebelleisten gesetzt wie Fransen eines steinernen Bandes, und mich streifte der Gedanke, in nur einem Jahrhundert sei aus den so charakteristischen Mustern und Farben gewobener Bänder, die Blusen, Decken und Vorhänge säumten, aus den Ornamenten der Klöster und Kirchen, der Zierbänder an den Villen im Mincu-Stil dieses ins Gigantische herauszerstörte Band am Körper der Stadt geworden, überfrachtet von gewalttätig aufgetriebenen Verzierungen, die keine Ornamente und Muster mehr waren, sondern lediglich die Zitate von Ornamenten, die Nachahmung von Mustern, die prahlerische Behauptung traditioneller Formen, die ausgehöhlt und gezielt zerstört worden waren: Die konsequente Umwandlung von Kultur in Folklore.

Erst entlang der Dîmbovița, dann durch die Strada Văcărești fuhr Mutter 1919 im Kütschchen zur Schule.
– Ruth S., sprichst du Rumänisch?
– Nein, Frau Caspar.
– Dann lass mich künftig im Unterricht in Ruhe.
Die Schule war in der Nähe der Synagoge, wo heute die Schneise ist.
– Frau Caspar, Ruth S. spielt mit dem Radiergummi.
Die Schülerinnen saßen mit auf dem Rücken ver-

schränkten Armen in ihren Holzbänken, die Schultern zurückgebeugt, den Kopf gerade.

Frau Caspar pflanzte sich zwischen den Bankreihen vor Mutter auf, breitbeinig in ihrem weiten Rock und der hochgeschlossenen Bluse, das Meerrohr in den Händen vor ihrem Schoß.
– Aufstehen! Hände vor!
Die Deutsche prügelte los.
– Und merk dir. Du bist hier nicht mehr im Altreich, du bist jetzt in Großrumänien!

Und Mutter merkte sich dieses Gesicht, suchte künftig seinen Ausdruck hinter allen Gesichtern, und um nicht mehr von der Willkür ihrer Mitmenschen überrascht zu werden, war es nötig, Distanz zu bewahren: Das war die Lektion, die sie gelernt hatte, an der Schule bei der Synagoge, wo heute die Schneise ist.

Pepene! Pepene!
Großmama entstieg der Limousine am Bibescu-Voda-Platz, die geflochtene Einkaufstasche am Arm, wies in ihrem weißen Baumwollkleid, den Strohhut schräg aufgesetzt, dessen Krempe ihr scharfes Profil beschattete, den Chauffeur an zu warten, um sich, in Begleitung ihrer Tochter, vom Strom der Leute ins Geviert des Marktes treiben zu lassen, zwischen gedeckte Pferdekarren, Bretterstände und Pyramiden von Wassermelonen, erregt von der widerstreitenden Empfindung, tief in das fremde Treiben von

Frauen in bestickten Blusen und von Männern in Hemden, die rockartig über die Beinkleider bis zu den Waden fielen, vorzudringen und gleichzeitig das Gefühl zu genießen, bevorzugt und herausgehoben zu sein, wie es Großpapa bei seiner Ankunft in der Gara de Nord verspürt hatte, als er oben auf dem Trittbrett gestanden und auf die Menschen auf dem Bahnsteig hinuntergeschaut hatte.

Melonen! Melonen!, so riefen die Händler am Markt, wo heute die Schneise ist.

Und Mutter blieb stehen, sah zu, wenn ein Bauer den smaragdenen Laib einer Wassermelone an sein Ohr hielt, auf das Knacken hörte, um dann sein Messer aus dem Gurt zu ziehen, mit raschen Stichen ein Dreieck in die Frucht zu stoßen. Er spießte es mit der Klinge an und zog es heraus: rotes, glänzendes Fruchtfleisch, das er dem unentschlossenen Käufer anbot, um es – während der Kunde ein Stück versuchte – wieder in die Höhlung zu schieben, bedächtig und vorsichtig, den Genuss den Augen entziehend, der sich süß und wässrig im Mund entfaltete.

Die Stadt ist so ausgedehnt, dass man nicht täglich die Einkäufe besorgen kann, schrieb Mutter 1929 in einem Aufsatz an der Freien Handelsschule in Lausanne, dessen Entwurf ich während der Hausräumung gefunden hatte. *So fährt man einmal die Woche mit dem Automobil zum Markt (und es sind in der Regel die Messieurs, die die Einkäufe machen), um so viel zu kaufen, dass es für eine Woche reicht. Gegenüber dem Spitalul*

Brîncovenesc betritt man durch ein hohes Bogentor den Platz, der zwei riesige Flächen zwischen Markthallen umschließt, die eine für den Detail-, die andere für den Engroshandel, doch auf beiden sind die Berge von Früchten und Gemüsen, die auf dem Boden aufgeschichtet sind, unvorstellbar hoch, und oftmals spielt man mit den Händlern Verstecken, da sie hinter ihren Waren unauffindbar sind und nur spitze Schreie sie verraten, wenn irgendjemand den geforderten Preis nicht zahlen will ...

Fünf Bani! Fünf Bani für eine Melone. Das ist nichts! Das ist geschenkt!, so schrien die Händler am Markt auf der Piaţa Bibescu-Voda, wo heute die Schneise ist.

Und Großpapa fand, die Verhältnisse seien »luftiger« geworden, auch die eigenen, alles sei ein wenig zu groß ausgelegt, besäße kein wirkliches Fundament, das Solide wäre einem raschen Anschein gewichen, schriller würden die Forderungen, und die Toleranz nähme spürbar ab. Der Direktion war kürzlich mitgeteilt worden, man sei in Großrumänien nicht mehr geneigt, Firmen zu dulden, in deren Leitung keine Rumänen säßen.

Großpapa nahm nach Büroschluss Hut und Stock, spazierte unter den Linden des Spleiul Maior Giurescu der Dîmboviţa entlang, zur Strada Văcăreşti: Einzig in den Gassen des jüdischen Quartiers war alles beim Alten geblieben, und Großpapa, der schon früher gerne durch die engen Straßen kutschiert war, begann erst gelegentlich, dann häufiger und schließlich gewohnheitsmäßig durch dieses Viertel zu spazieren. Großmama war besorgt darüber, sie wisse nicht, was ihn umtreibe, es würde stets später gegessen und die Ausfahrten nach Hereströu kämen dabei auch zu kurz.

Ich sehe Großpapa in hohem Hut, steifem Kragen und schwarzem Anzug, den Stock in der Hand, wie er durch ein Stück Gasse geht. Ich sehe einen Ausschnitt von Holzhäusern und von einer rötlichen Steinfassade mit hohen Fenstern, einem Erker, und die Gasse ist grob gepflästert, durch die »Mutter zur Schule fuhr« – und ich wüsste nicht zu sagen, woher ich diese Ansicht habe, die auftaucht, sobald ich mir das jüdische Quartier von Bukarest vorstelle. Tatsächlich weiß ich nur, dass Großpapa in der Ärmlichkeit der Leute, dem wenigen Handel und Handwerk, das die Regierung den Juden zugestand, das Klempnern, Schustern und Schneidern, etwas von seiner Zeit gewahrt fand: So schnell würde sich im jüdischen Quartier nichts ändern, das es einstmals wirklich gegeben hat, da, wo jetzt die Schneise ist.

Ich hatte die Piața Unirii überquert, betrat eine schmale Straße, die wie ein Schnitt in die gleichförmige Fassade entlang des Boulevards war, kam auf die Hinterseite der monumentalen Kulisse und fand mich in einer Umgebung wieder, die mich an die eröffnete Brust einer Taube erinnerte, als wir

Studenten sie sezierten: Die Brustmuskulatur war mit Nadeln nach außen gezogen und im Wachs festgesteckt, unter der spiegelnden Wasserfläche lag vor mir, weißlich auf blutigem Untergrund, die Speiseröhre, der Magen, das Geschlinge des Darmes, durch die Haut schimmerte körnig grünlicher Dreck. Der Gestank war schlimmer als bei den Ratten, ein faulig verwesender Geruch, obschon das Tier noch vor einer Stunde gelebt hatte: Hier also eine letzte Phase der Entwicklung, Ergebnis einer fünftausendjährigen Kulturfolge von der Felstaube (Columba livia) – die unvorsichtigerweise ihr Nest in Pyramidenwände und auf Tempelarchitrave baute – zur ordinären Stadttaube, deren Nachkommen sich in den Verkehrsschluchten aufhalten, von Wanzen, Milben und Zecken befallen sind, mit Haarwürmern und Flöhen im zerfetzten Gefieder, von Dauerdurchfall gequält, von Mineralstoff- und Vitaminmangel geschwächt, pervertiert durch Dichtestress, »gefiederte Ratten«, die sich gegenseitig und vor allem die Jungen fertigmachen: Da, unter eingetrübtem Wasser, das heutige Exemplar vollendeten Anpassungsdruckes, ein durch Gene gesteuerter Abfall, zusammengepappt aus Resten, schon verfaulend, während der Federdreck noch lebt und gurrt und fliegt.

Und ich irrte hinter den Wohnblockbauten, welche die Schneise wie einen Damm begrenzten, durch die Straßen, auf der Rückseite der Monstrosität eben, wo Menschen und Tauben lebten, der Raum angefüllt war mit den beiseitegedrängten Kirchen, Wohnhäusern, Gärten – und zwischen die kranken Fassaden und Zäune wehte die Luft aus den Pappeln leuchtend gelbe Blätter, die den Gehsteig bedeckten, mitten im Sommer.

– Ich habe mich verirrt, sagte ich zu Sorin Manea, als ich ihn abends traf, ich bin durch Straßen gelaufen, die ich auf meinem Stadtplan nicht fand, und bin wieder und wieder auf die Piaţa Unirii gelangt, ohne wirklich weiter nach Süden voranzukommen.

Und ich war erschöpft gewesen, meine Beine schmerzten, ich hatte Hunger und setzte mich vor ein Pub an der Schneise, unter die schützende, vertraute Plastikmarkise der Tuborg-Werbung, wo Geschäftsleute ihre Handys auf den Tisch legten, ehe sie sich setzten, und die Servierinnen Hütchen in den Farben des königlich dänischen Biers trugen. Ich schob meine Kamera voll frischer Aufnahmen von Schlamm, weggeworfenem Hausrat, Fensterhöhlen, balgenden Kindern, Kadavern und einem sturzbetrunkenen Alten, der sich an ein Abflussrohr klammerte, in die Tasche zu Mutters Album, bestellte eine Suppe und bekam einen Topf voll Gemüse in einer säuerlichen Brühe, ein noch ganz gebliebenes Stück Kultur, überraschend an diesem Ort, der inmitten der Zerstörung eine neue Konsumwelt signalisierte. Aus dem Geschmack des frischgeschnittenen Liebstöckels, das üppig in die Ciorba eingestreut war, tauchte zittrig, wie von einer Filmkamera aus der Hand gefilmt, Großpapa auf. Eine erste eigene Erinnerung an ihn, lange vergessen. Ich saß überrascht vor meinem Topf Suppe, ein wenig verstört auch, dieses Filmchen durch alle Eindrücke des Nachmittags hindurch in wackligen Bildern hinter meiner Stirn flimmern zu sehen, 1945 an der Eulerstraße in Basel aufgenommen, schwarzweiß, aus kindlicher Optik: Die Tür zum Speisezimmer öffnet sich, und Großpapa tritt unter den Rahmen, in seinem dunklen Anzug, zögert, betritt dann das Zimmer, kommt in energischen Schritten zum Tisch, wo er sich setzt, ohne jemanden anzusehen, zieht die Serviette aus dem Silberring, bekommt seine Suppe vorgesetzt, Restesuppe, während wir anderen – Großmama, Curt, seine Frau Trude, die Kinder, Mama und ich – ein Menü essen, legt den Löffel ab, tupft sich die Lippen und den Schnurrbart, erhebt sich und schiebt sehr sorgfältig den Stuhl zum Tisch, verschwindet in sein Kämmerchen, erscheint wenig später erneut auf der Schwelle, nun in Hut und mit Stock, um sich auf einen Spaziergang zu begeben.

– Und dieses Filmchen endet mit dem Verschwinden Großpapas im Flur, ein letzter Schatten noch, ehe kurz das Viereck leer übrigbleibt.

Er ist durch die Straßen gelaufen, wie ich heute Nachmittag, durch die Straßen Basels, einer Rheinstadt wie Köln, und das muss kurz nach dem Krieg gewesen sein, als ich mit Mutter zu Besuch bei den

Großeltern weilte – und Mutter weinte stets, noch Jahrzehnte nach Großpapas Tod, wenn sie von dem Herrn sprach, der in einer Kammer der eigenen Wohnung geduldet wohnte und seine Suppe bekam, während wir anderen Braten aßen.

Erst durch das Radio in Mutters Zimmer auf der Pflegeabteilung, das durch Wand und Decke flüsternd Mitteilungen über die Familie S. sendete und dem Mutter abwesend und gespannt lauschte, um mir in hektisch abgerissenen Sätzen ein Resümee zu geben, durch dieses »Radio« also, das nur sie hörte, bekam ich Kenntnis von der Leibrente, die Onkel Mendel für Großpapa ausgesetzt hatte, monatlich von einem Londoner Konto zu überweisen.

– Was soll ich dir sagen, hatte Onkel Mendel mir vor vielen Jahren gesagt, und die Bemerkung bekam jetzt einen düsteren Hintergrund, dein Großpapa ist der anständigste Mensch gewesen, den ich in meinem Leben getroffen habe.

Und dieser anständigste Mensch saß ein wenig vergessen und steif in seiner Kammer auf dem Stuhl neben dem Bett. Er bemühte sich, mit uns Kindern zu spielen, kramte auf langes Drängen hin den Totschläger seines Vaters und den Staubmantel hervor und mischte sich mit einem »Sakerment!« in die Balgerei, wenn wir im Begriff waren, uns mit der Bleikeule die Schädel einzuschlagen. Ich sehe ihn in der Waschküche sitzen, in die er uns manchmal einließ und wo er in Anzug, die Krawatte von einer Brillantnadel gehalten, vor der Staffelei saß, Filzpantoffeln gegen die Kälte des nackten Betonbodens an den Füßen, mit buntfarbigen Lippen den Pinsel zuspitzte und verloren an dem Bild zu stricheln begann, die leicht vorstehenden Augen hinter der randlosen Brille nahe vor der Leinwand, malte und malte, bis alles verdorben und verschmiert war, ein endloser Kampf, den er Mal für Mal auf den Kartons und Leinwänden ausfocht und verlor: Auch in seinen Bildern wurde die Welt anders, als er sie sich vorgestellt hatte, und er kam mit beiden, den Bildern und der Welt, immer weniger zurecht.

Nach seiner Rückkehr in die Schweiz, so meldete das Radio, das durch die Wände in Mutters Zimmer sendete, habe ein gewisser Ernst S. seine Ersparnisse in eine Weberei in Lostorf gesteckt, ungeachtet der Tatsache, dass die Textilindustrie keine Zukunft hatte und die Weltwirtschaftskrise im Anzug gewesen sei, und nachdem Ende 1929 nichts von der Fabrik und dem Kapital mehr vorhanden gewesen sei, hätte er sich im Frühjahr 1930 einem Bekannten anvertraut, der, angeblich im Auftrag verschiedener Schweizer Geschäftsleute, rumänische Wertpapiere eingesammelt habe, um sie in Bukarest gegen eine anteilmäßige Provision zu veräußern, und der Großpapas Aktien der »*Sc. română p. Industria de Bumbac*« in ein schmales Ledermäppchen gesteckt habe und für immer verschwunden sei.

– Ein Versager, sagte die einflüsternde Radiostimme, mittellos, zu alt für eine Anstellung, ein unfähiger Geschäftsmann und gutgläubiger Waschlappen, der noch immer glaubt, etwas Besonderes zu sein, ohne die Härte, Disziplin und das forsche Auftreten zu kennen, das eine neue, sich abzeichnende Zukunft verlangt: Männer, die entschlossen zum Wohle von Volk und Vaterland handeln.

Und die Fahnen gingen hoch, die Reihen wurden geschlossen.

Es habe keine Degenerierten mehr gebraucht, die »mölele« und »Helgen« machten, die aus Schwäche an die Mitmenschen, ihren Anstand und ihre Ehrlichkeit glaubten, wo nur der Stärkste ein Anrecht habe zu überleben – so habe es im Radiobericht geheißen, den Mutter mir unter vorgehaltener wackliger Hand wiederholte, empört über den Ton, die Anschuldigungen und dass man all das wieder hervorzerre und auch noch veröffentliche:

– Heute interessieren diese Dinge doch niemanden mehr, warum muss man davon reden. So war eben die Zeit damals.

Und meine Mutter weinte, weinte und sagte:

– Mama hat ihm den Abstieg nie verziehen. Sie verachtete ihn, und er zog sich zurück, ist mehr und mehr verschwunden, und wir haben ihn kaum noch bemerkt.

Ich hatte vom Pub aus Sorin Manea angerufen, ihm erzählt, dass ich inmitten dieser Verwüstung meine erste Erinnerung an Großpapa wiedergefunden hätte, aufbewahrt im Geschmack einer Suppe, den ich eigentlich nicht kennen würde und der mir dennoch vertraut sei:

– Ich fürchte, Sorin, mein wissenschaftliches Weltbild, solid und gut versichert wie eine Schweizer Liegenschaft, bekommt Sprünge und Risse. Irgendwie geht hier alles in Trümmer.

Und er lachte und sagte, er käme mich abends an der Strada Salcîmilor, in meinem Apartment, abholen, wir könnten zusammen in ein Restaurant gehen, das Nicoreşti, es läge in der Nähe meiner Wohnung oder besser: Ich solle doch direkt ein Taxi nehmen und zu ihm fahren, ich könne mich ausruhen, seine Mama werde etwas kochen, und auch er werde mir ein Filmchen zeigen.

Als der Taxifahrer nach der vierten Abbiegung in die dritte Verzweigung abbog, nahm ich den labyrinthischen Zufahrtsweg schon nicht mehr als die Unterweltsvision wahr, wie bei meinem ersten Besuch. Das Gewuchere idiotisch gewordener Sträucher, die Hunde im Schattendunkel, die Haufen Abfälle und verrostender Autowracks gehörten schon zum gewohnten und bereits vertrauten Anblick, der alle Schrecken verloren hat: Es ist vielleicht wirklich nicht so schlecht, dachte ich, hier draußen zu wohnen.

Sorin stand an ein Auto gelehnt, rauchte in sich gekehrt, die Mütze in die Stirn gezogen und den Blick gesenkt, bevor er, durch das Motorengeräusch aufgeschreckt, die Arme hochriss, winkte. Er lief auf mich zu, umarmte mich und sagte, als hätte zwischen dem Telefonanruf und jetzt nicht eine Fahrt durch eine Verwüstung gelegen:

– Nun verstehst du, weshalb ich Gedichte und keine Abhandlungen mehr schreibe: Ich bin keine Schweizer Bank, die teuer restaurieren kann. Mir bleiben nur die Risse und Bruchstellen, Lücken zum Durchsehen.

Und während wir das Treppenhaus hochstiegen, ergänzte er, ohne dass mir dadurch etwas klarer wurde:

– Das ist der Unterschied, wir beide sind Naturwissenschaftler, doch dein Weltbild, wenn es zerbröselt, wird immer wieder neu verputzt, meines ist beseitigt worden, mit einer kleinen, wie zufällig erscheinenden Handbewegung, nichts ist davon übriggeblieben.

Mariana, die blonde Juristin, die ich an meinem ersten Abend kennengelernt hatte, kniete am Boden in Sorins Zimmer, sie hatte einen tragbaren Fernseher mit eingebautem Videogerät hergebracht und war im Begriff, den Apparat anzuschließen. Sie erhob sich und fragte, ob ich mich noch immer vor Hunden fürchte, sie seien noch das Harmloseste an Bukarest, wie ich inzwischen wohl gemerkt hätte, und Sorin spottete, als die ersten Bilder auf dem Monitor flimmerten:

– Keine Angst, mon ami, wir werden dich nicht mit Ferienerinnerungen vom Schwarzen Meer langweilen. Und da war auch schon der Titel zu sehen: Baukunst und Macht. Mariana drückte auf den Schnelllauf, die Bilder bekamen Streifen, rutschten, purzelten, überschlugen sich und waren plötzlich von einem zähen Fluss, als Mariana den Knopf auf der Fernbedienung losließ und die Bilder zu einer nur scheinbaren Normalität zurückfanden: Inmitten einer Gruppe von Funktionären stand aus Karton und Holz ein zimmergroßes Modell der Schneise, und darum herum zappelte ein Männchen, eine Art Degen in der Hand, mit dem es plötzlich und mit unerwarteter Heftigkeit in eine der Straßen stach, während die Funktionäre darum herum einen stummen Spiegel der Bewunderung spielten, und wieder machte das Männchen einen hüpfenden Ausfall, stach mit selbstverliebter Theatralik und einer triebhaften Lust zu /*Schnitt*/ Und da füllte das Männchen eine Schaufel Beton in das Bohrloch, in das es zuvor ein Rohr mit Dokumenten hatte fallen lassen, blickte dem grauen, tropfenden Dreck hinterher, mit schiefem Kopf und einfältigem Lächeln, ein mutwilliger Junge im Sandkasten, nur dass der Sandkasten eine Stadt war /*Schnitt*/ Und das Männchen stand im Mantel dort, wo einstmals der Markt gewesen war, unterhalb der Dalea Metropoliei und ihrer Auffahrt, umgeben von einer Leere der Unnahbarkeit, ein Zwerg in Mütze, der die Hand hob in gerader

Richtung, und dieser Hand folgten die Blicke der ihn im gehörigen Abstand umgebenden Menschen, die Fingerspitzen wedelten zur Seite, was im Film nicht zu sehen war, doch jedermann wusste: Häuser, Kirchen, Straßen, Läden, winkte sie zur Seite, als wären sie ein Nichts, eine Kulisse aus Leinwand und Holz, und jenseits der Leere von Unnahbarkeit standen die Leute, Passanten, Anwohner: Figuren tiefster menschlicher Angst, die gelähmt, apathisch und doch im Innersten zitternd auf diese Hand starrten, ihrer Richtung folgten, wo ihre Häuser, Wohnungen und Gärten noch lagen, und diese Hand winkte inmitten von Erstarrung, Schrecken und unterdrückter Flucht... Und ich spürte den Nachhall dieser Angst, als Sorin sagte, ohne Lachen, ohne Dämon, nur traurig:

– Vielleicht hast du jetzt eben die Bewegung gesehen, die das Haus deiner Mutter beseitigt hat.

– Papa hat angerufen, sagte meine Mutter im Pflegeheim, als ich sie besuchte: Sie strahlte und schien glücklich. Ich habe ja seit Jahren nichts mehr von ihm gehört, er hat angerufen und gesagt: Ruth! Ruth! Nichts weiter. Ich glaube, er hat endlich Onkel Mendel gefunden, im Bug, wohin man ihn verschickt hat. Er hat ihn endlich gefunden. Sie fahren mit dem Schiff auf der Donau, fahren von Giurgiu nach Wien. Sie werden mich besuchen, und dann bleiben wir wieder beisammen.

XV

NACHTSTÜCK

– Ja, es schwankt, sagte am Schiffssteg der Herr in dem schattendunklen Anzug, den Hut steif auf das schmale Gesicht gesetzt, das mit der Spitze des Kinns auf den Flügeln eines Vatermörders balancierte. – Ja, es schwankt, sagte der Herr, der mein Großpapa werden würde, bei der Abfahrt in Giurgiu, doch das wird sich geben. Und er sagte es leise, wie es seine Art war, ohne die weichen, sinnlichen Lippen, die ein blonder Schnauzbart vermännlichte, allzu sehr zu bewegen, doch in einem Ton, der einen ersten Faden Resignation mitspann. Er neigte sich vor, fasste den Griff seines Koffers, der aus einem dicken Rindsleder genäht war und zwei Messingschlösser besaß, ein breiter, aber nicht allzu großer Koffer. *Die vorangegangene Nacht war gewitterhaft gewesen und das Wasser noch immer aufgewühlt,* so hatte Mutter in ihrem Aufsatz in Lausanne geschrieben, doch jetzt, als Großpapa sich vorbeugte und den Griff des Lederkoffers anfasste, das Gepäckstück aufhob, in dieser ergebenen und entschlossenen Art, und einen Augenblick den Bahnsteig entlangsah, auf dem sich kaum noch Leute aufhielten, sich dann mit einem Ruck in Bewegung setzte, eine schwarzgekleidete, schon leicht gebeugte Gestalt, da lag Giurgiu, der Hafen an der Donau, weit zurück in der Vergangenheit, die Wellen hatten sich verlaufen, nichts schwankte mehr, im Gegenteil, das Dasein hatte die Verfestigung des Unveränderlichen angenommen. Und während ich in Bukarest, im Schachterschen Haus, auf dem vieuxrosé Überzug des Bettes schlaflos lag, zum Plafond mit seinem Stuck und den geschliffenen Gläsern der Salontür blickte, trat in meinem Erinnern Großpapa aus dem Bahnhof in P., ging mit seinem Koffer den Häusern und Geschäften der Kleinstadt entlang zur Alten Promenade, wo wir in den vierziger Jahren gewohnt hatten, und es war ein nebliger, kalter Tag gewesen, durch den Großpapa seinen Koffer schleppte. Ich sah seine gebeugte Gestalt vom Fenster meines Kinderzimmers aus, er blickte nicht nach rechts zu den Blumenbeeten der Gärtnerei, nicht nach links zum Feuerschein der Schmiede, er lief nur einfach geradeaus, als käme er aus einer endlosen Ferne. Wir hörten ihn schweratmend auf der Stiege, es klingelte, er trat ein, nachdem Mutter geöffnet und zur Seite getreten war, um ihn einzulassen. Und Großpapa hob im Esszimmer den Koffer auf den ovalen Tisch aus Cöln, der in Bukarest im Speisezimmer gestanden und den Mutter zur Aussteuer erhalten hatte, stellte dieses Gepäckstück so sorgfältig auf das honiggelbe Holz, an dem die Vorfahren einstmals getafelt hatten, an dem er selbst noch die damastene Serviette in den Silberring geschoben hatte, klaubte ein Schlüsselchen aus der Westentasche, öffnete damit die Verschlüsse, ließ sie hochschnappen: Der Deckel öffnete sich über lachsfarbenen Miederwaren.

– Vielleicht kannst du mir etwas abkaufen, sagte er zu Mutter, zog ein Mieder, verstärkt mit Fischstäbchen, hervor, mit Bändeln kreuzweis durch Ösen gezogen, ein mir unverständliches Kleidungsstück.

– Tür um Tür, hörte ich ihn sagen, und niemand öffnet, und ich sah in meiner Fantasie einen langen Flur wie in Hotels, wie in Spitälern ...

Und Mutter steht da, und ich begreife nur, dass sie hilflos ist, dass sie mit verschränkten Armen schaut und offenbar dieses Kleidungsstück auch nicht versteht, sehe, wie ihre Hilflosigkeit wächst und wächst, während Großpapa sich auf den Stuhl setzt, seine feingliedrigen Hände vors Gesicht schlägt, nach einer endlosen Zeit der Erstarrung, da niemand sich regt, ich nur immer den Ring mit dem Familienwappen im blauen Stein ansehen muss, das weiße Taschentuch aus der Rocktasche zieht, sich über die Augen fährt, um dann gefasst und mit mechanischer Präzision den Koffer zu schließen, ihn vom Tisch zu heben.

Vom Fenster meines Zimmers aus sehe ich Großpapa durch die Alte Promenade davongehen, im dunklen Anzug, den Koffer in der Hand, und er war nur einer der vielen Menschen in jener Zeit, die in ihrem noch besten Anzug mit einem Koffer durch die Welt liefen.

Die Dämmerung war schon weit fortgeschritten. Sorin hatte mich im Taxi nach Hause gebracht, ich vermutete, er würde noch zur Lăptăria gehen, meistens verbrachte er die Nacht in der Stadt. Ich schloss die Gartenpforte auf, wir gingen den Weg am Haupteingang vorbei, um zur rückwärtigen Tür meiner Wohnung zu gelangen. Hinter der mit Reben überwucherten Hausecke stand Monsieur Uricariu in seinem Seidenanzug, ein heller Umriss im dämmrigen Licht, vor einem Stock Rosen und pisste auf die Blüten. Er erschrak, als er uns kommen sah, stopfte sein Glied in die Hose, ließ den Reißverschluss offen stehen, hatte sich uns bereits zugewandt, im blassen Licht waren die dunkel eingesogenen Parabeln auf den Hosenbeinen noch zu erkennen, und fragte, die Hände hinter dem Rücken versteckt:

– Sie waren in der Stadt? Sie haben den Palast des Volkes gesehen?

Er entdeckte Sorin, den er nicht zu kennen vorgab, ihn vielleicht auch wirklich nicht wiedererkannte, und ich stellte die beiden einander vor. Sie schüttelten sich die Hände, dieser schiefköpfige alte Mann und Sorin, der dunkel umränderte Augen hatte. Sie redeten Rumänisch, schlossen mich fast augenblicklich aus, ohne mir auch nur die geringste Anteilnahme an ihrem Gespräch zuzugestehen, und Monsieur Uricariu in seinem verblichenen Seidenanzug gab sich jovial, und Sorin in Hemd und Krawatte lächelte. Er benahm sich zuvorkommend, und Monsieur Uricariu war korrekt. Doch Sorin trug einen Panzer, und Monsieur Uricariu umsprang ihn winselnd, und beide verschwiegen sie etwas, hatten sich wortlos geeinigt, dass es nicht existiere.

– Er war kein wirkliches Schwein, sagte Sorin Manea, nachdem wir uns von meinem Gastgeber verabschiedet hatten und Sorin in meinem Salon auf dem mit einem Schonbezug bedeckten Stuhl saß. Er war erschöpft, ich ging in die Küche und kochte Kaffee, trank gegen meine Gewohnheit eine Tasse mit. Sorin rauchte und blickte in eine Ferne, die durch Tapeten und Wände in die Vergangenheit zurückreichte.

– Ich bin sicher, dass er sich an mich erinnert hat, an meine Geschichte damals, als ich noch an der Fakultät war. Sie hatten alle diese kleine Handbewegung, mit der man beseitigte, mal Häuser, mal Menschen. Er war nur ein bisschen ein Schwein, einer, der mitmachte: die verbreitetste Spezies Mensch in diesem Jahrhundert.

Mehr sagte Sorin nicht, und als ich fragte, schüttelte er den Kopf, und ich sah ängstigende Bilder in seinen Augen. Er gab sich einen mächtigen Ruck, als müsse er in seinem Inneren ein unendlich hohes Hindernis überwinden.

– Komm, gehen wir in die Stadt, es gibt auch Leben in Bukarest, ich will es dir zeigen, allons-y ...

Wir bestellten ein Taxi, fuhren zum Zentrum, hielten in einer Straße, wo zwischen Blöcken noch ein paar alte Häuser standen, und Sorin stieß einen Bretterverschlag zu einem vernachlässigten Garten auf, Musik dröhnte, und durch den seitlichen Eingang betraten wir ein saalähnliches Atelier voll Menschen, Rauch und Lärm, auf einer Art Bühne standen angefangene Arbeiten und Gipsbüsten, an den Wänden hingen Entwürfe, Fotos, Ausrisse, in der Mitte auf einem Sockel befand sich eine Schale voll Brei, von der man sich bedienen konnte, Flaschen und Gläser, übervolle Aschenbecher standen herum, und die Menschen, meist noch sehr jung, saßen auf Kisten und Kübeln, hockten am Boden, lagen auf Kissen, es wurde getanzt, geredet, geschrien, geküsst, geknutscht, der Riemenboden vibrierte von stampfenden Füßen, vom Plafond rieselte Gips aus Weltkarten von Wasserflecken, und einer der Gäste begann mit dem Hammer auf einen Blecheimer einzuschlagen, er verstärkte den Rhythmus der Musik, die jedoch im anwachsenden Getöse allmählich unterging, denn immer mehr Gäste stampften und schlugen den Rhythmus, heulten, kreischten, trommelten gegen Türen und Fenster, sprangen an den Wänden hoch, hieben auf Tische und Stühle ein, zerscherbten Flaschen, ein Strudel aus Leibern in Trance drehte sich um die Schale, die wie ein Opfergerät erschien, und in diesen drehenden Tumult außer sich geratener Menschen wurde mit einem Schlauch Wasser gespritzt, eine Taufe zur rückhaltlosen Entgrenzung, und die entlud sich in Schreien, während die Kleider zerfetzten, Nacktheit vom innersten Strudel nach außen drang, die Körper mit hitziger Haut tapezierte, die sich an Haut reiben wollte, ein Knoten aus Leibern ...

Und Sorin saß in einem Stuhl, rauchend, sah zu, sein Mund lächelte:

– Die Saturnalien, sagte er, die Saturnalien.

Und er berauschte sich am Rausch der andern:

– Für mich nicht mehr, nein, nicht mehr, und ich sah, was er sah, dass hinter dem Taumel eine Verzweiflung hockte, und als wüssten es letztlich alle in dem Raum, war der Tumult, so wie er begonnen hatte, auch plötzlich vorbei. Mit ein paar Hammerschlägen.

– Das ist die andere Seite der Exzesse, sagte Sorin, während wir im Taxi nach Hause fuhren. Ich weiß, du hast so etwas noch nie gesehen. Du hast auch das andere nicht gesehen.

An der Gartenpforte zu Monsieur Uricarius Haus gab er mir die Hand:

– Er war kein wirkliches Schwein. Doch geh ihnen ans Hemd, und sie werden feige und machen alles, um es vermeintlich zu retten: So ist das, und als die Securitate ins Institut kam, da wird er zu ihren Anschuldigungen gegen mich genickt haben, mehr nicht, nur eben genickt, weil er glaubte, sein Hemd retten zu müssen, und dafür haben sie mir meines über den Kopf gezogen und verknotet, und sie hatten einen Rücken für blutige Streifen.

Mehr habe ich darüber nie erfahren.

Noch immer heulten die Hunde, und im Fenster hockte ein fahler Morgen. Farblos und in weichen Schatten ließ sein Licht die Einrichtung wie ein unfertig entwickeltes Bild erscheinen. Ich lag auf dem zugedeckten Bett, die Arme hinter dem Kopf verschränkt, starrte zur Decke mit der Stuckverzierung, wie einstmals Großpapa auch, doch seit seiner Ankunft waren bereits zwölf Jahre vergangen, man schrieb das Jahr 1924, und Großpapa klingelte an der Tür, trat einen Schritt zurück, wartete: Er trug einen Stresemann, im Knopf der Krawatte steckte eine Goldnadel mit schwarzer Perle, ein Erinnerungsstück an Rahele Silberling, und er reichte Stock, Hut und Handschuhe dem Mädchen, nachdem ihm geöffnet worden war, und die Lautlosigkeit der Eingangshalle umfing ihn. Das Mädchen bat mit gehauchtem »Bitte!« in den Salon, und Großpapa blieb einen Moment auf der Schwelle stehen, neigte den Kopf mit dem seitlichen Scheitel, ging dann geradewegs auf Mascha Schachter zu, während er den Zwicker von seiner Höckernase zog und die Geste nutzte, um beiläufig eine Träne wegzuwischen, beugte sich tief über Madames Hand, murmelte »Mein tiefstes Beileid«, scheute sich aufzublicken, tat es doch und war erstaunt, in ein jugendlich lächelndes Gesicht zu sehen.

– Danke Ihnen, bitte setzen Sie sich, Herr S., und wenn Sie gestatten, lasse ich einen Kaffee und einen Țuică für Sie bringen, wie es mein Gatte getan hätte – und nehmen Sie von den Zigarren, wenn Sie mögen.

Und Großpapa begrüßte Bekannte, nickte anderen Kondolenzgästen zu, setzte sich ein wenig steif auf die Ottomane, hörte den gedämpften Gesprächen zu und gewahrte, dass mit Herrn Leo Schachter wohl auch dessen Zeit aufgebahrt im angrenzenden Zimmer lag, dass ein Abschnitt der Societatea română pentru Industria de Bumbac zu Ende war, damit auch ein Teil seines eigenen Lebens, und der Herr, der mein Großpapa werden würde, schlückelte an seinem Kaffee, schmeckte den Ţuică auf der Zunge und schlug sein Inneres in Tücher ein, gewoben auf den Automaten der Firma Rieter in Winterthur, Leinwand für Stillleben, erinnerte sich der Ausfahrten in der Limousine, der ländlichen Picknicks mit Herrn Schachter, die sie an Sonntagen in die umliegende Gegend gemacht hatten, chauffiert von Kosice, der auch die Weidenkörbe mit dem Proviant, den Bechern, Tellern, Besteck und Servietten trug, Ausflüge in die walachische Ebene, bei denen man bei einer Gruppe weißflirrender Pappeln halten ließ und sich nach dem Mahl im lichten Schatten auf der Decke ausstreckte, ein wenig schwer vom Wein, die Arme unter den Kopf geschoben, und in die Kronen der Bäume sah, in den Himmel, hinauf zu den ziehenden Wolken hinter dem Geäst ...

– Verstehen Sie mich nicht falsch, sagte Mascha Schachter, es ist auch eine Erlösung. Für ihn, für mich. Die Jahre seit seinem Schlaganfall im Winter 1917 waren schwer, Leo litt doch sehr unter seiner Lähmung: Ich schleppe einen halben Toten mit, hat er gesagt, einen halben Toten aus dem Weltkrieg.

Mascha Schachter trug ein Hemdkleid, selbstverständlich schwarz, sehr schlicht und knielang, wie es Mode war, keinen Schmuck, nur einen Schleier hatte sie über das kurzgeschnittene, in der Mitte gescheitelte Haar gelegt, und als sie einen Augenblick allein waren, nachdem die übrigen Gäste sich verabschiedet hatten, sagte sie:

– Ich werde Bukarest verlassen.

Es war eine Stille im Salon, und Mascha Schachter saß sehr aufrecht auf der Kante des Stuhls, den Kopf gerade, sie blickte in die Ferne, die Hände im Schoß übereinandergelegt, blickte nach dem Ort aus, den Großpapa nie sehen würde, den Ort in der Zukunft, den niemand noch betreten hatte:

– Ich werde in Ihr Heimatland gehen, Herr S., nach Genf. Sie wissen, ich habe Verbindungen zum Völkerbund geknüpft, und ich hoffe bei der Völkerbundtagung nächstes Jahr dabei zu sein. Es ist vorbei mit meiner Rolle der Hausdame. Wir leben in einer Zeit der Umwälzungen, die Gesellschaft ändert sich, neue Staaten sind geschaffen worden. Das bringt Spannungen mit sich und führt zu Gegensätzen, die gelöst und überwunden werden müssen. Dafür möchte ich arbeiten.

So würde sie immer sein: vorwärtsdrängend ins

Künftige, auch wenn dieses dunkel sein sollte, unerschrocken und von dieser meinem Großpapa unerklärlichen Vornehmheit, die sie auch dann wahrte, wenn sie unbesehen der anwesenden Herrschaften zwar nie Fisch mit Messer, doch hie und da die Zeitumstände mit dem Skalpell zerlegte, präzise, rücksichtslos und bezaubernd lächelnd.

– Man hat Ende Juli die kommunistische Partei verboten, doch man kann nicht die Veränderungen verbieten. Sogar die orthodoxe Kirche hat dieser Tage den neuen Kalender in Kraft gesetzt. Von ihr kann man lernen, sie hat wie ihre Schwester in Rom Übung im rechtzeitigen sich Anpassen. Fasces und Sichel, sie wird beide segnen und beide überleben. Doch ob wir es auch tun werden –?

Vielleicht bewunderte Großpapa Mascha Schachter deshalb so sehr, weil er nur zurückblicken konnte, zu dem Ort, der schon verlassen war und nicht einmal mit der Gegenwart Schritt hielt: Wie konnte sich irgendjemand für den Kommunismus oder den Faschismus begeistern, da deren Anführer wie Kosice aussahen und genauso herumbrüllten wie dieser, wenn er glaubte, im Stall mit den Pferden allein zu sein.

– Mascha, ich bedauere, dass Sie uns verlassen, wenn ich auch verstehe, dass Sie nichts mehr hält. Herr Schachter und ich haben uns sehr gut verstanden, über das Geschäftliche hinaus, vielleicht weil wir uns in einigem ähnlich waren: Er hat Sie bewundert – und dafür geliebt, dass Sie mit unvergleichlichem Charme uns jeweils die Ignoranz im Festhalten an Vergangenem bewusst gemacht haben. Das wird, fürchte ich, niemand mehr tun.

Und Großpapa stockte, erstickt an dem eigenen prophetischen Satz, empfand Selbstmitleid, auch Trauer über den unversehens doppelten Verlust, und da die Situation es erlaubte, leistete er sich eine Träne und hielt, während er sich verabschiedete, eine Spur zu lange Madame Schachters Hand.

Salcîmilor/Salcâmilor. Nachdem das Taxi gehalten und ich mich von Sorin verabschiedet hatte, verspürte ich das Bedürfnis, nach dem Trubel des Atelierfestes noch ein paar Schritte zu tun: Der Morgen begann eben zu dämmern, die Stadt war noch ruhig – bis auf die Hunde –, dunkel blickten die Fenster, farblos waren Mauern und Gehsteige, und die Bäume sickerten wie wässrige Tusche über den filzigen Himmel. Doch in meinem Kopf hämmerte die Musik, rasten die nackten Körper, hockte eine Ausdünstung von Schweiß und Parfum in den Riechlappen: Aus der Zirbeldrüse des Gehirns schwemmte ein animalisches Wittern ins Blut, tropfte wie aus einem undichten Wasserhahn, trieb meine Beine an, ließ mich durch die leeren Straßen laufen, und die Hunde zeigten mir mit ihren Schnauzen den Weg. Ich hatte von ihnen nichts mehr zu befürchten, ich gehörte zum Rudel, war einer von ihnen. Ich streunte wie all die hungrigen Geister auch, und dieses Streunen ist im Gleichklang mit allem Getriebenen, Ausgestoßenen, Unerfüllten, und mich umgab ein wütender Mangel, die Abwesenheit von Nähe. Vor einem ausgeschlachteten Haus, auf einem Schuttberg, lag ein weggeworfenes Bündel von Klaviernoten, Hefte mit Liedern, Schlagern, Tangos, Walzerstücken, gartenlaubenverzierte Deckblätter, jugendstilige Damen, jugendselige Herren, beblumte Ranken. Ich setzte mich hin, wühlte in dem Stoß, klopfte Staub weg, sammelte dieses zerfledderte Panorama stummer Musik zusammen und entdeckte unter dem Mauersand die Ecke einer Fotografie. Ich zögerte, zupfte am Glanzpapier, schob ein wenig Sand zur Seite, zog dann das Bild hervor, schwarzweiß, zernarbt von Steinen: Ich sah auf ein Mädchen in langem Abendkleid, die Taille hochgesetzt, ärmellos, doch die Achselstücke gepufft, wie es in den dreißiger Jahren Mode geworden war, das gescheitelte Haar lief, gehalten von einem Reif, in zwei kleine Zöpfe aus, die Hand hielt es damenhaft auf den Ausschnitt seines noch kaum gewachsenen Busens gelegt, lächelte, ein wunderbares, sehr unschuldiges Lächeln, die Augen von einer heiteren Sanftheit – *Das letzte Foto vor unserer Flucht aus Budapest* – stand auf der Rückseite, darunter der Stempel eines Pariser Fotoateliers, das den Abzug einmal im Format 18 x 24 (den ich in Händen hielt) und viermal im Format 13 x 18 hergestellt hatte, wie mit Bleistift vermerkt war, und hier im Schutt eines Hauses in Bukarest fand ich das Foto gegen Ende des Jahrhunderts wieder, ein letztes Bild vor der Flucht, und das Mädchen hatte eine zertrümmerte Schulter, ein Loch im Bauch, einen Einschuss im Ellenbogen, einzig das Gesicht war von den Schuttsteinen unversehrt geblieben, lächelte aus Staub und zerschossenem Salon, und ich wischte mit dem Ärmel darüber, lächelte zurück und war angesichts des Unmenschlichen wieder ein Mensch, steckte das Foto ein, war plötzlich ruhig, ein wenig traurig auch, und die Hunde knurrten leise, als ich an ihnen vorbei nach Hause ging.

XVI

SIE SIEHT MICH NICHT ...

– Mascha Schachter hatte recht, sagte ich zu meinem Professor, sie hat nicht nur meinen Großpapa auf charmante Art belehrt, sondern auch seinen Enkel: Offenbar können wir wirklich nicht anders, um in Madames Bild zu reden, als die schon farbigen Federn nochmals zu färben.

Wir saßen in der Untergrundbahn, es roch nach Eisenstaub und Ruß, die Räder schrallten von der Tunnelwand, gleichmäßig warfen Leuchtstoffröhren ein bleiches Licht durch die scheppernden Fenster ins Wageninnere, wo mein alter Professor auf der Bank mir gegenübersaß, sehr gerade, die Beine übereinandergeschlagen. Er trug seinen weißen Labormantel, doch seine Wangen waren eingefallen, wie ich es nie an ihm gesehen hatte, sein Blick war abwesend, doch von großer Ernsthaftigkeit. Er hatte keine Schuhe an den Füßen.

– Onkel Alfred hat nur offensichtlich und mit kunsthandwerklichem Geschick getan, was wir versteckt mit unseren Erinnerungen tun, schönfärben und an den Hut stecken.

– Sie möchten die Feder hinter der Feder sehen,

sagte der Professor kurz, und sein eingefallenes Gesicht nahm eine plötzliche Heiterkeit an, als amüsierte er sich über einen besonders gelungenen Scherz. Sie haben nichts begriffen. Das Diplom kann ich Ihnen nicht zugestehen.

Ich betrachtete die Menschen, die in dem flackernden Licht des Wagens standen, vor sich hinstarrten, abgetragene und aus der Mode gekommene Kleider trugen, als stünden sie seit den siebziger Jahren da, führen scheinbar durch einen Tunnel, in dem dieselbe Leuchtstoffröhre an immer dem gleichen Stück Tunnelwand blinkte, und ich fragte mich, ob es nicht eine große Unvorsichtigkeit gewesen sei, an der Piața Romană in den Schacht hinunterzusteigen, um unter der Monstrosität der Schneise hindurch nach Tinuretului zu fahren.

Ebene. Eine große Weite. Großpapa war mit seinem Schwager Alfred in den zwanziger Jahren nach der Bukovina, wahrscheinlich nach Cernowitz, gereist, um Onkel Mendel zu besuchen und sich das Land anzusehen: Es war seine einzige größere Reise in Rumänien gewesen, und Großmama, die das Reisen hasste und schon beim Gedanken daran ihre »Schwindel« bekam, war mit den Kindern in Bukarest geblieben. Sie hatte für Onkel Mendel einen Kuchen mitgegeben, den die beiden Reisenden unterwegs aufaßen mit dem Hinweis, in der Hitze würde er doch nur trocken: *Es wäre genierlich, unse-*

rem Freund einen »Sandsturm« mitzubringen – und Onkel Mendel, der davon erfuhr, frotzelte, da wären zwei Talmudisten unterwegs gewesen, die es verstanden hätten, aus ihrer Naschsucht eine Rücksichtnahme zu machen, und er zwinkerte mit seinen Augen, die ich nie ruhig gesehen habe, wie sie einstmals gewesen sein sollen, und er habe, laut Überlieferung meiner Mutter, gesagt: Gerade die trockenen Kuchen liebe er über alles, denn einerseits sei man bei diesen die Sorge los, dass sie trocken würden, weil sie schon trocken sind, und andererseits ließen sich nur trockene Kuchen wunderbar in Tee stippen, eine Schlussfolgerung, die Großmama ihrerseits wieder zur Bemerkung veranlasste, die beiden Talmudisten hätten wohl einen Talmudisten besucht –: Und sie backte ihm noch viele Jahre ihre herrlich duftenden »Gleichschwer«, die so fein auf der Zunge zergingen und sich dadurch auszeichneten, dass sie kaum einmal trocken wurden.

Die Dörfer sind der Straße entlang gebaut, die Dächer schauen schmalseitig über die Lattenzäune, die einen Streifen Wiese zur Straße hin freilassen: ein Grasband von Dorfplatz, eine Allmende, wo die Leute auf Bänken neben dem Tor sitzen, eine Kuh, ein Pferd weidet, die Ziegen angepflockt sind und die Pflaumenbäume für den Țuică wachsen.

Und ich erinnerte mich an die Postkarte, die Großpapa von seiner Reise geschickt hatte, als ich aus der Untergrundstation hinaufgestiegen war, mich einem schnurgeraden Boulevard gegenübersah, flankiert von Plattenbauten, vor denen sich ebenjener mit Büschen und Bäumen bepflanzte Grasstreifen wiederfand. Er trennte den Fußweg von der Fahrbahn ab und zog sich den Blocks entlang, in deren Erdgeschoss kleine Läden – Bäckereien, Elektrogeschäfte – eingerichtet waren: Und ich hockte mich auf eine Treppe, zog mein Notizbuch hervor, notierte, als wäre ich Großpapa eine Antwort schuldig:

Dimitrie Cantemir. Am Rande der Stadt finde ich den Streifen wieder, doch jetzt ist er aus dem Märchen des tapferen Schneiderleins, an den er mich in Deiner dörflichen Beschreibung erinnert hat, in einen Rest Arbeiterkultur verwandelt, selbst schon mythologisierte Vergangenheit heute. Noch immer ist die verbaute Sehnsucht in diesen Blocks der späten sechziger Jahre zu spüren, die Hoffnung auf eine gesicherte, ordentliche Existenz mit Feierabendnachbarschaft und Sportklub, ein wenig Schweißgeruch und Seife, der Vorplatz gewischt: Man hat nicht viel, aber genügend, einen kräftigen Körper für ein sauberes Hemd, die Lohntüte im Buffet für Frau und Kinder und ein Bier nach dem sonntäglichen Spaziergang.

Und während ich weitertrottete, entlang dieses Boulevards, der einen Ton in mir anklingen ließ, ein besonderes Grau, das es einmal in meiner Jugend auch bei uns gegeben hatte, in Vorstadtquartieren, bevor sich die Buntheit über die Städte ausgegossen hatte, stieß ich auf eine Kreuzung, bog nach rechts ab – allerdings eine Querstraße zu spät, wie ich merkte – und gelangte zur Dîmboviţa, die kanalisiert worden war. Ich stand am Geländer, sah zum gegenüberliegenden Ufer, wo unfertig, am Rand eines Schuttfeldes, ein Komplex von Bauten errichtet wurde.

Und während die Monstrosität der Piaţa Unirii ein verdünnter Raum gewesen war, der einen aufsog und verschwinden ließ, sah ich hier auf eine Konzentration gebauter Zerstörung, aufgetürmte Kammern aus Stahlbeton, in denen die Menschen nicht wohnen, sondern eingesperrt sein sollten, und dieser Zweck, aus Hunderten von Fensterlöchern herausgeschrien, machte die Überbauung zum Lager, in Blöcke abgeteilt durch ungepflasterte Straßen.

Eine davon würde wohl Strada Morilor heißen.

Als Mutter nach dem Spitalaufenthalt ins Pflegeheim verbracht worden war, besuchte ich sie eines Tages, wahrscheinlich Anfang Herbst, die Ausgrabungen waren abgeschlossen, und wie gewöhnlich saß Mutter am Ende des Flurs am Fenster, von wo der Blick auf die Uferpromenade und den Fluss geht und die Altstadthäuser über den versengten Kronen der Kastanienbäume ihre wohlabgestimmten Farben aufreihen. Als ich sie begrüßte, blickte Mutter auf, lachte freudig, küsste mich, dass ich ein wenig verwundert ob der Begrüßung am Tisch Platz nahm und nachfragte, wie es ihr gehe.

– Ganz gut, sagte sie aufgeräumt, in meinem Alter

hat man eben das eine oder andere Gebrechen. Doch es ist nicht der Rede wert.

Sie lächelte, sah mich mit warmer Verbindlichkeit an, und ihr Ton erinnerte mich an vergangene Tage, wenn sie Besuch empfing, auf dem Tablett die Teekanne aus Cöln aufgetragen hatte, in der Schale runde Plätzchen reichte und ihre heimliche Messe der Ahnenverehrung feierte, während der Besuch sich von der gepflegten und freundlichen Aufnahme durchaus gezwungen sah, »sich des Zuckers mit der Silberzange zu bedienen«.

– Erzähle mir, wie es dir geht, sagte sie. Und was deine Töchter machen?

Ich stutzte, vermutete, sie würde mir wieder Kinder zudenken, wie sie es schon einmal getan hatte, und sagte ebenso beiläufig und im Ton ihrer Konversation, dass ich keine Kinder hätte, worauf sie schelmisch lächelnd entgegnete, dass sie ja meine beiden Töchter bestens kenne, die ihrerseits schon wieder Kinder hätten, ihre Urenkel eben, wenn sie sich der Namen auch nicht mehr entsinnen könne, und mir wurde klar, dass sie mich mit meinem Bruder, der seit vielen Jahren mit seiner Familie in Kanada lebt, verwechselte.

– Du bist nicht mein älterer Sohn? Nein? Seltsam.

Doch schon im nächsten Satz hatte sie es vergessen, und als Mutter auch nach einer zweiten Korrektur dabei blieb, dass ich mein Bruder sei, der aus Kanada hergereist wäre, um sie zu besuchen, beließ ich es dabei, nicht ahnend, dass ich auch künftig mehr und mehr hinter meinem Bruder verschwinden würde, ihr abhandenkäme, wie ein verlegter Gegenstand: Mutter würde mich nicht mehr erkennen, ich wäre ein anderer, und da ich das akzeptieren musste, fühlte ich mich auch berechtigt, sie nach meinem Ergehen zu erkundigen.

– Es geht ihm sehr gut, sagte sie von mir. Er hat wie immer viel Arbeit. Er arbeitet im Gastgewerbe, in einem Hotel oder in einer Bar, und ich weiß gar nicht, ob ich dir erzählt habe, dass er in Rumänien gewesen ist. Er ist nach Bukarest gefahren.

Und meine Mutter erzählte mir meine Geschichte: dass ich in einem großen Haus gewohnt hätte, wie das in Rumänien üblich sei, mit einem Garten, in dem ich das Frühstück hätte einnehmen können, und ich sei mit dem Rösslitram von Lemaître aus zur Strada Lipscani gefahren, hätte eine *birjă*, eine Mietskutsche, genommen und sei die Calea Victoriei hinauf- und hinunterkutschiert ...

– Den Corso, weißt du, zusammen mit einem Freund, ich glaube, er hieß Schachter – und er hat mir gesagt, dass es ihm ausgezeichnet gefallen habe. Er ist ganz begeistert von Bukarest und unserem Haus an der Strada Morilor.

– Aber es hat sich doch bestimmt vieles verändert, sagte ich. Hat er denn nichts erzählt von dem, wie es heute dort aussieht?

– Doch, aber es ist eigentlich noch alles so, wie es

schon damals gewesen ist. Oh natürlich – und innerlich schenkte sie mir einen »Tschaigorum« ein, den oval gefeilten und mit einem durchsichtigen Lack bedeckten Fingernagel, der jetzt gelblich und spröde war, auf der Knospe der Teekanne –, oh natürlich gibt es Veränderungen, aber zum Besseren, die Häuser sind alle sehr schön zurechtgemacht und die Gärten offen, ohne Bretterverschläge, voll Blumenbouquets in ovalen Beeten. Nur die Dîmboviţa ist nicht mehr so, wie sie gewesen ist. Die Ufer waren damals steile Böschungen gewesen, jetzt ist sie ein Kanal, gefüllt mit klarem Wasser, und weiße Schiffe fahren mitten durch die Stadt.

– Habe ich dir von der Segnung des Wassers erzählt, wenn an Epiphania, dem Drei-Königs-Tag, ein Pavillon an der Dîmboviţa errichtet wurde, um den sich viele Leute in Sonntagskleidern versammelten, und die Fanfaren die Ankunft des Königs ankündeten, wir aus dem Pavillon das Singen des Chores hörten, und nachdem der Metropolit die Wasser Rumäniens gesegnet hatte, warf er ein Kreuz in den Fluss: Der Augenblick, in dem Buben und junge Männer ins eisige Wasser sprangen, um nach dem Kreuz zu tauchen, und wer es erwischte, es über die vereiste Böschung heraufbrachte, bekam vom König hundert Franken, und die Leute jubelten, wenn man einen Juden in der Nähe oder unter den Neugierigen fand, den man »taufen« konnte und ins Wasser drückte, bis er sich nicht mehr wehrte, hab ich dir erzählt, wie sie jubelten?

Ich klammerte mich ans Ufergeländer, an den rostig porösen Lauf zwischen den gusseisernen Pfosten, betrachtete die Dîmboviţa, versuchte sie vom zerstörten Hintergrund abzulösen, setzte ihre spiegelnde Wasserfläche in ein Verhältnis zu dem Geländer und den Bäumen am anderen Ufer, holte ganz selbstverständlich, ohne den geringsten Skrupel, ein Bearbeitungsprogramm auf die Großhirnrinde, zog die Farben aus meinen Blicken und begann in meinem Kopf nach dem Schwarzweißfoto in Mutters Album zu retuschieren: Ja, das Geländer, mit den sich wiederholenden Zierstäben, konnte als alt durchgehen, obschon das ursprüngliche aus zwei horizontalen Stangen bestanden hatte, die Dîmboviţa lief noch immer gerade in dieses Nichts hinter dem Schlachthaus, dem Abator, ein geometrisches Band, und wenn es auch keine Grasböschung mehr gab, keinen Treidelpfad und das Wasser gefasst war in eine Betonschale, um das Flüßchen schiffbar zu machen, ein weiteres unsinniges Projekt des Conducators, so hatten einzelne Bäume außerhalb des Geländers doch Stämme und Kronen, die ein Jahrhundert des Wachstums gebraucht hatten: An ihnen war Großpapa vorbeigegangen, zum Beispiel an jenem Mittag 1917, als die Webstühle in den Sälen abgestellt worden waren, er sorgfältig die Bürotür für den Rest des Krieges zusperrte und in seinen Gamaschen von der Fabrik durch den Schneematsch nach Hause schritt, entlang den Alleebäumen, den Stock trotzig aufsetzend.

Und ich trottete am Ufer entlang, an dem stadtauswärts die Fabrik gestanden haben musste, die *Societatea română pentru Industria de Bumbac*, auf der Seite des Flusses, wo nicht alles abgerissen worden war, ein paar alte Häuser und Fabriken standen, es Bretterverschläge und schmale Gärten gab, eine Werkstätte, und die Gehsteige asphaltiert und nicht nur staubige Lagerwege waren. Und ich wollte dieses langgestreckte, zweigeschossige Gebäude finden, dessen Stirnfront mich durch seinen Giebelaufsatz an ein Buffet erinnert hatte. Ich fotografierte eine leer stehende Fabrik, ein wenig zurückversetzt von der Uferstraße, die in nichts dem Bild in Mutters Album entsprach und ein geradezu lächerlich kleines Gebäude im Vergleich zu den Werkhallen der Bumbac vorstellte, aber wenigstens einen Giebelaufsatz besaß, zwar ohne den barocken Schwung der ehemaligen Weberei, doch immerhin mit einem Aufsatz, in den das Relief eines Stiers auf blauem Grund eingelassen war: So könnte es doch gewesen sein, auch wenn es nie so gewesen ist.

Ich suchte entlang der Dîmbovița, die Kamera am Hals, spähte nach Häusern und Gebäuden, die so aussahen wie auf den Bildern des Albums, suchte nach Ähnlichkeiten, gab mich bereits mit Ungefährem zufrieden und hatte gleichzeitig das Gefühl, ich sei in der Nähe von Straße, Haus, Garten meines Großpapas, im mythologisierten Revier. Was, wenn es dennoch existierte? Ich zögerte, sah mich um, angekratzt vom Verdacht, meine Genügsamkeit, ein Fabriklein mit Giebel schon für die Bumbac zu nehmen, könne ein Schutz sein, um Mutters Vorhang mit bestickten Mustern, den sie nach der Abreise 1926 aufgehängt hatte, um dahinter in ihrer Erinnerung zu leben, nicht wirklich lüften zu müssen, und ich war geradezu erleichtert, als ich eine breite, verkehrsreiche Straße erreichte, die mit lärmender Gegenwart in die Häuser schnitt.

Eine Brücke führte über den Kanal, mündete auf einen öden Platz, an dem linker Hand die Lagerblocks endeten. Im Hintergrund standen Hochhäuser, und rechts, stadtauswärts, schloss sich ein Industriekomplex an, dessen Werk- und Fabrikationshallen einen blauen Anstrich hatten, auf dem weiße Lettern »Timpuri Noi«, die »Neuen Zeiten«, verkündeten. Doch die Farbe war verwittert, das Werk stillgelegt, und noch während ich über die Brücke ging, veränderte sich das Aussehen des Platzes. Auf einem sanft ansteigenden Hügel mit Bäumen stand eine Basilika mit zwei Türmen, die ich sah und wiedererkannte, sie war die Kirche, die zum Quartier gehörte und mir das Gefühl gab, angekommen und bald zu Hause zu sein. Ich blickte verwirrt zu den beiden Türmen, an die ich glaubte, mich erinnern zu können, obschon es keine mir bekannte Abbildung gab.

Und schon sanken die Hochhäuser in sich zusammen, verschwanden vom Horizont, der Industriekomplex verkleinerte sich, die Werkhallen wurden bescheidener – Lemaître, schrie es in mir, Lemaître, das ist doch Lemaître –, und da war auch schon die Haltestelle des »Rösslitrams«, ja, an der leicht ansteigenden Straße, wo Mutter jeweils gewartet hatte, um nach Sfîntu Gheorghe, dem *Centralpunkt*, zu fahren. Und ich rannte von der Brücke mitten auf den Platz. Dann gab es die Strada Morilor vielleicht doch noch, sie musste weiter stadtauswärts, im rechten Winkel zur Dîmboviţa liegen, am Ende von Lemaître – so hatte es Mutter gesagt –, am Ende jetzt der »Neuen Zeiten«, und diese kehrten in mein Bewusstsein mit bremsenden, hupenden Autos zurück, durch die ich mich hinüber zum Gehsteig rettete. Doch bestimmt war während all der Jahrzehnte der Werkkomplex erweitert worden, hatte sich, wie die Industriebauten bei uns auch, Straßenzug um Straßenzug weitergefressen (doch die Bäume, die Bäume waren alt!), und ich suchte der blechernen Abschrankung und der Mauer entlang das Ende des Fabrikgeländes auszumachen, trabte los: Dort unten, hinter den Zweigen eines Busches, schauten Stuck und Giebel hervor, und ich rannte auf der Straße, um unbehindert von den Uferbäumen bessere Sicht zu haben, und fiel auch schon wieder in einen zögerlichen Schritt: Das Haus am Ende der Fabrik, die eben nicht Lemaître, sondern Timpuri Noi hieß, war ein biederer Bau der fünfziger Jahre, und ihm gegenüber, wo einstmals diese portalgeschmückte Villa platzgreifend gestanden hatte, klebte ein Haus an Schutt- und Abfallhaufen, die Rollläden geschlossen, selbst dem Zerfall preisgegeben. Tu ne te désillusioneras jamais, höhnte es in meinem Kopf, du gibst die Illusionen niemals auf. Warum auch sollte es noch irgendetwas von einer Zeit geben, in der noch der König regierte, auf Großpapas Nase ein Zwicker saß und von einem Mädchen nur gerade noch die Haarschleife hinter dem damals noch jungen Stämmchen hervorsah?

Ich kam zur Einmündung der Straße, sah auf Trümmer und Schutt, hingekippten Abfall, blickte in die Straße, die gegen Ende leicht anstieg, und ein schwarzer Hund trottete langsam und mit hängender Zunge über die Strada Morilor.

XVII

AM ENDE DER NEUEN ZEITEN

Das Album offen in der Hand, wieder stockend, vergleichend, ein paar Schritte weitergehend, beobachtet von einer Gruppe Zigeuner, die am Boden hockte, bewegte ich mich in die Straße hinein, die ein staubig trockenes Schlammbett war und doch gleichzeitig eine Fotografie vor mir auf der Hand: Doch dieser weit sich öffnende Keil hellen Himmels auf Großpapas Bild, begrenzt von den Häusern, die sich verkleinernd in einen fernen Fluchtpunkt zusammenzogen, war jetzt verdeckt von Baumkronen, die einen dunklen Tunnel bildeten und auch die Häuser verbargen, bis auf den Vordergrund, einen Trümmerplatz, dem gegenüber verwahrloste Häuser hinter Mauern und Verschlägen standen. Ein kräftiger Bursche stieß mich an, der von der Gruppe Zigeuner losgeschickt worden war, um zu erkunden, was der Fremde hier wolle, er rempelte, und ich blickte von dem misstrauisch feindlichen Gesicht auf das Foto, von da zum dritten Haus und tippte auf das Album, deutete dann mit ausgestrecktem Arm zum Haus: My mother's house!, schrie ich. My mother's house! Und er blickte auf das Foto, rief dem Alten, der auf der Schwelle hockte, etwas zu, schlenderte davon, und ich war von einer schreienden, halbnackten Kinderschar umringt, während ich auf das Haus, Strada Morilor Nummer 7 sah.

Einen Moment lang war es, als hätte ich die Fotografie, die Großpapa im Oktober 1912 so umständlich aufgenommen hatte, betreten, wäre in unsere Familienikone hineingeschlüpft und stünde verblüfft, dass es irgendetwas davon wirklich gab, an dem Ort, den ich als Kind wieder und wieder im Album betrachtet hatte: Ich war in Mutters heimlich gelebter Welt angekommen, von der ich bisher ein paar Gerüche, Gerichte und Gegenstände gekannt hatte, stand vor diesem Haus, das für sie eine Lebensart repräsentiert hatte und das es wirklich gab! Das Erfundene hatte sich da vor mir mit dem Gefundenen vereint, und ich ging über die verdreckten Pflastersteine, über die hinweg die Räder der Kutsche gerollt waren, auf das Haus zu, das hinter dem Gitterzaun stand, den Großpapa im Winter 1917, nachdem der Holzverschlag gestohlen worden war, hatte errichten lassen, entdeckte in der Fassade die Steinfigur, die in ihrer Nische neben dem Salon noch immer den Arm erhoben hatte, diese Botin, die in den Molassehügeln den einstigen Reichtum verkündet hatte – und ich war endlich, wenn auch spät, am Ende ihres Lebens und eines Jahrhunderts, hinter diesen Vorhang gekommen, durch den Mutter sich so oft zurückgezogen und mich mit Vermutungen allein zurückgelassen hatte: Jetzt schaute ich selber, wovon sie erzählt hatte, machte Schritte auf der Pflasterung, die bis dahin nur Abbild gewesen war, berührte die rostigen Stäbe, und die Kinder umdrängten mich noch immer, lachend und schreiend, als wäre ich mit einer ganzen Schar endlich angelangt.

Das Gelb in den Resten von Verputz, dieses eingetrocknete Gemisch aus Kaffee- und Zigarettenduft, vom Messinggeruch in der Handfläche und dem stumpf gewordenen Glanz der lamettierten Medaillons im Dosendeckel, mein Gelb: Da war es an der Wand neben der Gittertür zum Garten, und ich berührte es in dem nie erneuerten Verputz, fuhr mit den Fingerspitzen darüber, und es war wächsern wie eine schon leblose Haut.

Die Platten des Gehwegs, Klinkersteine, wie ich jetzt durch die Stäbe der Gittertür sah, vierteilig, mit Rillen, die aufeinander zu liefen, Kreuzchen wie Kreuzstiche, gefüllt mit weißem Sand, zerbrochen, überwachsen von Gras, uneben geworden wie ein eingelaufener Saum entlang des Hauses, der Gehweg ging in kleedurchwuchertes Gras über, auf dem ein paar Kübel standen und ein Stamm vermorschte, zwei schwache Radspuren zu einer Garage führten, die über dem Tor eine Betonbalustrade wie eine plumpe Krone trug, zu der eine eiserne Stiege hinaufführte. An der Wäscheleine hingen zwei Klammern.

Mutters Fenster, von dem aus sie die Händler beobachtet hatte, als sie sich Richtung Dîmboviţa entfernten, Gestalten in pludrigen Hosen, überfallenden Hemden, den Korb auf dem Kopf. Und die Rufe verebbten: Aaardeiradicidelunăcartofi –, und neben der Laibung brachen Ziegelsteine aus dem Mörtelweiß, ein großes Stück des Verputzes war weggerissen wie der Fetzen Fell des Hundes, den die Köter an der Strada Salcîmilor gejagt hatten, und unter dem wappengeschmückten Sturz hing im hohen Kreuz des Fensters eine zu drei viertel geschlossene Jalousie, eine Bahn brüchiges Tuch wie ein müdes Lid.

– Habe ich dir erzählt, dass dein Bruder in Bukarest gewesen ist, er hat unser Haus an der Strada Morilor besucht, ein Arzt wohnt jetzt dort, und er hat geklingelt, am Messingknopf, der so hoch in der Mauer angebracht ist, dass die Kinder nicht hinauflangen konnten, auch Curt und ich kamen nicht bis dort hinauf, doch wir sind ja nie unbegleitet ausgegangen. Auch jetzt soll es noch viele Kinder dort geben, sie spielen auf der Straße, es war immer schon eine ruhige Straße, und das Haus ist wunderbar zurechtgemacht, er hat mir Fotos gezeigt, es ist ganz wunderbar renoviert, neu verputzt und gestrichen, nur das Gitter zur Straße hin ist noch dasselbe, das Papa anfertigen ließ, es gab ja damals im Krieg nichts mehr, kein Holz, um zu heizen, und auch der Pavillon, in dem wir zu Mittag gegessen oder Besuche zum Tee empfangen haben, steht nicht mehr, dort soll jetzt eine Garage sein, überhaupt hat sich der Garten verändert, bis auf den *dud*, der steht noch, mein Maulbeerbaum, aber sonst ist der Garten verändert, ich habe Fotos gesehen: Alles ist sehr schön und gepflegt, es ist noch immer eine vornehme Wohngegend.

– Nu, was soll ich Ihnen sagen, ich bin in dem Haus geboren, ich habe immer hier gelebt, und ich werde hier sterben.

Wir saßen in Campingstühlen im Gras, einen wackligen Tisch zwischen uns, Madame Filip, eine füllige Frau um die fünfzig, hatte einen Teller mit Schinken- und Käsestücken aufgestellt, dazu ein Glas Saft, und ihr Mann, älter als sie und von einem Herzinfarkt, wie er erzählte, noch immer nicht ganz genesen, hatte mit müden Augen das Album durchblättert, genickt und gemurmelt »so war das, so war das«, und eine Strähne seines schütteren Haares wippte wie eine Feder.

– Mein Vater hat das Haus 1927 gekauft, er war Arzt, wie ich es auch geworden bin, und er hat dann dieses Häuschen anstelle des Pavillons gebaut, das heute die Garage ist und noch ein Fotolabor enthält und das ihm als Ordinationszimmer gedient hat. Später hat er noch einen Anbau errichten lassen, dahinten, wo ein Hof für die Gänse gewesen ist, sonst mochte er nichts verändern oder erneuern, und als man es hätte tun sollen – nu, was soll ich Ihnen sagen –, da war es zu spät, es fehlte das Geld, und die Zeit war so, dass man nicht wusste, was werden würde: Viele Juden in der Straße sind fortgegangen, so sie noch Wege fanden, die Häuser haben leer gestanden, man hat sie ihnen weggenommen und nach dem Krieg den Zigeunern gegeben. Von uns blieben nur wenige, Herr Wechsler, er ist heute neunzig Jahre alt, mit ihm spiele ich bisweilen noch Schach, Frau Megiesch, unsere Nachbarin, die bis 1957 gelebt hat, mit ihrem Bruder, der im Krieg aus der Wehrmacht desertiert ist, sie war eine Deutsche, doch die Wienert, die Hechts und wie sie alle hießen, sie waren weg, und man wusste nicht, was geschehen würde. Durch Jahre hindurch bin ich schikaniert worden, man wollte mir das Haus nehmen, vielleicht für die Zigeuner, vielleicht für eine Neuüberbauung, wer konnte das schon sagen. Doch ich habe mich geweigert: Nur sehen Sie, was daraus geworden ist. Was soll ich tun? Schauen Sie, da wo Ihre Mutter auf der Stiege zum Salon gesessen hat, sind jetzt Ziegelsteine aufgeschichtet, die Fenster sind kaputt und innen, nun davon muss man schweigen. Doch auch mein Herz ist alt, und ich weiß nicht, wie viel Zeit mir noch bleibt.

Er führte mich zum Kücheneingang, und ich betrat über die Stufen den Windfang vor dem Flur, von dem aus meine Mutter die Zigeunerkinder beobachtet hatte, wie diese sich an ihre Mütter und Geschwister drückten, um den Preis der Läuse, und es war dieselbe Schwelle, auf der meine Mutter gestanden hatte, dieselbe Tür, durch die sie gegangen war, und scheu berührte ich die Klinke aus Messing. Ich blickte in das dämmrige Dunkel, das sich erst allmählich lichtete, und folgte Herrn Filip zum Ende des Flurs, von dem aus im rechten Winkel ein schmaler, kahler und sehr hoher Gang durch die Länge des Hauses führte, blass erhellt vom Lichthaus auf dem Dach: ein Gang, durch den die kleine Ruth hatte rennen müssen, so unheimlich war er und auch so eng, dass man kaum aneinander vorbeikam: Noch immer polterten die Schrittchen, es roch nach Schnee, obschon es Sommer war, und der bläuliche Schimmer auf der Tapete war kalt, und auf dem Boden lagen Späne von Feuerholz.

– Der Dienstbotengang, sagte Herr Filip und suchte in seiner Leinenhose nach dem Schlüssel. Salon, Speisezimmer, die Bibliothek sind untereinander verbunden, doch für die Bediensteten oder wenn man nicht stören wollte, benutzte man diesen Gang, zu dem jedes Zimmer eine eigene Tür hat. Doch die Räume sind schon seit vielen Jahren nicht mehr bewohnt. Sie sind zu groß, sie müssten hergerichtet werden, und dazu fehlt das Geld.

Herr Filip presste den Schlüssel ins Schloss, drehte hin und her, während er die Türfalle wiederholt drückte, murmelte: – Da sehen Sie, ich werd es flicken müssen, stöhnte erleichtert auf, als der Riegel doch nachgab, stieß mit der Schulter ein sich verbreiterndes Viereck von nussbraunem Licht auf.

Und ich betrat einen großzügigen Raum, der als Salon gedient hatte, mit dem Bogenfenster und dem seitlichen Ausgang zum Garten hin, einem hohen Kamin und der Schiebetür zum Speisezimmer, und ich dachte, dass hier Großpapa abends geraucht und gelesen, Großmama ihre Handarbeiten auf den Knien ausgebreitet hatte, die Schachters zum winterlichen Besuch weilten, während die kleine Ruth durch den Türspalt spähte: Noch dieselbe Stukkatur, die gleiche Tapete. Doch der Raum war vollgestellt von Hausrat, Möbeln und Geräten, von Kleidern, Stoffen und Tüchern, von Schachteln und Kisten, Blechdosen mit Schrauben, Töpfen voll Münzen, Schlüsseln, Medaillen und Stecknadeln, und Stapeln von Tellern, alten Lampen, Leuchtern und Kerzenstöcken, Bildern, Skulpturen ... eine Brockenstube, die sich im Speisezimmer fortsetzte, verstaubt und modrig, die Luft ein glasiger Körper, durchdrungen von einem durch vergilbte Jalousien verfärbten Licht.

– Da sehen Sie selbst, was soll man dazu sagen.

Und ich stand da und hatte eine Antwort, allerdings eine nur für mich, die ein Glücksgefühl nach sich zog. Ich hatte da, im Innern des Hauses, meine Mutter gefunden, endlich sah ich sie, ja mehr als das: Ich hatte die Empfindung, in ihre innerste Welt getreten zu sein, in ihr altes brüchiges Gehirn, alles war dort wie früher, der Plafond, die Wände und Tapeten, nur gealtert und jetzt vollgestellt mit Stücken, die sich angesammelt hatten, die man nicht weggeben oder aufgeben wollte und die nun gestapelt hier lagen, mit der Zeit immer mehr in Unordnung geraten. Und ich stand nur einfach da, in dieser verfallenden Welt, sah und hatte gefunden und war selbst wie erlöst.

– Ich weiß nicht genau, weshalb meine Familie in die Schweiz zurückgekehrt ist, sagte ich, als wir wieder in den Campingstühlen Platz genommen hatten und Herr Filip eine Flasche Țuică hervorgekramt hatte, von dem er selbst nicht trank, wegen des Herzens, wie er versicherte, mir dafür umso reichlicher einschenkte: Ein echter Țuică, wie er sagte, selbstgebrannt, von Verwandten auf dem Dorf.

– Großpapa hätte sich hier eine neue Stellung suchen können, die Veränderungen brachten es zwar mit sich, dass nur noch eine beschränkte Zahl von Ausländern in der Direktion sitzen durfte, und Weißmans Sohn rückte nach – aber dennoch waren Ausländer geduldet. Außerdem hätte er auch einfach von seinem Vermögen leben können, er war über fünfzig Jahre alt, die Kinder erwachsen. Was drängte sie, nach so langen Jahren in Rumänien, nach einem feudalen, altmodischen Leben, das ihnen behagte, das sie genossen hatten, zur Rückkehr? Großmama schrieb auf einer Postkarte, die sie, kurz bevor sie

Rumänien verließen, an ihre Verwandten schickte: *Die Abreise wird wahrscheinlich erst am 17. oder 18. Mai erfolgen. Gerne gehen wir nicht fort von hier.* Warum aber gingen sie dann, dazu noch in die Schweiz, in dieses nüchterne Land? Das werde ich wohl nicht mehr erfahren. Tatsache ist, dass sie sich nicht mehr zurechtfanden, mein Großpapa sein Vermögen verlor, in seinem Kämmerchen vergessen wurde und die Familie S., die sich einstmals so stolz in diesem Garten vor der Kamera präsentiert hatte, sich selbst und dem Leben abhandenkam, das sie hier so herrschaftlich geführt hatte.

Ich bat um die Erlaubnis, auf den Dachbalkon der Garage, dem früheren Ordinationszimmer, steigen zu dürfen, und nachdem Herr Filip eingewilligt hatte, allerdings bedauerte, mich nicht begleiten zu können, die Treppe sei zu steil, er fühle sich heute nicht sicher genug, kletterte ich die Stufen alleine hoch, froh, einen Augenblick ungestört zu sein. Ich betrat das Geviert, das an eine Wanne oder ein Bassin erinnerte und in das hinein die Äste des Maulbeerbaumes hingen, Zweige mit krautig glänzenden Blättern, über die ich mit den Händen fuhr, als könnte ich durch die Blätter und Zweige hindurch die Vergangenheit mit den Fingern berühren. Aus dem Saft seiner Früchte hatte die ungarische Köchin die Schlehwürfel gekocht, die Großmama zum Kaffee servierte, weiß gepudert von Staubzucker.

Der Garten, von hier oben betrachtet, war ein Bauplatz, auf dem nicht gebaut wurde, seit Jahren nicht mehr, und ich blickte darüber hin zur Straße, zu den ausgeschlachteten Autowracks unter zerfetzten Planen, sah über dem aus Blechen gefertigten Verhau das charakteristische Vordach am Eingangsportal, von dem allerdings nur noch der rostige Fächer der Glasfassung übrig geblieben war: Dort hatte Madame Megiesch gewohnt, zu der meine Mutter so oft gelaufen war, wenn Großmama mit Schwindel im abgedunkelten Zimmer gelegen hatte, die ihr die Blumen im Garten gezeigt hatte und dann im Pavillon Schokolade auftragen ließ, Geschichten erzählte und einen schmalbrüstigen Mann zum Gatten hatte, der an Asthma litt und Direktor des Schlachthauses war. Eine Deutsche, wie ich eben erfahren hatte, eine wirkliche Dame, wie Mutter behauptete, deren Porträt im Album klebte. Und ich fragte mich, während ich nach dem Türmchen ihres Pavillons spähte, das es hinter Schrott und Trümmern tatsächlich noch gab, ob mein Traum von der Schokoladenhexe, den ich als Dreijähriger geträumt hatte, die mich gejagt und verfolgt hatte, etwas mit dieser Madame Megiesch, der Schokoladenmama meiner Mutter, zu tun haben könnte?

Die Antwort war nicht mehr wichtig. Ich würde jetzt abreisen, diese vergangene Welt hinter mir lassen, ich wollte jetzt meine Mutter sehen.

XVIII

DAS TEEGLAS

– Du bist wiederauferstanden, sagte Mutter, und es war Winter, das Fenster am Ende des Flurs füllte ein nebliges Licht, zersprungen vom Geäst der Uferbäume, sie sah mich an, freudestrahlend, der ich in Mantel und Hut vor ihr stand, erst warst du tot, sagte sie, gestorben vor zwei Tagen, und die Betreuerin erzählte mir, sie hätte gestern nur immer geweint: – Jetzt also bist du wiederauferstanden. Es ist ein Wunder!

Ich nickte. Auf dem Tisch stand ein Glas Tee, ein Zylinder mit rötlicher Flüssigkeit, von leuchtender Klarheit wie Kristall.

Ganz plötzlich, vor ein paar Wochen, war das Radio verstummt, das durch Decken und Wände Nachrichten über die Familie S. gesendet hatte. Nichts, gar nichts mehr konnte Mutter von ihrer Familie hören. Ich weiß nicht, wo Papa ist, sagte sie, und von Mama habe ich auch nichts mehr gehört. Nie rufen sie an. Papa hat noch einmal telefoniert, aber auch das ist schon lange her.

Und mit dem Erlöschen der Stimmen verschwanden die Jahre in der Schweiz, die auch die Jahre unseres gemeinsamen Lebens gewesen waren. Sie brachen weg wie eine riesige Eisscholle, die sich löst, in die Tiefe stürzt und abgetrieben wird: Nichts mehr blieb von meiner Kindheit und Jugend, nichts von unserer Familie, den wechselnden Wohnorten, den Reisen, nichts von den Aufschwüngen und Zusammenbrüchen, die mein Vater in schöner Regelmäßigkeit in unseren Alltag eingestreut hatte, bis er mit achtundsechzig Jahren starb.

Schon während der Radiosendungen hatte sie ihren Mann, meinen Vater, weggeschickt, der angeblich während eines Besuches im Pflegeheim gelärmt und sich in einer zwielichtigen Gesellschaft anderer Toter ungebührlich aufgeführt hatte. Er war weggeschickt und zu einer flüchtigen Bekanntschaft degradiert worden, von der zu reden es sich künftig nicht mehr lohnte. Neben ihm wollte sie dereinst nicht begraben sein, es wäre doch lächerlich, neben einer belanglosen Affäre, die weit zurückliege, bestattet zu sein: Sie hatte den Namen meines Vaters vergessen, fragte mich, ob sie je verheiratet gewesen sei und ob sie auch Kinder gehabt hätte, und war in ihre eigene Kindheit und Jugend zurückgekehrt, die jetzt noch aus meinen Erzählungen bestand.

– Im Salon vorne links, neben dem Kamin, ist die Tür zu deinem Zimmer, einem länglichen, hohen Raum mit zwei Fenstern, eines zur Straße hin, eines zum Garten, die Jalousien sind aus gestreiftem Leinenstoff gegen die Sonne, und innen hängen bestickte

Vorhänge aus Baumwollstoff. Gleich rechts, neben der Tür, steht der Ofen ...

– Hatte er nicht rote Kacheln?

– Ein Vieux-rosé.

– Rosen! Vier außen, eine innen. Rosen waren auf den Kacheln. Sie sind vertrocknet von der Wärme.

Und ich versuchte ihr das Muster der Tapete zu beschreiben, diese gold, rot und grün gemusterte Tapete, ein barockisierter Jugendstil, und sie hörte zu, sagte, wie genau du das noch weißt, es sind Geschmeide für Madame Megiesch gewesen, Ohrgehänge und Colliers und ein Bauchschmuck, goldene Fächer, erinnerst du dich nicht, doch im Sommer, wenn Mama Essigwickel um meine Beine legte, waren es Krieger und Hexen. Doktor Schlesinger hat sie auch gesehen.

– Ich habe sogar versucht, sagte ich, den Fettfleck zu finden, den das Gewehr auf der Tapete gemacht haben muss, als die Deutschen das Haus besetzten.

Doch davon wusste sie nichts.

– Trinken Sie, trinken Sie. Sie müssen mehr trinken, sagte die Pflegerin, die beim Vorbeigehen einen Blick auf das Glas geworfen hatte, drei Viertel gefüllt mit einer rötlich kristallenen Flüssigkeit. Sie trinken zu wenig. Es geht Ihnen viel besser, wenn Sie trinken.

Madame nickte, lächelte verständnislos und sagte nachsichtig wie zur Beruhigung von jemandem, der in die Verhältnisse nicht eingeweiht war:

– Es gab keine Gewehre in unserem Haus, Papa

hätte das nicht geduldet. In der Fabrik schon, wegen der Ratten, die vom Abator her kamen, und Kosice hat einmal Curt das Gewehr gegeben, um auf die Ratten zu schießen, doch zu Hause gibt es keine Gewehre: Papa würde das nicht dulden. Niemals.

Und mit der flattrigen Hand stieß sie das Teeglas leicht zur Seite.

– Dass du weißt, wo ich bin, sagte sie bei einem nächsten Besuch, wieso weißt du, dass ich hier bin?

Sie saß am Ende des Flurs allein am Tisch, vor sich das Teeglas, drei Viertel gefüllt, eine rötlich gleißende Flüssigkeit.

– Ich bin eben hierher zurückgekommen, sagte sie, noch vor keiner Stunde. Du arbeitest immer noch als Kellner? Ich bin nicht gern auf Bahnhöfen, es gibt da allerlei verschiedene Leute, doch was soll ich tun? Ich habe Onkel Mendel besucht. In London. Er ist alt geworden.

Ich hatte längst aufgegeben, ihr zu erklären, was meine Wirklichkeit war, nämlich dass sie im Pflegeheim saß und nicht auf einem Bahnhof, ich auch nicht als Kellner arbeitete und dass Onkel Mendel anfangs der sechziger Jahre gestorben war. Wir sind damals zur Beerdigung gefahren, die ganze Familie, und fanden uns überrascht von den bescheidenen Verhältnissen, in denen er gelebt hatte, vor allem aber begriff ich, dass auch er in der Vergangenheit lebte, in einer, die am Gartentor zwei Tage vor Sukkot 1941 begonnen hatte und jede Nacht wiederkam, jede Nacht – und den Tag zu einem Traum machte, der ihm ein wenig Erholung brachte, bis er abends wieder dorthin zurückkehren musste, wo sich die Angst in der Anzahl Schachteln von Medikamenten ausdrückte, die auf seinem Nachttisch gestapelt lagen, zum Schluss ein gebrechlicher Mann, der kaum mehr gehen konnte. Nur die Augen wollten noch immer der goldgefassten Brille entlaufen und konnten aus dem umzäunten Areal nicht entfliehen, bis zuletzt nicht.

– Und was hat Onkel Mendel gesagt?

– Er war in Bukarest. Er war an der Strada Morilor. Ein Arzt wohnt jetzt dort, ein Doktor Schlesinger. Er war auch im Innern des Hauses, im Salon und im Speisezimmer. Er hat gesagt, die Tür zu meinem Zimmer sei neben dem Kamin und der Ofen sei rosa, so wie der Tee hier, den ich trinken soll und der fad ist und nach nichts schmeckt.

Und sie zeigte auf das Glas, zu drei Viertel gefüllt von dieser leuchtenden Flüssigkeit.

– Ich weiß nichts mehr, sagte sie.

Sie weinte.

– Ich weiß nicht, ob ich überhaupt noch da bin.

Sie wischte zittrig, unendlich langsam über die sich rötenden Lider.

– Vielleicht bin ich jemand anderer geworden, der jetzt so aussieht wie ich selber.

Eine Träne sickerte in eine Falte ihrer blassen Wange.

– Ich bin ein Mensch ohne Kopf.

Sie faltete das Taschentuch mit den flattrig zitternden Fingern zusammen, ein Knäuel, das in ihrer Hand, in den Schoß gelegt, wieder größer wurde.

– Ich erinnere mich, dass ich Erinnerungen hatte! Schöne Erinnerungen.

Sie blickte auf das Glas Tee, zu drei Viertel gefüllt, fuhr sich mit dem Taschentuch über die rissigen Lippen.

– Ich erinnere mich nur noch an Dinge, die weit zurückliegen. Sie streckte die Hand nach dem Glas aus. So weit zurückliegen, dass ich mich nicht mehr an sie erinnern kann.

Sie fasste das Glas, das sie nicht heben konnte, schon seit ein paar Tagen nicht mehr heben konnte, und es klapperte auf der Kunststoffplatte, die Flüssigkeit schwappte, zerbrach das Leuchten, quirlte, war einfach nur Tee, der verschüttete, und Mutter lachte, als erinnerte sie sich an etwas, sie lachte und sagte:

– Es schwankt.

Das schwarze Eisen

Der Brand erinnert an die Hölle
Errette uns oh Herr daraus
Errette meine arme Seele
Dass sie nicht kommt ins Höllenhaus

Eintrag in der Familienbibel der H.s, die alles taten,
damit der Vers ein frommer Wunsch blieb.

I

KOORDINATEN

Ein Ruck – der Wagen wurde hochgehoben, glitt für einen Augenblick durch die Luft, lautlos, ohne Motorengeräusch, eingehüllt in das Heulen des Sturms, Nassschnee fetzte vor der Frontscheibe, ein reißender Strom, dann griffen die Räder, setzte der Motor sein unbeugsames Geräusch erneut gegen die Windböe durch, und Vater lenkte den Wagen von der Gegenfahrbahn, auf die der mausgraue, enge Ford gerutscht war, sanft zurück. Mutter, in ihrem Biberfellmantel, hatte nur wenig die Schultern gehoben, der Kragen berührte die blond ondulierten Haare unter der Mütze, und Vater blickte, nachdem die Reifen wieder eine gerade Spur auf der schneeverwehten Straße zogen, zu ihr hin: Ein jungenhaftes Lachen lag auf seinem Gesicht, ein gutgeschnittenes, selbstbewusstes Gesicht, begrenzt durch den Schwung einer braunen Filzkrempe.

– Im Nash, sagte Mutter, im Nash wäre uns das nicht passiert.

Und ich sah, beengt vom Wollmantel, durch das Seitenfenster hinaus, zupfte an der Baskenmütze überm rechten Ohr, blickte auf die schwarzen Hügelzüge, die durch Nebel und Schneefall drängten, wischte über die Scheibe, und ich fragte mich, wohin wir in dem Wirbel und Sturm gerieten. Der Motor zog uns dem Grat zu, ein vom bleiernen Himmel abgestuftes, dunkleres Grau. Dahinter würde der Ort liegen, in dem wir künftig wohnen müssten.

Der Nash Ambassador 1947, den wir kurz zuvor noch besessen hatten, war eine Limousine gewesen, deren Heck in einem Schwung abfiel, seitlich die Kotflügel über den Weißwandreifen betonte und, als eine Besonderheit, die ihn von anderen Modellen unterschied, eine Holzverkleidung der Türen und des Hecks besaß: Dunkles Honduras-Mahagoni, von Eschenlatten in Rechtecke unterteilt. Auch die Armaturen im Innern waren aus Holz, in der Mitte, hinter der Frontscheibe, war ein kleiner Hebel angebracht, den ich betätigen durfte, stehend zwischen Vater und Mutter und mit Sicht auf die gewaltige Kühlerhaube, ein Hebel aus Bakelit, auf dessen Druck hin ein orangeroter Zeiger zwischen den Seitenfenstern hervorsprang und die Richtung anzeigte.

Es gab ein familiäres Koordinatensystem, in dem meine Eltern sich bewegten, dessen Punkte, durch Linien der verwandtschaftlichen Beziehung verbunden, für verschiedene, ja gegensätzliche Haltungen und Lebensauffassungen standen und in dem wir uns – meist unfreiwillig – von dem einen Pol zum anderen bewegten, von B. und dem ärmlich vornehmen Milieu bei der Synagoge nach A., in die strenge Strebsamkeit des Villenquartiers. Und ich erinnere mich, dass die Grenze zwischen diesen beiden Welten bei einer steinernen Brücke lag, zu der die Straße sich senkte. Kurz davor stand zurückversetzt ein behäbiges Haus, in dem ein Künstler wohnte, den Vater, er betonte das jedes Mal, kennengelernt habe, ein berühmter Maler, der Plakate gestalte, die überall zu sehen seien. Ich jedoch spähte nach der römischen Säule mit krude verziertem Kapitell aus, deren schlanker Leib eine Sehnsucht weckte, die noch keinen Ausdruck fand, im Vorbeifahren mich nur flüchtig anrührte und sich mit dem Blick auf das Wasser verband, das ruhig spiegelnd in der Tiefe lag, dunkelglänzend unter den Troddeln einer Weide, in deren Schatten ein Kahn vertäut war. Doch schon hatten wir die Grenze passiert, stieg die Straße an, lag die helle, städtische Welt zurück. Die Dörfer bestanden zwar noch aus Häusern, die entlang der Straße zu Zeilen verbunden waren, wie Bruchstücke einer Altstadt, doch sie hatten bogige Scheunentore, und die Laibungen der Türen und Fenster waren nicht mehr aus rotem Sandstein, der ein wenig fremd und auch vergangen gewirkt hatte, an Goldfasane und die oberrheinische Ebene erinnerte: Wir gerieten zusehends in Nebel und Kalk.

Seitlich rückten die Hügel heran, der Himmel wurde zu einem Streifen, und die Straße verlor die geraden Strecken, auf denen Vater ausprobiert hatte, wie viel »der Ford hermachte«. Die Augen hinter der randlosen Brille, die ich im Rückspiegel sah, schauten amüsiert, die Hände in fingerlosen Handschuhen fassten das Steuer, das mehr und mehr zu vibrieren begann, das Motorengeräusch wurde hell und angestrengt, und irgendwo schlotterte ein Blech. Doch dann verdunkelte sich der Himmel, brach zwischen die Hügel ein, hing in fädigen Fetzen an den Waldflanken. Zwei schmale Scheibenwischer ruckten über die Frontscheibe, gegen die der Regen in Böen getrieben wurde, die Straße war schwarz, das Gras welk, Tropfen ruckten und zitterten über mein Gesicht.

Vater bog ab, fuhr nach einem kurzen Stück in einen Tunnel, das Prasseln verstummte, die Wischer quietschten, während das bogige Licht am Ende des Dunkels näher kam, sich weitete und ein Bild öffnete: Hänge wie Schuhbürsten, kahles Geäst über rostrotem Boden, die Wiese bereits von Schnee fleckig bedeckt, durchflossen von einem Bach zwischen kahlen Ruten. Jetzt hatte dieses andere Land begonnen, in das wir umziehen würden und an jenem Februartag am Anfang der fünfziger Jahre fuhren, weil Vater mit seinem Bruder eine Gießerei übernehmen sollte. Die Straße stieg an, der Regen ging in einen Wirbel schwerer Flocken über, und die Reifen machten im Schneematsch ein reißendes Geräusch.

Ein Ginkgobaum und eine gravitätische Föhre. Jeden Tag schob der Händler, ein rundlicher Elsässer, seinen Schubkarren mit Früchten und Gemüsen, sorgfältig zum Stillleben arrangiert, in die Zufahrt. Er rief seine Ware aus, Mutter schickte das Mädchen herunter, und ich wartete neben dem Räderkarren auf Madame Katz, die im Parterre ein elegantes Appartment bewohnte und selbst so wunderschön war, dass ich kein Auge für die aufgehäuften Südfrüchte hatte. Ihr Mann hatte etwas erlebt, wovon man nicht sprach, er saß in einem Fauteuil unter der Stehlampe, die auch tagsüber brannte, beschäftigte sich mit Büchern und Altertümern, Dingen »vor der Zeit«, wie er sie nannte – Dosen, Miniaturen, Schmuckstücke und Feiertagsgeräte –, die er mir zeigte und die mich an meine Großeltern erinnerten. Auch sie besaßen solche Dinge, Erbstücke aus »Cöln« und Keramiken aus Rumänien, auch sie wussten um ein Leben »vor der Zeit«, das so prächtig gewesen sein muss, wie Madame Katz schön war, die lächelte, während sie mir eine Himbeerbrause reichte. Von diesem Leben konnte ich erzählen, wenn auch nur vom Hörensagen, doch dieser traurige Mann hörte zu, obschon ich nur ein Kind war, und ich spürte, dass die Geschichten von der Strada Morilor, den Schachters und der Schokoladenmama, den Kutschenfahrten und dem Türken, der ans Fenster pochte, wenn Mutter nachts noch las, mir den Zutritt in die von Dämmer und einem mir fremden Duft erfüllten

Wohnung gewährten. Durch diese Besuche, auch bei meinen Großeltern an der Eulerstraße, durch dieses Eintauchen in eine fremde, ein wenig orientalische Welt, wurde B. für mich zum Ort einer zwar vergangenen, doch kultivierten Lebensweise. Man besaß Herkommen, und dieses spannte sich rheinabwärts bis Köln und die Niederlande, reichte in den Osten nach Bukarest, man hatte nicht nur Jahrhunderte im Rücken, sondern auch eine Weite der Sicht auf Länder und Landschaften. Großpapa malte Stillleben, Mutter modellierte meinen Kopf, man kleidete sich feiertäglich, um in die Stadt zu gehen, besuchte Kaffeehäuser und das Theater, wurde zu Diners eingeladen, und mein Vater, elegant wie er stets war, nahm an diesem mütterlichen Leben teil, wenn auch am Rand, von Großmama eher gelitten als wirklich akzeptiert: Letztlich war er ihrer Ansicht nach der Spross einer neureichen, aufstrebenden Familie, der einen Nash besaß, ins Elsass zur Fasanenjagd fuhr – und doch nur aus einem der Täler stammte, woher auch die Arbeiter der väterlichen Weberei in Südbaden gekommen waren, aus jenen Bauerndörfern des Mittellandes, jenseits des Juras, dieser Gegend ungehobelten Volks, der allerdings auch sie entstammte, wenn auch niemand von ihrer Familie mehr dort lebte. Dennoch war diese Herkunft ihr ein Ärger und ewiger Hader mit dem Schicksal. Der Ortsteil, den ihre Vorfahren vor zwei Generationen verlassen hatten, hieß »Sumpf«.

Schneefelder, darin Linien wie mit wässriger Tusche gezogen, einzelne Dächer hinter Äckern und Bäumen – wir fanden uns in einer mir unbekannten Ländlichkeit, in der die Zeit langsamer voranzukommen schien. Erst in der Talmitte, entlang der Bahn und der Hauptstraße, gab es erste Anzeichen einer Veränderung: die Tankstelle mit Milchshake-Bar, eine eben fertiggestellte Blocksiedlung. Daran schlossen die Häuschen mit Vorgärten an, reihten sich einer kühlen Dürftigkeit entlang, die sich mit Schul- und Gemeindehaus ein wenig Ansehen zu geben versuchte. Die beiden Bauten, um die Jahrhundertwende errichtet, waren groß, standen frei inmitten eines Kiesplatzes, und nachdem Vater den mausgrauen Ford dorfauswärts, vorbei an zwei Gasthöfen und einer Turnhalle, über Geleise gesteuert hatte, lenkte er den Wagen auf den Vorplatz eines eben errichteten Hauses, drehte den Zündschlüssel und erzeugte dieses Verstummen, das eine plötzliche Einsamkeit hörbar machte.

Es war nicht das erste, doch das letzte Mal, dass wir auf der Familien-Koordinate verschoben wurden. Es hatte schon einmal die großväterliche Order gegeben, zurück und in »die Nähe« zu ziehen, wenn auch in ein Städtchen, das mit B. nicht zu vergleichen, aber eben doch kein Bauerndorf war. Vater musste damals ebenfalls die Leitung einer Gießerei übernehmen: Die Deutschen marschierten in Polen ein, die Zeit erforderte Stahl, B. würde vielleicht schon bald Frontstadt sein, und mein Bruder war eben geboren worden. Anordnungen zu befolgen, sich zu fügen, waren Selbstverständlichkeiten, eine Widerrede gab es nicht. Man müsste das Beste aus allem machen, eine Parole der Eltern, hinter der sich die Hoffnung auf ein Später und Danach verbarg, in denen man wieder nach B. zurückkehren würde, und am Tag nach der Bombennacht von Köln, als die Stadt meiner mütterlichen Ahnen in Trümmer sank, Rauch und Staub den Tag verdunkelten, zeugten meine Eltern ein zweites Kind: Das Danach war zwar fern, besaß jedoch schon einen schattenhaften Umriss. Sie würden zurück in die mütterliche Welt kehren, in der es eine gravitätische Föhre und einen Ginkgobaum, Großpapas Wohnung bei der Synagoge, die schöne Madame Katz, doch auch deren Mann geben würde, der sich mit den »Dingen vor der Zeit« trösten musste.

Jetzt jedoch, nach der Fahrt über die Jurahöhen, war auch dieser Ausbruch meiner Eltern – damals noch Zukunft – bereits gescheitert. Das schwarze Eisen würde uns in eine von Großvater bestimmte Form gießen, die wiederum – wenn auch in einer neuen Zeit – Durchhalteparolen nötig machte. Und das spürten wir, ohne es auszusprechen, als Vater den Zündschlüssel vor dem Garagentor drehte und wir alle einen Moment lang gelähmt in dem kleinen Ford saßen.

II

SPINNWEBEN

Im großväterlichen Garten gab es seitlich vom Weg, der zur Haustür führte, ein kleines Schattenrondell, einen verborgenen Platz, fast gänzlich von Haselruten zugewachsen, aus denen im Herbst die Nüsse fielen. Dort saß Großvater in einem Stuhl, seine fleischigen Hände, von Altersflecken übersät, auf die Lehnen gelegt, weiche, warme Hände, mit denen er sich festhielt, den Kopf leicht geneigt über dem gewaltig vorquellenden Bauch, die Beine breit aufgesetzt. Er blickte zwischen die Ruten auf die trockene Erde unter der Blätterfülle, sah in diesen Staub, wo spärlich Sonnenflecken brannten, schwimmend zitternde Hitze – Löcher in seinem Schattenzelt –, Glut von damals, und ich stand neben dem Rosenbeet, kaum größer als die dornigen Stiele mit ihren sattgesogenen Blättern, sah auf diesen gewaltigen Menschen, der dort in seiner Unzugänglichkeit saß. Ich wartete, dass er zurückkommen würde, zurück in den Garten von A. mit dem schmiedeeisernen Zaun und dem Gartentor, vor dem Vater noch den Wagen abschloss und Mutter wartete, um gemeinsam einzutreten. Mit dem Zuklappen der Autotür wandte Großvater den Kopf, sah zu mir hin, und sein Gesicht war eine Weite, eine große Ebene, von trockenen Wasserläufen, Hügeln und Senken durchzogen, karg und gezeichnet von Hitze, eine steinerne Wüste, mit wenigem arrhidem Gesträuch, und ein Ton schwang in der Luft, ein Sirren von Insektenflügeln, in das hinein seine dunkle fordernde Stimme tönte:

– So, bist da, komm her!

Und ich ging auf diese Landschaft von Gesicht zu, in der die Nase klein und eingesunken war, die Augen reglos, ohne Zwinkern blickten, eine gutmütige Amüsiertheit in den Winkeln lauerte und die helle Iris einen metallischen Ring um einen Abgrund legte, der bodenlos und ängstigend war, weil er in ein Nichts führte – in eine endlose Nacht.

Und wieder – in der Erinnerung – sehe ich ihn dort im Schatten der Haselruten sitzen, die Arme auf die Lehnen des Gartenstuhls gelegt, die Hände wie nackte Tiere an den Holzaufsatz geklammert, den Blick in den Sand, auf glutige Sonnenflecken gerichtet, und nochmals muss ich zu ihm hingehen, wie als Junge, diese paar Schritte vom Rosenbeet zum Rondell, die damals eine unendlich lange Strecke gewesen waren und heute ein lichtgeschwinder Zoom durch Jahrzehnte sind: Dafür habe ich auch nur das Bild, eine innere Aufnahme von dem Menschen, der mein Großvater gewesen war, der uns auf der Landkarte »herumbefahl« und wollte, dass ich einen Teil seiner Vergangenheit mit meinem Dasein erlöse –

und vielleicht muss ich es nach den vielen Jahrzehnten noch tun. Ich war sein Lieblingsenkel.

Großvater hatte keine Geschichte. Und so hatten auch Vater und seine beiden Brüder keine. Die H.s waren nur einfach da, wie ein Naturereignis, das sich in vulkanischen Ausbrüchen manifestiert: Eine Kraft gewalttätiger Veränderung, von nichts und niemandem aufzuhalten, zumindest glaubten sie, dies sein zu müssen. Sie hielten sich für einzigartig, an nichts gebunden und allen anderen überlegen. Sie waren die H.s – und ich sollte einer von ihnen sein, ein H., wie meine Cousine, die beiden Cousins es waren, doch nicht wie mein Bruder. Er war nichts. Und Mutter war auch nichts. Von Anfang an und endgültig.

Auf der Veranda, die man vom Garten her betrat und die nach drei Seiten hin verglast war, stand ein Schiefertisch mit Stabellen und einer Sitzbank. Ein Regal trennte den Eingang gegen den Tisch hin ab, und auf seinen Tablaren standen Bücher und ein Krug aus Steingut, lagen Zeitschriften, Serviettentaschen und war die Bronzeplastik mit dem gedrechselten Holzsockel aufgestellt: Zwei Gießereiarbeiter, die einen Tiegel an der gegabelten Stange trugen, bereit zum Guss, und ihre Gesichter waren hart, herauserodiert durch Hitze und Schweiß. Gebeugt war ihre Gestalt, nicht nur vom Gewicht des flüssigen Eisens, die Joppen hingen an den Schultern, die Hosen stießen in

Falten auf den schweren Schuhen auf: Unveränderlich standen sie da, den Tiegel zwischen sich, schauten auf den immer gleichen Punkt, mit diesen ernsten, ausgemergelten Gesichtern, fixierten das Eingussloch im Kernsand, doch in Wahrheit war dort nichts, nichts als die Luft über dem Schiefertisch. Und das Eisen im Tiegel war starr, wie sie selbst –

Doch von den Falten ihrer Joppen, von der Farbe des oxidierten Metalls ging das kühle Grau von leeren Straßen und Gehsteigen aus, Sonntage in der Kleinstadt, und zugleich verströmten sie einen Geruch nach Rauch – nicht von Kupolofen, Kohle, sprühendem Metall –, sondern von Großvaters Zigarren, deren runde Knospe er mit einer Guillotine einschnitt: Ein Duft wie von gelbrot exotischen Blüten in Nadelfilz »verhockt«.

Es gibt unter den vielen Fabrikationseinrichtungen keine, die einen so großen Einfluss auf die Entwicklung der Firma gehabt hätte wie der elektrische Lichtbogenofen zum Schmelzen von Stahl. Er kam im Jahre 1908 als erster Elektro-Stahlofen der Schweiz in A. in Betrieb und löste das Tiegelschmelzverfahren ab. Dieser nach Plänen von Paul Girod, Lyon, erstellte Ofen war ein zwei Tonnen fassender, kippbarer Wannenofen, betrieben mit Einphasen-Wechselstrom, dessen Wirtschaftlichkeit allerdings nur bei niedrigen Strompreisen besteht.

Ich saß am Tisch, auf der Sitzbank zur Wand, sah durch die Scheiben in ein kühles, reines Licht. Seit jener Autofahrt über die Jurahöhen saß ich jede Woche einmal so da, hergeschickt von den Eltern, einen Umschlag in der Tasche: Das Geld für die Gießerei, die Großvater seinen Söhnen gekauft hatte und deren Anteile diese nun abbezahlten.

Der Zwetschgenbaum hatte junges Laub, über dem dunkle Wolken und ein Stück Dach des Nachbarhauses hingen, wie Nadelstiche war das Ticken der Uhr zu hören, ihr aufgeregtes Pendel säumte den Nachmittag, schon eine Stunde saß ich da, zusammen mit Großvater, der oben am Tisch auf einer Stabelle saß, die Unterarme auf die Holzumfassung des Schiefers gestützt, über dessen Schwärze ein Schimmer von den Fenstern her lag. Und Großvater blickte vor sich hin, sah in diesen dunklen Abgrund – und sein Gesicht, von Furchen durchzogen, die Wangen von Stacheln übersät, zwischen denen sich blutige Äderchen wanden, war vorgeneigt. Die Lippen öffneten sich, ließen kurz eine Ecke feuchtes Gold aufleuchten, dann schoss ein Strom Luft hervor, auf dem ein langgezogener Laut trieb, der in einem »ja ja« zusammenlief, wie in ein vielgebrauchtes, abgegriffenes Gefäß, das er ein Leben lang mit sich getragen hatte und aus dem Dorf stammen musste, oben im Tal. Und jedes Mal, wenn er das Gefäß mit Luft, Laut und »ja ja« gefüllt hatte, hob er die rechte Hand, fuhr sich über das Gesicht, von der Wange über die Augen zum Kinn, von wo sie plötzlich herabfiel, zurück auf den Ärmel der grauen Strickjacke, und er sah einen Augenblick lang geradeaus, bevor seine wässrig blauen Augen, von den Brauen wie von einem Windschutz halbseitig umfasst, sich wieder hinab in diese steinerne Schwärze senkten.

Wir saßen noch eine weitere halbe Stunde da, schweigend, es gab nichts zu sagen, ich hatte eben die Prüfungen bestanden und die Lehrbefähigung für die Grundschule erhalten, hatte damit erreicht, was ihm versagt gewesen war. Zwischen uns bestand ein Einverständnis, das keine Worte brauchte und von dem ich dennoch nicht zu sagen gewusst hätte, worin es bestand.

Mit einem Ruck erhob sich Großvater, stemmte den Oberkörper, gestützt auf den Tisch, hoch, angelte mit der Linken nach dem Rohrstock, stand dann in seiner Gewichtigkeit da, breitbeinig und eingewurzelt, wie er ein Leben lang gestanden hatte, unverrückbar, ein Brocken Fels.

– Mach's gut in deinem Leben, sagte er.

Die Uhr tickte, und ich hielt diese warme, weiche Hand einen Moment noch, dann wandte Hans H. sich zum Hausgang, der von der Veranda zu den Wohnräumen führte, verschwand in der Türöffnung, passierte die Treppe zum oberen Stockwerk, an deren Fuß er zwei Tage später liegen würde.

Was ist das für ein Gefäß, das er mit seinem Atem, den Seufzern und »ja ja« füllte? Welche Bilder quälten ihn, dass er sie vom Gesicht nehmen musste, mit der immer gleichen Bewegung, die von rechts nach links über Wange, Augen und Kinn fuhr, sie weg ins Vergessen wischte, wo sie nicht bleiben wollten? Ich hatte am Tag, da Vater überraschend aus dem Geschäft nach Hause kam, an einem trüben Morgen gegen elf, und ein wenig abwesend den Hut auf die Garderobe legte, sagte: – So, er ist tot!, ich hatte an dem Tag das Bild von Spinnweben, die sich einem in einer Scheune oder dem Keller unversehens aufs Gesicht legen, ein klebrig staubiges Gespinst, unfassbar, doch mit der Vorstellung einer fetten Spinne verknüpft, die es wahrscheinlich schon lange nicht mehr gibt und dennoch in den Haaren krabbelt. Großvater hatte an diesem letzten gemeinsamen Nachmittag immer wieder Spinnweben vom Gesicht gewischt. Hatte dazu aus der Tiefe seines Körpers den Atem strömen lassen, von weit unten herauf, bis er Klang annahm und sich in die Form zweier Silben ergoss. Doch was für ein Netz von Verknüpfungen und Verhängnissen war es, das sich immer neu auf sein Gesicht legte, zwischen welchen Ecken spannten sich seine Fäden, und mit welchem Staub der Erinnerung war das Gespinst bedeckt?

Er musste Bilder gesehen haben, diese feinstofflichen Überreste aus Gelebtem, parfümiert mit Gerüchen, Lauten, Licht und Formen: Längst Vergangenes und dennoch als Neuronengelichter so aufdringlich gegenwärtig, dass er sie nicht wegwischen konnte.

Seit diesem Tag, an dem Großvater am Ende der Treppe gelegen hat, trage ich die Stunden damals auf der Veranda mit mir herum, ist mir dieses Bild der Spinnweben, die sich eins über das andere Mal aufs Gesicht legten, geblieben – und die Gewissheit, er habe damals lange erzählt, ohne Worte, nur in Seufzern. Ein Vermächtnis, das mich rat- und hilflos zurückließ.

III

FINDLING

Hans H. taucht 1908 vor der Kulisse eines französischen Salons des Fin de siècle auf. Brokatene Gardinen, eine Jalousie vor dem Fenster zum Boulevard, auf dem Kaminsims, gestützt von einer geflügelten Karyatide, ein Leuchter neben der einem Obelisken nachempfundenen Säule, dazu eine Vase im Stil des Kaiserreichs. Und ein schwerer Duft nach Patschuli erfüllt diesen Hintergrund, der nach vorne hin sich in einen Orientteppich vergegenständlicht, wie man ihn in Hotelfoyers des gehobenen Tourismus findet – eine auf Maschinen gewobene Zweckmäßigkeit – oder der eben zur Ausstattung eines Fotoateliers gehört, wie dem von Herrn Amstein in Olten. Und auf den niedergetretenen Ranken steht ein Mann von achtundzwanzig Jahren, in hochgeschlossenem Bratenrock, in der Rechten die weißen Handschuhe und den Bowler. In der Beuge des Armes hockt eine kleine Hand, sie gehört der Braut, meiner Großmutter, die ganz in Weiß, ein wenig vorgebeugt, dasteht, das Blumenbouquet in der Rechten. Ihre Haltung ist verkrampft und so wenig selbstverständlich, dass trotz Schleier und Anstecksträußchen das Thut Anni in keiner Weise mit dem Hintergrund korrespondiert. Ihr Gesicht ist eine offene Seenlandschaft, sanfte Wiesenlehnen, Weidenbäume, ein Himmel mit weißen Wolken – ein wenig wie in einem Malheft, von zeichenhafter Einfachheit, und neben ihr steht ihr künftiger Mann, dieser aus dem Nichts auftauchende Hans H., gerade und steif wie ein Pfahl, verkleidet in den nicht allzu gut sitzenden Rock, aus dem noch ein Geruch nach Mottenkugeln des Verleihhauses strömt. Die seidene Fliege, schief unter dem hochgeschlossenen Kragen, ist mit einem ihrer Flügel unter das Revers gerutscht, und die Schuhe, plump, an den Spitzen hochgebogen, sind abgenutzt wie der Teppich, als gehörten auch sie mehr zu einem Hotelfoyer als zu einem Salon und ihr Träger wäre ein Kellner oder Kutscher, bestenfalls geschaffen, die schwül dekadente Welt im Hintergrund zu bedienen. Hans H. sah gebraucht aus, benutzt wie ein Handwerkszeug. Er trug einen Schnauzbart, dessen Spitzen man ungeniert mit dem Handrücken wischte. Die Haare waren zu einer Bürste geschnitten. Das Gesicht wirkte hart und eckig, als wäre es von täglichen Widrigkeiten zurechtgehämmert worden, die Augen blickten misstrauisch durch zusammengekniffene Lider, stets auf dem »Quivive«, sich einen Vorteil zu verschaffen. Und so wie er dastand, hatte er es bis dahin, bis auf den Teppich dieses Fotoateliers geschafft: Er war in der bürgerlichen Konvention des seit den neunziger Jahren üblichen Hochzeitsfotos angelangt. Doch das Bild verriet, was es verheimlichen sollte, und Großvater erkannte das nur allzu genau. Es gab die im Bild inszenierte Konvention nicht wirklich, der üppige Salon, der schwarze Rock, die Binde und Handschuhe waren Täuschungen, er selbst eine Behauptung, die keiner Überprüfung standhielt: Hans H. existierte nicht, er war ein Niemand aus einem leeren Fleck der Landkarte, und die Spuren davon trug er im Gesicht: Das Vergessen, das eine vom Wein aufgequollene Linie unter die Lider legte; die Qualen und Anstrengungen, welche vorzeitige Falten eingekerbt hatten; die von Entbehrungen gegerbte Haut, vor der Zeit gealtert. Doch vom Blick, von den Zügen ging ein Wille aus, der unbedingt und unbeugsam war. Er würde das Vergangene vernichten und mit der Härte, die er gelernt hatte, eine Gegenwart schaffen, so geradlinig, dass es jedem, der in ebendiesen auf dem Bild vorgetäuschten Konventionen lebte, als pure Rücksichtslosigkeit erscheinen würde.

Und fiebrig, wie aus Schlieren glutheißer Luft, die zittrig über der Ebene liegen und die Steine zu einem grauen, endlosen Brei vermischen, in den die Hufe gleichmäßig ihr Schlagen setzen, die Rückenmuskeln zu einem Schwellen und Ziehen bringen und ein Pendeln im Sattel bewirken, ein gleichförmiges Pendeln, das allmählich ins Gehirn einsickert, taucht aus dämmrigem Zwielicht des Erinnerns das Dorf G. auf, die tiefgezogenen Strohdächer zwischen dem

Geäst der Bäume, ein Stück Straße, ausgekarrt von Fuhrwerken. Und über die Hügellinie, von Douglastannen gefranst, schieben sich Wolken, quellendes Grau, schmutzig getrübt von Lehm, gedunkelt von Asche und Ruß, genährt vom Rauch aus den Dächern – und der Regen schnürt, fällt durchs Gehirn in lichten Linien, ein Schnürregen, unter dem das Gras schwer und welk wird, doch glänzend und so unendlich grün, dass es die Sehnsucht weckt, einen Geruch auch nach Frische ausströmt und von Geborgenheit unterm Vordach, wo aus den moosigen Strohbündeln das Wasser rinnt, einen ausgewaschenen Streifen Erde entlang des Hauses mit spiegelndem Durst füllt, der jetzt quälend in den Gliedern sitzt und als fauliger Rest in der Feldflasche pendelt.

Und der Weg steigt dort, wo es Regen gibt, hügelan, führt bei »Schmudlers« vorbei, wird steil, bis bei der Scheune und dem Steinhaus der Holligers der Atem schneller geht und der Wald von oben herab einem aufs Gesicht fällt, gerade Tannenstämme, und man zurückblickt, jedes Mal wieder, kurz und unbewusst, bevor man durch die Tenne des »Gullihauses« hindurch den Weg über der Böschung zum »Säntis-Hüsli« geht. Heim.

Und man sieht auf das Tal hinaus, auf die Schlinge der Moräne, in der sich das Schilf und das Riedgras gefangen hat, blickt auf die Egg, den langgezogenen Schenkel der Moräne, zwischen deren Steilhang und den Hügelhalden sich das Dorf entlang dem

Bach und der Straße zieht: Geschützt von den Überschwemmungen in der Ebene mit den drei Flussarmen, abgeschlossen im Daumenabdruck Gottes, den – wie eine alte Geschichte zu erzählen weiß – er nach den Mühen der Schöpfung hinterlassen hat, als er sich zur Ruhe niederließ und sich dabei mit der Hand auf der noch weichen, frischen Erde aufstützte – während hier nur Stein und Öde ist und das Pendeln im Sattel des Maultiers.

Ein Jahr nach der Hochzeit ließ Großvater neue Bilder anfertigen, von sich und seiner Frau, jedoch nicht mehr gemeinsam und ohne französischen Salon. Die Porträts, schmal und lang, auf braunen Karton gezogen, sind ohne Hintergrund. Und Hans H. ist bereits der, der er bleiben wird, unveränderlich wie die Skulptur der beiden Gießer im Regal der Veranda, auch wenn er selbstverständlich altern, das Haar mit fünfunddreißig bereits weiß sein wird und der auf dem Bild nun gestutzte Schnurrbart dann endgültig verschwunden ist. Die Kleidung – ein solider Anzug mit Weste – wird in ihrer Art stets die gleiche bleiben, und er trägt sie selbst an dem Tag noch, da die Knie nachgeben, sein Leben abreißt und er in seiner Schwere und Mächtigkeit die Treppe niederdonnert wie ein Stück Fels, eine Abbruchstelle hinterlassend, die erst dann ein Fundstück und mit ihm ein Geheimnis preisgeben wird, das verständlich macht, weshalb Großvater den Hintergrund seines Lebens leer ließ: Großmutter fand auf dem Boden versteckt die Uniform eines Sergeanten der Fremdenlegion.

Großvater zeigte sich in dieser zweiten, nur wenig jüngeren Aufnahme wie verwandelt. Nichts erinnerte mehr an einen verkleideten Kellner oder Kutscher wie auf dem Hochzeitsbild. Hans H. *war* bereits geworden, wofür sein Anzug stand, ein betuchter Mann, in einem gutgeschnittenen, damals modernen Jackett, das Hemd war weiß, der Kragen nicht mehr steif und hochgeschlossen, die Krawatte saß locker, doch sorgfältig geschlauft und mit einer unauffälligen Nadel festgesteckt. Die Hose war gerade und weit geschnitten, mit scharfer, in den Knien gebrochener Bügelfalte, die Schuhe glänzten, doch waren sie fest, mit einer Gummisohle für quietschende Gänge über Linoleumböden und griffigen Halt in Werkhallen. Sein Gesicht hat Festigkeit, auch wenn es im überraschenden Widerspruch zum Hochzeitsfoto nun eher weich, ja empfindsam wirkt. Doch die Züge haben sich angefüllt, Selbstvertrauen hat die frühen Falten geglättet, die gegerbte Haut frisch durchdrungen. Die Vergangenheit – und sei es auch nur eine durch die Kulisse eines falschen französischen Salons behauptete – ist weggeräumt, die Linien unter den Lidern sind verschwunden. Großvater ist nur mehr Gegenwart, in ihr steht man ohne Geschichte, jedoch vor einer Zukunft, und auf sie ist sein Blick gerichtet. Er ist keiner mehr, den man gebrauchen darf wie ein

Handwerkzeug, sondern einer, der die Handwerkzeuge herstellt, jedoch gewaltige, die Hunderte von Händen ersetzen und die Landschaft umzugestalten vermögen, wie Gottes Daumenabdruck das Tal am Ende der Schöpfung.

Was die Physik des zwanzigsten Jahrhunderts und damit ihr Hauptwerk, die Evolution der Elektrizität, so unnahbar, so unfasslich und so anerkennungslos macht, sind keine Ideologien oder vordergründige Machtinteressen. Es ist vielmehr ein Ikonoklasmus, ein Bildersturm und -verbot. Physik als Wissenschaft einer vom Beobachter unabhängigen Natur verstanden, diese Natur hat die moderne Physik aufgegeben. Entweder kann experimentiert werden, aber dann wissen wir nichts über die Natur. Oder wir behaupten, etwas über die Natur an sich zu wissen, dann aber können wir nicht ernsthaft mehr experimentieren. So scharf liegen die Gegensätze.

Die Maschinen- und Stahlwerke waren, wie viele der später großen Unternehmen, aus einer mechanischen Werkstätte entstanden, die um die Mitte des 19. Jahrhunderts gegründet worden war. Die Eisenbahn legte ein erstes technisiertes Netz in die Landschaft, und in ihrem Gefolge versuchten zwei junge Männer, ein Pfarrerssohn und ein Ingenieur, sich auf Rollbahnen zu spezialisieren: Sie mieteten sich in einer alten Mühle ein, bezogen die Energie für ihre Produktion aus einem unterschlächtigen Mühlrad, und da die

Gründerjahre schon bald zu einer enormen Bautätigkeit und zu Stadterweiterungen führten, stellten sie auch Baumaschinen her. Die Menge an neu benötigten Maschinenteilen ließ sich günstiger selber herstellen, als sie in Auftrag zu geben. Eine Graugießerei wurde eingerichtet, was nun auch die Produktion von Löffel- und Förderbaggern erlaubte. Die Platzverhältnisse im Mühlgrund vermochten das Anwachsen und Angliedern neuer Unternehmenszweige nicht weiter aufzunehmen, eine Verlegung drängte sich auf, und so errichtete man zwei langgestreckte Hallen in der Nähe des Bahnhofs, der Stadt gegenüber, wo die Landreserven genügend groß erschienen und es einen eigenen Anschluss an die Geleise der Eisenbahn gab. Mittschiffs waren unter den Lichthäusern je ein Laufkran für den Handbetrieb eingebaut, und die Energie lieferten jetzt zwei Petrolmotoren mit einer Leistung von 22 PS. »Dann kam es zum elektrischen Betrieb«, schrieb Großvater in einem mit Federzeichnungen illustrierten Rückblick auf die Firmenentwicklung. 37 PS für drei Elektromotoren wurden installiert, doch was mit diesen wenigen und heute selbstverständlichen Worten ausgedrückt ist, hatte Voraussetzungen, die zum Anfang des Jahrhunderts gerade erst geschaffen worden waren und an denen Techniker und Wissenschaftler während Jahrzehnten geforscht hatten, um die »Wunderenergie«, die in den Bergen und Flüssen der an Bodenschätzen armen Schweiz steckte, auch wirtschaftlich nutzbar zu machen. Man konnte Elektrizität zwar durch Turbinen und Generatoren erzeugen, doch nur sehr beschränkt weiterleiten, und es brauchte erst die Möglichkeiten der Fernleitung und einer niederspannigen Verteilung, um die Pforte zum »Elektrischen Saeculum« aufzustoßen, wie die Zeitungen zur Jahrhundertwende titelten. Ein zweites technisiertes Netz wurde in die Landschaft gelegt, und es brachte den Maschinen- und Stahlwerken in A. ein Gebiet neuer Spezialisierung und rascheren Wachstums: Die Fabrikation von Maschinen und Teilen, die Strom erzeugten, und von Maschinen und Teilen, die Strom verbrauchten, und mit dem In-Gang-Setzen dieses sich selbst verstärkenden Kreislaufes, der die Firma über die Landesgrenzen hinaus tätig werden ließ, tauchte ein neuer Direktor auf, zuständig für Einkauf und Verkauf, für Rohstoffe und Vielfalt der Produkte, tauchte aus dem Nichts auf, ohne Geschichte, ohne Herkommen, war nur einfach da wie ein Findling. Es hatte offenbar der elektrischen Beleuchtungen bedurft, um ihn sichtbar werden zu lassen. Und er rückte so eindrücklich ins Licht, dass sich niemand von der Familie jemals gefragt hat, wie er eigentlich zu der Stellung gekommen sei, so ohne Beziehungen, so ganz aus dem Nichts.

IV

WASSERBILDER

Das Wasser quillt auf, wölbt die trägfließende Oberfläche des Stroms, eine hochdrängende Masse aus der Tiefe, die sich ausbreitet, ein schaumiges Rund nach außen treibt und mit einem reißenden Geräusch verebbt, für einen Augenblick die Mitte beruhigt lässt, ein Spiegel, in dem sich der Himmel schimmernd neu erregt, um in einem nächsten Ausbruch zu zerbrechen: Wieder schießt das Wasser aus der Tiefe, quillt und wölbt hoch, drängt seinen Wellenrand über den Strom hin – ein stoßweises, quälendes Atmen, Rest der einstigen Stromschnelle, die vor einem Jahrhundert aufgestaut worden ist, und ich denke, dass dieses quellende Rund eine in die Horizontale des gestauten Stromes projizierte Abbildung des alten Falles ist, ein Scheinbild, aus dessen horizontaler Ausbreitung ich das einstmalige Hindurchschießen des Wassers ableiten könnte, zu einer Vorstellung von etwas, das es wirklich gegeben hat, jedoch nie wieder sein wird – und als Abbild bestenfalls eine Ähnlichkeit hat, die vielleicht mehr dem Vorstellenden als dem Vorgestellten entspricht.

Im Koordinatensystem meiner Familie wohne ich heute in einer mittleren Distanz zu den beiden Polen, die meine Jugend bestimmt haben und zu deren Pendelschlägen ich später noch eigene hinzufügte, bis mich die Umstände, und nicht so sehr eine bewusste Wahl, hierher nach L. führten. Das Haus in der Altstadt entsprach den Bedürfnissen, die entstanden waren – und als mir bewusst wurde, dass der neue Wohnort in der Mitte zwischen den großelterlichen Sphären lag, hielt ich die Tatsache für ein gutes Omen: Offenbar hatte ein alter Gegensatz seine Vermittlung gefunden, auch äußerlich, und ich sehe von meiner Veranda auf den Strom, der träge, doch unablässig vorbeizieht, das Wasser der Wyna mitführt, von wo Großvater stammte, und nach Köln und den Niederlanden fließt, woher Großpapa kam. Eine Verbindung, jedoch eine ohne Erinnern, ohne gezeichnet zu sein von den Spuren ihrer so widersprüchlichen Lebenswege und unverträglichen Haltungen – ein Fluss nur, ein beständiges Vergehen, so erschien es mir, bis zu dem Tag, als ich meiner Mutter ihr altes, in Krokoleder gebundenes Album ins Pflegeheim brachte. Während wir Großpapas Fotos von Bukarest betrachteten, erkannte ich auf einer Aufnahme des Salons den Stich der ehemaligen Stromschnelle von L., der dort offenbar an der Wand gehangen hatte und mir durch die vielen ähnlichen Bilder, die ich täglich sah, jetzt sofort auffiel.

– Das Bild war immer bei uns, sagte Mutter, überall, wo wir gewohnt haben. Mama ist doch in L. zur Schule gegangen, vom Südbadischen aus, und später haben sie und Papa dort geheiratet. Das Städtchen am Wasserfall, mit der Schlossruine und den Türmen, galt damals noch als Inbegriff des Romantischen.

Ich erinnere mich, wie erstaunt und verunsichert ich war, wie die Entdeckung mich einerseits erfreut hat, andererseits auch unangenehm berührte, als gäbe es unter den rational analysierbaren Verknüpfungen andere, nicht wirklich fassbare Zusammenhänge, die einen nie ganz aus dem Herkommen entlassen, sosehr man sich von allem befreit und unabhängig glauben mag. Es war folgerichtig, wenn auch erst noch zu entdecken, dass Großvater, dieser gewaltige Mann, der in A. residiert hatte, mit L. ebenfalls verbunden war, das sich zur europäischen Verteilzentrale elektrischer Energie entwickelt hat und in dessen Altstadt ich zufällig zu wohnen kam.

Über Felsschrunden, Kanten und feucht überspülten Bänken, rötlich aschigem Gneis, an dem Moose und ein fischiger Geruch kleben, ragen die Häuser auf, eine wacklige Zahnreihe, hinter der die raue Zunge von Dächern und Giebeln liegt, und eine Brücke führt über den Fluss, ein offener Steg zum Mittelpfeiler, von dem aus, zum Schutz vor dem Scheuen der Pferde, sich ein geschlossener Holzbau zum anderen Ufer spannt. Unter dem Bogen hervor schießt aus der weiten Stromschlaufe vor Jurazügen und blassgrünen

Feldern das Wasser, zerbricht zu weißschäumenden Strudeln, die einen Felsen umgischen und zur Tiefe tosen, eine zu Wellen sich aufbäumende glasige Masse, die absinkt, um nur heftiger aus der Tiefe wieder hochzuschießen und das Strombett mit Wirbeln, Schaum und dem Lärm zerfetzender, sich ineinanderringender Strömungen zu füllen, die, in ein Band verwoben, eilig in die Schlucht hinab- und wegziehen, endlich durch einen Felsriegel dem Blick entrinnen: Und zwei Wanderer schauen von der Anhöhe hinab auf die Stadt, die Brücke, den Wasserfall, selbst der Hund folgt ihren Blicken, von dem ausgestreckten Arm, der zeigenden Hand des einen gewiesen, und die beiden jungen Leute mit ihren Hüten sind staunend und unverhofft in eine Dichtung Joseph von Eichendorffs geraten, ja werden selbst ohne ihr Zutun in die romantische Idylle hinein verwandelt, müssen jetzt Burschen und Wandervögel sein, die eine Sehnsucht unter ihren weißen Hemden tragen, ein mondsüchtiges Fernweh, das selbst den Hund noch ergreift und von Schafen und Hirtendienst träumen lässt. Doch trotz Anverwandlung und Blick auf den verblendenden Archetypus eines romantischen Ortes, sehen sie auch eine Wirklichkeit, die aus kariösem Mund einen erbärmlichen Geruch von den Häuserzeilen her atmet, gichtige Hände an Galgen und Reusen wachsen lässt, die Gesichter auswäscht, Rücken, Arme, Beine im unablässigen Ziehen des Wassers verbiegt. Sie schauen noch die Stromschnelle, über drei Wegstunden zu hören, die einen algig kühlen Staub in die Luft weht, blicken auf diesen Fall des Stromes, der lange schon verschwunden ist und nur das andere zurückgelassen hat, das Bild, angehalten, stumm, geruchlos.

Und es war an einem Wintermorgen, während der Bus an einer Haltestelle hielt, als ich durch die kurz freigewischte Scheibe in ein beleuchtetes Büro mit Yuccapalme und Regalen sah und an dessen einer Wand das Bild des ehemaligen Wasserfalles entdeckte, die Reproduktion des Gemäldes von Thoma mit den beiden Wanderern. Nachdem der Bus weiter durch den Regen und die von Hochspannungsleitungen zerschnittene, noch dämmrige Landschaft fuhr, wurde mir bewusst, wie allgegenwärtig in L. die Bilder der Stromschnelle waren. Sie hingen in Amtsstuben, in Restaurants, in Geschäften und Wohnungen. Sie zeigten immer dieselbe Ansicht des Falls und der Stadt, beschworen wie auf der Reproduktion des Gemäldes eine urtümliche, romantische Schönheit, die es so nie gegeben hat, so geronnen, stumm, geruchlos. Man hatte den Wasserfall der Elektrizität geopfert, jener Kraft, der göttlichen Hand entwunden, wie man damals glaubte, die ein irdisches Paradies versprach oder zumindest einen durch Wissenschaft und Kapitalien geordneten Garten. Und diese Abbilder der ehemaligen Stromschnelle waren auch Mahnmale eines »Falls«, mahnten eine geheime

Schuld an und drückten doch auch den Wunsch aus, das einstmals Geopferte wenigstens noch als Scheinbild zu besitzen: Dieses zweite, weniger offensichtliche Bedürfnis wurde mir an jenem Wintermorgen bewusst, als ich durch die Scheibe, kurz freigewischt, in ein erleuchtetes Fenster sah und in diesem die Reproduktion des Bildes erblickte.

Vermutlich hätte eine Philosophie der Elektrizität, die man in unserem Jahrhundert vergeblich sucht, eine einzige Lehre von der Abschottung sein müssen. Eine negative Ontologie des Verschwindens und des Vergessens. – Offenbar ist es in unserem Jahrhundert der Elektrizität so, dass wir in ihr nichts erkennen können. Und zwar tatsächlich gar nichts, nicht einmal ein philosophisches Nichts. Je mehr wir sie gebrauchen, je unentrinnbarer wir von Elektrizität umgeben sind, umso williger wollen wir von ihr nichts wissen.

Seit seiner Lehrzeit als Commis, als Großvater am Schreibpult in seiner klaren Schrift, das Löschblatt unter der Hand, Noten ausstellte, Briefe abschrieb, die Stahlfeder ins Tintenfass stieß, Buchstaben und Zahlen auf das geglättete Papier kratzte, durchs Fenster ein kühles Licht einfiel und abends die Gaslampen angezündet wurden, der Bürovorsteher, in Ärmelschonern, kein Wort duldete, man angehalten war, sich zu erheben und vor dem Pult strammzustehen, falls man eine Frage hatte, zu warten, bis Herr

Seelig die Zeit fand, sich neben einen zu stellen und das schüttere Haar über das aufgeschlagene Buch zu beugen, sein »Und?« zu fragen, seit damals, als es noch klare Antworten gab, hatten sich die Zahlen, die man aufs Papier schrieb, in ihrer Größenordnung geändert. Sie waren im Kontor seiner Lehrzeit manchmal beachtlich gewesen, doch noch immer so, wie man sie von früher und vom Dorf her kannte – ein paar hundert Franken, sechzig oder siebzig Jucharten Land –, und auch die technischen Neuheiten, Transportkarren und Förderwagen beispielsweise, die in mechanischen Werkstätten hergestellt wurden, brachten es auf nicht mehr als fünfzig Stück per annum, selbst mit Hilfe modernster Petrolmotoren, die 32 PS erzeugten. Doch nun, ein paar Jahre später, während denen Großvaters Biographie einen weißen Fleck aufwies, wie es sie auf der Karte Afrikas damals noch gegeben hat, waren die Zahlen ins Unvorstellbare gewachsen: Stückzahlen in Tausenden, Maschinenleistungen in Zehntausenden, Investitionen in Hunderttausenden. Und Großvater sah, wie diese neuen, größeren Zahlen sich von den alltäglichen Maßen ablösten, zu bezugslosen Werten aus purer Menge wurden. Sie ließen bisherige Werte wie das Herkommen, die dörfliche Gemeinschaft, die Bedeutung ihres Gefüges schrumpfen. Ihre noch bestehende Ordnung, in der es keinen Platz für ihn gegeben hatte, wäre diesen Dimensionen nicht mehr gewachsen. Ihnen konnten die Orte, die Landschaften nicht widerstehen. Die Enge würde gesprengt, sie würde gereinigt werden. Diese großen Zahlen machten es notwendig, ja unausweichlich, dass »abgefahren und aufgeräumt« würde mit Vergangenem, mit Armut und Not. Doch es brauchte Leute wie ihn, hart, ohne Skrupel, die den Nacken beugten, vor sich auf den Weg sahen, sich in Bewegung setzten.

Der Besitzer der Maschinen- und Stahlwerke in A. saß vorgeneigt an seinem Pult, groß und schlank, hinter Briefhalter, Tintenfass, der Lampe mit Stoffschirm. Die Schreibunterlage war von Leder eingefasst, daneben lagen ein Stapel Post, zwei Rollen Konstruktionspläne, und Alfred E. war kaum älter als Großvater. Vielleicht wusste er – wenigstens deuten die hohe, zylindrische Stirn, die Dreikantfalze der Wangen, der blanke Blick hinter der Brille darauf hin –, dass sich hinter den Zügen seines Gegenübers eine Vergangenheit verbarg, woran nicht zu rühren war, jedenfalls hatte er genug Verstand, den Nutzen eines derartigen Stillschweigens zu erkennen: Man wäre der Dankbarkeit und Loyalität dieses Mannes sicher.
– Escher Wyss & Cie werden die Turbinen und Generatoren liefern, sie haben bereits ihre Vertreter im Konsortium, doch der Bau der Schützen, eine Eisenkonstruktion zur Regulierung des Wasserstandes, ist noch nicht vergeben, und ich kenne die Offerte der Eisenbau AG in W. Ich kann Ihnen die Zah-

len nennen, die Stahl- und Maschinenwerke bekämen die Möglichkeit, das Angebot zu unterbieten und einen neuen Spezialitätenzweig aufzubauen. Der Kraftwerkbau steckt erst in den Anfängen.

Ein nebliges Licht fiel in die Fenster, es roch kühl nach feuchten Kleidern und einem Faden Zigarrenrauch, vom Werkhof tönten Schläge, und dieses Licht wurde auf dem gewienerten Parkett hell, bekam an zwei Stellen sogar einen Glanz verdichteter Reinlichkeit, und im Tontopf wuchs eine Dieffenbachie, fleischig und wie ein ins Übermaß aufgeschossenes Unkraut.

– Die Bank hat uns die Kredite gestrichen, selbst die Gießereifachleute der Georg Fischer AG zweifeln an den Girod-Öfen, doch ich weiß, dass sie wirtschaftlich sind.

Alfred E. schaute dem fast gleichaltrigen Mann ins Gesicht, der eine abgebrochene Lehre und »Wanderjahre«, wie er sagte, hinter sich hatte, ein intelligentes, träumerisches Gesicht, der hergekommen war, um ihm eine Offerte zuzuspielen, die der Firma die Mitarbeit am größten europäischen Kraftwerksbau eröffnen sollte. Und er sah, dass dieser Mann gefährlich war, gegen den es gut war, etwas in der Hand zu haben, der andererseits Außerordentliches leisten würde, überließe man ihm ein Wirkungsfeld, in dem er nach eigenem Gutdünken arbeiten konnte. Denn in den Zügen seines Gegenübers war auch etwas, das sie verband, nämlich der Wille, weg von jener Not und Beschränkung zu kommen, in die er, E., durch den frühen Tod seines Vaters geraten war, aus denen er nur dank der Hilfe eines Onkels herausgefunden hatte, die jetzt wieder drohten, nachdem die Bank ihre Kredite gestrichen hatte.

– Mit den Elektroschmelzöfen lässt sich aus Eisenschrott Roheisen gewinnen, es sind neue, genauere Legierungen von Stählen möglich, mit höheren Traktionswerten, und wir sind auch unabhängiger von den Kohlelieferungen des Auslands. Doch alles hängt davon ab, dass genügend Strom zur Verfügung steht. Und er muss billig sein.

Neben dem Pult war ein Regal, in ihm standen die Ordner, die Handbücher der Hüttenkunde, der Metallurgie und Gießereiverfahren, dazwischen, in einem leergeräumten Fach, ein Bronzeguss auf Holzsockel, eine Plastik, deren Kopie später in der Veranda bei Großvater stehen würde, als ein Denkmal jener ersten Begegnung und metallener Zeuge einer stummen Abmachung.

– Schützen werden auch bald schon in den Gräben gebraucht, sagte Großvater, ich spüre das. Kohle wird dann nicht mehr zu bezahlen sein. Er zuckte nervös mit dem Mund, als hätte er zu viel gewagt, und wie um die Bemerkung ungeschehen zu machen, klopfte er auf die Rocktaschen, als suchte er etwas, sagte:

– 50 000 PS sollen installiert werden, eine Kapazität, die es noch nie gegeben hat, die sich bestimmt aber verbilligend auf die Strompreise auswirkt.

Großvater hatte neben der Offerte der Eisenbau AG für die Schützen des Wehrs auch eine Broschüre des geplanten Kraftwerkes unterhalb der Stromschnelle von L. bei sich, eingeschlagen in graublau gesprenkeltes Papier, wie es von Ämtern für Akten verwendet wurde, gedruckt in Straßburg, an der Kinderspielgasse, und in ihr stand auf der ersten Seite ein Satz, den Großvater, wie ich später fand, mit rotem Stift angestrichen hatte und den ich nicht ohne den Klang der damals noch künftigen, erst über die neuen Ätherwellen verbreiteten, futuristisch geprägten, die Gewalt verherrlichenden Rhetorik lesen konnte:

»... manches abseits vom Weltgetriebe liegende idyllische Blumengärtlein gegenwärtiger Existenz könnte von dem nichts schonenden Riesenpfluge umgewühlt, mancher wohlgepflegte fruchtverheißende Acker von den unbezähmbaren Rossen von fünfzigtausend Pferdestärken erbarmungslos zerstampft werden.«

V

ROHRSTOCK

– Und warum bist du da?
Eine ganze Weile hatte niemand gesprochen, nachdem der Engländer seine Geschichte erzählt hatte. Die Nacht war heiß, stickig stand die Luft im ummauerten Geviert, als hätte sich darin das Dunkel gesammelt, durchbrochen vom Aufglühen einzelner Zigaretten, leise schnaubte ein Maultier, scharrte im Sand, dann war das feine Klirren einer Blechtasse zu hören, als einer einen Schluck genommen und sie wieder hingestellt hatte: Die Ecke beim Versorgungsschuppen war der einzige Ort im Posten, den man vom Turm des Alten nicht einsehen konnte, und Lösch hatte eine Kanne Pinard ausgegeben.

Eine Bewegung, ein Reiben auf Sand, als setze sich jemand zurecht oder richte sich auf.

– Der Schnider wird wohl wie der Engländer mit einem König gemeinsam aus der Feldflasche getrunken haben, sagte eine Stimme, sogar in der Schweiz!

Und eine andere antwortete beleidigt in das glucksende Lachen:

– Ich hab ja gewusst, ihr werdet mir nicht glauben,

pass nur auf, Schnider, was du denen erzählst, sie verdrehen dir das Wort im Mund.

Und wie ein Echo auf das Lachen, schenkte jemand Wein in seinen Becher nach.

– Sei nicht so empfindlich, Smith, und lasst endlich den Sergeanten reden.

Und wieder war ein Reiben auf Sand zu hören, kürzer, auch rascher als zuvor, dann sagte Schnider, und im gedämpften Klang seiner Stimme schwang eine Heftigkeit mit, die ein ungezügeltes, jähzorniges Temperament verriet:

– Das interessiert mich nicht. Mit euren lackierten Angebern will ich nichts zu tun haben, die imponieren mir nicht, und die gibt es da auch nicht, von wo ich komme. Keiner kann da großtun, selbst wenn er ein paar Jucharten Land hat, es bleibt wenig genug zwischen Hügelhängen und der Moräne. In manchen Jahren war Hunger im Dorf, nach schlechten Ernten und nassen Sommern, da hat der Zschokke von der Kanzel herab gesagt, man müsse das ändern, die Armut, den Hunger, wenn man schon nicht das Wetter ändern könne. Und hat auch gewusst, wie, er war der Pfarrer im Dorf, selbst ein armer Schlucker mit seinen dreizehn Kindern, doch er war für die Leute da, wohnte oben auf der Egg und war sich nie zu gut, obschon sein Vater ein berühmter Liberaler war und einer seiner Söhne die Jungfraubahn gebaut hat. Mein Vater hat mir oft erzählt, wie der Pfarrer die Tabakindustrie ins Dorf geholt hat und hoch angesehen war, weil die Leute Arbeit bekamen, dass sie abends oder nachts noch Zigarren drehen konnten, Giger-Stumpen. Die könnt ihr auch in Paris kaufen, für eure lackierten Angeber, denen nur das Feinste gut genug ist.

Und ein Streichholz wurde angerissen, flammte kurz vor einem Gesicht auf, rötete die schmalen, hohlwangigen Züge Löschs, ein in dieser kurzen, flackernden Momentaufnahme durchtriebenes Gesicht, von dessen melancholisch dunklen Augen man nur einen fiebrigen Glanz sah, und Sergeant Schnider sagte: – Gib mir auch eine! Hol's der Teufel, woher du dir die französischen Zigaretten beschaffst, und nachdem auch Schnider mit einem Zündholz sein zurechtgehämmertes Gesicht beleuchtet hatte und ein Widerschein auf die breitangewinkelten Beine gefallen war, die Dunkelheit nach Erlöschen noch ein wenig undurchdringlicher erschien, und eine Stimme sagte, bis jetzt hast du noch nicht viel von dir erzählt, Sergeant, antwortete die tiefere, heftigere Stimme Schniders:

– Das geht euch auch einen Scheißdreck an, doch das will ich euch noch sagen, dass ich die Schule nicht fertig machen konnte, weil die Armut zu groß war und es hieß, der soll was lernen und Geld verdienen. Die sind von der Gemeinde gekommen und haben mich weggeschickt, mit einem Glas eingemachter Zwetschgen im Sack, das war alles, was sie mir gegeben haben, und ich sollte nach Burgdorf gehen, in ein Bureau als

Commis, zwei Tage zu Fuß, und die Zwetschgen waren alles, was ich hatte. Doch da ist der Zschokke, unser Pfarrer, nach der Predigt zum Gemeindeammann gegangen, hat ihm den Kinnbart vors Gesicht gestreckt und gesagt, dass das nicht in Frage komme, er kenne den Burschen von der Schulinspektion her, der sei ihm wegen der schönen Handschrift aufgefallen, ein intelligenter Junge, der müsse Lehrer werden, und so hat er mich in einem Pferdegespann holen lassen, ich konnte die Schule beenden und nachher am Seminar studieren, einem ehemaligen Kloster, inmitten eines Parks, und der Zschokke hat das bezahlt. Dank ihm bin ich Lehrer geworden, die braucht es immer, die haben eine feste, vom Staat bezahlte Stelle, da bist du sicher vor dem »Gullihaus«, musst nicht in die Fremde.

Und Schniders Stimme war weicher geworden, klang ein wenig, als käme sie von weit her, doch auf Löschs Frage, wenn der Sergeant doch Lehrer sei und nicht habe in die Fremde gehen müssen, warum er denn trotzdem da sei, blieb es still bis auf das Schnauben der Maultiere.

Ich habe Großvater nie ohne seinen Stock gesehen, und es war ein schweres, gelbliches Rohr, das ein wenig ihm selber glich, an dem alle Handbreit ein Knoten saß, geschwollen von schwärzlichen Einstichen, und die Rundung glänzte, war breiter und abgeflachter als der Schaft, und darauf ruhte die Hand, bedeckt von Altersflecken, fleischig und weich, mit breiten Fingern: Sie gab den Druck weiter, der das Rohr bei jedem Schritt einen Moment lang spannte, danach wurde der Stock angehoben, nach vorne gesetzt, ohne Schwung, ohne ein stutzerhaftes Schwenken, in der gleichen Schwere wie die Schritte und ohne die Kräfte mehr als notwendig zu beanspruchen, abgefedert und lautlos durch einen Gummipfropfen, und wieder schob sich die maßgeschneiderte Hose an dem Rohr vorbei. Der Stock bewegte sich wie ein eigenes Körperteil, verharrte neben der breitbeinigen Gestalt, wenn Großvater stehen blieb, setzte sich durch einen Ruck mit beherrschter Langsamkeit in Bewegung, wenn Großvater den Kopf senkte, vor sich auf den Gehweg sah und neben seinem knotigen Rohr in Bewegung geriet. Vielleicht war es diese Selbstverständlichkeit und der gewohnte Anblick, der uns Jüngere im Benutzen des Stocks nichts weiter als ein Teil der ehemals korrekten Kleidung sehen ließ, zu der ein solches Requisit ebenso gehörte wie der Filzhut, ohne den man nicht ausging. Doch in ihm steckte ein Stück meiner mütterlichen Welt, die ich spürte, wenn ich das Rohr aus dem Ständer bei den Jagdgewehren zog, über die Glätte des Holzes fuhr, die hart wie Lack war –: Und das sommerliche Gelb des Bambusses erinnerte mich an Gärten, an Menschen, die sich in Leinenkostümen zwischen Rohrstühlen und Tischen bewegten, ein Boy servierte türkischen Kaffee, die Damen trugen breitrandige Hüte, die Herren rauchten Zigaretten, führten bedächtige Reden, die einen schweifenden Blick zu den Blumenbeeten erlaubten, während hier, im großväterlichen Haus in A., die Stimmen lärmend aus dem Wohnzimmer drangen, die Familie dort um den Tisch saß, stritt und trank, unsere Väter sich beschimpften, großtaten, die heftige Stimme Großvaters annahmen und keiner auf mich achtete, wie ich im Hausgang bei den Jagdgewehren stand und mich wunderte, ein Stück meiner mütterlichen Welt in Großvaters Stock zu finden, obschon er diese Welt und ihre »lackierten Angeber« und Nichtstuer hasste, mit der Unerbittlichkeit eines Menschen, der das Leben in schwarzes Eisen goss.

Rudolph Samuel, Großvaters Vater, war Schneider, er hatte Faden, Nadeln und eine Elle, besaß später das gusseiserne Maschinchen, an dem ein vom Drehen glänzig gewordenes Schwungrad befestigt war und das in ein Holzbehältnis mit Tragriemen passte. Mit seinem Handwerkszeug am Rücken zog Rudolph Samuel von Haus zu Haus und Hof zu Hof, war auf »Stör«, wie man damals sagte, weil solche herumziehenden Gesellen ohne Werkstatt die alte Zunftordnung störten, die es allerdings schon lange nicht mehr gab. Rudolph Samuel besserte Hosen und Hemden aus, schnitt da einen Anzug zu, nähte dort ein Kleid, wenn es auf eine Hochzeit oder ein Tauffest ging. Seine Frau, die ebenfalls gelernte Schneiderin war, half ihm dabei, abends beim Petrollicht, wenn die

Kinder schliefen und die Dunkelheit eine Furcht ins Fenster und unter das Strohdach brachte, man lieber auf die Hände und die Stiche sah als in die spiegelnden Scheiben, auch wenn die Augen vom kupfrigen Schimmer auf dem Tuch zu schmerzen begannen. Man hatte nichts: »Lämpe-Schniders« hießen die H.s, wohnten im Hinterdorf, in einem Bauernhaus, dessen Land verpachtet war, bis auf den »Pflanzplätz«, auf dem die Urgroßmutter Kartoffeln, Rüben, Erbsen und Bohnen zog. Man gehörte zu den alten Dorfgeschlechtern, die seit Jahrhunderten hinter der Moräne saßen, an den Hängen und auf den Hügeln hausten. Diese zwangen den kleinen Störschneider, sein Holzbehältnis am Rücken, zu Auf- und Abstiegen, was seine Beine stärkte und seine Brust schwächte, die Wangen auszehrte und den Schnauzbart größer im flachsleinernen Gesicht erscheinen ließ, doch der Schnider-Rüedu stapfte weiter die Landstraßen hoch und hinunter, bis er, der stets keuchte und hustete, bei der Hümbel-Luise einen Strahl Blut auf das Tuch vor ihm in den Schoß spuckte, nach vorne sank und dann zu Boden stürzte, dass die Frau fand, er hätte auch mit einer kleineren Sauerei von der Welt gehen können.

Auf der Landesausstellung 1883 in Zürich wurden wie schon drei Jahre zuvor beim eidgenössischen Sängerfest die neuen Bogenlampen zur festlich patriotischen Erleuchtung installiert, Höhepunkt von achtunddreißig Illuminationen, die aus farbigen Gläsern mit Ölschwimmern, Papierlampions, bengalischen Flammen und Feuerwerken bestanden. Doch weder das halbe Hundert bengalische Flammen noch die tausend Lampions und fünftausend farbigen Gläser kamen den acht Bogenlampen von Bürgin & Alioth gleich, die im Halbkreis vor der Industriehalle an zwei hohen Stangen montiert waren. In der Mitte des Platzes sprühte ein Springbrunnen zwanzig Strahlen in die Luft, und nach der Dämmerung, so gegen neun Uhr, versammelten sich Tausende von Besuchern, drängten sich, erregt von dem, was gleich geschehen musste. Die Bogenlampen würden auf einen Schlag aufleuchten, gespeist von dieser Elektrizität, die man aus Wasser gewann und die ein Licht erzeugte, von dem Pfarrer Zschokke in der Kirche gesagt hatte, eine einzelne Lampe hätte die Kraft von eintausendachthundert Kerzen und sie sollten nach Zürich marschieren und sich diese Errungenschaft ansehen, die Schluss mit den dunklen Zeiten mache.

Punkt neun flammten die Bogenlampen von Bürgin & Alioth auf, ein Schrei löste sich aus der Menge, sank zu einem staunenden Murmeln herab, und »der Anblick war ein feenhafter geworden ... Das Auge weidete sich an diesen majestätischen Bildern ... Die über und über mit Blüthen bedeckten Kastanienbäume, welche im großen Halbkreise die Grenze des Parkes gegen die Industriehalle bilden, standen wie Weihnachtsbäume eines Riesengeschlechtes da ...

Wer aus dem Parke gegen den Platz hinwandelte, dem leuchtete der helle Schein durch die Lücken der Wipfel entgegen, und er sah, wie die Wasser des Brunnens in magischem Glanze hoch emporsprangen.«

So stand es in der Zürcher Zeitung, deren brüchig gewordener Ausschnitt als Lesezeichen in der Bibel des Störschneiders steckte. Er war Pfarrer Zschokkes Aufforderung gefolgt, keuchend und hustend »schuhte« er vom Dorf nach Zürich und wieder zurück, wollte das Wunder sehen, für das er keine eigenen Worte hatte, die er aber in einer Zeitung fand, dessen Ausschnitt er zu den anderen offenbarten Wundern legte. Trost und Ermahnung sollten ihm diese bringen: Rudolph Samuel hatte die Bibel von der Basler Bibelgesellschaft mit einer Zueignung in Versform geschenkt erhalten, nachdem eine andere Illumination als die bestaunte ihn heimgesucht hatte. Das Strohhaus, das er und seine Frau mit den fünf Kindern im Hinterdorf bewohnte, brannte ab. Von den danach verbliebenen vier Lebensjahren des Störschneiders ist, bis auf seinen Tod, nichts mehr bekannt. Nicht einmal, wo er nach dem Brand wohnte. Und von ihm und seinem Leben haben sich einzig die beiden Dinge erhalten, die Bibel und der Zeitungsausschnitt. Mehr nicht.

Großvater trug das »Gullihaus« mit sich herum, ein Steinhaus mit Ziegeldach, wie ich später entdecken sollte, unweit des »Säntis-Hüsli« gelegen, das die

Witwe nach dem Tod des Schneiders bewohnt hat, und dieses »Gullihaus« stand an einer schmerzenden, nie verheilten Stelle in Großvaters Seelenlandschaft. Wie groß die Ängste und Schrecken waren, die vom »Gullihaus« ausgingen, konnte ich vom Gesicht meines Vaters ablesen, wenn er sagte:

– Zum Schluss landen wir wieder im »Gullihaus«.

Er hatte das Haus übernommen und seinerseits weitergetragen. Und auch ich sollte das tun, genauso wie er es getan hatte, doch ich besaß diese innere Seelenlandschaft nicht mehr, weder einen Reistelstutz noch die Moräne, keine »Schmudlers«, die unterhalb des »Gullihauses« wohnten: Für mich waren das nur Namen, die nichts wirklich Vorstellbares bezeichneten. Als ich nach Jahrzehnten zurück ins Dorf fuhr, in den Daumenabdruck Gottes, in dem ich mit Vater als Junge gewesen war, schritt ich gemächlich, doch neugierig, ob irgendeine Erinnerung zurückkäme, auf der Egg an den Häusern entlang, überrascht einzig von der Landschaft, die sich weiträumig und unverdorben darbot. Auf dem Vorplatz eines Hauses wischte eine Frau. Sie war klein, trug Stiefel und eine Schürze, ihr Haar war strähnig nach hinten gekämmt und zu einem Knoten geschlauft, ihre Bewegungen waren langsam, als zöge sie den Besen bei jedem Wisch aus einer weit zurückliegenden Vergangenheit in die Gegenwart. Ich sprach sie an, hörte nach Jahren wieder die Sprache meines Großvaters, diesen melodiösen Dialekt mit den ironisch dunklen Untertönen, den einzelnen urtümlichen Wörtern und ungewohnt betonten Endungen, musste lächeln – die Erinnerung zumindest hatte ich doch wiedergefunden, diesen unverwechselbaren Klang der Sprache. Ich fragte sie, ob sie mir den »Reistel« zeigen könne, den Dorfteil, wo die Schniders zuletzt gewohnt hätten. Ja, der sei da drüben, sie zeigte schräg mit dem Besenstiel über Tal, Bach und Häuser zu einem Stutz unterm Wald, der Reistel sei dort drüben, wo in ihrer Kindheit noch das Armenhaus gewesen sei, sie könne sich jetzt des Namens nicht mehr entsinnen, es wohne eine Zugezogene darin. Und ich spürte den Schrecken. Ich hätte ihr sagen können, wie das Armenhaus genannt wurde. Und auch, warum ich das wusste und weshalb der Wohnort des Störschneiders zuletzt nicht mehr verzeichnet war. Ich kannte den Namen, obschon ich bis zu dem Augenblick keine Ahnung hatte, dass er für das Armenhaus stand. Doch eine plötzliche Scham ließ mich schweigen.

– Ihr könnt das alle nicht mehr wissen, was das heißt, nichts zu haben, nicht mal genug, um zu essen, geschweige denn Geld, um auch nur das Notwendigste zu bezahlen. Ich durfte nicht studieren, obschon ich der Beste meines Jahrgangs gewesen bin. Da!, hatte die Mutter gesagt, nimm, das ist alles, was ich dir geben kann. Mehr habe ich nicht, doch das reicht auch. Es ist schon mancher Sack zugebunden worden, er ist nicht voll gewesen. Und jetzt geh! Und es war ein

Glas mit eingemachten Zwetschgen, vom Baum unterhalb des Häuschens. Zwei Tage bin ich zu Fuß nach Burgdorf gegangen, um Schreiber zu werden, weil ich leserlich und sauber schrieb, und musste noch dankbar sein, dass mich einer von Zschokkes Freunden in sein Bureau aufgenommen hatte.

Der Moment, da Großvater sich in Bewegung setzt. Warum ist eine solche Kleinigkeit mir so eindrücklich und in den Einzelheiten genau in Erinnerung geblieben? Es muss einen ersten und sehr konkreten Moment gegeben haben, in dem mir bewusst wurde, wie Großvater aus dem breitbeinigen, festen Stand, in dem er vielleicht etwas betrachtet hatte, zum ersten Schritt überging, doch ich sehe keine Umgebung, keine erklärende Situation, ich kann nicht einmal Auskunft über das Wetter geben. Nur den Vorgang selbst sehe ich, abstrakt, vor neutralem Hintergrund, wie mit einer Kamera gefilmt, die Aufnahme eines Menschen, der dasteht, das Haupt erhoben, in der Absicht zu gehen. Und in diesem Moment, in dem sich die Kräfte sammeln und konzentrieren, neigt Großvater das Gesicht, sieht vor sich auf den Weg, nicht mehr denn vier, fünf Schritte weit voraus. Die Körperfülle erhält einen Impuls, der Stock schiebt sich vor, ihm folgt das Gewicht: In dem Moment, da Großvater sich in Bewegung setzt, liegt eine mich anrührende Einsamkeit, als wäre er allein auf der Welt, allein mit dem Entschluss zu gehen, immer und überallhin, und er wüsste, was ihn an Grässlichem, doch Unvermeidbarem erwarten würde, und er neigt das Gesicht, zwingt den Blick auf den Weg, dass ich denke, die ergebene Art, wie Großvater sich in Bewegung gesetzt hat, ist ein in Muskeln und Sinne eingeformtes Souvenir, mitgebracht aus den steinigen Ebenen, wo das Tuch vom Képi im Nacken klebte, wenn man gebeugt unter der Last marschierte.

VI

SCHLUCHT

Grau. Farbtöne, die ich im Nebel fand, der oft tagelang über der Landschaft lag, von oben herabsank, an den Rändern zerfaserte und die Bäume aufsog; die ich im Straßengrau entdeckte, gerahmt von feuchten Ritzen; an den Häusern gewahrte, auf deren Fassaden die Schatten von kahlen Ästen schwankten. Grau waren die Mäntel, Pelerinen, Filzhüte, grau auch das Licht, das die Gärten, Wege, die Plätze und die Räume füllte, in dem die Leute zu Gussformen dunkler Abwesenheit wurden, während die Sonne im ölig riechenden Kernsand des Himmels ein mattes Rund blieb. Der Ruß an Vaters Gummisohlen siegelte wässrige Tritte aufs Parkett, eine Tusche, die wolkig war und von Mutter aufgewischt wurde. Ein Widerschein vom Fenster lag für die Dauer, da der Mittagskaffee serviert wurde, auf den Möbelkanten, ein matter Glanz, doch aus Vaters Anzug sickerte der Geruch nach Kohle und Kamin, verband sich mit den Essensgerüchen und den Musikklängen des Radios, und nachdem er den Apparat ausgeschaltet, den Hut von der Ablage genommen hatte, der mausgraue Ford seine Wegfahrt bekundete, wuchs eine Stille im Wohnzimmer, an der die Zeiger der Uhr stehen blieben –

Und allmählich und ohne Aufhebens starb Mutters Welt, hatte keinen Platz mehr in dem Dorf, in das wir auf Großvaters Anordnung gezogen waren. Die rumänischen Muster, das Mais- und Tabakgelb, die scharfen Pailletten, die Baumwollstoffe, die sich an den Flächen von Sonnenlicht und Dämmer niederschlugen, Gespinste aus Straßengeräuschen und der Ruhe eines schattigen Salons: Sie hatten sich auf kleine Decken unter Vasen und Aschenbechern zurückgezogen, waren gedunkelt vom Ruß aus der Gießerei, beschlagen vom Grau der Nebel, und Mutter hielt heimliche Erinnerungsmessen, an denen ich manchmal teilnahm. Sie streute den Duft ägyptischer Zigaretten aus, ließ mich in kleinen Schlucken türkischen Kaffees am Leib einer vergangenen Stadt teilhaben. Ich bekam ein klebriges, schon ein wenig angetrocknetes Lucum auf die Zunge gelegt, doch die Süße zerrann, Madame Katz verbarg sich in Erinnerungsfalten, die smaragdenen Ranken auf ihrem Hauskleid, der Hauch Parfum und die getuschten Lider verblassten, vergeblich suchte ich ihre Züge in einem Gesicht des Dorfes zu entdecken, nirgends saß ein kränklicher Mann unter einem Lampenschirm, sammelte »Dinge vor der Zeit«, wie auch Mutters Eltern sie noch besaßen, keiner wollte Geschichten hören von der Strada Morilor, den Schachters und der Schokoladenmama – dafür wuchs Großvaters Welt, nass, schwer, lehmig. Erde, aus der man mit klammen Händen Rüben zog, und der Regen schnürte, legte eine Schraffur vor den Garten und die Ebene, im Feld trottete ein Mann, sein Schirm ruckte auf und ab, schwarz schob sich der Wald hinter ihm herauf, entließ Schwaden aus den Baumwipfeln, die in das Schlammgeschiebe getrieben wurden, Westwindhimmel, kohlegrau, schiefergrau, lehmgrau, bleiern, aschfarben, rauchgrau, rußig, und es war ein Tropfen und Gurgeln, Plätschern, Prasseln, Rinnen, Sickern, Spritzen, und quietschend stotterten die Scheibenwischer des mausgrauen Fords über die Windschutzscheibe, schoben hinter Tropfen einen grasbewachsenen wie von einer gewaltigen Hand geformten Damm hervor, die Moräne, wie Vater sagte, durchbrochen an einer Stelle durch die Wyna, die zwischen Wurzeln und Kies hervorquoll, und wir fuhren am eiszeitlichen Wall entlang ins Dorf, aus dem Großvater stammte, das dieser nur selten besuchte, meistens zur Jagd, und in das Vater neuerdings öfter fuhr wie in eine eigene Vergangenheit. Als wollte er etwas von dem bewahren, was Großvater so beharrlich versuchte, zum Verschwinden zu bringen, indem er Turbinen, Schützen und Seitenkipper für fünfhundert Liter Inhalt und fünfhundert Millimeter Spurweite baute.

Dampf stieg mittschiffs über dem tonnenrunden Schmelzofen auf, glühende Gase leuchteten neben der Elektrodenröhre in der dämmrigen Halle, zischten ins Rattern des Laufkrans, und einer der Gießermeister, in einer weiten Überhose, das Leibchen nass um den Brustkasten, die Lederhandschuhe bis über die Ellenbogen gestreift, eine Schweißerbrille im Gesicht, deren Gummiband breit über den Nackenfalten lag, zog am Griff des eisernen Galgens, der Schieber ging hoch, und die Glut flammte aus dem Loch, rötete die Schulter des Arbeiters, der mit einer Stange in den feurigen Rachen stach, einen Moment lang die Gefahr in Schach hielt, das Gesicht von der Helle ein Fleck. Es roch harzig und stechend, durch die gedunkelten Gläser sah er den weißglühenden Stahl, eine außer Rand und Band geratene Materie, die ihr Gewicht verloren zu haben schien, ein Stück Wüstensonne, das in der Stahltonne tobte, und der Gießer hob den behandschuhten Arm, die Gusspfanne wurde mit dem Laufkran herangebracht, dann wandte er sich ab, als wolle er zeigen, dass die Gefahr vorbei sei, nickte seinen Kumpels zu, und der Stahl floss heraus, so leicht, so beweglich, die Funken knisterten, sprühten ein Firmament vor die rußigen Wände, und die Pfanne schwebte an den Ketten durch die Halle, eine glühende Scheibe, waagrecht im Raum, schon mit rötlichem Rand, mit beginnenden Schatten, schwebte zu den Formkästen aus Eisen, gefüllt mit Kernsand – –

Und nur Großvater wusste, was das hieß: Glut. Was das bedeutete: Sand. Wovon niemand eine Ahnung hatte, weder seine Söhne noch seine Frau oder irgendeiner der Eisen- und Stahlwerke, weil nur er erlebt hatte, was er allen verschwieg: die Jahre am Rande der Wüste. Im Posten der Legion. Und der Sturm trieb den Sand über die Ebene, trocken und staubig, ein Strom von Linien über den Steinen, schmirgelnde Strahlen, durch die die Hufe und Schuhe stapften, spurlos, eine Reihe niedergebeugter Gestalten und trottender Tiere. Die Luft war erfüllt von brennender Trübe, die in Nase und Augen drang, die Beine schmerzten, der Durst quälte, die Tragriemen schnitten in die Schultern. Niemand in seiner Nähe wusste, was das bedeutete, nicht entrinnen zu können, weitermarschieren zu müssen, auf einer Anhöhe zu warten, bis sie auftauchten aus dem glühenden Dunst, in diesem wie scheinbar verlangsamten Galopp ihrer Kamele, die Schreie, die Schüsse, und keiner um ihn her kannte die Leere nach dem Fieber des Tötens, den lähmenden Trübsinn, der sich nach dem Kampf einnistete, glarige Fatamorganas durch die Alkoholnebel des Gehirns jagte, Lügen- und Wunschgeschichten nötig machte, die man bei Lösch, an die Wand des Versorgungsschuppens gelehnt, erzählte, dass der Zschokke gekommen sei, dieser von allen im Dorf hochgeachtete Mann, ja extra nach Burgdorf gefahren sei, mit einem Pferdegespann von der Moräne herab, um ihn zu holen, weil doch ein Bursche mit einer schönen Handschrift und einem guten Kopf nicht einfach verlorengehen dürfe, und wir sind dann die Dorfstraße hochgefahren, durchs Unterdorf, und ich habe gesehen, dass man »abfahren und aufräumen« muss mit dem alten Gelump, mit den Strohhäusern und der Handarbeit, dem Petroleumlicht, man vielleicht die Moräne als einen natürlichen Staudamm nutzen könnte, um die Energie zu erzeugen, die Licht brachte und Maschinen trieb, Geld und Wohlstand schuf, den Menschen Arbeit gab, wie Zschokke von der Kanzel gelehrt hatte: Dass es eine göttliche Kraft sei, die in den Kabeln fließe und den Menschen helfe, Berge zu versetzen. Und der »kleine Schneider«, sein Vater, sei mit einem Trupp Dörfler zu der Landesausstellung getippelt, um die Illuminationen zu sehen, ein Wunder, als sei Pfingsten geworden, und er sei so begeistert gewesen, dass er drei Jahre später mit ihm und seinem Bruder zur Fünfhundertjahrfeier der Schlacht bei Sempach nach Luzern gewandert sei, um noch einmal die Lampen und Lichter zu sehen. Du kannst schon grinsen, Lösch, heute ist das nichts Besonderes mehr, heute sind schon viele Dörfer beleuchtet. Doch damals ist es so wie hier gewesen, stockdunkel, aber ohne diesen Sternenhimmel.

Und Großvater hat später, nachdem er zurückgekommen war und »wusste, dass die anderen nicht wussten«, diese Geschichten weitererzählt, die an Löschs Versorgungsschuppen begonnen hatten, doch ihre Sätze wurden aus Eisen gebaut, für eine bessere Zukunft: Träger, Platten, Masten, in die Landschaft gesplittert, gerammt, geschnitten. Und Hans H. erfand für sich eine Rolle, die er später auf seine Söhne übertrug, und ich, sein Enkel, schreibe noch immer an der Lügengeschichte weiter, mit der er sich ein wenig Respekt und Verständnis schaffen wollte vor Smith, dem Engländer, der mit einem König aus der gleichen Feldflasche getrunken hatte, und vor Lösch, der selbst »aus einem kleinen Posten« stammt.

Kurzum, alle Bilder der Elektrizitätsgeschichte zeigen Scheinbilder, sie zeigen nicht die Elektrizität. Aber all diese falschen Bilder waren immer fruchtbar genug, um über den erreichten Irrtum gleichsam in die nächste Stufe des Irrtums vorzudringen, um auf diesem Wege weitere Annäherungen zu erreichen.

Und am Morgen lag Schnee, eine dünne Decke, die sich noch unberührt hinab zum Wasser zog, schwarz floss es zwischen den Ufern zur Schlucht, umspülte eisig bedeckte Steine und Felszungen. Die Bäume zerfaserten in Raureif, waren fleckige Unschärfen vor Kanten und Schrunden, die in die geweißten Flächen schnitten, Schichten von Gestein – einstmals unter gewaltigem Erddruck weißglühend kristallisiert –, jetzt starr, kalt, öd. Und in der Spalte strömte das Wasser, abgründig und ruhig, bei tiefem winterlichem Stand, so unbeteiligt, fremd, als flösse es aus einer Urzeit her, und vom Felsriegel am Ende der Schlucht trieb die Schneeluft den Nebel herauf, ein wattiges Grau, das Himmel und Horizont löschte, einen Schleier über den drohend ungewissen Hintergrund zog, der die Schlucht, den Strom aus seiner Umgebung herauslöste, sie für einen Moment zu einem Porträt bereitstellte, so hintergrundslos hergerichtet wie die zweite, jüngere Aufnahme von Großvater. Tatsächlich war auch eine Kamera da, die Glasplatte fand sich in einer Schachtel mit blauem Etikett: Plaques au gélatine d'argent der Firma A. Lumière & ses fils, am Anfang des Jahrhunderts aufgenommen von einem mir unbekannten Fotografen, der an jenem winterlichen Morgen, eingehüllt in seinen Mantel, den Hut tief auf den Kopf gedrückt, aus der Stadt hinabgestiegen sein musste, unterhalb des Flusstors eine Felsbank erklomm, dabei ausglitt und seinen Mantel beschmutzte, um schließlich die Stativstützen in den doch tiefer als angenommen liegenden Schnee zu drücken.

Die geschwärzte Glasplatte ergab einen hellen Abzug, den ich nach einem flüchtigen Blick im Fachgeschäft zu Hause eingehend untersuchte, und als ich durch dieses glänzige, dreizehn mal vierundzwanzig Zentimeter große Fenster hinab in die Vergangenheit blickte, sah ich nach einer Weile ruhiger Ansicht, wie in die urzeitliche Schlucht auch der Grund hineinfotografiert war, warum sie gerade jetzt festgehalten werden wollte. Weshalb der Fotograf an jenem Morgen das frisch eingeheizte Geschäft verlassen hatte, das Stativ mit der Kamera auf der Schulter durch die eisigen Straßen hinab zum Fluss gestapft war, nasse Füße und einen erneuten Husten in Kauf nahm, um die Felsbank hochzukraxeln und neben der Kamera zu warten, bis der Nebel sich anhob und den oberen Rand der Schlucht freigab. Wie das Silber der Platte war der Schnee eine vergängliche Schicht. Sie würde schmelzen, vielleicht schon gegen Mittag, und mit ihm die letzte winterliche Ansicht. In den nächsten Tagen begännen die Arbeiten, würden die Geleise für die eisernen Transportkarren – Seitenkipper mit fünfhundert Liter Inhalt – verlegt, wie sie die Stahl- und Eisenwerke in A. herstellten, waren die Sprengbohrungen schon auf den Plänen markiert, die Ingenieur Gruner aufgrund seiner genauen Vermessungen hatte zeichnen lassen. Und da war jetzt nochmals dieser Schnee, eine dünne Decke. Sie verkleidete die Schlucht für ein Porträt, das urtümliche Natur log, doch sie würde nicht halten. Und mit dem Weiß begänne auch das Schwarz der Felsen zu schmelzen, anfänglich kaum merkbar, doch unter dem Lärm der Maschinen, der Warnsignale und Detonationen rascher und augenfälliger, bis sie verschwunden wären und die Schlucht aufgehört hätte zu existieren.

– Wir müssen endlich vorwärtsmachen, das alles geht zu langsam, wir haben nicht mehr viel Zeit.

In der Formerei hatte man Akkordarbeit eingeführt, in der Gussputzerei ein Prämienwesen. Mit der gleichen Arbeiterzahl wurde die beinahe doppelte Produktionsleistung bewältigt, die Firma machte nach den schwierigen Jahren, in denen man den Elektrostahlguss eingeführt hatte, endlich Gewinne: Doch Großvater hielt seinen Stock wie einen Seismographen auf dem geölten Holzboden seines Büros, er spürte dieses Beben durch die immer häufigeren Zusammenstöße der Großmächte, die sozialen Erschütterungen, die in den umliegenden Ländern für Verwirrung und Unruhe sorgten. Und nur er wusste, dass sie nicht wussten, was diese Vorzeichen bedeuteten, keiner von ihnen, auch Alfred E. nicht, weil sie dieses steigende Fieber nicht erlebt hatten, das einem Krieg vorausging, weil sie nicht kannten, wie der Wille zu töten und zu zerstören unwiderstehlich wurde, ein Drang wie damals am Rande der Wüste. Und Großvaters Stock vibrierte, er klopfte damit auf den Boden, ungeduldig, unduldsam, stieß ihn heftig auf den neuen Makadambelag vor der Maschinenhalle, brüllte über den Kasernenhof zwischen Verwaltung und Gießerei, wenn Gestalten an den Mauern sich entlangdrückten, rauchten, aus den versteckten Flaschen tranken, schrie ihnen die Nachnamen ins Gesicht – Suter, Bolliger, Wehrli –, beschimpfte sie, verfiel ins Französisch, nannte sie »bougre de saligaud«, »sale bicot«, trieb einen Säumigen an der Bohrfräse an, indem er ihm mit dem Rohrstock auf die Knöchel klopfte, lachte sein »Ho, ho!«, wenn einer aufbegehrte, und sagte, indem er ihn anstieß: So ist recht, Müller, lass dir nur nicht alles gefallen, doch wir müssen arbeiten –

– Wir haben nicht mehr viel Zeit, sagte er zu Alfred E., dem Firmenbesitzer, die Grenzen werden geschlossen sein, die Rohstoffe knapp werden. Eigene hat die Schweiz nicht, und das Ausland wird die seinen brauchen. Wenn die Firma überleben will, benötigen wir Vorräte, jetzt! Ich will die Lagerhaltung an Koks und Roheisen verdoppeln, will neue Lieferverträge für Strom abschließen. Die elektrischen Schmelzöfen werden sich bezahlt machen.

E. sah neben Großvaters Gesicht vorbei zum Fenster, wo das Licht sich in den aufgespannten Gardinen brach und ein Stück Regenhimmel durch das obere Drittel fuhr. Oberst Ammann habe ihm erzählt, er sei vom Besuch Kaiser Wilhelms beeindruckt gewesen, sagte E., der selbst Offizier der Schweizer Armee war, doch an den Manövern im September 1912 nicht teilgenommen hatte, Ammann habe eine Brigade geführt, zum ersten Mal übrigens, und es sei wegen der großen Zuschauerzahlen, der Begeisterung der Leute, nicht eben einfach gewesen, die gestellten militärischen Aufgaben zu lösen – –

Großvater hielt seinen Stock umklammert, schwieg, doch im Kopf des Sergeanten des zweiten

Fremdenregiments höhnte es, dass dies Kinderspiele seien, dummes, ahnungsloses Zeug, dass von all den verkleideten Zivilisten nicht einer wisse, was das heiße: Krieg.

– Sie sind zu pessimistisch. Der Kaiser habe sich als kompetente, konziliante Persönlichkeit gezeigt –

Lackierter Angeber, interessiert mich nicht.

– der übrigens Humor und auch eine Nähe zum einfachen Mann besitze: Er sei sogar in den Schützengraben gesprungen und habe sich von einem Soldaten Lage und Ausrüstung erklären lassen.

Später werden die lackierten Angeber weit weg und hinter den Linien sein.

Und sein Stock pochte auf den Boden, Großvater bezwang sich, obschon die Bilder von damals hochdrängen wollten. Man war hier vielleicht nur ein kleiner Posten am Rande der Wüste, die Eisen- und Stahlwerke konnten sich nicht anheischig machen, ein Zentrum der industriellen Produktion zu sein, doch sie fabrizierten Stahl, sie bauten Maschinen. Sie gehörten, ob sie wollten oder nicht, zur Kaserne.

– Wir haben uns gegen die Erpressung der Georg Fischer AG gewehrt, dem Deutschen Stahlverband beizutreten. Jetzt will ich neben deutschen Kokslieferungen auch französische Verträge abschließen, sagte er, und die Hände entspannten sich, das Weiß der Knöchel verblasste, er ließ den Stock leicht zwischen den Handflächen kreisen.

– Der dreimonatige Kohlevorrat wird verdoppelt

oder besser noch verdreifacht, und Sie geben mir jetzt Ihre Zustimmung. Dann werde ich anordnen, große Mengen Schrott aufzukaufen. Wir werden die Einzigen sein, die dank der Elektroschmelzöfen daraus Roheisen herstellen können.

Und Großvater ließ sich am 15. Mai 1914, dem Eröffnungstag der Schweizerischen Landesausstellung in Bern, mit der Trambahn in die Nähe der Bureaux Internationaux fahren, ging zielstrebig zur Maschinenhalle, besah sich diese hohe lichte Eisenkonstruktion, in der die neuesten Produkte der Industrie standen, hergestellt von Firmen wie Brown Boveri, Escher Wyss, der Maschinenfabrik Oerlikon, von Roll, Sulzer, Georg Fischer, die mit einzelnen Erzeugnissen zwar Konkurrenten, bei anderen dafür Kunden waren, betrachtete eingehend und mit Zufriedenheit das Arsenal an vergossenem Eisen und fand am Ende des Ausstellungsgeländes, in dem künstlich aufgebauten Dorf, dem »Dörfli«, die Zukunft dargestellt, wie sie dank Maschinen und Stahl aussehen würde: Sauber, gereinigt von Armut, in überschaubaren, ausgewogenenen Proportionen geordnet, wie sie das Ensemble aus Dorfplatz, Pfarrhaus, Kirche, Gemeindehaus und Gastwirtschaft darstellte. Sogar einen Friedhof hatte man aufgebaut. Und dorthin würde der Umzug all der Angeber führen, die jetzt noch in Zylinder, Bratenrock, ihren weißen Handschuhen, in federgeschmückten Hüten und den langen, spitzenbesetzten

Kostümen durch die Ausstellung und deren Gartenanlagen promenierten. Für sie hatte Großvater ein verächtliches Lächeln übrig. Ihre Zeit war vorbei, und die Ausstellung in Bern, die versucht hatte, eine Epoche anhand ihrer Produkte, Erfindungen und Errungenschaften wiederzugeben, ihren Wohlstand durch herrschaftliche Gartenanlagen zu zeigen, war noch nicht zu Ende, da legte Großvater seinen Stock auf sein Schreibpult, rechnete die Kohlevorräte durch, machte Einsatzpläne für die Leute, die ihm nach der Mobilmachung Anfang August geblieben waren – und keiner fragte, warum er selber, Hans H., nicht eingezogen wurde.

VII

WASSERLINIE

Manchmal nachts träumte Großvater vom Brand, den er als Kind erlebt hatte, bei dem das Haus und die Habe zerstört und die Familie auseinandergerissen worden war, sah wieder die Flammen aus dem Strohdach schlagen, hörte das Platzen der Balken und Steine und war sich nicht sicher, ob es nicht doch eher Schüsse wären. Und er spürte die Hitze, sie ließ ihn sich unruhig im Bett herumwerfen, spürte, wie aus der Glut des Feuers die Glut der Wüste wurde, war wieder in der endlosen Ebene aus Steinen und Sand, durch die sie marschierten, saß dann auf der Felskante, drei, vier Meter über dem vertrockneten Flusslauf, schwindlig vom Fieber, und er schob sich den Lauf des Gewehrs in den Mund wie eine Zigarre, die der Giger im Dorf fabrizierte, doch der Lauf war hart und schmeckte nach gefettetem Stahl. Und er brauchte nur den Abzug zu ziehen, dann wäre Schluss. Und der Balken barst, ein Knall – und die Flamme schoss aus dem Dach, riss aufglühende Fetzen Stroh mit. Eine Faust zerrte ihn hoch, stieß ihn hart vor sich her, hinaus aus dem Haus – hinunter über die Felskante: Er fiel, schlug auf, und der

Schmerz schoss wie ein Blitz vom Fuß durch den Körper ins Hirn. Wieder waren Hände da, die an ihm zogen und zerrten. Er hörte Stimmen, er hörte den Leutnant sagen: Mein kleiner bicot, mach keine Dummheiten. Nimm einen Schluck Cognac, es ist echt französischer. Du wirst es überleben. Und es war nicht dieser Deutsche, der Kienzle, den er dann sah, der höhnisch gegrinst und an der Felswand gelehnt hatte, es war sein Vater. Der Störschneider stand auf der Straße, wo eine Kette von Gestalten die Ledereimer weitergaben, um das wenige Wasser aufs Dach des Nachbarhauses zu schütten. Auf den ausgezehrten Zügen des Rudolph Samuel lag der Flammenschein seines Hauses, Tränen liefen ihm über die Wangen, als müsste er sie ebenfalls gegen den Funkenwurf schützen, und Hans H. blickte in das haltlose, von Verzweiflung aufgewühlte Gesicht, auf den offenen, keuchenden Mund, der nicht mehr seinem Vater gehörte, der jetzt zu seinem eigenen Keuchen gehörte, während er sich im Bett wälzte und den Leutnant unten im Qued sagen hörte: Verdammt, Schnidäär, du hast den Fuß verletzt, darauf steht Kriegsgericht. Du bekommst »Gullihaus« wie deine Alten oder, besser noch, wirst um ein Kostgeld verdingt. Und er spürte Scham. Spürte die Angst, nochmals von vorne beginnen zu müssen, wieder an die »Schmudlers« verschachert zu werden, erneut sich bei der Legion anwerben zu lassen, und die Angst brannte, war stärker als die Hitze vom Strohdach, die das Laub des Birnbaumes zu Zigarren gerollt hatte. Du kommst nach Cayenne, ins Bergwerk! Und Großvater stöhnte, seufzte, schrie unverständliche Worte, bis Großmutter, unwirsch über die Störung, die Nachttischlampe anknipste, sagte: – Was hast auch, und das gleichmäßige Licht der elektrischen Birne brennen ließ, weil es Großvater beruhigte, und sie die Lampe erst wieder löschte, wenn dessen Atemzüge wieder regelmäßig geworden waren.

Doch die darauffolgenden Tage blieb ihr Mann schweigsam, er war verändert, abweisend, unnahbar. Er hatte wieder sein »altes« Gesicht, dieses Kutscher- und Gesellengesicht, wie damals, als sie ihn kennenlernte, sie bald danach heiraten mussten und ihr Mann noch einfacher Schreiber bei der Eisenbau AG in W. war.

Dass Anna T. auf dem Hochzeitsbild von 1908 so verkrampft am Arm ihres künftigen Gatten steht, ihr Gesicht jedoch offen und heiter wie eine Seenlandschaft der Kamera zuwendet, hat den Grund in Großmutters Versuch, durch ein Krümmen des Körpers, der geschickten und berechneten Haltung des Brautstraußes, das zu verbergen, was ihr heimlicher Triumph war, vor den Leuten jedoch vertuscht werden musste: Sie war schwanger. Allerdings braucht es beim Betrachten des Fotos Geduld und einen Widerstand gegen Großmutters Absicht, alle Aufmerksamkeit des Betrachters nach oben, auf das Gesicht zu lenken, um erst stutzig, dann neugierig zu werden. Weshalb diese Krümmung, warum der krampfhafte Versuch, den Bauch nach hinten gegen die gemalten Draperien zu drücken, das Brautbouquet so gekünstelt vor sich zu halten. Und wie auf einen Schlag wird ihre zuvor noch unnatürlich empfundene Haltung verständlich, von einer plötzlichen Eindeutigkeit, dass man sich fragt, warum man nicht sogleich begriff – und sich über all die Zeit hin hatte täuschen lassen, doch auch bewundert, wie geschickt sie posiert hatte.

Mein Vater wurde »zu früh« geboren, wie man die fehlenden Monate zwischen Hochzeit und Niederkunft gegenüber Bekannten begründete. Er kam an einem Februartag zur Welt, ein kräftiges Kind, und Großvater beugte sich, nachdem er in die Kantonale Krankenanstalt gerufen worden war, über das Eisenbett, in dem sein Erstgeborener eingewickelt in Tüchern lag, wandte sich dann ab und dem Fenster zu, das auf den Park ging, sagte: – So, wenigstens ist es ein Sohn. Und er spürte nichts, außer einer Dumpfheit, als wäre auch in ihm dieses tintige Licht über den Schneeresten und festgefrorenen Pflugspuren. Eine elektrische Leuchte brannte zwischen Stämmen, und Großvater schob gewaltsam diese taube Empfindung weg, wandte sich dem Wöchnerinnenbett, den weißen Laken zu, sagte: – Er ist ein H., er gleicht meiner Mutter, und war sich in dem Moment bewusst, dieses Kind, das da zappelte und schrie, würde ihn stets daran erinnern, dass er die Frau hatte heiraten müssen, die jetzt da zwischen den Laken lag, das dunkle Haar wirr auf dem Kissen. Er war mit ihr zusammen gewesen, weil man gehungert hatte und vergessen wollte, die er verließ, als die »andere« kam, bei der er erst wirklich vergessen konnte.

Und Großmutter sah ihren Mann an, wie er da vor dem Eisengestell ihres Bettes stand, spürte, wie er eben jetzt an diese »andere« dachte, an jenen Tag im Sommer, und sie war durchs Treppenhaus hochgestiegen, zu dem Korridor, an dem die Dienstkammern lagen. Und sie wusste nicht, welches die Tür der »anderen« war, nur, dass diese hier wohnte und Hans H. jeden Tag herkam. Sie wartete, in einer Ecke, am Ende des Korridors, wartete, bis er vom Treppenhaus her eintrat, zu einer der Türen ging, anklopfte und geöffnet wurde. Die »andere« war größer als sie, trug einen weitgeschnittenen Rock und das Haar offen, es war heiß, roch nach dem Harz des Dachstocks und dem Staub, und er wollte sich vorbeugen, die »andere« küssen, vielleicht auch nur über ihre Schulter in das schattige Braun der Mansarde sehen, in der es eng, auch ein wenig stickig sein musste, doch wo Hans H. begann, sich zu Hause zu fühlen. Da stand Anni T. neben ihnen, dunkel und entschlossen, sagte ohne Umschweife und mit der Gewissheit zu bekommen, was sie wollte: – Ich bin schwanger, ich erwarte ein Kind.

Und jetzt war es da, lag neben der Frau im Bett, vor dessen Eisengitter er stand, und Großvater merkte, dass Großmutter ihn durchschaute. Sie hatte gespürt, woran er dachte. Er wandte sich ab, murmelte etwas, sah erneut aus dem Fenster, vor dem das Licht geschwunden war, auf der Scheibe spiegelte sich seine Gestalt, ein Umriss, gefüllt von Stämmen, zwischen denen ein Lichtpunkt leuchtete: Er würde sein Kind nicht mögen. Doch man war jetzt eine Familie, sie würde größer werden, man tat seine Pflicht wie damals auch, würde dafür respektabel sein. Alles andere galt nichts, mit Gefühlen musste man abfahren. Gefühle waren lackierte Angeber, die es nicht mehr brauchte.

Das Wasser liegt heute, an diesem Morgen, dunkel zwischen den Ufern, Nebel zieht in Ballen stromaufwärts, über die Uferbäume, die vereinzelten Häuser, die Stützmauer der Eisbahn hin. Doch dieses glatte, kaum ziehende Wasser verbirgt auch: Auf seiner Oberfläche ist der ehemalige Fall, seine Wirbel und Turbulenzen, noch als feine, fasrige Linien zu sehen, die sich im Rund weiten, vergehen, sich verlieren an die Eisfarbe des gespiegelten Lichts – und am Ende des Stroms, der eingeschachtet, gestaut, gezähmt zwischen den Felsufern liegt, erhebt sich der Umriss des Kraftwerks, der Burgfried über der Staumauer, der Palast der Turbinen – ein in Nebel schwimmender Klotz.

Auch Großmutter hatte Grund, ihren ältesten Sohn nicht zu mögen. Er erinnerte auch sie, wie knapp sie der Schande entgangen war, eine Frau mit unehelichem Kind zu werden, was der tiefste Fall war, den ein Mädchen tun konnte, damals. Ebenso tief, als würde ein Bursche zur Legion gehen oder im Zuchthaus landen, und Großmutter wusste, wovon sie ein Leben lang schwieg: Sie selbst war ein uneheliches Kind gewesen, ihre Mutter heiratete, als Anna T. schon zur Schule ging, und Hohn und Gelächter, die sie gedemütigt hatten, waren in ihre Seele eingebrannt: – Wie heißt dein Vater? – Ich weiß es nicht. – Wie heißt er? Sprich lauter! – Ich weiß nicht. – Ich verstehe nichts! – Ich weiß nicht. – Das ist kein Name »Ichweißnicht«. – Ich heiße wie Mutter. – Ja heißt du dann Hur? – Nein, Thut. – Tut nicht gut, wie? – Ja.

Und das Kind, das einmal meine Großmutter werden sollte, stand auf dem Pausenplatz vor dem Schulhaus, an den Stamm einer noch jungen Linde gelehnt, umringt von ihren Mitschülern, den Mädchen und Knaben, in grauen Röcken und schmutzigen Hosen, mit Haarzöpfen und struppig stumpfen Büscheln, die Gesichter bleich, sommersprossig, geprügelt und geohrfeigt. Sie spuckten aus, zeigten ihre Zungen, blickten mit Augen wie Lehmmurmeln. Großmutter sah nicht, wer sich zuerst gebückt hatte, doch der Kies prasselte wie Hagelschlag, dazu schepperten wie Topfdeckel die Stimmen: – Huren tut dem Anni gut!, und dichter flogen die Steinchen, und Großmutter schützte mit den Händen das Gesicht, wandte es ab, sie spürte die stechenden Schmerzen des aufschlagenden Kieses, spürte die Steinchen an Händen, am Kopf, an den Beinen, und jedes würde einstmals zurückgeworfen werden, jedes einzelne, überraschend, gezielt, schmerzend für denjenigen, den sie traf.

Doch an dem Morgen, damals auf dem Pausenplatz, hatte das Thut Anni eine Kraft zum Widerstand gespürt, die sie zuvor nicht gekannt hatte. Sie war die Ausnahme, und das machte sie nicht schlechter und nicht besser, doch anders.

– Freches, hochnäsiges Kind, stand unter dem Betragen im nächsten Zeugnis.

Das Tuch. Man legte es damals, am Rande der Wüste, wenn eine Hure in den Posten kam, auf das Gesicht der Ouled-Nail, um es nicht sehen zu müssen. Und manchmal legte Großvater auch jetzt noch ein Tuch auf das Gesicht seiner Frau. In der Vorstellung zumindest, durch das Abwenden des Kopfes. Ein Tuch aus geschlossenen Lidern, hinter denen die Bilder zurückkamen. Zurückkommen sollten. Angefüllt mit Glut, mit messingener, zittriger Hitze, die einen keuchen machte: Und durch die schlierige Luft kam wieder die tanzende Dunkle, kam aus dem Nichts der Steinwüste, eine zittrig verspiegelte Figur, kam mit Rufen und Singen, hatte Tücher um den Kopf gewunden, an den Fußfesseln rasselten die Schellen, an den Armen blitzten die Reife – und man sah von der Lehmmauer des Postens, wo man seit Wochen auf Ablösung wartete, hinein in die Ebene, in diese immer gleiche Öde zersprengten Steins, zwischen dem kaum ein Halm wuchs, und nun kam aus der quälenden Antwortlosigkeit ein Rasseln, kam ein Singsang, die Ouled-Nail hatte dunkle Tieraugen, fleischige Lippen, ihre Stirn war tätowiert, die Wangen mit Henna gerötet wie die Handflächen, und sie tanzte, und hinter den Lidern wölbte sich der Bauch, bespannt von Silberkettchen, erzitterte das Becken. Warte, warte in der Reihe, bis du drankommst! Doch die braune Haut drängt sich ins Hirn, legt sich an ihn, trocken und warm, riecht scharf, ein wenig stechend und fremd, er fühlt die Brüste, ihren Leib. Wieder wächst dieses Verlangen und das Nicht-Widerstehenkönnen, ist der Hass und die Verachtung in ihm, sieht er das schmierig weiße Tuch, das den Negergrind abdecken soll, um sich mit einer Vorstellung zu betrügen, mit dem Gesicht des jungen Mädchens von damals nämlich, der Französin in der Kalesche auf dem Hauptplatz von Sidi-Bel-Abbès, als die Legion konzertierte, die gelächelt hatte, aus Versehen gelächelt hatte, um sich dann voller Verachtung von ihm und seiner Uniform abzuwenden – eine »Angeberin«, die im fensterlosen Raum des Postens nun unter ihm lag mit dem Körper eines Affenweibchens, den er gekauft hatte, und die Lust und der Hass waren eins, sie schrien sich heraus, wenn endlich der Schwanz zuckte, ausschlug und die Scham kam, der Ekel vor der Negerhure und vor sich selbst, dass er noch immer und nach all den Jahren von Zeit zu Zeit das Tuch auf das Gesicht legen musste, das schmierig weiße Tuch des abgewandten Kopfes, der geschlossenen Lider – und es wieder auf das Gesicht seiner Frau legt, ihren Körper zu dem der Ouled-Nail macht, zu der braunhäutigen Erregung, an der sich schon die andern vor ihm abreagiert haben, um sich zu rächen, an der Französin, die ihn verachtet hatte, an seiner Frau, die ihn gezwungen hatte, sie zu heiraten, die er nicht besiegen konnte, nie würde besiegen können, die ihre Pflicht tat, wie er auch, und gab, was sie geben konnte: Pflicht.

Nach den Träumen vom Brand, nach den Nächten, da er das Tuch aufs Gesicht seiner Frau legte, stand Großvater am nächsten Morgen auf, ging ins Bad, kleidete sich an, doch eine Leere umgab ihn, als hätte ein Stück Wüste ihn ummantelt, in der kein Ton, kein Laut existierte. Er schwieg, kam zum Frühstückstisch ohne Gruß, ohne nach den Kindern zu fragen, und doch war sein Schweigen wie ein verstummter Wutausbruch, erstarrt in Reglosigkeit. Er sah keinen an, antwortete nicht, wenn er gefragt wurde, saß am Tisch mit diesem zurechtgehämmerten Gesicht, trank seine Tasse Kaffee, aß dazu ein Stück Brot mit Konfitüre, doch auch dies ohne Anteilnahme, stand unvermittelt auf und verließ das Haus, wort- und grußlos.

Großmutter seufzte, sagte: – So! und: – Macht vorwärts, dass ihr in die Schule kommt, und seid ja pünktlich zum Mittagessen!, versuchte sich damit abzufinden, dass es wie alle paar Monate wieder einmal so weit war, und sah zu, dass Schlag zwölf das Essen auf dem Tisch stand – eine Speise, die er mochte –, die Tür zum Haus würde zuschlagen, Großvater käme durch den Hausflur, würde den Stock in den Ständer bei den Jagdgewehren schieben, und wieder wäre dieses Gesicht gegenwärtig, feindlich, reglos, stumm. Sie saßen am Mittagstisch, Großmutter fragte ihre Söhne W., O. und den »Kleinen« nach der Schule, sie antworteten steif und mit scheelen Blicken zu dem Mann hin, der ihr Vater war, die Suppe löffelte, ohne aufzusehen, kurz auf den Tellerrand schlug, wenn er nachgeschöpft erhalten wollte, spürten, wie sein Schweigen sich ausweitete, sie in die tonlose Starre einbezog, dass sie selbst verstummten. Niemand teilte sich mehr mit, keiner erzählte etwas. Sie aßen, doch das Essen war ein verstecktes Warten, bis Großvater das Besteck niederlegte, den Sessel zurückschob, hinüber ins Wohnzimmer ging, wo sein Schreibtisch stand, und die Tür hinter sich ins Schloss warf: Ein Hall, der die Lautlosigkeit vertiefte.

Abends saß er draußen auf der Veranda allein, ließ hie und da einen Seufzer hören und das Klirren des Glases, wenn er es auf den Schiefertisch zurückstellte, war anwesend nur im Rauch der Zigarre, deren Geruch hereindrang, stapfte dann spät mit schweren Schritten die Treppe hoch, und je länger Großvaters Schweigen dauerte, nach dessen Ursache nie jemand fragte, desto mehr schienen auch die Möbel, die Bilder, das Zimmer und seine Einrichtung von dem Schweigen aufgesogen und wesenlos zu werden. Großmutter und die Kinder bemühten sich, nicht aufzufallen, taten, wovon sie glaubten, Großvater erwarte es, funktionierten reibungslos wie Maschinen der Eisen- und Stahlwerke und hofften, die Züge des Direktors kämen wieder in Großvaters Gesicht zurück.

1914 wurde ein zweiter Girod-Ofen aufgestellt, der größere Chargen erlaubte, 1916 kam ein dritter Ofen dazu. Das elektrische Stahlgussverfahren war perfektioniert worden, die Luftspalten zwischen Elektroden und Deckel, die wie Kaminzüge gewirkt und den Abbrand der Elektroden beschleunigt hatten, waren gasdicht geschlossen worden: Die Ofenatmosphäre erlaubte ein noch nie dagewesenes metallurgisches Arbeiten, konstant, zuverlässig, mit geringem Phosphor- und Schwefelgehalt.

Die Eisen- und Stahlwerke in A. begannen den elektrischen Stahlgussofen als ein eigenes Erzeugnis zu bauen, da die anfängliche Skepsis der Konkurrenz sich in ein durch Krieg und Rohstoffknappheit verstärktes Interesse gewandelt hatte. Zwei Einheiten wurden an Firmen in der Ostschweiz geliefert, doch der größte Kunde für Stahlguss übte Druck aus. Falls die Eisen- und Stahlwerke nicht exklusiv lieferten und das entwickelte Verfahren veräußerten, würden alle Verträge gekündigt. Sie könnten keine Konkurrenz im Elektrostahlguss dulden, durch den neue und genaueste Legierungen möglich würden, die für eine Weiterentwicklung im Maschinen- und Apparatebau, vor allem für die Konkurrenzfähigkeit beim Kriegsmaterial, notwendig sei.

Die Schlucht heute, auf die ich sehe, von meinem Haus aus, der Veranda, wo ich jeden Morgen sitze und meinen Kaffee trinke, aufs Wasser schaue, wie seine träge Flut sich langsam zwischen den Ufern hinab gegen das Wehr und die Jurazüge schiebt, die Schlucht heute verändert sich langsam, kaum merklich, doch unaufhaltsam, und jeden Morgen wird mein Blick enttäuschter. Der Sichtwinkel ist beinahe derselbe wie auf dem Abzug, den ich von der Glasplatte hatte machen lassen, jenes winterliche Bild aus dunklen und hellen Flächen, doch Tag für Tag sehe ich ein bisschen weniger Strom, verwandeln sich seine Ufer und die überhängenden Bäume, der bemooste Fels, und ich nehme – allmählich überdeckend, sich ablösend von der Wirklichkeit – eine Metapher wahr, ein Bild dafür, was seit damals, als der Fotograf, Stativ und Kamera auf der Schulter, sein geheiztes Geschäft verlassen hat, geworden ist.

Anfänglich, als ich in das Haus gezogen war, mir auf der Veranda mit Stuhl und Tisch einen Sitz- und

Leseplatz eingerichtet hatte, genoß ich den Ausblick, glücklich darüber, dass meinen Fenstern gegenüber die Verbauung des Ufers endete, ein mit Büschen, Weiden, Eschen bestandenes, felsiges Ufer begann, ein Stück Natur, in dem ich einen Brutplatz der Wasseramsel entdeckte, und ich verschaffte mir ein Fernglas, um dem, wie mir schien, natürlichen Ufer mit vergrößerter Sicht zu folgen, bis ich die Schlucht in ihrer Breite im Blickfeld hatte – und es dauerte Jahre, bis ich sah, was doch offensichtlich war: Dass die Schlucht ein geometrisch genau ausgesprengtes Staubecken war. Nichts von natürlichen Ufern! Keine Überbleibsel der ehemaligen Felsschrunden, die sich unter der Staulinie noch hätten finden lassen, nirgends ein Vorsprung, eine Kanzel der alten Enge! Und doch hatte ich Natur gesehen, hatte geglaubt, sie sei so, wie sie da von Ingenieuren am Anfang des letzten Jahrhunderts gerechnet worden war – und wurde mir unsicher meinem eigenen Wahrnehmen gegenüber, und ob heute, in meiner Zeit, das Leben nicht genauso träge und gestaut in seinem Fluss verliefe, zwischen geschickten Aussprengungen und mit dem beabsichtigten Ziel, die Energie zu bündeln, zu leiten, sie zu nutzen wie die Elektrizität, von der Aby Warburg, der berühmte Kunst- und Kulturkritiker, 1895 schrieb: *Durch sie zerstört die Kultur des Maschinenzeitalters das, was sich die aus dem Mythos erwachsene Naturwissenschaft mühsam errang, den Andachtsraum, der sich in den Denkraum verwandelte* – und wenn ich auch nicht ganz zu verstehen vermag, was mit dem Satz gemeint ist, während ich meinen Kaffee auf der Veranda trinke, schaue ich auf die ehemalige Schlucht, die jetzt ein Staubecken ist und aussieht, als wäre sie Natur.

VIII

DREHSPÄNE

Sogar in der doch sehr kollektivistisch angehauchten Schweiz ist heute davon die Rede, dem Kapitalismus einen neuen Freibrief in Form einer Erweiterung des Patentgesetzes auszustellen. Es müssen oft Riesensummen aufgewendet werden, bis neue Erfindungen eine brauchbare Gestalt gewinnen. So ist die ganze Entwicklung, welche die Elektrotechnik durchlaufen hat, ohne den Kapitalismus gänzlich undenkbar. Der elektrische Strom war seit 1789 bekannt, das Prinzip der elektrischen Kraftmaschine seit 1866. Aber erst 1871 gelangte Gramme nach langen Versuchen dazu, eine brauchbare Dynamomaschine auszubilden. Seither sind es fast einzig große kapitalkräftige Gesellschaften, welche unter Aufwendung von Millionen für Versuche die Elektrotechnik weiter gefördert haben. Man denke nur an die epochemachende Kraftübertragung Laufen-Frankfurt (1892), den gewaltigen kapitalistischen Apparat, mit dem Edison arbeitet, die Ausbildung der Nernstlampe für die praktische Verwendung, die Arbeiten der Marconi-Gesellschaft auf dem Gebiete der drahtlosen Telegraphie. Das Kapital wirkt gewissermaßen wie eine Naturkraft. Auch unser Kraftwerk L. wird die Signatur des Kapitalismus tragen – und wenn das Großkapital seine Fahne am Laufen unten aufpflanzt, so möge keiner den Festmorgen, mit dem für L. ein neues Zeitalter anbricht, verschlafen, keiner auch sich grollend abwenden – dann ist zu hoffen, dass alle Klugen, Fleißigen und Redlichen einen gedeckten Tisch finden.

Der Gang. Eine ruhige, gleichmäßige Bewegung nach vorne, umspielt von seinem Jagdhund, dem Cockerspaniel, der den Schritten eine zusätzliche Bedächtigkeit gibt. Den Kopf gesenkt, den Blick vor sich auf die Straße gerichtet, die Augen von der Krempe des Filzhutes beschattet, geht Großvater neben seinem Stock her, der, nach außen und vorne gesetzt, Autorität und Führung übernimmt, ihn aufgeschlossen folgen lässt, die Linke auf dem Rücken. Er trägt eine immense Last – so wenigstens macht es den Anschein –, und er trägt sie, als sei irgendwann und für immer entschieden worden, dass er neben dem Schulsack, der Nähmaschine seines Vaters, noch den Tornister eines Kameraden zu schleppen habe. Sein Gang ist breit, die Schuhe schieben sich beinahe ohne Kraftaufwand über den Asphalt, braune Halbschuhe der Marke Bally, die man sich jetzt leisten kann, feinstes Boxcalf-Leder, englisch gemustert. Sie führen mit glänzigen Kappen die weitgeschnittenen Hosenbeine aneinander vorbei, einen grauen Gabardine-Stoff, der in den Kniekehlen einknickt und den vom offenen Veston umflappten Körper, ohne nennenswerte Schwankung, doch in massiver Robustheit entlang der Gärten trägt, an Mauern und Zäunen vorbei, hinter denen die Fliederbüsche wachsen.

Doch Großvater führte seinen Gang nicht oft vor. Niemand wusste von der ehemaligen Fußverletzung, wir ahnten nichts von den Märschen, die er am Rande der Wüste durchgestanden hatte. Er vermied nur jeden Schritt, außer bei der Jagd, und das Zeitalter zeigte sich gnädig. Es hatte eben das Automobil als Massenartikel geschaffen, und Großvater war einer der Ersten, der in A. einen Wagen besaß. Er ließ sich von Sonderegger, dem Chauffeur, abholen und über Mittag nach Hause fahren, saß in Mantel und Hut im Lederpolster des Fonds, brannte sich eine Zigarre an, sah durch die viereckigen Scheiben hinaus auf die Straße, wo beim geschlossenen Bahnübergang der Wirtschaft »Gais« die Arbeiter und Angestellten im Schneematsch standen, an der Schranke warteten, um nach Hause zum Essen zu gehen, in blauen Kitteln und Ledermützen die einen, in Mänteln und Hüten die andern. Hinter ihnen hielten ein paar Arbeiter mit Fahrrädern und stand ein Pferdegespann, der Bauer ließ die Zügel in geröteten Händen auf der braun-gelb gemusterten Decke ruhen, er sah hinab auf die Handkarren, mit denen Burschen Säcke und Kisten austrugen und mit einer Zigarette im Mundwinkel zu den Büromädchen blickten, die sehr damit beschäftigt waren, ihre Stiefelchen nicht nass werden zu lassen. – So, Sonderegger, hup! Die sollen da vorne Platz machen!, sagte Großvater, der eine Gruppe Soldaten an der Schranke über den Geleisen beobachtete, die in ihren Capots, Feldflasche und Brotsack an den Ceinturons angehängt, den Karabiner vor der Brust, mit müden, unzufriedenen Gesichtern dastanden. – Hup, hab ich dir gesagt, die sollen zur Seite! Und Sonderegger tat, was er verabscheute, hupte mit nörgelndem Horn: Jetzt würden die Köpfe sich nach der schwarzen Limousine umdrehen, gleichgültige, doch auch verächtliche Gesichter, und Großvater sah in ihre Augen: So wie die war auch er gewesen, hatte am Straßenrand gestanden, dort unten in der glühenden Sonne, wenn sie Ausgang hatten und das Musikkorps von hundertfünfzig Mann am Hauptplatz spielte. Die ganze Stadt war auf den Beinen gewesen, die französischen Bürger fuhren in ihren Kutschen vor dem Musikpavillon auf, ließen ihre Verachtung für die Legionäre spüren, diesen Abschaum des zivilisierten Europas, das sie in gestärkten Hemden und mit Zylindern, in weitausgeschnittenen Roben und federgeschmückten Hüten vertraten. Nie konnte er die junge stolze Französin vergessen, die ein Lächeln, umrahmt von Bändern und Zierlocken, auf ihrem schlanken Hals und einem weiten sehnsüchtigen Dekolleté trug. Sie sah ihn von der Kutsche herab aus mutwilligen Augen an. Und als auch er lächelte, kam eine Abscheu in ihr Gesicht, sie wandte sich ab, teilte mit einer ratschenden Bewegung des Fächers die Welt – und verbarg ihren Kopf hinter dem reichbemalten Stoff.

»Aufräumen« und »abfahren«, das waren Lieblingswörter meines Großvaters. Und ihnen folgte, wenn er sie aussprach, eine Geste, die wegwischte, was ihm nicht passte, als wären auch gesellschaftliche Verhältnisse oder wirtschaftliche Krisen nur wie Brösel. Reinen Tisch, das war, was von Zeit zu Zeit gemacht werden musste, und genau das tat der Krieg. Er hatte aufgeräumt mit den lackierten Angebern, war abgefahren mit den Kutschen, langen Röcken und dem vornehmen Getue. Den Rest besorgte die Grippe. Auch in der eigenen Familie. Die Brüder Gotthold und Rudolph starben während der zweiten Grippewelle im Oktober 1918. Kurz zuvor war die Mutter gestorben. Und die Schwester zählte nicht. Die Jahre vor dem Krieg hatten keine Bedeutung mehr, waren zur Geschichte geworden. Eine neue Zeit begann, und die brauchte ihn, weil sie Stahl brauchte und Leute, die nach eigenen Gesetzen handelten. Die sich nicht zu schade waren zu tun, was getan werden musste: Kohle zu beschaffen, wenn es keine mehr gab, Roheisen zu besorgen, wenn die Kontingente ausgeschöpft waren. Die Gegenwart war nicht für Zimperliche gemacht, sie benötigte die harte Hand, und es kam einem zugute, was man bei Lösch in der Versorgungsbaracke gelernt hatte. Du kannst den Jehudi beim Wägen betrügen, doch es muss auch etwas für ihn abfallen – und so hatte Großvater, verantwortlich für die Rohstoffversorgung der Firma, ohne zu fackeln, getan, was er für notwendig hielt. Er handelte mit dem Ausland, wo der Elektrostahlguss noch kaum bekannt war, Kohlezuteilungen aus, als würde die Firma mit Kupol- und nicht mit elektrischen Girod-Öfen arbeiten. Die gelieferten Kohlen tauschte er gegen Roheisen und Eisenschrott bei Konkurrenzfirmen ein, die Kohlen noch dringender als Roheisen brauchten, obschon auch Eisen knapp und teuer geworden war. Jetzt zeigte sich der Vorteil der vor wenigen Jahren noch belächelten Technik, mit elektrischer Energie, in einem geschlossenem Ofenraum, die Schmelze durchzuführen: Strom gab es im eigenen Land, und die Elektroöfen ermöglichten einen Frischprozess, bei dem aus Altmaterial Roheisen gewonnen werden konnte. Als 1915 die Société Suisse de Surveillance économique, SSS, und kurz danach die Schweizerische Treuhandstelle für die Überwachung des Warenverkehrs, STS, gegründet worden waren, die unter schweizerischer Leitung die Einfuhren aus der Entente bzw. aus Deutschland und der Donaumonarchie kontrollierten und direkte Verhandlungen unmöglich machten, waren die Abfälle an Drehspänen aus der Munitionsfabrikation schon so groß, dass man den eigenen Bedarf damit decken konnte, ja darüber hinaus Roheisen für den Verkauf produzierte. Doch 1916 wurde selbst Altmaterial knapp, weil die Schweiz Kompensationen für Lebensmittel aus Italien mit Alteisen bezahlen musste. Damals nutzte Großvater das Abkommen vom 2. September mit Deutschland, das die Mengen und Zuteilung aufgrund des Bedarfs der Jahre 1911/13 vorsah, und Großvater wusste, wie man den Schuh unter die Waage stellte, damit man weniger bezahlen musste und mehr geliefert bekam, als einem zustand, zumal die Firma vor dem Krieg noch zur Hauptsache ausländisches Roheisen verarbeitet hatte, im Gegensatz zu den Kriegsjahren. Die Preissteigerungen bei Kohle von anfänglich sechzig Franken pro Tonne auf hundertachtzig Franken im Jahr 1918 und des Roheisens um über hundert Prozent hatten die Elektrizität als eine einheimische Energiequelle profitabel gemacht: Die Eisen- und Stahlwerke in A. hatten trotz schwieriger Beschaffungslage ihre Produktion an Stahlguss während des Krieges verdoppelt, die Produkte der Maschinenindustrie wurden sogar um über hundert Prozent gesteigert, und Hans H. »hatte sich außerordentliche Verdienste um die Firma in den schwierigen Jahren des Krieges erworben«, er war jetzt Aktionär der von einer Kommanditgesellschaft in eine Aktiengesellschaft verwandelten Eisen- und Stahlwerke, eine bekannte und geachtete Persönlichkeit in A.

Und Herr Direktor H. – der »Leuteschinder«, wie ihn die Gießer hinter vorgehaltener Hand nannten – ging langsam, den Blick vor sich auf den Weg gerichtet, durch die Ansammlung der Streikenden vor dem Fabriktor, den Hut ins Gesicht gezogen.

– Los, aussteigen!, hatte er zu Sonderegger gesagt, als sie die Straße zu den Eisen- und Stahlwerken entlanggefahren waren und die Streikposten der Arbeiter gesehen hatten. Hans H. schritt hinter seinem Stock her zum Bürogebäude, ohne die Männer in ihren Alltagskleidern, die Mützen auf dem Kopf, die Stumpen im Mund, zu beachten, Gießer, Gussputzer, Kernmacher, die herumstanden, blasse, angestrengte Gesichter, mit mürrischem, auch unsicherem Ausdruck, die zu ihm hinsahen, unfreundlich, einige mit Hass. Hans H. nahm sie dennoch wahr, es entging ihm nicht, dass diejenigen, die im Weg standen, zur Seite traten, und er wartete, während er wieder den Stock auf den Teerbelag stach, unbeirrt und geradewegs weiterging –, er wartete auf das, was mit Bestimmtheit geschehen musste, wie damals auch, als im Posten gemeutert wurde: Irgendeiner würde ihm nicht ausweichen, weil die Art, wie er mitten durch die Ansammlung der streikenden Arbeiter schritt, das auch provozierte. Irgendeiner von den Bolliger, Wehrli, Suter würde einfach im Weg stehen bleiben, ihn vielleicht sogar angreifen, weil er in seinem Charakter ein wenig so sein würde wie Hans H. selbst, und der kannte von früher her, wie den Männern zumute war, die in ehemaligen Strohhäusern und Taunerhäuschen wohnten und die neben der Fabrikarbeit noch ein Stück Land bewirtschafteten. Sie hatten genug von den unmenschlichen Arbeitszeiten, von den immer neuen Einberufungen, dem Lohnausfall, dem Wehrdienst an der Grenze, bei dem sie herumsaßen, warteten, während zu Hause Frau und Kinder zusehen konnten, wie sie durchkamen, krank wurden und Schulden machten. Die Forderungen des Oltener Streikkomitees nach mehr Lohn und kürzeren Arbeitszeiten waren dummes Zeugs, notfalls – so war der Geschäftsleitung von der Regierung mitgeteilt worden – läge ein Kavallerieregiment in Lupfig in Alarmbereitschaft, doch auch das war dummes Zeugs. Die Arbeiter hatten zu tun, was man ihnen sagte, und es war die Firma, die bestimmte, wie viel gearbeitet und bezahlt wurde, nicht ein Komitee. Doch »seine Leute« gehörten nicht ins Armenhaus, in das diese Herren Militärs wie Wille und von Sprecher, mit denen jetzt endlich abgefahren werden sollte, die Arbeiter beinahe gebracht hatten. Sie mussten wie der Jehudi ihren Anteil am Erwirtschafteten bekommen, dafür aber auch gehorchen, sonst würde ihnen »der Meister gezeigt«. Als jedoch eintraf, worauf Großvater, während er durch die Menge der Streikenden ging, gewartet hatte, kurz vor dem Bürogebäude, und ein Gießer, ein bekannter Roter, ihn anrempelte – Du Sauhund kommst auch noch dran! –, da wandte er sich blitzschnell dem untersetzten, in einen dunklen Kittel gezwängten Mann zu, mit einer Schnelligkeit, die niemand ihm zugetraut hätte, sah in die Augen des etwa gleichaltrigen Mannes, und

Großvaters Gesicht verwandelte sich, die Brauen wölbten sich zum Hutrand, die geweiteten Augen blickten hell leuchtend, der Mund wurde rund, die Lippen spitzten sich zu, ein Zittern lief über die rasierten Wangen, und aus dem massigen Leib, so satt in englischen Stoff gekleidet, kam ein tiefes, spöttisches: – Ho! Ho!

Der Wagen fuhr langsam an der Stirnseite der Moräne entlang ins Unterdorf, in dem noch das eine oder andere Strohhaus stand, mit dem noch nicht abgefahren worden war, wurde am Dorfbach entlang zum Kirchdorf chauffiert, wo auf der Egg das Haus von Zschokke stand, dem Sohn des Pfarrers, dem Ingenieur, der das Moos entwässert, an der Jungfraubahn gebaut hatte, und Großvater, der durch das Autofenster hinaussah, nach langen Jahren zurückkehrte, als Teilhaber am Jagdrevier seines Dorfes, Hans H. mit seinen Flinten und der Büchse auf dem Rücksitz, dem Hund zwischen den Gamaschen, die fleischigen Hände auf der Jagdhose, locker die Leine haltend, Lämpe-Schniders Hans, konnte sich eines Gedankens nicht erwehren, der ihn mit tiefer Genugtuung erfüllte: – Siehst du, Lösch, ich hab' euch damals gesagt, in jener Nacht, als der Engländer seine Geschichte neben dem Schuppen erzählte, dass er mit dem König aus einer Feldflasche getrunken habe, ich hab' euch damals gesagt, der Zschokke sei im Pferdegespann gekommen, um mich zu holen –, jetzt aber fahre ich im Automobil die Dorfstraße hinauf, mitten durch G., wo nur gerade noch der Doktor Hasler und der Zigarrenfabrikant Giger ein Auto haben. Und ich fahre zur Jagd, Lösch, hörst du, zur Jagd, wie der Leutnant damals, im eigenen Revier, im eigenen Dorf – –

Und Großvater grub seine Hand in das Fell des Hundes, dass dieser jaulte.

IX

WANDLUNGEN

Der Verein Schweizer Maschinenindustrieller, dem auch die Eisen- und Stahlwerke in A. angehörten, kaufte am Ende des Ersten Weltkrieges ein Bild der Stromschnelle, wie sie einstmals gewesen war, bevor sie durch den Bau des Kraftwerkes verschwand: Ein Felsgarten, durch den das Wasser schoss und der Schlucht zuströmte, eingefasst durch die geschlossene Reihe der Häuser einerseits, durch die Brücke und die Straße zu den Mühlen andererseits.

Das Bild hatte der »Prince des rochers du gorge du Rhin« gemalt, eine hagere und, wie der Name vermuten lässt, distinguierte Gestalt, die 1907 in L. aufgetaucht war, im allerletzten Moment, bevor die Geleiseverlegungen, die Sprengungen, das Einrichten der Caissons begannen. Sein Leben selbst war wie eine schäumende Turbulenz gewesen, hatte neben einem Alpbach, der zum Fluss anwuchs, mit noch kleinen Schnellen, Wirbeln, Güssen seinen Anfang genommen, während er, Sohn eines Maschinenfabrikanten, nach Studien in Lausanne und Wien Hauslehrer beim russischen Fürsten Grégoire Cantacuzène und beim Grafen Tallerici in San Remo wurde, auf Schloss Blumerode bei Breslau malte, Bühnenprospekte für die Hofoper in Wien schuf, im Auftrag John Leishmans, des Gesandten der Vereinigten Staaten, Fotogravüren strichelte, um mit vierundvierzig Jahren unruhigen Herumziehens nach L. zu gelangen und im Strom, der durch die Felsen hindurch- und hinunterschoss, das seiner eigenen Fülle und Vielgestaltigkeit entsprechende Abbild zu finden, den »Laufen«: Das letzte ihm verbleibende Motiv. Er hatte noch ein, zwei Jahre Zeit, es zu malen, an ihm sich abzuarbeiten, gegen die allmählich einsetzende Zerstörung – und der zündholzdünne Mann steht auf den scharfkantigen Felsen, eine Čechovsche Gestalt in heller Hose und in hochgeschlossem, zweireihigem Rock, den runden Hut mit geschwungener Krempe auf dem langen, bärtigen Gesicht. Er hat die Staffelei aufgestellt, ein leichtes Ding aus drei Ruten, an deren Schnittpunkt ein Stab befestigt ist, der den bespannten Rahmen hält. Zwischen zwei Felsbänken ist ein Brett als Standfläche festgeklemmt, daneben steht aufgeklappt der Kasten mit den Kreiden, dort – schräg gegenüber meiner Veranda – malt er das Wasser, malt es so, dass man es donnern, schäumen, reißen, spritzen, zerschlagen, aufwallen, grollen hört, malt den süßlichen, schlammig algigen Geruch hinein, lässt das Licht brechen, sich auffächern in Blau- und Grüntöne, die sich wiederum bündeln zum Weiß – und stumm und grau bleibt nur das Foto, das ich in einem Ordner des Museums gefunden habe, auf dem der Maler abgebildet ist, dort auf den Felsen, mit Staffelei und Kreidekasten, noch in einem guten Anzug, und im Vordergrund liegt das fertige Bild. Ein Zöllner in Uniform steht wie das verkörperte Gesetz davor, ein Passant sieht ihm über die Schulter auf das Bild, und der Prince hält sich, zu lang, zu labil für die schrundigen Felsen noch im Gleichgewicht. Kein Lächeln, nur ein scheuer Blick und ein Zurückweichen im Körper: Er weiß, dass er den Wettlauf verlieren wird. Sein Motiv wird gesprengt werden, unter der Wasserfläche verschwinden, der Strom wird gestaut, beruhigt, und er vom »Prince des rochers« zum »Kaiser der Hühner« werden, der in einem verwahrlosten Frack den Schulkindern seine Hungerphilosophie erzählen wird, leise, mit hoher Stimme, freudiges Objekt des Spottes, dass es nämlich nur genügend Hühner geben müsste, damit alle Menschen ein Omelett zu essen hätten und Kriege nicht mehr nötig wären. Unter dem Gelächter, dessen höhnischen Unterton er nicht wahrnimmt, geht er danach zur Stadtbäckerei, um ein altbackenes Brötchen zu erbitten – den Strom wie ein erlahmtes Tier in sich.

Die normale Elektrizität, die wir täglich produzieren und konsumieren, stellen wir her, indem wir an den Atomen bestimmter Stoffe allerwinzigste Veränderungen vornehmen, sozusagen hier ein paar Elektronen raushauen und anderswo ein paar hineinstecken. Die Summe dieser atomaren Veränderungen an Abermillionen von

Atomen, die unsere sichtbare Gegenstandswelt bildet, ist Elektronenbewegung, Elektronenfluss und -überhang, ist Strom, ist Spannung und Widerstand, ist, was Ihnen den Schlag bereitet, wenn Sie mit den falschen Schuhen auf einem entsprechenden Teppichboden herumlaufen und dann irgendwo einen anderen Menschen berühren (sofern er irgendwie auf der Erde steht).

Der Kauf des Bildes durch den Verein Schweizer Maschinenindustrieller war ein Sühneopfer für den Verlust einer Naturschönheit, von dem die Zeitung »Der Bund« im Juli 1918 schrieb: »Die romantischen Stromschnellen, die wohl als der schönste Punkt des schweizerischen Rheins bezeichnet wurden«, seien »kaltblütig geopfert worden«, und man zahlte für die damaligen Verhältnisse den horrenden Preis von fünftausend Franken an den Maler, der – wie der Artikel anmerkte – »wenigstens im Bilde das gerettet, was heute fehlt«. Doch als ich den vergilbten »Avis« der Banque Populaire Suisse vom 15. November 1917 vor mir hatte, der in Maschinenschrift die Zahlung bestätigte, war es die erinnerte Fotografie des vollendeten Gemäldes auf den Felsen, die mir den Gedanken eingab, der Kauf wäre neben dem Sühneopfer vor allem ein symbolischer Akt gewesen, von dem Verein weder beabsichtigt noch gewollt, deshalb nicht weniger verstörend. Die Stromschnelle sei durch den Maler auf die Leinwand und mit dieser auf die Klippen gehoben worden, von dort durch den Zahlungsbefehl der Bank an die Wand des Büros geraten, hätte sich von dort aus vervielfältigt zu geschönten Mahnmalen, während die Landschaft selbst durch »die Summe der atomaren Veränderungen an Abermillionen von Atomen, die unsere sichtbare Gegenstandswelt bildet«, von allem Kreatürlichen gereinigt zurückgeblieben sei: Ein sauber ausgesprengtes Becken, die Ufer von zugehauenen Gneisbrocken verbaut, gestaltet zu Anlagen mit Sitzstufen, Spazierwegen, Bänken unter Bäumen –

Und wenn ich heute meinen Kaffee auf der Veranda trinke, auf das ziehende Wasser sehe, das jeden Morgen von anderer Färbung, voll wechselnder Spiegelungen und Lichtreflexe ist, einmal wie ein lehmgraues Band unter dem gleißenden Licht einer föhnigen Aufhellung liegt, die harte Schatten auf die Stützmauer der Eisenbahn wirft, dann wieder in schiefrigem Grün die Blattfülle der Bäume als dunklere Umrisse zeichnet, spät im Jahr das Gebäude des Bahnhofs wie einen sommerlichen Fleck in den Winter spiegelt, die meiste Zeit träge, dann aufgeregter, kaum einmal wuchtig, doch immer behaftet von den Spuren des alten Falls strömt; eine zu Wellen und Schaum aufgerissene Stelle den Wasserstand sicht- und hörbar macht; wenn ich also den Kaffee auf der Veranda einnehme, lasse ich meinen Blick mitziehen, hinein in die ehemalige Schlucht, lasse ihn einfassen von den Uferbäumen, in einen Rahmen aus wechselnd feineren, dann wieder knäueligeren Strukturen, sich vertiefenden Schattierungen und Abstufungen von Grün, um schließlich, oben und unten begrenzt durch die Sprossen der Fenster, Großvaters Zukunftsglauben als Landschaft zu sehen, hier stehen geblieben, eine vergessene Kulisse, die ich schon unzählige Male fotografiert habe, die ich immer wieder zu verstehen suche –

Der gestaute Strom, begrenzt vom Generatorenhaus und den Schützen des Kraftwerks, eine scharfgeschnittene Fläche Wasser, vor dem Wehr, hinter dem zwei Jurarücken in den Himmel buckeln, in deren bewaldete Flanken ein Stück Fabrikbau gesteckt ist, ein Fetzchen Weiß wie eine abgerissene Zeitungsecke, in der Wochentag und Datum noch die Fensterzeile andeuten. Das Hochkamin setzt auf den bewaldeten Hang einen nicht endenden Wolkenzug, er treibt unter dem Himmel gegen die drei Hochspannungsmasten, die aus den Uferbäumen ragen, eiserne Tannen, behängt mit Drähten, die die Westwindwolken in runde Segmente schneiden – und in dieser Ansicht spüre ich eine vergangene Utopie. So sähe die Umgebung einstmals aus, in der die Menschen ein Leben in Freizeit verbrächten.

Wochen nachdem ich an einer Bushaltestelle durch den freigewischten Beschlag der Scheibe das Bild des Falles in einem Bürofester gesehen hatte und mir bewusst geworden war, in wie großer Zahl Gemälde, Stiche und Fotografien in L. an den Wänden hingen, ohne bewusst wahrgenommen zu werden, entdeckte ich ein kleines Bild des »Prince des rochers«.

Ich kann nicht genau sagen, warum mich die Problematik des Wasserfalls und seiner Abbildung so sehr beschäftigte. Doch jeden Tag, wenn ich wieder an der Stelle vorbeifuhr, um im Nachbarort den Zug zu erreichen, grübelte ich an der Bedeutung herum, die Abbilder haben, und was genau im Wechsel von geschautem Gegenstand zu seinem Abbild – und auch umgekehrt – geschieht. Vielleicht stand hinter dem Nachdenken der einfache Wunsch, den Fall, die Schlucht, wiederherzustellen, ihre ursprüngliche Gestalt nochmals sichtbar zu machen, eine »déformation professionelle« des Morphologen. Und wie in der Entwicklungsgeschichte, wo man anhand von Funden, die oft nicht mehr als Bruchstücke sind, versucht, eine Anschauung des Vergangenen zu gewinnen, sah ich alte Fotonegative durch, legte Glasplatten auf die Durchleutungsscheibe, betrachtete die ins Dunkle und Nächtliche transponierten Felsformationen, versuchte die erstarrten Wellen zu hören, blätterte später in den Alben des Museums, um schließlich auf den Abzug zu stoßen, der mich zutiefst berührte: Die Schlucht an jenem Wintermorgen, da ein Schneefall die Felsen, Vorsprünge und Steinbrocken bedeckt, der Himmel weiß ist und in nebliger Gleichförmigkeit über den Strom spannt, das Wasser schwarz und wie matter Schiefer vor einem Nichts aus Trübung liegt. Ein Bild, das mit dem

Steigen der Sonne vergehen wird, schneller noch als durch die Sprengung.

Der Schwarzweißabzug lag für Wochen bei mir zu Hause auf dem Schreibtisch, jeden Tag streift ihn ein Blick, und Staub hat sich auf den Glanz gelegt wie ein um beinahe hundert Jahre verspäteter Schneefall. Und da, an einem Nachmittag, stehe ich im Lagerraum des Museums vor derselben Ansicht wie auf der Fotografie, doch Weiß ist nicht mehr Weiß, und Schwarz ist nicht mehr Schwarz. Der Schnee nimmt einen Hauch Blau an, der sich in Kuhlen vertieft, frostiger, eisiger wird, über den sich aber auch ein Widerschein der Morgendämmerung legt, ein Staub von Röte, die sich im Fels zu Rost, Erde, Moos verdichtet, Farben, die aus dem Gestein selber dringen, durch Nässe gedunkelt sind, unter deren Bruchflächen das Wasser durch die schneeige Spiegelung leuchtet, ein smaragdenes Grün, das in der Biegung hell metallisch überblendet wird, als hätte sich der Morgen an der Kante des Jurazuges geritzt und sein Licht wäre auf den Strom gesickert, ein minderer Himmel vor dem überspannenden, der aus gerötetem Horizont zu einer Helle heraufblüht, so leicht und durchsichtig, so unantastbar auch, eine gläserne Verklärung. Das Bild war in der bevorzugten Technik des »Prince des rochers« gemalt, in Pastellkreide, noch immer von unverkennbarer Meisterhand, wenn auch eine Unsicherheit zu spüren ist, ein unterdrücktes Zittern vielleicht. Doch es war nicht die durch Farbe verwandelte Ansicht, die mich betroffen machte, sondern dass der »Prince« nach der Fotografie gemalt hatte, die bei mir als Abzug herumlag. Er hatte diesen benutzt, weil sein letztes Motiv aufgehört hat zu existieren, und diese Not zwang den Zündholzmann, der damals schon der verlachte »Kaiser der Hühner« gewesen sein muss, sein Bild nach dem Bild zu malen. Ich stand perplex vor dem Vorgang, dass die Abbildung nicht nur über Klippen an die Wände geraten ist, sondern im Kopf sich gefärbt, sich zu einer Sehnsucht versüßt hat, ein romantisches Ideal des Ursprünglichen geworden ist, während gleichzeitig ein durch Elektrizität und Technik gesichertes, durchgeplantes und melioriertes Land durchgesetzt wurde: Eine Schlucht, in deren verklärtem Himmel sich allmählich die Stockflecken bildeten, bräunliche Flecken, die aussahen wie undeutliche Flugzeuge in der Morgendämmerung.

X

STOLLEN

Auch im Büro von E., dem Besitzer der Eisen- und Stahlwerke, war ein graues Licht, zurückgedrängt zwar durch eine Tischlampe, die einen gelblichen Schein auf die Schreibtischunterlage streute. Alfred E. fixierte durch die Hornbrille sein Gegenüber, lehnte sich unerwartet zurück, fuhr sich durch die Haare, die das ohnehin schmale Gesicht noch erhöhten.

– Die Studiengesellschaft hat beschlossen, die Elektrochemischen Werke in L. zu erwerben. Die Verhandlungen mit der Kraftwerksgesellschaft um den Strompreis sind so verlaufen, dass zumindest eine Reihe von Versuchen gemacht werden sollen.

Großvater presste leicht seine Lippen zusammen.

Trautweiler, jener Ingenieur, der als Erster die Stauung der Stromschnellen vorgeschlagen und projektiert hatte, mit dessen kleiner Schrift in der Rocktasche Großvater schon einmal, vor langer Zeit, mit dem Besitzer der Eisen- und Stahlwerke verhandelt hatte, dieser Trautweiler hatte mitten im Krieg einen Vortrag gehalten, der als Ausriss aus der »Schweizerischen Bauzeitung«, in der die Ausführungen veröffentlicht worden waren, ebenfalls in Großvaters

Rocktasche zu liegen kam. Dieser findige Kopf hatte in der Zeit bedrängender Rohstoffknappheit auf ein mögliches Erzvorkommen im aargauischen Jura aufmerksam gemacht, auch Analysen eisenhaltiger Spatkalke vorgelegt, die zwar keine großartigen Gehalte an Eisen ergaben, doch unter den gegebenen Umständen zumindest ein Erforschen der geologischen Verhältnisse nahelegten. Großvater war in dem Gebiet schon zur Jagd gewesen, er kannte die rostige Erde, dieses fast schon afrikanische Ocker, in das die Kalksteine bleich eingesprengt waren und das die Wiesen und Waldränder, besonders nach Gewitterregen, so leuchtend machte.

Großvater hatte damals Alfred E. geraten, sich für die Untersuchungen und einen Abbau einzusetzen, denn er beobachtete das graue Licht, hörte auf die dunklen Töne der Maschinen und Lüftungen, von den helleren Klängen durchsetzt, Schläge auf Eisen, Rufe, Kreischen der Geleisewagen. Sie drangen durch die Fenster in sein Büro, doch das Licht erinnerte wieder an die Zeit vor dem Krieg, breitete sich kühl auf Boden und Pult aus, bedeckte wie ein Schimmel die Wände, bezog die Schreibunterlage mit einer filzigen Stumpfheit, die Großvater bedrängte, die er mit Briefen verdeckte, weißen Bogen, auf denen die Schriftzüge mächtiger Stahlgusskunden standen, schwarze aufrechte Lettern, mit Adressen und Telefonnummern, Daten und Referenzzeichen. Sie sorgten für den Lärm vor den gardinenbehangenen Vierecken, für den ölig verbrannten Geruch, der in feinen Fäden aufstieg, wenn glühendes Eisen in den Formsand schoss, im Steiggang eine kleine Sonne hinterließ, die allmählich eindunkelte. Man hatte sich getäuscht, er genauso wie Alfred E., wie seine Konkurrenten – Georg Fischer, von Moos, von Roll –, sie alle hatten geglaubt, die Kriegskonjunktur werde nahtlos vom Nachkriegsbedarf abgelöst, ja beim Ausmaß der Zerstörungen noch gesteigert werden, und anfänglich hatten die sinkenden Preise für Rohstoffe auch zu einer Hebung der Produktion geführt. Doch nach eineinhalb Jahren war der Absatz eingebrochen. Die Hoffnungen, am Wiederaufbau der Nachbarländer teilzunehmen, machten die Zölle und die Inflation zunichte, billige Valutaware überschwemmte das Land, und Großvater spürte, wie der Lärm vor dem Fenster, der Geruch in den Kleidern, der sich in den Schleimhäuten festsetzte, zwischen den Akten hockte und aus den Wänden atmete, durch die Buchstaben auf den weißen Papieren nicht mehr gerechtfertigt waren. Die Aufträge gingen zurück, Entlassungen und Lohnkürzungen würden unumgänglich werden. Man hatte gegen den Vertretungsanspruch der Gewerkschaften als einer der ersten Betriebe eine Arbeiterkommission eingesetzt, doch die Unrast stieg, das wenige Vertrauen, das man seit dem Generalstreik 1918 aufgebaut hatte, war bereits wieder verbraucht. Durch den Versailler Vertrag und die Abtretung Elsass-Lothringens an Frankreich hatte die deutsche Roheisenproduktion um vierzig Prozent abgenommen, Belgien und Frankreich drohten mit der Besetzung des Ruhrgebietes, und wenn Sergeant Schnider auch noch Beziehungen nach Frankreich aus alten Tagen besaß, die sich nutzen ließen, für Hans H., Direktor der Eisen- und Stahlwerke, gab es nur ein Ziel: Mehr Strom, mehr Eisen, eigenes Erz, und es lag vor der Haustür, wie bei einer Feldbegehung des Eidgenössischen Büros für Bergbau mit dem Geologen Amsler und einem Vertreter der Studiengesellschaft – einem Konsortium metallverarbeitender Industrie, dem auch die Eisen- und Stahlwerke angehörten – zufällig entdeckt worden war. Nicht in Trautweilers Spatkalken, sondern in den Eisenoolithschichten unter dem Kornberg, aus dessen Sandstein die honiggelben Laibungen der Scheunentore gemeißelt waren, fand sich genügend Gehalt an Eisen. An die dreißig Prozent.

1920 stand Großvater vor der Öffnung des Versuchsstollens, den man oberhalb des Dorfes H. dreißig Meter in den Berg getrieben hatte, ging mit anderen Herren der Studiengesellschaft in das dunkle, mit Stämmen verspreizte Loch, einen Helm auf dem Kopf, die Karbidlampe in der Hand, die einen grünlichen Schein auf die Wände, Stützbalken und Wasserlachen zwischen den Schienen warf. Die Luft war feucht, roch leer wie in einem Keller, und schattenhaft bewegte sich der schwergewichtige Mann zwischen dem Liegenden der unteren Callovien- und dem Hängenden der oberen Oxfordienschichten, blies den Atem aus seinem flächigen Wüstengesicht, den Bauch in seinen Jagdrock geknöpft, in Kniehosen, gestrickten Strümpfen, die festen Schuhe mit Gamaschen umgürtet, ließ sich von Amsler, dem Geologen, die Mächtigkeit des Lagers, den Verlauf der Steinschichten, mögliche Brüche und Verwerfungen erklären, hielt sich an F., den Delegierten der Von Roll'schen Eisenwerke im solothurnischen G., mit dem zusammen er sich vor allem für einen Abbau einsetzte, redete laut in das Dunkel hinein, um nicht an Kienzle zu denken, diesen salaud, der die Leute damals im Posten aufgewiegelt hatte, selbst ein schwächlich unangenehmer Kerl gewesen war und den der Sergeant wegen fehlender Subordination vors Kriegsgericht und in die Minen von Cayenne gebracht hatte, aus denen keiner je zurückkam.

Man trank Herznacher, saß im »Löwen«, es gab aufgeschnittenen Schinken. Schon Trautweiler, in seiner Eingabe an das Eidgenössische Bergbaubüro, hatte Vorschläge für den Transport der Erze gemacht. Wozu sollte man die Schiffbarmachung des Hochrheines mit so viel Aufwand betreiben und deshalb die Stromschnellen gesprengt haben, wenn man jetzt nicht Nutzen daraus ziehen wollte. Die Tonnagen an Gestein ließen sich direkt den Rhein hinunter ins Ruhrgebiet bringen, wo Verhüttungsmöglichkeiten bereits bestanden, zumal die Deutschen durch den Verlust ihrer Abbaugebiete in Elsass-Lothringen ohnehin knapp an Erzen waren.

Großvater schnitt eine Kopfzigarre an, setzte sie in Brand, während der Geschäftsleiter der Studiengruppe die Möglichkeiten der Verhüttung skizzierte, vom Gonzen, von Choindez redete, Orten, an denen bereits Hochöfen betrieben wurden, und von einem Werk sprach, das man vielleicht in der Innerschweiz errichten könnte, allerdings ohne Aussicht auf Rentabilität. Großvater zog an seiner Zigarre, der Brand glühte auf, schlug in ein aschiges Weiß um und entließ einen Rauchfaden zur Decke: Käme es zum ordentlichen Abbau, würde er alles daransetzen, das Erz im eignen Land, in der Nähe der Abbaugebiete zu verhütten, mit Strom. Die Eisen- und Stahlwerke würden experimentieren, wieder Pionierarbeit erbringen wie vor dem ersten Weltkrieg, als ihre Versuche mit Stahlguss in Girod-Öfen ebenfalls belächelt und ohne wirtschaftliche Zukunft gesehen wurden.

Und nun, drei Jahre nach der Begehung des Versuchsstollens und der Vesper im Löwen, während ihm der Besitzer der Eisen- und Stahlwerke mitteilte, die Studiengesellschaft wolle die Verhüttung des oolithischen Eisenerzes selbst prüfen, eine Versuchsserie unter ihrer Leitung durchführen, presste Hans H. nur leicht die Lippen zusammen.

Großvater fühlte sich im Abendanzug unbehaglich, er kam sich verkleidet vor, wie damals bei der Hochzeit, als er sich in einem gemieteten Rock hatte ablichten lassen, und wenn er heute einen eigenen Maßanzug besaß, so fühlte er sich dennoch fremd in dem englischen Tuch. Er empfand ein Unbehagen, hinter dem sich uneingestanden die Abneigung gegen die »Vornehmtuerei« verbarg, die sich in glänzenden Revers, der Pochette, dem Zylinder in der behandschuhten Hand ausdrückte.

– Sie wissen, ich nehme ungern an Gesellschaften teil, hatte er zu E. gesagt, als der ihm von der bevorstehenden Abendgesellschaft erzählte, ich wäre Ihnen dankbar, wenn jemand anderer von der Geschäftsleitung Sie begleiten könnte.

– Ich brauche Sie, und es geht ums Geschäft.

E. sagte den Satz in einem Ton, der nichts offenließ, klar und endgültig war, dass Hans H. nicht einmal nickte, und der Besitzer gab Großvater unmissverständlich zu verstehen, er wünsche ihn in entsprechender Garderobe zu sehen.

E. konnte sich allerdings eines Lächelns nicht erwehren, als er Hans H. neben sich im Fond des Firmenwagens sitzen sah, massig in dem dunklen Anzug, wie er reglos auf den Nacken des Chauffeurs blickte, den gänzlich unpassenden Rohrstock zwischen den Bügelfalten.

– Ich kenne Wille, den Sohn des Generals, nicht wirklich, sagte E. Ich bin ihm nur einmal, während einer Generalstabsübung, begegnet. Es werden zwei, drei Dutzend Gäste erwartet, und es ist mein Bruder gewesen, der mich gedrängt, ja eigentlich genötigt hat, an dieser Zusammenkunft teilzunehmen. Ein deutscher Redner werde über eine neue wirtschaftliche und politische Ordnung für Europa sprechen.

Die Straße stieg an, wand sich in harten Kehren die Hügelflanke hoch, der Motor heulte im Zwischengas auf, eine Erschütterung lief durch die Karosserie, wenn die Kupplung griff, und wie eine Kompassnadel schwang die Kühlerfigur auf das nächste Stück gerader Straße ein, das in einer weiteren Kehre endete.

Als sie die Anhöhe erreicht hatten, die Straße sich gegen das Limmattal hin senkte, allerdings noch durch ein Stück Wald führen würde, ehe der Blick sich auf die Stadt und die beiden Gaskessel im Vordergrund öffnete, sagte E., sah dabei aus dem Seitenfenster auf die sich senkenden, gemähten Wiesen, auch Homberger, Generaldirektor der Georg Fischer AG – Im April ist er zum Delegierten des Verwaltungsrates gewählt worden – Ich habe ihm schriftlich gratuliert – Haben Sie? Sehr gut! – also Homberger habe offenbar bereits in Schaffhausen mit diesem deutschen Schriftsteller und Politiker gesprochen, seine Ideen für interessant und bedenkenswert gehalten. Vielleicht sogar anregend für die weitere Politik des Arbeitgeberverbandes Schweizerischer Maschinen- und Metallindustrieller, in dessen Vorstand er und Homberger ja auch mit Funk von Brown Boveri säßen. – Ich habe deshalb gestern Funk noch angerufen. Dieser habe einen ausführlichen Brief von Homberger erhalten, in dem er ihm neben seinen Eindrücken von dem bayrischen Volksredner auch mitgeteilt habe, er hätte dem begleitenden Doktor Gansser auch seine, Funks, Adresse genannt, um ebenfalls ein Treffen mit ihm zu ermöglichen, falls er das wünsche und das er aufgrund der Begegnung in Schaffhausen empfehle. Doch Funk, der ja selber Deutscher sei, mahne zur Vorsicht, habe ein solches Treffen abgelehnt und werde auch heute Abend nicht teilnehmen.

Großvaters Aufmerksamkeit wurde durch den großen Platz vor den Werkgebäuden der Escher Wyss AG in Anspruch genommen. Er sah durch das Seitenfenster zu den geschlossenen Fronten der Mehrfamilienhäuser hoch, einfach unterteilte Fassaden, vierstöckig, gerade und rechtwinklig angelegt, mit kleinen Läden zur ebenen Erde. Auf den Gehsteigen spielten Kinder, an den Ecken standen Männer, Zigaretten im Mund und Mützen auf den Köpfen. Ein seifiger Geruch lag in der Luft, tief fielen die Sonnenstrahlen ein, zeichneten harte Schatten gegen die beschienenen Wände, und die Eingänge zu den Innenhöfen waren dunkle Höhlen.

– Deutschland muss wieder in Ordnung kommen, sagte E., es ist unser wichtigster Rohstofflieferant und Handelspartner. Es darf uns nicht gleichgültig lassen, welche Kräfte sich in den chaotischen Zuständen durchsetzen werden.

Die Gotthardstrecke war jetzt von Zürich aus durchgehend elektrifiziert, das letzte Teilstück nach Zug war diesen März eröffnet worden, und Großvater spähte beim Bahnhof nach einer dieser Lokomotiven aus, die nun mit zunehmender Elektrifizierung des Schienennetzes in großer Stückzahl gebaut werden mussten und Spezialstähle benötigten, die den Verschleiß- und den Traktionsanforderungen genügten.

Sie querten den Platz, fuhren in die Bahnhofstraße ein, Richtung See, am Hotel Gotthard vorbei, in dem der Redner aus Bayern abgestiegen sein soll.

– Und was erwarten Sie von mir?

Passanten flanierten an diesem spätsommerlichen Abend unter den Bäumen. Darunter Stutzer in lächerlicher Maskerade, Frauen in diesen hochhackigen Schuhen und den in Mode gekommenen Hemdkleidern, die noch knapp übers Knie reichten. »Ausgeschämt« waren diese Weiber, die mit ihren kurz- und geradegeschnittenen Haaren wie Burschen aussahen, auch noch geschminkt waren wie der Junge, den sie »Françoise« genannt hatten und der sich seine Privilegien in den Büschen des Qued verdiente.

– Ich will Ihr Urteil, und ich brauche bei den extremen, nicht von jedermann wohlgelittenen Ansichten meines Bruders auch eine Art Zeugen. Funk hat mir dazu geraten.

Die Villa Schönberg lag am linken Seeufer, auf einem Moränenzug, der um einiges mächtiger als die Egg im heimatlichen Dorf war. Die Zufahrt, ein gewalzter Sandweg, einstmals für Kutschgespanne angelegt, führte unter Bäumen und einer Terrasse durch, in deren Stützbögen kleine Grotten eingelassen waren, und endete in einem Rondell, auf dem die Reifen knirschten, als der Wagen zur Vorfahrt rollte und den beiden Herren einen kurzen Blick auf die aus rotem Brick gebaute Villa im englischen Landhausstil gewährte.

Sie wurden im Entree empfangen und in einen Salon gebeten, der mit seinen Holzpaneelen etwas dunkel wirkte, jedoch eine Reihe Fenster besaß, die zum See hinblickten, der im schwindenden Licht noch hell über den Baumkronen lag. Eine Tür öffnete sich auf den Balkon, von dem eine Stiege auf die Terrasse hinabführte, die – eingefasst von einer Balustrade – an einer Ecke des Gevierts das Gartenhaus balancierte, in dem Getränke gereicht wurden. Gäste standen in Gruppen zusammen, fast ausschließlich Herren, sie rauchten, redeten, E. und Großvater stellten sich vor – ganz ungezwungen, wie sie beim Empfang gebeten worden waren –, doch eine Kühle drängte aus den Schatten, man wandte sich zum Salon, wo zusätzliche Sitzgelegenheiten hergerichtet wurden – und Großvater, in seinem schwerfälligen Gang, neigt das Gesicht, schiebt den Stock vor, lässt sein Gewicht folgen: Er betritt den Salon, hebt den Kopf, und eben wird die Verbindungstür zum angrenzenden Zimmer zurückgeschoben. Im Abendanzug, die Krawatte zu einem großen, unbeholfenen Knoten gebunden, tritt ein Mann mittlerer Statur in den Rahmen, die Haare rechtsgescheitelt, straff nach vorne gezogen, eine kleine Bürste im Gesicht, bleibt in der

Schiebetür kurz stehen, flankiert von jenem Dr. Gansser, Vorstandsmitglied der Siemens-Werke Berlin – wie Großvater später erfährt – und einem deutschen Studenten der Eidgenössischen Technischen Hochschule, Rudolf Hess. Der Redner lässt seinen Blick unter leicht abfallenden Brauen, weich und fast träumerisch, durch die versammelte Gesellschaft hindurch und in die wachsende Dunkelheit gehen, während der Gastgeber, Herr Ulrich Wille jun., einen Namen nennt, Hettler oder Heitler, den Hans H., vorgeneigt und auf seinen Stock gestützt, nicht versteht, auch nicht verstehen will. Sergeant Schnider kennt diese Art Mann. Er kennt ihn in vielen Varianten, aus den Baracken und Zeltlagern, von der Ausbildung und später von den Posten am Rande der Wüste her. Und Großvaters Mund spitzt sich zu einem stummen, doch überraschten »Ho! Ho!«.

Das Unbehagen, das Hans H. in der Gesellschaft der geladenen Gäste bis dahin verspürt hatte, fiel von ihm ab, machte einer Erleichterung Platz: Er war nicht der einzige Verkleidete im Saal, und durch dieses Erkennen im anderen gewann er seine Selbstsicherheit wieder. Die Herren in ihren Anzügen wussten nicht, was er wusste, nämlich, dass sie sich als Offiziere und Industrielle vor einem Gemeinen versammelten, einem »premier soldat«, um seinen Reden zuzuhören. Ein Aufwiegler überdies, wie jener Kienzle einer gewesen war, der vorlaut und aufmüpfig stets gedroht und irgendwelche Taten versprochen hatte. Und die hier versammelten Herren ahnten noch viel weniger, dass er selbst, Hans H., ein wenig so war wie der da vorne. Nur einfach stärker, um ein Vielfaches härter als dieser »tête carée«, dieser Deutsche, von dem eben gesagt worden war, er rede in Braukellern und wolle um Geld bitten. Er, Hans H., hatte es schon damals weiter gebracht, zum Sergeanten einer Compagnie montée, und er war jetzt Direktor und Aktionär der Eisen- und Stahlwerke, der das Kapital besaß, nach dem der andere verlangte. Dieser Vortragsredner würde ihm nie auch nur das Wasser reichen können.

XI

FÄCHER

Jäten, kniend auf dem geteerten Weg, die eine Hand aufgestützt, mit der anderen zwischen den Stielen und Blättern nach Unkräutern greifend, um sie auszuziehen, und zwar so, dass die Wurzeln mitkamen und nicht einfach abrissen –, jäten war die Kindheit meines Vaters, so wenigstens behauptete er. Ein Rutschen in Demut vor den Rosen bei der Gartentür, den Tagetes unter dem Wohnzimmerfenster, der buschigen Hortensie bei der Treppe zum Haus, und seine Augen und Hände gewöhnten sich an das Gewirr der Stiele, Blätter, an das Halbdunkel, das zwischen den Stängeln herrschte, wo die Erde feucht war und ein eigenartiger Geruch in die Nase stieg, ein grüner Geruch, wie er fand, den auch Bohnen hatten, wenn man sie roh aß. Dort, in dem Dämmer, richtete er sich mit seiner Fantasie ein, zwischen den dornigen Stielen, noch lieber bei den Hortensien, den »Metzgerpflanzen«, wie er sie nannte, weil es sie während der Sommermonate auch in Kübeln vor der Stadtmetzgerei gab. Im Dämmer der krautigen Blätter öffneten sich ihm die Räume für Abenteuer in Wüsten und Urwäldern, fand er aber auch den Widerstand dieser kleinen »Büschel«. Sie klammerten sich an, wieder und wieder glitten die Finger ab, rissen einzelne Blätter weg, doch die Wurzel, diese glitschige Verdickung unter dem Grün, gab nicht nach, würde es nie tun, ein Leben lang nicht, sosehr er sich anstrengte, weil sie sich gar nicht erst packen ließe, und in seiner Wut und Ohnmacht hieb Vater mit der Hacke den Wurzelstock durch, schmierte die helle Fläche mit Erde zu, steckte das Grün in die Tasche, dass Großmutter, die stets das Gejäte überprüfte, das wurzellose Kraut nicht sehen konnte – doch dieses Durchtrennen geschah erst gegen Ende seines Lebens, als Großvater längst begraben war, Vater nicht mehr wusste, was er auf der Welt noch sollte, ein paar Monate später beim Rasenmähen zu stolpern begann, die schwere Maschine fahren ließ und mit einem Herzinfarkt im frischgeschnittenen Rasen lag.

Vater hatte keine Geschichte, und als Kind, das nachfragte, hat mich das ratlos, auch unzufrieden gemacht, ich begriff nicht, warum dieser schlanke Mann mit randloser Brille und brillantierten, in der Mitte gescheitelten Haaren, der mein Vater war, nichts von seiner Kindheit zu erzählen wusste, während Mutter von Rumänien berichtete, einem Land, in dem es Dinge gab, die sonst nur in Märchen vorkamen, wie Türken in Pluderhosen, Zigeuner oder eine wirkliche Königin. Vater jedoch beantwortete alle Nachfragen mit derselben Wendung: – Wozu brauchst du das zu wissen. Wir mussten arbeiten. Jäten. Wir mussten immer nur jäten. Und er sagte das schroff, dass mein Bruder und ich verstummten, und ich erinnere mich lediglich an eine einzige Geschichte, die er vielleicht als Gegenleistung für den Wundschorf, den er von meinem aufgeschlagenen Knie abknibbeln durfte, erzählt hat, nämlich, dass er jeden Tag zur Bäckerei Wenk habe gehen müssen, um das Brot zu holen, das sein Vater verlangte, weil es wie Bauernbrot schmeckte. Der Weg dorthin habe jedoch durch das Gebiet einer Bande von Buben geführt, mit denen er und seine beiden Brüder verfeindet gewesen seien. Täglich hätten sie ihm aufgelauert, sie wussten, er müsse wieder zu Wenk nach Brot gehen, ohne Widerrede, auch wenn er von anderen Jungen verprügelt würde, er solle sich eben wehren, und so sei er jeden Tag in die Vorstadt geschlichen, hätte manchmal weite Umwege gemacht, verspottet von den Brüdern, voller Angst vor den Burschen und vor der Strafe für die verspätete Rückkehr. Doch Mutter hätte kein einziges Mal ein Brot mit nach Hause gebracht, obschon ihr Weg vom Markt täglich an der Bäckerei vorbeigeführt habe.

Die Kacheln der Unterführung waren weiß, und ein Glanz von den seitlichen Aufgängen her lag auf ihnen, wurde blendender gegen die Vierung am Ende hin, in der sich die Querrippen der Deckenträger zu Stufen verwandelten, die wir hinaufsteigen und die Straße hinaus ins Gartenquartier gehen würden, zur schmiedeeisernen Tür, hinter der die Rosen in zwei großen Beeten blühten. Diese Unterführung, mit ihren gekachelten Wänden, stand für den Ort, aus dem Vater stammte, und sie lösten auch später, als bereits Sprayereien sie bedeckten, noch immer die zwiespältigen Gefühle aus, die ich als Kind empfunden hatte, bis die Kacheln während der Bahnhofserneuerung verschwanden. Eine Kühle war von ihnen ausgegangen, und ich konnte in ihr Weiß hineinsehen, wie in Räume, die kahl waren, in denen ein Geruch nach Fleischerwaren hing, in Kübeln Hortensien blüten, Kugeln von leichenblassen Blüten, es hockten Schneereste und Staubstraßen in den Platten, sie strömten die Reinlichkeit verregneter Sonntage aus, auch eine Leere, als kämen in diesen gekachelten Räumen Menschen abhanden, verlören sich im Grau von Straßen, Westwindwolken, Häuserzügen, in einer Vergangenheit aus Uniformen und Militärspiel, und es war ein Streifen gelber Platten im oberen Drittel, der dieses Weiß so kalt machte, ein Ostereiergelb, das an kahle Zweige und Zwetschgenblüten erinnerte, in nichts dem Tabak- und Maisgelb aus Mutters Erzählungen ähnlich, das den Namen wie Rumänien oder Strada Morilor, den Keramiken und gestrickten Decken innewohnte.

Der elektrische Heizkörper, ein blecherner Kasten auf Rädern, braun gestrichen, stand beim Ohrenfauteuil, verströmte eine fade Wärme in dem sonst kühlen

Wohnzimmer, Regen fiel vor dem Fenster, das auf die Gärtnerei ging, auf Beete und Gewächshäuser, auf kleine Pfade mit glänzig nassem Kies, und der Himmel schwemmte Wolken in den Nachmittag. Sie flossen auf einem grauen Licht, das im Wohnzimmer die Stehlampe nötig machte, ein hölzerner Stiel, aus dem sich ein Messingrohr zu dem Schirm aus Pergament bog. Vater trug einen Hausrock, der von einer Kordel zusammengehalten wurde, las die Zeitung, sah durch randlose Gläser, auf denen Schuppen klebten, auf die schwärzlichen Linien, das Augenweiß höckerig, an einzelnen Stellen auch gelblich. Die Augen waren das Vertrauteste an seinem Gesicht. Und ich wartete, bis Vater sich erhob, aus dem Haus ging, ich meinen schräg von unten heraufführenden Blick verlassen konnte, mit dem ich die Gestalt im Ohrenfauteuil beobachtet hatte. Endlich ließ die Spannung nach, nahm das Grau im Fenster eine sanftere Färbung an, damals an der Alten Promenade, wo wir wohnten und ich dieses erste Bild des schlanken, großen, eindrücklichen Herrn in mir aufnahm, der vor allem Geschäftsführer der M.-AG, Holzverarbeitungsmaschinen und Gießereien war und keine Geschichte haben würde, wenn ich später nachfragte, doch mit meinem Bruder und mir größtenteils in Großvaters Stimme redete: Laut, befehlend, keinen Widerspruch duldend. Ihr erinnerter Klang ist für mich heute die Tür zu Vaters Kindheit, die mir, bis auf die Bäckerei-Geschichte, verschlossen geblieben ist. Dieser Ton *war* seine Jugend, den er – durch uns Kinder erinnert – hervorholte, weil er nichts anderes gekannt hatte als die Autorität, die in der Stimme anschlug, gefürchtet und doch auch bewundert: Vater und seine Brüder hatten zumindest klanglich ihre Jugend auf dem Exerzierplatz verlebt, waren der unbarmherzigen Disziplin der Compagnie montée unterworfen worden, die mit ihren Mulets durch die Stein- und Sandöden zog, und im Ton, mit dem Vater über die Zeitung hinweg ins Zwielicht des Sonntagnachmittags brüllte, Mutter solle »vorwärtsmachen«, mein Bruder und ich »aufräumen«, uns »bereithalten zum Spaziergang«, schwangen Stimmen aus Großvaters verheimlichter afrikanischer Welt nach, um eine Generation weiter gerückt, für die nächste bestimmt.

Großvater trug eine Glut in seiner Erinnerung, ein Brennen, das sich in Felsen und an Steinen brach, sich auffächerte zu einem rostigen Rot, zu bläulichen Grautönen, die Luft in eine schlierig zitternde Masse verwandelte, angefüllt mit einer Stummheit, in der die Geräusche der Schuhe, der Hufe der Mulets gelöscht wurden, aufgesogen von der Ebene, und einzig der keuchende Körper blieb, der man selber war, unwirklich bis auf den Durst, den Schmerz, den Ekel – und Hans H. stand in der Gießerei, ging immer wieder in die rußige Halle, in der ein verbrannter öliger Geruch hing, blickte in die Gusspfanne, in der die gleiche Glut war wie in seiner Erinnerung, die gleiche Hitze, und eine wilde Kraft schoss in ihm hoch, eine innere Gewissheit, überlegen zu sein, weil er noch lebte. Und er schrie gegen das Feindliche der Glut an, die keiner so wie er kannte: – Pass-doch-auf-Suter-du-gottverdammter-bicot-und-du-Weberli-mach-vorwärts-hilf-ihm-und-steh-nicht-da-wie-ein-Ölgötze – Sonst ...

»Sonst«. Ein Wort wie »aufräumen« und »abfahren«. Ein schwebendes, hängendes Wort, das über das vorgereckte Kinn hervorglitt, blitzte und wie ein beißender Geruch den Raum füllte.

Und Sergeant Schnider hatte als Hans H., Direktor der Eisen- und Stahlwerke, mit seiner Gattin, der unehelichen Anni T., eine kleine Truppe gezeugt, seine Söhne W., O. und den »Kleinen«. Sie sollten ihm wie ein Fächer sein, durch den er ebenso entschlossen die Welt teilen wollte, wie die junge Französin damals an jenem Sonntag es getan hatte, als er am Hauptplatz von Sidi-Bel-Abbès gestanden und der Auffahrt der Kutschen zugesehen hatte. Hinter seinen Söhnen sollte jene Zeit, in der man Lügengeschichten erzählt hatte, den letzten Sous vertrank, mit »Françoise«, der Ordonnanz, zum Qued hinunterging oder mit einer Ouled-Nail in ein Loch von Hinterzimmer verschwand, ein für alle Mal verborgen sein. Er könnte dann hochmütig über diesen »Fächer« hinweg auf den Platz vor dem Café »Les Hirondelles« hinabsehen, auf die Französin, die der Krieg weggewischt hatte, deren Dekolleté jedoch eine ungestillte Sehnsucht geblieben war. Die nächtlichen Bilder, der Zwang, das Tuch auf ihr Gesicht, auf das Gesicht meiner Großmutter zu legen, um tagelang danach zu schweigen, beschmutzte auch seine Frau mit jener vergangenen Zeit. Nur seine Söhne befanden sich auf der Seite, auf der das Neue begann, nicht allein für sie, für eine ganze Gesellschaft: Ein melioriertes Dasein, das aus Sumpfland – wie dem »Moos« entlang der Moräne – bestes Ackerland gewann, aus gestauten Flüssen eine unerschöpfliche Energie zog. Schienen und Straßen würden durch das Bauernland gelegt, wie die Franzosen das im Maghreb getan hatten, das Land musste für neue Nutzungen wie Fabriken und Industriebetriebe erschlossen werden. Dazu brauchte auch er eine Truppe, um an dieser – wie es damals noch genannt wurde – »Innenkolonisation« mitzuwirken. Keiner der Söhne würde sich dem Dienst, für den sie bestimmt waren, entziehen können, weil sie einzig und nur dafür vorgesehen waren, von allem Anfang an, festgehalten auf Fotografien, die als Postkarten im Abstand einiger Jahre an Bekannte und Verwandte verschickt wurden.

Aufnahme eins. W., O. und der »Kleine« der Größe nach aufgereiht, in strammer Haltung, Alltagskleidung. Knielange Hosen, Röcke über weißen, offenen Hemden, Schnürstiefel. Als Requisit: Ball – zur Ertüchtigung vor der Fabrikfassade.

Aufnahme zwei. W., O. und der »Kleine« der Größe nach aufgereiht, in strammer Haltung, Matrosenkostüme, breite Revers, zugeknöpft. Kniehosen mit Wollstrümpfen, Schnürstiefel. Zipfelmützen als Kopfbekleidung. Requisit: Stöckchen – zur Promenade vor gemaltem Wald.

Aufnahme drei. W., O. und der »Kleine« der Größe nach aufgereiht, in strammer Haltung, Kadettenuniformen des militärischen Vorunterrichts, Waffenrock mit Kniehose und Wollstrümpfen, Schnürstiefel. Runde Filzhüte, die Krempe an einer Seite hochgeklappt, als Kopfbedeckung. Requisiten: Säbel, Trompete, Karabiner.

W., O. und der »Kleine« würden später, in den dreißiger Jahren, Offiziere der Schweizer Armee werden. Das Gruppenbild dieser Söhne als junge Männer (Aufnahme vier) zeigt gutaussehende, selbstbewusste Herren in Anzug, Krawatte, Pochettes, mit Familienring und gescheitelten Haaren. Doch sie sind auch wie ein in verschiedene Aspekte auseinandergelegtes Porträt des Großvaters, in der Art abstrakter Malerei. Aus zwei Augen waren sechs geworden, aus drei Gesichtern hatte sich das eine zusammengefügt, und je älter die Söhne W., O. und »der Kleine« wurden, desto deutlicher drängte sich Großvaters Vergangenheit in ihr Leben hinein, die Lügengeschichten, das Trinken, die heimlichen Gänge zu einer »Françoise«, wurde das Verdrängte wieder lebendig in W., dem Träumer, in O., dem Trinker, im »Kleinen«, dass ich manchmal denke, sie seien Aspekte meines Großvaters in einer eigenen Gestalt und Zeit gewesen, obschon das meinem Vater und meinen Onkeln nicht gerecht wird. Doch es lagen so große Trümmer in ihnen, mit denen sie nicht zu Rande kamen, die ihren Lebensweg bestimmten und die auch sie weitergaben, Brocken, allmählich zerschrotet zu einer Art Fossilienschutt.

XII

STANDBILD

– Nun, was denken Sie von der Veranstaltung?
Gegen elf Uhr brach man auf, Sonderegger war vorgefahren, E. und Großvater setzten sich in den Fond, lehnten sich in die Polster zurück, während Sonderegger die Scheinwerfer die schmale Zufahrt an den Grotten vorbei zur Hauptstraße hinunterlenkte. Die beiden Herren fühlten sich jeder auf seine Art geborgen in dem mit Leder bespannten Gehäuse, im an- und abschwellenden Motorenlärm, der nichts als Bewegung nach A., nach Hause, bedeutete. Sie schwiegen. Die Hände Großvaters waren bleiche Flecken auf dem Griff des Rohrstocks, doch in seinem Kopf war ein hellglühendes Durcheinander, das der Redner mit seinen Worten entfacht hatte. Er spürte Trotz gegen das Herkömmliche und eine Begeisterung für eine künftige, noch zu schaffende Wirtschafts- und Gesellschaftsordnung, in der sich Erfolg, Macht, Ordnung zu einem Anspruch auf Überlegenheit vermischten, eine Legierung, deren glühend brodelnde Masse sich nicht zur Schwerkraft des Eisens verfestigte, sie füllte sein Hirn vielmehr wie das Leuchtgas die Zeppeline: Er sah von sehr

hoch hinab und nicht nur auf ein Land, sondern auf einen Kontinent, Europa – und hatte in diesem riesigen, vom Internationalismus bedrohten Weltteil eine historische Mission. Und die hieß, man musste »aufräumen« und »abfahren«, in noch viel radikalerem Maße als bisher. Und dazu brauchte es die Autorität der Persönlichkeit, eines Führers, der einzig fähig und berechtigt war, die Verhältnisse umzugestalten. Doch dass ausgerechnet dieser »premier soldat« der künftige Führer sein sollte, war lächerlich. Er hatte ihn als einen dieser Kienzles durchschaut, die es in jedem Posten gegeben hatte, ein Aufwiegler: Diese hatten herumgebrüllt, gehetzt, gedroht, ihre Stimmen waren rau vom Rauch und die Wörter – wie alles am Rande der Wüste – durchtränkt von Suff. Dieser Volksredner allerdings hatte ruhig, fast leise gesprochen, mit der eindringlich rhythmischen Melodie eines Marschliedes, das man scheinbar kennt und unbewusst mitsummt. Hans H. hatte sich in dieser fremden Umgebung mit einem Mal zugehörig gefühlt, als Teil einer Gemeinschaft, die berufen war, die Zukunft nach den eigenen Wünschen zu gestalten, etwas Heroisches zu vollbringen. Er war neidisch auf die Unverfrorenheit des deutschen Gastes geworden, sich so selbstverständlich vor die Reihen zu stellen, wo nur Offiziere und Unteroffiziere hingehörten, wo er selbst seinen Platz sah und auch besaß. Und war andererseits auch wieder befremdet von dem Gerede über das Deutschtum, von dem er nichts hielt. Die Deutschen hatten sich schon damals als etwas Besseres empfunden.

– Er hat nichts gesagt, was wir nicht schon wissen und bereits tun, wir haben die Ordnung, die Deutschland fehlt, auch wenn sie noch härter und kompromissloser verteidigt werden muss. Dass die Deutschen endlich wieder stark werden, das hoffe ich, sie sind im Exportgeschäft unser wichtigster Partner.

Und Großvater fuhr sich mit der fleischigen Hand übers Gesicht, fuhr über die Falten, Rinnen, Flächen unter dem zurückgekämmten Haar, das schon seit seinem dreißigsten Jahr weiß war, sah in die Dunkelheit, als könne sie die Helle in ihm löschen, das Vergangene auch, an das der Redner gerührt hatte, an Schuld, Schande, alte Ressentiments, gegen die es hohe Mauern, Elektrizitätswerke, den Strom gab, die Druckleitungen, die Masten, die Drähte. Und wenn es denn notwendig würde, um das Reine und Ordentliche wiederherzustellen, dass auch der schmächtige Jehudi verschwände, der die Schafe verkauft, Kartoffeln und Rüben geliefert hatte, dann ging ihn das nichts an. Einen Bart hatte er gehabt und traurige Augen unter langen Lidern, mit denen er einen anschaute, als blickte eine jahrhundertelange Geschichte aus ihnen, eine Geschichte von Nomadenzelten, Herden und Ackerbau, von Tempeln, Felsstädten, von Verheißung und Vertriebensein. Ein schmutziger kleiner Kerl war er gewesen, der in der

Ansiedlung neben dem Exerzierplatz wohnte, dort, wo das Café, das Bordell und die Synagoge lagen, wo alle Juden wohnten, in den weißen Würfelhäusern, während die Araber auf der anderen Seite des Postens gegen den Qued hin in einer gelbbraunen Festung lebten, dem Ksar, in diesem Labyrinth stinkender Gänge. Der Jehudi beschiss einen mit seinen mageren Schafen, und man machte mit ihm ab, dass man die Kommandantur in Boudenib beschiss, und dann beschiss man auch noch den Jehudi: So kamen die Gewichte zusammen und das Geld in die Tasche. Er hatte sie nicht gemocht, die Juden. Auch die Araber und Berber nicht, man war anders als sie, brachte die Zivilisation, baute Straßen, Tunnels und Eisenbahnen, wie hier auch. Doch man trieb Handel miteinander, und dazu gehörte, dass man den Fuß unter die Waage stellte, um zu erreichen, was man erreichen wollte, dass mehr für einen abfiel. Nur so konnten auch andere davon profitieren. Davon wussten die Roten nichts, die stets die Waren verteilen wollten, bevor sie auf die Waage kamen.

– Wahrscheinlich haben Sie recht, sagte E., und Funk dürfte das ebenso sehen. Unsere Aufgabe ist die Leitung der Firma. Soll die Politik sich um die Weltanschauungen kümmern. Es genügt, wenn sie uns die Bedingungen und Garantien schafft, um zu produzieren und mit den technischen Entwicklungen Schritt zu halten. Was wir brauchen, sind Produkte, die genügend Umsatz bringen, um Einbrüche im Stahlgeschäft wie diejenigen von vor zwei Jahren ausgleichen zu können.

Und Großvater, noch ehe sie die Anhöhe erreicht hatten, von wo die Straße in spitzen Kehren wieder hinunterführte, rückte mit dem Vorschlag heraus, das Seilbahngeschäft zu erweitern und Systeme zu bauen, die geeignet seien, Menschen zu transportieren. Für den wachsenden Tourismus in den Alpen.

Vater wirkte in den »Stehenden Bildern« mit, dafür erhielt er das Offizielle Festalbum des Eidgenössischen Schützenfestes von 1924, das sich neben den Fotos als einziges Zeugnis aus jener Zeit erhalten hat, ein in weichen Halbkarton gebundenes Heft. Als Teil der drei Wochen dauernden Jahrhundertfeier wurden Szenen aus der »Vaterländischen Geschichte« auf der Festbühne dargestellt – Schlachtenbilder, bei denen die Jungen und Männer in leinenen Hirtenkostümen feste Posen einzunehmen hatten, gebeugt über gefällter Lanze standen, sich hochreckten zum Schlag mit Schwert und Hellebarde, die Münder stumm, doch »freudvoll im Streit« aufgerissen: Bilder, die in der Bewegung angehalten waren, als hätte eine umgestülpte Fotokamera ein Geschehen nicht auf den Film, sondern ins abgelichtete Objekt projiziert. Der Anschein entstand, man erblicke eine in die dritte Dimension erweiterte Fotoaufnahme, ein Effekt, der im hochgewölbten Festsaal jedes Mal ein Entweichen des Atems aus tausend Kehlen auslöste, gefolgt von tosendem Applaus. Der fünfzehnjährige Schüler, der mein Vater damals gewesen war, spürte, wie ihn eine Woge anhob, trug, ihm eine Bestätigung gab, die er sonst nicht kannte: Seine Haltung, der selbstaufopfernde Stoß mit der Lanze, wurde von den klatschenden Händen in seine Seele getrommelt, sie schlich sich in seine Träumereien vor dem Einschlafen, erregte ihn und ließ ihn als Held in den Alltag zurückkehren, bewundert, gefürchtet, von allen erkannt, die mit ihm am Straßenrand den Festzügen zuschauten, und *sie* fuhr vorbei, wieder und wieder, in einem weißen bauschigen Kleid, mit nackten Schultern, einen Strauß Blumen im Arm – das Mädchen, das er nicht kannte, das nur einfach wunderschön war, lächelte und sich zu ihm hinabbeugte, ihn liebte, weil er sie vor zudringlichen Jungen beschützte, und ihm eine rote Blüte reichte, wie man sie am Jugendfest als Kokarde an der Mütze trug.

Und die Festzüge rollten zwischen dem 18. Juli und dem 5. August 1924 unentwegt durch die Straßen, dem Eröffnungstag folgten der Zürcher-, Berner-, Welschland-, der Basler-, Solothurner-, Aargauer- und Urschweizertag, es gab Festzüge mit Auslandschweizern, mit Akademikern, mit Behörden- und Regierungsmitgliedern, auch die Tiroler und Vorarlberger Bürgerwehren waren zu Gast – und wenn ich dieses Album und seine bräunlichen Aufnahmen durchblättere, dann erscheinen mir diese Züge wie die Umkehr der »stehenden Bilder«, nämlich als eine Art Film, den man sich mit täglich wechselndem Programm, am Straßenrand stehend, ansehen konnte, ein Film vorbeiziehender Bilder, der jedoch nur ein Thema kannte, die folkloristische Beschwörung der verbindenden, mythischen Vergangenheit, in der es keine Fabriken, keine Arbeiter, wirtschaftlichen Krisen und sozialen Spannungen gab, und man musste weit zurückgehen, zu Pfahlbauern und Reisläufern, zu den Flößern und Salmfischern, zu den Strohflechtern, Webern und Stumpenmachern, um die Gemeinsamkeiten zu finden in einer scheinbar noch heilen Welt vor dem großen Krieg. Denn dieser hatte eine Verwüstung hinterlassen, die in diesen wirklichen Filmen, die neuerdings abgespielt wurden, gezeigt worden war, bewegte Bilder, die eine unheimliche Starre zeigten, die Zone A, den verbotenen Gürtel, wo die Fronten verlaufen waren, sich endlos vor- und zurückgeschoben hatten, die Granaten Dörfer und Städte in Karstlandschaften mit zerfetzten Baumgerippen verwandelt hatten. Großvater sah in diese weißliche Wüste hinein, die er kannte und so doch noch nie gesehen hatte, die nicht mehr in Afrika, sondern inmitten von Frankreich lag, deren Steine nicht Kiesel und Felsbrocken waren, sondern Mauerfetzen. Sergeant Schnider, dem die Grande Nation die Auszeichnung als Scharfschütze gegeben hatte, schaute auf diese flimmernden, wie unter der Hitze zitternden Bilder, und wenn er sich auch eingestehen musste, ein solches Ausmaß an Zerstörung noch nie gesehen zu haben, etwas erkannte er sofort: Der Krieg war nicht vorbei. Er hatte sich nur wie damals im Tafilalet hinter die nächsten Dünenzüge zurückgezogen, er käme wieder wie die nächtlichen Horden auf ihren Kamelen damals, und wer jetzt glaubte, auf der Wache dösen zu können, der würde seine Zigarette nicht fertig geraucht haben, so fiele er schon mit einem Loch im Schädel von der Postenmauer wie ein vollgeschissener Sack.

Und die Nacht lag wie Schiefer auf den Scheiben der Veranda, Stille war draußen, das Licht, das heraus in den Garten drang, vermochte kaum einen Schimmer auf den welken Rasen, die leeren Zweige des Zwetschgenbaumes zu werfen, der Hund im Verschlag unter der Treppe schnüffelte, ließ ein Winseln hören, und die Luft lag feucht und nass um das sonst dunkle Haus. Doch am Schiefertisch auf der Veranda lärmten die Stimmen, drang zäher Zigarrenrauch ins Lampenlicht, roch es nach Kaffee, den Großmutter in der Küche zubereitet hatte. In ihren Morgenrock gehüllt, ein Häubchen auf dem zerdrückten Haar, trug sie das Tablett mit Kanne und Tassen herein, noch den ersten Schlaf im Gesicht, der durch den gewaltsamen Einbruch der »Corona«, wie sich die Gesellschaft selbst titulierte, gestört worden war – sie solle aufstehen und den Herrschaften einen Kaffee kochen –, die auf Bänken und Stabellen um den Schiefertisch hockte, die Arme breit aufgestützt, in ihren Jacketts, zwischen deren Revers die Hemdkragen und Krawattenknoten kehlige Kinne stützten. Die Gesichter waren gerötet, die Augen hatten einen Glanz, die Stimmen einen unduldsamen Klang –

– Giger? Der ist doch nichts. Ein Hallodri.

– Du bist doch noch für ihn gereist, Juli.

– Es ist ihm halt in den Kopf gestiegen.

– Einer, der mit Zwanzigernötli die Zigarre anzündet, dem geschieht recht, wenn er ins »Gullihaus« kommt.

Und sie alle sprachen denselben Dialekt, diese weiche Melodie mit den verschliffenen Lauten, den man hinter der Moräne im Daumenabdruck Gottes sprach, den Satz oftmals hoch ansetzte, ihn hinuntergleiten ließ wie über einen Wiesenhang, um unten angekommen in eine Abschätzung zu münden, die nachklang, wie das Wasser des Dorfbachs, das man lange hört, bis es zwischen Hügel und Moräne in die Ebene fließt.

Giger habe eben auch gemeint, er sei etwas Besseres mit seiner Zigarrenmanufaktur.

– Jetzt lassen sie ihm nicht einmal das Fabrikli.

– Kannst es ja kaufen, Miggel, ein schönes Steinhaus, und das zugehörige Wohnhaus ist auch feil.

Und Großvater befahl W., der spät von einer Kneip der Studentenverbindung zurückgekommen war und dabeisaß, das Zwetschgenwasser zu holen, Selbstgebranntes vom »Hümbel«, füllte die Gläschen. Juli, Großvaters Freund, goss es bedächtig in die Tasse

Kaffee, während Vikter, der in Zürich Papiertüten fabrizierte, auf einen Ruck das Glas leerte, mit aufgerissenem Mund den Atem herauspresste und sich mit dem Handrücken über die Augen fuhr.

Sie alle, die da nächtens um Großvaters Tisch saßen, stammten mit Ausnahme Burgers, der selber Zigarren produzierte, aus dem Dorf G., sie kannten sich seit Kindesbeinen an und waren tatsächlich etwas Besseres als ihre Altvorderen geworden, die noch unter den Strohdächern bei Petroleumlicht mit Heimarbeit das »Betteln versäumten«.

– So, aber das mit den Erzen im Jura ist doch nichts geworden, es rentiert nicht, hab ich im Blättli gelesen, und den Versuchsstollen hat man wieder geschlossen.

– Es sind Duckmäuser, die Herren Parlamentarier, die uns die Konzession entzogen haben, sagte Großvater zu Miggel, dem die Aluminiumwerke gehörten, doch diese Schwätzer werden schon noch auf den Geschmack kommen, wenn das Eisen knapp wird.

Fast drei Millionen Franken hätte die Studiengesellschaft verloren.

Der Besitzer der Stahlwerke, der E., sei doch der Schwager von diesem Bircher, dem Chefarzt des Kantonsspitals, der da im römischen Theater in Windisch Reden halte und Bürgerwehren organisiere, man müsse zwar etwas gegen die Roten unternehmen, das sei richtig, aber was der Bruder von E., der Hans, in seinem Monatsblättli von einem gesamtdeutschen Bollwerk gegen den Bolschewismus zusammenschmiere, zu dem auch die Schweiz gehöre, das ginge ihm, Vikter, dann doch zu weit.

– Muss sich halt die Wörter aus den Fingern saugen, wenn er schon studiert hat, sagte Juli. Ich hoffe nur, der da in seiner Mütze – er zeigte auf W., der verlegen grinste – wird nicht auch so ein Batzenschreiber.

Einige Ideen von diesen deutschen Patrioten seien schon recht, er habe da einen Redner gehört, den sie wegen Aufruhr kürzlich hinter Schloss und Riegel gesetzt hätten, doch E. – und auch er – hätten mit Politik nichts am Hut, Parteinahme könne bei den wechselvollen Zeiten dem Geschäft nur schaden, man müsse produzieren, das sei, worauf es ankomme, das allein brächte Arbeit, Geld und Frieden ins Land, und auf den Alfred E. lasse er nichts kommen.

Und die Runde nickte, die Herren richteten die glänzenden Augen vor sich auf das Holz und den Schiefer, blickten hinab, sahen den vom Regen ausgewaschenen Weg, auf dem die Holzschuhe über Steine schrammten, das Strohdach, aus dessen schwärzlichen Halmen es tropfte, unter dem man, solange noch Tageslicht war, kaum hatte man den Schulranzen in den Hausgang gestellt, auf der Bank sitzen und Tabakblätter ausrippen musste, auch wenn man Frostbeulen bekam, die später »süß« juckten. Einzig W. dachte an ein Mädchen, das Jenny hieß und das er in den Tennisclub einladen wollte, falls es überhaupt spielte.

»Ja, ja«, sagte Juli, und »so, so« der Miggel, und Vikter meinte, man nähme noch eins auf den Heimweg, und sie fuhren über ihre Gesichter, hoben das Glas, spürten mehr noch als den Schnaps den Stolz in ihren Gliedern, die man langsam bewegen durfte, weil man es zu etwas gebracht hatte, jemand war und es bleiben würde, nicht wie der Giger, der groß angefangen und zuletzt nichts mehr besessen hatte.

Die Eisen- und Stahlwerke in A. gossen als ein Firmengeschenk das Telldenkmal von Altdorf, zwei Handspannen groß, verteilten es an Zulieferer und Kunden, an Angestellte der Firma – und der Freiheitsheld mit geschulterter Armbrust hat die Linke um seinen Sohn Walter gelegt, der zu seinem Vater aufschaut, fragend, bewundernd. Er versucht über die gewölbte Brust, die das Hirtenhemd spannt, über das vorgereckte Kinn, das den Bart sträubt, das Gesicht des Mannes zu sehen – der allein weiß, dass die anderen nicht wissen –, der unter buschigen Brauen hervor, mit leicht abgewandtem Blick in die Zukunft schaut, zu seinen Bergen hin, die mit Stauseen, Druckleitungen, Hochspannungsdrähten, mit Schwebebahnen und den Dörfern zu einer Quelle der Energie und der Erholung geworden sind. Und die kleine Plastik, angeschrammt von der Gussputzerei, hergestellt in großer Stückzahl, stand für Großvater als

Leitfossil hinter allen sozialen Schichten – ob Arbeiter, Angestellter oder Direktor – als die einigende ursprüngliche Figur, die man ein wenig selbst war und der man angehörte, ob einem das passte oder nicht, und dabei ohne »Wenn und Aber« zu tun hatte, was von einem verlangt wurde. Das galt nicht zuletzt für seinen Sohn, auch wenn der nicht ahnte, was es bedeutete, statt in Studentenmütze an der Kantonsschule zu studieren und Mädchen auszuführen, mit einem Glas eingemachter Zwetschgen nach Burgdorf zu laufen. Die Herren Söhne waren verwöhnt, doch der Arm, scheinbar so locker auf die Schultern des Jungen gelegt, wies diesem »ohne Diskussion« den Weg, den er vorsah und für ihn bestimmte, wie für die beiden anderen auch. Er würde stets ein Augenmerk auf sie haben, für sie sorgen, seine Beziehungen spielen lassen: W. kam nach der Kantonsschule zur kaufmännischen Weiterbildung in die Partnerbank der Eisen- und Stahlwerke in A., wurde durch väterliche Vermittlung von der Direktion in Baden nach Bruxelles zur »Compagnie Industrielle Brown Boveri« geschickt, musste zum Studium der Lagerhaltung, der Statistik, Kalkulation und Spedition in einen Eisengroßhandel in B. eintreten, zugleich den Offiziersgrad abverdienen, und ich erinnere mich, dass diese Tellfiguren auf gedrechseltem Nussbaumsockel überall herumstanden, bei Großvater, bei meinen Onkeln, bei uns zu Hause, ein Nischenheiliger, ein Stand- und Zustandsbild, vielleicht von der Firma im Überschuss produziert, so wenigstens war der Eindruck, und doch gab es einen gewichtigen Unterschied zwischen der Figur, die bei Großvater zu Hause auf dem Schreibtisch stand, und der bei seinen Söhnen. Großvaters Tell war aus weißlichem, silbrigem Metall gegossen, die bei W., O. und dem »Kleinen« aus gedunkelter Bronze.

XIII

GÄNGE

Dämmer, aus dem allmählich der Morgen heraufzieht, Strom, Ufer und Himmel über den Tassenrand dreht, und ich trinke Kaffee auf der Veranda, schaue in die verwandelte Aussicht. Schnee ist gefallen, und die Schlucht, die keine mehr ist, gemahnt dennoch an jene Aufnahme von damals, auf der die Vergänglichkeit so deutlich durch das flüchtige Weiß auf Kanten und Flächen festgehalten ist. Und wie im Bild liegt auch jetzt am Horizont, in den das Wasser strömt, ein Nebel, der Großvaters Arrangement aus Stauwehr, Kamin und Hochspannungsmasten verhüllt, einen kalkigen Himmel aus sich hervorgehen lässt, unter dem das Wasser träg und dunkel zwischen den geweißten Böschungen fließt. Die Stämme und Äste treten, von Schnee bedeckt, schärfer und härter hervor und sind doch auch in die Breite verweht, und ich beuge mich vor, schaue durch das Fenster hinab auf die Terrassenmauer des Nachbargartens, auf diesen schneeigen Balken, über den sich ein Ast des Ahorns hinaus aufs Wasser neigt, sich gabelt, das Wasser tief, von schwarzem Glasfluss erscheinen lässt. Doch wie um die Vorstellung zu brechen, unter meinem Fenster läge eine japanische Fächerzeichnung, vom Meister auf das Reispapier des Morgens gemalt, schwimmen zwei Blesshühner aus dem Schutz der Mauer, strampeln ihr schwarzes Gefieder in den Strom hinaus. Erdtöne schleichen sich in die Felsen, mit dem aufkommenden Licht färbt ein Stich Rot den Schnee. In meinen Augen hockt der Zündholzmann, der Kaiser der Hühner, und ich sehe, wie er lächelt und sagt: Ich hab die Schlucht gesehen, ich habe sie gemalt, auf Papier und in die Seele der Leute, zugegeben, ich habe sie auch ein wenig kopiert, du aber musstest sie hervorklamüsern, zusammenimaginieren, als Bild aus Bildern, ohne Erinnerung.

Und in dem Augenblick begann es erneut zu schneien, erst fein, in winzigen Kristallen, dann kräftiger, bis meine Fenster sich füllten mit dichten, heftigen Flocken, die wie eine Störung die Sicht undeutlich, flimmernd machten, schließlich die Konturen löschten, und ich dachte an W., den ältesten Sohn Großvaters, der mein Vater werden sollte, der das Auslöschen allzu wörtlich genommen hatte und als junger Mann erblindet war. Erst an diesem Morgen, da ich mit einer Tasse auf der Veranda saß, in L., wohin mich die Umstände geführt haben, und ich in das Schneetreiben hinaussah, begriff ich, dass dieses Auslöschen seine Geschichte war, eine kurze, aber immerhin eine Geschichte, die er nie erzählte.

Vaters Gang. Ein elegantes, etwas nachlässiges Schlendern, und ich sehe lediglich die Hosenbeine aus einem hellen, sommerlichen Stoff, mit scharf gebügelten Falten, die bei jedem Schritt flappen. Die Aufschläge gleiten über die Schuhe aus weißem Leder, die ein rehbrauner Einsatz mit feinen Löchern auf den Kappen ziert, und Vaters kurze Geschichte beginnt, indem ein fremder Blick diesem Gang folgt, den großgewachsenen, schlanken Mann beobachtet, der da geht, ohne Wissen, dass er gesehen wird, unbefangen in einem hellen Sakko, den Hut aufgesetzt und eine Mappe unterm Arm. Er will den Arbeitsweg durch die morgendliche Stadt nicht sonderlich eilig, jedoch mit dem Vorsatz zurücklegen, den noch frischen, milden Sommertag zu genießen, die Lust am Gehen zu spüren und die Häuser, Vorgärten, die Menschen, die ihm begegnen, in sich aufzunehmen – also auf angenehme Weise das Büro im Verwaltungsgebäude des Eisengroßhandels zu erreichen; und Ruth S., die den jungen Mann beobachtet hat und mir die Geschichte oft und wahrscheinlich auch sehr früh schon erzählt hat, soll in dem Moment, da sie den biegsam schlaksigen Herrn sah, der selbstbewusst und beschwingt, wie sie dies von Bukarest und dem Corso auf der Calea Victoriei her kannte, gewusst haben, dass jener Fremde »ihr künftiger Mann« sei. Und wie von allen Anekdoten und Geschichten Mutters habe ich auch von dieser ein Bild in meinem Kopfalbum, das allerdings nur flappende Hosenbeine über einem erdigen, von

Grasbüscheln bewachsenen Pfad zeigt. Dieser hat in Wirklichkeit über ein Baugrundstück neben dem Haus in P. geführt, wohin wir umgezogen sind, als ich vier Jahre alt war und Vaters Geschichte schon lange ihr Ende gefunden hatte. Vielleicht erzählte Mutter gerade deshalb immer wieder ihren Anfang, weil sie wünschte, Vaters Geschichte würde sich fortsetzen, nochmals so unwahrscheinlich und entgegen aller Erwartung wie damals, als sie sich kennengelernt hatten.

– Ich sah, wie er ging, und ich wusste, das ist mein Mann, der da vor mir hergeht – und dann sah ich ihn zweieinhalb Jahre lang nicht mehr, bis er an einem Morgen wieder vor mir herging.

Wir machen uns innere Scheinbilder oder Symbole der äußeren Gegenstände, und zwar machen wir sie von solcher Art, dass die denknotwendigen Folgen der Bilder stets wieder die Bilder seien von den naturnotwendigen Folgen der abgebildeten Gegenstände. Damit diese Forderung überhaupt erfüllbar sei, müssen gewisse Übereinstimmungen vorhanden sein zwischen der Natur und unserem Geiste. Die Erfahrung lehrt uns, dass die Forderung erfüllbar ist und dass solche Übereinstimmungen in der Tat bestehen.

Einen Rest Wärme der Wohnung in den Kleidern, den Geruch nach türkischem Kaffee, den Frau S. ihrer Tochter jeden Morgen bereitet, noch am Pelzbesatz des Kragens, geht Ruth S., einen Schirm am Arm, die Handtasche umgehängt, der Haltestelle zu. Westwindwolken gleiten über die Dächer, kühle feuchte Luft füllt die Straßen, in deren Dämmer hinein die Zweige aus Vorgärten Risse ziehen. Die junge Frau, die bei »Champagne Strub« die Stelle einer »Büralistin« versieht, als einzige Angestellte des Seniorpartners und Begründers der Firma, eines überaus distinguierten Herrn, der niemals ohne eine Rose im Knopfloch im Büro erschienen wäre, diese junge Frau verlangsamt plötzlich ihre Schritte. Das Zielstrebige weicht einem schwingenden Rhythmus, und Ruth S. schiebt ihre »chaussures« mit leichtem Verzögern vor, setzt den Absatz genau auf die Linie vor den anderen Schuh, damit ein wiegender Gang entsteht, wie sie ihn von den rumänischen Frauen gelernt hat und selbstverständlich auf den Boulevards ihrer Jugend gemeinsam mit Freundinnen vorführte. Ein Schreiten, zu dem die leicht erhobene, das Gesicht abwendende Kopfhaltung gehört, die vorgibt, nichts zu beachten, jedoch alles wahrnimmt: Diesen anderen Gang vor ihr beispielsweise, den sie mit leichtem Erschrecken wiedererkennt, nach mehr als zwei Jahren, unverwechselbar und unvergessen, wenn auch von einem Mantel, der bis zu den Waden reicht, umhüllt. *Sein* Gang, und sie geht vor und spürt, wie sie für einen Moment lang neben ihm in Gleichschritt fällt.

Vater hatte ein jungenhaftes Lachen, in dem Schalk und eine Prise Schadenfreude steckte, das die selbstbewussten, oft auch überheblichen Züge sprengte und ein naives, gutartiges Wesen offenbarte: eine Seenlandschaft, weit und offen wie das Engadin. Diese naive Offenheit war jedoch wie das Hochtal dem Leben »A« zugehörig, nur »ferienhalber« aufzusuchen, während die meiste Zeit das Leben »B«, das Großvater bestimmte, einen angestrengten Alltag auf sein Gesicht zerrte.

Dieses jungenhafte Lachen meines Vaters sah Mutter zum ersten Mal, als sie gebeugt über ihren Regenschirm, der klemmte, immer mehr die Fassung verlor, an dem Gestänge zerrte, im Bewusstsein, dass nun sie es wäre, die beobachtet würde. Die Peinlichkeit hatte allerdings schon mit dem Erreichen der Haltestelle begonnen, als sich überraschenderweise auch die flappenden Hosenbeine zu dieser inmitten der Straße gelegenen Insel bewegten und ihr eigener, sie in Sicherheit wiegender Gang dort zum Stillstand kam. Ruth S. befiel eine Verwirrung, die sie steif und unbeholfen machte, als der junge Herr nur wenige Schritte entfernt stehen blieb, mit betonter Nonchalance eine Zigarette dem Etui entnahm, um sie weltmännisch in den Mundwinkel zu hängen. Das Fräulein hielt angestrengt nach der Trambahn Ausschau, die nicht kommen wollte, während Tropfen zu fallen begannen, die sich rasch zu einem Regen verstärkten, der zwar nicht besonders heftig, doch eindringlich zu werden versprach und die junge Dame zwang, den Schirm in gewohnt elegantem Schwung zu öffnen. Doch ebendies misslang so gründlich, dass jegliche Haltung verlorenging, eine über dem sperrigen Gegenstand gebeugte Gestalt übrigließ, die verzweifelt an dem Schirm zerrte, schließlich hoch und in das Lachen des jungen Herrn blickte, in diese arglose Heiterkeit, die sie selbst zum Lachen brachte. Er trat zu dem Fräulein hin, öffnete den Schirm, zog höflich seinen Hut, und als die Trambahn kurz darauf hielt, stieg er in den Antriebswagen, sie in den Anhänger, und vielleicht hätten sie sich nie wiedergesehen, wären beide nicht einem Impuls gefolgt, der W. im Wagen nach hinten führte, um in den Anhänger zu spähen, und Ruth S. nach vorne gehen hieß, um in den Triebwagen zu sehen, und beide sich durch zwei Scheiben hindurch ansahen.

Fräulein S. versuchte an diesem Tag noch unzählige Male den Schirm zu öffnen, dies allerdings im Kopf des jungen Mannes, was ihr auch dort nicht gelang. W. vergegenwärtigte sich die Szene immer von neuem, während er am Pult über Lagerbeständen, Dispositionen und Abrechnungen saß, versuchte sich ihr Lachen über dem fleddrigen Gestänge – das Gesicht und ihre Gestalt – wieder vorzustellen. Doch mit jedem Versuch verblasste die junge Frau mehr und ließ den Wunsch in ihm umso dringlicher werden, das Fräulein wiedersehen zu wollen, vielleicht schon am Abend nach Büroschluss, wobei im Laufe der gedehnten Stunden am Pult die Furcht wuchs, sie vielleicht nicht wiederzuerkennen. Er konnte nicht ahnen, dass die junge Dame, die sie wirklich war, viel zu genau dem Bild entsprach, das er in sich trug und das sich in den zweieinhalb Jahren seiner Abwesenheit geformt hatte. In dem Höhenkurort, in dem er einige Monate wegen einer Augenkrankheit hatte verbringen müssen, hatte er eine Lebensart kennengelernt, die es in der weißgekachelten, hortensiengeschmückten Nüchternheit seines Herkommens, wo gejätet und gehorcht wurde, nicht gab. Sie war geprägt gewesen von Großzügigkeit und Eleganz, er war Menschen begegnet, die sich seiner angenommen hatten, vornehme zurückhaltende Menschen, die von Dingen sprachen, von denen er noch nie gehört hatte, die in ihm eine Neugierde für die Kunst, für die Philosophie geweckt hatten, ihn gar dazu brachten, seine bescheidenen Klavierkenntnisse auf das Orgelspiel zu verwenden. In dieser Umgebung war eine Sehnsucht in ihm gewachsen, die keinen Ausdruck fand, doch er hatte Geschmack an einem Dasein gefunden, das ihm licht und voll heller Farben erschien, zu dem ein bequemer, seidener Morgenrock passte, ausgedehnte Spaziergänge und die Gesellschaft anderer Müßiggänger. Doch Großvater holte ihn zurück ins Unterland, setzte ihn wieder an das Pult im Büro des Eisengroßhandels, und von der noblen, auch lässigen Atmosphäre war nichts geblieben als eine Sehnsucht, und der Träumer am Pult vermochte an jenem Tag sich auch nicht annähernd vorzustellen, wie sehr die junge Dame all das verkörperte, was er vermisste und selbst nicht ausdrücken konnte: Sie würde schon bald tabak- und maisgelbe Töne für ihn mischen, Düfte, Schatten und Hitze anrühren, dagegen die Kühle einer Vornehmheit und den leicht stumpfen Glanz des Herkommens setzen. Allerdings brauchte er noch ein wenig Geduld. Er musste ihr in gebührendem Abstand folgen, beim Meldeamt die Anschrift nachfragen, die üblichen Absagen erdulden, bis er endlich ein Rendezvous gewährt bekam. Dann jedoch erzählte Ruth S. von Bukarest. Dort sei sie aufgewachsen, im jüdischen Quartier, in einer Straße mit jungen Bäumen. Zur Villa habe ein Innenhof gehört, der von einem Lattenzaun zur Strada Morilor begrenzt worden sei. Nach hinten zu hätten die Küche und die Dienstbotenräume gelegen, gegen vorne hin sei der Salon, das Speisezimmer sowie die Schlafräume gewesen, das Haus hätte, wie üblich in Rumänien, mit der Schmalseite zur Straße hin gestanden, sie sei täglich mit der Kutsche zur Schule gefahren, und mindestens zwei-, dreimal die Woche hätte die Familie im Landauer den Abend auf dem Corso der Calea Victoriei verbracht, man sei an hellen Sommerabenden hinaus an die Herăstrău Seen gefahren oder habe auf der Terrasse des Otetelesanu gesessen, wo die Zigeuner spielten. Ihr Herr Papa, ein sehr vornehmer, aus altem Geschlecht stammender Herr, von »Cöln«, wo noch heute Verwandtschaft lebe, habe die technische Leitung der größten Baumwollwebereien Rumäniens innegehabt. Er wäre nie ohne Stock zu seinen ausgedehnten Spaziergängen aufgebrochen, die ihn durch die Straßen und Gassen des alten Bukarests geführt hätten, zu den Händlern und Handwerkern, hinter deren Waren die schattendunklen Räume voll Stimmen, Hämmern und Singen gewesen seien, während sie selber die Boulevards bevorzugt habe, die eleganten Geschäfte und Cafés, die Menschen, die an ihnen entlangschlenderten, »pe jos«, in modischen »chaussures«, ein Duft von »parfums« um sich, ein Glanz von roten Lippen, Tressen und Uniformknöpfen …

Und doch würde W. auch nach einem ganzen Leben noch nicht verstanden haben, wonach er an jenem Tag, als es kalt und grau war, immer wieder Regengüsse die Stadt überzogen, der Abend schon früh aus den Mauerecken kroch –, mein Vater würde nie ganz verstanden haben, wonach er, der Industriellensohn, wirklich ausgeschaut hatte, als er die junge Dame beobachtete, die meine Mutter werden würde.

XIV

VERDUNKLUNG

Zwischen jenem Schlendern, beobachtet von einer jungen Dame, und jenem Gang an einem kühlen regnerischen Morgen, bei dem ihm ein Fräulein auffiel, das den Schirm an der Haltestelle zu öffnen versuchte, ereignete sich eine mäandernde Schlaufe im Lebensfluss meines Vaters, die in keiner Weise vorgesehen war. Weder von ihm selbst noch von Großvater, der darin ein weiteres Zeichen sah, dass seine Wachsamkeit nötig sei, da sowohl die Firma wie die Familie von unvorhersehbaren Einbrüchen bedroht blieben.

Man hatte in A. die Vorgänge in New York, an jenem schwarzen Freitag, als die Börse »verkrachte« wie der Giger, der auch zu großartig mit Geld um sich geworfen hatte, nicht wirklich ernst genommen: Die Firma stand auf soliden Fundamenten, sie hatte sich einen Namen in der Herstellung von Spezialstählen für die Elektro- und Automobilindustrie gemacht, in der Maschinenfabrikation war sie auf den Bau von Schwebebahnen, Baumaschinen und Transportsysteme spezialisiert, doch man verrichtete auch weiterhin Pionierarbeit. Die Eisen- und Stahlwerke bauten Automobile, die mittels elektrischer Energie betrieben wurden, die Akkumulatorenfahrzeuge. Mit zweieinhalbjähriger Verspätung erreichte die Krise dennoch die Werkhallen in A., zwang die Direktion, Kurzarbeit einzuführen, Löhne zu kürzen, Leute zu entlassen. Das graue Licht hockte wieder in den Winkeln, dehnte sich vom Fenster gegen das Schreibpult aus, kroch unter Weste und Hemd, ließ den Stock fester halten – wie damals, im Posten am Rande der Wüste, wenn der »cafard« ausbrach, eine Gemütslage aus Öde, Not, Verzweiflung, die ansteckender war als Typhus, zu Gewalt und Aufruhr führte, einen kleinen »premier« wie diesen Kienzle an die Spitze gebracht hatte, der die Leute aufreizte und anstachelte, der eines Nachts die Kerze ins Stroh bei den Mulets geworfen hatte, dass die Tiere im flackernden Schein in Panik gerieten, an den Seilen zerrten und sich das Fell blutig rissen. Schüsse peitschten, die Häuser der Juden jenseits der Postenmauer hatten in angespannter, aufmerkender Stille gestanden, als würden die Menschen dort lauschend verhalten wie Wild vor der Jagd, und über die Köpfe der Legionäre hinweg, ihre vom Feuerschein und dem Pinard geröteten Gesichter, gellte die Stimme Kienzles – Heim, Osten, Maschinengewehre: Holt euch, was ihr braucht! –, und die Menge brüllte, schrie diesem Kerl zu, den sie auf die Schultern eines alten, geduldigen Legionärs gehoben hatten, wo er, die Arme ausgebreitet, wie ein Heilsverkünder saß, – Zur

Versorgungsbaracke!, schrie, und die Menge drängte grölend gegen Löschs Quartier ...

Und Großvater am Pult der Eisen- und Stahlwerke seufzte auf, fuhr sich mit fleischiger Hand übers Gesicht. Die Wirtschaftskrise hatte Not und Arbeitslosigkeit zurückgebracht, sie hatte einen ganzen Kontinent erfasst. Wie eine Epidemie breitete sich der »cafard« aus, schlich sich Hass in die Gesichter der Menschen, wuchs ein Hunger auf »Dass endlich etwas geschieht«, und Großvater, der Ende der zwanziger Jahre einen Moment lang geglaubt hatte, der Krieg hätte sich nun doch endgültig verzogen, wusste wieder: In nicht allzu ferner Zeit würde einer die Kerze ins Stroh werfen. Und damit nicht genug. Das Unvorhersehbare – dieser Mangel des Lebens an Subordination – hatte sich bereits in die eigene Familie eingeschlichen, den Fächer beschädigt. Sein ältester Sohn war erblindet.

W. hatte zuerst gelacht. Eine Landschaft war in seine Augen gefallen. Eine aus der Erinnerung an herbstliche Sonntage, an denen sie in den Jura gefahren waren, Vater nach der »Metzgete« mit Herren in Anzügen, die ebenfalls ihr Automobil vor der Bauernwirtschaft stehen hatten, sich zum Jass setzte, den Kaffee aus einem Glas trank und nach Dreiblatt und letzten Stichen von Geschäften sprach. W. und seine Brüder stiegen, um sich die Zeit zu verkürzen, die Hügellehne hinter der Scheune hoch, gelangten aus der nebligen Trübe in ein gleißendes Blau über Felsabbrüchen – und es war so wie damals gewesen, wenn sie nach einer Stunde, in der sie in der Sonne gesessen und auf das Nebelmeer geblickt hatten, wieder zurück- und hinunterstiegen und der Nebel sich scheinbar hob.

W. lachte überrascht, als am Pult des Eisengroßhandels ein Nebel zu steigen begann, wie es gewesen war, als sie durch Wald und Wiese abstiegen. Ein Nebel, der jetzt allerdings im Innern der Augen und auch nicht duftig war, sondern schwarz und undurchdringlich, doch ebenfalls bewegt an seiner Oberfläche. Ballen, die sich hochwölbten, wieder zurücksanken und je nachdem, wie er den Kopf neigte, aufwirbelten, wallten, noch mehr von den Materiallisten, die vor ihm auf dem Pult lagen, verhüllten, ja diese hochformatigen Blätter, in die Artikel und Anzahl eingetragen werden mussten, ganz zum Verschwinden brachten, während der dunkle Nebel mehr und mehr an der Helle im oberen Teil des Sehfeldes fraß. Er hatte gelacht, weil es ein Spuk war, der verschwand, sobald er den Kopf gerade und nicht gesenkt hielt, sich im Büro umblickte, das noch wie immer war, mit weißen Gardinen am Fenster, den Ordnerschränken, einem Kalender und dem Farbdruck eines Gemäldes an der Wand, mit den großen staubigen Blättern des Philodendrons entlang der Deckenkante. Ihm gegenüber saß wie gewohnt der Buchhalter, war dieses ergebene, freundliche Altmännergesicht über sein

Journal gebeugt, und Vater blickte zum Farbdruck an der Wand, auf das Bergmassiv aus rötlichem Fels, von Schneebändern geädert, und die Dunkelheit stieg, drang in seinen Augen herauf, als hätte ihn ein Wettersturz überrascht. Die Schwärze schob sich stetig hoch, hatte das Bergmassiv erreicht, und als Vater sich vorbeugte, dorthin sah, wo die schneeigen Listen auf dem Pult liegen mussten, war dort nur Dunkelheit, eine wogende Blindheit. Panisch floh W. mit dem Blick wieder nach oben, hob den Kopf, richtete die Augen geradeaus, dann höher gegen die Deckenkante hin, wie ein Ertrinkender, sah noch die oberste Reihe der Ordner auf dem Regal, den Gipfel des Massivs, die halbzerschnittenen Blätter des Philodendrons. Und er suchte einen Punkt zu fixieren, starrte auf ein Stück herausgebrochenen Putzes, das beim Entfernen eines Nagels entstanden sein musste, das in seiner Form an Afrika erinnerte und oben einen Punkt, ein Loch hatte, beobachtete, ob der schwarze Nebel weiter steige, ob die Nacht noch immer heraufdränge, saß starr und außer sich vor Angst, bis er aus der Dunkelheit die Stimme des Buchhalters hörte:

– Was ist mit Ihnen, fühlen Sie sich nicht gut, kann ich Ihnen helfen?

Und Vater, der nickte, sah, wie dabei die Dunkelheit hochschoss und auch das letzte Band Helle löschte.

Das rotfreie Licht ließ sich bei einer vorgeschalteten elektrischen Kohlebogenlampe durch einen Filter aus wässriger Kupfersulfatlösung und darin gelöstem Anilinfarbstoff Eriovirdin-B erzeugen: Eine Entdeckung, die Vogt schon 1913 in A. – in der Kantonalen Krankenanstalt oberhalb der Eisen- und Stahlwerke – gemacht hatte. Die Augenheilkunde verfügte damit über eine neue Methode der Untersuchung. Die Netzhaut ließ sich erstmals optisch abheben, da die Netzhaut kurzwelliges Licht reflektiert, die dahinterliegende Aderhaut jedoch langwelliges. Mit dem rotfreien, nur kurzwelligen Licht entfiel der störende Verschleierungseffekt, den das Aderhautlicht bei normaler Beleuchtung auf das Netzhautlicht ausübt, was das Finden und Darstellen von Netzhautablösungen oder pathologischen Veränderungen erlaubte. Doch bei W., der schon über einen Monat in der Universitätsklinik Zürich hospitalisiert war, blieb alles dunkel, drang keinerlei Licht, welcher Wellenlänge auch immer, zur Netzhaut vor. Vater lag Stunden und Tage, von Vogt verordnet, reglos da, vom Zeitgefühl verlassen, gefangen in den mit Kohlestaub gefüllten Augen, doch mit wachsender Empfindlichkeit des Gehörs. Der Morgen war ein Scharren vieler Schuhe, ein Wetzen von Stoffen und Rascheln der Papiere, dann, nach einem knappen Gruß, verlangte die Stimme Vogts, kurz wie ein Befehl, den Rapport zu hören, den eine andere, beflissene und aufgeregte Stimme vortrug: – Weiterhin persistierende Blutungen in den

Glaskörpern, mit vollständiger Trübung beiderseits, fortgesetzte subkonjunktivale Einspritzungen, zur Stillung und Resorption, ohne nennenswerte Fortschritte ... W. lag umringt von der Suite aus Oberärzten, Ärzten, Assistenten wie in einer Senke aus Nacht, man würde auch weiterhin morgens und abends die Nadel in seine Augäpfel stechen, sie mit physiologischer Kochsalzlösung füllen, und zu seiner Angst kam diejenige von Vogts Entourage dazu, die er spürte, eine Furcht vor dem ruppigen Ton des Professors, den W. genau kannte: Die unnachsichtige Härte unter den weichen Lauten des Dialekts, wie er dort, im Daumenabdruck Gottes, gesprochen wurde. Großvater hatte Vogt angerufen, der aus dem Nachbardorf stammte, in A. praktiziert hatte und die unbestrittene Kapazität für Augenheilkunde in Europa war.

– Solange Sie mit der Bluterei nicht aufhören, können wir nichts für Sie tun. Also halten Sie sich wenigstens absolut ruhig. Sie können noch lange genug am Blindenstock umhergehen.

Einmal die Woche dozierte der Professor, sprach in eine gespannte Ruhe, in eine große Einwölbung aus Aufmerksamkeit, die sich wie eine Kapelle um W. schloss, ihn leichter werden ließ, aufgebahrt von Blicken, die er spürte, doch nicht sehen konnte, ihn »heiligte« – ein Gefühl, nicht verloren und wert zu sein, einen Fall vorzustellen, der besonders war, den man nicht einfach vergessen würde in seinem von Nadeln durchstoßenen Dunkel.

– Wir haben bis jetzt immer angenommen, dass eine Arteriosklerose, besonders bei älteren Patienten, die Ursache für schwere Glaskörperblutungen ist, ohne an spontane Netzhautrisse mit oder ohne Ablösung zu denken, da diese – durch die Schleier von Blut – nicht mehr gesehen werden können. Beim Patienten W. H. handelt es sich jedoch um einen jungen Mann, bei dem wir eine vererbte degenerative Anlage oder altersbedingte Arteriosklerose ausschließen dürfen. Wir müssen also davon ausgehen, dass eine nicht sehr heftige Einwirkung, wie sie Erschütterungen darstellen, einen Riss in der Retina verursacht hat, durch den ein Netzhautgefäß verletzt und zur fortgesetzten Blutung gebracht worden ist ...

Und der Patient W. H. wusste, er würde nun gleich zur Beschreibung seiner Erkrankung aufgefordert werden, er hätte dies kurz und präzis zu tun, wie es der Rolle eines wissenschaftlichen Objektes entsprach, das man zu sein hatte, wollte man das Wohlwollen der Stimme nicht verlieren.

– Während des Wiederholungskurses der Brigade, im Rang eines Leutnants, erhielt ich einen Hufschlag von der Hinterhand eines Pferdes, ohne nachfolgende Sehstörung oder sonstige namhafte Beschwerden. Zwei Monate später, am 20. 6. 34, im Büro, nach einem Niesen, verdunkelte sich das Sehfeld von unten her in beiden Augen, verstärkt bei gesenkter Kopfhaltung ...

An dieser Stelle unterbrach ihn der Professor, um

im Diktierton eines später folgenden Separatdruckes fortzufahren:

– Direkte Traumata der Augen haben also nicht stattgefunden, aber vielleicht hatte bei dem Schlag des Pferdes die Schleuderwirkung des Glaskörpergerüstes den Deckel aufgerissen. Bei dem Niesen war es, einige Wochen später, zur Blutung aus dem verletzten Gefäß gekommen.

Vielleicht. Das war wie ein Adelsprädikat. Es bedeutete Forschung, Aufklärung, Eingang in die Fallstudien. Denn »vielleicht« existierte im Wortschatz des großen Ophtalmologen nicht, mit den wenigen Ausnahmen, zu denen der Patient W. H. nun gehörte.

Erwachen in die Dunkelheit. Aus der Helle des Traums, in dem er sehen und sich bewegen kann, in die starre Lichtlosigkeit des Tages. Ins »Nichtsehtum«, in den Kohlebunker des Spitalbettes. Geräusche sind außen, jenseits des Tastsinns, in den klinisch weißen Räumen, durch die er andere gehen hört und wo Türen sind, die hinaus zur Straße und in die Stadt führen, in eine schauende Welt, die ihm verschlossen ist, vielleicht für immer. Und in dem kohlestaubigen Bunker flackert ein Licht auf, gerieben aus Erinnerungen, blass und irrlichternd wie die Funken elektromagnetischer Felder. Dünne Bilder, die sich nicht mehren würden, ein Album aus Jugendtagen: Die Bergwanderung am Ende der Gymnasialzeit, seine erste Liebe, mit der er seine Eltern in den Ferien am Vierwaldstättersee besuchte, das Tanzlokal in Bruxelles, wohin ihn Madeleine geführt hatte, ein lachendes Mädchengesicht, die Veranda im Tennisclub, von der aus man den Spielen zuschaute, die Kolonne Trainpferde, der frischgebackene Offizier, umringt von Korporalen und Rekruten – ein Album, das man zur Seite legt, weil das Leben beginnt und für Erinnerungen noch kein Platz ist. Doch nun sollen die Aufnahmen schon die letzten sein, die bleiben, die ein Leben lang genügen müssen, dünne Bilder, so wenige, so abgegriffen schon. Und dort, wo das Licht ist, rinnen Tränen, von denen er hofft, dass sie nicht gesehen werden, doch er spürt eine Hand, die über seine Wange fährt, eine Frauenhand, die einer Pflegerin gehört, die er nie sehen wird, die schweigt, nur sanft die Tränen wegwischt und im stumpfen »Nichtsehtum« die Verzweiflung hochschießen lässt: Mitleid ja, doch nie wieder Liebe, von der er kaum etwas weiß und nur eine Erinnerung an den einen Abend hat, die er wieder und wieder hervorholt und zu vergegenwärtigen sucht. Doch es war damals ein anderes Dunkel in dem herrschaftlichen Haus gewesen. Seine Schulfreundin Jenny und er hatten den Sonntagnachmittag im Garten verbracht, gekühlte Getränke unter dem Sonnenschirm getrunken, und das schlaksige, noch jungenhafte Mädchen hatte im weißem Rock und einem breitrandigen Hut im Liegestuhl gelegen, während er sich im Tennisdress ihr gegenüber in den Gartenstuhl setzte. Sie so vor sich liegen zu sehen, verhieß eine Nähe, die dann möglich wurde, als ihre Eltern verreist waren, das Haus mit seinen Räumen, den Korridoren und Treppen leer stand, sie in Jennys Zimmer gingen, in dem ein nächtlicher Schein durchs Fenster fiel, er zusah, wie sie sich auszog, einen Moment lang dastand, und er überrascht wurde von der Sanftheit ihres Körpers, dem Gefühl, geborgen und nicht mehr einsam zu sein. Und jetzt im »Nichtsehtum« war selbst diese Erinnerung nur wie ein Lichtbild, von der elektrischen Lampe auf die Leinwand geworfen: Es gäbe nichts Ähnliches mehr, er bliebe allein und hätte die Nacht und den Traum noch, um zu sehen, den Schlaf, um wie andere junge Leute zu sein.

»Auf dieser bilderlosen Bühne müssen aber immer wieder die Bilder her: Wie stelle ich mir das elektrische und magnetische Feld vor? Was sehe ich in Wirklichkeit? ... Das elektromagnetische Feld zu verstehen, verlangt einen sehr viel höheren Grad an Vorstellungsvermögen, als unsichtbare Engel zu verstehen. ... Ich werde Ihnen sagen, was ich sehe. Ich sehe so etwas wie schimmernde, schwingende, undeutliche Linien. Wenn ich von den Feldern spreche, die durch den Raum zischen, verursache ich eine fürchterliche Verwirrung zwischen den von mir benützten Symbolen zur Beschreibung der Objekte und den Objekten selbst. Ich kann tatsächlich kein Bild zustande bringen, das den wirklichen Wellen auch nur annähernd entspricht.«

. ...
.. ..
.. .   .

W. bekam ein Metallding, das groß wie ein Notizblock war und aus zwei Platten bestand, die man aufklappen konnte. In die obere Platte waren sieben Reihen mit je zwanzig Rechtecken gestanzt, in die untere punktartige Vertiefungen, sechs pro Rechteck. Zwischen die Platten ließ sich ein weicher Halbkarton klemmen. Mittels eines Geräts, das in seiner Form an eine miniaturisierte Steinschleuder erinnerte, an der ein Stahlstift eingesetzt war, wurden Buckel in den Halbkarton gestoßen. Kleine ertastbare Hügel entstanden, die auf dem geglätteten Karton den Fingerkuppen einen Widerstand entgegensetzten, den es zu entziffern galt: ein Morsealphabet des Tastens.

Vater legte den Zeigefinger in die Gabel, hielt mit Daumen und Mittelfinger die Verdickung am Griff, kontrollierte mit dem Ringfinger das nächstfolgende Rechteck, um nicht aus »Versehen« – das es nicht gab und doch passierte – in der Reihe zu verrutschen. Gleichzeitig tastete er mit dem Stahlstift das Rechteck ab, wobei die Einbuchtungen, drei an jeder Seitenlänge des Rechteckes, behilflich waren, die Punkte zu finden, aus denen die Zeichen bestanden, die ihrerseits Buchstaben bedeuteten. Und W. stichelte die Blindenschrift – lernte sie, wie er Stenographie und Maschinenschreiben gelernt hatte –, eine weitere

Schrift, mühsam, die Fingerkuppen allmählich ausbildend.

– Vogt hat mich aufgegeben, sagte er in die Dunkelheit, sagte es französisch, weil sein neuer Zimmernachbar bei der Visite des Professors Französisch gesprochen hatte, drückte ein a und u und f in Punkten in den Halbkarton, Inseln im glatten Nichts:

a-u-f-g-e-g-e-b-e-n.

XV

ÄTHER

Es war an einem Morgen gewesen, mitten im Winter, nach Wochen absoluter Bettruhe, nach Monaten, in denen er am Tisch wenigstens stundenweise gebuckelte Inseln in den Halbkarton sticheln durfte, dass er – die Schritte, das Rascheln waren eben verstummt – ein Gesicht über Stehkragen und schwarzer Binde sah, ein wenig getrübt wie auf einer schlechten Fotografie, doch genügend deutlich, um seine Festigkeit und den zwingenden Blick wahrzunehmen, dem man unwillkürlich auswich. – Sind Sie der Professor?, und der Patient W. H. klammerte sich an den Spalt Licht, der sich im rechten Auge geöffnet hatte, in dem sich jetzt eine gerade Nase auf ihn herabsenkte, während die kurzgeschnittenen, nach hinten gezwungenen Haare verschwanden, ebenso das Kinn, nur eben die Lippen unter schmalem Schnurrbart übrigließ. – Sie sehen?, und als Vater nickte, brüllte dieser Mund: – Nicht bewegen! Bleiben Sie absolut ruhig!, um dann in gewohnter Stimme die Befehle für eine unverzügliche Untersuchung auszugeben. Schritte eilten davon, der Professor wandte sich mit dem restlichen Gefolge ab, und Vater hing an einem Stück Zimmerdecke: Der Raum war höher, als er ihn sich vorgestellt hatte.

Und Vogt stach ins Auge ein, sah an der Nadelspitze die feinen Bläschen entstehen, gleißende Kügelchen, die in der Gallertmaße des Glaskörpers zurückblieben, Wegmarken, die ophtalmoskopisch sichtbar machten, wo und in welcher Tiefe die eine Viertelsekunde dauernde Kathodenelektrolyse gewirkt hatte, ein vom Professor 1934 entwickeltes Verfahren, das gegenüber der üblich verwendeten Diathermienadel, die bei größerer Stromstärke eine Temperatur von tausend Grad und Funkenbildung erzeugte, schonendere Eingriffe ermöglichte und den Vorteil besaß, nicht nur eine Bläschenbildung an der Einstichstelle, sondern auf dem ganzen Weg zu hinterlassen. Und schon beim zweiten Einstich, der ebenfalls fünf Millimeter tief in Richtung ein Viertel fünf gesetzt wurde, drang das Bewusstsein des Professors in das Auge meines Vaters ein, bewegte sich in diesem Innern von gelblichem Rot, das ihm so vertraut und eine Blase geborgenen Wissens war, kartographiert mit lateinischen Namen. Dort, am Firmament der Sehhaut, stand ein leuchtender Riss inmitten eines weißlichen Hofes, der das Weltbild zerstört und eine Verdunklung hatte einfließen lassen. Und der berühmte Professor füllte den Kosmos mit seinem Wissen und Können, er, Alfred Vogt, »der Zweite nach Gott«, wie sein Biograph schrieb, sandte Stromstöße aus, um die Bilder wiederherzustellen und durch weitere, annähernd zwanzig Katholysenstiche den Riss wie mit Froschlaich zu überschäumen, »den ich allerdings nur teilweise getroffen, da ich mehr die Gegend als das Loch angegriffen« – doch mit dem Ergebnis, dass sich schon nach drei Tagen, bei der ersten Augenspiegelung nach der Operation, die Netzhaut vollständig »angelegt« hatte.

Axel Munthe, einer von des Professors berühmten Patienten, ein Schriftsteller und Arzt, war für ein paar Tage mit Vater im selben Zimmer untergebracht, und dieser bejahrte Herr, schon länger auf einem Auge erblindet und nun von dem Verlust des anderen bedroht, schien froh zu sein, jemanden gefunden zu haben, der Französisch sprach, da er sich nur mangelhaft in Deutsch auszudrücken wusste. Zudem erkannte er als Arzt, dass dem jungen Mann ein wenig Aufmunterung guttun würde, um wieder Geschmack am Leben zu finden. Und in der Art älterer Leute, die ihre Erlebnisse gerne und auch schon oft erzählt haben, plauderte er unbeschwert über sein Leben, das im Falle von Axel Munthe durchaus reich an Farben gewesen war, wie sein »Buch von San Michele« bezeugt. W., die Augen mit Watte und Gaze verbunden, hörte zu, lauschte sich in eine ihm unbekannte Welt hinein, in der es Hypnose und magische Kräfte gab, eine Pariser Gesellschaft schöner Frauen und berühmter Leute, einen Herrn Maupassant und seine

Horla, die Insel Capri, die lange Treppe zum Haus auf dem versunkenen Palast eines römischen Kaisers, wo gelehnt an eine Sphinx Königinnen und Diven aufs Meer blickten, aber auch Seuchen, Krankheit, Tod durch die Gassen der Städte geisterten. Der junge Mann, W., eben erst zum Offizier der Schweizer Armee brevetiert, schaute in den Mullbinden, mit denen seine operierten Augen bedeckt waren, einen lichthellen, von Reichtum und vornehmer Lebensart, von Forschen, Reisen und eleganten Frauen erfüllten Raum – und dieser Raum tat sich für ihn wirklich auf, als man den Verband von den Augen nahm und den jungen Mann, mit der Ermahnung, künftig Anstrengungen zu vermeiden, nach Sils Maria zur Erholung schickte.

Licht, so wunderbar leicht wie flüssiger Äther, eine lautere Durchsichtigkeit, gesättigt von Strahlen, welche die kühle, dünne Luft zu einem gläsernen Körper werden ließen, der, umfasst von der Iris schneebedeckter, von rotem Felsgeäder durchzogener Bergmassive, sich in den Himmel wölbt, eine leuchtende Linse über der Ebene zwischen den Seen, in deren Wasser sich die Bläue spiegelt, die Berghänge und Spitzen sich abbilden, Arven wie hellgrüne Keile hinab ins Wasser stoßen – und Vater war herausgetreten aus dem blinden Fleck, der Fovea centralis ewiger Nacht, stand inmitten einer Wiese aus lauter Sehzellen, in Kniehosen und Wanderschuhen, eine Schirmmütze auf dem Kopf, ein festes, tailliertes Jackett über dem Hemd, die neue Brille vor den zerstochenen Augen, und sah, schaute, war erwacht in diese Landschaft, die jetzt nicht mehr Traum und doch traumhaft war, das Hochtal, so weit, durchflossen von schneeiger Luft, angefüllt von Helle, eine zum Himmel erhobene Schale, und er ging darin herum, sehsüchtig, lichtlustig, setzte die Schuhe sorgfältig auf und vermied die Anstrengung. W. schaute, und die Arven und Fichten, der Fels, die aufragenden Berghänge, die Spitzen und gleißenden Gletscher waren wie noch von keinem menschlichen Blick berührt, ohne Bezeichnung, ohne Namen, ein reines Sein, wovon er nicht satt werden konnte.

Wie ein Schloss stand das Hotel auf dem Felsvorsprung über Ebene und See, auf dem Burgfried flatterte die Fahne, wies den Blick zur schneebedeckten Margna, einem zweigipfligen Massiv, das Horizont und gleißende Ferne war. Zwei junge Männer stiegen auf der Fahrstraße gemächlich, in ein Gespräch vertieft, zum Hotel hoch, traten zur Seite, um eine der Kutschen vorbeizulassen, die Gäste hinaufführten, Damen und Herren in städtischer Kleidung. Lederkoffer und Kästen waren auf der rückwärtigen Ablage der Gespanne aufgeschnallt, und es war eine Art Ritual, das zwischen den Herrschaften, die hinter den stampfenden Pferderücken und den in blauem Rock thronenden Kutscher saßen, und den Fußgängern ablief: Man lächelte sich ein wenig verlegen und doch freudig zu, in gegenseitiger Anerkennung einer Zugehörigkeit, die nach der Treppe zum Eingang ihre Pracht im Salon entfaltete.

– Ein Vorrecht des Künstlers – des Kunstschaffenden, wie man heute in Deutschland zu sagen hat. Er kann sich auch ohne Geld an Orten bewegen, wo die Herrschaften mit Entsetzen auf die Erbärmlichkeit seiner Verhältnisse reagieren würden.

Harry Riedel wohnte wie Vater in der »Casa Grischa«, mitten in Sils, hatte dort eine enge Kammer gemietet, die zugleich sein Malatelier war. Er anerbot sich, den Neuankömmling in die gesellschaftlichen Kreise des Ortes einzuführen, falls er einen Kaffee mit zugehörigem Cognak auf Rechnung des Adepten konsumieren könne, und dieser war froh, einen Kumpanen gefunden zu haben, der ihm half, die eigene Schüchternheit nicht wahrzunehmen.

W. schaute, staunte in diesen hohen weiten Raum, angefüllt mit Sitzgruppen – schweren Sesseln, Sofas, runden Tischen –, den Leuchtern, die auch am Tage brannten, war beeindruckt von den aufragenden und an der Stirnseite gewölbten Fenstern, die den Blick zwischen Lärchenspitzen in die Talweite freigaben. Harry Riedel und er setzten sich an einen der Tische am Rande des Salons, von wo sie sowohl die Eingangstür wie den Blick in die Ferne hatten, W. spürte in seinem Körper eine stolze, etwas übermütige Haltung wachsen – voller Bewunderung für sich selbst, wie damals beim Festspiel, als der Saal zu den stehenden Bildern aufseufzte –, und er bewunderte zugleich die Damen in ihren langen, eleganten Roben, die Herren, wie sie in den Sesseln saßen, die Beine übergeschlagen, den Arm leicht aufgestützt hatten, dabei die Zigarette zum Mund führten und mit Leichtigkeit Sätze und Worte den Damen zuspielten, die lachten, nickten, ihre Tassen so ruhig aufnahmen, die Linke darunterhaltend, um mit verführerischen Blicken über den Rand der Tasse hinweg einen Schluck Tee zu nehmen. W. zog eine Zigarette aus dem Etui, ein Geschenk noch von Jenny, die er seit der Abreise nach Bruxelles nie mehr gesehen hatte, ließ die »Laurens« auf den versilberten Deckel fallen, um klopfend den hellen ägyptischen Tabak zu festigen und keine Krümel auf die Lippe zu bekommen, obschon er deren Entfernung als reizvolle, ja erotische Geste empfand.

Riedel lag aufs Sofa gefläzt da, sah gelangweilt in den Saal. Er machte aus seiner Abneigung gegenüber den Gästen keinen Hehl, aus seiner Verachtung für eine Szenerie, die verlogen sei, wie er behauptete, etwas vorgebe und erhalten wolle, das einer neuen Zeit nicht mehr entspreche. Doch Vater hörte nicht hin, er war zu sehr mit Sehen beschäftigt, und durch den Schleier des Zigarettenrauchs blickte er zur Tür, die vom Foyer in den Salon führte, dunkles Holz mit eingesetzten Glasscheiben, die eben jetzt aufschwang und eine Frau in den Rahmen treten ließ. Und Vater, der ihre Gestalt auf dem hellen Hintergrund des Foyers als einen Umriss sah, empfand eine so brennende Sehnsucht, als wäre in der Demoiselle die städtisch reiche Atmosphäre, hineingehoben in die Lichtwelt der Berge, auf eine erregende Art verkörpert.

Riedel zog die »Stüva«, ein niederes, rauchiges Lokal beim Hauptplatz, vor, in dem neben Einheimischen, die ihren eigenen Tisch im Vorraum hatten, und vereinzelten Touristen Leute wie er verkehrten, die sich für längere Zeit in Sils aufhielten, hier den Sommer und Herbst verbrachten, unter denen es auch bekannte Künstler gab, auf die Riedel seinen Zögling aufmerksam machte. Doch es war nicht nur diese Gesellschaft, die dem Maler besser behagte, in der »Stüva« fühlte er sich frei zu trinken, im schwindenden Bewusstsein, er würde die fünfzig steifen Schritte bis zu seiner Unterkunft immer schaffen.

– Die da drüben, sagte Riedel und wies auf zwei Frauen in Begleitung eines Mannes, machen auch Kabarett. Und als Kinder eines berühmten Vaters, der öfter hier herumstolziert, als müsste man sich vor ihm auf den Bauch werfen, können die sich schon über ihre Heimat lustig machen. Die haben ja genügend Geld, Protektion und wissen nicht, wie schlecht es den Leuten geht.

Doch Deutschland komme jetzt zu neuer Geltung und es sei Aufgabe des Künstlers, statt zu kritisieren, daran mitzuwirken und dem Volk die ursprüngliche Kraft seiner Heimat nahezubringen.

Solange ich mich erinnere, hing in unserem Wohnzimmer ein Bild Harry Riedels über dem Kanapee, und manchmal noch, in meiner Kindheit, wenn Besuch kam und die Wohnung den Gästen gezeigt wurde, wies Vater auf das akkurat ausgeführte Gemälde:

– Er wohnte zur Pension im selben Haus wie ich, er hatte nichts, trank, und wenn er nichts mehr besaß, schloss er sich für Tage in sein Zimmer ein, malte ein Bild, und ich habe ihm dieses hier abgekauft.

Und wir schauten dann zu dem Bild in seinem einfachen Rahmen, sahen über ein schimmerndes Schneefeld hinweg auf einen Gletscher, seine Spalten und Abbrüche, auf eine Felswand, die nach oben zu einem Schneegipfel drängte, schrundiger Fels, vor dem aus der Tiefe der Nebel drang und die Bläue des Himmels mit Trübung bedrohte.

– Genau so ist es gewesen, sagte Vater, genau so, und das hat mich an dem Bild fasziniert, der Nebel, der plötzlich und unerwartet heraufdringt, alles verschlingt und einhüllt und jede Sicht nimmt.

Und wir alle glaubten zu verstehen, dachten an Wetterumschlag in den Bergen, bestätigt durch die realistische, ja beinah fotografische Darstellung, die an ein Kalenderblatt erinnerte und in der ich auch in Jünglingsjahren noch das zottige Tier sah, das in meiner Kindheit durch Nebel und Schnee zum Blau des Himmels hochstieg, die Pranke des Vorderbeines ausgestreckt, seinen bärtigen Kopf aufgeworfen. Doch schon während der Schulzeit wurde das Bild nicht mehr erwähnt, es hing nur einfach da, ein übriggebliebener Zeuge von Vaters Geschichte, durch Gewohnheit unsichtbar geworden.

Die »Casa Grischa«, in der Vater ein Eckzimmer zur Straße hin bewohnte, lag schräg gegenüber der Kirche, war ein Steinwürfel, bestückt mit drei Kaminen. Eine zweiteilige Treppe führte zu einer schweren Tür, die sich in einen Flur öffnete, an dem linker Hand ein Büro lag. Sein Zimmerwirt, der Schulmeister des Ortes, betrieb im Nebenamt die Geschäfte der »Bank für Graubünden«, wohnte mit seiner Familie im ersten Stock, während die Pensionäre im zweiten untergebracht waren, bis auf Riedel, dessen Bude nach hinten hin zu ebener Erde lag. Die Wände von Vaters Kammer waren mit Holz verkleidet, eine rötlich harzduftende Fläche, die sich glatt anfühlte, eine warme Tönung gab, die auch an hellen Tagen durch die eher kleinen Fenster schattig blieb. Er fühlte sich zu groß gewachsen für den niederen Raum, doch weniger beengt als geborgen, ein Rest abgedunkelter Ruhe vor der Aufgeregtheit des Lichts. Vater hatte sich anfänglich einen festen Tagesablauf verordnet, der mit einem ausgiebigen Frühstück begann. Ein Spaziergang durchs Dorf und bis Baselgia folgte, danach setzte er sich ins »Café Schulze«, wo er bis gegen Mittag die Zeitungen las. Den frühen Nachmittag ruhte er, begab sich auf eine leichte Wanderung bis zum Abendbrot, um sich danach Riedel anzuschließen und eines der umliegenden Lokale zu besuchen.

Oftmals und wenn das Wetter nicht eben zu einer Wanderung einlud, zog es ihn das kurze Wegstück zum Salon des Hotels hoch, wo seine Hoffnung, die Demoiselle wiederzusehen, berechtigter als anderswo schien und er sich inzwischen in seinem Auftreten sicherer fühlte. Das war einem Gast zu danken, Othmar Löw, der ihn, wann immer er sich im Salon aufhielt, an seinen Tisch winkte und zur Gesellschaft einlud, ein Mann Mitte dreißig, der zwar im Hotel wohnte, doch offensichtlich keine große Garderobe besaß, im Grunde stets den einen, für diese Umgebung noch passablen Anzug trug, darüber sich aber keinen Moment aufhielt: Seine Haltung bezeugte mehr, als Kleider und Anzüge es vermögen, die ihm gewohnte gehobene Aussicht, das ihm selbstverständliche Zustehen von Fauteuils unter Lüstern, dass Vater sich wunderte, wie Löw mit Riedel bekannt geworden war, der sie einander vorgestellt hatte.

– Er ist ein begabter, junger Mann, doch orientierungslos, verwirrt, wie so viele heutzutage, voller Ressentiments, unzufrieden mit allem und jedermann, doch vor allem mit sich selbst, weil es mit seiner Kunst nicht vorangeht. Oder sagen wir es genau: Da

Künstler von Rang wie Kokoschka eine Wirklichkeit zur Darstellung bringen, die unser Freund noch nicht einmal ahnt, so faselt er von »entartet« und »Aufgaben der Kunst für das Volk«, nennt sich selber einen »Kunstschaffenden« – dieses Unwort einer neuen Propaganda, der das Wort »Künstler« schon verdächtig ist.

Er, Othmar Löw, sitze hier vorderhand fest, könne nicht zurück – »oder sagen wir es genau«: wolle nicht zurück nach Berlin, woher er stamme und wo seine Eltern noch lebten. Er glaube im Gegensatz zu seinem Papa nicht, dass es ein Spuk sei, der bald und ohne Aufhebens vorbeigehe – –

– Wie Riedel bin ich wegen des berühmten Philosophen hergefahren und habe gesehen, dass die Landschaft weit großartiger ist.

Nein, er sei nicht Philosoph, er habe Physik gelehrt, doch das sei ihm jetzt als Jude untersagt. Mit den politischen Umständen in Deutschland hänge jedoch zusammen, dass ihn die Spaltung zwischen Natur- und Geisteswissenschaft – zwischen denen ein Abstand bestehe, der heute eher als ein Abgrund bezeichnet zu werden verdiene – so nachhaltig beschäftige. Die Spaltung, um es genau zu sagen, habe in den achtziger Jahren des letzten Jahrhunderts begonnen, als Nietzsche hier seine langen Spaziergänge gemacht habe.

W. gab nicht zu erkennen, dass er noch nie eine Zeile von Nietzsche gelesen hatte, dass er sich mit

Politik über die morgendliche Zeitungslektüre hinaus nicht beschäftigte und von Physik nur gerade einen atmosphärischen Eindruck des Lehrzimmers in der Kantonsschule zurückbehalten hatte. Es schien ihm auch nicht sonderlich wichtig, bedeuteten ihm Löws Ausführungen doch lediglich einen Vorwand, sich im Salon ungeniert umzusehen. Und doch öffneten die leise, mit Nachdruck und Leidenschaft vorgetragenen Worte eine Welt, auf die er verwundert sah und die in seinem träumerischen Geist ein Verlangen weckte, selbst einen Zugang zu dem Wissen zu haben und dessen Pfade zu erwandern, gemächlich, ohne Anstrengung wie das Fextal.

– Selbst Hertz, dieser geniale Physiker, der durch seine Funkenexperimente als erster Mensch die elektromagnetische Strahlung sichtbar gemacht hatte, erwies Helmholtz noch die Referenz, indem er einen Äther als Übertragungsmedium der Strahlung akzeptierte, weshalb wir noch heute beim Radio von Ätherwellen sprechen, mit denen die neuen Herren ihre Propaganda in den hintersten Winkel senden. Barer Unsinn. Damals, als Hertz seine Entdeckung machte, gab es noch die spätromantische Idee, Elektrizität sei so etwas wie eine »vis activa«, eine lebendige, aus dem Nichts Energien erzeugende Kraft, und es waren die Verfechter dieser Idee, die Helmholtz eine materialistische, mit der Industrie paktierende Physik vorwarfen, die jede geistige Kraft leugne. So wurde eine Bewusstseinsspaltung eingeleitet, oder um es genau zu sagen: eine universitäre Trennung, die Helmholtz beförderte und die Dilthey philosophisch begründete: »Die Natur erklären wir, und zwar nach Gesetzen der Natur, das Leben aber verstehen wir, indem wir seinen Sinngehalt erfassen.«

– Ist das nicht sehr praktisch, und wenn Sie wollen auch naheliegend, bleibt das eine durch das andere doch unbelastet und kann sich ungehindert entwickeln.

– Was auch geschehen ist. Nur dass die Physik mit hoher Beschleunigung in eine bilderlose Leere vorgestoßen ist, in der ihre Funkenexperimente unvorstellbare Kräfte freisetzten, während wir den Sinn mit alten Lieblichkeiten bebildern, die den Landschaften Harry Riedels gleichen.

– Und doch haben gerade Vogts elektromagnetische Strahlen mir das Sehen wiedergegeben, sagte W., indem er eine seiner flachen Zigaretten auf die Silberdose fallen ließ, dafür bin ich unendlich dankbar, und ich genieße es, die Margna in ihrer urtümlichen Pracht zu schauen.

Löw lächelte mit einer verzweifelten Nachsicht, die der junge Industriellensohn für Überheblichkeit nahm, sich innerlich abwandte, mit der Stimme Großvaters dachte, der wisse nicht, was er wisse, nämlich was es bedeute, blind zu sein, Angst zu haben, doch dass der es noch lernen werde … Und gar nicht hörte, wie Löw in seiner freundlichen, leisen Art sagte:

– Ich gönne Ihnen das gerne. Doch wenn die Funkenexperimente, die heute auch Grundlage zu noch unvorstellbar zerstörerischen Waffen sind, in die Hände von Leuten geraten, die in Heimatbildern und dem Hass auf alles Fremde leben, dann macht mir das Angst.

Othmar Löw sah müde aus, als wäre er lange gewandert, hätte dabei zu viel gesehen und die Naivität, die ihm in dem jungen Industriellensohn entgegenkam, für immer verloren.

– Die elektrischen Lichter gingen damals erst an, sagte Löw und zitierte leise: »Da plötzlich, Freundin!, wurde eins zu zwei –«.

Rasch würde Zarathustra nicht vorbeigehen.

XVI

WIRBEL

Vorsichtig setzte er den Schuh auf den steinig sandigen Pfad, die Knickerbocker-Hose am inneren Rand des Sehfeldes, das sich nun gegen eine Böschung hin verschob, die mit Sträuchern und Gesteinsbrocken zum Bach hin abfiel, einem dunklen Gurgeln, um kurz an der gegenüberliegenden Felswand hoch und zurück auf den Weg zu gleiten. Im Rhythmus des Atems hoben sich die Lederkuppen der Schuhe und trieben Schweißperlen unter den Schirm der Mütze. W. blieb öfter stehen. Das linke Bein vorgestellt, gab seine Haltung vor, er würde ruhig und genießerisch die Umgebung betrachten, einen Augenblick rasten auch, doch verstohlen, sich selbst überlistend, blinzelte er ins Licht, ob an diesem heiteren Tag nicht doch ein Nebel aus der Schlucht stiege. Jegliche Anstrengung vermeiden, hatte Vogt gesagt, Tätigkeiten, die eine Erschütterung oder eine rasche Veränderung des Augendruckes bewirken könnten, sind untersagt. Und während die Eisen- und Stahlwerke in A., auf Großvaters Anregung hin, seit Anfang der dreißiger Jahre Schwebe- und Transportbahnen zur touristischen Erschließung der Alpen bauten, würde sein Sohn W., der den Weg ins Fextal einschlug, sie wegen der zu raschen Druckänderung nicht benutzen dürfen, er müsste auch künftig die Schuhe langsam und vorsichtig aufsetzen, öfter stehen bleiben wie eben jetzt bei dem bröselig bröckelnden Gesteinsaufschluss, der bedrohlich über dem Pfad hing: Nein, er brauchte nichts über Geologie zu wissen, ihm genügte das Sehen, die Natur als eine sich ihm erst jetzt offenbarende Fülle an Pflanzen, Tieren, unbelebten Formen, eine in diesem Licht erstrahlende Körperlichkeit. Sie machte ihn glücklich, hier war sie rein und unverdorben, im Gegensatz zum Tiefland, der Stadt, den Büros und Betrieben. Er dachte kaum einmal, was nach den Monaten in Sils sein würde, ob er zurück ins Büro des Eisengroßhandels gehen müsste oder ob er nicht eher für ein Leben als Rekonvaleszenter geschaffen sei, der sich in der Gesellschaft des Kurortes bewegte und sich in der Natur erging, stets vorsichtig und langsam die Schuhe auf den Pfad setzend, der anstieg, aus dem Wald und der Schlucht schließlich hinaus in das weite, von Dreitausender umgebene Tal führte, an dessen Ende ein Rest Eiszeit zwischen Karst hing.

– Ich deute Ihnen damit nur an, sagte Löw, dass der Begriff und das Konzept des Unbewussten, die Freud und James auf sehr verwandte Weise um die Jahrhundertwende entwickelt haben, mit der Krise der Physik zu tun hat, Undarstellbarkeiten fordern zu müssen. Es besteht ein historischer Zusammenhang zwischen einer wachsenden wissenschaftlichen Experimentation und Instrumentierbarkeit der Elektrizität, ihrer durch Experimentation scheinbildtheoretischen Undarstellbarkeit und jener zugleich wachsenden Erkenntnis, dass nicht nur in der Natur offenbar etwas existiert, das uns prinzipiell unzugänglich ist, sondern auch in uns Menschen selbst.

Vater war Othmar Löw dankbar gewesen, dass er ihn stets an seinen Tisch gerufen, ihn so an dem gesellschaftlichen Leben des Hotels, seiner Gäste und einer Ambiance von Weltläufigkeit hatte teilnehmen lassen, doch er konnte sich nicht verbergen, dass ihn dessen Philosophiererei langweilte, er nicht begriff, was Löw umtrieb, ihn immer von neuem mit seinen Überlegungen zu traktieren. Er war Physiker, ja, doch das berechtigte den scharfgesichtigen, doch nervösen »Herrn mit dem einen Anzug« – wie Riedel ihn spöttisch nannte – nicht, ihn wie die Wand im Tennisclub für scheinbare Ballwechsel zu missbrauchen.

– Das ist doch ganz unwichtig. Wozu sich Gedanken machen über etwas, das sich ohnehin nicht darstellen lässt? Es gibt doch genügend Darstellbares, mit dem wir uns beschäftigen, an dem wir uns erfreuen können.

Und W. ließ seinen Blick nach der Tür zum Foyer, von da über die Sessel und Sofas gleiten, blieb kurz am Profil eines Mädchens, an der hochgesteckten

Frisur einer Dame hängen, spürte ein Brennen in diesem Dunkel, das noch irgendwo und unfassbar in ihm war, von dem er fürchtete, es könnte wieder die Augen füllen, verpasste daher den erstaunten, resignierten Ausdruck in Löws Gesicht, der seine Hände mit einer anrührenden Ergebenheit in den Schoß fallen ließ.

– Ich kann nicht mehr nach Hause, sagt er ruhig, ich darf nicht mehr lehren. Ich versuche das zu verstehen.

Und wie jemand, der zu sehr in seiner Not befangen ist, um zu merken, dass sein Gegenüber längst kein Interesse mehr an seiner Lage und den dazugehörigen Gedankengängen hat, fügte er bei:

– Kandinsky, Chagall, das Entstehen der Avantgarde am Anfang des Jahrhunderts hat mit der Elektrizitätsforschung zu tun, mit dem Ikonoklasmus der Physik, und diese Maler und ihre Bilder werden jetzt abgelehnt, wie ich und meine Arbeit auch, sie werden zerstört, ihre Schöpfer verfolgt, während man gleichzeitig Hertz' Entdeckung, die Radiowellen, den »Äther«, wie Löw spöttisch beifügte, auf so schamlose Weise missbraucht.

Anstelle der morgendlichen Spaziergänge durchs Dorf ging Vater in die Kirche schräg gegenüber, nahm einen der Jungen des Schulmeisters mit, der den Blasebalg betätigen musste. Sein Hauswirt hatte ihn gefragt, ob er nicht Lust hätte, den Gottesdienst mit der Orgel zu begleiten, und da Vater an der Kantonsschule Klavierunterricht erhalten hatte, sagte er zu, übte die Lieder für Sonntag, die der Schulmeister ihm vom Pfarrer übermittelt hatte. Doch es war nicht die Musik, die Vater auf der Empore festhielt, er saß in diesem dämmrig geborgenen Raum vor der Klaviatur, als wäre er ins Dunkel seiner Augenkrankheit zurückgekehrt, vergaß den Knaben, der für eine Münze den Blasebalg trat, hörte nur das Geräusch wie den eigenen Atem, ein Aufseufzen und Ausstoßen, und Vater drückte die Tasten, als stichelte er mit dem Stift Buckel in den weichen Halbkarton. Töne schwangen aus und vibrierten im Raum, hallten vom Gewölbe herab – und wenn er auch brav den Notenlinien folgte, er drückte auch die Verzweiflung der Wochen und Monate im Krankensaal in die Tasten, und auf den Tönen floss die Angst ab, die Vergeblichkeit, die ihn gestreift hatte. Das Dunkel verlor von seiner Bedrohlichkeit, wurde ein Stoff, in den hinein er Klangfiguren, auch Landschaften und Gefühle formen konnte, Farben, die nicht blieben, und Gestalten, die verschwanden, doch als eine Folie immer dieses nicht fassbare Schattendunkel hatten.

Vater war stolz auf sein Spiel, allerdings auf eine ganz andere Art als beim Schützenfest oder wie er stolz war, im Salon des Grandhotels zu sitzen. Er fühlte sich jedes Mal gereinigt und erleichtert, wenn er am Sonntag, während des Gottesdienstes, die Lieder begleitete, die Orgeltöne hörte und wie ihnen die Dörfler zögerlich folgten, er sie gleichsam durch sein Dunkel ziehen musste, er auch einfach spürte, wie die Leute sich freuten, dass wieder jemand die Orgel spielte, deren Pfeifen die letzten zwei Jahre stumm hinter der Brüstung der Empore zum Dach geragt hatten. Und er hatte das Empfinden, seinen beiden Bekannten, Harry Riedel und Othmar Löw, etwas Eigenes, ihn Bestärkendes, entgegensetzen zu können: Die Blindenschrift der Töne, das Klingen des Sehens, ein Tasten, das mitten hinein in seine Furcht führte. Und diese Furcht erneuerte sich, kam zu ihm zurück, wie das Bild der Demoiselle, ihr Schattenriss vor dem hellen Foyer, wie die Sehnsucht zurückkam, die ihn quälte, trieb, diese Demoiselle zu finden, die sich halten, sich umarmen ließe, doch nie wieder in der Tür zum Salon erschienen war.

Und die Demoiselle ging eines Tages hinter ihm her, sah auf die Mantelstöße und seinen Gang, und es war ein trüber Tag, der Regen versprach. Sie hatte die Tasche und den Schirm bei sich, zweieinhalb Jahre hatte sie den jungen Mann nicht mehr gesehen, konnte sich nicht vorstellen, was er getan, wo er sich aufgehalten hatte, und es brauchte einen Regenguss und dieses vertrackte Gestänge, das in der Hast und der Sorge um die Frisur klemmte, um sein Lachen zu sehen, das jungenhaft war und ein wenig schadenfroh wirkte, für W. jedoch nur einen Ausbruch von Freude bedeutete: Er begriff, bevor er noch verstand, dass die junge Dame, die an ihrem Schirm zerrte, jene Demoiselle war, deretwegen er mit Othmar Löw im Salon des Grandhotels gesessen hatte, nicht dieselbe selbstverständlich, nein, das gab es nicht und war auch nicht wichtig, doch es war die Frau, die all das verkörperte, was unbestimmt in ihm lag, auch als eine Ahnung von Lebensart und gesellschaftlicher Stellung, wie er sie in Sils erfahren hatte, in den Stunden mit Löw, der eines Tages abgereist war, ohne eine Adresse zu hinterlassen, von dem Vater nie wieder etwas hörte, wie auch von Riedel nicht, von dem nur das Bild über dem Kanapee blieb. Denn Großvater setzte seinen Sohn wieder an das Pult im Büro des Eisengroßhandels, dem freundlichen Buchhalter gegenüber, und es gab diesen Regen, es gab den Schirm, über den wie ein elektrischer Strom sein anderes Leben, das der Verdunklung und des hellen Äthers, zu der Demoiselle hinüberfloss, die noch keinen Namen hatte.

Aber auch der Äther ist ein Scheinbild. Er ist das schönste, das erhabenste, sicher das umfassendste und ausgefeilteste, was Menschen je erdacht haben, von den Theorien des Aristoteles anfangend, der das Blau des Himmels für den eter erklärte, bis zu den verrückten, wenngleich mathematisch konsistenten Wirbeln des Lord Kelvin. Doch seit der holländische Physiker Hendrik Lorentz eine mathematische Gleichung aufgestellt hat, die das Fundament für die Relativitätstheorie des frechen Inge-

nieurssohns im Berner Patentamt gelegt hat, war es um den Äther geschehen.

Vater beschloss, Ruth S. seiner Familie vorzustellen, verschob es jedoch immer von neuem, zum leisen Unverständnis meiner Mutter. W. war lange schon im Haus bei der Synagoge eingeführt, Großmama hatte ihm im Messingpfännchen und mit dem langstieligen Blechlöffel aus Rumänien türkischen Kaffee gekocht, er hatte Bruder Curt und seine Verlobte kennengelernt, saß Großpapa auf der Chaiselongue, die sie aus Bukarest mitgebracht hatten, gegenüber, und W. war ein wenig verlegen, als Herr S. in dunklem Anzug die Beine übereinanderschlug, mit der Hand am Zwicker rückte und nach seiner Arbeit fragte, sich dann nach dem Augenlicht erkundigte und mit feinem, spöttischem Lächeln gestand, Schauen sei auch seine liebste Beschäftigung, der er bei den Spaziergängen und beim Malen – zum Vergnügen und nicht der Rede wert – fröne.

Zwei-, dreimal die Woche gingen die beiden Verliebten in ein Weinlokal, und Mutter erzählte mir später, sie hätte in ihrem ganzen Leben nicht mehr so viel gelacht wie damals, als sie sich abends oder an einem Wochenende trafen, ein Glas Wein zusammen tranken und Vater Schnurren erzählte, Leute nachahmte und mit überraschender Freiheit, die er ein Leben lang behielt, alberte und über Tische hinweg konversierte, stets auf respektvolle, niemanden verletzende Art, die Mutter überaus gefiel: Er hatte Humor, und der war in ihrer Familie nicht verbreitet, wo alles nach Regeln und festgefügten Formen zu geschehen hatte, und Ruth S. fühlte sich in Gegenwart ihres künftigen Mannes wie befreit, erlöst von einer Erstarrung, die seit der Rückkehr aus Rumänien mit dem Schweigen wuchs. Man fand sich immer weniger zurecht, hielt an einer Vergangenheit fest, die glanzvoller wurde, je mehr sich Mangel und Not bemerkbar machten, die Zukunft mit heroischen Körpern, Gewalt und Aufmärschen drohte, während Großpapa weiter an seinen Stillleben malte, Früchte auf Tuch, die ihm nicht mehr gelangen.

Ruth S. lächelte, als sie eines Abends W. in der Weinstube traf, er ernst und steif am Tisch saß und in einem ihr bisher verborgenen Ton vorbrachte, sie würden nächsten Samstag in A. erwartet, zum Abendessen, es müsse ja einmal sein. Sie solle sich wappnen, sein Vater sei »ein ohnmächtiger Siech«, laut, schroff und geradeheraus. Er habe eine raue Schale, sie dürfe sich ja nicht einschüchtern lassen, am besten sei es, ihm die Stirn zu bieten. Das allein verschaffe ihr Respekt. Sein Vater besäße große Autorität, er dulde nichts um sich, was er nicht gutheiße, lebe nach eigenem Gutdünken, gleichgültig, wer oder was sich ihm in den Weg stelle. Er, W., habe schon erlebt, wie er selbst einen Regierungsrat in den Senkel gestellt habe, und als einstmals der Polizeidirektor ihm wegen einer Geschäftssache drohen wollte, sei er bloß mit hochgezogenen Brauen, einem runden Mund und dem »Ho! Ho!« abgespeist worden. Ruth S. lächelte über die Sorge, die W. sich ihretwegen machte, während sie zugleich seine jungenhafte Bewunderung für den Vater spürte, etwas, das ihr gefiel, empfand sie doch selber Hochachtung für ihren Papa. Und sie würde nun endlich die Familie ihres künftigen Mannes kennenlernen. Aufgeregt würde sie sein, doch Angst kannte sie keine: Man stammte aus einer alten Familie, man war immer von Rang.

Ein kühler, windiger Aprilnachmittag, dunkel zogen die Wolken an den Jurahöhen entlang, und bei der Einfahrt des Zuges in A. sorgte sich Ruth S., dass sie vielleicht doch zu leicht, zu frühlingshaft gekleidet sei: In B. hatte noch die Sonne geschienen. Sie trug ein cremefarbenes Deuxpièces, auf Taille geschnitten, ein Foulard über der hochgeschlossenen Bluse, dazu hatte sie den Hut mit breitem Rand und einem Sträußchen Stoffblumen schräg aufgesetzt. Am meisten jedoch sorgte sich Mutter um die Schuhe, einen hohen Pumps, überzogen von hellem Chiffon, den der einsetzende Regen bestimmt »verderben« würde. Vater legte ihr den Mantel um, sein gesprenkeltes festes Jackett würde die paar Tropfen vertragen, im Übrigen sei es nicht weit, und sie gingen durch die weißgekachelte Unterführung, die am Ende hinauf und hinaus in eine solide Spärlichkeit führte.

Ein feines, wie von Kieselsteinen geriebenes Grau umfing sie, das sich aus den tiefziehenden Wolken auf den Gehsteig, die Gartenmauern und Hausfassaden gelegt hatte, in das einzelne Nadelbäume ihre bläulichen Umrisse drückten. Eine Feuchte atmete aus den Mauern, eine Kühle des Lichts, das rein und leer war, keinen Staub, keine Brechung hatte – und Mutter war ein wenig enttäuscht, als sie, den Mantel um die Schultern, neben W. einherging, das Quartier weniger großzügig und herrschaftlich fand, als sie es sich aufgrund seiner Erzählungen vorgestellt hatte und von Bukarest her gewohnt war. Die Straße lag verlassen da, kaum dass ihnen ein Spaziergänger begegnete, und W. blieb schweigsam, schritt abwesend neben ihr her, bis er schließlich vor einem Gartentor stehen blieb, hinter dem ein Beet noch kahler Rosenstöcke lag, ein Weg zum Haus und einer Treppe führte, wo oben sich die Tür öffnete, eine in dunklen Rock und Bluse gekleidete Frau sie erwartete und W. die Hand seiner Verlobten drückte, weil ihn selbst jeder Mut verließ.

Großvater sah durchs Fenster des Wohnzimmers, das mehr und mehr zu einem ihm allein vorbehaltenen Raum geworden war, in das er ein Pult und Bücherregale hatte bringen lassen, eine Fotografie aufhängte und nur in der hinteren Ecke noch ein Kanapee und zwei Sessel um einen runden Tisch beibehielt. Großvater stand im einfallenden Licht, seine weichen, fleischigen Hände auf den Rücken gelegt, spürte die trockene Wärme, die vom Radiator unter der Fensterbank aufstieg, blickte durch die Gardine, wo er seinen Ältesten vor der Gartentür stehen sah, zusammen mit einer Frau, der W. jetzt den Mantel von den Schultern nahm, die sich aus dem dunklen Stoff wand und dann gerade dastand, den Blick nach der Haustür gerichtet. – Bitte kommt doch herein! Seien Sie willkommen! – und diese schlanke, in hellem Kostüm auftretende Dame, die jetzt lächelte, wie sie damals gelächelt hatte, war stolz, hatte einen langen blassen Hals, die Lippen geschminkt, die Augen getuscht, den Hut so keck und aufreizend aufgesetzt. Und es war sie, die in der Kutsche gesessen hatte, als die hundertfünfzig Mann konzertierten, er vor »Les Hirondelles« gestanden hatte, am Hauptplatz von Sidi-Bel-Abbès, an jenem Sonntagabend. Sie lächelte, wie die Französin gelächelt hatte, die er nicht vergessen konnte, weder deren Dekolleté noch die Abscheu in ihrem Gesicht, als sie ihn und seinen Blick wahrnahm. Noch immer, nachts und wenn er mit der »Corona« getrunken hatte, legte er das weiße Tuch auf das Gesicht seiner Frau – die jetzt mit einem so falschen, lieblichen Ton diese Negerhure, zu der er die Französin in seiner Fantasie jeweils machte, hereinbat, als hätte auch sie sich gegen ihn verschworen, zusammen mit dem Ältesten, der ihm diese lackierte Angeberin ins Haus brachte.

Großvater wandte sich ab, ließ sich in einen der

Sessel fallen. Er hörte, wie sie die Veranda betraten, den Flur entlang kamen, in dem es nach den Zigarren und dem Lederzeug roch, ein für Mutter unbekannter Geruch, der sich kühl mit dem Zwielicht verband, das gebrochen durch ein über der Treppe gelegenes Fenster auf den Läufer hinab fiel. Großvater konnte dieses Eindringen in seine Wohnung, in das, was er erreicht hatte, nicht verhindern: Sie standen jetzt im Flur vor der Tür zu seinem Zimmer, legten ab.

– Sind Sie gut gereist?, hörte er sagen. Das Wetter ist leider … – Ja, es war noch sonnig, und so habe ich mich …, und die Stimme seines Sohnes:

– Wo ist er?

Dann bat die übertrieben freundliche Stimme sie ins Esszimmer, hörte er ihre Bewegungen und das Gerede durch die Verbindungstür, außerhalb und wie in einem Traum, blickte unverwandt auf das Foto links vom Pult, neben dem Fenster, ein Foto, das niemand verstand, von dem man nur wusste, dass Großvater an ihm hing, ein schlechtes, undeutliches Bild: Weiße Würfel, davor eine verwischte, unkenntliche Gestalt – halt etwas aus seiner Jugend –, und eine Trauer schüttelte den Sergeanten, er blickte durch das Bild und hinter die Würfel in eine gähnende Sinnlosigkeit. Er wurde »es« nicht los, diese Vergangenheit holte ihn ein, immer wieder, auf tückische, unvorhersehbare Weise, jetzt sogar durch seinen Sohn, der ohne sein Geld, ohne seine Beziehung zu Vogt, heute ein Krüppel wäre –, und der massige Mann, der jetzt doch Direktor der Eisen- und Stahlwerke war, kämpfte sich zurück, einen langen Fußmarsch lang durch Steinöden, durch Hitze mit brennenden Augen, rappelte sich aus dem Sessel hoch –

– Vater, komm doch zu uns, W. möchte dir seine künftige Frau vorstellen ...

Und er macht die paar Schritte, in denen alle waren, die er getan hatte, wenn Lärm vor dem Versorgungsschuppen war und Messerstechereien in den Unterkünften, riss die Tür zum Esszimmer auf, in dem sein Sohn, seine Frau und diese Fremde am Tisch saßen, senkte ganz leicht sein Wüstengesicht, und Sergeant Schnider bellte:

– Es interessiert mich nicht.

Und die Tür knallte ins Schloss.

XVII

STOCKFLECKEN

Nur er wusste, dass die anderen nicht wussten. Und dieses Nicht-Wissen stieg um ihn an, umgab Großvater mit einer Mauer aus Schweigen, übermannshoch, lehmbraun wie im Posten damals, und er schritt im Innern die Wege ab zwischen den geometrisch angeordneten Unterkünften, niedrigen Bauten aus Stein, von Wellblech gedeckt, querte den Platz vor dem Versorgungsschuppen, schob sich durch die Lücke in der rechten hinteren Mauer ins Geviert der Mulets, blieb ein wenig zwischen den Tieren stehen, spürte ihr raues, trockenes Fell, ging dann in die Unteroffiziersmesse, stieg im Turm hoch, sah auf diesen kleinen Posten am Rande der Wüste. Links vom Exerzierplatz lagen die Häuser der Juden, war das Café des Spaniolen, das Bordell – und rechts der Ksar, versteckt in den Palmen und Olivenbäumen, unten beim Flussbett. Das war überschaubar, hatte seine Einrichtung und Ordnung – doch jenseits des Qued, gegen den Horizont zu, dehnte sich diese flimmernde, verschwimmende Öde, wölbte sich der Hügelzug wie eine drohende Woge, die auf den Posten zulief, jetzt noch in den Schlieren der Hitze verborgen. Und die Schwarzen waren aufsässig, sie hatten den Wunderrabbi erschossen – Itschak Abhessira –, und er, Hans H., der Direktor, hatte seine Söhne großgezogen, dass sie selbst unbelastet einer neuen Zeit angehören und ihn vor der eigenen Vergangenheit schützen sollten. Statt dessen schleppte ihm der Älteste die Französin ins Haus, musste er mitansehen, wie der Mittlere mit seiner Ration Rotwein nicht auskam und der Kleine eine »Françoise« wurde, ohne dass es die anderen merkten. Er aber kannte, was er sah: Vom Versorgungsschuppen, in dessen verborgenem Winkel man Lösch die letzten Sous für einen Quart Wein zusteckte; vom Flussbett, in dessen raschelnder Dämmerung – wenn die Öde, die Einsamkeit unerträglich geworden waren – man sich mit einer der bartlosen Ordonnanzen betrog. Und Sergeant Schnider steckte seinen mittleren Sohn, O. H., den er am meisten mochte, weil er ihm am ähnlichsten war, und der schon bald einmal den Spitznamen »der Oha« bei den Arbeitern hatte, als Geschäftsführer in die M.-AG, eine Gießerei und Maschinenfabrik in P., die einem der größten Stahlgusskunden gehörte, holte seinen Jüngsten aus einer der einschlägigen Bars, stellte ihn mit einem einzigen Griff vor sich hin, sagte: – Du studierst und du heiratest!, ließ ihn dann ganz sanft los, wie um zu sehen, ob er vielleicht doch umkippe. Der Älteste jedoch, der Träumer, mit seinen zerstochenen Augen, hing an jener Art Geschichten, wie sie Smith und Lösch und er selbst nachts, an die Bretterwand gelehnt, erzählt hatten, wenn die Flasche Pinard oder der Kartoffelschnaps kreiste, man eine »Job« rauchte und in der stickigen Nacht, die wie Staub auf dem Gesicht lag, etwas für sein Selbstwertgefühl tun musste, weil man keinen Atem mehr hatte, weil man ein Nichts war und jemand sein wollte, wie diese S., die so vornehm tat und die der Träumer heiraten würde: Eine Angeberin, mit deren Familie man längst aufgeräumt hatte, deren »Papa« eine lächerliche Figur abgab, die einen Koffer durch die Schweiz schleppen musste wie ein Hausierer, wie einer von den Jehudis, den man beschiss und der das nicht einmal merkte.

Man musste aufräumen mit diesen »Überflüssigen«, die nicht mehr gebraucht wurden, und wenn er auch nichts von dem Schreihals und seinem großdeutschen Fimmel hielt: Im Deutschen Reich herrschte Ordnung, und seit der Frankenabwertung stiegen die Exporte. Die Krise, die auch die Eisen- und Stahlwerke getroffen und Entlassungen, Lohnkürzungen, Stilllegungen nach sich gezogen hatte, war überwunden. Die Firma hatte von der Regierung einen Großauftrag für den Bau militärischer Schwebebahnen erhalten, sie entwickelte einen Manganstahl für Panzerplatten, die in den Beschusstests der Armee denjenigen der Krupp-Werke überlegen waren, hatte einen mit Akkumulatoren betriebenen Lastwagen gebaut, für den von Brennstoff unabhängigen Einsatz in den Festungen der Alpen.

Der Älteste aber hatte sich nach der Heirat eine neue Stelle gesucht und war trotz seines Drängens, ebenfalls in die Maschinenfabrik und Gießerei M.-AG in P. einzutreten und die kaufmännische Leitung dort zu übernehmen, in B. geblieben. In einer Wohnung, nicht besonders nah, doch für seinen Geschmack noch immer zu nahe bei der Synagoge.

Der Mast. Diese filigrane Konstruktion vor Fels, Fichtenwäldern, ziehenden Nebeln, ein aus Eisenstangen konstruierter Obelisk, hoch und schlank aufragend, beschriftet mit über Eck gestellten Quadraten, leicht, balancierend, doch auch gebunden wie die Energie, die durch die gleißenden Drähte fließt. Diese Kraft, aufgehängt an den drei Quermasten, die den Obelisken zu einem orthodoxen Kreuz verwandeln, zieht über den Himmel, liniert das schimmernde Grau, überwindet Felskanzeln, Flüsse, Bergkämme, ein Kreuzweg sich folgender Masten – und er signalisiert eine erlösende Zeit, in der das Leben klarer, einheitlicher sein wird, die Menschen in gesunden und kraftvollen Körpern, wie sie von der Wochenschau über die Olympiade gezeigt worden sind, sich in den Dienst der Gemeinschaft stellen und hilfreiche Maschinen, von übermenschlichen Kräften getrieben, die Landschaft umgestalten werden. Der Mast ist das Wasserzeichen der Landschaft, er hat die wunderbare Eigenschaft, da zu sein und unsichtbar zu werden. Man blickt über die Matten und Obstbäume, zum Wald und den Bauernhäusern, in dieses Arrangement, das jetzt Heimat zu heißen hat, und sieht den Obelisken, das Kreuz, die hochgehängte Energie nicht. Wie sie auch auf dem Ölgemälde fehlten, das Großvater zu seinem fünfundzwanzigsten Dienstjubiläum von Alfred E. geschenkt erhalten hatte, eine Landschaft, die im Esszimmer in A. hing, das Kornfeld in der ehemaligen Aue, wogendes Gelb vor dem dunkel aufragenden Jurazug, der an seiner Krete Türme von Sommerwolken entließ, unter deren gewittriger Hitze die Bauern mähten: Ein Bild, das ich liebte, auf das ich an den langen Sonntagnachmittagen, wenn die Erwachsenen um den Tisch saßen, redeten, hitziger und lauter wurden, sich gegenseitig verhöhnten und beschimpften, sehnsüchtig sah: Dort im Rahmen über dem Messingschild war Sommer und Wärme, war das Gelb aus Mutters Erzählungen von Rumänien, war eine Stille und ruhige Beschäftigung, ein Andachtsraum, in dem es das schwarze Eisen nicht gab, den Mast nicht und auch keine Drähte, wohin ich einmal gehen wollte, wenn ich erwachsen wäre: Zu den schönen Resten auf Großmamas »Hausaltar« – den Töpfen und Decken aus Rumänien –, wie Herr Katz, der unter der Lampe die »Dinge vor der Zeit« um sich ausbreitete, um nicht an das denken zu müssen, was geschehen war – und das jetzt unaufhaltsam heraufzog.

Eine Mappe ist übrig geblieben, eine heftgroße, karminrote Falthülle, in der auf Chamois-Halbkarton die Fotos der Hochzeit meiner Eltern geklebt sind, ein Ablauf aus stehenden Bildern, beginnend mit der Kirche als Vorspann, ihrem Turm, der zwischen den noch kahlen Alleebäumen aufragt. Der Kiesweg, zersprungen von den Schatten der Äste, führt gerade zum offenen Portal, in das die Hochzeitsgesellschaft in einem Umzug einziehen wird. Der Fotograf hat bereits Aufstellung genommen, die Blickrichtung bestimmt, sich für den Moment des Erscheinens auf dem Kirchhof entschieden und entsprechend die Kamera auf einem Stativ hergerichtet, Distanz, Blende und Zeit eingestellt, damit er den Augenblick nicht verpasse, in dem das Brautpaar – das bereits die Stiege heraufkam – auf dem Treppenabsatz zwischen den Mauern erschiene. Er drückte den Auslöser, und da waren sie, Braut und Bräutigam, festgehalten für immer im Moment der Ankunft, des Ausschauens nach dem weiterführenden Weg, beide in lächelnder Überraschung: W. in schwarzem Anzug, eine Fliege vor den Stehkragen gebunden, den Zylinder keck aufgesetzt, ein geschmeidiger junger Mann, der zurückhaltend den Arm seiner Braut führt, Ruth S., die – ganz in Weiß gekleidet – ein enganliegendes, hochgeschlossenes Kostüm trägt, dessen Strenge durch einen Schleier besänftigt wird.

Und in dem festgehaltenen Moment, da die beiden noch allein und für sich sind, ist ihr Zusammengehören und sich in den Gegensätzen ergänzen wollen auf berührende Art sichtbar: Die Trauung – das »Zusammengeben«, wie es der Pfarrer dann verkünden würde – hatte bereits da auf dem Treppenabsatz, im Augenblick des Eintretens in den Kirchhof, stattgefunden, und Mutter stellte dieses und nicht das übliche Bild, das es selbstverständlich auch gab –, das Paar im Kirchenportal – auf den Nachttisch. Sie schnitt das Foto aus, passte es in einen Rahmen aus Rumänien, als müssten die in Holz gekerbten orientalischen Ornamente die Fassung ihres künftig gemeinsamen Lebens werden.

Doch das Brautpaar blieb nicht allein. Der Umzug, der »Cortège« folgte, und die Zusammengehörigkeit der beiden jungen Leute brach in Paare auseinander, die nicht unterschiedlicher, ja unverträglicher hätten sein können:

Da kamen Herr und Frau S., er ein Herr, für den Frack und Zylinder übliche Kleidungsstücke waren, der nie aufgehört hatte, unter den Bäumen entlang der Dîmbovița zu seinem geliebten jüdischen Quartier zu flanieren, wo er einzig noch sein altes Bukarest fand; sie eine Dame, die den Pelz lose um die Schultern trug, stolz und unnahbar einherschritt, als wäre sie stets auf dem Weg zu einem Empfang im rumänischen Königspalast, auch wenn dort mehr und mehr Militärs erschienen. Da kamen Herr und Frau Direktor, er ganz auf der Höhe der Zeit, Frack und Zylinder waren keine Verkleidung mehr wie an seiner eigenen Hochzeit vor rund dreißig Jahren, sondern die in Gesellschaft unumgängliche Uniform des Industriellen, der Stahl und Eisen produzierte, dem Land diente, seine Frau in teure Kleider steckte, die diese mit innerer Genugtuung trug. Da kamen ein Onkel und eine Tante der Braut, er ein Erbe von Textilfabriken, der wie Herr Katz Altertümer sammelte, seinen Anzug so selbstverständlich trug, dass er nicht einmal auffiel, und seine Frau von so ungezwungener Eleganz war, dass sie natürlich und bescheiden wirkte. Da kam O. H., der Bruder des Bräutigams, der unter dem Zylinder hervor wie über einen noch zu verübenden Streich grinste, »die Deutsche« am Arm führte, die er von seinem Studium an der Gießereifachschule Duisburg nach Hause gebracht hatte, eine »Schwäbin«, ausgerechnet in dieser Zeit, da man sich schnell verdächtig machte, deren Schwester auch noch eine fanatische Nazi war. Da kam Curt, der Bruder der Braut, bescheiden, korrekt, dessen rundes, abgeflachtes Gesicht an Onkel Mendel erinnerte, vor sich auf den Weg blickend, den er unbeirrt bis ganz zuletzt ging, begleitet von seiner hübschen, ebenso bescheidenen, doch von Fantasie und Lebenskraft sprühenden Frau. Da kam »der Kleine«, der sein Pharmazeutik-Studium noch immer nicht abgeschlossen hatte, doch scharwenzelnd seine Braut unterhielt, Tochter eines Apothekers, die beständig lachte, ein rundliches, fast einen Kopf größeres Fräulein. Dann kamen der Juli und der Vikter mit ihren

Frauen, der dörfliche Abspann, Freunde aus der »Corona«, von Großvater zur Bedingung seiner Anwesenheit gemacht. Sie alle verschwanden im dunklen Portal, erschienen dann wieder – das Brautpaar zuerst, mit Gesichtern, die allein und ein wenig gezwungen waren, vielleicht eine Folge der Blendung, vielleicht, weil sie bereits begriffen hatten, dass sie gegen ihr Herkommen keine Chance haben würden, gegen den Umzug, der in gleicher Reihenfolge und mit unverändertem Ausdruck den Weg zurückführte, als würde die geladene Gästeschar damit den gemeinsamen Gang wieder ungeschehen machen: Es sollte das einzige Mal bleiben, dass sich die beiden Familien begegneten.

Der Versuchsstollen, nach dem Ersten Weltkrieg begonnen, dann durch Beschluss des Parlaments stillgelegt, war 1937 bis zum Durchstich auf der Nordseite des Berges vorgetrieben worden. Die »politisch instabile Lage« hatte das Eidgenössische Volkswirtschaftsdepartement bewogen, den Probeabbau aus Geldern der Arbeitsbeschaffung zu finanzieren, und Großvater ließ sich von Sonderegger die Straße durchs Dorf hinauf zu der Halde rostroten Gesteins chauffieren, die sich unter dem Wald in die frisch ergrünte Wiese wie ein Blutsturz ergoss, auf der Arbeiter mit Schaufeln und Spitzhacken arbeiteten. Baracken waren behelfsmäßig an der Straße entlang gebaut worden, ein Lager für die Bergwerksleute, von denen die meisten aus dem Ruhrrevier oder den oberbayrischen Braunkohlebergwerken stammten, und als Großvater den Stock auf die Stufen der Holzstiege setzte, auf die von Nagelschuhen verschrammten Bretter, um hinauf zum Büro des Geologen zu steigen, spürte er ein Vertrautsein mit dieser Art Unterkunft, der Steinschüttung, die dahinter anstieg, und ein Wohlbefinden ging durch seinen massigen Körper. Er trat in den schattigen Raum, blieb, breitbeinig auf den Stock gestützt, stehen, hatte das Gewicht einer fernen Vergangenheit auf den Händen und sah den Vorarbeiter an, der hier gewartet hatte, um ihn in den Stollen zu führen: Ein Mann, um die vierzig, der älter aussah, spärliche Haare und eine Staublunge hatte, samstags im Garten die Beete umgrub und manchmal sein Kind an der Hand nahm. Lange würde er nicht mehr leben, so wie der jetzt vor ihm stand, in Hemd und Hose, kurzatmig und grau im Gesicht. – So, Schmid, gehen wir!, sagte Großvater, und der Schmid Alois aus H. hängte einen Helm vom Hacken, gab diesem Herrn von der Studiengesellschaft eine Karbidlampe in die Hand, sah kurz auf dessen Schuhwerk, nickte und sagte: – Ja, gehen wir.

Auch die Veranda lag unter Tag, der Schiefertisch, auf dessen nachtschwarzer Platte die Gläser und Tassen standen. Die Lampe warf einen Schein, der die Wände erhellte und in der Scheibe spiegelte. Eine Kaverne, gelblich aus der Nacht gesprengt. In ihr saßen

Großvaters Kumpane vom Dorf, die »Corona«: Juli, der mit Zigarren handelte, Miggel von den Aluminiumwerken, Vikter, Besitzer einer Papierfabrik. Die Luft war rauchig, roch nach Kaffee und einem Dunst Cognak, die Wörter sangen ihren weichen, fallenden Klang.

– Ein Krieg täte dem Stumpengeschäft keinen Abbruch, im Gegenteil, sagte Juli, kaputt gehe die Zigarrenindustrie an den Steuern. Im Mai hätten im Nachbardorf von G. viertausend Arbeiter demonstriert, doch genützt habe es nichts. Da wäre es manchmal schon gut, man hätte einen wie die draußen im Reich, der den Herren in Bern »den Marsch blase«.

– Die Fabrikanten ruinieren sich auch selbst, sagte Miggel. Ich kann es jetzt sagen, wo der Burger nicht da ist. Doch wie er und Villiger ihre Vermarktung betreiben – immer nur auf Kosten der anderen –, das macht die ganze Branche kaputt.

Das sei jetzt eben wie überall. Er meine, sie hätten genügend Aufträge, sagte Vikter, und Papiertüten brauche es ja Gott sei Dank in guten wie schlechten Zeiten. Aber wenn Leute wie dieser Duttweiler mit seiner Migros alles selber und zu billigen Preisen machen wolle, sogar noch die eigenen Tüten, so müsse man sich nicht über Krisen und Konkurse wundern.

– Der Staat sollte halt eingreifen, meinte Juli, die Produktionen kontingentieren, statt den Tabak zu besteuern, dass den kleinen Fabrickli der Schnauf ausgehe und die vielen Heimarbeiter ins Elend kämen.

Und Großvater fuhr sich übers Gesicht, als müsste er eine Spinnwebe wegwischen, machte »ja, ja« und verschwieg, wie ihn dort unten im Stollen des Bergwerks eine Art »cafard« erwischt hatte. Der Schmid Alois war neben ihm hergegangen, die Karbidlampe in der Hand. Er hatte ihn auf Schlitze in den Wänden aufmerksam gemacht, wo Proben zur Bestimmung des Eisengehaltes entnommen worden waren, hatte ihn auf eingezogene Tücher hingewiesen, die beim Sprengen die Bewetterung regulierten. Er schwenkte die Lampe leicht gegen einen der trapezförmig verspreizten Schrägpfeiler, sagte »Türstockzimmerung«. Und Hans H. stapfte an seinem Rohrstock durch den Stollen, dachte, während er neben Schmid Alois zwischen den Geleisen der Transportkarren ging, an Kienzle, den aufmüpfigen »salaud«, den er vor das Kriegsgericht und in die Bergwerke von Cayenne gebracht hatte, musste daran denken, wie jämmerlich einer da unten zugrunde ging, jetzt, da er selbst unter Tag war, sich die Anlage der Stollen, die Abbauversuche mit einer Schrämmaschine und die Vorteile der elektrischen Bohrungen erklären ließ. Hans H. fühlte eine ihm unklare Schuld diesem Kienzle gegenüber, der ein Meuterer und Führer von Meuterern gewesen war, zu Recht verurteilt. Doch Großvater bliebe durch die Schuld mit ihm verbunden, und er war jetzt selbst in einem Bergwerk, wenn auch nur

501

für kurze Zeit – und es ging nicht um Strafe, sondern um Eisengewinnung und Geschäft. Doch die Stollen würden in ihm bleiben, hatten Gestalt angenommen, als wären sie in sein Inneres vorgetrieben worden.

Doch am Tisch mit den Kumpanen von der »Corona« redete Großvater über sein Schnapsglas hinweg, es seien jetzt vierundvierzig Tonnen Eisenerz im ersten Jahr gefördert und ins Ruhrgebiet zur Verhüttung geschickt worden. Dafür liefere das Deutsche Reich wichtige Kompensationsgüter, Ersatzteile für die Armee, aber auch Hämatitroheisen, das für die Maschinenindustrie vor allem »im Bedarfsfall« nötig sei ...

Und auch von der anderen Erinnerung, die ihn dort unten bedrängt hatte, schwieg er: Von jenem Ausmarsch damals als »Bleu«, als er krank war und Fieber hatte, es kaum noch schaffte, sich auf den Beinen zu halten, und er sich in einer Marschpause abseits auf einen Felsvorsprung gesetzt hatte. Das erbarmungslose Brennen der Sonne war wie ein dunkles Loch, aus dem es kein Entrinnen gab, mindestens die nächsten fünf Jahre nicht, so lange, wie er sich für den Dienst verpflichtet hatte. Und als er mit Schmid Alois durch den Bergwerksstollen schritt, Licht vom Ausbiss her einfiel, das lichte Rund sich weitete, während sie darauf zuschritten, und hinter der anfänglichen Blendung Äcker, Juraweiden, Baumgärten sehen ließ, war die Verzweiflung von damals wieder in ihm: Genau wie der Stollengang war das dunkle Loch gewesen, und im fiebrigen Heimweh hatte er ein Bild wie jetzt dieses hier halluziniert – Wiesen, Hügel – eine Fata Morgana. Es gab keinen Ausgang damals aus dem Stollen, außer durch die kleine Türfalle am Gewehr, den Abzug. Und Hans H. spürte Scham, hörte die Stimme des Leutnants: – Verdammt, Schnidäär, du hast den Fuß verletzt. Und, bedrängt von dieser Erinnerung, wandte sich der Direktor abrupt vom Stollenausgang ab, herrschte den Vorarbeiter neben sich an, er sei nicht hergekommen, um die Aussicht zu genießen, Schmid solle vorwärtsmachen und ihm endlich den Aufhau zeigen. Und sie gingen in den Berg zurück, schweigend und in gleichmäßigen Schritten, dorthin, wo die Arbeiter mit elektrischen Spiralbohrern Löcher ins Gestein trieben, für die Ladungen »Altdorfit«, mit denen man anfänglich noch sprengte.

XVIII

DORF

A*per*. Ein Wort aus Schnee und welkem Gras, das die winterliche Pforte aufsperrte zu den Feldern unterm Wald, zu den Wegen durch die noch kahlen Bäume. Eine Geometrie wachsender Farbanteile im gleißenden Weiß, die sich unter der föhnigen Luft auszuweiten begannen und doch vereinzelt blieben: Eine zerscherbte Landschaft, durch die Großvater hinter dem »Volant« seines Chevrolets, den er jetzt oftmals selber steuerte, von Fleck zu Fleck fuhr. Nach E. in den »Sternen«, in die Bauernstube mit dem grüngekachelten Ofen, auf deren Bank man dem Herrn Direktor gerne den Platz frei hielt, ließ sich selbstgebackenes Brot, das eine schwarze, zähe Rinde und einen weißduftigen Laib hatte, zu frischgekochtem Schinken reichen, trank den Roten von den Rebhängen hinterm Dorf. Er fuhr über R. ins Tannenmoos zum Hof des Holzweibels, dem Bruder Julis, seines Freundes, trank vom Most, den dieser in einem Krug aus dem Keller holen ließ, hörte den bedächtigen Worten zu, wie dies oder jenes gedieh, was die Schwester, das Lisi, machte, sah durch die kleinen Fenster auf die Wiese und die Obstbäume, das Ziegeldach des Hofes weiter unten, sog den erdig kalkigen Geruch ein, der die Stube füllte. Er fuhr nach L. zur »Metzgete«, aß Schlachtplatte, trank dazu Selbstgebranntes, hatte die Arme auf die Tischplatte gelegt, auf das abgegriffene Holz, speckig und von warmem Ton. Fuhr jede Woche einmal zu den Orten, wo es dieses Echte und Heimatliche noch gab, von dem jetzt so viel geredet wurde, als blieben sie ihm nur durch regelmäßige Besuche sicher. Aus ihnen hatte er sich eine Art »Dorf und Herkunft« zusammengesetzt, vernäht durch den Chevrolet, den er hin und zurück über die Landstraßen steuerte, und dieses »Dorf« war ein wenig so, wie es »früher« gewesen war, ohne das Geringste von der eigenen Vergangenheit zu enthalten. Und gleichzeitig blieb Großvater stets sicher in der Gegenwart, in der man der Herr Direktor war und einen amerikanischen Wagen unter den Kastanienbäumen der Wirtschaft stehen hatte. Großvater fühlte sich heimisch, klopfte in der schattigen Gaststube einen Jass, »offerierte« dem Knechtlein einen Kaffi-Schnaps, nicht herablassend, sondern aus dankbarer Zugehörigkeit – man war wie die hier, ohne es noch sein zu müssen –, und die eigene Jugendzeit hing als großformatiger Öldruck an der Wand, ein Junge, der den Ochsen vor dem Pflug führt, und über dem Tisch jagten sich die Fliegen.

Meine künftigen Eltern hatten die Ponte della Paglia passiert, gingen auf der Riva degli Schiavoni weiter,

Vater im Begriff, sich des Zigarettenetuis in der rechten Rocktasche zu versichern, Mutter mit Blick zu den Arkaden des Palazzo delle Prigioni, als ein Mann in Regenmantel, die Kamera umgehängt, sich an den Filzhut tippte und ihnen die Karte mit seiner Adresse hinstreckte, »domani« sagte und so das einzige Bild von der Hochzeitsreise nach Venedig über die Zeit hinweg vermittelte. Ein Foto im Format einer Postkarte, das am Ende der Hochzeitsbilder in die karminrote Faltmappe eingelegt war, gedacht wohl als Schlussbild, als ein Happy End jenes Umzugs zur Kirche. Doch das Bild verrät vielmehr die Zukunft, was einmal sein wird, als hätten die beiden frisch Verheirateten bereits Jahre übersprungen. Sie schritten nebeneinanderher wie ein Paar, das lange schon beieinander ist, keine versichernden Blicke mehr nötig hat und das sich zweifelsfrei einer gehobenen Gesellschaftsschicht zurechnet, gewohnt, ein Dasein fragloser Ansprüche zu leben. Mutter trug ein tailliertes Deuxpièces, das Seidenfoulard im breitgeschnittenen Revers, dazu den Hut, rund mit breiter Krempe und hellem Seidenband. Am gewinkelten Arm hing die Lacktasche, in der behandschuhten Hand hielt sie einen gerollten Stich Venedigs, den sie in einem Antiquitätengeschäft gekauft hatte. Vater trug ein Reisekostüm nach englischer Mode – einreihiges Tweed-Sakko, Knickerbockers und feine Wollstrümpfe –, zu dem die Wollmütze und die Halsbinde nicht fehlen durften. Er hatte darauf bestanden, auch noch den

Stich der Bucht von Neapel zu kaufen, als Versprechen einer künftigen Reise und als eine Erinnerung an seinen ehemaligen Mitpatienten Axel Munthe, den Schriftsteller, der ihm von der Stadt, dem Vesuv, der Insel Capri erzählt hatte.

Damit Ihr sehen könnt, wie gut es uns geht, senden wir Euch ein kleines Bildchen. Sehen wir nicht wie »Lords« aus?

Mutter hätte keinen unpassenderen Gruß an ihre Schwiegereltern auf die Rückseite »des kleinen Bildchens« schreiben können. Großvater, der einen Blick auf das Foto warf, das Großmutter auf den Rauchtisch beim Fauteuil gelegt hatte, fand darin nur seinen ersten Eindruck, den er vom Fenster aus bei ihrem Besuch gehabt hatte, bestätigt: Diese S. taugte nichts. Dass jedoch auch sein Ältester dieses Großtun und Vornehm-sein-Wollen hervorkehrte, dabei nicht mehr als ein Commis in einem Eisenwarenhandel war, enttäuschte ihn: Er müsste ein Auge auf sie haben, sie waren »wurmstichig« – und so würden ihre Kinder sein.

Hinter dem »kleinen Bildchen« vorgezeigten Glücks und gesetzter Lebensart verbarg sich allerdings eine Furcht, die sich während des Tages und im Schein der Aprilsonne hinter die lichten Plätze verzog, jeden Abend jedoch neu hervorbrach und die Vater und Mutter mit dem Licht der Nachttischlampe ein wenig gegen die Ecken des Hotelzimmers zu drängen suchten. Sie lagen auf dem Bett in ihren Schlafanzügen, Vater trug einen blauen Seidenpyjama, Mutter ein mit Spitzen besetztes Hemd, sie flüsterten, berührten und küssten sich, »ließen sich Zeit«, wie sie beschlossen hatten, doch um sie lauerte das »Nichtsehtum«. Aus dem Dunkel trat der Professor, dessen Mantel greller wurde, je stärker Vaters Erregung war – und Vogt blickte stechend, sagte: Vermeiden Sie jeglichen Druck auf die Augen, halten Sie sich ruhig, Sie haben noch genügend Zeit, am Blindenstock umherzugehen. Und W. H., der Patient, hatte Angst, die Lust würde den Druck auf die Augen so verstärken, dass in seinem Kopf das Blut in die Augen schösse, sie wieder mit Blindheit füllte, ihm nahm, was ihm das Kostbarste war, die Blicke, das Schauen auch auf das, was er in der Verdunklung so sehr ersehnt hatte, ihm damals für immer genommen schien und jetzt noch nicht wirklich entdeckt war, der fremdartige Körper, den er hielt – durch den er erneut das Licht verlieren konnte. Und sie weinten, redeten, was sein würde, wenn er wieder erblindete, schreckten zurück, hielten sich, wollten, was »der Zweite nach Gott« verbot, und getrauten sich doch nicht, bis die Versuchung zu groß war. W. gab nach, ließ geschehen, was doch auch sein musste, ließ sich fallen wie in ein Nebelmeer und lag dann reglos, bis schmerzhaft ein Schuldgefühl zurückkam. Er richtete sich auf, bewegte den Kopf, blickte nach allen Seiten, sah in Mutters Gesicht. Doch nirgends stiegen die Nebel auf. Und Vater lachte sein jungenhaftes Lachen.

Man war schon einmal mit einem Gefreiten, einem »premier soldat« fertiggeworden, doch nun stiegen am europäischen Horizont die »Gewitterwolken« auf, »türmten sich bedrohlich auf«, wie die Zeitungsschreiber schrieben, und Großvater hielt nichts von den Abkommen, die geschlossen wurden, den Versprechen, die einer internationalen Gemeinschaft gegeben wurden. Dieser Schreihals würde »draußen« einen Krieg anzetteln, und im Landesinnern breitete sich ein Gefühl der Beengung aus, wie er es in der Unteroffiziersmesse gespürt hatte: Als wäre der Verschlag, zu dem die Mannschaften keinen Zutritt gehabt hatten und bisher ein sicheres Terrain gewesen war, in das man sich zurückziehen und hie und da einen Blick durch die Fenster auf die staubigen Wege zwischen die Unterkünfte werfen konnte, als wäre die Schweiz plötzlich bedroht, rundherum eingeschlossen und eine Falle – vor der die Mannschaften auftauchten konnten, aufgehetzt vom Gebrüll und bereit, die Tür einzutreten, die Fenster zu zerschlagen. Doch allein schon von der Gefahr zu reden, schien gefährlich, als hätten die Wörter die Kraft, das Unausweichliche rascher unausweichlich werden zu lassen. Es war besser, statt Krieg »Gewitterwolken« zu sagen, die »aufzogen« und verdeckten, was sie meinten: Ein Sprachgebrauch aus Formeln, der verschämt andeutete, was klar benannt bereits Provokation sein konnte. So beschäftigte sich Großvater einmal mehr mit den »Zeitverhältnissen, die erforderten«, zum Beispiel »Zurückhaltung«. In denen es ein »Gebot der Stunde« gab, nämlich »eine Vorsorge zu treffen«, um im »Bedarfsfalle gerüstet zu sein«. »Wehrwirtschaftlich war es durchaus wünschenswert, in Friedenszeiten ein Roheisenwerk zu betreiben«, um eine Verhüttung »in Angriff« zu nehmen, falls »die Umstände es nötig« erscheinen ließen. Und Großvater, an seinem Schreibpult im Büro, auf dessen lackiertem Holz ein Tintenfass stand, dessen Deckel mich, obschon aus Stein, stets an einen Stahlhelm erinnert hatte, las den Bericht, den die deutsche »Gute-Hoffnung-Hütte« über die Erzlager im Jura verfasst und im Mai 39 vorgelegt hatte. Danach sollten die Vorkommen groß genug sein, um jährlich hunderttausend Tonnen Roheisen zu erzeugen, aus denen sich fünftausendvierhundert Tonnen Vorblöcke, fünfzigtausend Tonnen Knüppel und Platinen, zwölftausend Tonnen Schienen und zwanzigtausend Tonnen Form- und Stabeisen herstellen ließen. Als Nebenprodukt würden große Mengen Thomasschlacke anfallen, die Verhüttung geschähe durch elektrische Niederschachtöfen, und dazu wären dreihundertsechzigtausend Tonnen Erze nötig sowie rund dreihundertfünfundvierzig Millionen Kilowattstunden Strom. Die großen Zahlen! Mit ihnen wäre man nicht ganz hilflos. Und Großvater las den Bericht, als wäre er ausschließlich für ihn geschrieben worden, eine späte Genugtuung, dass er eben ein Wissen besaß, das sich noch immer nutzen ließ. Jetzt hatte er es auch bei dem anderen knappen Rohstoff, dem Eisen, geschafft, die Abhängigkeit vom Ausland zu verringern, nach all den Jahren, da er durch die Elektrifizierung der Produktion, durch die Forderung nach billigem Strom und der Beteiligung an einem Flusskraftwerk es schon bei den ausländischen Energielieferungen geschafft hatte. Jetzt also auch beim Eisen, rechtzeitig.

Der Zündholzmann, der glaubte, mit genügend Eiern ließen sich die Kriege verhindern, Louis Saugy, hatte die Schlucht zuletzt aus dem Erinnern und nach einem Foto gemalt, doch die am Horizont gelegene neblige Trübung hatte sich inzwischen geklärt, ein anderes Bild sichtbar gemacht, das Saugy zwar nie gemalt hat, das aber doch noch immer da in der Landschaft steht. »Großvaters Bild«: Das Wehr, die Schützen, die Halle der Generatoren vor Jurazug und Hochkamin – und ich schaue auf dieses Arrangement über den Rand der Tasse hinweg, dieses selbst schon vergangene, mir in den Augen stockfleckig gewordene Ensemble einer Utopie, und sehe daraus wiederum andere Bilder aufsteigen, Schwarzweiß-Aufnahmen aus dem »Goldenen Buch der Landesausstellung«, die wir Kinder so oft zu sehen bekamen, weil auf einer Fotografie, wenn auch zufällig, Großvater zu erkennen war – und ich sehe ihn in diesen Erinnerungsbildern umhergehen, die sich allmählich zu der Anlage am See verwandeln, zurückhaltend Farbe annehmen, und ein frühlingshafter Wind weht vom

See, es ist kühl, und Großvater hat eben am Haupteingang Enge die »Landi« betreten. Er geht an seinem Stock und in einem graugestreiften Anzug durch das Gelände, die Augenbrauen immer wieder gehoben, doch statt seines »Ho! Ho!« zieht er nur die Unterlippe in Verwunderung ein, sieht mit so erstaunten Augen wie sein Vater die Bogenlampen, was er niemals zu sehen für möglich gehalten hätte: Nämlich ein weltliches Paradies, wie er es sich nie so vielfältig hätte vorstellen können, durch das man nicht nur gehen, sondern sogar mit einem Schiffchen auf einem künstlichen Bach fahren konnte.

Das einzig noch Natürliche war der See, der sich zwischen die beiden Ausstellungsteile schob, eine Zunge gespiegelten Himmels, doch auch er überspannt und überwunden durch eine Seilbahn, die, zwischen Türmen pendelnd, die Ufer verband, das linke mit den Pavillons der technisch industriellen Errungenschaften, das rechte mit der Ausstellung der bäuerlichen Arbeit und Tradition. Die Kabinen, bei einem maximalen Durchhang von neunundvierzig Metern, schwebten über dem See, ließen an hellen Tagen die Glarner Alpen als ein Panorama schauen, als wären die Schneegipfel eigens am Horizont aufgebaut worden. Und bei Abfahrt und Ankunft überblickte man von den Türmen die Ausstellungsteile: Das Land war hier, an den Ufern, versammelt, und alles in ihm hatten Menschenhände gestaltet, entsprang einer Empfindung des Schönen und Klaren, war aufgeräumt, gab seinen Menschen ein respektables Herkommen und eine gemeinsame Zukunft, und er, Hans H., Direktor der Eisen- und Stahlwerke in A., hatte dazu beigetragen. Wofür der Firma noch die Kredite gestrichen worden waren, die Fachleute ihre Köpfe geschüttelt hatten, das war hier als Errungenschaft zu sehen: der Elektrostahlschmelzofen. Und neben Turbinen- und Generatorteilen aus Molybdänstahl, den die Firma produzierte, wurde erstmals ein Schaubild der Bergwerksstollen im Jura gezeigt.

Großvater, an seinem Stock, den Filzhut in die Stirn gezogen, stapfte über die Höhenstraße, unter den Fahnen hindurch, am Wandbild zur Geschichte der Eidgenossenschaft entlang, marschierte über diesen auf Stelzen gebauten Ausstellungsweg, als würde er auf Inspektion durch den Posten am Rande der Wüste gehen. Doch er tat dies nicht groß und heftig auftretend, wie es sonst seine Art sein mochte, sondern erfüllt von dankbarer Bescheidenheit. In der Halle der »Ehrung« blieb er vor dem Dieselmotor als Denkmal des unbekannten Konstrukteurs stehen, nickte diesem Präzisionsgebilde aus fünftausendvierhundertfünfunddreißig Eisenteilen zu, davon hundertzwanzig auf zwei tausendstel Millimeter genau gearbeitet: Das war die Art, geehrt zu sein, wie er es schätzte, ohne Ansehen der Person. Man wurde sichtbar in den Wirkungen, wie der elektrische Strom, »von dem man nicht weiß, was er sei, noch woher er kommt, inzwischen aber treibt und leuchtet«. Und diese Wirkungen der »eingefangenen Gotteskraft« fand Großvater am Ende der »Höhenstraße«, wo der Weg sich senkte, in einem Wandbild aufs Eindrücklichste dargestellt: Die »Schweiz – Ferienland der Völker«, in dem das Postauto sich über die Passserpentinen windet, die neueste Lokomotive, der »Rote Pfeil«, dem Beschauer entgegenfährt, begleitet von den Druckleitungen der Kraftwerke und einer Prozession gläubiger Bergler, ein Ferienland, in dem über Berggipfeln neben dem Schmetterling die DC-3 der Swissair schwebt und frei, geläutert von der Not, die Bauern zwischen den Errungenschaften der Technik die alten Bräuche in ihren Trachten ausüben.

Als letztes Überbleibsel des »Dörfli«, das während der Landesausstellung am rechtsseitigen Ufer aufgebaut war, steht noch immer die »Fischerstube«, ein Holzhaus mit Steg und Bretterrost, auf Pfählen in den See gebaut, strohgedeckt, ein Restaurant schon damals, das ich als Student an Sommertagen aufsuchte, ohne seine Bedeutung zu kennen, das mich aber – durch meine Beschäftigung mit der Frühgeschichte – an die Vorstellungen von Pfahlbauten erinnerte, wie sie durch die Funde an den Schweizer Seen entwickelt worden waren, nur dass dieses Pfahlbauernhaus viel zu groß und mit dem Aussehen der bäuerlichen Strohhäuser verschnitten war, die es inzwischen auch nicht mehr gab.

Diese Fischerstube ist heute selbst eine Art Fundstück, das wie ein Knochenrest als ein Einzelnes auf das Ganze verweist, das einmal gewesen ist und selbst in einer Abfolge gestanden hat. Das »Dörfli« – in dieser Verkleinerungsform – hatte seine Vorläufer. Das erste wurde für die Landesausstellung 1896 in Genf gebaut, bestand aus einem Ensemble von Chalets, diesem eigens erfundenen Schweizer Stil, errichtet um eine Kirche und einen Wasserfall. Zwischen diesen Zeichen gläubiger Demut und alpiner Wildheit wurden Handwerker und Bergler in ihrem Alltagsleben vorgeführt, wie man in den zoologischen Gärten die Bewohner afrikanischer Krals zur Schau stellte. Le petit village Suisse, das immerhin dreihundertdreiundfünfzig Personen beherbergte, war so erfolgreich, dass eine Gesellschaft gegründet wurde, die dieses Produkt heimischer Folkloretüchtigkeit 1900 zur Weltausstellung nach Paris exportierte, ein Unternehmen, dem allerdings nicht der erhoffte wirtschaftliche Erfolg beschieden war. Doch das »Dörfli« kam aus dem Ausland verwandelt zurück, nämlich als Leitbild schweizerischen Lebens, und durfte von da an bei keiner Landesausstellung mehr fehlen, weder 1914 bei der Landesausstellung in Bern noch 1939 an der Landi in Zürich. Dieses Leitbild allerdings war ein Produkt reinster Imagination, dem nichts in Wahrheit entsprach, das dennoch eine eigene Wirklichkeit darstellte, eine zusammengesetzte, synthetisierte, wie sie an diesem Überbleibsel, der Fischerstube, noch ablesbar ist, ein frühes Disneyland, das durch »Innenkolonisation« – wie ein Ausstellungsteil hieß – auf das ganze Land ausgedehnt werden sollte und in Teilen, wie den Gewässerkorrektionen, auch schon verwirklicht war. Großvater sah sich bestätigt, ja wie von der offiziellen Schweiz durch die Landi geehrt. Sein eigener Kampf war auch der seines Landes, er wurde gebraucht, hatte daran Anteil – und den ließe man sich von keinem mehr nehmen.

IXX

MARKEN

Rascher als erwartet, war das Land zu einer »Ausstellung« geworden, doch auf eine sehr andere Art als die von Großvater gewünschte. Verschont vom eben ausgebrochenen Krieg, war die Schweiz ein seit dem Überfall auf Frankreich von den Achsenmächten gänzlich umzingeltes Land, weniger Paradies als belagerter Posten. Aus den Verheerungen ragte die Alpenfestung wie ein Stück heiler Welt heraus, durch die täglich wahrscheinlich werdendere Aussprengung jedoch schon im Begriff, zum Pastellbild über dem Fall zu werden, wie einstmals die Schlucht.

Unsere Familie wurde auf der Koordinate verschoben, von B., wo mein Bruder im April 1939 geboren worden war, nach P. hinter den Jura, »in unsere Nähe«, wie Großvater seinen Ältesten wissen ließ, und bekam auf Vaters Einwand, er fühle sich in B. wohl, da lebten ja auch die Verwandten seiner Frau, von Großvater zu hören, das interessiere ihn nicht. B. werde in Kürze eine Frontstadt sein, und er wisse, was eine Frontstadt sei – und niemand fragte, weshalb gerade er das wissen sollte. Er habe Vater eine Stelle besorgt in der Maschinenfabrik und Gießerei

M.-AG, die dem größten Stahlkocher der Schweiz gehörte, mit dem die Eisen- und Stahlwerke seit 1937 ein Geheimabkommen geschlossen hatten, von dem Großvater selbstverständlich nichts verlauten ließ, das ihm aber die Möglichkeit in die Hand gab, seinen Ältesten und zuvor dessen Bruder O. dort als Geschäftsführer zu platzieren. Beide Familien hatten jetzt ein erstes Kind, jemand musste »die Vorsorge treffen«, denn der »Bedarfsfall« war eingetreten, die »Gewitterwolken« hatten ihren Blitz auf Warschau niedergesandt. Seither war Land um Land gefallen.

Damals, als die Meuterei ausbrach und Kienzle auf den Schultern des alten Legionärs die Truppe aufhetzte, die eben von einem Ausmarsch zurückgekommen war, noch dieser Geruch nach Blut in der flimmernden Luft lag, kam die kleine Ordonnanzhure des Adjutanten in die Unteroffiziersmesse gestürmt, winselnd vor Angst. Doch da drängte die Meute der Legionäre schon auf den Platz, drohte, den Verschlag zu stürmen, die Tür, die Fenster einzuschlagen. Der Widerschein des Feuers lohte auf den Wänden, die Mulets schrien, die Stimme Kienzles peitschte auf die gröhlend besoffene Menge ein, erste Schüsse blafften, diese trockenen, präzisen Laute. Sergeant Schnider sah, sie würden gegen die Übermacht der Truppe keine Chance haben, und doch griffen sie zu den Waffen, auch wenn Einzelne zu betrunken waren, um davon vernünftigen Gebrauch zu machen.

Das Schlimmste aber war, dass man die rebellierenden Leute verstand, wie diese auch den »cafard« hatte, einen Drang zu zerstören, auszubrechen, zu töten spürte. Und doch musste man gegen sie halten. Man war Sergeant und kein Gewöhnlicher. Dabei half die Verachtung, der Hass auf Kienzle, der Jahre zuvor, als der Sergeant als Rekrut im Fieber Schluss machen wollte und mit der Schusswunde am Bein im Flussbett liegen blieb, höhnisch gegrinst hatte: Ausgerechnet Kienzle, dieser Schwächling, griff die Unteroffiziersmesse an, dieser »tête carée«.

– Sauschwaben, und davon war eine noch in die Familie eingeschleppt worden, von O., seinem Lieblingssohn, der einen »Schwabenkäfer« – eine Kakerlake – nach Hause gebracht hatte und dadurch ein »Glasglockenschweizer« geworden war – einer, der wie jeder achte Schweizer eine Ausländerin heiratet, was bei der Landesausstellung durch acht Hochzeitspaare veranschaulicht worden war, wovon das letzte, das achte eben, unter einer Glasglocke stand, ein Paar, das nicht mehr ganz dazugehörte und auf das man sich nicht mehr ganz verlassen konnte.

Was dann mit den Eltern seiner Frau geschehen solle, wenn B. eine künftige Frontstadt werde und die Deutschen einmarschierten, ob man die Familie S. denn nicht auch hinter die Jurazüge bringen müsste.

Doch Großvater schaute nur lange seinen Ältesten an, sah in dessen zerstochene Augen – und ich habe den Satz, den er dann zu seinem Sohn sagte, von

Mutter wiederholt gehört, als eine Meinung, die sie sich zu eigen gemacht hatte:

– Ich hatte meine eigene Familie, für die ich sorgen musste, und es war nicht gut, in der Nähe der Synagoge zu verkehren. Ich gehörte jetzt zu meinem Mann und meinem Kind. Man muss auch zurücklassen können.

Und Mutter sagte den Satz ruhig, ohne irgendein Gefühl. Nur dass sie ein kleines Lächeln später weinte.

Zehn Tage vor der zweiten Mobilmachung, als deutsche Truppen Belgien, Luxemburg und die Niederlande überfielen und der Einmarsch in Frankreich begann, hatte Vater seine neue Stelle angetreten, wohnte Mutter mit ihrem einjährigen Sohn im Haus des Großvaters in A., bis eine eigene Wohnung gefunden wäre. Wann immer es ihr erlaubt wurde, suchte Mutter Zuflucht in dem ihr zugewiesenen Zimmer des ersten Stocks, sah durch die Gardinen in die ihr fremde Straße, zog sich aus der geduldeten Anwesenheit in die Erinnerungen an Rumänien zurück. Sie lebte wieder in ihrer Jugend, auch damals hatte es einen Krieg gegeben, doch man hatte sich an die vornehme Lebensart gehalten, als bereits bitterster Mangel herrschte. Von Krieg wusste man hier nichts, so wenig wie von einem wirklich herrschaftlichen Haus, in dem es Dienstboten und eine Köchin gab, und Mutter half beim Kochen und Aufräumen und versorgte den Jungen, dass sie den Großeltern wie ein freundliches Kindermädchen erschien.

Großvater war zufrieden, er hatte die Lage richtig eingeschätzt und seine Leute bereits in Sicherheit gebracht. Der Einmarsch deutscher Truppen wurde stündlich erwartet, in den Städten entlang der Grenze brach Panik aus, in B. stauten sich Autokolonnen, wer konnte, floh in die Innerschweiz. Doch gleichzeitig spürte Großvater eine Unsicherheit in sich, als wäre es das letzte Mal gewesen, dass ihm seine Erfahrung aus der Legion geholfen hätte. Was nun Tag für Tag im Radio zu hören war, die Bilder, die man zu sehen, und die Meldungen, die man in der Zeitung zu lesen bekam, überstiegen alles, was er sich an militärischer Gewalt vorstellen konnte. Der Vormarsch der deutschen Truppen durch Flandern und Nordfrankreich lief mit der Präzision einer Maschine ab, »die kombinierte Gewalt zupackender Panzer und heulender Sturzkampfflieger, eine Übermacht an Bombern und Jägern, die Straßen und Bahnanlagen zerstörten, Brücken und Fabriken zerschmetterten, ganze Städte vernichteten«, wie später in Worte gefasst werden konnte, was für Großvater ein noch unfassbares Erleben war, ließ sich mit dem, was vor langer Zeit in Steinwüste, Glut, am Rande der Zivilisation gewesen war, nicht mehr vergleichen. Was ihm all die Jahre Selbstbewusstsein, ein Gefühl der Überlegenheit gegeben hatte, weil er überlebt und eine Erfahrung besaß, die niemand ahnte, diese Erfahrung war jetzt selbst zu einem »Ding vor der Zeit« geworden, eine Antiquität, wie die Auszeichnung als Scharfschütze der Légion étrangère, die ihm einstmals verliehen worden war. Die großen Zahlen, die er bewunderte, an denen er mitgearbeitet, an deren Vergrößerung er doch verdienstvollen Anteil hatte, waren zerstörerisch geworden, hatten eine neue, bisher unbekannte Dimension des Terrors eröffnet, die ihm unfassbar schien, und Großvater, der unter der Trikolore gedient hatte, sah, wie die »grande nation« inmitten ihres Kolonialreiches in geradezu lächerlicher Zeit zusammengeschlagen wurde und aufhörte zu existieren.

Großvater spürte, wie der Waldweg, den er mit seinen Freunden von der »Corona« hochstieg, von den abgestellten Wagen zum Jagdhaus, wo sie einen »Aser« halten wollten – es war ein heller, vom Regen noch frischer Abend –, wie dieser Weg, dunkel von aufgeweichter Erde, unter seinen Schritten nachgab, als sänke er in verbrannten Kernsand ein, dass er die Beine kaum noch heben konnte. Er umklammerte seinen Stock, die Stimme neben ihm – war es Vikter oder Juli, sein Freund? – die Stimme klang wie Hammerschläge an die Formkästen – Es wäre eben besser gewesen, der Schwager von E., der Bircher, wäre General geworden, der ist deutschfreundlich wie der junge Wille, der den Hitler schon in den zwanziger Jahren empfangen hat, die hätten jetzt Beziehungen, die uns dienlich wären – eine Hitze schlug ihm ins Gesicht, und er schwitzte am ganzen Leib, der Atem ging schwer, und der verdammte Tragriemen des Tornisters schnitt ein, presste einen Schmerz in die linke Brust, goss ihn gluthell in den Arm – Er hatte sich doch ins Bein geschossen, nicht in den Arm? – und die Knie gaben nach, er rutschte über den Abgrund, über die Felskante des Qued. Und Großvater konnte später nicht sagen, wie lange er bewusstlos gewesen war, er erinnerte sich nur an Stimmen und dass er nichts sah, und als in der Dunkelheit ein Spalt entstand, sich weitete, Licht und Formen eindrangen, sah er den Leutnant, der sich über ihn beugte, doch mehr und mehr dem Miggel glich, der Direktor der Aluminiumwerke war, und der Miggel sagte: – Eine Schwäche, die wirst du schon überleben. Er gab ihm Cognak zu trinken, der brannte. In seinem Innern aber weitete sich die Helle, drängte das Dunkel und den Schmerz zurück, und er wusste wieder: Er lag da am Wegrand zur Jagdhütte, sie wollten einen Frühjahrsaser halten, er und seine Freunde von der »Corona«, der Weg hatte plötzlich nachgegeben: – Dann war nichts mehr, absolut nichts mehr, an das ich mich erinnern kann, bis ich erwachte und Miggel sah. Aber weißt du, erzählte er später, wenn wir am Schiefertisch saßen, Großvater mit verschränkten Armen dasaß, vor sich in die nachtschwarze Platte blickte, mit einem Seufzer sein »jaja« entließ und sich mit der altersfleckigen Hand übers Gesicht fuhr, weißt du, der Cognak hat mir das Leben gerettet. Seither habe ich immer eine kleine Flasche bei mir. Einen Flachmann, in Leder genäht. Was hältst du davon, wenn wir uns einen genehmigen?

Vater, in seinem schwarzen Ledermantel, den Filzhut in die Stirn gezogen, brachte in seiner Mappe leere Umschläge mit nach Hause, auf denen die Anschrift der M.-AG stand und Marken klebten, die zu einer Sammlung werden sollten, für die mein Bruder ein Album erhielt. Die Niederlassung der M.-AG in Paris war geschlossen worden. Die Neue Ordnung in Europa, hieß es, sei jetzt eine Tatsache, man habe sich »zu arrangieren«, könne sich einen Widerstand »nicht leisten«, schließlich sei man von den Achsenmächten eingeschlossen und müsse »sehen, wie man zurechtkomme«. Die Umschläge wurden ins Wasser gelegt, bis die Marken sich ablösten, danach legte man diese auf einem Fließblatt zum Trocknen aus, um sie schließlich ins Album zu stecken, auf Seiten, die mit durchsichtigen Streifen liniert waren. Auf ihnen formierten sich die Länder und Staaten in Reih und Glied, ausgerichtete Blöcke, bei denen bald das »Deutsche Reich« den stärksten Verband bildete, neben der Schweiz, die selbstverständlich unschlagbar war. Frankreich und England brachten es zusammen knapp auf die Hälfte Deutschlands, und die kleinen, nicht allzu häufigen Cents-Marken aus Amerika waren wie Abkömmlinge einer besseren Welt, in der es angeblich das Unbegrenzte geben sollte – etwas, das bei all den Zäunen und Verhauen kaum vorzustellen war. In den hinteren Reihen wuchsen die Exoten, allen voran der Belgisch Kongo mit den fremdartigen Bäumen und Tieren und dem kleinen Porträt eines Königs, dessen Land besetzt war. Am anderen Pol nahmen plötzlich die Kronen aus Norwegen zu, einem anderen Land mit einem König, das besetzt war. Und die beiden Brüder W. und O., in ihren Ledermänteln, Geschäftsführer der M.-AG, traten im Städtchen mit dem Gehabe von Offizieren auf, denen man Respekt schuldete und die sich das Recht herausnahmen, jedem und überall die Meinung zu sagen, und zwar unbekümmert um politische Rücksichten. Als sie im »Schwarzen Turm« einem Heinz K., von dem man munkelte, er werde nach dem Einmarsch der Deutschen zum Gauleiter ernannt, über die Tische hinweg zuriefen, er solle machen, dass er heim ins Reich komme, dem Flachmaler die Stiefel lecken, mit solchen wie ihm würde beim ersten Schuss aufgeräumt, sah sich selbst die Geschäftsleitung des großen Stahlkochers genötigt, zur Mäßigung aufzufordern: Man habe schließlich Tochterbetriebe in Deutschland. Und Vater brachte in seiner Ledermappe leere Briefumschläge mit, auf denen immer häufiger das Bildnis eben jenes Flachmalers klebte.

XX

LISTEN

Mutter stand im Garten des Hauses an der »Alten Promenade« in P., wohin sie frisch umgezogen waren, sah zu den großzügig und akkurat angelegten Beeten der angrenzenden Gärtnerei hinüber, trug Handschuhe aus einem schmiegsamen Leder, die sie noch auf der Hochzeitsreise getragen hatte, jetzt jedoch für alt erklärte, gut genug für die Arbeit im Garten. Die Lebensmittel waren rationiert, man war aufgerufen, das letzte Restchen Erde zu bebauen, die Gärten, die öffentlichen Anlagen und Plätze mit Kartoffeln zu bepflanzen. Mutter wusste nicht so recht, wie sie mit dem Gartengerät umgehen sollte, fühlte sich den Blicken aus benachbarten Fenstern ausgesetzt, beobachtet von Leuten, die gewohnt waren, Gemüsegärten anzulegen. Sie würden an den geradegezogenen Beeten die patriotische Gesinnung dieser Fremden beurteilen, die jetzt ihre Zugehörigkeit ergraben und erjäten musste, und Mutter spürte die sie umlauernde Häme, dass die »elegante Frau H.« in unpassenden Schuhen vor einem »Plätz Dreck« stand. Sie hackte los, in verzweifelter Entschlossenheit, schloss die Augen und hackte weiter, wenn ein Regenwurm sich krümmte, wieder ein Engerling fett und milchig hervorkam. Und während sie auf die festgetretene Erde, auf Steine und Grasbüschel einschlug, den metallischen Klang vermischt mit dem Keuchen im Ohr, einen klebrigen Schweiß an sich spürte, der ihr die eigene Haut widerlich machte, Madame H. sich selbst wie von weit weg als eine Köchin im Garten sah, die Schürze umgebunden, bei dem Haus auf dem ehemaligen Wall der mausgrauen Kleinstadt, da zog sich Mutter in ihre Vergangenheit zurück, öffnete im Innern die tabakgelben Räume, in denen es nach Großpapas Zigaretten und dem türkischen Kaffee roch, überließ sich diesem sanften Ziehen, das süß wie die Kuchen von Wienert war, ein wenig auch schmerzte und sie doch glücklich machte. Ihr Rumänien, die Kindheit und Jugend in Bukarest, konnte man ihr nicht nehmen. Niemand. Sie war in der Kutsche durch die Calea Victoriei gefahren, wo die Welt eine glänzende Aufführung bot, war mit ihrem geliebten Papa, mit Mama und Curt durch die Șoseaua Kiseleff nach Herăstrău an die Seen kutschiert, wenn der Abend kühler wurde, das Licht staubig und von ersten elektrischen Lampen durchsetzt über dem Wasser lag, sich schwankend bei den gleichmäßigen Schlägen der Ruder spiegelte, sie vom Schaum des Biers naschen durfte, während die Zigeuner spielten, Papa dem Geiger ein Silberstück zusteckte. Und während die Hacke niedersauste und es einen Schlag in die Hände gab, öffnete sie die

Salontür, trat über die flachen Steinstufen hinab in einen wirklichen Garten, der ein verborgenes Muster in den Tonsteinen hatte – Kreuzchen wie Kreuzstiche an ihrem Kleid –, sah wieder das aufgeworfene Beet mit dem Flieder inmitten der Rosen, begab sich zum Sitzplatz unter dem »dut«, dem Maulbeerbaum, wo ihr Papa im Sommer den Kaffee einnahm, er mit Schachters gesessen hatte, wenn der Generaldirektor der Bumbac zu Besuch in Begleitung seiner Frau Mascha kam, der streng sein konnte, doch nie grob und ungehobelt war – und Mutter hackte hinter dem Haus in dem Rasenstück herum, dass Vater abends konsterniert aus dem Wohnzimmerfenster auf den Garten hinuntersah. Herrgott, sagte er, man könne ihr ja wirklich nichts auftragen, ob sie sich nicht noch dümmer anstellen wolle. Müsse er jetzt neben Geschäft und Ortswehr auch noch den Garten besorgen, obschon er sich der Augen wegen nicht anstrengen dürfe? Doch so laut und großväterlich er sich auch aufführte, als er vom Fenster hinab auf den zerhackten Garten sah, lachte er hinter dem zornigen Gesicht sein jungenhaftes Lachen, als hätte er heimlich seinen Eltern einen Streich gespielt.

Vaters zweites Gesicht. Mutter merkte, dass es immer öfter zu sehen war, seit sie von B. weg nach P. gezogen waren, ein sie ängstigendes Gesicht. Als fiele eine Seelenwand, die Züge wurden überflutet und verschwammen, eine sonst unbekannte Stumpfheit drängte nach vorn, machte den Ausdruck flach. Mutter gewöhnte sich einen kurzen prüfenden Blick an, wenn Vater aus dem Geschäft nach Hause kam, wenn er bei der Lektüre die Zeitung senkte, fürchtete dieses zweite Gesicht, das so gar nicht zu dem Mann passen wollte, den sie an einem Regenmorgen an der Tramhaltestelle getroffen hatte, der Humor und Witz, ein jungenhaftes Lachen und manchmal eine sie anrührende Hilflosigkeit besaß. Sie konnte nicht benennen, was es war, das ihn so unerwartet veränderte, selbst den Gang breiter und schwerer machte. Seine Stimme nahm den lauten auftrumpfenden Ton »Ohas« an, der nur gröber und lauter wie Großvater klang. W. war nicht nur täglich im Geschäft mit seinem Bruder zusammen, neuerdings traf man sich auch sonntags zu Spaziergängen, zum Essen im »Schwarzen Turm«, zusammen mit »Ohas Corona«, Fabrikanten und Baumeistern, Jagdkollegen seines Reviers, den »Mehrbesseren« der kleinen Stadt. Und es wurde heftig getrunken, es wurde heftig diskutiert – dass man mit dem oder jenem Bundesrat abfahren müsse, der Pilet-Golaz nichts tauge, dieser abzutreten habe, wenn er jetzt die Fröntler empfange, überhaupt die Regierung sich seit dem Fall von Paris um eine Stellungnahme drücke; und wie die sich das in Bern vorstellten, dass man die ganzen Fabrikanlagen zerstören müsste, wenn die Schwaben kämen, wovon man denn dann noch leben solle; und auf jeden Fall gehöre man nicht zu denen, die in die Innerschweiz gingen, notfalls sei man mit dem Jagdgewehr auf Anstand. Schweigend saß Mutter auf der Kante des Stuhls, in einem Kammgarnkostüm, den Hut – ein sehr exquisites Modell, das sie sich hatte anfertigen lassen – auf dem ondulierten Haar, hatte dieses feine undeutbare Lächeln um die zurückhaltend geschminkten Lippen und wusste, was die anderen nicht wussten, nämlich wie das war, wenn die Deutschen kamen. Weil sie das erlebt hatte, damals in Bukarest, während des Ersten Weltkrieges, und es war eben nicht so, wie die lärmenden Stimmen meinten: Bukarest war besetzt worden, bevor sie es merkten. Als sie damals im Dezember 1916 mit Mama von den Weihnachtseinkäufen in der Stadt nach Hause gekommen war, stand neben jedem Bett ein Gewehr, saßen deutsche Offiziere im Salon, tranken Papas Pflaumenschnaps, den Țuica – der ganz anders schmeckte als der Pflümli, von dem sie jeweils nach dem Essen ein »Canärli« erhielt, ein im Kristallentchen überträufelter Würfelzucker.

Großvater legte ein Muster an aus fein abgestuften Grautönen, die kaum wahrnehmbar waren. Es erforderte ein sehr genaues Hinsehen sowie Kenntnisse, um die Komposition aus Dreieck und Quadrat zu erkennen. Denn es musste verborgen bleiben, was doch offensichtlich war, dass die Kriegsparteien nicht mehr ausgewogen, nach neutralen Grundsätzen, beliefert werden konnten.

Die Eisen- und Stahlwerke sowie der große Stahlkocher und die M.-AG gehörten mit ihren Stahlgussprodukten, der Herstellung von Autobestandteilen, Transport-, Werkzeug- und Holzbearbeitungsmaschinen zu den »kriegsrelevanten Exportfirmen«. Man benötigte Kohle und Roheisen und konnte ohne Ausfuhr nicht überleben. Zwar hatte die anfangs der dreißiger Jahre von Großvater angeregte Produktion von Schwebebahnen, seit der Rücknahme der Verteidigungslinien auf den engeren Alpenraum, dem Réduit, zu Bestellungen durch die Armee geführt, E. war in den Generalstab berufen worden, um ein Transportkonzept für Truppen und Material zu entwickeln, doch mit dem Fall Frankreichs, dem Verrechnungsabkommen vom 18. Juli 1941, wurde es schwierig, auch nur den Anschein der Neutralität zu wahren, den man bis anhin durch Lieferungen von Kriegsgütern an die Westmächte leicht erbracht hatte. Hans H., befreit von jeglicher Dienstleistung, saß in seinem Büro, beobachtete misstrauisch, wie das neblig diesige Licht aus den Zimmerwinkeln aufs Linoleum kroch, er spürte um sich die Angst der Leute wachsen, auch eine Müdigkeit, wie am Ende des Ersten Weltkrieges. Doch es war nicht mehr so wie damals, als die Krise zurückkam, sie überraschte, nach einem kurzen Auftrieb die Kapazitäten einbrechen ließ. Sie hatten jetzt genügend Aufträge, sie waren sogar gezwungen zu liefern, und zwar an das Deutsche Reich. Nur musste alles getan werden, dass die Eisen- und

Stahlwerke nicht auf die »black list« der Engländer und wenig später die »confidental list« der Amerikaner gesetzt wurden. Um diese Quadratur des Zirkels zu lösen, wurde ein von Großvater versteckt angelegtes Dreieck genutzt: Die M.-AG, in der seine Söhne als Geschäftsführer saßen, war eine Tochterfirma des großen Stahlkochers, mit dem 1937 die Eisen- und Stahlwerke ein Geheimabkommen geschlossen hatten, eine Verflechtung, die unbekannt, jetzt jedoch außerordentlich nützlich war. Der große Stahlkocher lehnte einen Auftrag für den Guss von Panzerplatten zur Verwendung im deutschen U-Bootbau ab, gab ihn an die Eisen- und Stahlwerke weiter, die ihrerseits einen Auftrag für Diesel-Motorteile ablehnten, die man als Teilguss von Kopierdrehbänken leicht in P. produzieren konnte: Man verschaffte sich so den Nachweis, zurückhaltend zu produzieren, eben auch Aufträge abzulehnen oder zu verzögern, ohne dass man auf sie verzichten oder sie der Konkurrenz überlassen musste.

Doch auch der deutschen Seite gegenüber brauchte es eine verdeckte Dreieckstruktur, um eine ganz anders geartete Quadratur des Zirkels zu lösen, nämlich nicht ganz so erpressbar zu scheinen, wie man in vielen Teilen war. Schon vor Kriegsausbruch hatten die Eisen- und Stahlwerke unweit des Ferienortes am Vierwaldstättersee, wo Großvater jedes Jahr zwei Wochen zu verbringen pflegte, ein Rohstofflager in einem Bauernhof anlegen lassen. Dieses auch den eigenen Behörden gegenüber nicht deklarierte Depot konnte jetzt als ein Puffer gegenüber Druckversuchen aus Deutschland genutzt werden, wenn Rohstofflieferungen mit allzu riskanten Aufträgen erpresst werden sollten. Man konnte ablehnen, so tun, als hätte man die Lieferung der Rohstoffe nicht wirklich nötig, sogar ein Angebot ohne Gegenleistung auf Eisenlieferungen machen. Doch Großvater war strikt darauf bedacht, das Verbrauchte sofort und auf allen nur erdenklichen Wegen wieder zu ersetzen. Der Erzabbau im Jura war auf eine Tagesleistung von vierhundert Tonnen gesteigert worden, man hatte – als die Lastwagen aus Mangel an Benzin und an Gummi für die Reifen ausfielen – eine Seilbahn zur Verladestation gebaut, Altstoffsammlungen organisiert, doch Hans H. machte auch Geschäfte, von denen Mutter noch nach dem Krieg nur leise sprach und die in dem Kind, das ich damals war, ein Bild zurückließen, das so nicht stimmen konnte, mich aber mit Schrecken erfüllte: Deutsche Güterwagen, die im Schutz der Verdunklung ins Firmengelände rollen. Langsam, mit plombierten Türen, hinter denen eingepfercht Menschen sind.

Die Beete waren jetzt gerade angelegt, die Stecklinge in eine Reihe gebracht, in mit Wasser gefüllten Vertiefungen gepflanzt, und nichts verriet Mutters Erinnerungen, die in die Erde gehackt und gegraben waren, denen sie bei der ungewohnten Arbeit nachhing, und manchmal stützte sie sich auf den Stiel, hielt den Kopf ein wenig schräg, als wollte sie ihn auf die Unterarme legen.

– Früher hätte dies unser Knecht getan.

Ihr Papa, in seinem schwarzen Anzug, den Kopf in den Nacken gedrückt, die runde Brille auf der Nase, stand am Zaun zum Garten, die beiden Lederkoffer neben sich abgestellt, sah zu Mutter hin, hatte ihr vielleicht schon länger zugesehen.

– Erinnerst du dich an unseren Knecht, den Rândaş, der statt Sandalen zwei Stücke Pneu um seine Füße gebunden hatte?

Er lächelte dieses feine Lächeln, das sich an etwas, aber nie über etwas oder jemanden belustigte.

– Erinnerst du dich an den Knecht in der Bumbac?

Und Mutter errötete, weil sie beim Aufblicken gedacht hatte, ihr Papa sähe wie eine Vogelscheuche aus, in dem alten, aus der Mode gekommenen Anzug, der zu weit und schlottrig an seiner hageren Gestalt hing, obschon er dies nicht tat. Sie ging zum Zaun, stand – die Hacke in Händen – da, redete mit Großpapa, und man hätte nicht sagen können, wer auf welcher Seite eingeschlossen war, wer wo gefangen, von wem interniert worden ist, doch in der Morgensonne, die lange und dunkle Schatten auf die Straße und auf die Erde warf, war nichts gewiss, als dass die Welt voll von Zäunen, Gittern, Hägen, Verhauen war, überall Menschen durch Stäbe und Drähte blicken mussten, Worte wechselten wie Großpapa und Mutter: – Wie geht es Mama, was macht Curt, kommt ihr durch? Und Herr S., dieser vornehme Mensch, der wie die »Dinge vor der Zeit« selber einer Vergangenheit angehörte, mein Großpapa sagte einmal mehr: – Aba, sie werden uns nichts tun, wenn sie kommen. Mein Vater war doch selbst noch Deutscher, wie ich auch und unsere ganze Familie, eine doch gute, eine sehr gute Familie. Und sie standen reglos da, an diesem Morgen, in dieser Zeit, waren tapfer, weil sie sich den Anschein gaben, der Zaun zwischen ihnen sei ganz normal, gehöre jetzt zum Alltag, in dem die elegante Madame H. statt zu hacken mit einem Fremden redete, bis eine Unruhe in das Standbild kam, es auf Mittag ging, an dem gekocht werden musste, und Großpapa seine schweren Koffer aufnahm, die »Alte Promenade« entlang zum Bahnhof ging, vornübergebeugt, gefolgt noch von Mutters Blicken. Und ich denke, dass in einem solchen Moment, als sie ihren geliebten Papa, der in Bukarest noch im Einspännercabriolet gefahren war, auf der Straße fortgehen sah, die zwei Koffer an den überlangen Armen baumelnd, schlagartig begriff:

Ich bin eine von ihnen, ich bin eine Emigrantin.

Mit der Verdunklung, die angeordnet worden war, um alliierten Bombern keine Orientierungshilfe bei ihren Flügen nach Deutschland zu geben, verdunkelten sich nochmals Vaters Augen: Er hatte einen Rückfall, lag reglos angebunden in seinem Bett, und die Stecherei begann von neuem, morgens, mittags, abends. W. fühlte sich in die Zeit bei Vogt zurückversetzt, als er in der Augenklinik des Universitätsspitals gelegen hatte, doch nun gab es Einschlüsse, die wie lichte Blasen im Dunkel aufstiegen, ihm die Atmosphäre von jenem Danach damals wieder vergegenwärtigten, das ihn weg- und in die Höhe geführt hatte, zum Silsersee, diesem reinen Spiegel in der Iris aufstrebender Felswände. Was wohl aus Riedel geworden war? Ob er noch malte, schöne, von Menschen unberührte Landschaften – oder ob er Dienst tat an irgendeiner Front? Der andere, dessen Vornamen er vergessen hatte, Löw, war abgereist, wahrscheinlich nach Amerika, er hatte die Katastrophe geahnt.

W. erinnerte sich nicht mehr, was der Physiker erzählt hatte, vom Äther, von elektrischen Funkenexperimenten und einer Spaltung, die entstanden war, doch er war glücklich gewesen, dass der »Herr mit dem einen Anzug«, wie ihn Riedel nannte, ihn zu sich an den Salontisch gebeten hatte, wo er sich freier fühlte und die Menschen ungeniert betrachten konnte, die sich in ihren Toiletten und Anzügen unterhielten, eine Gesellschaft, nach der er sich sehnte. Doch so vieles hatte sich geändert, war anders geworden, als er erwartet hatte, seine damaligen Träume hatten sich zwar halbwegs in die Wirklichkeit gedrängt und waren andererseits so weit weggeglitten und auch verblasst, dass sie kaum noch zu erreichen waren. Die Tasten der Orgel erzeugten in ihm keinen Klang mehr, und wenn er jetzt in der Erinnerung nach der Tür des Foyers sah, dem Ort der damaligen Sehnsucht, dann sah er die Demoiselle, die sich suchend umblickte, wie verzeichnet. Als hätten sich zwei Porträts übereinandergeschoben, das der Unbekannten und das seiner Frau. Auch wenn er wieder sehend würde, etwas in ihm bliebe für immer blind, und W. spürte, er wäre diesem Unsichtbaren in der Natur näher, draußen im Wald, zur Jagd mit den Hunden, die anschlugen, wenn sie Witterung aufnahmen. Der Alltag aber – das Leben B, wie Großvater sagte – warf ein Netz von Wörtern aus, sachlichen Wörtern wie »Schutzabdeckung«, »Lagerung«, »Fußtrittbremse«, »Gummibandagen«, mit denen Vater die Holzbearbeitungsmaschinen in Prospekten beschrieb, deren Präzisionsteile auch zur Herstellung von Waffen verwendet wurden: Ein Netz der Verstrickung, dessen Fäden von den Spulen verzwirnter Betriebe liefen, von Großvater zusammengehalten, an denen er zog, wie der Treiber an der Leine der Hunde.

Mutter setzte sich eine Skulptur auf den Kopf, trug sie auf geradem Rücken und Hals, erhöht noch durch Pumps, einen Henry Moore, den sie sich hatte aus schwarzem Filz anfertigen lassen. Von vorne betrachtet, hatte er einen turmartigen Aufbau, aus dem heraus eine Wölbung drängte, die das Gesicht wie einen Felsvorsprung überdachte. Von der Seite erwies sich der Turm als spiraliges Gebilde, das sich aus der versteckten Urzelle eines Hütchens wand, das allerdings nur von hinten zu sehen war. Aus dessen kugeliger Form schob sich der Aufbau herauf, wie die sich verbreiternden Schalen der Ammoniten, ein wenig degenerativ, dennoch von ursprünglicher Kraft, auf jeden Fall so außergewöhnlich, dass schon die Form allein provozierte. Doch wie ein Lauffeuer machte der Preis, den Mutter angeblich für das schreckliche Ding bezahlt hatte, die Runde, löste Empörung aus: Während so viele Leute Not litten, überall Mangel herrschte, man Geld für die Soldaten an der Grenze sammelte, setzte diese Zugezogene einen Hut auf, der den halben Monatslohn eines Arbeiters der M.-AG gekostet hatte. Eine Provokation, vor der man sich womöglich auch noch grüßend bücken sollte.

Mutter lächelte, schwieg zu den Vorwürfen, die ihr zugetragen oder andeutungsweise auch als gutmeinende Ermahnungen weitergereicht wurden, legte den Hut in die Schachtel mit dem Seidenpapier zurück und schob diese in das obere Schrankfach, wo auch die Decken und Tischtücher aus Rumänien lagerten. Doch Vater wollte, dass sie den Hut auch weiterhin trage, jetzt erst recht und ganz gewiss, wenn sie in Gesellschaft gingen: Ihm müsse niemand vorschreiben wollen, was seine Frau zu tragen habe, und wer sich »den Mund darüber zerreiße«, dem werde er deutsch und deutlich sagen, dass er keinen »Tosch« zur Frau habe und die Damen in der Gesellschaft von Sils Maria noch gewagtere Hüte getragen hätten.

Mutter packte den Hut wieder aus, setzte ihn sich auf das ondulierte Haar, trug ihn, wie man einen solchen Hut eben tragen musste, mit einer straffen Eleganz. Doch unter der Wölbung, die wie ein Felsvorsprung die Stirn überdachte, hatte sich ein Gitter aus Stirn- und Nasenfalten gebildet. Und dieses verstärkte sich noch ein wenig mehr, sperrte ihre eigenen Gedanken und Wünsche noch sicherer in ihren Kopf ein, als an einem Sonntag meine Eltern zu Besuch bei »Oha« eingeladen waren, wo auch Großvater weilte.

Er sah seine Schwiegertochter Ruth, die eben durch den Flur eingetreten war, ohne Regung im Gesicht, ohne Gruß an, bellte dann, sie solle diesen Deckel abnehmen und sich anständig anziehen, man sei hier nicht bei den Zigeunern. Und mit einem verächtlichen Blick, der seinen Sohn streifte, brummte er: Rumänien interessiere ihn nicht. Außer als Ölproduzent, als Lieferant von Benzin für die Lastwagen.

Und Mutter packte den Hut wieder in die Schachtel, und nur manchmal, wenn sie sich allein glaubte, setzte sie das kühne Filzgebilde auf, betrachtete sich im Spiegel an der Innenseite des Schranks. Drehte sich und lächelte und war nicht da.

XXI

GLASPLATTE

Wenn ich an diesem frühen Morgen über die Tasse hinweg auf den Strom sehe, der kaum noch zu fließen scheint, dann schaue ich in eine Landschaft, gemischt aus Absicht und etwas, das sich dieser unerreichbar entzieht. Die ausgesprengte Schlucht nannte man anfangs noch den »Fjord«, als könnten die Namen trösten: Doch als das Wasser anstieg, die Felsgärten zum Verschwinden brachte, das Becken gefüllt und das Rauschen verstummt war, blieb die Absicht, den Strom in elektrische Energie zu verwandeln, zu Stein und Mauern geworden in der Landschaft zurück, hatte die Ufer durch Verbauungen verschorft und einen Riegel von theatralischer Architektur in den Strom gestellt, um diesen durch Drähte auf Spulen und Antriebswellen zu leiten. Und doch drängt sich an den Rand meiner Tasse auch eine Fülle von Laub: Spreizende Äste, die schuppig wolkige Grüntöne über ein schmales Uferband türmen. An ihm spiegeln sich die Bäume in die Tiefe des Wassers, schimmern auf an der Oberfläche des Stroms, dessen aufsteigende Kreise, Schlierung und Wirbel die Konturen verwischen, den Spiegelungen eine Flüchtigkeit geben, als zerrännen die Gestalten jeden Augenblick und wären doch immer da, komponiert aus unablässigem Zerfall. Ihre Wipfel und Kronen reichen bis in die Mitte des Stroms. Dort treffen sie auf die Schatten der Altstadthäuser, ein milchig stumpfes Band, das von den Strahlen der Morgensonne auf das Wasser geworfen wird, als hätte sich Staub von den Wänden und Mauern über den Fluss gelegt, so ohne Glanz und nur an wenigen Stellen aufgeraut vom Wind, der Fetzchen von Licht hereintreibt. Ich erkenne die Häuser an der Schattenlinie der Dächer, weiß, in welchem ich selber sitze, an welchem Ort des stumpfen Vierecks dort in der Mitte des Stroms – der zur Zeit des Krieges eine unpassierbare Grenze war –, und bin dort, in dieser Schattenkammer, in dieser Unerreichbarkeit, ohne Raum, ohne Gestalt, ein Teil einzig der Spiegelung.

Gegen Ende des Zweiten Weltkrieges beginnen eigene Erinnerungen, zuerst nur als lichte und dunkle Formen wie auf einer der Glasplatten vom verschwundenen Fall. Es soll im Kreißsaal des Spitals in P. kalt und ungeheizt gewesen sein, als ich nach Stunden der Wehen am Morgen geboren wurde, und ich kann mir nicht vorstellen, welchen Gedanken die elegante Frau H. nachhing, während eine trübe Lampe die Nachtstunden dehnte und sie frierend auf dem Schragen lag, ohne ordentliche Decken, wie sie verschämt gestand, bekleidet nur mit einem leinenen Spitalhemd. Wie ich Mutter kennengelernt habe, hat sie diesen Zustand einfach ertragen, wie sie alles ertrug, was ihr die Zeit zumutete. Sie hätten immer schon ein zweites Kind haben wollen, mein Bruder sollte nicht allein aufwachsen, erzählte sie später, doch sie hätten zugewartet, bis die Gefahr, von deutschen Truppen verschleppt und interniert zu werden, vorbei gewesen sei – wozu es nach einem Einmarsch auch gekommen wäre, wie die am Ende des Krieges gefundenen Listen bezeugten. Der Altersunterschied durfte andererseits nicht zu groß werden, und so entschieden meine Eltern, dass nach der »Tausendbombennacht« von Köln 1942 ein Überfall auf die Schweiz »nicht mehr allzu wahrscheinlich« sei.

So wurde ich nach jenem Tag Ende Mai gezeugt, als die Stadt, aus der Mutter ursprünglich stammte, deren alte Schreibweise *Cöln* Begriff und Name für all das Verehrenswerte ihrer Herkunft war, aufgehört hatte zu existieren. Ich weiß nicht, ob Mutter sich bewusst war, dass ausgerechnet der Untergang ihrer Ahnenstadt zum Anlass einer erneuten Schwangerschaft geworden war. Gesprochen hat sie darüber nie. Doch da sie sich auch nach dem Krieg an die alte Schreibweise hielt, vermute ich, dass ihr »Cöln« früh eine eigene, von der deutschen Domstadt unabhängige Wirklichkeit geworden war, die nur wenig mit der in Schutt gelegten Stadt gemeinsam hatte, die mit ihren Zeugnissen, arrangiert zu einem »Hausaltar«, biedermeierlich bewahrt blieb, unangefochten von der eben erfolgten Zerstörung. Sie trug diese Herkunft wie ein Korsett, das ihr Haltung gab, hatte darüber ein Kleid mit rumänischen Stickereien gezogen und einen Mantel grauer Anpassung um sich gelegt. Doch bei all den Hüllen, mit denen Mutter sich schützend umgab, und wenn ihr auch nie bewusst geworden sein sollte, dass sie die Zerstörung ihrer Ahnenstadt als hoffnungsvolles Zeichen genommen hatte, sie war feinnervig genug, den Verlust zumindest der Werte, für die ihre Herkunft stand, wie Schwärzungen in sich aufzunehmen: In jenem Teil ihrer Seele, der neben der Synagoge wohnen geblieben war, spürte sie, dass die Welt, der sie sich zugehörig fühlte, vernichtet war. Sie brachte ein zweites Kind zur Welt, doch geglaubt, dass die Deutschen nicht kämen, hat sie nie. Noch kurz vor Kriegsende band sie meinem Bruder und mir weiße Marken ans Handgelenk. – Wenn sie kommen, hatte sie uns eingeschärft, müsst ihr rennen, egal wohin, nur weg von mir und Vater.

Auf den Marken standen Nummern.

Unser Wohnzimmer schwebte durch die Nacht. Vor den Fenstern hingen Vorhänge, die das Licht gefangen hielten, schwarz, mit einem Geruch nach Gummi. Eingeschlossen waren wir in diese Schachtel aus Helligkeit, in der Vater im Ohrenfauteuil saß, ein raschelndes Rechteck zwischen den Händen. Er war mit dem Fahrrad nach Hause gekommen, hinter einem schwankenden blauen Licht her aus der Lampe

am Lenkrad, brachte einen fremden Geruch mit, von
»draußen«, der sich drohend ausbreitete. Das Zimmer verstummte – und immer wieder blickte ich aus
den Augenwinkeln zu diesem hellsten Kreis unter der
Lampe, flüchtete zurück in die wollenen Muster des
Teppichs, stieg Treppen hinab, folgte Gängen und
Straßen – durch eine Stadt wie »draußen«, nur war
sie farbig und nicht dunkel, friedvoll und ohne Menschen. Mutter hantierte in der Küche, bekämpfte den
Geruch mit dem Duft des schwärzlichen Getränks,
das nur die Eltern trinken durften. Am Tisch wird
nicht geredet, die Hände haben geschlossen neben
dem Besteck zu sein, und es wird gegessen, was auf
den Teller kommt. Dann verdunkelte sich auch das
Schlafzimmer, in dem mein Bruder und ich in Schiffen, die eigentlich Betten waren, schliefen, und nun
war dieses feindliche »Draußen« innen, war das gefangene Licht jenseits der hellen Linie unter der Tür –
und ich flüchtete zurück in eine Welt hinter der Stirn,
die wie das Muster des Orientteppichs war, farbig,
ohne Menschen. Doch von ganz »draußen« drang ein
an- und abschwellendes Geheul herein, durchstach
die Wände und Vorhänge, brachte das Schweben zum
Erzittern, warf die Muster durcheinander wie einstürzende Bauklötze, füllte das Zimmer mit einer
gallertigen Angst, in die sich von fern dieses dumpfe
gleichmäßige Brummen bohrte, lauter, schmerzhafter wurde, Mutter ganz gläsern werden ließ, sie verschwinden machte, obschon sie ins Zimmer getreten

war, einen Streif Licht hinter sich. Ich bewunderte Vater, dessen Stimme lauter als das Heulen war, liebte ihn, der diesem bohrenden Lärm befehlen konnte, leiser zu werden, und bestimmt und sicher sagte: – Die fliegen nach Deutschland. Und wir klammerten uns an seine Wörter, horchten, ob der Lärm tatsächlich weniger würde, und warteten darauf, dass der Endalarm gegeben wurde – doch jedes Mal, nach Vaters »So!« und dem wiederhergestellten Dunkel im Zimmer, blieb dieses Zittern in mir zurück, eine unbestimmte Angst vor jenem Es, das vorüber sein sollte – und doch schon wieder neu vor mir in der Zukunft lag.

Die atomaren elektrischen Kräfte sind es aber auch – und nicht die Kernkräfte selbst –, die frei werden, wenn ein Atomkern mangels bindender Kernkräfte zerfällt und im Falle einer Kettenreaktion Abermilliarden von positiven Ladungsteilchen des Kerns, Protonen genannt, mit der Summe aller ihrer elektrischen Kräfte sich gegenseitig abstoßen. Otto Hahn hat solche Kräfte das erste Mal 1938 anfangs ganz ungläubig auf seinem Labortisch freigelegt. Vier Jahre später gelang Enrico Fermi die Herstellung der ersten Kettenreaktion. Sieben Jahre später wird in der Wüste von Los Alamos die erste Atombombe gezündet – blasphemischerweise »trinity«, also Dreifaltigkeit, genannt. Die Nomenklatur der Oppenheimer-Truppe hat sich nicht geschämt, das Ereignis in die Nähe der biblischen Flammen zu rücken, die der

Heilige Geist auf die Menschen hat niederregnen lassen. Dabei steht physikalisch gesprochen die atomare Explosion in der profansten Tradition der Funkenexperimente der Elektrizitätsforschung: Der Atomblitz ist auch nur ein gigantischer Funke, eine gigantische Entladung, ein Durchschlag von Elektrizität.

Unter der Gärtnerei, den Beeten mit Blumen und Gemüsen, einem Gewächshaus aus spiegelndem Glas, wo es eine Traufe für Regenwasser gab, aus der mein Bruder Kanne für Kanne Wasser schöpfte, um sie an den erdigen Pfaden entlangzutragen und in glitzerndem Sprühregen über die Pflanzen auszugießen, unter der Gärtnerei lag der »Bunker«, ein Schutzkeller, den wir bei Alarm aufsuchten. Ein Schacht führte von der Straße hinab in einen Gang, der an einer Eisentür endete. Dort unten, in dem tunnelartigen Eingang war eine Bombe hinter einem Drahtgitter ausgestellt. Sie hing vor dem Grau des Betons, angehalten und eingesperrt in einem drohenden Schwebezustand, und ich stieg dort hinab, wo es kühl war und die Geräusche einen Hall erzeugten, stellte mich vor sie hin, um sie zu betrachten: Sie sah aus wie ein Zäpfchen, das der Arzt verordnet, nur eben riesengroß, schwarz, mit Zähnen hinten bewehrt, vielleicht ein verpupptes Insekt, doch von einer schmiegsamen Form. Ihr Anblick löste einen Geschmack im Mund aus, als berührte ich mit der Zunge die Pole einer Batterie. Er war süßlich metallisch, eine unangenehme und doch lustvolle Empfindung. Ich hatte Ehrfurcht vor der Bombe, konnte mir nicht vorstellen, was diese bewirkte, wenn sie fiel – und Vater fuhr mich und meinen Bruder auf dem Fahrrad zu einem Haus, das vor längerer Zeit abgebrochen worden war, von dem aber noch Reste von Mauern und das Kellergewölbe standen. So sähen Häuser aus, die von Bomben getroffen worden seien, sagte er, und obschon es uns nicht erlaubt war, schlichen wir öfter zu der Ruine hinaus, angezogen von den Trümmern, auf denen wir herumkletterten, fasziniert von den Mauerresten, über die wir balancierten. Wir spielten Bomber und warfen Ziegelsteine, begleitet von zischenden Lauten und der stimmlich nachgeahmten Detonation, in die Kellergrube, glücklich, wenn das Wasser von einer der Lachen aufspritzte. Doch dort hinabzusteigen, obschon die Treppe noch stand, getrauten wir uns nur zögernd. In den feuchten Kellerräumen mussten Menschen gestorben sein, weil in den Kellern jetzt Menschen starben, wie Mutter sagte – doch wir fanden sie leer, gefüllt einzig mit einem Geruch nach Erde.

Ich hielt mich an Vaters Hosenbein fest, knapp unter dem Knie, sah an der Bügelfalte entlang hoch, wo unter dem Nachthimmel Vaters Kopf war, zurück in den Nacken gelegt, dass nur sein Kinn sichtbar war. Wir standen auf der Alten Promenade, sahen mit anderen Leuten, die ebenfalls den Kopf in den Nacken gelegt hatten, hinüber zu dem Hügelrücken, der als dunkler Kamm in den Himmel ragte – und dahinter war ein glühend roter Schein, der sich ausweitete und zusammenzog, um wiederum greller zu werden, um die Hügelkante zu einem dunklen Schnitt zu machen, hinter dem Glutgarben hochschossen, und Vater sagte:

– Der Schwarzwald brennt.

Sagte diese Worte, die ich noch heute in meiner Erinnerung höre und die meine kindliche Welt veränderten: Die Märchen, von denen mir Mutter erzählte, waren durch den brennenden Schwarzwald in die Wirklichkeit hineingeschlüpft. Es gab dieses Land, in dem Ziegen über Gräben sprangen, wo aus Zwetschgen Mus gemacht und Schnaps gebrannt wird und ein Schneiderlein Siebene auf einen Streich erlegt und dafür ein halbes Königreich erhält.

Und Großvater saß im Gartenstuhl, die Hände auf den Holzlehnen, den Kopf geneigt, die Beine breit aufgesetzt, und er saß dort reglos, den Blick auf die Erde zwischen die Ruten des Haselstrauchs gerichtet, blickte auf die sandige Erde, trocken unter der Blätterfülle, sah in diesen Staub, auf dem nur spärliche Sonnenflecken brannten –, und ich stand neben dem Rosenbeet, kaum größer als die dornigen Stiele, sah auf diesen Menschen, der dort in seiner Unzugänglichkeit saß, wartete, dass er zurückkommen würde, zurück in den Garten von A., wo wir ihn an diesem Sonntagmorgen besuchten. Er würde den Kopf heben, das Gesicht mir zuwenden: – So, bist da, komm her! Und ich lief vom Rosenbeet zu dem Schattenzelt aus Haselruten, und Großvater war wie eine Landschaft, in die ich lief, und er würde nochmals ein Leben leben, wie es ihm von allem Anfang an zugestanden hatte. Durch mich, der die andere Hälfte des Königreichs haben sollte, ungefragt zwar, doch mit allen Vergünstigungen, die ihm versagt geblieben waren. Und der mächtige Mann hob mich mit seinen Armen hoch, setzte mich auf den Schenkel vor seinen Bauch, und von dort sah ich, wie Vater und Mutter den Garten betraten.

XXII

ORNAMENTE

Hinter dem Dorf, das aufklarte, sich allmählich herauslöste aus den Hügeln, die Weiden am Bach durch Mauern ersetzte, sich in ein Netz geteerter Straßen schlug, an denen entlang die Laternen trübe Lichtkreise warfen, hinter dem Dorf lag der Wald, dunkel aufgeschwärzte Kuppeln über den Frostwiesen. Zwischen den Stämmen raschelte Laub um die Schuhe, stach Großvater im Keuchen des Atems, heftig noch vom Aufstieg, seinen Stock in die zurückweichende Stille, und Duftschwaden hingen an seinem Mund. Am Anstand klappte er den dreibeinigen Sitz aus, saß – die Schuhe fest aufgesetzt – da, die Flinte über den Knien, sah auf die Lichtung hinaus, hinter deren Schattenwall jetzt, nach dem Signal, die Hunde anschlugen, Rufe und dumpfe Schläge ertönten, und Hans H. spürte eine Ruhe in seinen Körper rinnen, der fest, kräftig, auf eine lösende Art voll wurde, während ihn gleichzeitig eine nüchterne Kühle umfloss, farblos wie die Dämmerung. Und Großvater, ohne das Gesicht zu senken, bewegte sachte den Daumen, drückte den Hebel hinunter, der das Gewehr sicherte, und Schnider, Sergeant im zweiten Regiment, war sich sicher, sie hockten dort drüben, hinter der Düne, sie kämen auf ihren Kamelen, rasch und lautlos, waren da als ein Schatten, der verharrte, lauschte, dann weiterhetzte, und die Schulter erinnerte den Ruck, die Flinte zerrte an den Händen, doch ehe er noch den Knall hörte, brachen die Vorderläufe ein, streckte die Geiß den Hals, stürzte, bäumte sich der Leib auf, die Hinterläufe nutzlos in die Luft gereckt, kippte über den Hals seitlich ab, schlug ins Kraut, ein dunkler Fellsack. Und Großvater holte aus der Rocktasche die kleine, in Leder genähte Flasche, nahm einen Schluck Cognak, der brannte und wärmte und sich vermischte mit der Befriedigung: Sie sollten kommen, diese Tiere, er würde sie alle erwischen – und beim Aser, wenn das Wild auf der Strecke lag, die Gesellschaft am Feuer vor der Jagdhütte hockte, er sich den Tannenzweig an den Hut gesteckt hatte, würden sie reden, nochmals die Schatten kommen lassen, wenn die Flasche kreiste. Er würde eine Zigarre rauchen mit Ammesepp, Hablich, Holzweibels und Miggel, am »Chrüzbrünnli«, im Wald hinter dem Dorf, das aufklarte, wohin er in der Uniform seines Jagdanzugs immer wieder gehen musste, um zum Schluss den Sicherungshebel der Flinte nach oben zu drücken.

Der Fächer war staubig und alt, der sich nach Großvaters Tod in jener Kiste fand, in der auch noch die Uniformstücke, die Papiere und die Auszeichnungen lagen, ein spanischer Fächer, aus schlanken Holzstäben, die an einem Punkt durch einen Nagel aus Messing zusammengehalten wurden. Der gefaltete und sich aufspreitende Stoff war bemalt, rote und goldene Ornamente auf brüchigem Untergrund. Mutter soll ihn mit Befremden, doch auch mit Respekt in die Hand genommen haben: Der Fächer passte so gar nicht in ihr Bild, das sie von dem Grobklotz hatte, zugleich spürte sie, dass er Geheimnis und Passepartout in einem war, beides ließ sie zögern, mit jenem Ruck des Handgelenkes, gekonnt von den sommerlichen Kutschenfahrten an die Herăstrău-Seen, den Fächer ratschend auslaufen zu lassen.

Und die Muster auf dem Stoff, der sich zwischen den Holzstäben aus einem Schnittpunkt heraus aufspreitete, wurden mit dem nahen Ende des Krieges greller und bunter. »Oha«, gefürchtet wegen seiner auftrumpfenden Art, der jedermann »die Kutteln putzte«, gleichzeitig verächtlich belächelt wurde, weil er eine stadtbekannte Affäre unterhielt, die »Schwäbin« verheulte Augen hatte, während er ausschweifender und lauter mit seiner »Corona« herumzog, »Oha« hatte ebenfalls ein Revier gepachtet, über dem Fluss auf den Jurahöhen. Vater schloss sich als Gast an, die Sonntage verbrachten wir in der Jagdhütte, wo es nach Feuer roch und ein ausgestopfter Auerhahn die Flügel spreizte: Es gab Rehfleisch in Hülle und Fülle, man konnte zeigen, dass die Rationierungen der Lebensmittel einen nicht betrafen, man es nicht nötig hatte, mit Marken zum Metzger zu laufen, und der Wirt zum »Schwarzen Turm« hatte das Wild nach Anweisung zuzubereiten, die Woche ein-, zweimal, dass mein Bruder, ein sechsjähriger Knirps, lauthals durch den Speisesaal genölt haben soll, es gäbe »immer nur Rehrücken« zu essen – ein Ausspruch, für den sich Mutter ein Leben lang schämte. Vater, sein zweites Gesicht unter den straff brillantierten Haaren, tat bei den Streifzügen mit, die »elegante Frau H.« im Schlepptau, unnahbar, die Haltung wahrend, voll schlecht verborgener Verachtung für die prahlerische Aufführung.

Sie bestärkte ihren Mann, sich einem Bekannten näher anzuschließen, den Vater nach einem Orgelkonzert in der Stadtkirche kennengelernt hatte, Marco W., der sich gerne als einen Musikfreund bezeichnete und eine Werkzeugfabrik besaß, die in den Kriegsjahren solide Gewinne gemacht hatte. Vater und Mutter begannen in dem stattlichen Haus zu verkehren. Sie verbrachten die Sommerabende in dem Garten, der gestuft mit Kieswegen unter Rosenlauben zur Straße hin angelegt war. Rückseitig stand eine Gruppe alter Tannen, dahinter weitete sich ein sorgsam gepflegter Rasen, den Mauern und Wege unterteilten, in dessen einem Geviert ein Schwimmbecken eingelassen war, das man damals noch »bassin« nannte, in einem anderen Teil der feine Sand einer Bocciabahn gewalzt wurde, zur Vorbereitung des gemeinsamen Spiels. Man sprach französisch, obschon es für alle eine erlernte Sprache war, die besonders Frau W. nur mit einem ans Lächerliche grenzenden Akzent sprechen konnte, doch uns Kinder ausschloss. Wir sollten nach Ansicht der Gastgeberin endlich lernen, »zur Hand zu gehen«, wir wären zu verweichlicht, wie sie den Eltern vorhielt, und während die Erwachsenen Kugeln rollten, hatten wir Gartenarbeit zu verrichten. Zwanzig Gießkannen tragen, war der Preis, um sich im Bassin abkühlen zu dürfen, ein Korb gejätetes Unkraut, um ein Glas Himbeersirup und einen Blick auf die festlich gedeckte Tafel zu erhalten. Mutter trug großzügige Kostüme, fühlte sich in dem Salon, der ganz im Geschmack der Zeit – ein Anflug Moderne, heimatwerklich solide – eingerichtet war, näher ihrer eigenen Welt. Doch sie konnte sich nicht verheimlichen, dass bei all dem Luxus, der sie anfänglich eingenommen hatte, eine Engherzigkeit das scheinbar großzügige Haus beherrschte, dass der Garten und die Gastlichkeit nicht weniger prahlerisch waren als die Gelage im »Schwarzen Turm«. So zurückhaltend sie war, stets bemüht, Konflikte zu vermeiden, so ließ sie sich dennoch an einem Abend – es muss im Hitzesommer 1947 gewesen sein, als mein Bruder und ich besonders viele Gießkannen zu tragen hatten – zu einem Einspruch hinreißen, der zum Bruch führte, auch wenn Vater diesen mit entschuldigendem Spott zu verhindern suchte. Mutter hatte den Rücken gestrafft, ihren Hals gereckt und von der

Höhe des Cölner Doms herab abschätzig gesagt, es sei jetzt Schluss mit Gießkannen tragen und Unkraut jäten, ihre Kinder seien keine Sklaven, äßen mit ihr am Tisch und hätten nicht nötig, hart arbeiten zu lernen. Sie kämen aus einer guten Familie.

Juli, sein ältester und engster Freund, hatte Großvater um mehr als ein Jahrzehnt überlebt, war über neunzig Jahre alt, als ich ihn besuchte. Wie ein warziges Stück Holz saß er beim Fenster, ein regengraues Licht fiel vom Garten herein, wo eine Katze an den Sträuchern entlangstrich. Er hatte eine Holzschachtel auf den Knien, schnetzelte mit einer Schere alte trockene Stumpen klein, um die Tabakschnipsel in seiner Pfeife zu zähem Rauch zu verglimmen: Das sei noch immer seine Freude, sagte er, da könnten die Batzenschreiber im »Blättli« schreiben, was sie wollten. Ihm habe der Tabak nicht geschadet. Im Gegenteil, er habe davon gelebt und sei nicht daran gestorben. Aus seinem Knotengesicht stachen listige Äuglein. – Ihr Jungen könnt gar nicht mehr schmecken, was in so einem Tabak beißt. Doch er, der sein Leben lang damit zu tun gehabt habe, für die Firma Giger gereist sei, später für Burger und Villiger, seine Kistchen noch von G. zu Fuß über den Mutschellen nach Zürich getragen habe, um sie dann gegen Mittag bei den Kunden abzuliefern, er rauche noch immer, auch wenn die Schwester Lisi sage, man hätte mehr Nebel im als vor dem Haus. Doch schließlich müsse er noch etwas von früher her haben, bevor sie ihm den Deckel vors Gesicht schraubten.

Großvater und Juli – den er als Einziger mit dem französischen Namen »Jules« rief – hatten sich ein Leben lang gekannt, alles voneinander gewusst, selbst das, was sie gerne vergessen hätten. Sie waren durch ein kurzes Wegstück unter dem Wald getrennt aufgewachsen, hatten denselben Schulweg, den Reistelstutz hinab und an der Lochmühle vorbei, wo die Hinterdörfler warteten. Sie mussten oft fehlen, Hans noch ein wenig mehr als Juli, weil sie Heimarbeit verrichteten, und als Lämpschniders Haus abgebrannt war, Hans bei »Schmudlers« verdingt und die Eltern im »Gullihaus« einsaßen, aus den Fenstern hinunterschauten, wie ihr Jüngster vom »Raubvogel« – wie der älteste Schmudler hieß – traktiert wurde, da hatte der Juli ihn auf Geheiß seines Vaters ein-, zweimal die Woche mit nach Hause gebracht, ins Tannenmoos, wo die Stubenfenster auf Wiesen und Obstbäume gingen, man Brot mit schwarzer Rinde im Küchenspind hatte, ein Stück Speck oder einen Teller Bohnen abgab, »damit der arme Tropf sich wieder einmal sattessen könne«, wie Julis Vater sagte, und man selber vor Ähnlichem verschont bleibe.

Jules wusste, warum er auf französisch gerufen wurde, doch er hatte geschwiegen, selbst über Großvaters Tod hinaus, und als ich ihm gegenübersaß – er trug noch immer einen dunklen Anzug, dazu eine Krawatte –, konnte ich nicht umhin, mir das Gehirn dieses Letzten aus Großvaters »Corona« vorzustellen, wie es unter dem blanken, von flaumigen Büscheln umstandenen Schädel lag: Ein Labyrinth gewundener Gänge, in dessen Kammern sich die alten Bilder stapelten, von Karrenwegen und Strohhäusern, Handwerksbuden und Kramläden, in dem die Ansicht von Leuten bewahrt waren, von Pfarrer Zschokke zum Beispiel, der noch wusste, was Recht war, und sagte, was er dachte. Ein Labyrinth, das in Serpentinen hinab zum Althirn führte, wo die Gerüche lagerten, ausgestorbene Gerüche wie der vom Laubsack, auf dem man schlief und Träume mit offenen Augen träumte, die aus noch größerer Tiefe kamen, aus einem Dunkel, in dem die Narben von Prügeln neben dem Hunger und den Schmerzen der Frostbeulen lagen.

– Jules, sagte ich, warum ist Großvater zur Legion gegangen, was war der Grund, was hatte er getan?

Der Alte blickte in den Garten, wo die Katze unter einer Weißtanne kauerte, sog an seiner Pfeife, spazierte durch dieses Labyrinth unter dem blank geäderten Schädel, wo all die Antworten lagen wie Äpfel auf dem Lattengestell, blieb stehen, sah auf einen, der im Gestell schrumplig, fast schwarz geworden war, wandte den Blick ab, sah wieder hinaus in den Garten, wo jetzt die Katze verschwunden war, sagte:

– Es wird etwas gewesen sein.

Und die Stille, die danach im Wohnzimmer war, machte mir klar, dass das Labyrinth keinen

Ausgang hatte. Der Deckel war lange schon fest vorgeschraubt.

Bäije – ein Wort, kaum noch gebräuchlich, das dünsten bedeutet und nach Feuer und nassem Filz riecht, die Glut im Gesicht, die Kälte im Rücken spüren lässt – und Großvater auf seinem Dreibeinstuhl, den Mantel aufgeknöpft, sitzt vorgebeugt, den Haselstecken in der Linken, versucht mit der Gabel den Deckel der Kupferpfanne zu heben, der schon immer ein wenig geklemmt hat, flucht und schüttelt die Hand, auf deren Rücken die Härchen vor Hitze sich knäueln. Dann klappt der Deckel auf, eine Dampfschwade, vermischt mit Rauch, schlägt ins Gesicht. In der verzinkten Pfanne schwimmen Zwiebelstücke im schäumenden Fett, glasig, zu blass. Der Fuchs muss den Schwanz durchziehen, die Zwiebeln müssen bräunlich an den Rändern werden, »anhocken«, ohne wirklich anzubrennen, eine schmackhafte Kruste, die man später – wenn mit einem Stück Brot das Fett getunkt sein wird – noch mit der Gabel aus der Pfanne kratzt: Ein Geschmack, in dem das Dorf geblieben, wie es gewesen ist, und der Schluck Rotwein, kalt, der aus dem Silberbecher den Mund säuerlich füllt, rinnt kühl durch den vom Feuer erhitzten Körper, schwemmt die Gerüche nach Kachelofen und Feuerherd weg, lässt im Körper ein Wohlgefühl sich ausbreiten. Die Stämme rücken heraus aus dem Dunkel, der Rauch verkörpert sich weiß auf den Flammen, krähenzer-

kratzt ist der Winterhimmel, und da hocken im Kreis Ammesepp, Hablich, Holzweibels und Miggel, ihre geröteten Gesichter, ihre Stimmen, und Großvater greift ins Fell des Hundes, das feucht, voll Kletten ist:
– Braver Hund, murmelt Großvater, braver Hund.
Und legt seine schweren Hände auf die Knie.

Die Jagd, das Dorf, die Zigarre, selbst noch das grobe Gebaren waren nur wie Ornamente auf einem Stoff, den aufzuspreizen und vorzuzeigen die Söhne ihrer Herkunft schuldig zu sein glaubten, während dieses Zubehör bei Großvater noch die Fächerstrahlen selbst waren. Und dieser Glaube an die Schuldigkeit war wie jene der Bilder des Falles, die an den Wänden der Amts- und Gaststuben hingen: Sie verwiesen auf eine tatsächliche Schuld. Und wenn auch niemand mehr würde herausfinden können, weshalb Großvater zur Legion gegangen war, was er »verbrochen« hatte, um Jahre als Schnider Hans im afrikanischen Felsental mitzumarschieren, »sich selber fremd«, in einer braunen Schar – ein Hinweis müsste sich dennoch finden lassen. Bei den Söhnen, in ihren Lebensläufen. Kaum mehr als eine dunkle Stelle, eine Unregelmäßigkeit, harmlos und lediglich ein unbewusstes Imitat nach Großvaters Vorbild, wie die Jagd oder die Zigarre – ein weiterer Stockflecken eben: Auch die Laster der Legion hatten ja bei der nachfolgenden Generation ihre Spuren hinterlassen, beim Träumer, beim Trinker und beim »Kleinen«. Wonach aber sollte ich suchen, bei welchem seiner Söhne ließe sich nach all den Jahren noch eine Unregelmäßigkeit finden, die den Ausspruch von Jules »es wird etwas gewesen sein« weniger rätselhaft erscheinen ließe?

Ein wenig kannte ich meinen Vater, diesen grundanständigen, träumerischen Menschen, doch von »Oha« und dem »Kleinen« wusste ich wenig. So suchte ich erst bei ihnen. Ein Journalist, der während des Krieges bei der Lokalzeitung gearbeitet hatte, lenkte zudem meine Aufmerksamkeit auf »Oha«. Wegen seines losen Mundwerks und dem poltrigen Auftreten sei dieser öfter in Berichten und Leserbriefen erwähnt worden, es hätte wegen der Artikel auch eine Verwarnung durch die Direktion des Stahlkochers gegeben. Allerdings erinnere er sich nicht mehr, worum es tatsächlich gegangen sei, doch würden in der Stadtbibliothek die alten Jahrgänge ja noch immer aufbewahrt.

Ich fuhr jede Woche ein-, zweimal zur Bücherei, blätterte die gebundenen Folianten der Lokalzeitung durch, hoffte durch Zufall in den vergilbten Seiten auf ein paar Worte, einen Satz zu stoßen, der mich weiterbrächte – und diesen Zufall gab es tatsächlich, allerdings auf eine andere als die erwartete Weise. Auf dem Weg zur Bibliothek hatte ich einen Mann als einen ehemaligen Jungen aus der Zeit in P. wiedererkannt, mit dem ich oft gespielt hatte, dessen Eltern mit den meinen bekannt gewesen waren, und nachdem ich ihn angesprochen, wir uns begrüßt und kurz erzählt hatten, wo wir lebten und womit wir uns beschäftigten, deutete er nach der nachbarlichen Haustür, sagte, da wohne noch jemand, der mich von jener Zeit her kenne, eine alte Frau, die sich bestimmt freuen würde, mich zu sehen.

Frau T., deren Namen mir unbekannt war, saß schmal und zerbrechlich in einem schattendunklen Zimmer, ein blasses, vom Alter dünnhäutig gewordenes Gesicht, das mich mit Zurückhaltung, ja fast Scheu ansah.

– Ich war das Kindermädchen, sagte sie, ich habe ausgeholfen und oftmals Hütedienst geleistet.

Ich würde mich nicht erinnern, sagte ich, ich wüsste lediglich von einer Amme, welche die erste Zeit nach meiner Geburt im Haus gewesen sei.

– Ich bin oftmals mit Ihnen und Ihrem Bruder spazieren gegangen. Damals sei sie selbst noch ein junges Mädchen gewesen, meine Eltern hätten ihren Vater gut gekannt und sie erinnere sich, wie entsetzt, ja eigentlich empört dieser über einen Hut meiner Mutter gewesen sei –, und sie brach ab, entschuldigte sich, sie hätte darüber nicht sprechen wollen, das sei alles lange her.

– Sie waren stadtbekannt, die Brüder H., gefürchtet, auch beneidet. Sie gehörten zur ersten Gesellschaft, und Ihre Mutter war eine sehr schöne Frau, man nannte sie die »elegante Frau H.«, und irgendwie war sie auch anders als die anderen Frauen. Bestimmt sehr anspruchsvoll.

Eine Woche später erhielt ich einen Brief in Maschinenschrift. Sie habe sich überlegt und sich entschlossen, mir zu schreiben, was sie ehrlicherweise wisse. Meine Eltern hätten immer sehr großzügig gelebt, sie wären mit der Fabrikantenfamilie Marco W. bekannt gewesen, die ein für damalige Verhältnisse luxuriöses Haus geführt habe. W. H. sei überdies ein Mann gewesen, der nicht kleinlich in Gelddingen gewesen sei. »Sie haben wohl über ihre Verhältnisse gelebt«, schrieb sie, denn sie wisse, »dass Ihrem Vater die allzu großen Spesenrechnungen zum Verhängnis wurden und er, wie man heute sagt, als Geschäftsführer der Firma freigestellt wurde«.

Das musste drei Jahre nach dem Krieg gewesen sein.

»Ich habe Ihren Vater immer noch als schönen, großen Herrn in Erinnerung.«

Ich aber – den Brief in der Hand – sah Vater im Büro der M.-AG am Pult sitzen, im grauen Anzug, das brillantierte Haar straff nach hinten gekämmt, schaute ihm über die Schulter zu, wie er im Licht der Tischlampe die Belege fälschte, Kundengeschenke, Reisevergütungen, Einladungen, sah ihn etwas tun, das ich für unmöglich hielt. Er, der ein so anständiger Mensch war! Doch er füllte das Formular mit demselben strengen Gesichtsausdruck aus, den ich von den monatlichen Zahlungen her kannte, und während ich mich noch immer wunderte, dass Vater tatsächlich dazu fähig gewesen sein soll, was in dem Brief da vor mir geschrieben stand, bemerkte ich Großvater neben mir, der seinem Sohn genauso über die Schulter blickte. Wir sahen uns kurz an. Er würde die »Sache« später beim großen Stahlkocher »in Ordnung bringen«. Und ich stellte mir vor, er würde es ohne Vorwürfe an seinen Sohn tun, mit dem Verständnis desjenigen, der wusste, was damals »gewesen sein wird«, als er noch Commis in Burgdorf war, ohne jede Aussicht, in seinem Leben etwas anderes als ein Schreiber zu werden. Herr Seelig hatte an dem Abend die Kasse einen Moment lang offen und unbewacht auf dem Tisch stehen lassen, und Hans H. tat einen Griff, nur eben »tüchtig«, der ihm zu so viel Geld verhalf, wie er noch nie in der Tasche gehabt hatte, doch auch nur einen Ausweg offen ließ, die Legion.

Und Großvater, der seinen Ältesten nicht sonderlich mochte, war trotz der Scherereien mit der Direktion des Stahlkochers ein klein wenig stolz auf seinen Sohn. Er hätte ihm das nicht zugetraut, auch wenn hinter den zu hohen Spesenrechnungen Angeberei und naive Dummheit steckten: Sein Ältester war eben doch ein echter H.

XXIII

GELD

Im ersten Hotel in A. wurde für Großvater anlässlich seines vierzigsten Dienstjubiläums, das zugleich die Pensionierung bedeutete, eine Feier von der Firma ausgerichtet, zu der die Verwaltungsräte, die Mitglieder der Geschäftsleitung und die höheren Angestellten eingeladen waren. Großvater, in einem schwarzen Anzug, eine silberne Krawatte vor die weiße Hemdbrust gebunden, saß vorgebeugt am Tisch, die Linke am Ohr, um besser hören zu können.

Neben ihm stand der Besitzer der Eisen- und Stahlwerke, auch er in dunklem Anzug. Er war noch immer schlank, das Haar trug er weiß und zurückgekämmt, und sein Blick ging durch die Fenster des Saales auf die massigen Pfeiler, an denen die Brücke wie zwischen gedrängten Triumphbögen an Ketten aufgehängt war.

– Es ist für mich ein besonderer Moment, sagte E., wandte sich der Tafel zu, nahm – wie es seine Art war – die vor Gedecken versammelte Gesellschaft fest in den Blick, der eine ungeteilte Aufmerksamkeit forderte.

– Wenn es in unserem Geschäftsleben auch keinen Platz für Sentimentalitäten gibt, so fühle ich doch, dass ein Moment des Innehaltens in unserer regen Tätigkeit gekommen ist, ja auch mir ein Wink gegeben wird, dass die Zeit voranschreitet, wir nicht ewig unsere Aufgaben und Verantwortungen wahrnehmen können, sondern einmal zurücktreten, den uns nachfolgenden Leuten das Ruder in die Hand geben müssen. Hans H. hat vierzig Jahre lang der Firma gedient, doch ich erinnere mich, als wäre es erst gestern gewesen, wie er 1908, als die Firma noch ein Unternehmen mit zweihundert Angestellten war, wir eben erste Versuche mit dem Girod-Ofen unternahmen, beargwöhnt, ja verspottet von der Branche, wie Hans H. als junger Mann in mein Büro trat, in der Rocktasche ein Heft, in dem eine neue Kraftanlage von damals gigantischem Ausmaß beschrieben war. Von allem Anfang an teilten wir die Überzeugung, unserem Land wäre mit der neuen Energie und den damit technisch herzustellenden, härteren Werkstoffen die Möglichkeit an die Hand gegeben, die sozialen und wirtschaftlichen Schwierigkeiten zu meistern, die Not zu überwinden, die wir beide aus eigener Erfahrung gekannt haben. Ich spürte in dem jungen Mann, der er damals gewesen war, den unbeugsamen Willen, die Erfahrungen der Jugendzeit hinter sich zu lassen, einer Zukunft sich zuzuwenden, die Wohlstand verhieß, doch nur durch Leistung und Disziplin zu erreichen war. Wir alle haben diesen Willen später oft und nicht nur in angenehmer Weise zu spüren bekommen. Doch Hans H. hat stets ein Gespür für die künftigen Notwendigkeiten bewiesen. Er sah genauer als andere die Zeichen der Zeit, erkannte früher, was zu tun war, damit die schweren Prüfungen, die auf die Firma zugekommen sind, bestanden werden konnten. Ohne Hans H. und seinen unermüdlichen Einsatz für die Rohstoff- und Energievorsorge wäre die Firma nicht so glänzend durch die beiden Weltkriege gekommen, säßen wir nicht hier, an dieser festlich gedeckten Tafel. Er war wie ein Feldweibel, der alles für seine Truppe tut – –

Ein kühles, von einem Anflug der Dämmerung schon schattiges Licht fiel in den Saal, leuchtete am Hemdkragen und an den Manschetten auf, legte eine Blässe auf Großvaters Gesicht. Er ließ die Hand hinter dem Ohr sinken, legte sie auf die Rechte, behutsam, schaute auf sie nieder, die bedeckt mit Flecken wie von Buchenlaub war, sah unter diesen massigen, warmen Händen die weiße Tischdecke, und sie hielten noch immer das Grau zurück, dieses schiefrige, aschige, nebelverhangene Grau, das nach Herd roch und kühl war, einen feucht anfasste, nicht losließ: Schwebend war es wie eine Trübung über den Erinnerungen und doch von einer Schwerkraft, die stärker, nachhaltiger wirkte, als käme in allen Gegenständen ein sackiges Ziehen zum Gewicht hinzu, das ihn ein wenig schwindlig machte. Er hätte jetzt dann nicht mehr die Mittel, gegen dieses Grau, das er ein Leben lang beobachtet und gefürchtet hatte, weil es Not und Armut verhieß, anzugehen. Doch mit jenem unbeugsamen Willen, der eben noch gerühmt worden war, hob Großvater die Hand, fuhr über das Gesicht, seufzte »jaja«, kam mit einem Lachen wieder hervor, ein wenig staunend, ein wenig spöttisch – und selbstverständlich, als wäre sie ganz allein zuständig, nahm die Rechte das Weinglas und führte es an den Mund.

– Es ist für uns alle schwer vorstellbar, sagte E., blickte zum Jubilar und legte die Hand auf seine Schulter, dass das Büro, in dem er vierzig Jahre gewirkt hat und auch bleiben wollte, als die Firma mitten im Krieg das neue Verwaltungsgebäude bezogen hat, nun verwaist sein soll. Diejenigen allerdings, die sich bereits freuen, dass Hans H.s Stimme nicht mehr auf dem Werkgelände zu hören ist, werden enttäuscht sein: Direktor H. wird sein Büro auch weiterhin benutzen, allerdings ganz so, wie es ihm und wann es ihm beliebt, denn ich habe ihn gebeten, die langjährigen Stahlgusskunden noch weiterhin zu betreuen.

Und E. überreichte Großvater ein Firmengeschenk, das seiner Meinung nach die Anerkennung und den Wert – ein Ölbild, das er ursprünglich überreichen wollte, ein Gemälde des Dorfes G., einem bekannten Künstler in Auftrag gegeben – auf eine neue, der Zeit angemessenere Form vereinigte: Er spendierte meinen Großeltern einen Alpenflug mit der DC-3 der Swissair.

Bei dem geheim gebliebenen von Erni entworfenen Banknotenprogramm sollte ursprünglich auf dem Hundertfrankenschein die Elektrizität zur Darstellung kommen als Symbol der Bändigung der Naturkräfte, als Inbegriff der »sauberen Energie« – und nicht zuletzt als Signum der wirtschaftlichen Autarkie des Landes. Im Zentrum der Elektrizitätsvedute steht die Kraftmaschine, bestehend aus Turbine und Generator, daneben eine Generatorengruppe. Beides hat der Künstler nach bestehenden schweizerischen Anlagen übernommen. Links im Hintergrund erscheint die Talsperre, die das zur Gewinnung der Energie notwendige Wasser sammelt, und gerahmt ist das Ganze durch den Alpenkranz als strahlendes Sinnbild des »Wasserschlosses Europas«. – Schon früh beschloss der Bankrat – das finanziell und unternehmerische Führungsgremium der Schweiz par excellence – eine symptomatische Modifikation der vom Künstler vorgeschlagenen Bilderfolge. Die Landsgemeinde, für Erni das höchste Symbol der direkten Demokratie, wurde auf den dritten Rang in der Stufenfolge der Bilder zurückversetzt, und die Ikone des »Wasserschlosses Europas« mit Generator und Alpenkranz rückte auf in den Zenit. Der Strom wurde Bildmotiv der Tausendernote. – Was immer im Einzelnen die Überlegungen gewesen sein mochten, die Modifikation erwies sich als gegenstandslos. Um 1949 wurde nämlich das Projekt als Ganzes schubladisiert.

Einen Augenblick lang wusste Großvater nicht, wohin er sich wenden sollte, stand in der Halle, die Hand am Stock, der wie losgelöst und daher nutzlos war, blickte sich in dem Gebäude um, wie er zu den Pisten und Flugzeugen gelangen konnte, war froh um Sonderegger, den Chauffeur, der auf ihn zukam, sagte, E. und die beiden Damen würden beim Ausgang warten, sie hätten ihn vermisst, er möge doch so gut sein und kommen, die Maschine stehe bereit.

Und ich betrachte das Schulwandbild von Erni, das die DC-3 schon im Steigflug über dem Flughafengebäude und den Köpfen einzelner Passagiere, die sich verabschieden, zeigt – schaue auf diese realistisch-schematische Darstellung, die ich vom Unterricht in der Grundschule her kenne, die nun eine Ausstellung des Panoramabildes »Die Schweiz – Ferienland der Völker« ergänzt, jenes Schaubild der Landesausstellung also, vor dem Großvater 1939 gestanden hat. Damals ist ihm dieses neunzig Meter lange und über fünf Meter hohe Panorama als die Utopie einer Schweiz erschienen, in der Elektrizität und Technik die tragende Konstruktion sind, in deren offenen Räumen sich Brauchtum und Freizeitvergnügen entfalten können, eine Zukunft, in der – wie auf dem Bild dargestellt – über den Alpen ein riesiger Schmetterling einträchtig neben einer DC-3 der Swissair schwebt: Und durch den aufgebrochenen Rumpf des Flugzeuges, der dem Betrachter Einblick ins Kabineninnere geben soll, sehe ich Großvater neben E.

sitzen, zurückgelehnt im Sessel, die Beine breit aufgestellt, den Kopf ins Polster gedrückt, eine Haltung, als würde er sich gegen das rasante Steigen stemmen, und nur schlecht ist die Furcht in seinem Gesicht versteckt. Das Innere des Flugzeugs, das dank der indirekten Beleuchtung angenehm und durch die zweckmäßig durchdachte Einrichtung auch sicher wirkte, begann unter dem Dröhnen der Rotoren zu vibrieren, verwandelte die Kabine zu einem Apparat, in dem sie eingeschlossen waren, ausgeliefert an sein Funktionieren. Hans H. blickte durchs Fenster, sah, wie der Boden wegbrach, die Wiese neben der Piste sich nach unten neigte, ein Dorf und einen Hügelzug mit sich hinabzerrte, ein Blau und ein Blenden in das Glas kam, und er lachte ein wenig gezwungen, als die Maschine ruhiger wurde, die Rotoren gleichmäßig drehten und E. sagte, man werde jetzt Champagner bestellen.

Mag sein, dass ihn der Alkohol beruhigte, vielleicht ließ ihn auch der Anschein des Gewohnten, wie ihn die Gläser, das Zuprosten und das Trinken erweckten, wieder sicherer werden. Hans H. sah jetzt hinab auf die Bergketten, in die Täler, auf die bleiernen Flecken von Seen. – Dort sehen Sie die Dixence, wo man jetzt die größte Staumauer Europas bauen wird, und die Linie dort drüben, rechts vom Gipfel mit der dunklen Abbruchfläche, das ist die Schwebebahn, die wir 1943 ausgeliefert haben, ich habe dort Aktivdienst geleistet – und da auf der anderen Seite haben

Sie jetzt den Blick auf das Jungfraumassiv. Die Nordwand des Eigers kann man allerdings nicht sehen. Und Großvater fand keinen Ausdruck, hätte nie meine Worte gebraucht, doch in einem dumpfen Winkel seines Gefühls schwebte er neben dem Schmetterling im Bild der Landesausstellung, war er im »Ferienland der Völker«. Durch eine Verwandlung, die der Flugapparat zustande brachte, hatte sich dieses ohnehin kleine Land nochmals verkleinert, war eine Miniatur geworden, ließ in dieser einmaligen Übersicht erkennen, dass sie – verschont vom Krieg – das Bild sein würde, in dem er sich bereits bewegte, eine Vedute aus soliden Werten.

Es brauchte keine Lieder, es genügte, einen Augenblick stumm in die brennenden Kerzen zu schauen. Den »Baum«, eine ebenmäßig gewachsene Rottanne, hatte Großvater im Wald von G. selbst ausgewählt, hatte sich von Sonderegger zur Kantonalbank chauffieren lassen, um sich im Büro des Direktors die bestellten Fünffrankenstücke neuester Prägung auszahlen zu lassen, die jetzt in Gazesäcklein zu fünf Stück anstelle der Kugeln an den Ästen hingen. Sie schimmerten silbern neben den in rotes und gelbes Stanniol verpackten »Mäusen« – eine von Schokolade bezogene zuckrige Masse –, die, an ihren Schwänzen aufgehängt, mithalfen, die Zweige zu beugen. Großvater saß im Sessel, den Stock zwischen den Knien, den Kopf aufgestützt, während wir anderen – Cousins und Cousine, mein Bruder, die Eltern und Großmutter – uns auf dem Kanapee, dem zweiten Sessel, auf beigebrachten Stühlen drängten, man hatte gegessen, getrunken, gelärmt, jetzt war dieser Moment bedrückender Stille, den Großvaters schneidendes »So!« beenden würde: Wir Kinder hätten dann mit unseren Quartalszeugnissen der Schule »anzutreten«, sie Großvater vorzuweisen, der sie verlas. Note für Note. Mit einer Stimme, deren erinnerter Klang mir noch heute feuchte Hände bereitet. Meine Cousine, die älteste von uns Enkelkindern, bekam auch bei »genügend« noch ein Säckchen vom Baum, da sie vorwitzig eine Grobheit über den Lehrer herausposaunte, die Großvater ein kollerndes »Ho! Ho!« entlockte. Doch während die Cousine ihre Säckchen vom Baum pflückte, sah ich, wie mein Bruder schmal und blass vor der unausweichlichen Demütigung wurde, dann in seinem Anzug, der plötzlich zu groß schien, steif vortrat. Und er stand wartend da, während Großvater ins Heft sah, so unendlich lange ins Heft sah, bis er es zuklappte, »abfahren« sagte und die Hand nach dem nächsten Zeugnisheft ausstreckte.

Nach der Feier fuhren wir nach Hause, fuhren getragen vom Motorengeräusch durch die Dunkelheit, und vor mir saßen meine Eltern mit abgewandten Gesichtern, meinem Bruder und mir den Rücken zugekehrt, zwei Schattenrisse.

– Er ist ein verdammter Materialist, sagte Vater.

Mein Bruder sah aus dem Fenster, mich eckten und

stießen die Gazesäckchen in der Manteltasche, und vor mir formte Mutter mit Schultern, Hals und einer starren Kopfhaltung eine Abscheu vor die Windschutzscheibe.

Sie konnten nicht wissen, was das heißt, nichts zu haben, nicht mal genug, um zu essen, geschweige denn Geld, um auch nur das Notwendigste zu kaufen. Da! Nimm, hatte Mutter gesagt, das ist, was ich dir geben kann. Und das reicht auch für einen wie dich. Es ist schon mancher Sack zugebunden worden, er ist nicht voll gewesen. Und es war ein Glas eingemachter Zwetschgen, vom Baum unterhalb des Häuschens, das war alles, was sie mir mitgegeben hat, als ich zu Fuß nach Burgdorf gehen musste, zwei Tage lang, um Commis zu werden, weil ich eine schöne Handschrift hatte.

Er saß im Fauteuil beim Rauchtisch, im Gegenlicht des Fensters, zog aus dem Lederetui, das aus fünf Zylindern bestand, eine sandgelbe Zigarre, und während die Familie am Tisch weiterredete oder sich stritt, hielt Großvater sie an beiden Enden zwischen den Fingern, drehte sie sachte, den Kopf in den Nacken gelegt, prüfte das Deckblatt, und diese Berührung war sanft, als wickelte er von der Tabakwalze einen dünnen zerbrechlichen Faden.

Ein sanfter Druck, ein elastisches Nachgeben: Kein brechendes Knacken war zu spüren, keines, das er mit seiner Schwerhörigkeit gehört hätte, befriedigt hob er die Zigarre an die Nase, ließ sie nach rechts, ließ sie nach links gleiten, blickte ins Leere, folgte dem Faden, der zurückspann –

Dann der Ruck, von innen ausgelöst, nach außen sich fortsetzend: Großvater beugte sich zum Rauchtisch vor, nahm die Guillotine, schnitt den Kopf der Zigarre an, tat auch dies mit selbstvergessener Sorgfalt, blies die Kerbe sauber, strich ein Streichholz an, um über seiner Flamme den Anschnitt der Zigarre zu rösten, mit dem zweiten den Rand aufglühen zu lassen, mit dem dritten die Fläche in Brand zu setzen. Sah dem Rauchfaden nach, der aufstieg, dünn balancierend, ein lichtes, bläuliches Grau. Und Großvater lehnte sich zurück, nahm den ersten Zug, und während der Rauch aus seinem Mund strömte – jetzt auch ein Stück Atem sichtbar machte –, ließ er die Tabakwalze zwischen Daumen und drei Fingern vor seinem Wüstengesicht schweben, sah auf sie, als prüfe er, ob das Aussehen und der Geschmack einander entsprächen. Abrupt wandte er sich dem Tisch zu, und es war die wuchtige Anwesenheit, mit der er in seinem Sessel den Vorsitz übernahm, die Mutter meinte, wenn sie von dem »neureichen Protz« sprach, der in geradezu karikierender Weise den »Kapitalisten« vorstelle.

Und er hatte stets Goldmünzen im Portemonnaie, konnte an den Nachmittagen, an denen ich ihn besuchte, unvermittelt den Geldbeutel hervorziehen, das Münzfach öffnen, die Goldstücke vor sich auf den Schiefertisch legen. Er tat auch dies behutsam, reihte sie auf, um mit den gemurmelten Worten: – So, da nimm!, mir dann eine oder zwei der Münzen hinzuschieben, die ich zu Hause Mutter gab, in deren Händen sie blanke Verachtung wurden.

Das Gold auf dem Schiefer war strahlend, leuchtender als in der Hand: Ein Stück Sonne als Metall, das die wunderbare Kraft besaß, von ihrer Hitze, ihrer trockenen Verödung zu befreien, sich von jenem Posten auf der Hochebene loszukaufen. Der Sergeant hatte lange und genau hingesehen, um zu wissen, dass man es nicht wie diese machen durfte, die tagelang vom Desertieren redeten, schließlich die Uniformen wegwarfen, beim Jehudi Kleider kauften und sich nach Spanisch-Marokko durchzuschlagen versuchten: Sie alle standen in wenigen Tagen, oft schon nach Stunden, vom höhnischen Grinsen der Kameraden umringt, wieder im Geviert, bereit zum Abmarsch vor das Kriegsgericht. Es gab nur einen Weg, von der Legion wegzukommen, und der war mitten auf der Straße, quer durch die Posten gegen Tunesien hin. Den Weg auf der Karte aber musste man mit Goldmünzen legen können, eine an die andere gereiht wie auf dem Schiefertisch. Und Großvater schob sie so sorgfältig zurecht, als müsste er den Weg noch einmal gehen, zählte die »Goldvögel« durch, um sicher zu sein, dass es genügend wären, und gab mir einen

Teil ab, dass auch ich dereinst gehen könne. Weil Geld das Einzige war, womit man sich los kaufen konnte, von der Wüste, vom Verdingtsein, von dem Schreibpult, an dem er als Commis gesessen hatte, bis eines Abends, als die Gaslampen schon brannten, die Kasse mit den Wochenlöhnen einen Augenblick lang offen und unbewacht war und die Banknoten sich steif und wächsern in seiner Hosentasche anfühlten, es zu spät war, sie zurückzulegen, und er hatte noch nicht einmal ein Glas eingemachter Zwetschgen dabei, als er sich mitten in der Nacht durch den Jura, Richtung Belfort schlug, um ein »Bleu« im Orient zu werden.

XXIV

NOVOPAN

Wir fuhren erstmals im eigenen Auto, das zwar der Firma gehörte, Vater aber als neu gewählter Direktor jederzeit benutzten durfte: Ein amerikanisches Modell, das »Nash Ambassador« hieß, eine Farbe wie Milchkaffee hatte, mit Holz verkleidet war und Reifen besaß, die weißwandig rollten, als glitten sie immer über Parkauffahrten.

Vater holte uns in P. ab, hielt vor dem Haus, in dem die Möbel zusammengeschoben waren, der Hausrat in Kisten und Schachteln gestapelt, Männer mit Traggurten ein- und ausgingen. Herr H. trug zu seinem Anzug Handschuhe, wie ich sie noch nie gesehen hatte. Die Finger waren frei, die Handinnenseite bestand aus einem feinen Leder, die Außenseite aus einem Garnmuster, und durch ein Lederbändchen wurden sie am Handgelenk geknöpft.

Wir fuhren die Straße der Jurahöhe zu, vorbei am gestuften Garten und dem Haus der W.s, wo wir Gießkannen getragen hatten, zum Restaurant mit den vier Linden, wo der Weg zur Jagdhütte abzweigte, die am Waldrand versteckt noch mit Dach und Kamin zu sehen war, erreichten die Passhöhe, von der aus wir an unzähligen Sonntagen zur Bauernwirtschaft gewandert waren, in der auch Großvater regelmäßig »einkehrte« – doch meine Eltern sahen geradeaus, blickten auf das Teerband, als wären wir an all den Orten nie gewesen.

Die Straße senkte sich, führte durch ein Waldstück hinab in ein Dorf, das anders war, als ich die Dörfer aus der Umgebung von P. kannte. Die Häuser waren aneinandergebaut, ausgebrochene Stücke einer Altstadt, aus gelblichem Stein, in rostige Erde gedrückt, von Anhöhen lichter Wälder umringt – und nach einer Steigung der Straße weitete sich unvermutet der Blick, tat sich eine Ebene auf, Wiesen mit Kirschbäumen, deren Weiß sich in türmende Wolken schob, die von einem fernen Horizont her die Stromlandschaft überwölbten. Sie fächerten die Sonnenstrahlen, die in breiten Bahnen in die Felder, auf einzelne Gehöfte und Waldlehnen, fielen.

– Die Blüte ist hier voraus, sagte Vater, mindestens zwei Wochen. In B. werden die Bäume schon ausgetrieben haben.

Und die Straße senkte sich gegen eine schmale Steinbrücke, von der man flüchtig auf ein stehendes Wasser mit Weidentroddeln und einem Kahn in flirrenden Schatten sah, stieg dann auch schon wieder an, kam unter der Bahnüberführung durch zu einer römischen Säule, die, von Blumen umwachsen, in einem Garten stand, und Vater sagte:

– In dem Haus da drüben lebt Herbert L., den ich

einmal kennengelernt habe, der Plakate macht, die überall zu sehen sind.

Als wären die Säule, der Künstler und seine Plakate eine Art Losungsworte, rollte der Nash in eine Umgebung, die dem Auto zunehmend mehr entsprach: Großzügig angelegte Straßen, in denen der rote Sandstein an Fenstern und Türen eine Fremdartigkeit in die Häuserzüge brachte, die von wasserspeienden Drachen über Brunnenbecken noch verstärkt wurde. Am Ende einer Allee, bei einem Pavillon und schneeig weißen Monument, bog Vater ein, fuhr im Schritt in eine Zufahrtsstraße, an der eine gravitätische Föhre vor der Fassade eines neuerstellten Mehrfamilienhauses stand, hielt an, sagte:

– Da werden wir wohnen.

Stellte den Motor ab, in der Stille saßen wir einen Augenblick schweigend da, und der riesige Baum am Ende der Zufahrt, von dem ich erst später wüsste, dass es ein Ginkgo war, hatte bereits ausgetrieben.

Flächen von Rasen, auf denen wir spielen durften. Bäume, deren Stämme schorfige Rinden besaßen, in die sich Verstecke schneiden ließen. Ein gusseiserner Abflussdeckel, dessen Vertiefung das Ziel der Murmeln war, die mit dem Zeigefinger und ohne zu schieben angestoßen wurden. Ein älterer Herr, der ein Schloss im Elsass besaß und uns Bonbons aus dem Fenster reichte. Ein Amerikaner, der Jazz hörte, dazu Papierflieger aus dem Fenster segeln ließ, aus purer

Lebensfreude. Und Madame Katz, die wiegend auf hochhackigen Schuhen beim Schubkarren des Elsässers Bananen und Orangen holte.

Mein Bruder und ich gingen in neuen Anzügen zur Stadt, Perrets auf den Köpfen, besuchten die weitläufige, schattige Wohnung der Großeltern bei der Synagoge, wo Großmama »cozonac« – den Hefekuchen – auftischte, in einem Messingkännchen Kaffee für Mutter kochte, der die ganze Wohnung mit einem harzigen Geruch füllte, Großpapa aus seinem Kämmerchen treten ließ, eine hagere Gestalt in dunklem Anzug, der vorgebeugt, mit leiser Stimme uns begrüßte. Sein Gesicht, wie mit einem Silberstift auf geripptes Papier skizziert, gehörte zu dem Rosenholzgestell, auf dessen Tablaren die Keramiken aus Rumänien, die marmorne Säule und die Fotografien standen, vor denen ich so lange verweilen konnte.

Mutter nahm mich ins Atelier eines Künstlers mit, der sie im Modellieren unterrichtete: Ich saß Modell, während sie einen Kopf, ein Gesicht aus dem glitschig grauen Ton zu formen versuchte, mein Gesicht.

Vater dagegen hatte sein zweites Gesicht – diesen Ausdruck, der in P. seine Züge immer öfter stumpf gemacht hatte –, verloren. Die mit einer Kordel gesäumte Hausjacke, der Ledermantel, der Geruch nach Kernsand – ölig verbrannt –, der in seinen Anzügen gesteckt hatte, waren verschwunden. In B. gab es keinen Nebel, und Vater hatte nichts mehr mit Eisen zu tun. Die Firma, die er jetzt leitete, stellte Fässer her, aus Holz, und als hätte dieses weichere Material auf ihn eingewirkt, war Vater selbst nachgiebiger, leiser geworden und brauchte meine schräg von unten geführten Blicke nicht mehr.

Zu dem roten Sandstein, den es an den Türen und Fenstern der Häuser gab, aus dem das Münster gebaut war und am Marktplatz das Rathaus zumindest zu sein schien, kamen andere Farben hinzu, drangen in unseren Alltag, Tönungen wie auf ersten Farbaufnahmen. Sie waren noch blass, nicht sonderlich natürlich, doch in ihnen war eine Ahnung von etwas Neuem, die Hoffnung auf eine bessere Zeit, auf Wohlstand, wie es ihn in Amerika schon gab. Bei uns in Europa war wenigstens vorbei, was nie wieder geschehen durfte und noch mahnend in Mauerresten, rostenden Tanks, Einschusslöchern, Erdtrichtern zu sehen war, wenn wir an den Wochenenden im Nash ins Elsass fuhren. Vater ging dort auf Fasanenjagd, er hatte sich eine Pfeife gekauft, bei Strohmeier, eingeraucht: die »London Pipe«, zu deren Genuss ein großkarierter Schottenschal gehörte. Wir machten Ausflüge in den Schwarzwald oder in die Vogesen, begleitet von neuen Bekannten, manchmal vom Bruder meiner Mutter, seiner Frau und den Kindern, von zurückhaltenden Menschen, die Französisch ohne Akzent sprachen und dies taten, nicht um uns Kinder auszuschließen, sondern weil die Leute kein Deutsch mehr hören mochten.

In einem Restaurant im Elsass trafen wir Onkel Mendel, jenen Freund Großpapas aus der Zeit in Rumänien, und wir saßen ihm gegenüber, dessen Gesicht wie weggeschlagen war, dessen Augen unruhig hinter den runden Gläsern umherspähten, der nichts von dem, was ihm geschehen war, erzählen konnte – und die Erwachsenen schwiegen, indem sie redeten, und wir Kinder spürten, dass man nicht fragen durfte. Und Herr Katz sah sich »die Dinge vor der Zeit« unter der Lampe an, hatte eine so wunderschöne Frau, die wie eine Preisung König Davids war und in ihrer Lebendigkeit so sehr Gegenwart, dass ihr Mann sie mehr und mehr verlor. Er blieb zurück in der Vergangenheit, aus der seine Sammelstücke stammten, verharrte immer länger in der Zeit, zu der jene Männer, die jetzt in einem Gasthaus im Schwarzwald scheinbar so harmlos und biedermännisch beim Frühschoppen saßen, noch schwarze und braune Hemden, Koppeln und Stiefel getragen hatten, und ich erinnere mich, wie Vater sagte: – Hört nicht hin, ihr müsst nicht hören, was sie sagen! Es sind die Unbelehrbaren.

Und diese Unbelehrbaren redeten laut wie Großvater, hatten fahrige Bewegungen wie »Oha«, lärmten wie seine »Corona« im »Schwarzen Turm«.

– Er hat auch Gutes getan, sagten sie, er hat die Autobahnen gebaut.

Nach unserem Umzug nach B., Ende 1948, war es das erste Mal in Vaters Leben, dass sich sein Alltag nicht aus Maschinenteilen, Gussstücken, Metallwaren zusammensetzte. Und das Holz, das in Stämmen und Brettern auf dem Firmengelände lagerte, roch nach Vanille, und die Sonne brannte in die gelblich feuchten Flächen. Rauch qualmte vom Kamin, Sägen schrien, stießen einen tanzenden Staub in die einfallenden Strahlen, durchs offene Tor holperten Transportkarren auf Geleisen. Vater saß in einem schattig nüchternen Büro, sah dicke Bücher durch, sagte abends, beim Schein der Stehlampe, als Besuch da war, neue Bekannte meiner Eltern, und Mutter das hauchdünne Service auftrug, dazu das Silber mit dem Monogramm ihres Papas, sagte zu dem etwas jüngeren Paar, das im selben Quartier wohnte, die Aufträge seien seit Jahren zurückgegangen. Man hätte diese Entwicklung bei seiner Ernennung verschwiegen, doch ihm sei klargeworden, dass die Zeit, da die Brauereien ihr Bier in Eichenfässern lagerten oder transportierten, vorbei sei: Eine Fassfabrik habe keine Zukunft mehr, die Aluminiumbehälter seien billiger, auch hygienischer, und er hätte die Idee, den Betrieb gänzlich auf Spanplatten umzustellen. Novopan. Und obschon ich nicht so genau wusste, was NOVOPAN war, bekam die Bezeichnung für mich einen eigenen, sommerlichen Klang, weckte eine Stimmung, in der die Dinge an Schwerkraft verloren. Eine Leichtigkeit und Luftigkeit kam in den Alltag, die Welt wurde hell und praktisch, glich einer Wohnküche, die Einbauschränke hatte, dazu große Fenster zu einer Baumkrone hin. Ich holte an einem Sommerabend auf Geheiß des Vaters eine erste Flasche Coca-Cola, sie war gerippt, mit tiefrotem Schriftzug, und ich trug sie im Hochgefühl von Teilhabe an etwas Fremdem und wunderbar Neuem nach Hause: Sie gehörte zu NOVOPAN, und dieses gehörte wiederum zur Stadt und ihren chemischen Industrien, von denen ein Rhizom des Wohlstands auswucherte, das auf der Anhöhe, wo der Wasserturm stand, ausblühte – dort, wo Curt, Mutters Bruder, später wohnen sollte, zusammen mit den Großeltern S., die er in seinem Haus einquartieren würde. Und es war diese kurze Zeitspanne von dreieinhalb Jahren, während der wir bei der gravitätischen Föhre in B. wohnten, dass Vater und Mutter glücklich waren, wir unabhängig von der nebellichtigen Welt in A. lebten, wo Großvater residierte. Und Mutter verlor ihr Fremdsein, lebte bei uns in dieser helleren Gegenwart, lachte viel, zusammen mit Vater, der mit seinen vierzig Jahren das erste Mal das Gefühl hatte, Erfolg zu haben. Aus eigener Kraft brachte er eine Firma, die kurz vor der Schließung stand, wieder hoch: Er hatte die Epoche, die nach dem Krieg mit Nierentisch, Wandbord und Butterflystuhl angebrochen war, richtig erspürt. Diese neue Zeit eines wachsenden Wohlstands und Konsums würde für ihre Produkte auch neue Materialien brauchen, leichtere und billigere, die sich für die Massenverarbeitung eigneten. Pressplatten aus Holzspänen zum Beispiel, NOVO PAN, der »neue Herr«, wie Vater scherzhaft, auch ein wenig übermütig, die Produktbezeichnung übersetzte. Die Firma nahm einen so unerwarteten Aufschwung, dass W. eine ihm bis dahin unbekannte Anerkennung durch den Aufsichtsrat und die Aktionärsversammlung erhielt, die seinen Charme und das jungenhafte Lachen zurückbrachten.

Doch der »ALTE PAN«, der – obschon pensioniert – noch täglich in die Eisen- und Stahlwerke fuhr, in den zurückliegenden Zeiten die Not, die Rohstoffknappheit, die Gefahren des Krieges mit Strom und Eisen bezwungen hatte, der »alte Herr«, im nüchternen Villenquartier von A., hielt nichts von Pressholz aus Schnipseln, das war »unsolid«, schon gar für einen seiner Söhne – auch wenn er nur allzu genau sah, dass auch in den Eisen- und Stahlwerken die Nachfolger nicht mehr vom alten Holz waren.

– Der junge E. ist zu weich, höre ich ihn zu Juli sagen, verkehrt mit Künstlern, die er unterstützt und die seine Frau zu Abendveranstaltungen einlädt, um sich wichtigzumachen. Daraus wird nichts.

Er müsste die Dinge nochmals selbst in die Hand nehmen.

Großvater saß im Esszimmer in A. oben am Tisch, Großmutter zu seiner Rechten, die Söhne mit ihren Familien waren eingetroffen, man hatte sie an diesem

Sonntagnachmittag »aufgeboten«, um drei Uhr, und wir wurden unter der Tür mit den Worten empfangen:

– So, lasst ihr euch auch wieder einmal blicken, wir sind sonst wohl nicht gut genug.

Im Hausgang war es kühl und roch nach Lederzeug und Großvaters Zigarren. An der Garderobe hingen die Flinten, der Cockerspaniel umsprang uns winselnd, stieß die feuchte Nase an unsere Hände. Wir hatten Großvater im Wohnzimmer zu begrüßen, uns dann im angrenzenden Raum an den langen Tisch zu setzen. »Oha« verlangte nach Wein, prahlte, wie er auf der Herfahrt die Radfahrer mit dem Auto zur Seite gedrängt habe, langsam und auf gleicher Höhe, bis sie mit ihren Lenkstangen gezittert und gezirkelt hätten, schließlich über das Straßenbord gestürzt wären, einer sogar die Böschung hinab in einen Kartoffelacker. Der »Kleine« verwarf die Hände, sagte, das wäre »typisch«, Fahrräder seien im heutigen Verkehr zwar lästig, man könne aber nicht einfach Männer bedrängen, dass sie hinfielen. Vater saß da, als suchte er nach etwas, an das er sich erinnern sollte, jedoch verlegt hatte und nun nicht recht wusste, wie er dieses Etwas finden könnte, ja womit genau er sich jeweils geschützt habe. Mutter hielt ihre Arme verschränkt, sie lächelte, bemühte sich, freundlich zu sein, und hatte ein so nacktes Gesicht. Großmutter lachte über O., sagte, er wäre eben der Lieblingssohn Großvaters, während der »Kleine« ihr Liebling sei, und Vater sah vor sich auf den Tisch, seine verstochenen Augen geweitet: Dann kippte sein zweites, das formlose, stumpfe Gesicht nach vorn, füllte seine Züge und hatte sich ganz von selbst wiedergefunden. W. polterte sich aus der Hilflosigkeit, während Großvater meinen Cousin und mich in den Keller schickte, um einen »Pinot« zu holen – in einem Verlies unzähliger Flaschen entlang der Wände, sein Stolz, wo wir aus einem Regal zwei Flaschen nahmen von jenen, deren Etikett wir nur zu gut kannten und die Großvater seinen »Pinot« nannte.

Ein gelber Umschlag, wie er für offizielle Schreiben oder in den Firmen Verwendung fand, lag vor Großvater auf der Tischdecke, doch zuerst musste angestoßen werden, Großmutter sagte, wie schön sie es fände, die Familie wieder einmal versammelt zu sehen – nicht alle würden sie vergessen –, und der »Kleine« reckte das Kinn. Großvater hob die Brauen, sagte »So!« und »es sei jetzt genug«, es gehe ums Geschäft.

Die Oberkörper von O. und W. klappten nach vorn, stützten sich auf Arme und Ellenbogen, wendeten die Köpfe gegen Großvater, während der »Kleine« nach hinten kippte, die Arme verschränkte und zur Wand sah, die Frauen sanken in sich hinein, die Augen niedergeschlagen, als wären sie nicht da, wir Kinder erstarrten in Erziehung.

Großvater zog aus dem gelben Umschlag einen Stoß Papiere, sah darauf, sein Wüstengesicht unbeweglich unter dem schlohweißen Haar.

– Ich habe die Gießerei und Maschinenfabrik B. in S. gekauft. Ich besitze neunzig Prozent der Aktien, zehn Prozent verbleiben beim alten B., den ich von den Eisen- und Stahlwerken her kenne und der keine Nachfahren hat. Jeder von euch beiden – und er fasste O. und Vater in den Blick – bekommt ein Aktienpaket von vierzig Prozent, W. wird kaufmännischer, O. der technische Direktor des Unternehmens. Zehn Prozent behalte ich selbst und präsidiere den Verwaltungsrat, der aus uns dreien besteht. Hier sind die Verträge, die Übernahme geschieht Ende Februar nächsten Jahres. Ihr müsst also sofort eure Stellungen kündigen.

Einen Moment lang war das Wohnzimmer wie leergeräumt, als hätten sich der Tisch, die Menschen daran, die sie umgebende Einrichtung aufgelöst, um sich aus der Unsichtbarkeit in Umrisse und Farben zurückzukämpfen, ohne je wieder zu sein, was sie zuvor gewesen waren. Vaters zerstochene Augäpfel zitterten, als würde der Blick zwischen zwei Punkten vor ihm in der Luft hin und her rasen, dann brach die Stimme »Ohas« ein, festigte laut die Konturen, sie sagte, das sei längst fällig gewesen und er habe die Fabrik schon besichtigt, der »Kleine« tat beleidigt, fand, er sei ja immer zurückgesetzt worden, Großvater machte »Ho! Ho!«, schob ihm den Beleg des von ihm bezahlten Kaufpreises der Apotheke hin, nur Vaters Augen zitterten noch immer. Er sagte, nach einem Blick zu seiner Frau hin, er sei in B. glücklich, fühle sich dort wohl und hätte Erfolg mit der Produktion von Spanplatten – doch niemand hörte zu. »Oha« brüllte, es werde jetzt angestoßen auf die neue Firma, mein Cousin und ich holten weitere Flaschen aus dem Keller. – Holt noch einen Pinard!, sagte Großvater, und wir kicherten, denn auch wir Kinder tranken mit, weil Großvater wollte, dass wir das Trinken von klein auf lernten, nicht erst im Militärdienst: – Pinard, alberten wir, er meint Pinot, und sagten: – Da hast du deinen PINARD!, und Großvater stutzte, sah uns mit aufblitzendem Hass an, machte dann: – So! und: – Schenk ein!, und erst Jahrzehnte später würde ich herausfinden, dass der schwere algerische Wein in der Legion »Pinard« hieß, der Sergeant den vielen Pinot in seinem Weinkeller als Ausgleich für den Mangel von damals hielt. Jetzt konnte man trinken, so viel und so lange man wollte, und das Wohnzimmer würde zur Unteroffiziersmesse von damals, doch nur er wusste, was die anderen nicht wussten, dass wir mehr und mehr an den Rand der Wüste glitten. Und die Stimmen wurden lauter, die Gesichter hitziger, die gegenseitigen Anwürfe verletzender. Die Wörter schwitzten ein Gift aus, die Sätze vereiterten zu Hohn: »Schlachten« nannten mein Bruder und ich diese Stunden, Schlachten, die sich von da an beinahe jeden Sonntagnachmittag wiederholten und in denen auch wir Kinder Mal für Mal verloren: Mein Bruder, indem er ein Leben lang – wie er mir viel später gestand – diese Stimmen in seinem

Kopf hören musste, befehlend, herabsetzend, zurechtweisend, ein Lärm, dem er sich selbst durch Auswandern nicht entziehen konnte. Ich, indem mir während der Schulzeit diktierte Wörter unverständlich waren, ich keine Diktate mehr schreiben konnte, da sich die Sätze zur breiigen Masse aus Buchstaben zersetzten, deren Bedeutung ich nicht begriff, und meine Schrift zu einer Zitterlinie verkam, vor der die Lehrer ratlos standen: Eine Störung, von der sich nur mir noch bemerkbare Reste erhalten haben.

Und Großvater beschloss, eine Zigarre zu rauchen, während aus der Küche die Geräusche drangen, welche die Verlassenheit im Esszimmer noch vertiefte, doch Hans H. fühlte sich wohl, er hielt die sandfarbene Walze zwischen den Fingern. Er hatte seine Söhne losgekauft, ihnen die Route auf der Karte mit den Goldstücken gelegt, mit dem Geld, das er seit damals erworben und erspart hatte: Die Apotheke für den »Kleinen«, die Gießerei und Maschinenfabrik B. für die beiden Älteren. Hatte für sie getan, was sein Freund, der Juli, einstmals für ihn getan hatte, als er ihm Geld nach Sidi-Bel-Abbès schickte, damit er über Tunesien und Sizilien desertieren konnte. Das war er seinen Söhnen schuldig gewesen, als Vater, den er selbst kaum gehabt hatte.

Und Großvater hielt die Zigarre an den Enden, drehte sie sacht zwischen den Fingern, prüfte das Deckblatt, und diese Berührung war sanft, als wickelte er von der Tabakwalze einen zerbrechlichen Faden. Er konnte keine Zigarre halten, ohne nicht auch in den Fingerkuppen die nassen Blätter zu fühlen, wieder zu spüren, wie das gewesen war, das Blatt übers Knie zu ziehen, um die Rippen zu entfernen, sah auf der Netzhaut abgebildete Wickel mit Umblatt, die Lydia, seine Schwester, am Tisch unterm Fenster machte, die später als Zigarrenmacherin auch das Deckblatt überrollte und mit zwölf Jahren schon in der Fabrik, bei Giger, gearbeitet hatte. Der Daumenabdruck Gottes lag im Stumpenland, und in vielen der Strohhäuser wurde Heimarbeit gemacht, und wenn der Störschneider kurz vor dem Hausbrand noch achtzig Centimes Buße der Gemeinde bezahlen musste, weil die Kinder Hans und Rudolf in der Schule fehlten, dann nicht, weil die beiden sich im Dorf herumgetrieben hätten, sondern weil sie Tabakblätter ausrippten und es Kinderhände brauchte, um die abgeschnittenen Enden von Zigarren aufzudröseln, um sie für die Füllung neuer Stumpen wiederverwertbar zu machen. Und Großvater drehte sanft die Zigarre in den Fingern. Er prüfte ihren Körper, roch am Deckblatt, sah Lydia, eingesperrt in ihre Kammer, die sie bis zu ihrem frühen Tod kaum noch verließ. Eine Allergie hatte sie entstellt, die nie jung sein durfte, ließ sie fürchten, die Arbeit zu verlieren, falls jemand ihr wundes Gesicht sähe, die blutigen Flecken vom Tabakstaub der Blätter, die sie weiter um die Wickel rollte. Und Großvater brannte die Zigarre an, sorgfältig und wie es sich gehörte für eine Arbeit, die zu achten war, die verbrannte, sich auflöste, verwandelte in eine Gegenwart des Genusses, den er sich leisten konnte. Weil er eine schöne Handschrift gehabt hatte. Und der Stärkste war. Und darum überlebte.

XXV

GRAFFITI

Sturmböen trieben den Regen über die Geleise, ich suchte die Abzweigung, die ich beim letzten Mal in Großvaters Chevrolet gefahren war, hielt am Straßenrand. Der Wind rüttelte am Wagen, ich lauschte auf das Prasseln der Tropfen, dann steckte ich das Notizbuch in die Tasche der Jacke, machte die Kamera bereit, zog die Kapuze hoch.

Es war ein zweistöckiges Verwaltungsgebäude gewesen, bei dem Großvater geparkt hatte, vor dem zwei Tannen und ein Ahorn wuchsen und über dessen Eingangstür, auf dem Vordach, in schlichten Buchstaben »Eisen- und Stahlwerke AG« stand. Großvater, am dirigierenden Stock, lotste sich durch die Einfahrt des Werkgeländes zur Rückseite des Pförtnerhauses, wo er sein Büro hatte, und ich war enttäuscht über dessen Enge und spärliche Einrichtung. Ein altes Pult, ein hölzerner Drehstuhl, ein paar Regale, ein von Wachs und Gussstaub gedunkelter Boden, an den Fenstern einfache Gardinen, durch die ein gebrochenes Licht ins Innere fiel. Großvater suchte Akten hervor, während ich auf dem Stuhl ihm gegenüber Platz genommen hatte, die Schreibutensilien betrachtete, das Tintenfass aus Marmor, dessen Deckel an einen Stahlhelm erinnerte, eine längliche Schale aus demselben anthrazitfarbenen Material, in der die Füllfeder, Bleistifte, ein Rotblaustift lagen, daneben standen ein Fließblattwiegler und ein Aschenbecher – und selbstverständlich hielten auch hier wie auf Großvaters Veranda die beiden Gießer die Gusspfanne an der gegabelten Tragstange. Ein vergangener Ort! Als wäre ein Würfel Zeit übriggeblieben, angefüllt von der Atmosphäre der dreißiger, vierziger Jahre, zurückgelassen im Karst der Geschichte. Und Großvater stemmte sich aus dem Holzdrehstuhl hoch, er, der vielleicht selbst wie ein Girod-Ofen war, in dem beständig das Eisen glühte, forderte mich auf, ihm zu folgen, und ich bin neben ihm, ein Junge damals, durch das Werkgelände gelaufen, an der Halle der Maschinenfabrik vorbei, wo unter dem Vordach Rohre und Kisten mit Eisenteilen gestapelt waren, zu den Stahlgusshallen, diesen Kathedralen des Rußes, unter deren Kreuzbalkenkonstruktion des Daches die Transportkräne schwebten, auf automatisierten Gussstraßen die Formkästen liefen, in deren Öffnungen sich aus der Pfanne der Glutstrahl ergoss, ein ohrenbetäubender Lärm herrschte und die Arbeiter in blauen Überkleidern, fettige Mützen auf dem Kopf, in schweren Schuhen durch den Staub stapften. Ich fühlte Scham an der Seite dieses schlohweißen Mannes, der im grauen Anzug, seinen Stock in der Hand, über die Wege und in die Hallen trat, mit seinem Erscheinen ein Dämpfen des Lärms bewirkte, die blauen Gestalten wie ein Magnet anzog, dass sie sich ihm zuwandten, und der in die heiße, stickige Luft brüllte. Ein Vorarbeiter, der eben noch beim Abstich gestanden hatte, zerfiel in einzelne Körperteile, von denen ich nur noch die Beine erinnere, die in Schuhen und blauer Hose rannten – und war doch ein Mann gewesen, wie unser Nachbar, wie die Väter meiner Schulfreunde, mit Falten und ernstblickenden Augen.

Und ging jetzt im treibenden Regen an den Geleisen entlang, um den Ort nochmals aufzusuchen, an dem ich dieses eine Mal gewesen war, den ich in mir trug wie einen Klumpen verschütteten Stahls.

Das Pförtnerhaus stand noch, verbunden über der Werkeinfahrt mit dem Verwaltungsgebäude, das allerdings anfangs der siebziger Jahre durch einen Glas-Aluminiumbau ersetzt worden war: Stumpf verdreckte Scheiben. Die Fassade des Pförtnerhauses, die daran anschließenden ehemaligen Garderobe- und Waschräume der Gießereiarbeiter waren mit Graffiti bedeckt, eckige, schwarzumrandete Formen. Über dem Eingang hing eine grüngoldene Tafel, sorgfältig gemalte Zeichen in – wie ich vermute – tamilischer Schrift. Eine serbische Fahne war über die Tür eines Magazins genagelt, ein Blechschild mit rotem Halbmond über die des anderen. An der Formschreinerei war das Logo eines Kommunikationsunternehmens angebracht, blau, in englischer Sprache, während in den langgestreckten, einstöckigen Labors ein Architekturbüro und eine Werbeagentur diskrete Schilder an den Türen hatten. Die Gießereien waren bis auf die Ofensockel ausgeräumt, sie dienten als Lagerhallen, in denen die alten Laufkräne unter der Kreuzbalkenkonstruktion des Daches noch immer ihren Dienst taten. Kein Ruß, kein verbrannter Sand mehr, die Wände waren geweißt, die Oberlichter neu verglast. Nur gerade noch der Kern der Industrieanlage, die aus gelblichen Ziegelsteinen gebaute Maschinenfabrik von 1894, jene mechanische Werkstätte, aus der sich im Zuge der Industrialisierung die »Eisen- und Stahlwerke AG« entwickelt hatte, war auch jetzt noch eine Maschinenfabrik. Dort standen zwischen Kisten mit Eisenteilen, Rohren und Trägern zwei Akkumulatorenfahrzeuge, beschriftet mit dem alten Firmennamen, ein Transportwagen und ein Gabelstapler, fahrtüchtig und genutzt. Die späten Zeugen von Großvaters Idee anfangs der dreißiger Jahre, vorzusorgen, unabhängiger von Rohstoffen zu werden, der Elektrizität alle möglichen Lebensbereiche zu öffnen.

Jede Woche, wenn ich Geld bringen musste – ich denke, es waren Zahlungen für die Gießerei und Maschinenfabrik B. in S. –, saßen wir schweigend am Schiefertisch auf der Veranda, ein Glas Wein vor uns. Die Uhr stichelte ihren Saum entlang des Nachmittags, unterbrochen nur von den langgezogenen Seufzern, die aus der Tiefe von Großvaters Körper heraufdrangen und in einem »jaja« endeten. Seine fleischige Hand wischte die Spinnwebe vom Gesicht, wie erstaunt schauten die Augen in die Ferne, weit und hell, dann senkten sie sich wieder, ihr Blick drang in die Schwärze der Platte, und ich wusste nicht, was Großvater dort sah. Ahnte er, dass es trotz Konjunktur mit den Eisen- und Stahlwerken – wie er sie geführt und als Produktionsort geformt hatte – vorbei war? Dass aus der Gießerei und Maschinenfabrik, die er seinen Söhnen gekauft hatte, kein Konzern mehr werden würde, der seinen Namen trug? Dass der Zenit auch anderer Firmen der Elektro- und Maschinenindustrie, die bekannte Namen trugen und deren Patrons er gekannt hatte, überschritten war?

Dieses schiefrige, aschige, nebelverhangene Grau, das nach Herd roch und kühl war, einen feucht anfasste, nicht losließ, das er immer beargwöhnt hatte, wurde nun übertüncht. Eine Buntheit kam in die Straßenzüge. Die Warengeschäfte, die Autos, die Kleider der Menschen wurden farbig, Pastelltöne, die es in den Hügelhängen, den Wiesen und Waldrändern nicht gegeben hatte, milchig, weiche Farben, die auch in den Fotos der Zeitschriften zu finden waren, ein bequemeres Leben verhießen. Sie deuteten auf eine ihm fremde Warenwelt, die in nichts mehr an die Landesausstellung und das Panorama erinnerte, an dieses ordentlich Moderne als Produkt aus hergerichtetem Dorf und blühender Firma.

Die Söhne tranken jetzt Whisky, sie spielten Curling – zur Jagd gingen sie noch als Gäste –, trugen cremefarbige lange Strickjacken, mit Wildleder eingefasst, dazu Schottenmützen, an denen Clubzeichen angesteckt waren, schworen auf VAT 69, fuhren in die Höhenkurorte zu Turnieren und im Sommer ans Meer, an die italienische Riviera, von wo sie Karten schickten, auf deren Rückseite sie von Eiskrem und Espresso schrieben – oder sandten ein Foto, das die Familie in Shorts und mit breitrandigen Strandhüten zeigte. »Sehen wir nicht aus wie amerikanische Touristen?«

Und manchmal denke ich, Großvater blickte hinab, sah auf der Schwärze des Schiefers die Bilder von Strohhäusern, Regen, der aus den vermoosten Halmen troff, sah die Bank neben dem Eingang, wo er und sein Bruder »ausrippen« mussten, um – wenn es zu dunkel war – die Arbeit im Licht der Petroleumlampe fortzusetzen, bei Rauch und beißendem Geruch, bis der Kopf auf die Brust sank und die Flammen aus dem Dach schossen, der Störschneider am Reistelstutz stand, das Gesicht glänzig von Tränen, und sein Jüngster bei den »Schmudlers«, zwei Häuser weiter unten, verdingt wurde, wo es nicht genug Essen, dafür Schläge gab und der »Raubvogel« auf dem Leiterwagen im »Löwen« geholt werden musste, weil er nicht mehr stehen, aber noch immer fluchen konnte. Und Pfarrer Zschokke fand, der Bub habe eine schöne Schrift, er gehöre ins Seminar, um ein Schulmeister zu werden, und er gleichwohl mit einem Glas eingemachter Zwetschgen nach Burgdorf gehen musste, mehr weggejagt als hingeschickt – und die Luft strömte aus dem mächtigen Leib, schwemmte ein »jaja« herauf. Großvater wischte mit der Hand die Spinnwebe vom Gesicht, sah mit hellen, geweiteten Augen in die Ferne, senkte den Blick, und war unter dem stumpfen, staubigen Himmel am Rande der Wüste, im Winkel beim Lagerschuppen von Lösch, wo sie nachts saßen, rauchten und tranken, ihre Lügengeschichten erzählten und versuchten, der Einsamkeit zu entrinnen, die sich aus Hitze und Langeweile lähmend um sie legte, der man zu entrinnen versuchte, indem man trank, mit einer Ordonnanz hinunter in den Qued ging, oder einem Affenweibchen, wenn es aus den Hitzeschleiern der Ebene tanzend kam, das Tuch aufs Gesicht legte – »jaja«.

Und die Bilder waren wieder und noch immer da, die er ein Leben lang versucht hatte, ungeschehen zu machen, und doch waren es nicht die Erinnerungen, die ihn quälten – sie waren sogar ein Zufluchtsort geworden, verborgen im Hintergrund, wie das Jagdhaus überm Dorf, vor dem er den letzten Cockerspaniel, als dieser alt war und am Hinterbein lahmte, mit der Büchse erschoss. Es war die Vergeblichkeit, die sich wie Schimmel in all das Erarbeitete und Erreichte fraß, ein anderes, zersetzendes Grau unter der zunehmend bunteren Außenwelt, und Hans H. hatte dieses Vergebliche doch schon früher gespürt, viel früher, »jaja«, und heftig rieb Großvater sein Gesicht. Doch die Spinnwebe ließ sich nicht abwischen.

Wenig blieb von Großvater nach seinem Tod. Der Koffer auf dem Boden mit der Uniform der Fremdenlegion, den Rangabzeichen eines Sergeanten, am Rock das Ehrenzeichen eines Scharfschützen. Der Fächer, der Mutter erstaunte und Großmutter zur rätselhaften Bemerkung veranlasste, sie sei froh, »dass nun endlich vorbei sei, was sie bis zuletzt hätte aushalten müssen«. Im Pult, neben den üblichen Akten, ein schmales Buch, in das Gedichte und Merksätze in Großvaters sauberer Handschrift eingetragen waren. Eine Handvoll Fotografien, die Mutter bei der Räumung aus dem Abfall fischte und nach Hause brachte, weil man etwas Unwiederbringliches nicht wegwarf, so auch eine Zeichnung von dem kleinen Haus, dem »Säntis«, das die Urgroßmutter gekauft und bis zu ihrem Tod bewohnt hatte.

Mir blieb die Schreibgarnitur seines Pultes, die dazugehörige Lampe und der Aschenbecher. Eine Handvoll Goldstücke.

Die Uniform wurde verbrannt, der Fächer ebenso, auch das Büchlein mit den Gedichten und Merksätzen. Mutter musste schwören, dass sie nichts gesehen habe, keinen blauen Rock, keine Hose, Gurt und Patronentaschen. Sie verriet mir das Geheimnis lange nach Vaters Tod, als jegliche Beziehungen zur

Familie schon seit Jahrzehnten abgebrochen waren und Ruth S., am Endes des Flurs, im vierten Stock des Pflegeheims, noch ein letztes Mal alle Kränkungen durchging, bevor diese endgültig in ihrem Kopf – den sie voll Abscheu zur Seite wandte – erloschen. Ich trug dieses »er war ja in der Fremdenlegion« mit mir herum und begriff erst spät, weshalb Sergeant Schnider die Uniform behalten hatte: Er wusste, was ich erst aus Büchern erfuhr, dass Desertion in der Legion das eine war, der Verlust der Uniform jedoch unausweichlich Cayenne bedeutete, das Bergwerk, aus dem keiner zurückkam.

Spätherbst, und die Morgen sind gezählt, in denen ich noch auf der Veranda überm Fluss meinen Kaffee werde trinken können. Die Kälte steigt vom Wasser hoch, diesem träge sich wälzenden Stück Nacht, überflossen von einem zweiten Strom kleiner Nebelballen, die abwärts treiben, schneller, wirbliger, getrieben von der Bise. Zu dunklen Umrissen drängen die Bäume aus der Dämmerung in den verhangenen Himmel, die Ufer, in ihrer heimlichen Geometrie, ziehen geradewegs auf die Kette von Lichtern zu, in deren Schein der Turm, das Wehr, die Schützen stehen. Ja, auch das ist mir geblieben: Großvaters Bild, seine »Utopie« in den Rahmen der Fenstersprossen gefasst, dort vor Jurazug, Hochkamin und seitlichen Masten: das Kraftwerk. Erneuert, ausgerüstet mit der neuesten Generation von Straflo-Turbinen, deren Rotation direkt auf den Generator übertragen wird und die dennoch unrentabel arbeiten, wie der leitende Ingenieur während einer Besichtigung sagte: Anderswo wird billiger produziert, und dieses »Anderswo« ist auch der Ort, wo heute die Gießereien stehen, die Stahlwerke und Maschinenfabriken.

Letzter Abstich, Eisen- und Stahlwerke A. *Als Ofen – was noch unvergessen – / Manch zähes Zeug hast du gefressen / Worauf aus deinem Bauch, dem vollen, / Stahl floss, worauf die Panzer rollen. / Nun, deine Arbeit ist vollendet, / Manch Ärger hast du uns gespendet, / Dir wollen wir trotzdem verzeihn, / Auch du gehst jetzt dann aus dem Leim. / Den Gießer holt der liebe Gott, / Als Ofen landest du im Schrott.*

Am Tag seiner Beerdigung, als die Familie sich nach der Feierlichkeit und dem Mahl im Esszimmer versammelte, sein Stuhl oben am Tisch, wo er stets gesessen hatte, leer blieb, bin ich ins angrenzende Wohnzimmer gegangen, habe – während die Stimmen durch die Tür drangen – das Bild angesehen, links neben dem Pult, auf halber Höhe an der Wand, das Bild »Irgendetwas aus seiner Jugend«, das nie jemand wirklich betrachtet hatte, auch ich nicht, und der Grund dafür war einfach: Man sah nichts. Ein unscharfes, schattenhaftes Schwarzweißfoto, graue Würfel, zwei parallele, geschwungene, dunklere Linien, Karrenspuren in einem weichen Untergrund, rechts, auf einem Buckel, eine Gestalt – ein Umriss nur – wie aus dem Gleichgewicht gebracht: Anfang einer Bewegung, die nie enden würde, weil unklar blieb, zu welchem Abschluss sie gekommen wäre, damals, vor vielen Jahrzehnten. Ich musste an das berühmte Foto des fallenden Kämpfers aus dem Spanienkrieg denken, das Gewehr seitlich hochgerissen, getroffen schon und noch nicht gestürzt, obwohl der Ausdruck ein ganz anderer war. Die Gestalt auf Großvaters Bild erschien auch nicht zentral, als hauptsächliche Aussage, wie bei jenem Foto aus dem Spanienkrieg. Wichtig war vielmehr der Hintergrund, so empfand ich es: Kein Himmel, kein Baum, nur Würfel. Graue, milchige, schmutzige Würfel von Häusern. Eine Geometrie von Kuben, die Ordnung in die sich verwischende Auflösung brachten, diese fasste, begrenzte und nichts, gar nichts von der Tiefe preisgab.

XXVI

QUED

Woher kannte er die Empfindung? Ein Weg, dunkel von aufgeweichter Erde, und Stimmen – von Juli? oder Miggel? – und sie redeten von einem General, doch unter seinen Schritten gab der Weg nach, als sänke er in Kernsand ein, dass er die Beine kaum noch heben konnte. Doch da war der Stock, und er hielt ihn, stützte sich auf den Griff, und aus dem Gegendruck kam die Erinnerung, ein beruhigender Halt: Er hatte doch eben erst das Schlafzimmer verlassen. Und davor, davor war er im Bad gewesen, hatte sich rasiert, summte das an- und abschwellende Gleiten über Wange und Kinn, ein Abtrennen und Durchschneiden, und vom Elektrogerät steigt ein süßlicher Geruch nach »Strom« auf, öffnet mit der Empfindung auf der Haut und dem Geräusch einen Trichter in den Tag, weitet das Bewusstsein – einstmals zu Werkhallen, Pultfläche, Schienensträngen und Gussstraßen, jetzt zu einer kühlen Stille des Hauses: Eine morgendliche Versicherung des Daseins nach der Nacht, und er sieht in den Spiegel, in die Züge, Falten, Klüfte – und in der Schlucht, zwischen den rötlichen Felsen floss das Wasser, zog wie grüne Glasmasse in die Enge hinab, zerschlug, schäumte um Kanten und Kanzeln – und er zieht die schlaffe Haut glatt, strafft sie, und der Apparat ist von bestärkender Konstanz. Großvater ist zufrieden mit der Rasur, seine Hand greift nach dem Stock. Die Läden im Schlafzimmer sind aufgezogen, ein Regentag, Ende August, der Sommer – zumindest die Hitzetage – ist vorbei, und es ist ihm recht. Er setzt sich auf die Bettkante, nimmt die elastische Binde, beginnt das linke Bein einzuwickeln, die Bahnen in einer sich überdeckenden Spirale satt anzulegen, mühsam vorgebeugt, ein Vorgang so leer, als gehörte er einem anderen, fernen Dasein an, einem Moment des Noch-nicht-Seins, bevor die Kleider, Hemd, Krawatte, die Weste und die polierten Schuhe den Herrn Direktor wiederherstellen. Er stößt sich von der Bettkante ab, ergreift den Stock – und, wie mit einer 8-mm-Kamera aufgenommen, sehe ich Großvater dastehen, das Haupt erhoben, um sich dann in Bewegung zu setzen, den Kopf zu neigen. Er schaut vor sich auf den Teppich, drei, vier Schritte weit, schiebt den Stock vor, dem die Körperfülle folgt – dieser Moment, als wäre er allein auf der Welt, allein mit dem Entschluss zu gehen, immer und überallhin, und es ist eine Ergebenheit in der Art, wie er das Gesicht neigt, den Blick vor sich auf den Weg zwingt.

Woher kannte er die Empfindung? Als schwankte der Läufer, als wäre der seitliche Parkettstreifen ein Abbruch.

Der Flur war dunkel, vom Ende über der Treppe

fiel ein blasser Schein durch das gerippte, von farbigen Gläsern umrandete Fenster.

Er brauchte einen Cognak.

Und Großvater wechselte den Stock von der rechten in die linke Hand, er war froh, das Treppengeländer erreicht zu haben, an dem er sich festhalten konnte, und das Feuer schlägt ihm heiß ins Gesicht, in der Pfanne »bäije« die Zwiebeln, er hat den Flachmann hinter den Büchern auf der Veranda, wo er ihn versteckt hält, vergessen, doch da löst sich der Schuss, ein Schlag trifft die Schulter, ein Schmerz – glühend wie Eisen – schießt von der Brust in den Arm, presst sein Herz zusammen, die Knie geben nach. Und Großvater strauchelt.

Einen Augenblick schwebte der massige Körper wie angehalten über dem Treppenschlund –

Und er ist auf der Felskante, oberhalb des Qued, wo er damals gekauert ist, geschwächt, geschüttelt von Fieber – Los, Schnider, du verdammter bicot, du trägst noch den Tornister von Smith, es gibt keine Kranken in der Legion, du Kamelscheiße von Simulant –, und er sieht den Weg vor dem Haus, Regen tropft aus dem moosigen Strohdach, das tief herunterzieht, tropft auf die Erde, eine Rinne Wasser – Durst, den man nicht löschen kann, man muss Tabakblätter ausrippen, und die »Schmudlers« stechen mit der Mistgabel durch die Kleider in den Rücken – Los, Schnidersch, muesch ders Frässe verdiene –, und die Mutter hockt am Fenster des »Säntis«, sagt, es sei schon mancher Sack zugebunden worden, er sei nicht voll gewesen, und aus dem Sohn eines Störschneiders brauche man keinen Schulmeister machen – und weißt du, Lösch, irgendwann wollte ich von meiner schönen Handschrift weg, die mich an die Bücher annähte –, und die Stimme von Lösch oder die eines anderen sagt: – Schneiderlein, du hast Fieber, und ich gebe dir einen Schnaps und etwas Chinin, und die Nacht hat einen heißen Aschestaub über ihn ausgeschüttet, der ihn gleichwohl hat schlottern lassen, die Mulets stehen um zwei Uhr früh gesattelt im Hof bereit – In der Legion gibt es keine Kranken, nur Gesunde und Tote – und der Adjudant, der seinen Kaffee mit Schnaps trinkt und ihn aus rotunterlaufenen Augen ansieht, sagt: – Mein kleiner Bleu, ich will dir was verschreiben, den Tornister von Smith, und wehe du lässt dir helfen, du Kamelscheiße von Simulant – und Hans H., Soldat der Compagnie montée des Zweiten Fremdenregimentes, senkt den Kopf, sieht drei, vier Schritte vor sich auf den staubigen Weg, schiebt das Gewicht zweier Tornister auf seinem Buckel nach vorn, marschiert los. Um sechs Uhr kommt die Sonne über den Rand der Ebene, da hat er schon drei Viertel seiner Feldflasche leergetrunken, und Smith sagt: – Halt dich am Sattelriemen fest, braucht ja keiner zu merken, verdammte Schinder!, und die Schatten werden rasch kürzer, die Hitze kommt wie ein Schmerz in die Glieder, er setzt sich in der Marschpause abseits, auf einen Felsvorsprung über dem Qued – trocken war das Flussbett, weiß, ein totes Steinband, und er drückt den Sicherungshebel nach unten, legt den Finger in den Abzugshahn, sieht in die schlierig staubige Luft, spürt den Schlag. Ein Ruck, und er fällt – fiel wie jetzt, wie er auch jetzt wieder zu fallen begann.

Sein Körper sackte zusammen, fiel auf die oberen Treppenstufen, überschlug sich, donnerte herunter wie damals, und er würde wieder Kienzle sehen, diesen »tête carée«, wie er im Qued, als sie beide noch »Bleus« waren, an der Felswand lehnte, hinter dem Leutnant – Verdammt, Schnidäär, du hast den Fuß verletzt –, die Hände am Gurt, das höhnische Grinsen im Gesicht, dieses höhnische Grinsen, das Kienzle auch später beim Abmarsch zum Kriegsgericht hatte, als er flüsternd zum Sergeanten sagte:

– Mich schickst du ins Bergwerk, doch du hast nicht mal den Mut gehabt, dir das Leben zu nehmen, Schnider –

Und der Atem strömte in einem Seufzer aus ihm heraus, dann lag der massige Körper da, reglos.

Die besseren Zeiten

*Wo die alten Spuren verblasst sind,
dort kommt ein neues Land mit allen seinen
Wundern zum Vorschein.*

Spruch zur Konfirmation des jungen C., der anders als es
Tagore gedacht hatte, sein blaues Wunder erleben sollte.

Für meinen Vater

I

SCHNEE

Ankommen – nach einer Fahrt über die Jurahöhen, durch Schneetreiben, mit Schwanken und Rucken in diesem engen Gefährt, das, von Vater gesteuert, am Ende des Dorfes S. unvermittelt vor einem Garagentor hielt. Der Motor erstarb, eine Stille legte sich um den Wagen, und in den Scheiben standen unbewegt die Ausblicke. Vater, der seinen Kopf gegen das Wageninnere wendete, so dass die kurze, gerade Nase und sein kantiges Kinn als Silhouette unter der Hutkrempe sichtbar wurden, sagte:

– So! Da werden wir wohnen.

Die Worte weckten eine Erwartung, die uns aussteigen hieß, Mutter in ihrem Biberfellmantel, in neuen gefütterten Schuhen, die sie »fürs Dorf« gekauft hatte, mein Bruder und ich in schweren Wollmänteln, die Baskenmützen auf dem Kopf. Wir standen auf dem Vorplatz, in der kalten schneidenden Luft, folgten stapfend Vater durch den gedeckten Eingangsbereich und betraten das Haus, die leeren, hallenden Räume.

– Ich habe mir das ganz anders vorgestellt, sagte Mutter, als sie vom künftigen Esszimmer durch die Schiebetür ins Wohnzimmer trat. Und ich stellte mich ans Fenster des dämmrigen Zimmers, das ich mit meinem Bruder teilen sollte, sah hinaus in eine Schneelandschaft, die sich unter einem nebligen Grau bis an den Fuß eines Hügelzuges erstreckte, eine Ebene, in der kein Zeichen den Blick aufhielt. Und ein aus Neugier und Ängstlichkeit gemischtes Gefühl bedrängte mich, der ich seit ein paar Augenblicken am Fenster meines künftigen Zimmers stand, in die Ebene hinaussah, und mir nicht klar wurde, ob ich wirklich hier sein möchte, in dem Dorf S., wohin die Familie an diesem Februartag am Anfang der Fünfzigerjahre hatte umziehen müssen.

Vaters Augenkrankheit, die er als junger Mann erlitten hatte, entschuldigte für Mutter so manches, was er an Unverständlichem tat. In B. waren sie doch glücklich gewesen, und dennoch hatte er widerspruchslos eingewilligt, hierher ins Dorf zu ziehen, um Teilhaber einer Gießerei zu werden, die Großvater gekauft hatte.

Vaters Augen waren um die helle Iris gelblich verfärbt. Sie hatten feine Buckeln wie von Insektenstichen, Vernarbungen der Spritzen, die er täglich drei Mal während seiner Erblindung erhalten hatte. Nach Wochen öffnete sich im einen Auge doch noch eine Spalte, drangen Licht und verschwommene Umrisse zu ihm durch, und Vater wurde geheilt, obschon man ihn bereits die Blindenschrift hatte lernen lassen.

Ich liebte diese Augen mit den feinen Buckeln, in die unerwartet eine Hilflosigkeit kommen konnte, die sonst an seiner stattlichen Gestalt nicht zu finden war. Dann zitterten die Augäpfel, glitten hin und her, als würden sie versuchen, zwei Dinge, die sich aufeinander zu bewegten, in den Blick zu fassen, und dieses angstvolle Flimmern war auch an jenem Sonntag im Herbst in seinen Augen gewesen, als wir nach A. »beordert« wurden. Großvater saß oben am Tisch, um den sich die drei Söhne mit ihren Frauen und Kindern versammelt hatten, Großmutter die Weingläser, Käse und Aufschnitt bereitstellte. Er saß in dem Stuhl, der als einziger Armstützen hatte, ließ die Hand auf einen gelben Umschlag fallen, der vor ihm lag, sagte, es sei jetzt genug geredet, sie sollten zuhören. Er habe eine Maschinenfabrik und Gießerei gekauft, W. und O., die beiden älteren Söhne, hätten die Firma zu übernehmen, müssten ihre jetzigen Stellungen kündigen und W. nach S. umziehen. Während sein Bruder lärmte – er habe die Fabrik bereits »inspiziert« –, glitt Vaters Kopf nach vorn, sein Gesicht nahm einen stumpfen Ausdruck an, seine Schultern rückten zusammen, als machte er sich klein, würde eingeklemmt – und W. fühlte eine Beengung wie damals, als er während des Militärdienstes durch die Schneedecke des Morderatsch-Gletschers eingebrochen und in die Eisspalte gefallen war. Die Stimmen um ihn her waren ein reißendes Geräusch im Eis, die Forderung, seine jetzige Stellung als Leiter einer Fassfabrik aufzugeben, eine Wand, die glasig kalt ihn zu erdrücken drohte, und er rief, dass es in seinen Ohren dröhnte, er wolle in B.

bleiben, er sei dort mit seiner Familie glücklich und mit der Arbeit zufrieden, habe einen Bekannten- und Freundeskreis, den er nicht aufgeben möchte, und merkte, dass nichts davon wirklich nach außen drang, seine zögerlichen Sätze ungehört blieben. Kein Seil wurde herabgelassen, niemand zog ihn hoch. W. sah, wie die Spalte sich über ihm schloss. Er müsste das Unvermeidliche akzeptieren, ebenso wie das Erblinden damals, und Vaters Blicke zitterten. Dann kamen sie zu einem Stillstand. Ohne Mutter oder einen von uns anzusehen, sagte er, er sei einverstanden, er werde kündigen, nach S. ziehen. Dann warf er den Kopf auf, und der Ton, in dem er weitersprach, glich dem des Großvaters:

– Wir werden die Bude in Schwung bringen.

Mutter hatte schon in B. den Grundriss der Wohnung maßstabgetreu aufgezeichnet, dann eine Seite aus dem Rechenheft meines Bruders getrennt, um daraus Rechtecke zu schneiden, die in ihrer Proportion den Möbeln entsprachen, Kasten, Dressoir und Buffet für das Esszimmer, in dem das Oval des Biedermeiertisches die Mitte einnahm; Sofa, Rauchtisch, Fauteuils, den Bücherschrank und die Kommode aus Cöln für das Wohnzimmer; dazu Betten und Schränke. Sie schob diese Schnipsel auf dem Plan von einer Seite zur anderen, suchte in stundenlangem Brüten neue Kombinationen, geleitet vom Wunsch, die Zimmer möglichst ähnlich wie die in B. einzurichten. Auch dort, in dieser von ihr so geliebten Wohnung, hatten sich Wohnzimmer und Esszimmer gegenüber gelegen, allerdings getrennt durch einen zum Wohnzimmer hin offenen Flur, während hier in S. eine Schiebetür die beiden Räume verband. Doch die »Ambiance« zu bewahren – ein für Mutter typisches Wort –, war die eigentliche Aufgabe, und die beschäftigte Mutter so sehr, dass sie kaum einmal aus den Fenstern sah, nicht wahrnehmen wollte, wie die Umgebung eine völlig andere war als in B., sich hinter dem Garten der Schnee zu einer Ebene weitete, blendend und leer, bis an den dunkel hereinbrechenden Wald.

Schnee hatte es in B. nur in Wörtern gegeben: Isch echt do obe Bauwele feil? Sie schütten eim e redli Teil in d' Gärte aben und ufs Hus; es schneit doch au, es isch e Gruus… Schnee in Wörtern eines Dialekts, den ich selber sprach. Ihr Klang öffnete eine Landschaft, die an Zeiten großzügiger Gemächlichkeit erinnerte, in der es das »Herehus« und »Chilchedach« inmitten der Gärten gab, umringt von Gassen und Plätzen, aus denen die Landstraße hinaus in die Äcker und Felder führte.

Hier im Dorf jedoch gab es keine feilgebotene »Bauwele«, hier lag nur einfach Schnee, knietief und zu Walmen von glasigen Brocken an den Straßenrändern aufgepflügt. Die Luft war eisig und klar, schlug sich hart an den Kleidern nieder, war von einer Helligkeit erfüllt, die erst an den Rändern in eine weiche, auch den Himmel bedeckende Trübe überging. Die Blendung des Schnees warf in die noch leeren Zimmer eine Schonungslosigkeit, die durchdringend war und immer schon aufzeigen würde, was man verbergen und nicht sehen wollte: Dass das Haus schlecht gebaut war, die Ziegelsteine als leichte Umrisse unter der Tapete sichtbar blieben. Dass wir einer ungeschützteren, auch einfacheren Lebensart ausgesetzt wären, die wir – außer vielleicht Vater von seiner Jugendzeit her – nicht kannten. Hier gäbe es keine solide und seit Jahrhunderten gewachsene Umgebung aus Straßenzügen und Gebäuden wie in der Stadt, den Park mit der Villa, auf die man von unserem Balkon aus gesehen hatte, keine Kapelle vor alten Häusern, deren spitzbogige Fenster von rotem Sandstein eingefasst waren. Im Dorf lagen die Häuser vereinzelt in Brachen und Feldern, waren nur lose um das Gemeindehaus aneinander gereiht, und während ich am Fenster meines Zimmers stand, hinaus in die Ebene und zum Wald hin schaute, beschlich mich die Angst, die raue, gewalttätige Wirklichkeit finde leichteren Eingang in diese von Lücken durchbrochenen Häuserreihen als in der Stadt. Unser Haus war zudem das letzte des Dorfes, bereits auf der anderen Seite der Bahnlinie errichtet, und stand unmittelbar an der Hauptstraße.

– Die Wohnung ist zu eng, sagte Mutter, weshalb baut man hier auch so kleinlich.

Und doch schaffte sie es, die Anordnung der Möbel

weitgehend derjenigen in der Wohnung von B. anzugleichen, allerdings erst mit Hilfe von zwei Arbeitern der Gießerei, welche die Stücke in den Zimmern herumrückten. Ein Rest ihrer Bemühung blieb jedoch ungelöst: das Kinderzimmer. Nichts, aber auch gar nichts von der dafür vorgesehenen Einrichtung wollte passen. Es war der kleinste und engste Raum der Wohnung, und die Lösung dieses Problems wurde Vater übertragen. Er ließ in der Modellschreinerei der Firma ein Kajütenbett herstellen, und da wir schon keine eigenen Zimmer hätten, sollte jeder wenigstens ein Pult bekommen, mein Bruder eines und ich eines. Diese wurden umgehend vom »größten Möbelzentrum« angeliefert, zwei identische Modelle, die, nebeneinander an die Wand gerückt, das Zimmer noch enger und schmaler machten, zumal sich das Kajütenbett als ein grobschlächtig sperriges Ding aus Fichte erweisen sollte. Es war aus Stangen und Brettern gewaltsam zusammengeschraubt worden, »primitiv«, wie Mutter fand, während die Pulte, braun lackiert und mit goldenen Schlüsseln versehen, noch nicht einmal ihren Kommentar verdienten. Sie waren nur einfach »typisch« für dieses neue, billige Zeug, das in dem riesigen Fabrikwürfel am Ausgang des Dorfes angeboten wurde: Möchtegern-Möbel für Leute ohne Geschmack. Wir Jungen jedoch fanden die Pulte ganz praktisch, sie hatten Schubladen zu beiden Seiten, und die konnten wir abschließen. Einzig, dass die Platten sich schon nach kurzer Zeit durchbogen, die Schubladenteile sich spreizten, die Bücher und Bleistifte zur Mitte rutschten, störte ein wenig. Mutter resignierte sanft, nachdem sie anfänglich noch gegen die Einrichtung unseres Zimmers protestiert hatte, ohne in ihrem Urteil allerdings milder zu werden. Etwas war in die Wohnung eingedrungen, das nicht in ihr sorgfältiges Arrangement gehörte, das sie als unpassend und ihrer Lebensart in keiner Weise entsprechend empfand: Etwas Grobes, Anzeichen eines Verlustes von »Niveau«.

II

RUSS

Der Platz vor der Eisengießerei und Maschinenfabrik verengte sich zu einem trichterförmigen Weg, der hinab zwischen die zusammengewürfelten Gebäude führte, an deren Ende Rauch in den bleiernen Himmel quoll. Rußig waren die Gebäude, schmutzig der Schnee, und W., das Ledermäppchen im Schoß, blieb einen Augenblick noch hinter dem Steuer seines Wagens sitzen.

Er hatte schon einmal, während des Krieges, eine Gießerei und Maschinenfabrik auf Anordnung seines Vaters geleitet. Das war lange her, und wenn er nun in dem engen Gefährt auf dem Vorplatz der Firma, die jetzt ihm und seinem Bruder gehörte, sitzen blieb, durch die Windschutzscheibe hinab in diesen rußigen Trichter sah und die allmählich eindringende Kälte spürte, so tat er dies, weil er sich in die Atmosphäre von damals zurückversetzt fühlte. Er hatte nach dem Krieg die Fabrik und damit den Einflussbereich seines Vaters verlassen, war nach B. übersiedelt. Die Zeiten änderten sich, etwas Neues kündigte sich an. Das Leben sollte nach all dem Furchtbaren leicht und bequem werden, man wollte in hellen, modern gestalteten Räumen wohnen, mit Einrichtungen, die für jedermann erschwinglich wären: Statt Fässer, die niemand mehr brauchte, fabrizierte W. in der Fabrik, die er als einen maroden Betrieb übernommen hatte, Holzspanplatten, aus denen sich Kücheneinrichtungen, Einbauschränke, Wohngestelle herstellen ließen, Novopan, das wie Holz aussah, jedoch aus gepresstem Sägemehl oder Hobelspänen bestand und mit den neuartigen Farben gestrichen werden konnte. Dieser leichtere und buntere Alltag hatte in der Stadt schon begonnen, man spürte die Zuversicht, es ginge den besseren Zeiten entgegen, in denen es genügend von allem und für alle geben würde. Die Nöte der Vergangenheit fänden nun für immer ein Ende. Und W. saß in dem engen Gefährt, blickte durch die randlose Brille und die Windschutzscheibe in den Trichter und diese Kargheit hinab. Hier hatte nichts begonnen. Er war zurückversetzt in die Vierzigerjahre, und die Atmosphäre war unverändert geblieben wie auf einem Photo: Grau und dunkel trotz Schnee, kalt wie ein Stück Eisen.

Ein *Dumpf* – das war, was heute unweigerlich in die Möbelstücke gestoßen wurde, wie gut man diese bei Umzügen auch schützen mochte. Im Stiegenhaus, bei einer zu engen Tür, durch die Kraftmeierei der Träger: Unausweichlich gäbe es diesen aus einem Stoßen, Schwanken entstehenden Ton, dumpf – und ich vermute, dass Mutter von diesem gedämpft hohlen Klang her das Wort ableitete, ja erfunden hat: *der Dumpf, die Dümpfe* – womit eine Delle gemeint war, die durch eine unsorgfältige Handhabe, beim Anstoßen an der Wand oder an einer Ecke in einem Möbelstück entstand. Ich musste sie mir ansehen, die »Dümpfe«, die eigentlich Wunden an der Seele meiner Mutter waren, und ich habe im Kopfalbum meiner Erinnerungen das Bild eines Exemplars aufbewahrt: Eine fingerbeerengroße Vertiefung, die Mutter im polierten, abgedunkelten Holz der Biedermeierkommode, umrandet von einer feinen Bruchlinie, nach der endgültigen Platzierung des Möbels entdeckte. Sie fuhr mit der Hand darüber. Ihr Gesicht drückte Ärger und Schuld aus. In ihrem Kopf begannen die Sätze so oft mit: »Man stelle sich vor« – und das hatten Vater, mein Bruder und ich angesichts des Dumpfes über Tage hin zu tun, nämlich uns zu vergegenwärtigen, dass die Kommode schon im Stammhaus der mütterlichen Familie am Marktplatz von Flamersheim gestanden hatte, in dem ehrwürdigen Haus zwischen Synagoge und protestantischer Kirche, Sitz der Tuchhändler, Gold- und Silberminenbesitzer S., deren Namen zu erwähnen schon Napoleon für nicht zu gering hielt. Und wir hatten uns vorzustellen, dass diese vornehmen Kaufleute, deren Konterfeie nun nach Alter und Verwandtschaftsgrad geordnet über eben dieser Kommode hingen, das glatte, polierte Holz mit ihren Händen berührt hatten, über die Platte gefahren waren, auf die sie eine Tasse abgestellt, einen Brief gelegt hatten. Sie zogen an den ornamentierten Bügeln der Schubladen, um vielleicht wie Mutter eine der gestickten Decken herauszunehmen, die sich noch heute darin befanden. Und erst, wenn uns diese Bedeutung bewusst geworden war, mussten wir uns ferner vorstellen, wie diese Kommode nach Köln, von dort nach Rapperswil und Zofingen und weiter nach Bukarest gereist war, schließlich zurück nach B. gelangte, wo sie als ein Geschenk der Eltern in ihren Haushalt kam, die Zeit und die weiten Wege jedoch ohne wesentliche Beschädigung überstanden hatte, nun aber, da man gezwungen worden war, in ein Dorf zwischen Molassehügeln zu ziehen, einen »Dumpf« abbekommen hatte: Etwas, das nie mehr rückgängig zu machen war, auch wenn Mutter eine Methode kannte, »Dümpfe« zumindest der Auffälligkeit zu entziehen. Sie betupfte mit einem kleinen Schwamm die Stelle, geduldig und vorsichtig, denn die Delle stand in Konkurrenz zum Lack. Zu starke Durchnässung hätte den Lack geschädigt, er wäre um die Delle herum blind geworden, grau wie Schimmel, während andererseits das Befeuchten nötig war, um das alte Holz quellen zu lassen. Man musste mit Möbelpolitur nachhelfen – und irgendwann die Stelle auch einfach vergessen, weil nichts so wurde und blieb, wie man es sich vorgestellt hatte.

W. entschied sich, statt der paar Schritte vom Auto zur Treppe, die zu den Büros hinaufführte, durch den rußig matschigen Schnee hinunter in den Trichter zu gehen, den Betrieb der ganzen Länge nach zu durchschreiten, und zwar in der Mitte, ohne sich groß um die Gebäulichkeiten und Leute zu kümmern. Er würde die Arbeiter, die vor der Maschinenhalle in ihren schmutzigen Überziehern an einem Werkstück hämmerten, mit einem knappen Nicken grüßen, bei dem jungen Kerl, der ohne Schutzbrille eine Schweißnaht schliff, nicht stehen bleiben und auch keinen Blick in die Kernmacherei werfen, deren Tür wegen der Hitze offen stand, ihren verbrannt öligen Geruch entließ, den er vor sechs Jahre noch täglich eingeatmet hatte. Es war für ihn damals bei aller Einschränkung, die der Krieg mit sich brachte, erträglich gewesen. Er hatte seiner Augen wegen keinen Militärdienst leisten müssen, man unternahm mit der Familie, was möglich war, eine sonntägliche Wanderung im Jura, ein Essen mit Freunden im »Schwarzen Turm«. Es hatte auch Irritationen gegeben, und W. streifte die Erinnerung an das Büromädchen nur flüchtig. Sie war so jung gewesen und hatte eine Jugendlichkeit besessen, die er wegen seiner Erblindung nie gehabt hatte. Ihre Nähe ließ ihn einen schmerzlichen Mangel spüren, den W. nicht benennen konnte, auch jetzt noch nicht, der ihn aber entgegen seiner Absicht einen Moment beim offenen Tor zur Gießereihalle einhalten ließ. Er rückte an der Brille. Es war dunkel in seinen Augäpfeln gewesen wie in dieser Halle hier, ohne die Umrisse, die er jetzt allmählich wahrnahm. Die Gusspfanne am Laufkran schwenkte ein, der Glutstrom aus dem Ofen schoss sprühend hervor. Und W. wandte sich ab, sah geblendet auf die verschneite Schrotthalde und die Holzverschläge mit den Eisenmasseln. Die winterliche Luft wehte einen harzigen Geruch aus dem verwinkelten zweistöckigen Gebäude der Modellschreinerei herüber, hinter deren mit Holzstaub beschlagenen Scheiben die Sägen krischen und Drehbänke grollten. In B. war alles wieder zur Ordnung gekommen. Es war ein Neuanfang gewesen, und er hatte in einer leichteren Stofflichkeit und in hellen Farben stattgefunden, in einer Umgebung ohne Ruß, ohne Eisen, ohne schmerzlichen Neid.

Im Schnee des Gartens entdeckte ich Spuren. Überall gab es die Eindrücke, gerade und gezackte Linien hinter den aufgepflügten Walmen an der Straße entlang, in der Ebene gegen den Wald hin, und ich beugte mich über diese Vertiefungen, griff in sie hinein, um unter dem eingewehten Schnee nach der härteren Form zu tasten. So ließe sich lesen, welches Tier in welcher Richtung hier durchgegangen sei, hatte Vater gesagt, ob langsam oder auf der Flucht – »Siegel« nenne man die Spur in der Jägersprache, und ich entdeckte, während ich hinter Vater her die Treppe zur Turnhalle hinaufstieg, um während der »großen Pause« beim Rektor für die zweite Primarklasse angemeldet zu werden, dass auch Vater Siegel hinterließ, ja hier überall solche Siegel waren, wie es sie in B. nicht gegeben hatte. Siegel, die auf schwere Schuhe verwiesen, wässrige, von Schneeresten durchsetzte Abdrücke, die zu glänzigen Wegen wurden, wo viele Leute gingen, und die Schmutz für Mutter bedeuteten, der milchig braun wurde, wenn die Feuchte eintrocknete, der Glanz blind wurde. Vaters Siegel jedoch waren anders, seine Abdrücke verrieten nicht allein eine tiefe Gummisohle, die aus scharf gezeichneten Rauten und Bogen bestand und einzelne, fest gepresste Würfelchen zurückließ, Vaters Trittspuren waren schwarz. Sie färbten den Schnee und die wässrige Spur auf dem Klinkerboden nicht mit Resten von Erde oder mit dem Schlamm ungeteerter Straßen, sondern mit Ruß.

Und W. stapfte zum Vorplatz zurück, den Blick vor sich auf den matschig verdreckten Weg gerichtet. Als er sich nach der Treppe wandte, die hinauf zu den Büros führte, stand neben seinem Wagen, breit und mächtig, der moosgrüne Chevrolet seines Vaters.

W. wurde mit jeder Stufe, die er zu dem ehemaligen Mühlengebäude hinaufstieg, jünger und unsicherer, spürte eine Ängstlichkeit, die er hinter einem zunehmend ernsteren, stumpferen Gesichtsausdruck zu verstecken suchte, beschwor sich mit einer Litanei von Worten – »er hätte es doch nicht nötig« und »er habe schon bewiesen« –, und verlor dennoch mit jedem Tritt an Selbstvertrauen. Der Flur war kühl, es roch nach der Zigarre seines Vaters, und W. blieb einen Augenblick auf dem Läufer vor der Tür zum Büro seines

Bruders stehen, sah auf die glasig schmutzigen Schneereste, die in den Kokosfasern versickerten, klopfte an.

Sein Vater saß am Besprechungstisch, den Stock an die Kante gelehnt, den Kopf mit der Linken aufgestützt. In der Rechten einen Bogen Papier, sah er seinen Ältesten an, der im Rahmen der Tür stand, blickte ihn aus kalten, tief in die Furchen gebetteten Augen an: Der dort, in der Tür, dieser groß gewachsene, schlanke Mann, der einen feinen Schottenschal glatt gezogen zwischen den Revers trug, einen geröteten Eindruck des Hutes auf der Stirn unter dem straff nach hinten gekämmten Haar hatte, war ein Träumer, der sich etwas Besseres dünkte, weil er sein Sohn war, der Sohn von Hans H., Direktor der Eisen- und Stahlwerke – und sein Vater wandte das Gesicht ab, eine Bewegung, die kaum merklich in den Augen begann, die Furchen seines Gesichts folgen ließ, die schlohweiße Mähne ins Licht drehte und als einen kaum wahrnehmbaren Nachhall in dem massigen Körper, der wuchtig auf dem Bürostuhl saß, zu Ende kam.

– Wir haben den Vertrag zu besprechen, setz dich!

Der Bruder – »Oha« wie er wegen seines prahlerischen Auftretens genannt wurde – hatte sich an die Seite seines Vaters gesetzt, den Oberkörper auf die verschränkten Arme gestützt, den runden Kopf zwischen den Schultern vorgeschoben. In den blassen wie ausgebleichten Augen versteckte sich ein Grinsen.

– Mir ist egal, was im Vertrag steht, sagte er. Ich bin zuständig für die Produktion, für die gesamte technische Leitung des Betriebs. Und dabei soll der da mir nicht dreinreden ...

Hans H. sah seinen zweiten, den mittleren Sohn an, der ein wenig zu sehr hinter den Weibern her war und zu viel trank, doch das Gießereiwesen studiert hatte und auf die Produktion von Eisen und Stahl setzte, auf Maschinen und einen mechanisch-technischen Fortschritt, genauso, wie er es getan hatte, dabei einen schlauen, durchtriebenen Zug besaß, den es in diesem Gewerbe brauchte, schon einmal die Gesetze zurechtbog, sich von keinem etwas sagen ließ und jedem die »Kutteln putzte« – O. war ein wenig so wie er selbst, ihm traute er mehr als seinem Ältesten zu, die Firma zu einem landesweit bekannten Unternehmen aufzubauen, darum mochte Hans H. seinen Mittleren am meisten.

– Dich hat der Vertrag sehr wohl zu interessieren. Weder du noch W. wird die Firma je allein führen, ihr werdet es stets zusammen tun.

Und ihr Vater verlas die Paragraphen, die alle darauf abzielten, dass keiner der Söhne ein Übergewicht an Kompetenzen bekäme, jeder Entscheid gemeinsam getroffen werden müsste, sie denselben Lohn, dieselben Spesenleistungen beziehen würden und dass sie verpflichtet wären, in der Aktionärsversammlung, bei der noch der ehemalige Besitzer der Firma mit seinem Anteil dazukäme, stets gemeinsam zu stimmen.

– Ich selbst präsidiere den Verwaltungsrat, dem wir drei angehören.

Während O. seinen untersetzten bulligen Körper hochstemmte, sagte, er wäre mit allem einverstanden, das Büro verließ, weil er in der Gießerei gebraucht würde, saß W. mit seinem Vater einen Moment lang allein am Tisch. Das schneeige Licht fiel durch die Gardinen, füllte den Raum mit einer kühlen Stille, legte bläuliche Flächen und Linien auf die Regale, das Pult, die nackten Wände, und W. saß seinem Vater gegenüber, der, den Kopf geneigt, ihn nicht wahrnahm, und um diesen Augenblick einer Leere auszufüllen, um wie immer und eine Kindheit lang gehorsam zu sein, zog W. den Vertrag zu sich heran, nahm die Füllfeder aus der Innentasche seines Vestons, unterzeichnete mit seiner kräftigen, schwungvollen Unterschrift.

Es sollte die einzige unter dem Dokument bleiben.

III

EIS

Ich hatte eine Geschichte, und das war etwas, das ich meinen Mitschülern voraus hatte. Sie waren im Dorf aufgewachsen, kannten die Tramstraße, die hintere und mittlere Dorfstraße, die Wiesenpfade zum Zusammenfluss der beiden Bäche unterhalb der Gießerei und waren nie woanders gewesen. Ich dagegen hatte in einer Stadt gelebt, von der sie allenfalls den Namen kannten, war dort sogar eineinviertel Jahre zur Schule gegangen. Und diese Geschichte bestand aus Geschichten, die mit den Zoten der Jungen hier im Dorf – von Jakob, der einen so langen Schwanz habe, dass er ihn wie einen Gürtel um den Bauch trage – nichts gemein hatten. Meine Geschichten erzählten von Kutschen und Türken, einem Pastetenbäcker und den jüdischen Geschäften in der Strada Lipscani, Geschichten, die Mutter in Bukarest erlebt hatte, oder von Urgroßvater, der im Schlitten durch Polen und Russland gereist war, mit Pistole und Totschläger, Geschichten »vor der Zeit«, deren Überreste Herr Katz in unserem Haus, unter der stets brennenden Stehlampe sammelte, weil er »in seiner Zeit« an einem Ort gewesen war, den auch Onkel Mendel gekannt hatte, einen Ort der Wortlosigkeit. Es gab aber auch selbst erlebte Geschichten, von den Ausflügen ins Elsass und in den Breisgau, von zerstörten Panzern, die im Feld standen, von Einschüssen und Granatsplittern an den Hausfassaden, den trichterförmigen Einschlägen in den Straßen, von den Ruinen um den Freiburger Dom, und es gab die Geschichten von Hans Hass, seiner genialen Taucherbrille, mit der wir im Hallenbad die Südseeriffe durchforschten, eine Unterwasserwelt, die wir in dem gekachelten Becken uns so phantastisch ausmalten, dass sie nur noch von der Südsee Stevensons und seiner Schatzinsel übertroffen wurde. Eine ganze Traube von Jungen und Mädchen aus dem Quartier hockte bei uns zu Hause vor dem Radiogerät – wir hatten Telephonrundspruch und damit einen klaren Empfang –, hörte sich die halbstündigen Sendungen an, die uns so bewegten, dass wir danach hinunter ins »Loch« stürmten, einen auf der Länge der Zufahrtsstraße tiefer gelegenen Streifen des Gartens, um dort die Schatzsuche fortzusetzen. Am oberen Ende wuchsen drei Pappeln, am unteren stand der Ginkgobaum, dazwischen war ein Wildwuchs von Büschen, der in einen von Föhren beschatteten Platz überging. Die Älteren, zu denen mein Bruder gehörte, hatten ihr Hauptquartier in den breiten Ästen des Ginkgo aufgeschlagen, sie hatten einen Schatz vergraben, von dem sie uns Jüngeren, die wir zweifelten, hoch und heilig versprachen, es gäbe ihn tatsächlich, eine Kiste, gefüllt mit Spielsachen. Wir Jüngeren belagerten den

Ginkgo, aus dem heraus das »Ho-ho-rum-und-a-bäddel-of-Rum« schallte, hie und da ein angesengter Papierfetzen herunterflatterte, der uns erst zum eigentlichen Plan führen sollte, dessen Hinweise wir nur mit Hilfe von Vivienne, dem ältesten Nachbarsmädchen, ausführen konnten: »Baum hinterm Haus, hundert Schritte Nord, fünfundvierzig Gradwinkel Richtung Hauswand. Blumentopf«. Es gehörte zum Kodex, dass man als Doktor Livesay sich in sie verlieben musste, was ihr Bruder Bernhard blödsinnig fand, worauf wir andern aber bestanden. Wir müssten Vivienne bei Laune halten, ohne sie, die mit Winkeln und Maßen zurechtkam, würden wir den Schatz nie finden. Doch im Herbst vor unserem Wegzug sah ich an einem sonnigen Nachmittag, den ich allein auf der Straße vertrödelte, meine Freunde hatten Unterricht, ein Gleißen in der vom Laub sich lichtenden Pappel. Die Flasche war an einer Schnur aufgehängt, mit rotem Lack versiegelt, und es konnte keinen Zweifel geben, dass in ihr der seit Monaten gesuchte Plan steckte. Ich rannte zum Schulhaus, wartete am Eingang, aufgeregt und ängstlich, bis meine Freunde kämen, die etwas größer waren als ich, und die Pappel erklettern konnten. Die Kiste, die wir sofort hoben, war unweit in dem Dickicht vergraben, in das die Älteren uns grinsend so oft geschickt hatten. Doch das Großartige war: Mein Bruder und seine Freunde hatten tatsächlich ihre besten Stücke hergegeben. Es war ein Schatz – und ich besaß ihn noch als eine Geschichte, die im Dorf allerdings kaum noch einen Wert besaß, weil keiner meiner Mitschüler von Stevenson gehört hatte. Sie kannten weder die Schatzinsel, noch den langen John Silver oder den tollpatschigen Herrn Trelawny.

Mein Begleiter in diesen ersten Tagen war ein Klumpen Eis. Ich hatte ihn aus der Walm seitlich der Garage mit dem Schuhabsatz herausgeschlagen, stieß ihn auf der Straße vor mich hin, über Teerbelag und Schneereste. Mit ihm wagte ich die ersten Erkundungen zum Dorf, die mich über die Bahnlinie und an einem niederen Wohngebäude entlang zur großen Kreuzung führten, der gegenüber der Gasthof stand, ein massiges Steinhaus mit Rundturm. Ich trat den Klumpen mit der Schuhspitze, deren rehbraunes Leder schon nach wenigen Stößen eine eingerissene Stelle hatte, die wie eine Schürfwunde aussah und Mutter in eine größere Verzweiflung stürzen würde, als wenn ich mir das Knie aufgeschlagen hätte. Schuhe aus der Stadt, aus dem bevorzugten Geschäft von Bally, mit dessen Geschäftsführer man befreundet war! Kaum musste man hier, zwischen den Molassehügeln, leben, begann dieses ihr gemäße, städtische Herkommen auch schon zu »leiden«, wurde schadhaft, zwang einen, die Stelle mit Schuhkrem zu vertuschen. Ich fand jedoch schnell heraus, dass ich den Klumpen Eis anstatt mit der Spitze, mit Sohle und Absatz treten musste, er sich dadurch genauer in die

Richtung lenken ließe, in die ich gehen wollte, und dabei die Schuhkappe schonte. So kickte ich den Eisklumpen vom Gasthof auf der alten Dorfstraße an Wylers Viehhandlung vorbei zum Bäckerladen, dem gegenüber, hinter einer Reihe von Bäumen, die Turnhalle lag, wohin Vater mich zum Rektor der Schule gebracht hatte, und weiter bis zur Brücke vor. Ich blickte über das Geländer auf das schnelllaufende Wasser, das breit und flach zwischen gemauerten Ufern aus der Ebene heranfloss, von den Steinen aufgerührt, unter der Brücke durch – und hinwegzog, an der Mauer eines herrschaftlichen Hauses und daran sich anschließenden Fabrikgebäuden vorbei. Das Brückengeländer war so eisig, dass meine Handschuhe daran kleben blieben, und während ich die Eisenstange umklammerte, um durch die Wärme der Hände die wollenen Fäustlinge wieder abzulösen, sah ich auf die am Ufer unter mir aufgestoßenen Eisplatten. Sie türmten sich mit Kanten und Spitzen hoch, schichteten sich übereinander, bildeten Gebirgszüge. Einzelne waren leuchtend glasig, andere trüb, Schnee hatte Senken ausgefüllt, sich hinter Bruchlinien angehäuft. Und ich sah von hoch oben auf diese arktische Landschaft, wie ich sie von Aufnahmen in einem Buch her kannte.

Kabluna – so hieß der Titel des Buches. Er bedeutete in der Sprache der Nitsilnik- Eskimos die Fremden, die am Anfang des 20. Jahrhunderts zu ihnen vorgedrungen waren: Forscher, Missionare, weiße Jäger. Das

Buch zu lesen war mir noch nicht möglich, und ich vermute, dass auch niemand sonst von der Familie es je gelesen hat, obschon der Leinenrücken mit den verblassenden, farbig eingeprägten Buchstaben »K-a-b-l-u-n-a« stets auf dem untersten Bord des Bücherschranks gestanden hat. Der Einband war von derselben Farbe wie das urtümliche – und wie ich anfänglich glaubte – steinerne Kreuz, das an zwei rostigen Ketten im gedeckten Zugang zum Haus von der Decke hing: Ein kalkig bläuliches Grau. Dieses gedrungene Kreuz, mit einem Loch in der Mitte, in dem eine elektrische Birne brannte, war der Wirbel eines Walfisches, von dem niemand zu sagen wusste, woher er stammte und wie er hierher ins Dorf gelangt war. Doch der Walfischwirbel verband die ungewohnte Schneelandschaft mit den Schwarzweißphotos von den Eskimos in ihrer Fellkleidung. Er ließ mich in der Phantasie, wie durch die enge Röhre des Iglus, aus der Bilderwelt des Buches in die Schneelandschaft hinausschlüpfen, in die unberührte Weite der Ebene, die sich als ein Stück urzeitliches Land gegen den Wald hin ausdehnte.

Auch zur Schule stieß ich den Eisklumpen vor mich hin, froh darüber, niemanden auf dem Weg beachten zu müssen, versteckte ihn hinter einer Mauer, um ihn nach dem Unterricht wieder hervorzuholen. Doch mit jedem Tag wurde er kleiner und runder, bis er durchsichtig war wie ein Kristall und auf dem Nachhauseweg an einem Mittag zersprang.

Meine Schulkameraden trugen im Gegensatz zu mir schwarze, genagelte Schuhe, einige sogar mit Holzsohlen, etwas, das ich noch nie gesehen hatte. »Holzböden« nannten sie die Dinger, die einen eigenen Klang auf dem geölten Parkett und den Granitstufen des Schulhauses erzeugten und auch das Gehen selbst hölzern machten. Sie hatten gegenüber den genagelten Schuhen dafür den Vorteil, auf den Schleifbahnen – einem Streifen Eis unter den Fensterreihen des Schulhauses, über den die Jungen nach einem Anlauf glitten, die Arme ausgestreckt – unschlagbare Längen zu schaffen. Ich stand in meinen Halbschuhen mit Gummisohlen abseits, lehnte am Stamm einer Linde und sah zu, wie die Jungen mit offenen Mündern übers Eis glitt, einen Schal um den Hals geschlungen. Die Mutigsten und Kräftigsten brüllten, um die Bahn freizubekommen, schossen halb in der Hocke über die schwärzlich glänzende Fläche und fanden die Bewunderungen ihrer Mitschüler, wenn sie am Ende der Bahn ins Stolpern gerieten oder gar nach einem Sprung sich überrollten, auf die Beine kamen und den Schnee von den Hosen klopften. Mit mutwilligen Augen schlurften sie an der Schleifbahn entlang zurück zum Anlauf, gaben einem Zögerlichen, der stocksteif übers Eis geglitten kam, einen raschen Tritt in die Schuhabsätze, dass er hinfiel, zur Gaudi auch der Mädchen. Und ich dachte an den Pausenhof in B., bei dem Mädchen und Knaben durch eine Ziegelmauer getrennt waren, die Schüler ihre Milchflaschen tranken, die seit neuestem ausgegeben wurden, an einem Apfel kauten, den man sich aus einem Korb nehmen durfte, und ich mit der blauen Pillendose aus der Zeit von Vaters Erblindung renommierte. Ich wollte so gerne eine Brille haben, wie Emanuel, ein dicklicher Junge, der bereits lesen konnte, und zeigte jedem das Döschen, behauptete, ich müsste Pillen gegen ein allmähliches Erblinden einnehmen – und schaute hier in S. den Jungen zu, wie sie den kleinen Posthaltersohn mit Schnee einrieben, die Trambahn mit Schneebällen bombardierten, beim Klingelzeichen als ein wüster Haufen zum Eingang drängten, um in das Schulzimmer zu stürmen, in dem ein Gelächter ausbrach, wenn ich antworten musste. Der Dialekt, den ich sprach, löste jedes Mal, wenn Fräulein Kleinert mich aufrief und ich aus der Bank treten musste, um zu antworten, eine gewaltige Heiterkeit aus, die sich in einem Fall zu einem höhnischen Gebrüll steigerte, das Fräulein Kleinert auch mit dem Rohrstock nicht mehr zur Räson prügeln konnte. Das Wort »viel«. An der Wandtafel stand mit Kreide das andere »fiel« geschrieben, stand in exakter Schulschrift da, und das Fräulein zeigte mit dem Stock auf das F, fragte, wie sich das klanggleiche Wort schreibe, das auf Fülle und mehrere Dinge verweise, und nannte meinen Namen. Ich trat aus der Bank, sagte in meinem Dialekt und wie ich es in B. gelernt hatte, »viel« schreibe sich mit einem V wie bei Vögeln, mit einem »Vögel-V«.

Und ich sah in die mich umringenden Gesichter von Jungen und Mädchen, noch von der Kälte gerötet, aufgerissene Münder, schmale, glänzige Augen, hörte ihr Gelächter, in dem ein Enthemmtsein war, eine Derbheit auch, sah, dass das Fräulein, dessen Züge sich von einer Hitze rötete, mit dem Stock auf die Pultplatte drosch, »Ruhe!« schrie – und wusste nicht, dass ich es eben geschafft hatte, auch mit Halbschuhen an den Füßen und einer Baskenmütze auf dem Kopf, von meinen Mitschülern angenommen zu werden. Noch keiner hatte so was wie mit dem Vögeln und dem V bei Fräulein Kleinert gewagt.

IV

MUSCHELN

An der Straße entlang wuchs eine Thujahecke, auf die ich vom Fenster aus sehen konnte. Sie begrenzte den Garten als ein dunkles Band, hinter dem die mir fremde dörfliche Welt vorbeizog. Aus der Ebene her oder in sie hinein fuhren Pferdegespanne und Fahrräder, einzelne Autos, gingen Fußgänger mit Mützen oder Kopftüchern, kam rüttelnd alle halbe Stunde die Trambahn. Die Menschen und Fahrzeuge bestanden alle nur aus einem oberen Teil, aus Kopf und Schultern, aus schneebedecktem Autodach, aus einer gewölbten Wolldecke hinter der nickenden Mähne eines Pferdes. Fässer und gestapelte Kasten, eine Schütte Kies zog vorüber, eine Fuhre mit Milchkannen. Grobe Mäntel, Filzhüte, gestrickte Schals und Zipfelmützen kamen vorbei, doch niemand trug eine Baskenmütze, wie ich oder mein Bruder sie hatten, und die Trambahn ließ viereckige Gehäuse über das Band der Thujahecke rucken, aus deren Fenstern, von einem schwachen Licht erhellt, blasse Gesichter sahen.

Dieses Band brach am Ende des Gartens ab, wurde zu einem schwärzlichen Strich im Schnee, auf dem sich die Autos, Fahrräder und Fuhrwerke schnell zu Spielzeugen verkleinerten oder aus Spielzeugen heranwuchsen und als ein oberer Teil vorbeiglitten. Doch es war ein dünner, vereinzelter Verkehr, der sich noch nicht gegen die Ebene zu behaupten vermochte, die Fahrzeuge wirkten wie verstreute, einzelne Zeichen auf einer Linie, die in der Tiefe auf das weit mächtigere Band von aufgereihten Tannwipfeln stieß.

Mutter musste irgendwann, wahrscheinlich beim Aufhängen der Gardinen, nach dem sie die metallenen Röllchen in die Leiste eingeführt hatte und mit der Hand über den neuen Florentiner Tüll fuhr, bei einem zufälligen Blick aus dem Fenster mit plötzlicher Heftigkeit begriffen haben, dass es unmöglich war, die Umgebung, ihre gänzliche Andersartigkeit, zu ignorieren.

Während der ersten Wochen war Mutter so sehr mit Einrichten beschäftigt gewesen, dass sie weder den Gemüsegarten des Nachbarn noch die Viehweide oder die Molassehügel zur Kenntnis genommen hatte, dagegen in Zeitschriften wie »Schöner Wohnen« und »Die gute Form«, die sie sich bestellt hatte, für Stunden selbstvergessen las. Da W., in seiner großzügigen Art, ihr freie Hand auch für Neuanschaffungen ließ, war sie ganz und gar mit der Aufgabe beschäftigt, die »Ambiance« der Wohnung gegenüber jener in B. noch zu steigern. Mit einem Unterton des Bedauerns ließ sie uns wissen, ihr Traumberuf wäre Innenarchitektin gewesen. Und während sie am Tisch sehr aufrecht vor ihrem Gedeck saß, mit ihren ausgewählten Manieren die Speisen portionierte, sagte sie im Ton einer beiläufigen Konversation, sie habe ein »faible«, Leuten die ihnen gemäße Umgebung zu schaffen. Dazu gehörten ein sicherer Geschmack sowie die Liebe zum Detail und ein Gespür für Feinheiten, wie es sich nur durch Generationen in einer »alten Familie« herausbilden könne –

– bei der die Nerven dünn, und die Haut durchlässig geworden ist.

Diese durchlässige Haut und die so empfindlichen Nerven mussten, während die Hand auf dem luftigen Stoff der Gardine ruhte, vom unmittelbaren Erkennen, in welche Ländlichkeit sie geraten war, getroffen worden sein, und Mutter stand, halb abgedeckt durch die Gardine, seitlich am Fenster, während in sie herein die Viehweide, der Obstgarten, die bewaldeten Hügel brachen, die Schneefelder und der aufgepflügte Karrenweg sich vor das Fenster schoben. Ihr Gesicht, stets blass, mit leuchtend hellen Augen, den hoch angesetzten Wangenknochen, einem eher schmalen Kinn, über dem ein ruhiger und gleichmäßiger Mund schwebte, ihr Gesicht war weiß vom Widerschein des Schnees und eingefroren in unbewegte Dauer: Nichts verriet ihre Gefühle. Keine Regung brachte die Züge aus ihrer ebenmäßigen Proportion. Doch ihre schlanke Gestalt kehrte sich gegen das Wohnzimmer, ihr Gesicht wandte sich vom Gemüsegarten des Nachbarn der Einrichtung zu, und Mutter blickte auf die so sorgfältig arrangierten Möbel, wie um zu prüfen, ob die »Ambiance« für einen längeren Aufenthalt genügte.

Vor der Wagner- und Küferei standen einzelne Räder und Fässer, weil sie schon immer dort gestanden hatten und zu dem leicht abfallenden Platz gehörten, auf dem früher noch gearbeitet worden war. Man müsse mit der Zeit gehen, sagte der Wagner- und Küfermeister, bestäubt von Holzmehl, ein Mann wie ein Astknoten, klein, mit kaum Haaren am Kopf und breiten Händen, an deren Rechten zwei Finger fehlten. Es brauche keine Räder und auch keine Fässer mehr, es lohne nicht, und Vater nickte, weil er davon etwas verstand. Ja, man müsse mit der Zeit gehen, und W. in seinem grauen Wollmantel stand groß in der dämmrigen Werkstatt, war ein Herr, der mit dem Alten jedoch anders als mit dem Rektor der Schule sprach, ihn am Ellenbogen fasste, eine herzliche Verbundenheit spüren ließ, die im nachgeahmten Dialekt ihren Ausdruck fand. – Fassdauben, sagte der Alte, eines dieser Wörter, die seit dem Umzug nach S. überall aus den Dingen krochen, sich vor mich stellten und sich groß in ihrer Unverständlichkeit aufbliesen, Fassdauben hätten ihn auf die Idee, Skier zu produzieren, gebracht, und W. nickte, weil er auch davon etwas verstand. Jaja, sagte er, auch sie wären als Kinder noch mit Fassdauben gefahren, nicht weit von da, am Distelberg, ein wahres Kunststück übrigens, da man kaum Halt gehabt habe, und der Alte, der eine fleischige Warze neben der Nase hatte, sah durch die trüben, in Horn gefassten Gläser zu meinem Vater hoch, blinzelte und sagte: – So, dann wollen wir dem Jungen ein paar Latten anmessen, ging durch die Werkstatt in einen Nebenraum, der genauso dämmrig und kalt war, wo in Abteilen an der Wand unterschiedlich lange Skier standen. Ich streckte den Arm hoch, die Skispitze müsse unter die Handwurzel reichen, es seien Eschenlatten, die Bindung werde noch aufgeschraubt, zwei metallene »Backen«, verstellbar, die den Schuh seitlich hielten und über einen Lederriemen verbunden seien. – Der darf nicht zu locker sein, ein wenig musst du den Schuh hineinschlagen, damit er sitzt. Und während ich dem Alten zuhörte, wie getan werden müsste, was später selbstverständlich war, verstand ich dieses Verbundensein meines Vaters mit dem knorrigen Alten nicht, die vertrauten Blicke, als hätten sie sich von früh auf gekannt und wären durch eine Gemeinsamkeit verbunden, die aus einer Zeit stammen musste, in der mein Vater noch nicht mein Vater, noch nicht jener elegante Herr gewesen war, den ich in B. jeweils zum Bahnhof begleitet hatte, wenn er zur Fabrik fuhr und noch ganz zur Welt meiner Mutter gehörte. W., der sonst immer auf Abstand hielt und unmissverständlich den gesellschaftlichen Unterschied betonte, schien durch den Alten in etwas berührt worden zu sein, das sich mir an jenem Nachmittag zum ersten Mal zeigte: Etwas Einfaches, das in ihm war, auftauchte aus einem mir fremden Herkommen, das wieder verwehte und erlosch mit dem Schließen der Tür zur Werkstatt. Etwas so Einfaches wie der Geruch nach frisch gehobeltem Holz.

Mutter nahm die Hand vom Tüll, wandte sich von der Schneelandschaft ab, und nach den prüfenden Blicken auf die Möbel sah sie zur Biedermeierkommode hin, die auch hier – wie an allen Orten zuvor – einen besonderen Platz als eine Art Hausaltar einnahm. Aus dem Widerschein des alten Lacks löste sich die Erinnerung an Onkel Rodolph und sein Haus, »Die Gartenstraße«, und die schwebte wie eine Insel kultivierten Lebens über der eben geschauten Landschaft, erfüllte Mutter mit einer stürmischen Zuversicht. Onkel Rodolph, der das Möbelstück vor vielen Jahren aufgefrischt hatte, würde jetzt doch in der Nähe wohnen, »Die Gartenstraße« ein Ort sein, an dem sie ihre Welt wieder finden würde. Schon einmal hatte sich dieser ältere Bruder ihrer Mama als Retter erwiesen, damals, nach der Rückkehr aus Rumänien, als ihr Papa sein ganzes Geld verloren und Onkel Rodolph großzügig ausgeholfen hatte. Nun würde er keine Stunde Fahrt entfernt von S. wohnen – und schon saßen Vater, mein Bruder und ich in unseren besten Anzügen im Ford, um in das Städtchen zu fahren, dessen Schloss von Mutter als ein gutes Vorzeichen genommen wurde. Am Ende einer Privatstraße stünde in einem Park die

Villa, die unser Ziel sei und wo es zur Vorspeise als eine Spezialität, die Vater von der Notwendigkeit regelmäßiger Besuche überzeugte, jeweils »Hirnmuscheln« zu essen gäbe.

Onkel Rodolph war ein gesetzter Mann mit ruhigen, geformten Bewegungen, der in jungen Jahren in New York gelebt und mehrmals auf den großen Dampfschiffen den Atlantik überquert hatte. In seinem Wesen hatte sich diese Welt- und Weitläufigkeit erhalten, die er sich als junger Mensch erworben hatte. Die Porträtphotos, die er damals aus der Neuen Welt nach Hause schickte, zeigen einen selbstbewussten, auch gut aussehenden Mann, der sich ganz nach der amerikanischen Mode kleidete, einen schiefergrauen Anzug trug, dessen Jackett bequem und tief geschnitten war, dazu ein Hemd mit weichem, ungewöhnlich breitem Kragen. Er war von Beruf Antiquar, arbeitete mit amerikanischen Auktionshäusern zusammen und hatte sich aus der Zeit – neben einem sicheren Geschmack – noch das Vergnügen bewahrt, aus Elfenbein geschnitzte chinesische Miniaturen zu sammeln. Sein Vater hatte ihm die Leitung der Bandwebereien übertragen, die er in dem Städtchen besaß, und Onkel Rodolph hatte von der Neuen Welt und den alten Sachen Abschied genommen, hatte die Villa bauen lassen, in deren großzügiger und praktischer Anlage der Einfluss einer amerikanischen Architektur spürbar war.

Obschon Onkel Rodolph der »Gesellschaft der

Schweizerfreunde der USA« angehörte, einem Zusammenschluss von Industriellen, die durch Studienreisen nach Amerika und Besuchen von Firmen wie Eastman Kodak, Ford, National Cash Register oder Rockefellers Standard Oil Company zutiefst beeindruckt von der industriellen Fertigung und Serienproduktion waren, betrat man von einem mit Kies bestreuten Vorplatz ein Interieur von zwar klarerer Geometrie, in dem jedoch die Gemälde, die Teppiche und wenigen Möbelstücke auf eine Vergangenheit wiesen, die mit Onkel Rodolphs eigener als Antiquar und Sohn eines Textilindustriellen verbunden, zutiefst auch europäisch war: Nur die Seite sah Mutter, das Vergangene – das sie »vornehm« nannte – und im Salon, einem hellen, rechteckigen Raum, dem an der Längsseite ein Rundbau vorgesetzt war, für sie einen vollendeten Ausdruck fand. Wenige ausgewählte Stücke, eine Sitzgruppe aus gobelinbezogenem Kanapee, zwei Sesseln mit Rundlehne und ausschweifenden Armstützen, ein Schrank von dunkel poliertem Holz, die Bilder – ein Stillleben und eine Landschaft mit Badenden –, die Vitrine und der Bibliotheksschrank, dazu, und den Raum bestimmend, ein antiker Fachralo-Teppich mit dunkelrotem Innenfeld. Im Rundbau setzte man sich um einen Rauchtisch, die Fenster gaben den Blick auf die Terrasse und den Garten frei und erweckten den Eindruck, selbst jetzt, im Winter, »draußen« zu sitzen. Tante Berthe ließ dort den Aperitif servieren, bevor man ins Speisezimmer gebeten wurde, an die »Tafel« – für deren Porzellan, Silber und Kristall wir Kinder »manierlich« abgerichtet waren.

Tante Berthe war von einer Eleganz, die einen an die gemalten Hofdamen auf chinesischen Wandschirmen denken ließ, und sie behielt durch all die Jahre einen Glanz und eine seidenweiche Biegsamkeit, die sie außergewöhnlich anziehend machte, wofür man ihr die zunehmenden Spleens verzieh. Sie war eben Berthe, Onkel Rodolphs kostbarste Figur, die wunderbarerweise in der lichtdurchfluteten Küche, in der amerikanische Luxusmaschinen wie Kühlschrank, Mixer, Pressen und als non-plus-ultra ein Geschirrspüler von General Electric standen, zu einer großartigen Köchin wurde.

Dort entstanden unter ihrer Anleitung die »Hirnmuscheln«, ein Gericht aus Kalbshirn, das geschwellt und geschält wurde, dessen konsistente weißliche Masse dann in die Schalen der Jakobsmuschel verteilt, mit Weißwein begossen und mit Käse überbacken wurde.

Die Schalen – für uns Kinder »Shellmuscheln«, von denen eine als Signet an der neuen Tankstelle beim »größten Möbelzentrum« hing – stammten wie das Rezept noch von den Textilfabrikanten in Südbaden, in deren Villen man gerne die Pariser Lebensart des Fin de Siècle imitiert hatte. Da jedoch keine Meeresmuscheln erhältlich waren, musste man sich mit etwas Ähnlichem behelfen. Diese Schalen, mit ihrem rosa

Perlmuttglanz im Innern, dem gerippten Fächer auf der Außenseite und den beiden Flügelchen, an dessen linken man die »Muschel« beim Essen festhielt, waren heilige Gegenstände wie Opferschalen. Sie standen für das Exquisite, das zelebriert wurde und das Respekt und Kopfnicken erheischte.

Mit den neuen Skiern zog ich in die Ebene hinaus, nahm die Bilderwelt aus dem Eskimobuch mit mir in den scharfen Wind, zog vom Garten, wo ich die Bretter angeschnallt hatte, dem Wald entgegen, das Dorf im Rücken. Gemächlich schob ich die Spitzen in die brüchig unberührte Fläche, die Hände an den Bambusstöcken. Und ich war einerseits ein Junge, der neue Skier mit Stahlkanten besaß, während die Dorfjungen Schlitten am Kirchhügel hochzogen und einer tatsächlich noch mit Fassdauben – dem gerundeten Holzteil eines alten Mostfasses – mehr herunterfiel als -fuhr, und ich war andererseits ein »Fänger«, der durch die eisigen Weiten zog, auf Robben- und Eisbärenjagd, an den Zeilen eines schmalen Buches entlang, das mir die Eltern geschenkt hatten, als sie meine Begeisterung für die Photos im Band »Kabluna« bemerkten: »Ivik«, die Geschichte eines Eskimojungen, mein erstes Buch. Hinter meinen Skiern zog ich selber Zeilen in den Schnee, zwei parallel verlaufende Linien, folgte den Tierspuren, würde den Skistock als Harpune nutzen, meine kalten Hände in das noch warme Tier senken, vom Hirn aus dem aufgeschlagenen

Schädel essen. Ich käme als geachteter Jäger zu den Schneehäusern zurück und baute mir hinter der Thujahecke einen Iglu, wie ich ihn von den Abbildungen her kannte. Da eine Tranlampe nicht aufzutreiben war, deren Licht einen rötlichen Schein auf die Schneewände werfen sollte, ließ ich eine Kerze in dem Dämmer brennen, aß von den Kieler Sprotten, die Mutter im Delikatessengeschäft der Stadt hatte besorgen müssen, zog jedoch für die schwierigen Ausfahrten auf das noch brüchige Eis der Sätze das Kojenbett vor. Durch einen Messfehler reichte das obere Bett, das folglich auch der Kleinere benutzen musste, viel zu nahe an die Zimmerdecke. Das erleichterte mir, das mit weißen Laken bezogene Bett als »Schneehöhle« vorzustellen, die warm war und in der sich bequemer der geraden Spur der Buchstaben zu den gefährlichen Abbrüchen durch Wörter folgen ließ, eine Spur, die nur sehr langsam, durch Lauschen auf die Laute, verständlich wurde. Und mir gefiel, einerseits dieser Junge zu sein, der neue Schuhe und Skier erhalten hatte, eine dunkelblaue Skihose aus Filzstoff und eine Kappe mit Schild und Ohrenklappen trug, und mich gleichzeitig als einen »Fänger« zu sehen, der durch das Loch im kalkgrauen Kreuz des Walwirbels aus seinen Bilderwelten und Buchstabenfährten hinaus in die Ebene und ins Schneehaus zog, bis ein Föhnsturm meinen Iglu zu einem schmutzigen Rest Schnee zusammenschmolz, die Skier in den Keller kamen und Vater beim Abendbrot sagte, Eskimos gäbe es heute nicht mehr, ihre Nachfahren lebten genauso wie wir, sie wohnten in Häusern, würden *corned beef* aus Büchsen essen und tränken zu viel Whisky, den sie für die Robbenfelle erhielten, aus denen auch Schulranzen hergestellt würden, wie ich einen hätte.

V

TRÄNKBECKEN

Aus dem Schnee schmolz eine neue Landschaft hervor, drangen grüne und erdige Töne, die vor Nässe glänzten, und ich stand am Fenster, sah wie die Linien, die schwarzweißen Strukturen verschwanden, ein Gerangel von Flecken und Flächen entstand, die sich allmählich zu Äckern und Wiesen ordneten. Vorgelagert war ein Stück Garten, das nicht recht dazu passen wollte, ein wenig die Atmosphäre des Wohnzimmers in die Landschaft hinausschob als eine Vorstellung angemessener und gepflegter Umgebung. Der Balkon, getragen von drei Säulen, bildete einen Schattengang, der in eine weite Rasenfläche überging, abgeteilt durch ein Beet Rosen. In der Mitte stand ein Apfelbaum. Aus seinen Zweigen würden rötlichweiße Blüten brechen, und schwer neigten bereits die Paeonien ihre Köpfe an dem Zaun aus kreuzweis geteerten Latten, der den Garten gegen einen Feldweg hin abschloss. Dahinter aber wuchs eine bäuerliche Welt hervor, grasten Kühe zwischen Obstbäumen, lagen Äcker, angesäte Felder, zog Rauch von den Gebäuden des Aussiedlerhofes – und brach vom Horizont her schwarzwipflig der Wald wie eine Sturzflut nieder.

In dieser mit heftigen Farben hervorgeschmolzenen Schicht war einzig die Straße noch eine schwärzliche Linie, die aus der Tiefe zur Thujahecke führte. Doch die bis dahin gleichmäßige Bewegung von Hüten und Kopftüchern, Autodächern und den Reihen der Trambahnfenster geriet an einem Morgen gegen Mittag in Aufruhr. Ein Geschrei zerrte mich ans Fenster, ich sah, wie der Getränkehändler, der jeden Tag einmal mit seinem Anhänger auf dem Fahrrad vorbeifuhr, in die Pedale stieg, den kahlen Schädel weit über den Lenker reckte, um mit dem zerscherbenden Geräusch seiner Flaschen kopfüber zu verschwinden. Zugleich schoss ein massiger Körper hoch, eingeschirrt zwischen den Deichseln eines Brückenwagens, setzte mit einem gewaltigen Sprung über die Thujahecke, dass die Deichseln splitterten, der Wagen seitlich wegkippte, und das Pferd mit geweiteten Augen und geblähten Nüstern durch den Garten galoppierte. Schreiend und fluchend drangen Männer vom Garagenplatz her ein, der Fuhrmann, noch immer den Stumpen zwischen gepressten Lippen, schlug rasend auf das Tier ein, bis zwei Männer ihn zu Boden zerrten, ein Dritter sich ins Zaumzeug des Pferdes hängte, laut redend das Tier zu besänftigen suchte, um es schließlich wegzuführen.

Im dunklen Band der Thujahecke, hinter dem das mir fremde dörfliche Leben vorbeigezogen war, klaffte jetzt eine Lücke. Eine Ansammlung von Leuten starrte mit erregten Gesichtern zu den aufgeworfenen Erdklumpen im Rasen. Unser Garten hatte »Dümpfe« bekommen, und nachdem sich die Schaulustigen zerstreut hatten, ging ich hinaus, untersuchte die Stelle, wo das scheuende Pferd über die Hecke gesprungen war, griff in die »Siegel«, staunte, wie tief die Hufe in die weiche, vom Schmelzwasser durchtränkte Erde gedrückt worden waren. Der Vater eines Schulkameraden, der den Garten besorgte, füllte die Löcher mit Erde, säte Rasen an, damit das Grün wieder glatt und ebenmäßig würde. Doch die Eindrücke blieben als eine Verfärbung sichtbar, die ich mir öfter ansah, sonst jedoch von niemandem beachtet wurde.

Die Geschäftsbücher der letzten Jahre vor sich aufgeschlagen, saß W. in dem niederen, bis zur halben Höhe mit Holzpaneelen verkleideten Büro, das früher eine Stube gewesen sein mochte. Das eine Fenster ging zum Vorplatz hin, die zwei seitlichen blickten auf eine Wiese, durch die ein Fußpfad an einem Wassergraben entlang hoch zu den ersten Häusern des Dorfes führte. W. ging die Bestellungen und Lieferungen durch, listete die Produkte auf, die von der Firma als ihre Spezialität fabriziert oder von Kunden verlangt und nach Wunsch hergestellt worden waren. Er saß sehr gerade da, Nacken und Rücken gespannt, den Kopf mit dem straff nach hinten gekämmten, in der Mitte gescheitelten Haar vorgeneigt als lausche er, um dann mit einer raschen Bewegung den Finger anzufeuchten und die Seite zu wenden. Die Augen glitten über die blau und rot linierten Kolonnen, ausgefüllt in einer korrekten, aber wenig schwungvollen Schrift. Auch damals hatte er über Listen gesessen, als die Blindheit wie ein Nebel in die Augen gestiegen war, ein dräuend dunkles Gewölk, das immer mehr von der Sicht wegfraß, und W. gab ebenso plötzlich, wie er den Finger anfeuchtete, die gespannte Haltung auf, hob den Kopf und blickte durch die Gardinen hinaus zum Vorplatz, wo der Ford unter dem noch kahlen Nussbaum stand. Keine Nebel wie damals verdunkelten seinen Blick. Er sah den Spatzen im Nussbaum zu, die von Zweig zu Zweig flogen, sich jagten, ihr Tschilpen hören ließen. Während der Monate in Sils, nach der Erblindung, war er Menschen begegnet, die sich mit Wissenschaften, der Malerei, den politischen Geschehnissen auseinander setzten. Er selbst hatte in der kleinen Dorfkirche die Orgel gespielt, und er schaute durch die Gardine des Bürofensters, glitt mit diesem Sehen hinaus in das Geäst des Nussbaums, erstaunt, in dem von Zweigen erfüllten Luftraum so nah ein Stück Natur zu finden wie es die Seenlandschaft des Engadins auch gewesen war. Er hätte von dort nicht wieder herunter- und zurückkommen sollen und das Geschaute und neu Erfahrene verlassen dürfen. Warum hatte er sich so widerspruchslos den Plänen seines Vaters gefügt? W. spürte um sich den Wind in der Krone, deren Äste wie ein aufgezogener Knoten verwirrlicher Fäden waren. Er empfand sich losgelöst, frei, als könne er sich in diesem Geäst ebenso leicht wie die Vögel bewegen, bis die Stimme seines Bruders aus dem Büro gegenüber, der jemanden anbrüllte, hier werde gearbeitet und nicht »geflohnt«, ihn zurück an den Schreibtisch holte, den Rücken straffte, den Kopf senkte, und er erneut in den Listen las, was er schon von der Fassfabrik her kannte: Die erwirtschafteten Summen wurden von Quartal zu Quartal geringer, die Gießerei und Maschinenfabrik produzierten für einen Markt, den es immer weniger gab.

Ich hatte zu Anfang noch versucht, aus meiner Geschichte – in einer Stadt gewohnt zu haben – beeindruckende Geschichten zu machen, von der schönen Madame Katz, die Orangen vom Früchtewagen kaufte, von dem Amerikaner, der zum Song aus Mary Poppins Papierflieger segeln ließ, und vielleicht hoffte ich, durch das Erzählen den Amerikaner mit seinem Lied, die schöne Madame Katz und den Früchtewagen hierher aufs Dorf zwingen zu können. Doch B. kam mir mehr und mehr abhanden, verblasste unversehens und wurde unwirklich gegenüber der ländlichen Schwere, ihrem Übergewicht an Wiesen, Bächen, Wäldern, das die Häuser niederhielt, sie noch an den Kirchhügel drängte. Dieses Beharren, das aus Feldern und Hügeln an den Straßen entlang bis in den Dorfkern zu den Pflanzgärten wucherte, scheinbar unveränderlich, immer schon so gewesen, und einzig den Wechsel der Jahreszeiten kannte, verlangte auch eine bescheidene, unauffällige Lebensführung, die von fremden Städten nichts wissen wollte und an Not erinnerte. Die Jungen hörten sich meine Geschichten zwar an, doch noch bevor ich damit zu Ende kam, wandten sie sich ab, nannten mich einen »Praschti«, einen Angeber – lasen dann auf dem Pausenplatz eine Hand voll »griën« auf, ausgestreuter Kies, der unter dem fest getretenen Schnee und der Schleifbahn hervorgekommen war, benutzten ihn für »Schrotwürfe« auf Mädchen und ließen mich stehen, in dessen bisherigem Dialekt »griën« doch einfach nur »grün« geheißen hatte.

Während in B. sich die Jungen und Mädchen an den freien Nachmittagen zusammengefunden hatten, sich mit Spielen auf der kurzen Zufahrtsstraße oder unten im »Loch« beim Ginkgobaum die Zeit vertrieben, stieß ich bei meinen neuen Bekannten in S. auf ein Wörter- und Aufgabengerüst, das mich an all die Stangen und Dachlatten denken ließ, mit denen in den Gemüsegärten die Beete bestückt und die Verschläge gezimmert waren. Dort gab es heimliche Verstecke, in denen die Älteren sich mit den Mädchen trafen, um zu »karisieren« – ein hilfloses sich Gegenüberstehen. Felix, ein gleichaltriger Junge, vertraute mir an, dass an den Mädchen etwas Sprachloses sei, das sie für mich in B. nicht gehabt hatten, hier jedoch ein »Häm-kmm«, notwendig machte, damit sie aufmerksam würden: ein Räuspern, das gleichzeitig auch etwas Erregendes meinte. Die Nähe von Mädchen sei gefährlich, sagte er, »karisieren« mache einen augenblicklich zum Gespött, würde man dabei erwischt. Es dennoch zu tun, musste der Reiz sein, dem die Älteren frönten. Felix jedoch, wie die anderen Jungen auch, die ich fragte, ob wir uns am schulfreien Nachmittag nicht verabreden wollten und welche Spiele sie denn gerade bevorzugten, im Frühjahr hätten wir in B. immer mit Murmeln gespielt, zuckten bloß die Schultern, sagten, Murmeln hätten sie keine, und außerdem müssten sie »helfen«. Immer mussten sie »helfen« oder »posten«, zwei mir völlig unbekannte Dinge, bis ich das Alleinsein satt hatte und anerbot, beim Helfen behilflich zu sein. Als ich, die Hände am Stiel einer Hacke, diese immer neu in die lehmige Erde schlug, begriff, dass dieses Helfen ganz einfach ein stundenlanges Schuften war, bei dem man Blasen an den Händen und Schmerzen im Rükken bekam. Statt mit Karl, dem Gärtnerjungen, Beete zu hacken oder mit Felix »posten« zu gehen, was drei-, vier Mal zum Colonialwarenladen laufen hieß, um ein Pfund Zucker und dann noch das vergessene Viertel Kaffeeersatz zu kaufen, zog ich es vor, meinem Vater zu »helfen«. Ich fuhr mit ihm im mausgrauen Ford hinaus zu den Bauernhöfen, um die gusseisernen Tränkbecken, die in der Gießerei für Kühe hergestellt wurden, zu verkaufen, schaute zu, wie dieser groß gewachsene, stattliche Mann den Hut leicht zurückschob, ein Lachen aufsetzte, sich vor eine dieser Gestalten mit gefurchten Gesichtern und schweren Händen stellte und es jedes Mal schaffte – wie beim

Wagner- und Küfermeister, der Skier fabrizierte –, Vertrautheit zu schaffen. Diesen Griff an den Ellbogen, dieses »Ihr« anstelle des »Sie«, diese Fragen nach »Jucharten« und was das Kalb »gelte«, dann das Schweigen und Nicken, in die Ferne schauen, bis die Augen des Bauern, die ihn nicht etwa wegen des Rauchs des Stumpens schmal ansahen, sondern weil sie Herren mit Krawatte und polierten Schuhen schon immer misstraut hatten, rund und offen wurden, und ich selbst ein wenig staunend sah, dass dieser W., der mein Vater war, etwas mir Fernes, aber Gemeinsames mit dem Bauern hatte. Er sagte, man müsse auch in der Landwirtschaft mit der Zeit gehen, doch er sagte es bedauernd, als ginge etwas unwiederbringlich verloren, und ich holte aus dem Kofferraum des Autos ein Tränkbecken aus Gusseisen, groß wie ein Suppentopf. Vor jede Schnauze sollte eines davon geschraubt werden. Wenn die Kuh dann den Kopf senke, um zu saufen, würde sie automatisch die eiserne Lasche drücken, das Ventil dadurch öffnen, und frisches Wasser ströme ins Becken: – Bessere Milch, sagte Vater, gesünder für die Kühe, vor allem aber weniger Arbeit und Ersparnisse beim Wasserverbrauch. Doch wirklich überzeugend war sein Bedauern gewesen, mit dem er eine kurze Weile an einen inneren Ort zurückgekehrt war, den ich ebenso wenig kannte wie all die neuen Wörter »helfen«, »posten«, »griën« und »karisieren« in Verstecken.

VI

GENERATIONEN

Mutter spürte, wie ihre Welt abrückte, zurückglitt und in ihr selbst zu bröckeln begann. Immer weniger blieb von dem »Milieu« – wie sie es nannte –, in dem sie aufgewachsen war und das ihr, wie sie fand, einzig entsprach.

Nach der Rückkehr aus Bukarest hatte es nur einmal noch Verhältnisse gegeben, die jener großbürgerlichen Lebensweise in Rumänien ähnlich gewesen waren, der zweijährige Aufenthalt als junge Frau in Lausanne, bei einer Schwester ihres Papas, die als Witwe des Generaldirektors der italienischen Zuckerwerke Maraini in Rom einen großen Haushalt führte. Erst als sie nach B., in die elterliche Wohnung bei der Synagoge Anfang der Dreißigerjahre zurückkehrte, spürte sie, wie eng die Welt seit jenen Tagen geworden war, da sie Bukarest verlassen hatten, weil die Legionäre der »Eisernen Garde« an Einfluss gewannen und durch nationalistische Gesetze die Firmen, vor allem jene in jüdischem Besitz, von Rumänen geleitet werden mussten. Die Rückfahrt auf der Donau mit dem Schiff nach Wien wurde zum Abschluss ihrer Jugend, und während die Familie auch noch in B. mit großer Würde eine Lebensart pflegte, die sie sich nicht mehr leisten konnte, so nur dank den monatlichen Zuwendungen Onkels Rodolphs, der seine Verwandten unterstützte.

Bruder Curt trat einer Bank bei, spezialisierte sich auf Börsengeschäfte, spekulierte und handelte mit Wertpapieren und hoffte so, für seine Eltern und sich selbst wieder eine unabhängige und auskömmliche Stellung zu schaffen. Mutter, die als »Büralistin« arbeitete und dazuverdiente, hielt sich an eine Theorie, die für eine »Tochter aus mittellosen Verhältnissen« einen Weg zu neuem Wohlstand versprach, und von der sie fest überzeugt war: Sie müsste einen Mann aus einer »aufsteigenden Linie« heiraten, dessen Vater in erster Generation im gesellschaftlichen Gefüge aufgestiegen war und es zu Ansehen und Besitz gebracht hatte. Die zweite Generation würde dann das Erreichte halten, ja vielleicht sogar den Einfluss der Familie ausweiten können, was in der dritten Nachfolge zu Verlust, Abstieg, zu Leichtsinn oder gar Verschwendung führte, bis es an der vierten Generation war, wieder zur ersten eines neuen Zyklus zu werden. An diesem erneuten Anfang sah sie Curt und sich selbst. Und W., den sie kennen lernte, der Humor hatte und ihr in seinem Auftreten gefiel, war ein Sohn aus »aufsteigender Linie«, sein Vater hatte es aus dem Nichts zum Direktor von Eisen- und Stahlwerken gebracht. W. würde eine glänzende Laufbahn haben, an seiner Seite bekäme sie zurück, was ihr weggenommen worden war: ein Leben in feudalen Verhältnissen.

Seit wir in S. wohnten, war es Pflicht, jedes Wochenende zu Besuch nach A. zu fahren, zum Haus von Großvater, in dem es nach dem Rauch der Zigarren roch. Von der Veranda traten wir in den Flur, wo an der Garderobe die Gewehre und Flinten hingen, sein Jagdhund uns jaulend begrüßte, ein schwarzer Cockerspaniel, den ich liebte. Wir begaben uns ins Esszimmer, um für Stunden am Tisch unter den Landschaftsbildern zu sitzen, die Großvater zu den jeweiligen Firmenjubiläen geschenkt erhalten hatte. Es wurde vom Wein getrunken, der im Keller in hunderten von Flaschen lagerte, und ich – sein Lieblingsenkel – sah auf das Bild an der Wand gegenüber, flüchtete durch die Leinwand hindurch in diese Landschaft hinein, in der Bauern vor einem Jurazug und hohen Sommerwolken das Korn schnitten, Strohpuppen stellten und ein sattes staubiges Gelb an Mutters Erzählungen aus Rumänien erinnerte. Ich floh in diese Welt vor meiner Zeit, zu den Sensen und Sicheln, um dort sicher vor einem Satz zu sein, der wieder fallen würde, den Großvater erneut aus seinem mächtigen Leib hervorstieße – in einem der nächsten Momente:

– Was ist schon deine Verwandtschaft, Hungerleider, armselige Habenichtse, auch wenn dein Vater meint, etwas Besseres gewesen zu sein, weil er im Orient in der Kutsche gefahren ist, selbst aber nichts taugt, es zu nichts gebracht hat und heute außer seinem vornehmen Getue nichts hat –

Niemand widersprach, keiner wehrte sich, und

Mutters Rumänien, jenes Land, das doch so tabakgelb glutig gewesen war, erstickte in einem grauen Staub, wurde in dieser Zeit zu einem Unort, wohin man nicht ging, woher man nicht kam. Selbst die Zigaretten dufteten nicht mehr nach Minarett, nach Pyramiden oder nach mit Teppichen belegten Schattenräumen, sie rochen jetzt nach Wolkenkratzern, Straßenschluchten und weit gespannten Brücken.

Immer seltener fuhren wir nach B., um Mutters Eltern zu besuchen, ihre Mama und den »Habenichts und Hungerleider«, der Suppen über alles liebte, weil sie ihn an den Geschmack der rumänischen »ciorbe« erinnerten, und der allmählich, ohne dass wir es groß bemerkt hätten, aus der Familie und aus dem Leben spazierte.

– Jeden Mittag setzte Schwiegerpapa seinen Hut auf, nahm den Stock und verließ das Haus, um erst gegen Abend nach Hause zu kommen, erzählte mir Tante Trude, die auch im Alter von über neunzig Jahren ihr Temperament, ihre Lust und Freude am Erzählen bewahrt hatte, ehemals eine dunkle, sehr hübsche Frau gewesen war, deren Aussehen Mutters Bruder Curt an eine Rumänin erinnert haben musste, als er sie in B. kennen lernte. – Er kehrte mit einem Geruch an den Kleidern zurück, der befremdlich, ein wenig ordinär war und die Schwiegermama ärgerte: Sie hasste ihren Mann, sie konnte ihm den gesellschaftlichen Abstieg nie verzeihen. Für sie war er ein

Versager, ein »Idiot«, der malte, jeden Nachmittag verschwand, sich wahrscheinlich eine billige Geliebte hielt wie das auch rumänische Männer taten – und Schwiegermama war dann bei ihrem anderen Thema angelangt, über das sie sich stundenlang schimpfend auslassen konnte: Rumänien und die Rumänen. Auch denen verzieh sie nicht, dass sie die Direktionsvilla mit den dazugehörigen Ökonomiegebäuden und Angestellten hatte verlassen müssen. Und deine Großmama straffte nach ihren Tiraden den Körper – was hatte sie nicht für einen geraden Rücken! –, reckte den Hals, setzte ihr Gesicht auf die Spitze des Kinns, sah vor sich hin, als blickte sie über eine Weltkarte mit all den Kolonien hinweg: Nicht einmal deinem Onkel Curt habe ich verraten, dass ich diese Pose »Queen Victoria« nannte, die umso komischer war, als unsere damaligen Verhältnisse sich mehr als nur bescheiden ausnahmen. Vielleicht hätte Curt es als ein unziemliches Sich-lustig-machen empfunden, er bedauerte seine Mama, doch irgendwie musste ich mir auch einen Spaß aus ihren Bitterkeiten machen, ich wäre sonst selbst am Ende bitter geworden. Nur die Schmähung deines Großpapas waren mir manchmal zu arg, und ich weiß noch, wie ich ihr einmal – was zu der Zeit eine Ungehörigkeit gewesen war – tüchtig die Meinung gesagt habe. Sie hätte einen liebenswürdigen Menschen geheiratet, und man könne nicht einem Einzelnen die Schuld geben, wenn die Zeiten elend, die Menschen voll Hass wären und die Welt nur noch aus Krieg bestünde. – Du denkst, Sie hat es mir übel genommen? Nein, sie war still, ein paar Tage in sich gekehrt – dann begann sie von neuem zu schimpfen, fast glücklich, in die alte Gewohnheit fallen zu können, auch wenn sie nun in ihre Tiraden einflocht, sie wisse schon, ich hielte ihn für den anständigsten Menschen. In mir aber war der Entschluss gereift, Schwiegerpapa heimlich zu folgen, ihm nachzugehen, um herauszufinden, wohin er jeden Nachmittag, stets sorgfältig gekleidet, wirklich ging. Wie aufgeregt ich war, auch ängstlich – was für eine Schmach wäre es gewesen, entdeckt zu werden, die Schwiegertochter, die hinter ihrem Schwiegerpapa herspioniert. Und doch stellte ich mich an einem Frühlingsnachmittag in einer Seitenstraße auf, wartete, dass er kommen würde, ganz in Schwarz, mit Hut und in Mantel. Es war kühl und feucht von einem vorausgegangenen Regen, und er schritt – nun, wie soll ich sagen? – in einer Art und Weise, die man heute nicht mehr sieht. Gemessen, ja – doch nicht steif, es war auch kein Schlendern, und gleichwohl lag ein unvergleichlicher Schwung in der Bewegung, die der Stock noch ausführlicher betonte, eine Spur Leichtfertigkeit, die man sich über das Maß der Beherrschung hinaus leistet, längst aber zur zweiten Natur geworden ist. In diesem Gang war etwas Heiteres, doch nicht weniger Unzeitgemäßes als Schwiegermamas »Queen Victoria«-Pose. Und wenn ich mich auch für einen Moment beruhigte, sah ich doch, wie allein dieser Mensch war, der da einherspazierte, und ich hätte ihm gewünscht, er würde zu einer Frau gehen.

Es war nicht schwierig, Schwiegerpapa zu folgen. In den Gassen gab es genügend Winkel und Eingänge, mich verborgen zu halten. Einzig die Brücke über den Strom wurde zum Wagnis. Ich musste auf die Brücke hinaustreten, wollte ich ihn nicht verlieren, und ich habe es getan, bin ihm zur anderen Seite gefolgt – und nun musst du wissen, dass damals das Quartier, besonders die Gasse hinter dem Uferkai, einen schlechten Ruf besaß, es hieß, dort seien die Lokale mit den Dirnen und Zuhältern, träfen sich neben Taglöhnern und Handwerkern die Leute, die etwas zu verbergen hätten ...

Und eben dorthin ging Großpapa, in dunklem Anzug, Hut und Handschuhen, stieg drei Stufen hinab zur Tür eines rauchigen Lokals, betrat den niedrigen Raum und schritt zu einem Tisch, an dem Männer in Arbeits- und Werktagskleidern saßen, ihre Stumpen rauchten und den Becher Bier tranken, sich über die Glatze fuhren oder am Kinn kratzten, doch sich beim Erscheinen des freundlichen älteren Herrn ehrerbietig erhoben, um ihm die Hand zu drücken. Er setzte sich zu ihnen, bekam unaufgefordert einen Kaffee mit einem Glas Zwetschgenschnaps serviert, und schlug nach einer Weile ein Kartenspiel vor.

– Und ich sah ihn dort sitzen, so arglos und unverändert der vornehme Herr, ganz Haltung und Liebenswürdigkeit diesen Leuten gegenüber, einfachen

Arbeitern, vielleicht Handwerkern, deren Gesichtern ich ansah, dass sie nie mit so ausgesuchter Höflichkeit, so anständig behandelt wurden wie durch diesen Herrn, der sich zu ihnen setzte. Sie mussten sich ein wenig als etwas Besseres fühlen, in ihrer Art gewürdigt durch Schwiegerpapa, der selber hier noch sein durfte, was er nicht mehr war: ein geachteter Mann. Und er sah dabei nur einfach glücklich aus, so glücklich, wie ich ihn nie gesehen hatte – und mir liefen die Tränen übers Gesicht, einfach weil sie liefen und nicht aufhören wollten, weiter und weiter zu laufen.

Die Buchstaben, die wir im neuen Schuljahr lernen mussten und »Fraktur« hießen, sahen wie geschmiedete Eisenstäbe aus. Ihre etwas umständlichen Charaktere deuteten auf »gute, solide Herkunft«, waren aus Althergebrachtem in unsere neuen Schulbücher geraten, aus Mutters Cöln vielleicht, wo die Porträts von Caroline und Wilhelm S. über einer grüngold bezogenen Chaiselongue in den Salon blickten, jedoch auch von Litfasssäulen stammen konnten, an denen mit Haken und Kreuz zur Vernichtung eben dieser Cölner Welt aufgerufen wurde. Doch im Schulbuch erzählten diese Buchstaben von Heu- und Apfelernten, von Aussaaten und dem Kornschneiden, gab es Bilder, auf denen die Bäume blühten und ein stets blauer Himmel leuchtete, doch kein Rauch war, kein Schrotthaufen wie in der Gießerei oder eine Tankstelle mit roten Zapfsäulen. Und ich blätterte zu dem

Teil des Buches weiter, wo die Schriftzeilen wieder so gedruckt waren, wie ich sie kannte, die weniger an Gartenhäge und mehr an geteerte Wege erinnerten: Sie waren gerade und klar, die einzelnen Zeichen einfach, ein wenig nüchtern, wie das Quartier, in das wir jedes Wochenende fuhren, um mit Vaters Brüdern und ihren Familien am großväterlichen Tisch zu sitzen, zu warten, bis wieder die verletzenden Sätze fielen, die Wörter zu Messern wurden und das Ritual von Auftrumpfen und Erniedrigen seinen Lauf nahm. Doch auch diese Buchstaben, so klar, so modern sie waren, erzählten von Bauern, die das Korn schnitten, wie auf dem Bild über dem Buffet bei Großvater, in das ich floh, um nicht anwesend zu sein. In dem warmen Gelb fühlte ich mich näher der vornehmen Art von Großpapa, der nur wenig und leise sprach, mir selbst gezeichnete Karten schrieb, in altdeutscher Schrift, die ähnlich unlesbar war wie die schmiedeiserne Schrift, die wir neu lernen mussten. In »Fraktur« seien noch viele Bücher gedruckt, vor allem ältere Werke, erklärte Herr Meier, zu dem wir in die höhere Schule eingeteilt worden waren. Mich aber verwirrten die beiden Schriften, die so unterschiedlich wie die gegensätzlichen Welten der Großeltern waren, ich verstand meine Umgebung nicht mehr, die zwar ländlich, doch mit den geschilderten Verhältnissen in den Lesestücken so wenig gemeinsam hatte wie das nochmals verschiedene Leben in der Stadt. Jedes Mal, wenn Herr Meier mich aufrief, ich einen Abschnitt über

Ernte oder Aussaat in der einen oder anderen Schrift laut lesen sollte, verschwammen die Zeichen, lösten sich auf, wollten sich zu keinem Sinn mehr fügen, und wenn Herr Meier langsam zwischen den Bankreihen hindurchging und gedehnt die Sätze sprach, damit wir, gebeugt über unsere Hefte, diese Sätze möglichst fehlerfrei niederschreiben sollten, so zersetzten sich diese Wörter zu einem breiigen Lärm, der mich panisch über die Seite hetzte, dass nur unleserliche Striche und Linien darauf zurückblieben, so zittrig wie die Hände, die auch nach Beendigung des Diktats weiter zitterten und nicht mehr zu zittern aufhörten. Herr Meier, ein nachdenklicher Mann, kurz vor seiner Pensionierung, schüttelte den Kopf, befreite mich vom Schreiben von Diktaten. Während er durch die Bankreihen ging, meine Schulkameraden sich über ihre Hefte beugten, saß ich mit verschränkten Armen vor den aufgeschlagenen Heftseiten. Sie blieben weiß und leer.

VII

STRASSENZEILE

Ich stand am Fenster, sah hinaus auf das Beet Rosen zwischen den Säulen, auf den gemähten Rasen und den Zaun, an dem entlang der Flox und die Lupinen blühten, blickte über den Feldweg hinweg zu den ausgesteckten Stangen. Die Grabarbeiten hatten begonnen, eine Getreidemühle würde gebaut, eine Art übergroßes Gartenhaus, dessen Mauern sich nun jeden Tag mehr in den Blick schoben und einen Teil der Ebene wegfressen würden. Ziegelstein um Ziegelstein verschwand der Hang unterm Wald, jenes steile, rechteckig ausgeholzte Stück Wiese, das besonderen Mut gebraucht hatte, mit den Skiern herunterzufahren. Weg war der Scheibenstand, wo die Nachbarjungen nach Blei gruben, um es beim Altstoffhändler im Dorf zu verkaufen, bereits zur Erinnerung geworden war der Weg zu dem Waldstück, in das Felix seine Mutter an den Mittwochnachmittagen begleiten musste, um Tannzapfen für den Ofen zu sammeln.

Ich war einige Male hinter dem Leiterwagen her mitgegangen, um die Säcke zu halten und beim »Helfen« zu helfen. Dafür durfte ich in ihrem mit kleinen Räumen angefüllten Haus das »Sonntagszimmer« sehen, und Felix' Mutter, eine füllige Frau mit blond gewellten Haaren, über deren Brust die Bluse spannte, sperrte die Zimmertür mit einer sorgfältig lautlosen Drehung auf.

Einen Moment blieb ich, geblendet von dem gegenüberliegenden Fenster und der Gartentür, stehen, zurückgehalten auch von einem feuchtkalten, von Stumpenrauch imprägnierten Geruch. Ich spürte die Frau neben mir, den mit groß geblümtem Stoff eingehüllten Körper, spürte eine Erwartung, die ich – Sohn eines Fabrikbesitzers – stellvertretend erfüllen sollte und die mit der Einrichtung dieses Zimmers zu tun haben musste, auf die sowohl Felix wie seine Mutter stolz waren. Aus der Blendung tauchten, von leinernen Schonbezügen bedeckt, zwei Sessel und ein Sofa, um einen Rauchtisch gruppiert, auf, seitlich davon stand ein Buffet, dessen Scheiben von Goldleisten eingefasst waren, und Felix' Mutter beeilte sich, die Tücher von den dunkelbraun bezogenen Pullmannsesseln und der »Gusch« – wie sie das Sofa nannte – zu ziehen. An der rückwärtigen Wand war die Sitzbank eines gemauerten Ofens, in dem wohl die Tannzapfen verbrannt wurden, und Felix' Mutter wies mich eigens auf den »Orientteppich« hin, den sie kürzlich gekauft hätten und der so groß sei, dass er den ganzen Boden bedecke. Ich musste auf die Terrasse treten, einen zementierten Platz, der von dem Stück Rasen und einer Blautanne durch Granitplatten abgetrennt war, dann wurde das »Sonntagszimmer« wieder verschlossen.

Wir kehrten in die Küche zurück, zu der Eckbank und dem Tisch, auf dem noch unsere Sirupgläser standen, und in der das Radio auf dem Geschirrspind thronte, weil man hier nicht nur aß, sondern auch gemeinsam die Abendsendungen hörte.

Ich sah von meinem Fenster aus zu dem Rohbau der Getreidemühle hinüber, der schon bis zum Dachstuhl aufgeführt war, nun auch einen Teil der Straße verdeckte, die aus den Hügeln hervor mit Autos und der Trambahn kam, und spürte, wie etwas von dem »Sonntagszimmer« in meinen Ausblick geraten war. Als bestünde bei Felix zwischen der Art zu wohnen und der Landschaft eine Übereinstimmung, die es bei uns nicht gab. Mir wurde der Unterschied während des Abendbrots bewusst, als wir im Esszimmer am ovalen Tisch aus Cöln saßen, die Schuhe auf den Teppich gestellt, der – ich wusste das wohl – tatsächlich aus dem Orient stammte, von Tellern aßen, die jetzt noch gut genug für den Alltag waren, jedoch eine nicht minder ehrwürdige Herkunft wie die Tischdecke aus Bukarest hatten, mein Bruder und ich »Manieren« lernten, weil sie ein Schlüssel zum Erfolg seien und uns Sicherheit in jeglicher Gesellschaft gäben, während vor den Fenstern, nach den Blumen und unserem Rasen, der Gemüsegarten des Nachbarn begann, den dieser jede Woche einmal mit der eigenen Jauche düngte.

Wir trugen auch in der Wohnung stets Schuhe, allerdings leichte, sehr feine Schuhe, und ich hatte bei Freunden in B. nie etwas anderes getragen. Pantoffeln waren verächtlich. Diese filzigen oder wollenen, stets plumpen Dinger galten als bieder, standen für schlecht beheizte Räume, für Kargheit, und nie wurde ich ein abschätziges Gefühl los, wenn ich bei Felix oder einem anderen Jungen aus dem Quartier die Schuhe ausziehen, in Strümpfen durch die Zimmer laufen musste. Bei Karl jedoch, dessen Vater und ältere Brüder bei uns den Garten besorgten und der in einem der Bauernhäuser wohnte, die es im Dorf in großer Zahl noch gab, konnte keine Rede davon sein, die Schuhe vor der Haustür auszuziehen. Man müsse doch stets vor die Tür, sagte seine Mutter, die in der Küche mit Töpfen hantierte, und trage aus der Tenne ein wenig Erde herein: »Härd« – sagte sie für Erde, kaum merklich gedehnter als bei dem gleich lautenden Wort für die Koch- und Feuerstelle, den Herd, in ihrer niederen rauchschwarzen Küche. Bei Karl, Fritz und Mäxu in ihrer Stube, die wie eine Holzschachtel mit einer Reihe von Fenstern war, wurde ich nicht als Sohn eines Fabrikbesitzers, sondern wie irgendein Junge behandelt, den die Kinder nach Hause brachten, der im Übrigen nicht besonders geschickt, daher beim »Helfen« nicht groß zu gebrauchen war und nicht einmal wusste, wozu eine Wuhr, die Schalten oder eine Wässermatte gut waren – auch wenn jene Einrichtungen gegen die Überschwemmungen im

Frühjahr, während der Schneeschmelze oder nach den Herbststürmen, seit die beiden Bäche korrigiert waren, nicht mehr wirklich gebraucht wurden. Obschon ich bei Karl, Fritz und Mäxu die Schuhe nicht auszuziehen brauchte, mich in der fremdartigen Umgebung wohl fühlte, in der es nach Kalk und Rauch roch, bat ich meinen Vater, mir ein Paar Pantoffeln zu kaufen. Die drei Brüder mussten ausnahmslos jeden freien Nachmittag »helfen«, Felix dagegen besaß eine Technik, die »müede« hieß: Er klagte und jammerte so lange – »stürmte« wie er das nannte –, bis seine Mutter entnervt nachgab und wir uns selbst überlassen blieben, Felix auch nicht »posten« musste und ich Pantoffeln brauchte, um nicht in Strümpfen durch die Zimmer laufen zu müssen. Vater brachte ein Paar in einer Schachtel verpackt nach Hause, er, der sich geweigert hätte, jemals einen Raum, eine Wohnung ohne sein Schuhwerk zu betreten, der aber über Mittag, wenn er von der Gießerei nach Hause kam, wegen des Rußes an den Sohlen in Überschuhe aus Filz schlüpfte, große graue Schlappen, wie man sie in Museen trägt, die hässlicher als alle Pantoffeln waren.

An der Durchgangsstraße war nach der Kreuzung eine Tankstelle gebaut worden, die wie eine spitze Scherbe der Moderne in der Häuserzeile steckte: Eine schräg zum Himmel ragende Überdachung, schneeweiß, mit rot gemaltem Band, unter der die Zapfsäulen vor einer verglasten Zahlstelle aufgestellt waren, auch sie rot. Die Zufahrt war von hell gerippem Beton, und das Auto, welches darauf vorfuhr, unter dem Dach und vor den Zapfsäulen hielt, nahm sich dort vorteilhaft, auch gewichtig aus, veranlasste einen Mann in weißem Overall, eine Mütze auf dem Kopf, herauszutreten, das Benzin einzufüllen, unter der Kühlerhaube den Ölstand zu messen, um danach die Frontscheibe zu reinigen. Währenddessen stellte sich der Besitzer des Wagens gegen die Straße hin auf, um als ein Teilhaber an dieser neuen Welt gesehen zu werden, deren Entwicklung mein Bruder in einer Zeitschrift, die »Hobby« hieß, mitverfolgte. Darin wurde über technische Neuerungen berichtet, waren Flugzeuge in Farbe abgebildet, große glänzende Apparate mit dreiflügliger Heckflosse, vor denen Tankwagen rotweiß beschriftet mit »Avia« standen, ein Wortklang, der eine Leichtigkeit verhieß, durch die man den Boden und das Gewesene verlassen und jene Ferne erreichen konnte, in der all die Dinge schon wirklich geworden waren, von denen in der Zeitschrift meines Bruders erst geschrieben stand. Und dieses Land, das »über dem Ozean« lag und sich für uns wie eine am Horizont schwebende Utopie ausnahm, hatte wie Rumänien eine Farbe, doch kein Gelb, nichts Gebrochenes, Staubiges, zu Patina und Beschlägen Neigendes, sondern ein klares, fast durchsichtiges Blau aus Glas und Stahl, durchzogen von diesen Bändern und Flächen kalkgrauen Betons, den Highways, die über Schlaufen zu weit gespannten Brücken führten –

und von der Tankstelle, nahe unseres Hauses, führte die Straße geradeaus zu einer Tankstelle am anderen Ende des Dorfes, beim »größten Möbelzentrum«, die genauso ein Vordach hatte, doch mit einem gelbroten Band und einer Muschel als Signet. Felix' Eltern, wie andere Leute auch, nahmen Klappstühle und setzten sich an Sonntagen – besonders an den ersten warmen Wochenenden im Frühling, wenn die Automobile wieder die Zulassung für das Sommerhalbjahr erhalten hatten – an den Straßenrand. Die Männer hatten ihre Stumpen und eine Flasche Bier, die Frauen das Strickzeug dabei. Man bestaunte die Modelle, die an einem vorbeizogen, ohne dass man sich bewegen musste, als wäre die Straße eine Textzeile, die leichteren und genaueren Aufschluss über die Marken und deren Bauart gab als das Lesen und Blättern im »Heftli«. Felix und die anderen Jungen machten ein Spiel: »Dir gehört das dritte Auto von jetzt an« – eine Art Orakel des künftigen Erfolges, das höhnisches Gelächter zur Folge hatte, wenn ein altes, unscheinbares Modell als drittes Auto vorbeifuhr, und Bewunderung auslöste, wenn es ein »Ami-Schlitten« war.

Wir aber gehörten selbstverständlich nicht zu denjenigen, die am Straßenrand saßen, wir benutzten die Fahrbahn, waren ein Wort auf dieser Zeile: Opel. Vater, der trotz der Augenkrankheit, die ihm jede körperliche Anstrengung verbot, schon als junger Mann dem Alpenclub beigetreten war, wurde jetzt Mitglied des Automobilclubs. Er war »Automobilist«, und der kleine mausgraue Ford genügte dem Anspruch, sich respektabel auf den Hauptstraßen zu präsentieren, nicht mehr. Das veraltete Modell wäre ein schlechtes Orakel für Felix und die Jungen gewesen, würde keine neidvoll bewundernden Blicke erregen. Seit wir jedoch den neuen Opel besaßen, der nicht mehr Geschäftsauto, sondern jetzt Privatwagen war, hupte Vater jeweils, wenn wir an einer Gruppe fremder Menschen, die da am Straßenrand saß, vorbeifuhren. Mutter und wir Kinder mussten den uns unbekannten Leuten zuwinken, weil man ihnen – wie Vater behauptete – auf die Weise eine Freude bereitete. Und während wir die verdutzten Gesichter sahen, das zögerliche Zurückwinken beobachteten – dabei nur mit Mühe das Lachen verbissen –, malten wir uns aus, wie die Leute noch lange rätselten, wer denn diese Bekannten gewesen wären, die sie gegrüßt hätten und so einen modernen Wagen besäßen.

Und Pilze waren nicht einfach nur mehr Pilze, die man im Wald suchen ging, unter Laub aus einem Modergeruch hervorwuchsen, prall und fleischig. Pilze waren jetzt Wolkentürme, die aus Spaltungen hochschossen. Erstmals in der Geschichte, wie es in der Zeitung hieß, war die glutige Kugel, die emporraste und den Himmel mit einem Gebräu überwölbte, von einem »Fernsehen« übertragen worden, das uns nicht weniger phantastisch vorkam wie der auf dem Photo abgebildete Pilz selbst: »Atomblitz, Druckwelle, giftige Ausdünstung, hundertsiebzigfach so stark wie Hiroshima« wurden Schlagwörter, und die Pilze schossen wechselseitig in Nevada, Sibirien, im Pazifik hoch, aus dem A wurde ein H, und der Wechsel des Buchstabens ließ Atolle, Inseln, Landstriche verschwinden. In den Mittagsnachrichten verkündete der Landessender Beromünster, dass auch wir Anteil an diesen Pilzen hätten, aus deren verwehten Schirmen die Radioaktivität jetzt bei uns »ausfalle«, verfrachtet über Kontinente hin, knappe zwei Tage nach der Zündung. Eine nicht spürbare Strahlung aus der besseren Welt, in der es auch all die anderen Dinge gab, die man so sehr begehrte: Jazz, Wolkenkratzer, Cabriolets und Highways, Kühlschränke und Milchshakes – ein Geflecht neuer Wörter, das uns mit seiner Magie nach Westen blicken ließ, gefangen im Kugelblitz einer hochschießenden Warenwelt. Immer mehr kehrten wir dem Osten den Rücken zu, der allmählich hinter einem Vorhang verschwand, in einen Schatten geriet, der die Farben löschte und kaum noch Konturen sichtbar ließ. Und Mutters Jugend war unversehens hinter einen Sperrgürtel aus Stacheldraht und Minenfeldern geraten, lag abgetrennt in einer Vergangenheit, zu der kein Weg mehr führte.

VIII

BETON

Das Gemälde über dem Kanapee, die Berglandschaft, die Vater in Sils einem Maler abgekauft hatte, der in der gleichen Pension wie er wohnte, zeigte ein mächtiges Felsband, das sich über einem Gletscherfeld hinauf zu einem von Schnee und Nebel verhüllten Berg zog. Vater betonte unseren Gästen gegenüber, der Maler sei so bitterarm gewesen, dass er ihm das Bild aus Mitleid abgekauft habe. Doch er liebte es, und wir vermuteten, Fels und Gletscher, der gleißende Firn erinnerten ihn an die Zeit, da auch in seinen Augen die Nebel gestiegen waren, an seine Studienzeit, als er noch Hochtouren machte, aber auch an die Ferien im Sommer. Kaum erreichten wir jeweils das Tal, in dem das Berghotel lag, wurde Vater aufgeregt, blickte beim Fahren sehr viel öfter in die Hänge und zu den Bergzügen hoch als auf die Straße, die schmal und kurvenreich wurde, dass wir um unsere Sicherheit fürchteten. Er redete von Ausflügen, die er machen wolle, wieder zu der Alp und jenem See hoch, und von den Blumen, die jetzt doch blühen müssten, und ob der Bergführer – wie hieß er doch gleich – die Tour hinauf in die Hütte noch machen würde, die er mit Studienfreunden vor der Krankheit gemacht hatte, und wir spürten, wie Fels und Karst aus dem Automobilisten wieder den jugendlichen Alpinisten machte, der nach dem Aufstieg zum Berghotel mitten in der Bergwiese in Knickerbockerhose und einem karierten Wollhemd stand, ein lang gedehntes »Aah« hören ließ und ein Lachen auf dem Gesicht hatte.

Das Berghotel, zu dem wir mit Mutters Bruder fuhren, war ein ruhiger Ort, den Onkel Curt durch einen Bekannten der Bank kennen gelernt hatte, und lag zwischen steilen Berghängen, an deren Talende ein Wasserfall vor einem breit hingelagerten Dreitausender über die Kante stürzte. Das Hotel, in Felsbrocken und alten Bergahornbäumen versteckt, war ein einfacher Holzbau mit einer verglasten Veranda. Über dem Speisesaal lagen die Schlafkammern, in denen sich lediglich zwei Betten und eine Waschkommode mit Krug und Schüssel befanden. Elektrisches Licht gab es keines, in den Kammern benutzte man Kerzen in Haltern aus Messing, in den Fluren und dem Speisesaal brannten die Petroleumlampen. Diese Einfachheit begeisterte Vater, er lag, die Arme hinterm Kopf verschränkt, in der Kuhle des durchgelegenen Betts, hörte in der Dunkelheit auf das Rauschen des Bachs, der unweit in dem weiß eingerissenen Bett niedertoste, begleitet von dem Rollen der Steine, das wie ein fernes Donnern klang. Er erhob sich am Morgen noch in der Dämmerung, die grau und kalt auf den Berghängen lag, bis die Sonne über den Grat stieg, in einem immer wieder erregenden Schauspiel das Tal in ihren Schein tauchte, dieses Grau von den Felsen und Wäldern wischte, das Tannengrün, die Karsthänge, die Schnee- und Eisfelder aufleuchten ließ, als wäre eine riesige Lampe angezündet worden.

Wir packten die Rucksäcke, unternahmen Wanderungen, bei denen Vater mit seinem Stock, der hell klingend in die Steine stieß, vorausging, verbrachten Stunden am Bach zwischen den Steinen. An Ruhetagen setzte er sich in einen Liegestuhl, abseits zwischen Felsbrocken, blätterte in einem Bestimmungsbuch der Alpenpflanzen oder überredete Mutter, mit ihm ins »Paradiesli« aufzusteigen, eine Felsschulter über dem Hotel, wo die Heidelbeeren reif und saftig waren. Mit frisch geschlagener Sahne waren sie als Nachtisch der Höhepunkt des Mittagessens, das man auf der Sonnenterrasse einnahm, noch unter den Bäumen beim Kaffee sitzen blieb, Mutter ihre ägyptischen Zigaretten rauchte, während wir Kinder die nahe gelegene Scheune durchsuchten. In ihr stand noch die Sänfte, mit der man früher die »englischen Gäste« heraufgetragen hatte, wie der Besitzer des Hotels in seinem singendem Dialekt erzählte, den wir nachzuahmen versuchten. Nach dem Abendessen im Speisesaal, an dessen Wänden Stiche vom »Chûte«, »The Mountains« und »The Swiss Chalet« hingen, blätterte Vater im Schein der Petroleumlampen durch die Seiten der Gästebücher, betrachtete die handschriftlichen Einträge, die je älter umso schwungvoller wurden, rief uns herbei, wenn er auf einen bekannten Namen stieß oder einen Eintrag fand von jemandem, der aus B. hierher gekommen war – Curt die Leute vielleicht sogar kannte, man zumindest über die Adresse verweisen konnte –, oder erstarrte in Hochachtung vor der Signatur der österreichischen Kaiserin oder des Herrn von Goethe. Dieser habe von dem Berghotel aus, das nahe gelegene Bergwerk besichtigt, in dem Blei, auch etwas Silber und Gold gewonnen worden sei, was Mutter zur Bemerkung veranlasste, es müsse »ein Bergwerk gewesen sein, wie es unsere Vorfahren besessen hatten«. Curt ließ ein schnaubendes Knarren hören, das amüsiert, doch auch verächtlich klang. Was half eine glänzende Vergangenheit, wenn die Gegenwart ihr nicht entsprach?

Das Berghotel bot eine einfache, bescheidene Vergangenheit, in die wir zurückkehrten, um die Ferien zu verbringen, und in der sich Vater wohl fühlte. Sie war gepflegt, erhalten, ohne den Mangel an Essen, den es früher gegeben hatte – und man konnte in die Gegenwart zurückkehren, von der man sich zu erholen suchte. Hier, im Berghotel und in Gesellschaft von Curt, verspürte Vater die wachsende Kluft nicht so sehr, die zwischen ihm und der Welt von Mutter wuchs. Er hatte als junger Mann das vornehme, ebenfalls vergangene Milieu, wie er es in der Wohnung bei der Synagoge vorfand, gesucht, weil es ihn an Sils erinnerte und weg von der strengen Spärlichkeit seiner

Jugend führte. Doch seit wir in die ländliche Umgebung von S. zurückgekehrt waren, brachte ihn die Vertrautheit mit der Landschaft und ihren regengrauen Stimmungen, mit der Lebensweise der Leute, ihrem Dialekt, wieder näher an seine Herkunft heran und ließ ihn zu einem Teil dieser Ländlichkeit werden. Man sprach ihn als »Herrn Direktor« an, er spürte den Respekt der Leute, eine Unterwürfigkeit sogar, die ihm schmeichelte. In A. wurde er bereitwillig in den Kreis der Leute aufgenommen, die das Sagen hatten, selber Firmen besaßen oder leitende Stellungen innehatten. Man kannte Hans H., er war der Sohn jenes geachteten Mannes, der noch immer ein Büro in den Eisen- und Stahlwerken besaß und seine Beziehungen spielen ließ, um seinen Söhnen Aufträge für die Firma zu verschaffen.

Und die Kluft zwischen Mutters »Ambiance« und Vaters zunehmend ländlichem Gebaren begann weiter zu werden, und obschon Vater merkte, wie er in einen Zwiespalt zwischen zwei Lebensweisen geriet, konnte er nicht verhindern, dass dieser größer und tiefer wurde.

Ich erinnere mich an einen Sonntag, als wir nach B. zu Onkel Curt gefahren waren, der sich – mit Hilfe der Bank, für die er arbeitete – ein Haus auf der Anhöhe über der Stadt gekauft hatte, nahe beim Wasserturm, an dessen Fuß wir im Herbst jeweils hatten die Drachen steigen lassen.

Das Haus, den Garten erfüllte eine ganz eigene Atmosphäre nachsommerlicher Beschaulichkeit. Streifen von Licht fielen durch die halb geschlossenen Storen, in der Gartentür stand ein alter Birnbaum, über einer Bruchsteinmauer blühten die Ringelblumen, und ein nussbraunes Licht erfüllte das Speisezimmer, in dem die beiden Ölgemälde der Cölner Vorfahren hingen. Sie blickten mit würdigen Gesichtern durch die Schiebetür in den Salon, wo die Erwachsenen beim Kaffee saßen, in den Kissen der Ottomane lehnten, und über dem Bücherbord ein Bild von Großpapa hing, eine gebrochene Säule vor dunstiger Ferne, meergrün leuchtend.

Und Vater sagte während des Gesprächs einen Satz, den ich von den Sonntagen in A. her kannte, der aus jenem kühlen, nüchternen Zimmer und von Großvater stammte, jetzt aber von W. gesagt wurde und so klang, als wolle er nicht nur Curt verletzen, sondern auch den jungen Mann, der er selbst einmal gewesen war und eben diese Atmosphäre gesucht hatte, die mit Lichtstreifen in die abgedunkelten Räume fiel:

– Was ist schon ein Bänkler, der mit fremdem Geld spekulieren muss und selbst nichts hat, außer Schulden bei einer Bank? So einer ist auch nur ein armseliger Angestellter, der es nicht wirklich zu etwas bringen wird.

Curt ließ sein schnaubendes Knarren hören, amüsiert und verächtlich zugleich, wie damals im Speisesaal des Berghotels, in das wir, seit diese Sätze gefallen waren, nie wieder gemeinsam fuhren.

Beton – dieses leichte Grau, das sich als eine Masse in der Trommel wälzt, zum Geräusch des Motors und der ineinander greifenden Zahnräder einen Rhythmus von Kieseln schlägt, die an die Blechwand prallen, sich im Mischer fort und fort dreht, bis die Masse träge aus der Öffnung fließt, im Kübel hochschwebt, am Stahlseil über die Waldhänge und den Himmel fährt, um auf einem Platz mit Eisenstäben, Hölzern, Schalwänden, zu den Gesichtern unter Filzhüten niedergelassen zu werden – Beton, dieses leichte Grau, war bereit, jede Form anzunehmen, gänzlich neuartige Konstruktionen zu ermöglichen und zu einer Dauer zu erstarren, wie sie nur Felsen und Berge haben –

Und die Wunde am Jurahügel wurde größer, leuchtete honiggelb unter dem Saum Tannen hervor, ein ovaler Ausbiss, von dem die gesprengten Kalksteine auf einem Transportband zu den Zementwerken gelangten, einem Würfel mit Hochkamin, aus dem Tag und Nacht eine Rauchfahne zog. Der Ort, die Dächer und Straßen waren von einer Staubschicht überzogen, als läge noch im Sommer Schnee. Wir fuhren an den Sonntagen hin, weil es in dem Dorf einen Bäcker gab, der einen »Tea Room« eröffnet hatte und nach Ansicht von Vater die besten »Pâtisserie« anbot. So kamen wir auch an der alten Ziegelbrennerei vorbei, zu der wir kurz hinsahen, als eine unbewusste Referenz an das Unheil, dem wir im Krieg entgangen waren, »weil wir dorthin ins Lager gekommen wären«, wie Vater einmal anmerkte.

Doch nun prägten nicht mehr die Ziegel das Bauen und die Zeit, sondern die graue Masse, die in den Trommeln wälzte – und Vater erkannte, dass der Beton für das Baugewerbe sein würde, was das Pressholz »Novopan« für die Einrichtungsindustrie war. An einem Nachmittag, an dem ich ihn begleitet hatte, stoppte er plötzlich den Wagen, hieß mich aussteigen und nahm mich bei der Hand – was er eigentlich nie tat. Er zog mich über einen Brettersteg hinter sich her, stieg eine Treppe zum Rohbau einer Wohnsiedlung hoch. Er ließ mich auch nicht los, als wir oben neben der frisch betonierten Decke standen, er zu den Förderbändern hinsah, die Sand und Kies hochführten, zum Kran aufblickte, das Einfüllen des Betons in die Schalung beobachtete und wie die Arbeiter, die aus Italien geholt worden waren, die Rüttler in die Masse tauchten, dass die Muskeln ihrer Oberkörper vibrierten. Vater presste meine Hand, dass sie schmerzte, presste sie aus einer inneren Erregung, zerrte mich dann von der Baustelle wieder hinunter zur Straße, fuhr im Auto geradewegs zur Gießerei, ohne noch die beabsichtigten Besuche zu machen, ließ mich im Wagen zurück und eilte die Treppenstufen zum Büro hoch. Obschon Vater nie davon gesprochen hat, muss er auf der Baustelle plötzlich begriffen haben, was die Firma künftig produzieren müsste: Keine landwirtschaftlichen Geräte mehr wie die Tränkbecken für Kühe, kein Handwerkszeug mehr wie die Schraubstöcke für Werkstätten, sie müsste Baumaschinen produzieren – Betonmischer, Förderbänder, Krane –, all die Geräte und Maschinen, die es brauchte, um den allmählich verschwindenden Juraberg in Gebäude und Häuser zu verwandeln, die eine moderne Architektur in die leeren Felder stellte.

IX

VORHÄNGE

Mutter verblasste, als brächte sie nicht genügend Farbe und Körperlichkeit auf, um in der ländlichen Umgebung zu bestehen, sich gegen das Grobe, Geschnittene ihrer Formen und Ausdrucksweisen zu behaupten. Sie geriet wie hinter einen Gazevorhang, der ihre Gestalt undeutlich machte, sie von mir und meinem Bruder trennte. Sie lebte in einer abgeschiedenen Welt, die der ihres Papas nahe kam. Dieser war eines Tages aus seinem Leben »spaziert«, ohne dass viel Aufhebens entstanden wäre. Die Spaziergänge, seine Pinselstriche waren nur einfach zu einem Ende gekommen, und der Tod bestätigte lediglich noch seine Abwesenheit, die jetzt endgültig geworden war.

– Nehmt doch Rücksicht, es ist immerhin mein Papa, der gestorben ist.

Und Mutter stand im Speisezimmer, vor der Tür zum Garten. Ihre Gestalt war ein Umriss, dunkel auf dem Hintergrund aus Apfelbaum und Blumenbeet. Vater und wir Kinder saßen am Tisch, hatten gelacht und von Alltäglichkeiten geschwatzt, als wäre nichts geschehen. Ich sah zu Mutter hin, und die Stille, die sie umgab, schmerzte.

Manchmal, wenn ich allein mit ihr war, hatte ich Zutritt zu ihrer Welt hinter dem Vorhang, wurde ein Teil davon, vielleicht weil ich nur ruhig dasaß, mich nicht rührte und sie betrachten musste, wie sie aus dem Messingpfännchen den türkischen Kaffee in die gerippte, crèmefarbene Tasse goss, die ölig schwarze Flüssigkeit in diese klassische Form gefasst wurde, die an große, offene Räume denken ließ und mit hohen Fenstern auf Wege zwischen alten Bäumen blickte, durch die ein sommerlicher Wind ging, und Mutter lehnte in den Kissen des Kanapees, so lässig und hingebungsvoll, als trüge sie eine leichte Abendrobe, und der Duft ihrer Zigarette erfüllte das Zimmer mit Minaretten und Palästen hinter hohen Mauern.

Meistens jedoch blieb auch ich ausgeschlossen, spähte, von ihr unbemerkt, vom Flur her oder dem Speisezimmer auf jene Fremde, die meine Mutter war, die auf dem samtbezogenen Hocker saß, ihre Schachteln mit den Schätzen von früher um sich herum aufgestellt hatte. Sanft streifte ihre Hand die gefärbten Federn aus dem Wiener Atelier von Onkel Alfred, fuhr über die bestickten rumänischen Stoffe, glättete den Baumwollstoff, die »pânză« – und dabei spürte sie wohl den von der Sonne heißen Lederbezug der Sitze in der Kutsche, hörte das Scharren der Schuhe im Foyer des Hotel Athenee Palace, wenn das Zeichen zum Diner gegeben wurde, fühlte die kühle Rundung der Melone, aus der mit vier raschen Messerstichen ein rot leuchtender Obelisk herausgeschnitten wurde, den der Händler zu kosten gab. Mutter glitt, während sie die Stoffe und Federn betrachtete und berührte, durch die Erinnerungen ihrer Jugend, streifte aufflackernde Gefühle, hörte manchmal Worte, die ich von ihrem versonnen lächelnden Gesicht zu lesen versuchte und aus ihren Erzählungen ihr zudachte:

– Mama, die Zigeuner sind am Tor, sie kommen um den wöchentlichen Topf Suppe ein.

Ja, sagte sie, wenn ich sie an einen ihrer eigenen Sätze erinnerte, sie kamen jede Woche, und ich durfte sie nur vom Fenster oder der Türschwelle aus sehen. Mama fürchtete sich vor den Flöhen. Doch ich wäre so gerne zu den Kindern gegangen, die bunte Kleider trugen, sich aneinander drängten. Doch das gehörte sich nicht. Man war anders als sie, musste – wie Papa uns lehrte – auf Distanz achten. Es ginge nicht an, mit Leuten, die nicht der eigenen Gesellschaftsschicht angehörten, sich gemein zu machen. Doch ich habe nicht auf ihn gehört, weil ich mir die Familie, in die ich einheiratete, ganz anders vorgestellt hatte.

Die »Gartenstraße«, das Haus Onkel Rodolphs mit seinen alten Bäumen, den Spazierwegen, die von der Terrasse durch den Rasen und entlang der Blumenbeete wieder zurück zu den Sonnenschirmen führten, wo an diesem Frühsommertag der Kaffee im Service von Großmamas Eltern serviert wurde: Die »Gartenstraße« war der Fleck Gegenwart, der allein noch ihre

Herkunft repräsentierte, jene nicht wieder zu schaffende Ambiance – und ich sah sie im hellen Schatten des Sonnenschirms verwandelt, von einer Beredsamkeit, die ich nicht von ihr kannte, so leicht in den Bewegungen, dass ihr Kleid, ein glockig geschnittener Rock, ärmellos, mit rundem Ausschnitt, sich in Falten auflöste. Die Gesten dehnten sich in den Garten hin aus, wurden Teile der Zweige und blühenden Büsche, und ihr Gesicht bekam diesen Schimmer hauchdünnen Porzellans, in dem die Augen groß, von leuchtender Reinheit waren, wie sie erst zu Ende ihres Lebens wieder sein würden.

– Und du erinnerst dich, Rodolph, wie dein Papa sich nie ohne Rock zeigte, selbst am Morgen trat er aus dem Bad schon gekleidet wie zum Ausgehen, und seine Wangen dufteten nach Eau de Cologne, ein Duft, den ich nie vergessen werde. Sein Bart war frisch frisiert, gab ihm dieses strenge, zugleich unzweifelhafte Aussehen eines Herrn, der den Stock leicht zu führen weiß und den Hut in dieser knappen Art lüftet, die höflich und verbindlich ist, doch stets auch Distanz anzeigt –

Und Onkel Rodolph in Hemd und Weste hatte den einen Arm nach hinten über die Sitzlehne gelegt, sah Mutter durch die Gläser seiner runden Hornbrille an. Ein Lächeln lag um seinen Mund, auch eine Müdigkeit. Er wusste besser als die hier versammelte Gesellschaft, dass er noch aufrechterhielt, was unaufhaltsam zu Ende ging, ihm das Gefühl gab, sein Leben sinnlos an eine Tradition der Familie vergeudet zu haben, die sowieso abbrach, abbrechen musste, auch wenn sein Sohn die Firma jetzt leitete. Der Einfluss jener »Neuen Welt«, die er als junger Mann kennen gelernt hatte, machte Firmen, wie die seines Vaters, die er hatte übernehmen müssen, weil es dieser Herr mit gepflegtem Bart und duftenden Wangen so verfügt hatte, überflüssig und unrentabel. Er wäre gerne Antiquar geblieben.

– Ich habe New York geliebt, es war eine Stadt, die allen Dingen aus Europa eine Patina gab, selbst noch den eigenen Erinnerungen. Sie war etwas so Anderes, Unbekanntes, das aus einer Kraft und Vitalität Formen hochtrieb, die überwältigend waren, im Hellen wie im Dunkeln. Das Vergangene ließ man als schöne Reste vergangen sein, noch Sammlerstücke, mit denen sich hervorragende Geschäfte machen ließen.

Und Vater, der sonst doch so laut und bestimmend in Erscheinung trat, saß stumm, ein wenig unbeholfen da, wie einer, der aus Versehen in diese Gesellschaft geraten war, nichts besaß, was er hätte beitragen können, und gelegentlich mit einem Scherz oder einer Dreistigkeit versuchte, in Mutters flatternde Beredsamkeit einzubrechen.

Aufrecht und wohlerzogen hörten mein Bruder und ich zu, ohne am Gespräch teilzunehmen, und ich musste dabei gelangweilt ausgesehen haben, denn Onkel Rodolph stand mitten im Gespräch auf, trat ins Haus und kam nach kurzer Zeit mit einem schmalen

Band zurück, den er in der Hand wog, bevor er ihn mir reichte. Ohne ein Wort über das Buch zu verlieren, setzte er die Konversation fort, als hätte er sie nie unterbrochen. Ich aber schlug den Deckel des Buches auf, trat durch diese Tür in eine Welt von Bildern, die mich ohne Worte empfing, doch mit dem Gefühl, nun an einen Ort gelangt zu sein, der fern von allem Unverständlichen und Widersprüchlichen mir ganz allein gehörte. Vor mir, gedruckt auf Papier, und weit fort, in einer Vergangenheit, waren Menschen, Tiere, Bäume und Flüsse, die ich betrachten konnte, bis sie lebendig wurden, die Mänaden zu tanzen und die Krieger zu kämpfen begannen, und ich hörte den Wind in den Zweigen und das Meer an den Klippen, was doch nur ein Umriss auf einer Schale, ein Ausschnitt auf einem Krug war: Ich sah mir für den Rest des Nachmittags die Abbildungen griechischer Vasenbilder an.

Der Vorhang war nun plötzlich kein Vorhang mehr, kein Stück Florentiner Tüll, das vor dem Fenster hing, um die Blicke der Nachbarn abzuhalten und ein angenehm gebrochenes Licht im Zimmer zu erzeugen. Der Vorhang war jetzt eisern, ein *eiserner Vorhang*. Und ich stellte mir Stahlplatten vor, die von der Ostsee bis zum Mittelmeer in die Erde gerammt wurden, eine immer dickere und höhere Wand, deren Teile gesäumt von Nieten und grau bemalt sein mussten, wie ich das an den Panzern im Elsass gesehen hatte, um die ein Bezirk der Leere und Unberührbarkeit gewesen war. Und diese Stahlplatten bildeten jetzt einen undurchdringlichen Schutzschirm, der höher und höher in den Himmel ragte, dass nur noch die modernsten Spionageflugzeuge ihn überfliegen konnten, wie mein Bruder im »Hobby« gelesen hatte.

Wir lebten auf der freien und lustigen Seite des von Atomwaffen starrenden Vorhangs, während die hinter dem eisernen Vorhang in einem Schattengrau verschwanden, unkenntlich wurden bis auf die Raketen, die Sputniks und die Männer mit steinernen Gesichtern, die jene Sprache sprachen, die nur ein Wort kannte: »Njet«. Als wäre unsere ganze Lustigkeit, der Jazz, den wir hörten und bald auch schon der Rock 'n' Roll, das Schnurren des Motors bei den sonntäglichen Ausfahrten, die Feiertagsklänge von den Schallplatten, nur dazu da, diese »njet, njet, njet« nicht zu hören. Sie schwangen in der Luft, erinnerten an das Pochen in Neville Shutes Roman »Das letzte Ufer«, das damals jedermann las: Ein Schlagen, das, als einziges Signal noch von der zerstörten nördlichen Weltkugel ausgesendet, an jenem letzten Ufer empfangen wurde, auf das die tödliche Wolke zutrieb, und als schwache Hoffnung gedeutet wurde, dieses Schlagen könne noch ein Zeichen von Überlebenden sein und damit mehr als bloß eine leer schwingende Tür im Wind.

Und Mutter legte im Garten, der sich vor meinem Fenster zur Ebene und der Viehweide hin ausbuchtete, Beete voll Blumen an. Sie, die in der Kriegszeit nicht gewusst hatte, wie man mit Spaten und Harke, mit Setzholz und den halb welken Stecklingen umging, grub nun an der Hauswand entlang die lehmige Erde auf, stach Rasenstücke aus, harkte und rechte, pflanzte krautige Stöcke – Paeonien, Rittersporn, Lupinen –, steckte ein Beet Zinien-Schösslinge ab, säte Löwenmaul für den Sommer aus und Astern für den Herbst. Sie stand in Gummistiefeln und einer Schürze im noch lichten Schatten des Apfelbaums, die Hände in derben Handschuhen am Stiel der Harke, wischte sich mit der Ärmelstulpe den Schweiß von der Stirn und war eine Frau, die ein wenig den Müttern meiner Freunde zu gleichen begann. Doch anders als diese, stand sie oft für Minuten unbeweglich am Rand eines Beetes, schaute nur – und die braun klumpige Erde füllte sich mit Buketts, öffnete Kelche über den krautigen Blättern, fächerte die Petalen auf in Farben, die zueinander passen mussten, rostige Brauntöne, die zu dunklem Rot und einem satten Gelb übergingen, den Untergrund für den Rittersporn bildeten, der eine blaue Spitze hochtrieb, komponierte wachsend wuchernde Buketts aus Löwenmaul und Akelei, Sträuße für einen Salon und Beete für einen Park. Sie würde abends, wenn es noch hell war, in einer sommerlichen Robe an den Beeten entlangspazieren, hier und da ein wenig stehen bleiben, überrascht, als sähe sie die Blumen das erste Mal, entzückt von der Anlage, von diesem kleinen »Park«, den man sich vorstellen konnte, hob man das Gesicht nicht allzu sehr. Und Vater holte den Photoapparat hervor, eine Rolleyflex, die er noch in B. gekauft, doch kaum benutzt hatte, las in einem Hallwagbändchen über Belichtungszeit, Blende, Distanz und Bildkomposition, besorgte sich ein Stativ, dessen Aluminiumstützen man ausziehen konnte, stellte den Apparat in den frisch geschnittenen Rasen und uns Kinder, Mutter, sich selbst hinter das üppig erblühte Blumenbeet, setzte sein breites, jungenhaftes Lachen auf und hatte mit dem Selbstauslöser ein Bild geschaffen, das uns inmitten eines Blühens zeigte, als wären auch wir Teile dieses sommerlichen Buketts, von achtloser Heiterkeit, die nichts mehr wollte als zu sein, gemeinsam und aufeinander abgestimmt wie die Blumen auch, im hellen Licht des Sonntagmorgens, in der Erwartung eines ruhigen Tags.

X

VASENBILD

Die Landschaft schmolz, wie der Schnee geschmolzen war. Die Hügel, die Waldflanken, aus deren schattengrünem Dunkel die Felder sich hervor und gegen das Dorf schoben, Wogen von Kornfeldern und Baumgärten gegen die ersten Häuser trieben – diese Landschaft, aus der die Bäche zwischen die Häuser strömten, durch Wuhren und Kanäle bezähmt, unterhalb der Gießerei sich wieder zusammenfanden, um weiter und hinein in eine Ebene mit Weidenbäumen und Feldern zu ziehen – die Landschaft schmolz. Ihr Herandrängen zersetzte sich an den Rändern, und das Dorf selbst begann zu wuchern, entwickelte eine Kraft, die von innen nach außen drängte, gegen die das Grün, die abgezirkelten Felder, der Wald mit seinen Nebelfetzen nichts mehr vermochten. Und W. ließ Betonmischer bauen, Förderbänder für Kies und Sand, übernahm den Vertrieb von Rüttlern zur Verdichtung des Betons. Vor der Maschinenhalle hämmerten und schweißten die Arbeiter an den blechernen Gehäusen, an den Trommeln, die eine Öffnung schräg nach oben wie ein staunendes und begehrliches Maul hatten, sie hängten unter einer grau gespritzten

Klappe den Motor auf, der einer gepanzerten Insektenlarve glich, und schraubten ein Schild an das Gehäuse, das in schwarzen Lettern auf gelbem Grund den Firmennamen trug.

Doch nicht nur am Rand des Dorfes wucherten die Bauten in die Landschaft hinein, trieb »das größte Möbelhaus« erneut einen Kubus hoch, wurden unserem Vorplatz gegenüber Lagerhäuser errichtet, die eine Zufahrt und einen geteerten Platz nötig machten, groß genug, damit die Lastwagen mit ihren Anhängern wenden konnten, auch im Dorfinnern brachen Baugruben auf, verschwand die alte Scheune beim Untervogtshaus, lag die Öle, die Schmitte in Trümmern, wurde der Schutt der alten Post weggekarrt, als wären all die Gebäude lautlos aus einem Nachthimmel getroffen worden.

Und Felix und ich strolchten den Trichter hinab zur Gießereihalle, spähten an der Tür ins rußige Dunkel, in dem glühendes Eisen aus dem Ofen schoss, sprühend aufgeregt, von bläulichen Flammen überflackert und nichts an den neu gegossenen Stücken erinnerte noch an die Eisenteile, die vor der Schmelze auf dem Schrottplatz gelegen hatten. Dort, in dem eisernen Berg, fanden sich die Herdringe, die Ofentüren, Wasserschiffe, Türklinken aus den verschwundenen Häusern; die Pflugscharen, Harken, Gabeln, schweren Ketten aus den Scheunen; die Zangen, Feilen, ein Amboss, die zerbrochenen Antriebsräder aus den aufgegebenen Werkstätten.

Und schrottreif, doch als eine Sehenswürdigkeit, die an verschiedenen Orten gezeigt werden sollte, stand auf der Wiese beim Bahnübergang, unweit unseres Hauses, ein Bomber aus dem Zweiten Weltkrieg. Der Besitzer der Tankstelle, ein in seinen Ausmaßen gewaltiger Mann, hatte die amerikanische Maschine aus dem Greifensee gezogen, auf dem sie notgelandet und gesunken war, hatte sie hierher gebracht, wo sie nun zwischen den Häusern befremdlich und drohend stand. Braune genietete Bleche bedeckten die Flügel und den Rumpf, die Propeller waren verbogen, die Nase reckte sich hoch zum Himmel, und Felix und ich schlichen uns in das umzäunte Areal ein, krochen ins Innere der B 17, hockten im Drehsessel der Maschinengewehrkanzel, kletterten zu den Pilotensitzen, zum Platz des Funkers hinauf, blickten durch die trüben Scheiben in die Wolken über S., steuerten die »fliegende Festung« durch Flakbeschuss und das Maschinengewehrfeuer feindlicher Jagdflugzeuge, drückten die Maschine hinunter, rasten auf die Uferbäume zu, um den schweren Apparat aufs Wasser zu setzen, und hatten das Gefühl, immer gerade da, wo wir in der Kabine nicht hinsahen, wären noch die Soldaten der ehemaligen Bomberbesatzung, an den Griffen und den Schaltern der Armaturen klebe noch Blut von ihren Verletzungen, und in dem gewaltigem Rumpf spürten wir noch immer die Vibrationen der Motoren und der Angst. Wir schrien uns Befehle während unserer »Einsätze« zu: – Bordklappe öffnen, Abwurf!, und die Rauchpilze stiegen unter dem Bomber auf, Häuser, Straßenzüge, Fabriken verschwanden – und W. hatte sich nicht getäuscht, die Bauindustrie nahm einen Aufschwung, wie es ihn zuvor noch nie gegeben hatte. Baumeister, die zwei Hilfsarbeiter und eine Scheune voll Ziegel hatten, wurden Unternehmer, es brauchte Maschinen, viele und immer größere Maschinen, es brauchte Arbeiter, viel und immer mehr Arbeiter. Und sie kamen in Zügen aus Italien, Männer, die wie Bauern aussahen und mit schweren Koffern, Pappkartons und einem Ballon Wein auf den Bahnhöfen herumstanden.

Ich griff zu dem schmalen Band, den Onkel Rodolph mir geschenkt hatte, öffnete den Deckel des Buches und betrat erneut die Räume der bebilderten Seiten. Es genügte zu schauen und zu verweilen, um in einer Schale, die rund und flach war wie die Erdscheibe, jenes Boot zu besteigen, aus dessen Mitte ein Weinstock als Segel wuchs, der mit weit ausgreifenden Ranken voller Trauben den Wind einfing. Und Dionysos führte mich durch Wellen, umspielt von den schwarzen Halbmonden springender Delphine, und brachte mich zu den bauchigen Vasen. Sie strebten aus dem Fuß hoch, mündeten in einen zylindrischen Ausguss mit gebogenen Henkeln, und von dem Boot stieg ich an die Wölbung der Gefäße wie an einen Strand, bewegte mich in ihren bemalten Oberflächen, die als ein umlaufendes Band in sich selbst zurückführten. Die

Götter, die Tiere und Pflanzen, die Titanen und Menschen waren Umrisse auf einem rötlichen Dämmer, einem Licht wie von rußenden Öllampen, das aus der inneren Geborgenheit der Gefäße zu dringen schien, als wären sie mit Helle und Hitze gefüllt. Die Körper der Helden bedeckten Panzer aus Schuppen, sie trugen Helm, Speer und Schild, nackt aber waren die Silenen, lose bekleidet die schwärmenden Mänaden, und es genügte ein Schauen, den Stiel der Agavenblüte in der Hand zu spüren und am dionysischen Tanz teilzuhaben, der alle Fesseln löste, wie nur das Schwert es sonst vermochte, das in die Leiber der Freier drang. Es genügte ein Schauen, um bei den Zyklopen zu sein, bei Opferstier und Göttern, und ich konnte mich in diese bebilderten Seiten flüchten, wenn Felix mich auslachte, die Jungen untereinander tuschelten und von Geheimnissen sprachen, die nur verstand, wer zu den Eingeweihten zählte –: Seit es sommerlich warm geworden war, hatte eine Unruhe die Jungen und Mädchen erfasst, hell und fiebrig hasteten sie, ohne einen Blick für den Schrottberg zu haben, der doch sonst ihre ganze Begehrlichkeit erregte, auf dem Wiesenpfad an der Gießerei entlang, um nur möglichst rasch in die nach Harz und Schweiß riechenden Umkleidekabinen zu gelangen. Felix machte bei jeder Gelegenheit, die ihn in die Nähe eines Mädchens aus unserer Nachbarschaft brachte, besonders laut »Häm-kmm«, und Karl, den ich bat, mir die getuschelten Geheimnisse und mir unverständlichen

Witze zu erklären, sagte ernst, doch auch verwundert, ob ich denn noch nie in einem Stall gewesen sei und gesehen habe, »wie die es dort machen«? Ich aber griff zu dem schmalen Band, öffnete den Deckel, ging zu den Vasenbildern, die keiner der Jungen kannte. Weder Felix noch Karl waren je dort gewesen, sie wussten von meinen Vasen- und Schalenlandschaften ebenso wenig wie ich vom Treiben in einem Stall. Sie hatten darum auch nie gesehen, »wie die es da machten«, wie der Silen seine Flöte über der Wolle des Bartes hochreckte, die Mänade die geraden Falten zerbrach und aus dem Kleid trat, wie Herakles kämpfte und rang, das Horn eines Flussgottes abbrach, den Eber erlegte, die Riesen besiegte, und es ging ein Geschmack vom Anblick der Vasenbilder aus, der mich ahnen ließ, es müsste sich etwas davon auch in der Gegenwart finden lassen.

Während eines Besuchs in der Gartenstraße, kurz bevor Onkel Rodolph starb, das Anwesen aufgelöst und einer Blocksiedlung weichen musste, rief Onkel Rodolph mitten in der Konversation einen Jungen herbei, der auf der Straße ging. Man hatte sich nach Hirnmuscheln, einem Kalbsbraten und dem Nachtisch in den Garten zum Kaffee gesetzt, die wärmenden Strahlen machten ein Verweilen noch angenehm, auch wenn schon ein Dunst um die alten Bäume lag.

Armin war ein Jahr älter als ich, vielleicht zehn oder schon elf, Sohn des Konsumverwalters und Nachbar von Onkel Rodolphs Tochter, ein Junge mit dunklen eindringlichen Augen, kräftigen, gescheitelten Haaren, der ohne Scheu und mit einem Selbstbewusstsein, das ich von mir selbst oder meinen Schulfreunden nicht kannte, an den Tisch trat. Ernst und konzentriert hörte er auf die Fragen von Onkel Rodolph, gab abwägend Antwort, zeigte dann ein Lächeln, das stolz, aber auch gewiss der Wirkung war, den sein Griff in die Anhängetasche haben würde.

Er streckte die Hand mitten unter die sich vorneigenden Köpfe, zeigte das Bruchstück eines Ziegelsteins her. In einer Kartusche waren die Zeichen LEG.XI.CPI eingeprägt – der Stempel der elften Legion Claudia Pia Fidelis, die von Kaiser Vespasian um 70 n. Chr. ins Standlager Vindonissa geschickt worden war. Er hatte das Stück selbst gefunden.

Onkel Rodolph nickte anerkennend, meine Eltern machten »Hm«, und ich hatte jenen Geschmack im Mund, der von den Bildern des schmalen Bändchens ausging – spürte, wie dieses Stück Ziegelstein mir eine neue Gegenwart aus der Erde heraufholte, eine die da und doch vergangen war, die unter der Oberfläche lag und aus Zeugnissen meiner Vasenwelt bestand, aus Mauern, Ziegeln, Scherben.

Doch die Erde war nicht mehr nur Erde. Eine Hand voll davon würde bereits genügen, um ein Auto anzutreiben, man könne irgendwo am Straßenrand halten, einen Klumpen »Härd« vom Acker nehmen und in den Tank stopfen, die Energie würde für Jahrzehnte reichen, so habe es im »Hobby« gestanden, behauptete mein Bruder: Der Bomber-Tinu könne dann seine Tankstelle schließen. Mit dieser Atomenergie – deren Pilze wir abgebildet gesehen hatten und die alle paar Wochen Strahlen aus dem Himmel regnen ließ –, mit dieser Atomenergie würde man die Sahara bewässern und das Nordpoleis schmelzen, außerdem könne mit ihr ganz Europa beheizt werden. Wir bekämen dann ein Klima wie in Sizilien, woher die Fremdarbeiter stammten, könnten Südfrüchte anbauen, Bananen und Orangen, würden zwei, drei Mal im Jahr Getreide und Gemüse ernten. Die Nahrungsmittel erhielten die Neger in Afrika oder wo es sonst zu wenig davon gäbe. Wir selber brauchten nämlich nichts mehr, weil die Chemie eine Pille entwickle – so habe es im »Hobby« gestanden –, die genügend Nährwert und Mineralstoffe habe, um uns für einen ganzen Tag satt zu machen. Schon bald müsste man sich an keine Mahlzeiten mehr halten, nicht mehr gemeinsam um den Tisch sitzen, niemand brauche mehr zu kochen, vielleicht an Festtagen noch oder weil Spaghetti gut schmeckten, doch an gewöhnlichen Tagen – und mein Bruder tat, als schnippe er eine dieser Pillen hoch und fange sie mit offenem Mund wieder auf –, an gewöhnlichen Tagen: Zack!, und das Mittagessen ist erledigt. Keine Fragen mehr nach Schule, kein »Sitz gerade und halt das Messer richtig«, kein stundenlanges Hocken vor dem Siedfleisch. Einfach – und eine nächste »Pille« flog in die Luft – zack!, und das ganze Gestürm um »Du bleibst sitzen, bis alle gegessen haben« gibt's nicht mehr.

Das Großartigste aber sei, dass es dann auch bei uns Palmen gäbe, man könne das ganze Jahr hindurch Baden und wie in Italien draußen auf der Straße sitzen, und die Mädchen würden in Bikinis herumlaufen, die man dann nicht mehr verbieten könne, weil es einfach zu warm wäre und man überhaupt kaum noch Pullover und Kleider brauche. Höchstens noch bei der Benutzung der Flugapparate, die man sich umschnalle, um einzig mit ihnen sich noch fortzubewegen.

Und mein Bruder begann, aus Balsaholz futuristische Modellflugzeuge zu bauen, weil die Zukunft – so habe es im »Hobby« gestanden – »in der Luft lag«.

Auf schwarzem Grund, als seien sie von Nacht umhüllt, und nur ein rötlicher Schein falle noch auf ihre Gestalten, kniet Achilleus vor Patrokles, dem Freund. Dieser sitzt auf der Erde, das eine Bein eingeschlagen, das andere im Schmerz gestreckt. Er hält den Arm, die Wunde blutet von dem Pfeil, der ihn getroffen hat. Gleichmäßig brechen die Wellen ans Gestade, platzt das harzige Holz der Wachtfeuer, sprühen Funken, und vom Nachthimmel herab sehen die Sternbilder, die dort verewigten Gestalten der Frühzeit. Apollon streift im Wind durchs Lager, er, so rein und klar wie Meerluft, weiß, dass bald die Schiffe brennen werden, und Patrokles in Achills Waffen fällt. Doch noch sind sie vereint, und Achilleus' Augen sind allein auf die vom Bronzepfeil zerrissene Haut gerichtet, aus der das Blut enteilt, und fest und sicher bindet er das Tuch, damit der Lebenssaft zurückbehalten werde für den Tag, da vor den Toren Trojas dann das Schicksal sich erfüllt.

Die Stahlfeder musste man erst eine Weile in den Mund stecken, bevor man sie am Federhalter befestigte. Sie war eingefettet und nahm die Tinte nicht auf. Dann hielt man sie ins Fass, ein letzter Moment des Nachdenkens, und die Spitze kratzte erlernte Formen, die Wörter und Sätze ergaben. Ich spürte den lustvoll schmerzenden Höcker am Mittelfinger, wo die gewölbte Feder mit ihren Kanten auflag und sich ein bläulich eingefärbtes Hornhautpolster gebildet hatte, war über der linierten Heftseite bei meinen beiden Kriegern auf dem Vasenbild, beschrieb – wie es mir damals möglich war – am Pult aus dem »größten Möbelhaus«, wie der eine Held den anderen verband, und spürte dabei, dass auch meine Wörter, wie die Bilder im Buch es vermochten, Räume öffneten, zu Menschen und ihren Handlungen führten, die jedoch nicht schon da waren wie die Bilder im Band der Vasen, sondern erst hingesetzt werden mussten durch klecksig hingekratzte Linien, die meine Stahlfeder zog.

Den Schulaufsatz brachte ich am nächsten Tag zur Schule, und ich gab damit erstmals ein Stück meiner verborgenen Welt preis, die ich in Onkel Rodolphs

Bändchen gefunden hatte. In ihr fühlte ich mich sicher vor der Willkür der Erwachsenen, sicher vor verletzenden Streitereien wie während der Besuche bei Großvater, geschützt auch vor der rasch sich ändernden Umgebung. Doch kaum berührte meine geheime Welt die Gegenwart, stürzte ein zornrotes Gesicht auf mich ein, brüllte, während das Heft auf die Schulbank klatschte, ich solle meinen Eltern ausrichten, sie möchten sein Verständnis für meine sprachlichen Schwierigkeiten nicht auf so dumme Art missbrauchen, er sei kein Idiot, der nicht merke, wenn sie die Aufsätze für mich schreiben würden.

Und Onkel Rodolphs Bändchen hatte nur mehr leblos bedruckte Seiten, es fuhr kein Boot mehr mit einem Weinstock als Segel zu den bauchigen Vasen, und deren Bilder waren schlecht reproduzierte Ornamente. Das schmale Buch mit erdbraunem Einband, den Ruderern auf weißem Grund oben, den Wagenlenkern unten, lag noch eine Weile auf dem Pult am Fenster, vor dem die Futtermühle nun ein großes Stück der Ebene verdeckte, war eines Tages verschwunden, ließ sich nicht mehr finden, und ich spürte nicht einmal Bedauern.

XI

FIGUR

Oftmals, wenn ich nach Hause kam, fand ich Mutter irgendwo stehen, im Speisezimmer, im Garten, unbeweglich, abwesend und doch da. Ihr Rücken bildete mit dem Nacken eine gerade Linie, auf der das ondulierte Haar lag. Die Rechte hielt sie vorgestreckt, die Finger geöffnet, als wäre ihr eben ein Gegenstand entfallen. Ich rief sie an, und Mutter, ohne zu antworten, beugte sich über die Blumen, nahm ein Besteck vom Tisch, ging, ohne mich weiter zu beachten, der Tätigkeit nach, die sie unterbrochen hatte.

Ich aber verkroch mich in meinem Zimmer, fühlte mich elend und wie geschlagen. Sie hatte wieder diesen Traum, so versuchte ich mir ihr unverständliches Verhalten zu erklären, den Traum, den sie einmal erzählt hatte und den sie immer wieder träume, und ich malte mir aus, dass sie in ihn zurückgekehrt sei, wenn sie so gerade, den Rücken gestrafft, dastand, eine jugendlich schlanke Gestalt.

Und Mutter schweifte durch Straßen, die einstmals voller Menschen und Leben gewesen waren, jetzt jedoch leer und öde vor ihr lagen, weil die Leute denen gefolgt waren, die Befehle erteilten und Ordnungen zerbrachen, die sich anschickten, unter Gebrüll und Aufmärschen das Land in Schutt zu legen. Und Mutter kam zu einem zerstörten Haus, von dem noch die Kellerräume stehen geblieben waren, und sie stieg hinab, gelangte in eine Grabkammer unter der Erde, deren Fresken an den vier Wänden vom Leben damals erzählten: Vom meterhohen Schnee und den Schlittenfahrten hinter den schaukelnden Pferderücken her, an den Häusern entlang und durch die Alleen, deren Bäume wie Risse in der glasigen Luft standen; von den Kutschenfahrten über die Chaussee zu den Sommergärten, wo die Sonne durch die Bäume niederbrach, in gleißende Stücke zerschlug, die auf dem Rasen und den Wegen leuchteten; von den Frühlingssträußen, die in Kübeln am Blumenmarkt ihre blühenden Firmamente unter einen noch dünnen Himmel breiteten; von den Pyramiden gelblicher Melonen im Herbst, dem Geruch nach Moder, der süßlich ausströmte, im Gelb sich die Kälte schon ankündigte, das Verblassen der Farbe, das Erstarren im Schnee – und inmitten des von ihrem Papa ausgemalten Raumes stand eine steinerne Grabtruhe, die im Marmorrelief einen Mann zeigte, der in schwarzem Anzug den Stock vorsichtig und leicht aufs Trottoir setzte, den Oberkörper vorgebeugt hielt, hager war, ein schmales Gesicht unter der Hutkrempe trug. Und freundliche Augen sahen Mutter aus dem Stein an, er lächelte, redete, doch sie konnte nur ihre eigenen Worte verstehen, die sich in ihr wiederholten wie ein Gebet:

– Ich habe jetzt eine eigene Familie und Kinder, für die ich sorgen muss. Ich kann mich um dich nicht kümmern, ich gehöre jetzt zu denen in A., die nicht wollen, dass ich euch besuchen komme, weil sie dich verachten und du ein Versager bist, der die Kinder nicht beeinflussen soll, und ich hätte jetzt eine eigene Familie, für die ich sorgen müsste...

Und Mutter, wenn ich sie anrief, ging der unterbrochenen Tätigkeit weiter nach, ohne mich zu beachten, beugte sich über die Blume, nahm ein Geschirr vom Tisch, und ich verkroch mich in meinem Zimmer, als wäre ich geschlagen worden. Sie hatte wieder den Traum, und ich sagte mir die Sätze vor, an denen ich mitschuldig war und die ich so oft von ihr gehört hatte: – Ich habe mich um meinen Papa nicht gekümmert, weil ich mich darauf hinausgeredet habe, ich hätte jetzt euch.

Ob wir nicht nach Italien reisen könnten?, fragte Mutter bei Tisch so unvermittelt, dass wir aufblickten. Onkel Rodolphs Sohn, Ralph, kenne einen Ort am Meer, der günstig und sehr schön gelegen sei, an der Riviera, man könnte doch gemeinsam dort die Ferien verbringen.

Er sei mit der Vespa »runtergefahren«, sagte Onkel Ralph, den wir auf Mutters Drängen hin besuchten. Das sei die schönste Art, Italien zu bereisen, der Fahrtwind, dieses Gefühl, frei und unabhängig zu sein, die Wärme!

Onkel Ralph wohnte außerhalb des Städtchens, unweit der Bandweberei, die ihm und seinem Schwager nach Onkel Rodolphs Tod gehörte. Das Haus lag unter dem Wald, hatte den Garten und die Terrasse gegen das Tal und die Straße hin und besaß eine obere Zufahrt zur Garage, in der Onkel Ralph meistens anzutreffen war. Er hatte an der Vespa die Seitenabdeckung abgenommen, schraubelte und ölte am Motor, sagte, er sei über Ostern wieder »unten« gewesen, nein, nein allein, doch diesen Sommer führen sie mit dem Alfa, einem Sportcoupé, das er eben bestellt habe, ans Meer. Er würde uns Bilder vom letzten Sommer zeigen, wir sollten schon mal in den unteren Wohnraum gehen, er baue dann den Projektor auf. Tante Doro kochte Kaffee, schnitt Kuchen vor und sagte, Ralph sei ja vollständig verrückt nach Autos und seiner Vespa, im Frühjahr sei er einfach verschwunden, niemand habe gewusst, wohin er gefahren sei, auch in der Firma hätte niemand sagen können, wo er geblieben sei. Sie habe mit den Kindern dagesessen und sich ernsthaft überlegt, ob sie nicht die Polizei einschalten sollte. Doch dann sei er wieder aufgetaucht, nach drei Tagen, aber typisch Ralph, nicht etwa zu Hause. Die Arbeiter hätten ihn am Morgen angetroffen, wie er unter einem der Webstühle lag und ihn demontierte, weil er nicht mehr gelaufen sei, und Ralph habe seinem Schwager im Büro – der sei noch heute empört darüber – lediglich erklärt, er habe wieder einmal einen echten Espresso gebraucht und sei nur eben schnell nach Genua gefahren. Tante Doro lachte nervös, und Vater, als wir im Opel nach Hause fuhren, meinte, dieser Ralph sei ja schon ein »gelungener Siech«, verschwinde einfach für ein paar Tage, ohne etwas zu sagen. Jetzt kaufe er auch noch ein Sportcoupé, wo man doch wisse, dass das kein Wagen für eine Familie sei. Ein Alfa sei sowieso nichts für unser Klima! »Italiener« sind nicht solide, die rosten.

Doch nach Italien beschlossen wir zu fahren, und Mutter lächelte. Sie war wie während der Wochen, als wir im Dorf angekommen waren und sie die Wohnung einrichtete, aufgeregt und in einer ängstlich freudigen Erwartung. Sie sagte einen Satz, den ich behalten habe, weil er so unwahrscheinlich, aber auch verstörend war. Mutter hatte sich uns gegenüber nie durch ein »ihr« abgegrenzt, außer an dem Tag, da Großpapa starb und Vater, mein Bruder und ich keinen Gedanken für ihn übrig hatten. Doch nun benutzte sie dieses »ihr« wieder – und würde es künftig öfter tun. Sie sagte:

– Ihr werdet sehen, wie anders ein südliches Land ist.

Die Bilder, die Onkel Ralph im abgedunkelten Wohnraum auf die Leinwand projiziert hatte, ließen Vater an die Zeit seiner Augenkrankheit denken, da er für Wochen reglos im Bett der Augenklinik gelegen hatte, in einer Nacht des »Nichtsehtums«. Damals war ihm bewusst geworden, wie schmal die Sammlung an Erinnerungen war, mit denen er den Rest seines Lebens zubringen müsste, Bildern, die noch nichts von einem Erwachsenenleben zeigten, die farblos und schon ein wenig blass geworden waren, als nützten sie sich mit jedem Betrachten ab. Und nun sah er Onkel Ralphs Diapositive, die dieser weitschweifig kommentierend vorführte, während wir um den surrenden Apparat im Halbrund saßen. Diese Bilder strahlten, als würde sich der Sonnenschein aus den Mauern und Straßen herausdrängen, ein Gleißen sich auf die Palmblätter, den Oleander, auf Sonnenschirme und Tische legen. Selbst die Schatten der Pinien waren von einem Leuchten erfüllt, so licht, dass dagegen der Himmel dunkel wirkte. Diese Lichtbilder hatten eine Intensität, die Vater begeisterte, sie waren das Ergebnis aus »Reise mal Apparat«, und deren Farben waren so durchscheinend, dass sie an sehnsüchtigem Blick übertrafen, was immer er sich in der langen Nacht der Augenkrankheit hätte vorstellen können. Schon auf der Rückfahrt, während Vater Onkel Ralph einen »gelungenen Siech« nannte, bildete sich ein leuchtender Kosmos von Gefühlen in ihm, in dessen Kern ein schwarzer Apparat in seinen Händen lag, durch dessen Besitz sein Leben selbst irgendwie glänzender würde. Und Vater konnte an keinem Photogeschäft mehr vorbeigehen, ohne nicht stehen zu bleiben, die Auslagen zu studieren, durch die Schaufenster auf die immer neueren Modelle zu sehen. Er brauchte »den richtigen Apparat«, eben nicht den, den er schon hatte, obschon die Rolleyflex eine hervorragende Kamera war. Doch ihr Format schien ihm veraltet, sie war zu groß, zu schwer und hatte auch nicht vermocht, was eine Kleinbildkamera, die man in der Tasche bei sich tragen konnte, offensichtlich bewirkte: Den Alltag in leuchtende Bilder zu verwandeln. Es dauerte Wochen, in denen wir jeweils geduldig warteten, bis Vater sich vor den Schaufenstern der Photogeschäfte satt gesehen hatte. Dann endlich bekam in diesem schwelgenden Kosmos von Gefühlen der Kern künftiger Bilder einen Namen: HASSELBLAD. Und Mutter setzte sich schwer aufs Kanapee, als dieser Name sich an einem Samstagnachmittag in lederne Etuis, Umhängetaschen, Objektivbehälter, Stativ, Belichtungsmesser, zwei Kameras, Putzzeug und Bedienungsanleitung auseinander legte, Vater mit einem kindlichen Gesicht all die Behältnisse öffnete, etwas von Berufsausrüstung murmelte und einen Preis als günstig nannte, der Mutter schweigend durchs Fenster in die Weite blicken ließ.

HASSELBLAD – so hieß ein Kontinent, in den Vater mit Sack und Pack auswandern wollte, in der Hand die Bedienungsanleitung, und auf dem ovalen Tisch von Cöln lagen die beiden Kameras, standen schwarze Zylinder, Vorsatzlinsen, Filter, und Vater las in den Anleitungen, zerlegte die Apparate, setzte sie neu zusammen, legte einen Film ein, trat in den Garten, kniete vor dem Beet Zinien, das Gesicht schief gekniffen, und während er wieder und wieder den Auslöser drückte, erlosch Bild um Bild in seinem Innern. Der leuchtende Kosmos der Gefühle nüchterte zur Enttäuschung aus. Der Apparat sei schwieriger zu bedienen, als er gedacht habe, sagte er, während er die Ausrüstung wegräumte, er müsse nochmals die Anleitungen studieren, sich beraten und Einzelheiten erklären lassen, am besten von einer Fachperson, die Kamera sei enorm kompliziert.

Und Vater blieb erneut vor den Photogeschäften stehen, Mutter und wir Kinder warteten wieder, bis er sich satt gesehen hatte, und ganz allmählich – mit dem Betrachten der »allerneuesten« Modelle in den Auslagen – kam die leuchtende Bilderwelt zurück, erfüllte ihn erneut ihr Glanz. Mit einer LEICA – davon war Vater fest überzeugt – würden sie endlich sein Leben hell und licht machen.

Wie Vater mit »Hasselblad« und »Leica«, so beschäftigte auch ich mich mit neuen Namen: »Terra sigillata« beispielsweise, die Bezeichnung für die rote, glasierte Töpferware, deren scharfkantige Scherben sich auf dem Feld, wo einstmals das römische Legionslager gestanden hatte, finden ließen und deren Ornamente mich entfernt an die Vasenbilder in Onkel Rodolphs Buch erinnerten.

Armin und ich hatten uns verabredet, an einem schulfreien Nachmittag zu dem Ort zu radeln, an dem er das Ziegelstück mit dem Legionsstempel gefunden hatte. Es war kühl und regnerisch, der Wind fetzte über die Ebene, trieb die Schauer seitlich unter die Pelerinen, die wir über die Lenkstangen gespannt hatten. Wasser spritzte von Armins Hinterrad, und keuchend hielt ich den Kopf vom Regen abgewandt, munterte mich mit Erwartungen auf, den Plänen und der Nachbildung eines Legionslagers, wie ich sie bei Armin gesehen hatte: Das mächtige Nordtor, die Kasernen, Lagerhäuser, die Via principalis, das Bad, der Tempel – und stand dann in Stiefeln, durchnässt und durchfroren, eine Hacke in der Hand, unter Apfelbäumen, blickte inmitten einer Wiese auf die frisch aufgeworfene Erde entlang von einem Stichgraben, in dessen Tiefe die Mauerreste helle Bänder waren. In der Grabenwand zog sich eine Verfärbung hin, ein Streifen, durchsetzt von Kohle und Scherben, die Kulturschicht, wie Armin sagte, und dieser Streifen unter Gras und Wurzeln war die einstmalige »Oberfläche« einer vergangenen Gegenwart. Wir beugten uns über die Erdschollen, suchten die Halden an den Stichgräben entlang ab, und vor mir lag, verklebt von Erde, das Wandstück einer Schale, so groß wie meine Hand, und ich hob das Stück Terra sigillata hoch, wischte die Krumen weg – und sah auf einen Garten, in dem spiralige Pflanzen wuchsen, auf einer eingerollten Blüte ein Vogel sang und unter einer mir unbekannten Baumart eine Frau in Tunika stand, rot glänzend, im Halbrelief dargestellt. Das Kinn auf die rechte Hand gestützt, mit der linken den Ellenbogen umfassend, blickt sie selbstvergessen über das abgesplitterte Ornament und eine scharfe Bruchlinie ins Leere – und sie blieb in sich versunken, bewegte sich nicht, auch als ich rief, Armin zu mir kam und neidisch auf meinen Fund blickte.

XII

FLUG

W. wandte sich bei der Baustelle, die er besucht hatte, seinem Wagen zu, wollte eben die Tür aufschließen, als ein jungenhaftes Lachen auf sein Gesicht kam. Er zog den Hut ein wenig tiefer in die Stirn, ging einem Mann entgegen, der an einer Bretterwand entlangschritt, schob kurz vor ihm den Stetson ins Genick, zog die Brauen hoch, rief: – Hans! Und der Mann in hellem Anzug, eine Schirmmütze auf dem Kopf, stieß ein überraschtes »Ha« aus, danach »Pipin!« – Vaters Studentennamen –, und die Freunde von damals standen sich gegenüber: – Na, so eine Überraschung – Was tust du hier – Und wie geht's mit der Lunge – Und dir mit den Augen? Beide waren sie als junge Männer krank geworden, hatten eine Zeit lang in den Bergen zugebracht, Hans Saner wegen einer Tuberkulose, W. nach der Augenoperation. Und obschon sie sich zwei Jahrzehnte nicht gesehen hatten, spürten sowohl Hans Saner wie auch W., dass dieses gemeinsame Schicksal sie auch heute noch verband. Es erschien ihnen daher nur selbstverständlich, sich künftig wieder enger aneinander anzuschließen und ihre Freundschaft zu erneuern. Von dem Tag an rief

Vater, wenn das Wetter schön und trocken zu werden versprach, am Samstagabend bei Hans Saner an, Mutter und wir Kinder saßen mit unterdrücktem Lachen vor dem Radio, einem Telephonrundspruch, aus dessen stoffbezogenem Lautsprecher das Gespräch wie ein Hörspiel klang. Vater meldete sich als Wachtmeister Rüedisüli von der Kantonspolizei oder als Spengler Suter, der einen Rohrbruch beheben müsse – Scherze, auf die Hans Saner stets hereinfiel und die nach Aufklärung und Gelächter »typisch Pipin« waren. Man verabredete sich sonntags dann zu einer Wanderung im Jura. Und nun war es Hans Saner, der Vater in Aufregung versetzte, da er nie pünktlich am vereinbarten Ort erschien, und obschon die Scherze und die Verspätungen sich wiederholten, wusste Hans Saner wieder nichts von einem Rohrbruch und schimpfte Vater wegen der Zumutung, uns bereits eine halbe Stunde warten zu lassen. Mit dem Händeschütteln fielen die Aufregungen ab, Hans Saner hob die Schultern, während seine Frau und die drei Töchter aus dem engen Renault stiegen, machte »Ha!« und sagte:
– Wie soll ich bei so viel Frauen pünktlich sein.

Über den Viehweiden, die von Büschen und Hecken durchsetzt waren, zogen sich die Waldflanken zu den Rippen hoch, hinter denen sich die Wolken in den Himmel türmten, beschienen von der Morgensonne, und ich stapfte in Bergschuhen und kurzen Manchesterhosen hinter Vater und Hans Saner her, die weißliche Waden über Wollsocken sehen ließen.

– Heute würde sich jeder die Finger lecken, aber damals, da hat doch niemand daran gedacht – Das war dasselbe bei den Fässern, nach dem Krieg wurden sie weniger und weniger gebraucht, doch »Novopan« – Es glaubte doch keiner an eine deutsche Etikettiermaschine, da lag alles in Deutschland noch in Trümmern, als »Jagenberg« mir die Alleinvertretung anbot – Genau so eine Vertretung müsste ich in der Baubranche finden, Kräne sind in der Zukunft das große Geschäft – So eine Maschine etikettiert tausende Flaschen, sauber, ohne Leimspur – Und die Margen bei Kränen sind enorm – Ha! mit ein, zwei Anlagen von Etikettiermaschinen im Jahr habe ich ausgesorgt...

Und die Landschaft war ein wenig so, wie die in den Lesebüchern, von bäuerlicher Vergangenheit, doch die Jurawege, mit der rostigen Erde zwischen den Steinen, dem trockenen, zermahlenen Buchenlaub in den Fugen, führten mich tiefer und weiter zurück, zu den Karrenwegen, die vom Legionslager zum Rhein geführt hatten. Diese Hügelzüge, dachte ich, waren schon damals so gewesen, wie sie noch heute sind, folglich müsste ich von der nächsten Erhebung aus auf einen römischen Gutshof sehen können, wie er auf dem Schulwandbild, das ich im Heimatkunde-Unterricht gesehen hatte, abgebildet war: Eine Villa, bewacht von einer Kolonnade vor dem Atrium, die über einem Geviert von Ökonomiegebäuden inmitten von reifen Weizenfeldern stand, und diese Vorstellung ließ mich durch eine Landschaft wandern, die nur im Ungefähren derjenigen glich, durch die Vater und Hans Saner vor mir ihre Waden rührten und von der besseren Bodenhaftung eines Mercedes gegenüber den »Amerikanern« redeten. Hinter mir sprachen Mutter und Frau Saner von Paris und Bukarest, den Städten, in denen sie ihre Jugend verbracht hatten, zogen Boulevards in den frühsommerlichen Juratag und begannen über Place Vendôme, L'Opéra und der Piata romană unbemerkt Französisch zu reden, die Sonne stieg, die Tragriemen drückten auf die Schultern, und mein Bruder maulte. Er fand auch in der Gesellschaft der Saner-Töchter keine rechte Entschädigung für die »sinnlose Schuhnerei«, denn noch immer stand die Fluh, weiß und schroff, fern am Himmel.

Riz colonial – so hieß ein neues Gericht, das in Mode kam, als die Kolonien versuchten, sich unabhängig zu machen, die hübsche Princess of Wales noch einmal das große Empire feierte, das eben zerbrach, während die Mau-Mau-Rebellen Hinterhalte im Buschland legten, Indochina und Dien Bien Phu neue Namen für die Hölle waren, Korea die Bruchstelle hieß, an der die Atomblitze sich entzünden konnten. Panzer – die nie wieder rollen sollten – walzten einen ersten Aufstand nieder, und auch der Tod Stalins brachte kein Ende der Spaltung von Ländern und Atomen, wie man sich erhofft hatte. Mehr und mehr brachen Teile von dieser riesigen Scholle ab, die der weiße Mann verwaltete und ausgebeutet hatte, zogen sich Risse in der Weltkugel ein. Das Zentrum der Macht hatte sich über den Ozean verschoben, wo der Tag erst begann, wenn wir uns an den Mittagstisch setzten, um mit einem »Riz colonial« wenigstens auf dem Teller die Welt noch zu besitzen: Im »Mövenpick«, davon war Vater überzeugt, gab es das beste »Riz colonial«, und man fuhr nach Zürich, um es zu genießen, diese Gleichzeitigkeit von süß und sauer, von Ananasschnitzen, Rindfleisch- und Kalbfleischwürfeln, welche einem mit der Gabel ein Stück Südsee und die Weite amerikanischen Weidelands in den Mund brachte, sich zu Meer und Wellenschlag verwandelte, schob man eine dieser rosa Delikatessen nach, die Crevetten hießen, während das Mango-Chutney einem auf britische Art das Gefühl des Gentleman gab: Die etwas förmliche Art – man saß aufrechter bei Tisch als zu Hause – wurde durch einen Curry befeuert, der orientalisch nach bunten und fernen Märkten schmeckte, über die man bei allen Verlusten – wie auf dem Teller bezeugt – noch wirtschaftlich verfügte. Und Herr Saner und Vater sprachen von Etikettiermaschinen und Kränen, fanden es falsch, dass die Amerikaner nach dem Krieg nicht gleich mit dem Osten »aufgeräumt« hatten, rückten die Brauen über die Sowjets, die alles auslöschen konnten, über die »gelbe Gefahr«, die mit einer Springflut an Menschen drohte, und wieder schafften es die Franzosen nicht –

diesmal in Algerien – reinen Tisch zu machen. Und nachdem die Platten und Teller abgeräumt waren, ließ man Cassata auftragen, die in ihren Pastellfarben und eingestreuten Fruits-confits Stücken den Tapeten und Jalousien entsprach, ihren dreieckigen und kreisrunden Mustern, trank einen Cognac VSOP, ohne sich einzugestehen, dass man mehr und mehr von etwas hatte, das man nicht mehr verlieren wollte, rauchte eine Zigarre, die »sehr schön« zu sein hatte, wie Herr Saner genießerisch sagte und aus Cuba stammen musste: Doch immer drohte im Hintergrund dieses »njet«, fühlte man sich am »letzten Ufer«, und eben deshalb berechtigt zu genießen, so lange es möglich war.

Rad fahren war nicht mehr einfach nur Rad fahren, es war Fliegen. In der Thermik des Sommerabends zogen wir Schlaufen vor den neuen Lagerhäusern, unserem Garagenvorplatz gegenüber, wo zuvor die Wiese gewesen war. Unsere Fahrräder glitten lautlos über den neuen Teerbelag, ohne die Stöße der mit Rollsplitt jedes Frühjahr ausgebesserten Dorfstraße aushalten zu müssen, und wir hatten das Gefühl zu schweben, Piloten zu sein, die ihre Köpfe tief über die »Armaturen« der Lenkstange beugten. Wir starteten in einer Schlaufe hinter dem Gebäude, wo Spankisten und Bananenschachteln aufgestapelt lagen, schossen nach der Kurve an der Betonwand entlang, drückten unsere Maschinen um eine Ecke ins Geviert zwischen zwei Hallen, zogen einen Kreis und kippten im Sturzflug eine Einfahrt hinunter, um nach einer hart gezogenen Kurve hochzusteigen und einen Moment in der Schwebe zu balancieren.

Felix hatte ein neues Rad bekommen, das eine Gangschaltung und zwei Bremsen anstelle eines »Rücktritts« hatte, und überhaupt schafften sich Felix' Eltern Apparate und Geräte an, von denen bei uns keine Rede war. Felix sagte auch nicht mehr »Urantsche« für Orangen, wie er das noch vor kurzem getan hatte, und »posten« ging er neuerdings in einen Laden, der »modern« war und in dem man nicht wie bei Kleinert vor einem Tresen stand, hinter dem der grauhaarig untersetzte Mann vor einer Front von Tablaren bediente. Man konnte tatsächlich in die Tiefe des Ladens und zwischen die Regale mit Waren dringen, wählte selbst, was man von den Paketen, Dosen und Schachteln haben wollte, legte diese ungefragt in einen Korb, den man beim Eintritt erhalten hatte. Allerdings musste Felix immer erst bei Kleinert ein Pfund Franck-Aroma oder eine andere Kleinigkeit holen, bevor wir auf einem Schleichweg zum neuen Laden fuhren, Sportsäcke auf dem Rücken. Es sollte uns niemand sehen, und wenn wir dennoch einmal beobachtet würden, war Felix aufgetragen worden, ein Sträußchen Nelken zu kaufen. Blumen, darüber war man sich allgemein einig, waren einfach frischer – jeder holte sie im neuen Laden –, und so stand bei Felix' Eltern stets ein Sträußchen Nelken im Sonntagszimmer, das nun nicht mehr abgeschlossen war und auch an Werktagen benutzt wurde. Schonbezüge hätte man nun nicht mehr nötig, sagte Felix' Mutter, sie planten sowieso, eine neue Sitzgruppe zu kaufen. Sie trug jetzt eine Dauerwelle wie Mutter auch, führte mich an einem Nachmittag in die Waschküche, einen kleinen Raum neben der Garage, wo gebaut worden war und nun auf einem Betonsockel eine weiße Maschine mit Bullauge stand. Felix Mutter wusch jetzt, wie sie mit lüsternem Lächeln sagte, mit »gebremstem Schaum« – während bei uns noch alle zwei Wochen Waschtag war, eine Frau aus dem Nachbardorf kam, den Kupferkessel heizte, mit dem Stößel die Wäsche in der Lauge einweichte, über dem Waschbrett schrubbte, spülte und wrang – und ich hatte noch immer ein Fahrrad mit »Rücktritt«.

Doch dann stand auf dem Flugfeld, wo heute ein Hochhaus neben den Shopping-Centres aufragt, eine »Piper«, und Vater sagte, er hätte sie gekauft – nicht für sich, er dürfe wegen seiner Augen ja nicht fliegen, sondern für einen deutschen Geschäftsfreund. Er habe ihm gefällig sein wollen, vielleicht, dass er die Kran-Lizenz erhalte, und wir stiegen ein, mein Bruder und ich – Mutter machte allein der Anblick schwindlig –, und wir flogen tatsächlich. Unter uns glitt das Feld zurück, sanken die Wälder hinab, wurden zu Hügelzügen, an deren Rändern sich die Häuser zu Dörfern sammelten. Der Fluss wurde ein Band zwischen Uferbäumen, und aus der Ebene tauchte die Stadt herauf, in der Großvater wohnte. Wir erkannten die Geleise der Trambahn und die Straße, die zum Dorf führten, und dort wo wir wohnten, stellte Herr Schnyder, der Pilot, die Maschine auf den Flügel, dass sie wie um einen Punkt kreiste. Wir sahen hinab auf eine lebendige Landkarte, auf der Autos fuhren, Leute gingen, die Badeanstalt ein blaues Rechteck mit Punkten darum herum war, auf das der rußige Finger der Gießerei zeigte. Daneben leuchtete der Neubau des »größten Möbelhauses« wie ein verlorenes Päckchen Zigaretten. Wir erkannten unser Haus, den Garten, die neuen Lagerhallen mit dem Vorplatz, und Herr Schnyder, der Militärpilot gewesen war und den wir fragten, wie das denn in einem Jagdflugzeug gewesen sei, lächelte, sagte »festhalten«, dann ließ er die Maschine über den Flügel in einen Sturzflug kippen, zog sie hoch, bis sie nur mehr schwebte. – Da habt ihr eure Lufttaufe, sagte er, von jetzt an sagt ihr »fahren« statt »fliegen«, ein Flugzeug »fährt«, und daran wird man merken, dass ihr da oben wart. Er wackelte zum Abschied von unserem Wohnort mit den Flügeln, nahm Kurs zurück zum Flugfeld, und ich hockte auf dem harten Sitz der Maschine, blickte zurück auf die Häuser und Gärten, wo meine Schulkameraden doch irgendwo sein mussten und bestimmt hoch zu unserer »Piper« am Himmel blickten.

XIII

MARMOR

Der Wind blies über den Pass, die Luft war kalt, es roch nach Schnee, tief ziehende Wolken spiegelten sich im Wasser, das, von Karst eingefasst, sich in einer Senke gesammelt hatte, und es war, als machten wir auf dem Weg nach Italien nochmals einen kurzen Halt in den Ferien, die wir in den Jahren zuvor mit Mutters Bruder Curt in den Bergen verbracht hatten. Etwas im klar gleißenden Licht erinnerte an die Wanderungen an den Steilhängen hoch, durch Alpwiesen und Wald zu den Fels- und Schneeflanken hinauf, in diese eiszeitliche Unberührtheit.

Das sei schon auch wunderbar, besonders wenn das Wetter wie heute klar sei, sagte Vater, doch wir drängten, stiegen fröstelnd ein, und Vater lenkte den voll bepackten Wagen die Kehren hinab. Nachdem wir das Tal und danach die Ebene erreicht hatten, die Wärme zur Hitze wurde, wir durch Dörfer und ein flaches Land fuhren, wie ich es noch nie gesehen hatte, saß Mutter nicht einfach nur stumm, wie das sonst ihre Angewohnheit war, neben Vater, sie redete. Sie wies mit der Hand durch die Windschutzscheibe, sagte: – Schau dort! und: – Sieh da!, zeigte zu den erdig gelben

Feldern, auf Alleen und Häuser mit von Sonne malträtierten Mauern, und ihr Gesicht war jung, die Augen strahlten.

– Das Rot an den Häusern, diese verwitterte, verwaschene Farbe ist wie das Gelb in Rumänien, eben kein helles Kaisergelb, wie man es im Siebenbürgischen antrifft, sondern ein gebrochenes und staubiges Gelb wie dieses Rot hier –

Jeder ihrer Blicke glich eine Erinnerung mit der vorbeiziehenden Landschaft ab, wurde dadurch Teil der Gegenwart, und Mutter wechselte von der Mundart zu Deutsch, zu einem klaren, leicht melodiösen Deutsch, wie es offenbar in Bukarest gesprochen worden war, das ich jedoch nie von ihr gehört hatte. Sie gebrauchte es so selbstverständlich und perfekt, wie wir es nicht sprechen konnten, und Vater zwinkerte meinem Bruder und mir komplizenhaft zu. Wir sollten still sein, keine Fragen stellen, sie nicht stören und einfach gewähren lassen, während Mutter aufgeregt auf die Handkarren, die Bettler, die Bauern im Feld wies, von der Weite schwärmte und dem Himmel, der nicht bloß ein schmaler Ausschnitt sei, sondern sich endlich wieder wie eine Kuppel über ihr wölbe. Sie redete, als verflüssigte die Hitze ihren Wortschatz – und es war sie, die nach dem Weg fragte, mit einem Bauern um den Preis einer Melone feilschte, zum Geld noch zwei von ihren Zigaretten legte und in das Gesicht des Alten ein zahnloses Lachen brachte. Sie sprach Rumänisch, wenn sie italienisch radebrechend nicht weiterkam, behauptete, die beiden Sprachen seien wie das Rot und Gelb an den Hauswänden, sie würden sich nicht allzu stark voneinander unterscheiden, und die Leute würden sie verstehen. Mutter, in ihrem weiten geblümten Kleid, schritt nach Ankunft in dem Hotel am Meer durch die Pinienschatten, die sie mit ihrem lichten Grau umspannten, und ihr Gang bekam ein Schwingen, als wäre etwas in ihr angestoßen worden, hätte sie befreit – und unbeweglich standen die Statuen auf den Balustraden der Gärten.

Wenn der Sand zu glühen begann, die Luft dunstig wurde und das Wasser schaumige Bänder gegen das Land trieb, der Schatten des Strandschirms sich zu einem Rund zusammenzog, das kaum mehr vor der Sonne zu schützen vermochte, machten W. und Herr Saner sich auf, den Aperitif einzunehmen. Im Schatten einer Pinie setzten sie sich zu Onkel Ralph, der in weißem Leinenanzug vor der Bar die Zeitung las, bereits seinen dritten oder vierten Espresso trank und eine Players Navy Cut rauchte. W. bestellte Martini Soda, dazu eine Schale Oliven, und er spießte eine auf den Zahnstocher, ließ sie kurz vor seinem Gesicht schweben, bevor er sie mit kindlicher Freude in den Mund schob. Der herbe, salzige Geschmack entfaltete ein Glücksgefühl in ihm, das sich mit Stuhl und Tisch, den Steinplatten, den Nadeln und Schatten darauf, den Rufen der Händler von der Straße her, verband. Herr Saner machte »Ha!«, nickte unter seiner Schirmmütze, als hätte auch er im Cynar, den er bevorzugte, eine ähnliche Empfindung auf der Zunge wie sein Freund »Pipin«, und die beiden fanden sich im Einverständnis darüber, dass dies »Leben heiße« und sich von einem Alltag unterscheide, an den denken zu müssen, W. sich durch die Gespräche gezwungen sah. Hans Saner hatte es zu einer sehr soliden und gefestigten Stellung gebracht, und Onkel Ralph war sowieso alles zugefallen, Fabrik, Haus, Vermögen, vor allem aber eine Unbekümmertheit, die W. gänzlich abging: Onkel Ralph rückte schon vor dem Frühstück aus, trank den Espresso stehend an einer Bar, schlenderte dann durch die Straßen, an den Marktständen und Geschäften entlang, unterhielt sich mit zufälligen Bekanntschaften – er sprach fließend Italienisch – und bewegte sich durch die Straßen und in den Bars immer als der Herr in sommerlichem Anzug, der sich gegen elf Uhr bei »Marina« einfand, um seine Zeitung zu lesen, eine Zigarette zu rauchen und einen weiteren übersüßten Espresso zu trinken.

Sie hätten die Weberei völlig umstellen müssen, sagte er beiläufig, heute wären mit Bändern keine Geschäfte mehr zu machen, die asiatische Konkurrenz sei zu groß. Sie könnten nur in einer hochtechnisierten Nische überleben, produzierten neuerdings Medizinalgewebe, die komplizierte Apparate voraussetzten, und die Produkte würden ausschließlich nach

Amerika geliefert werden. Onkel Ralph schnappte ein »Ja« aus der Luft, was er immer dann tat, wenn er ein Thema für abgeschlossen hielt. Geschäfte waren nichts, worüber zu reden sich lohnte, schon gar nicht in Italien um die Mittagszeit, während Hans Saner, der genießerisch an seinem Glas nippte, jede Flasche, die in Sichtweite geriet, zum Anlass eingehender Betrachtung und Beurteilung nahm. Sein »Ha« wurde zu einem abschätzigen »Tja«, wenn das Etikett nicht exakt aufgeklebt war oder sich gar Leimspuren zeigten. Bei den Etikettiermaschinen von »Jagenberg« waren solche »Unregelmäßigkeiten« undenkbar, deshalb war man auch konkurrenzlos – und W. dachte an die Kranvertretung, die er noch immer nicht hatte, an den deutschen Geschäftsfreund, der ihn trotz Piper und Besuchen hinhielt, und an Gerda, mit der er einen Abend in Mannheim verbracht und sie überredet hatte, seine Sekretärin zu werden. W. schob eine Olive in den Mund, ließ ihren Geschmack aufblühen, blickte in das rotblütige Blumenbeet. Was sie denn heute nach der Mittagsruhe unternehmen wollten?, fragte er. Ralph würde mit dem Alfa nach Florenz fahren, doch Hans Saner und W. beschlossen zur allgemeinen Klage von uns Kindern – wir wären lieber wieder zum Strand gegangen –, landeinwärts zum Wandern zu fahren, vielleicht in die Steinbrüche von Carrara. Onkel Ralph nickte zufrieden, als die beiden Freunde sich bereit erklärten, Tante Doro und die Kinder mit auf den Ausflug zu nehmen. Der Aperitif ging heute –

nein, nein, bitte, das ist selbstverständlich – auf seine Rechnung.

Der Schnee war kein Schnee, und Vater lachte, als mein Bruder hoch zu dem Berg zeigte und ausrief, da oben liege ja Schnee, und wie das möglich sei, mitten im Sommer und in Italien, wo die Gipfel doch nicht so hoch wie beim Berghotel seien – und die Straße führte durchs Tal hinauf, an einem Flüsschen und bewaldeten Flanken entlang. Arbeiter kamen uns zu Fuß entgegen, und Mutter sagte: – Sie tragen frische, weiße Hemden. Ich blickte durch das Rückfenster auf die kleiner werdende Gruppe, und der Wagen wirbelte Staub auf, immer neu quoll er unter dem Heck hervor, trieb übers Straßenbord, und wir selbst gerieten mehr und mehr in dieses puderige Weiß, das nicht Schnee, sondern Stein war. Vater lenkte den Wagen auf einen Werkplatz vor einer Felswand, die in glatten Flächen aufragte und eine gezackte Kante vor den Himmel zog. Steinblöcke, aus dem Berg geschnittene, übergroße Zuckerwürfel, wurden auf Bahnwagen geladen, mit Ketten über Kreuz befestigt, und die Arbeiter wirkten klein wie Zwerge vor dem aufgesägten Berg. Ein graues und gelbliches Geäder durchzog den Fels, und die Quader lagen da als Stücke, aus denen in der Werkstätte Körper würden. Und wir betraten das Schattendunkel, in dem ein Lärm von Schlägen und Eisen war, und schräg fielen die Sonnenstrahlen durch die offene Tür auf die Falten einer monumentalen Figur, leuchteten kupfrig auf diesem kühlen Fleisch, das sich so glatt, so fest anfühlte. Ich staunte an der Riesin hoch, die unter dem Dach aus Balken und Wellblech ihr Lächeln über den Brüsten trug, und sie war schlank und jung, blieb reglos, auch als Vater seine Hand auf den Fuß legte und Herr Saner sein »Ha!« hinauf zur Decke schickte.

– Was sollen wir mit ihr tun, sagte der Steinmetz, die Skulptur war ein Auftragswerk, und als sie fertig war, gab es die Regierung nicht mehr, die sie bestellt hatte.

Sie bliebe hier stehen. – Vielleicht ändern sich die Zeiten, und die neue Regierung ist wieder die alte und holt die Statue doch noch in ihr Land.

Marmor, aus diesem Stein hatten die Römer ihr Weltreich gebaut, die Tempel und Foren, ihre Götter gebildet, und er gehörte zu mir und jener Vergangenheit, aus der die Ziegel und Scherben stammten, die Terra sigillata mit der sinnenden Figur zwischen spiraligen Pflanzen und Vögeln auf Zweigen.

Wir sollten doch auch Rom besuchen, sagte Mutter, der Stein und die Statue erinnere sie, dass ein Teil ihrer Verwandtschaft am Anfang des Jahrhunderts dort gelebt hätte, ihr Papa sei ein Jahr bei seinem Schwager zu Gast gewesen, dem Generaldirektor der Zuckerfabriken Emilio Maraini, einem »Commendatore della Corona d'Italia«. Sie würde sich gerne die Villa ansehen, in der ihr Papa verkehrt habe. Außerdem gäbe es unweit von der Villa, wie er ihr erzählt habe, an der

Piazza del Popolo, die römischen Statuen von Daciern. Sie stünden in einem Halbrund über einer Treppe. Rumänien sei Teil des römischen Reichs gewesen, und der größte Dichter, Ovid, habe dort im Exil gelebt.

– Wir könnten einen Zweitage-Ausflug nach Rom machen.

Davon wollten die Saners nichts wissen, und W. sah erleichtert zum Ausgang der Werkstätte, in deren Vierung der Nachmittag brannte. Das sei wirklich zu weit, und bei der Hitze. Florenz ja, vielleicht in der letzten Ferienwoche, und Herr Saner sagte, ihm sei nicht klar, wie man diese Quader aus dem Fels schneide – also mal angenommen, man macht es mit Stahlseilen, und ein Erörtern nahm damit seinen Anfang, das tagelang während der Mahlzeiten anhielt. Der Marmor wurde aus dem Berg gesägt, geschnitten, gesprengt, immer neue Möglichkeiten wurden bei Tisch ersonnen und diskutiert, denn auch Onkel Ralph hatte eine Theorie, die er beharrlich verteidigte, obschon sie längst mit Skizzen auf Servietten widerlegt war: Er hatte einen Ruf als genialisch erfinderischer Bastler zu verlieren.

Wir Jungen hörten zu, scharrten mit den Füßen unter den Tischen. Der Kies im Hotelgarten, auf den am Mittag das Schattengeäder der Pinien fiel, war weiß – und nach dem Besuch in den Steinbrüchen von Carrara erkannte ich, dass er aus klein gebrochenen Marmorstücken bestand, eckig mit glitzrigen Bruchstellen. Nichts blieb auf dem Kies zurück, keine Spuren, wenn jemand darüber ging, nur flache Gruben, »Dümpfe« – und die Römer waren mir durch den Besuch der Steinbrüche, durch Mutters verwandtschaftliche Einnahme Roms und die übergroße Figur unangenehm nahe gerückt.

XIV

GLASPERLE

Stoffe waren nicht nur mehr Stoffe. Es gab neuerdings einen künstlichen Ersatz. Die Tücher, die in Großpapas »Bumbac« noch aus Baumwolle gewoben worden waren, und die Bänder, die Onkel Rodolph aus Seide wob, bestanden aus Kunstfasern. Die Damenstrümpfe waren aus Perlon, und seit kurzem gab es sogar Nyltext-Hemden für Herren, die man nicht mehr kochen und bügeln musste. Dieser Ersatz, den man schon bald nicht mehr als Ersatz empfinden würde, weil es – wie man glaubte – Baumwolle, Seide, aber auch Glas, Porzellan und Leder kaum noch geben würde, konnte auch leicht wiederum ersetzt werden.

Warum also sollte Italien nicht auch Rumänien ersetzen können? Im Gegensatz zu dem Land hinter dem eisernen Vorhang konnte man jederzeit hinfahren, die italienische Lebensart, die Atmosphäre in den Straßen der Städte und auf dem Land, glichen denen in Rumänien, ohne dass Mutters Erinnerungen dadurch schon beschädigt wurden. Die Ähnlichkeit gab ihr lediglich das Gefühl, in etwas lange Vermisstes zurückzukehren. Wie in Bukarest saß man auch da in den Cafés auf den Gehsteigen, ließ eine Prozession von Flaneuren an sich vorbeiziehen, bewunderte die Kleider und Schuhe der Frauen, deren Gang noch ein Schwingen der Hüften war, amüsierte sich über die Hütchen der Engländerinnen, wie man das schon damals getan hatte. Und Mutter gefielen die Männer, die gut frisiert und gekleidet ihr entgegenkamen, sich an den Nebentisch setzten, gelassen im Umgang mit einer ihnen fremden Frau waren. Sie besaßen Charme, und ein kurzes Gespräch, ein Kompliment hatte nicht mehr zu bedeuten, als das Vergnügen, das sie bereiteten: eine kleine Bestätigung, die nachwirkte. Und Ruth S. spürte in sich eine Jugendlichkeit, für die sie sich heimlich genierte, die ihren Bewegungen eine Freiheit, einen Schwung verliehen, dass sie W. bitten musste, ihr eines dieser weitrockigen, nur bis zu den Knien reichenden Kleider zu kaufen, die zwei schmale Träger und einen tiefen Ausschnitt hatten, zu denen – sie hätte es wissen müssen – nur Pumps zu tragen waren, mit Stahlstiftabsatz, der die Waden straffte. Dass sie das Kleid in S. nicht mehr würde tragen können, bestätigte nur, wie provinziell das Exil war, in dem sie leben musste. Doch war sie auch erleichtert, einen Ersatz für ihr Rumänien gefunden zu haben, wohin man jedes Jahr reisen konnte, um wenigstens für zwei, drei Wochen der dörflichen Enge entrinnen zu können. Italien war zudem durch ihre Verwandtschaft, den »Commendatore della Corona d'Italia«, nicht weniger grandios in der Familiengeschichte verankert als Bukarest, auch wenn wir nicht in Rom gewesen waren und uns mit einer Photographie der Villa Maraini begnügen mussten.

Vieles wurde durch Ersatz eben doch leichter, und Mutter kam eines Tages mit einem Plastiktischtuch nach Hause, das wie Leinen aussah und reliefartige Erhebungen in Weiß hatte, die Stickereien vorstellten: – Für den Garten, wie sie beteuerte. Doch dann deckte dieses Imitat gleichwohl den ovalen Tisch aus Cöln, als Frühstücksdecke – und niemand nahm daran Anstoß, weil sie so offensichtlich praktisch war.

Wir würden nicht ins Legionslager fahren, sagte Armin, sondern eine Höhensiedlung im Jura aufsuchen, über die er in den Sommerferien gelesen habe: Hallstatt heiße die Kultur, um tausend vor Christus, Ende Bronzezeit, Anfang Eisenzeit. Die Siedlung sei vor zwei Jahren untersucht worden. Hacke und Papiertüten steckten in den Gepäcktaschen, und ich wünschte mir, während ich am Hinterrad von Armin die Pedale trat, ein Fahrrad wie das von Felix. Ich war froh, an einen neuen Ort zu fahren: In Italien waren mir die Römer zu nahe an die Gegenwart gerückt und erinnerten neben dacischen Rumänen und mütterlichen Verwandten auch an die zunehmend schwierigeren Lektionen in Latein. Nun jedoch würden wir in eine stumme Welt vordringen, in der es noch keine Schrift gegeben hatte, in der folglich auch keine schriftlichen Zeugnisse existierten: Man wusste noch nicht einmal, wie Armin erklärte, woher diese Menschen ursprünglich gekommen waren und was für eine Sprache sie gesprochen hatten. Den Gräbern und Funden nach besiedelten sie ein Gebiet, das von Frankreich bis Ungarn, von Süddeutschland bis ins Tessin gereicht hatte, und in den Gummistiefeln, die mir zu groß waren, stapfte ich hinter Armin den Waldweg hoch zum Grat. Die Räder hatten wir zurückgelassen, gingen nun auf der kahlen Kalkrippe über den Baumwipfeln weiter, und jeder Schritt brachte uns tiefer in einen Einschluss von fremdem, vergangenem Dasein inmitten der Gegenwart: Die Buchen und die wenigen Föhren, die sich an den Jurakalk krallten, gehörten schon einer fernen, tief zurückliegenden Epoche an, kalte, regenreiche Sommer ließen die Seeufer und Ebenen versumpfen, mit dem Eisen brauchte es kein Zinn für die Bronze mehr, das bebaubare Land war knapp geworden, und wir gelangten auf dem Grat zu einer Stelle, wo der Jurarücken durch eine Kerbe unterbrochen war: – Ein künstlich ausgebrochener Graben mit vorgesetztem Wall, erklärte Armin fachmännisch. Eine ähnliche Anlage sei auch am Ende der Siedlung zu sehen. Wir durchquerten den Graben, stiegen den Pfad hoch zu einem Felskopf, und ich sah überrascht auf eine kleine Ebene, beschattet von einem Buchenhain. Sie war durch eine senkrecht abfallende Felswand begrenzt, neigte sich leicht bis zu einem abschüssigen Bord, von wo der Blick frei hinaus in die Hügel und Täler der Voralpen ging. Die Erde – Aushub der Grabung – lag nackt und ausgedörrt im Sonnenlicht, eine

Schüttung, die sich in das steile Waldstück hinabzog. Auf ihr rammten wir das rechte Bein als Halt ein, stützten uns auf das linke und beugten den Kopf, um möglichst nahe die Erde absuchen zu können. Was würde im Blickfeld sich zeigen, welche Art Fund zwischen Blättern und Wurzeln, vom Regen ausgeschwemmt auf der Erde liegen, halb verborgen unter Laub? Würde es eine Tonscherbe sein, deren geglättete Fläche an ein Rindenstück erinnerte, ein einfaches Wandstück oder der Teil eines Gefäßrandes, geknickt, mit Verzierung, der höher in der Hierarchie der Bedeutsamkeit stand? Vielleicht fände sich ein Webgewicht oder ein Spinnwirtel – Formen, die unendlich weit entfernt von den zufällig gebildeten Bruchsteinen waren, die keinen Zweck wie das Beschweren der Zettel, das Spinnen der Wolle eingeformt hatten, doch zahlreich und hell leuchtend auf der Schüttung lagen. Und der Blick schärfte sich, wurde empfindlich für die flüchtige Möglichkeitsform – für den Kopf einer Bronzenadel –, die in den Blick geriet, doch auch gleich wieder verloren schien, aufgeregt wieder entdeckt werden wollte, im Zweifel, ob nicht der Wunsch den bekannten Gegenstand in einer Buchnuss hatte sehen wollen. Doch ich besaß für Metalle keinen Blick, weder für Eisen noch für Bronze, und es war Armin, der oftmals lange über der Hand gebeugt dastand, nach eingehender Betrachtung zu mir hergestiefelt kam, in seinem Fachjargon, den er neuerdings gebrauchte, sagte: – Ring und

Biss einer Trense, Bronze, vermutlich aus der frühen Fundschicht. Und es war wieder er, der seiner Sammlung einen Metallfund einfügen konnte, während ich bloß ein paar Scherben hatte. Ich wusste zu wenig, so sagte ich mir. Ich kannte noch nicht einmal das Wort »Trense«. Wie sollte ich ohne den Begriff eines Saumzeugs den Gegenstand unter Blättern und Steinen finden? Doch noch während ich mich quälte, blieb der Blick zwischen dem Vorjahreslaub an einer Wölbung von Kobaltblau haften. Sie war nicht größer als ein Nadelkopf, doch in dieser Weite von Erdtönen und Blattgrün, die sich in Stämmen und Baumkronen fortsetzte, sich über die Jurafalte hinzog, war dieser kobaltblaue Punkt so fremd, dass er nur ein Fundstück bedeuten konnte. Ich klaubte dieses Etwas aus der Erde, und nun stand ich über der Hand gebeugt da, sah auf eine Glasperle, die nicht gleichmäßig rund, sondern asymmetrisch war, deren Reif sich auf der einen Seite verdickte, eine leichte Streifung zeigte und von sattem Nachtblau war. Und ich stiefelte meinerseits zu Armin, der sie zwischen Zeigefinger und Daumen hielt, sie eingehend betrachtete, dann lachte und sagte: – Eine Glasperle, nichts weiter – die ist neu. Und er warf sie weg. Doch die Bewegung war zu geführt und beherrscht, ich spürte eine Absicht, und der Blick war geschärft. Ich merkte mir die Stelle, wo die Glasperle hingefallen war, hob diesen Zeugen eines frühen Handels mit etruskischen Städten zum zweiten Mal auf und sah danach aus den Augenwinkeln zu, wie Armin an eben jener Stelle suchte und suchte.

Armin breitete auf dem Wohnzimmertisch, im kreisrunden Licht der Lampe, Funde seiner Sammlung aus: Ziegel und Scherben aus dem Legionslager, Glasstücke, römisches Leder, auch die Schuppe eines Brustpanzers. Und er legte immer noch ein Stück dazu, als Gegenwert für die blaue Glasperle, die er unbedingt haben wollte, die vielleicht doch nicht echt sei. Meine Sammlung würde mit dem, was er mir im Tausch überlasse, sich auf einen Schlag enorm vergrößern, während dieses kleine Stück wirklich nicht viel hermache: Die meisten Leute würden darin nur eine gewöhnliche Glasperle sehen, wie sie die Mädchen an Halsketten trügen und als Werbegeschenke den Haferflocken beigegeben seien. Armin legte noch eine Terra sigillata-Scherbe dazu. Die Afrikaforscher hätten – wie ich es jetzt auch tun könne – mit solchen billigen Dingern den Eingeborenen ganze Schätze abgenommen, die heute in den Museen lägen. Und auch er sei bereit, seine Schätze herzugeben, noch diese Nägel dazuzulegen, sogar die Münze des Augustus, die er in einem Antiquitätengeschäft gekauft habe, wenn ich ihm nur diese Glasperle abtreten würde.

Und ich sah, wie all die ausgebreiteten Funde aus der Römerzeit, die uns einmal so viel bedeutet hatten, zu einer Ware wurden, die mit jedem Stück, das Armin dazulegte, an Wert verlor und meine Glasperle kostbarer machte. Und ohne es zu wollen, bestätigte mir Armin, dass es von den Römern allzu viele Dinge gab, sie – wie in unserer Zeit – von allem große Mengen hergestellt hatten. Die Glasperle aber war schon in jener fernen Zeit ein Einzelstück gewesen, damals wie heute selten zu finden und durch nichts zu ersetzen: Die Glasperle war mehr als alles, was Armin mir anbot.

W. saß am Pult, ließ den Blick durchs Fenster von einer Serie Betonmischer, die ausgeliefert wurde, zu seinem Wagen und hinauf in die Krone des Nussbaums gleiten. Ein Schattendunkel war in den Zweigen, und W. spürte tief im Innern noch die Helle der Bilder, wie sie jeweils erschienen, wenn er die Diapositive von Italien mit dem neuen Projektor auf die Leinwand warf. Eine Wehmut erfasste ihn, für die Dauer der Ferien hatte sein dürfen, wofür er wirklich geschaffen war: Zuschauen, einzig da zu sein für all die Dinge, die es wahrzunehmen galt, Blumen, Bäume, Berge – eine Empfindung, die er damals in Sils mit aller Heftigkeit verspürt hatte, weil ihm das Sehen wieder zurückgegeben worden war, weil er wusste, was das hieß, im Dunkel leben zu müssen.

Doch in die erinnerten Bilder vom Strand und von den Wellen, von den Wanderungen im Apennin, den Ausflügen nach Lucca, Florenz und in die Steinbrüche tönten die Hammerschläge aus der Werkhalle, kam das Kreischen und Lachen aus dem Büro seines Bruders. Sie hockten zusammen, und W. hatte lange schon bemerkt, was sich dort um die Mittagszeit abspielte, wenn »Oha« die Tür abschloss. Seit den Sommerferien nahm auch Erich Hackler, der Vertreter, teil – und sogar Gerda, die allerdings noch so viel Anstand hatte, zu warten, bis er jeweils zur Tür hinaus und zum Wagen gegangen war. Er empfand Abscheu, es gehörte sich nicht, und er verachtete vor allem seinen Bruder und auch Hackler, die beide Familien hatten. Doch war auch Neid in ihm, die Erinnerung an das junge Mädchen, bevor er nach B. übersiedelt war.

Und W. sah in das Schattendunkel des Baumes, das umhüllt von den Blättern, geschützt vom Licht eines bedeckten Tages war. Wie würde es sein, wenn auch er mit einem der Büromädchen –? Gerda war doch seinetwegen aus Deutschland gekommen, sie war jung, hatte das Leben noch vor sich, von dem ihm kleine Portionen blieben, ein paar Tage Ferien, ein »Goût« von Olive im Mund. Sein Freund Hans Saner hatte eine Alleinvertretung, er konnte sich den Tag einteilen, wie er wollte, betrieb sein Geschäft von zu Hause aus, ohne einen Bruder neben sich zu haben, der ihm vorwarf, »es hoch im Grind zu haben« mit Ferien in Italien, Autos, einem Flugzeug, der nichts Gescheiteres wisse, als einer Kranlizenz »hinterherzusäckeln«: Sie seien eine Gießerei, sie brauchten Gussaufträge –

Und auf den Vorplatz, unter den Baum und seine Krone, glitt der moosgrüne Chevrolet heran, klappte die Tür hinter dem Cockerspaniel ins Schloss, stand sein Vater, in grauem Anzug, den Hut aufgesetzt, einen Moment da, den Stock in der Rechten. Er schaute hoch zum Büro, zeigte sein Furchengesicht, dann senkte er den Kopf, setzte sich mit einem Ruck in Bewegung –

Er würde da am Tisch sitzen, die Bücher vor sich, und W. glaubte schon im Voraus zu wissen, mit welchem Blick sein Vater erst auf die Zahlen und dann ihn und O. ansehen würde:

– Du taugst nicht fürs Geschäft, hieß dieser Blick für W., seinen Ältesten, und: – Du, hör auf mit den Weibergeschichten, sonst... für O., den Mittleren.

Großvater jedoch, den Kopf über die Bücher gesenkt, blickte durch die Zahlen und Kolonnen hindurch in ein ganz anderes Gesicht. Das eigene. Er hatte geglaubt, seine Söhne wären wie er, der das Armenhaus, die Legion, die Eisen-und Stahlwerke kannte, sie würden mit seinem Kapital, den Beziehungen, seinem Wissen, die Firma hochbringen und zu einem Industrieunternehmen machen, das zu den ersten des Landes gehören würde. Doch sie schafften es nicht, würden Grauguss in kleinen Stückzahlen herstellen und Betonmischer im Dutzend fabrizieren, wie andere Betriebe auch, die von Leuten geführt wurden, denen Reisen oder ein »Tötschli« wichtig waren. Und Großvater stemmte sich hoch, stand noch einen Augenblick da, ohne seine Söhne zu beachten, dann setzte er sich mit einem Ruck in Bewegung.

XV

GRABHÜGEL

Ich kam vom Unterricht, es ging auf Mittag, und ich überquerte die Wiese vor der Turnhalle, ging an dem Buchenhag entlang, der die Wiese von der Straße trennte. Ich blickte mich um, sah den moosgrünen Chevrolet von Großvater beim Gasthof in die Hauptstraße einbiegen. Er fuhr sehr langsam, über der Kühlerhaube schob sich die Windschutzscheibe heran, die Scheibenwischer ratschten über das Glas, wischten die Gesichter von Großvater und Vater frei, und ich sah ein stummes, heftiges Reden. Der Wagen stoppte. Vater gestikulierte, er schrie, und Großvater lehnte sich zurück, hatte die Hände am Steuer, blickte geradeaus. Dann richtete er sich mit einer raschen Drehung auf, wendete sich Vater zu, und das Gesicht loderte von Hass und Wut. Er stieß für mich lautlos, heftig Wörter hervor, die wie Schläge das Gesicht meines Vaters, der hinaus auf die Straße sah, trafen und es mehr und mehr verzerrten: Noch sind seine Augen geweitet und blicken so hell unter den hoch gewölbten Brauen, als hätte sie ein großes Erstaunen aufgerissen – dann zerbricht sein Gesicht, die Hände fangen den Kopf auf, der nach vorne kippt, beidseits des geraden Scheitels beben die Schultern, darüber schwebt Großvaters Kopf, Glut, die eindunkelt. Die Scheibenwischer ratschen über das Glas, doch dieses Bild können sie nicht mehr wegwischen.

Als ich nach Hause kam, stand das Essen angerichtet auf dem Tisch. Doch niemand war da, der es essen wollte. In unserem Zimmer saß mein Bruder. Vater sei krank. Er liege im Bett. Mutter sei bei ihm.
 Später wurde der Tisch abgeräumt. W. kam in seinem alten Hausrock, den er in der Augenklinik getragen hatte, Schlappen an den nackten Füßen, durch den Gang mit unsicheren Schritten, seine Augen zitterten, sie sahen uns, die wir in der Tür zu unserem Zimmer standen, nicht an, und hinter ihm ging Mutter, das Gesicht aus Marmor.
 Dann saß W. im Fauteuil, die Bibel aufgeschlagen, las, ohne zu lesen, und wir schauten aus den Fenstern auf die Beete von Rosen, Flox und Lupinen, blickten hinaus auf den Rasen und die alten Apfelbäume, um das Gesicht abwenden zu können und die gebrochene Gestalt nicht sehen zu müssen und uns des Gewohnten zu versichern, das vor dem Fenster noch genauso war wie gestern und vorgestern, auch wenn jetzt in der Ebene neue Profilstangen ausgesteckt waren und gemunkelt wurde, eine Blocksiedlung werde im Herbst gebaut, die »Frohdörfchen« heiße. Und in dem Hinausschauen lag auch der uneingestandene Wunsch, der bedrückenden Atmosphäre im Wohnzimmer zu

entrinnen, fort von der Gestalt zu kommen, die im Hausrock über die Bibel hinweg in ein Dunkel starrte, das uns unzugänglich war, dessen Bedeutung wir nicht kannten, das gleichzeitig auch ein Schmerz sein musste, so heftig, dass keines unserer Worte zu ihm drang, die wir uns bemühten, noch einen Alltag zu behaupten, den es nicht mehr gab.

Ich hoffte, durch mein Schweigen wäre weniger wahr, was ich auf dem Nachhauseweg gesehen hatte, obschon die Szene – deren unabsichtlicher Zeuge ich geworden war – wieder und wieder in mir ablief. Ich mir von neuem vergegenwärtigen musste, wie Großvater den Wagen startete, sein Gesicht einen befriedigten Ausdruck annahm, während Vater neben ihm heulend saß, wie der moosgrüne Chevrolet gegen die Kreuzung und links zu unserem Haus fuhr, um Vater abzusetzen, und das Richtungslicht höhnisch und wie zum Abschied blinkte.

Ich erinnere mich nicht, wie und wann mein Bruder und ich erfahren haben, dass Vater nicht mehr Teilhaber der Gießerei und Maschinenfabrik war. Er selbst hat es nicht erzählt, und nachdem die Bibel wieder dort stand, wo sie hingehörte, der alte Rock als Erinnerungsstück im Kasten hing, war Vater wieder der, den wir mit Scheu und manchmal Furcht betrachteten, groß, stattlich, von einem Auftreten, das keinen Widerspruch duldete. Nur Mutter hatte von dem Schwung verloren, den Italien ihr verliehen hatte. Etwas Beharrendes war in ihre Haltung zurückgekehrt. Selbst was sie hasste, ihr »Exil«, war unsicher geworden. Diese nach außen hin so nachgiebige Frau, die gelernt hatte, »sich in die Umstände zu schicken«, ließ Auflehnung und Empörung erkennen. Nicht nur hatten die H.s ihr dieses Leben auf dem Dorf aufgezwungen, sie nahmen ihr jetzt auch noch die Stellung und das Ansehen weg, das sie als Gattin eines Fabrikbesitzers besaß und womit sie sich manchmal getröstet hatte. Bitter wie der türkische Kaffee, den sie sich jetzt wieder kochte, musste sie meinem Bruder und mir wohl an einem Nachmittag erzählt haben, als Vater bereits weggefahren war und Regentropfen an die Fenster schlugen, »Oha« hätte den Vertrag bei Übernahme der Firma nie unterschrieben. Der ehemalige Fabrikbesitzer, ein Trinker, der an den Wochenenden in der Dorfschenke mit genässten Hosen an der Tischkante hänge, habe sich von »Oha« das noch verbliebene Aktienpaket abluchsen lassen. Ein geringer Posten, doch genug, um sich die Mehrheit zu verschaffen. Und »der in A.«, euer Großvater, ohne dessen Hilfe »Oha« nicht hätte tun können, was er von allem Anfang an geplant hatte, nämlich alleiniger Besitzer der Eisengießerei und Maschinenfabrik zu werden, lachte, als er von dem Streich seines Lieblingssohnes hörte. Ja, so musste man es machen. Das Gerade war nicht immer das Richtige, in der Geschäftswelt brachten die krummen Dinge oft mehr und größeren Erfolg, und wenn er seinem Mittleren auch die »Kappe wusch«, wie er es nannte, billigte er doch, was dieser getan hatte.

– Euer Großvater hat W. nie gemocht, und ich kenne den Grund, sagte Mutter, und in ihrer Stimme schwang der Unterton einer durch Generationen gereiften Verachtung für die Unzulänglichkeiten niederer Schichten: Der in A. habe eine Andere gehabt, doch Großmutter heiraten müssen, weil sie schwanger gewesen sei, und wie diese Leute nun mal seien, lasse er den Sohn dafür büßen. So habe er eingewilligt, als »Oha« mit dem Vorschlag kam, W. eine Abfindung und die Produktion der Betonmischer und Förderbänder zu überlassen. Der könne damit eine eigene Firma gründen, ihn aber nicht mehr daran hindern, die Gießerei endlich zu einem Unternehmen auszubauen.

Und Vaters Gesicht war zerbrochen, und er hat es in den Händen aufgefangen. Doch schon am folgenden Wochenende fuhren wir wieder nach A., die Großeltern besuchen, als hätte sich nichts geändert, außer Mutters Gesicht. Es blieb weiß wie Marmor.

In unserem Wohnzimmer, unter dem Gemälde mit gleißendem Firn und steigenden Nebeln, saß auf dem Kanapee ein Mann, der einen billigen Anzug und eine unpassende Krawatte trug. Noch nie war jemand wie Erich Hackler, Vertreter für Baumaschinen der Gießerei und Maschinenfabrik, bei uns zum Kaffee eingeladen worden, und das Verwirrende daran war, dass

Mutter ihn mit aller Zuvorkommenheit bediente. Aus dem massigen Leib drängte ein Hals, der wie ein Betonsockel das Gesicht trug, eine Fassade, klar und einfach, mit Blicken aus gut verschanzten Augen. Um seinen Mund lag ein Lächeln, das sich nie änderte, weder stärker noch schwächer wurde, immer nur Andeutung blieb, ein Zeichen von Harmlosigkeit, das wie ein heller Anstrich die flächigen Züge bedeckte, die hart mit dem schwarzen krausen Haar kontrastierten. Madame H. servierte den Kaffee, reichte dazu ein Konfekt, als wäre Erich Hackler ein Aristokrat und nicht ein Arbeiter aus der Vorstadt, der, bevor er Vertreter geworden war, in einer von Großvaters befreundeten Großfirmen, Schweißer gelernt hatte.

Vater saß zurückgelehnt im Fauteuil, trug seinen Geschäftsanzug und ein selbstbewusstes Gesicht, hatte die Beine übereinander geschlagen, so dass der helle Ballyschuh in der Luft zu schweben schien, während Erich Hackler, die Beine nebeneinander gestellt, sich sehr gerade unter Vaters Berglandschaft auf dem Kanapee hielt, allerdings genau in der Mitte des breiten Möbels, was ein wenig lächerlich aussah.

Kapital habe er keines, sagte Erich Hackler, doch er sei bereit, eine einfache Gesellschaft mitzubegründen. Er habe sich umgesehen, es stünde ein Bauernhaus in unmittelbarer Nähe der Gießerei zum Verkauf. Im Wohnhaus ließen sich die Büros einrichten, in der Scheune die Fabrikation, es sei genügend Land vorhanden, um später ein Bürohaus und Fabrikationshallen zu errichten. Seine Frau arbeite als Näherin, und so ließe es sich wohl auch machen, dass er einen Kredit erhalte –

Das Geld könne er vorschießen, sagte Vater, er bringe überdies das Fabrikationsprogramm der Gießerei und Maschinenfabrik ein, soweit es die Baumaschinen betreffe, sein Bruder sei daran nicht interessiert. Gerda wechsle ebenfalls zu ihnen, sagte Vater, und mit ihrem ehemaligen Chef in Deutschland verhandle er nochmals wegen der Wetzel-Kräne. Es wäre von Vorteil, noch dieses Jahr eine Alleinvertretung für die Schweiz zu erhalten.

Vater war nun Teilhaber einer neuen Firma, die »H. & H. Baumaschinen« hieß, doch diese Firma war keine Fabrik mehr, in der es Werk- und Gießereihallen, eine Kernmacherei und einen Hochkamin gab. Sie bestand aus nicht mehr als einem schiefen Bauernhaus, und ich sah flüchtig, ein wenig beschämt auch, zu dem ehemaligen Strohhaus hin, wenn ich mit Felix hinunter zur Badeanstalt fuhr: Es stand inmitten von Apfel- und Birnbäumen, das Dach, jetzt mit Ziegeln gedeckt, zog tief herab, beschattete den einstigen Wohnteil, hinter dessen einem Fenster Vater arbeiten würde. Hatte ich früher auf die Frage des Lehrers, welchen Beruf mein Vater ausübe, jeweils stolz verkündet, er sei »Direktor«, wie er selbst sich stets nannte, so war ich jetzt nicht mehr ganz so sicher, ob diese Bezeichnung auch tatsächlich noch zutraf.

Sie passte nicht zu einem Bauernhaus mit kalkigen Wänden, einer Scheune, die ausgeräumt worden war, und in der eine Hand voll »Büetzer«, wie man die Arbeiter nannte, Betonmischer und Förderanlagen zusammenschweißten. Es tröstete mich nicht, dass auch andere meiner Klassenkameraden nicht mehr wussten, was ihre Väter für einen Beruf hatten. Am wenigsten Fritz und Kurt, später auch Hugo, deren Väter, wie der Bauer, der Hackler und Vater seinen Hof verkauft hatte, ebenfalls ihr Land hergaben, an Pensionskassen und Firmen, die Überbauungen wie das »Frohdörfli« planten. Diese ehemaligen Bauern wurden auf einen Schlag reich, sie wussten nicht, was sie mit dem Geld anfangen sollten, hockten hinter ihren Stumpen in der »Beiz«, tranken schon am Morgen früh Kaffeeschnaps, eine Flasche Roten, den Becher Hell, schwatzten über Aussaat und Ernte und wie sie früher noch von Hand und mit dem Ochsen, tranken noch eins, erzählten vom Aktivdienst, bekamen laute, fahrige Stimmen, je weiter der Tag fortschritt, hockten da, weil sie nicht mehr wussten, wohin sie gehen und was sie noch tun sollten, und der Fritz und der Kürtu holten nachts ihre Väter in der Wirtschaft ab, Männer, die grölten und das heulende Elend hatten. Dagegen nannte sich Felix' Vater neuerdings »Fabrikant« und war doch bis anhin ein Werkmeister gewesen, der im braunen Arbeitskittel, eine Reihe Bleistifte in der Brusttasche, in der Wicklerei der Motorenfabrik die Aufsicht geführt hatte. Er habe sich als Teilhaber »eingekauft«, sagte Felix, und als sichtbares Zeichen seines Aufstiegs fuhr Herr Rusch einen Chevrolet, die gleiche Marke wie Großvater, nur eben das neuere Modell – ein »Schiff«, wie wir die amerikanischen Wagen nannten –, hellblau, langgezogen und breit, den er vor dem Gemüsegarten abstellen musste, weil die Einfahrt zur Garage zu kurz war.

Ich hockte hinter der Thujahecke, dort, wo im Winter nach unserer Ankunft mein Iglu gestanden hatte, grub die Erde auf, schob sie zur Seite, um eine vertiefte kreisrunde Fläche zu schaffen. In sie legte ich mit Steinchen, die ich zuvor gesammelt hatte, eine Steinsetzung, wie ich sie von der Zeichnung einer Ausgrabung her kannte, stellte mit größeren und flächigeren Stücken eine Steinkiste auf, in der ein mit allen Zeichen eines hohen Ranges – Dolch und Schwert – ausgestattetes Clanoberhaupt beigesetzt wurde, deutete in der Umgebung die später zugefügten Gräber von Angehörigen an und war eben dabei, eine kreisrunde Palisade aus fingerlangen Zweigen um die Anlage zu stecken, um danach den Grabhügel einzudecken, als Mutter durch den Garten, aus dieser Jetztzeit gemähten Rasens und blühender Blumenbeete, zu mir herkam. Sie trug einen Sommerrock, und ich kenne den Grund nicht, was vorgefallen war oder worin ich gefehlt hatte, dass sie diesen einen Satz sagte, den sie jetzt eben im Begriff war, auszusprechen, das Gesicht gerötet von Ärger, unter dem eine unbewegliche Schicht Verachtung lag.

– Du bist eben auch nur ein H.

Und ich fuhr mit der Hand über die Erde und Steine, wischte die Grabanlage weg, die ich in Stunden sorgfältiger Arbeit gebaut hatte, zerstörte dieses Modell eines spätbronzezeitlichen Grabhügels, der in jener fernen Zeit eines Umbruchs, der Veränderungen und Bildung neuer Eliten als Herrschafts- und Ordnungszeichen an sichtbarer Stelle errichtet worden war, schlug die Erde mit den Händen fest, dass sie schmerzten, und nicht die geringste Erhebung blieb.

XVI

KRANE

Er habe sich entschlossen, selber auch zu bauen, sagte Hans Saner, der wie gewohnt mit Vater vorausging. Der Karrenweg führte durch die abgeernteten Felder, vorbei an Apfelbäumen, in deren schon dünnem und fleckigem Laub noch einzelne Früchte hingen. Er habe ein Stück Land gekauft, außerhalb der Stadt, auf der Anhöhe, von wo man auf den See und gegen die Berge sehe. Nach dem Krieg, »Ha!«, da hätte der Quadratmeter zwei, drei Franken gekostet, jetzt müsse er gerade mal hundert bezahlen. Die Schirmmütze saß leicht schräg auf dem Kopf, die Wildlederjacke trug er offen, einen Schal leicht um den Hals geschlauft, und Hans Saner spannte den Mund zu einer breiten Öffnung, die seine Zähne sehen ließ. Mit einer Ernsthaftigkeit, die eine bedauernde Geste begleitete, sagte er:

– Man muss mit dem Geld etwas tun.

W., der neben ihm ging, sah vor sich auf die ausgefahrene Spur, ihre Steine in der feuchten Erde. Er zog den Reißverschluss seiner Windjacke auf, blickte über die Hochebene hin. Flächen von Raureif lagen in den Schatten des Waldrandes, scharf begrenzt zu den

Wiesen und Feldern hin, auf denen ein blasser Schein aus sich auflösenden Nebeln lag. Ein Blau schimmerte, mehr Anhauch als schon herbstlicher Himmel.

Sie würden voraussichtlich im Frühjahr einziehen, sagte hinter den beiden Freunden Frau Saner: Ein Haus gebe selbstverständlich mehr Arbeit, sie habe Hans gesagt, sie brauche eine Hilfe. Ohne eine solche könne sie unmöglich den Haushalt bewältigen. Doch am meisten mache ihr die Einrichtung Sorge, die alten Sachen würden ja nicht mehr passend sein –

Und Mutter, das Gesicht Frau Saner zugeneigt, stellte sich große, helle Räume vor, richtete sie mit wenigen Möbeln ein, wie sie jetzt modern geworden waren, geometrische Formen, distanziert und nüchtern, entrümpelt von Polstern, barocken Mustern, dunklen Hölzern. Hell müssten die Stoffe sein, die Überzüge, Jalousien, aber auch die Teppiche, obschon diese »empfindlich« wären. Sie würde ausgewählte Stücke in den Raum stellen, ihn offen halten – und sie ging durch die geplanten Zimmer, die Saners allerdings erst noch bauen mussten, und tat in ihrer Vorstellung, ohne sich darüber im Klaren zu sein, genau das, was abertausende von Besuchern beim »größten Möbelzentrum« ebenfalls taten, wenn auch in konkreten Ausstellungsräumen: Sie schlenderten durch Wohnräume, Ess- und Badezimmer, machten ungeniert einen Spaziergang durch eine fremde Intimität, als wären die Wände durchsichtig und dürfe man einfach hinsehen, wie andere eingerichtet sind, sogar die

Schlafzimmer betreten, in die Spiegel und Schränke schauen. Allwöchentlich wurden die Leute mit firmeneigenen Autobussen hergefahren, Ausflügler, die vom neu angelegten Parkplatz, wo der »Lüthihof« gestanden hatte, über die Straße geleitet wurden: Trupps von Neugierigen.

Er benötige dringend einen größeren Wagen, sagte Vater zu Hans Saner, einen Amerikaner, ihm gehe es um die Sicherheit. Er brauche Material um sich herum, bei den vielen Unfällen, die stets noch zunähmen. Seit er die Kranvertretung von Pingon habe – und Vater riskierte ein kleines »Ha!« –, sei er viel unterwegs: Er habe ein Produkt immer nur in Deutschland gesucht, dabei seien die Franzosen technisch weiter. Die Jahre in Bruxelles kämen ihm jetzt zugute, er sei der Einzige, der in der Firma französisch spreche. Doch es sei nicht wie bei Hans Saners Etikettiermaschinen, Krane ließen sich nicht per Telephon verkaufen, er müsse schon zu den Baustellen hinfahren, mit den Unternehmern reden: Der persönliche Kontakt sei das Entscheidende.

Der Nebel hatte sich aufgelöst. Die Schritte gaben ein vom Laub raschelndes Geräusch. W. schaute vom Weg, der durch ein Stück Wald geführt hatte, zum Rand der Ebene. Weit spannte sich der Herbsthimmel, schräg fielen die Sonnenstrahlen ein, ließen die Farben aufleuchten. Ein Fußpfad würde dort hinunter in die Rebhänge und dann zu dem Restaurant – einer von Großvaters Wirtschaften, die dieser seit Jahren aufsuchte – führen, wo heute »Metzgete« war. Ein Mittagsmahl aus Blut- und Leberwürsten, dazu gekochten Apfelschnitzen würde auf sie warten –, und W. spürte ein Glücksgefühl, wie er es einzig in der Natur finden konnte.

– Ich bin auch froh, sagte er zu Hans Saner, wenn ich aus dem Büro herauskomme. Hackler kümmert sich um die Produktion, er kennt sich bei den Arbeitern und Handwerkern aus. Er ist ein grober Klotz wie Vater, der in allem seinen Willen haben muss. Aber bei den Bauunternehmern kommt er nicht gut an. Er ist ihnen zu ähnlich, das macht sie misstrauisch. Und er kann auch nicht verkaufen.

Hans Saner fuhr bei einem nächsten Treffen, noch bevor sein Haus fertig gebaut war, mit einem Mercedes vor. Der Renault sei zu klein geworden und würde in dem Quartier über dem See auch unpassend sein, doch er bleibe bei den »Europäern«. Niemand verstehe sich so auf die Wertarbeit wie die Deutschen, was man an den Etikettiermaschinen sehe. Vor unserer Garage aber stand ein Studebaker, ein »Schiff«, größer als der Schlitten von Felix' Vater, mit gewaltigen verchromten Stoßstangen. Die Amerikaner wären eben doch sicherer, meinte Vater, der Wagen gäbe ihm ein Gefühl, sehr viel Material um sich zu haben, auch wenn er den Nachteil besitze, wie er verschämt gestand, dass er mit dem Studebaker vor keiner Baustelle vorfahren könne. Das erwecke keinen günstigen Eindruck, wirke angeberisch, und er stelle den Wagen einen Straßenzug vorher ab, so könne er noch ein paar Schritte im Freien tun.

Jetzt, da es zu kalt geworden war, um zu den Fundplätzen zu radeln, begleitete ich an freien Nachmittagen Vater im neuen Wagen, die Orts- und Stadtpläne auf den Knien.

– Es dauert nicht lange, sagte Vater, und er nahm die Mappe vom Rücksitz, sah die Korrespondenz und die Prospekte durch, prägte sich den Namen des Unternehmers ein und was er über den Termin einer Bauvergabe oder bereits erhaltener Aufträge in Erfahrung gebracht hatte. Seine Augen zitterten leicht, während die Hände die Unterlagen durchblätterten, als wollten sie sich darin verstecken. Dann sah er auf, blickte durch die Frontscheibe – und sein Blick aus geweiteten Augen ging ins neblige Licht der Straße, auf der ein Fahrradfahrer uns entgegenfuhr, der Gehsteig leer sich vor der Fassade eines niederen Gebäudes hinzog, über dem Flachdach ein Kran und die Rundung eines Silos ragten. Mit einem Ruck stieg er aus, sagte: – Warte! und ging in seinen langen Schritten zum Haupteingang am Ende des Gebäudes, und ich saß auf der Polsterbank des Wagens, umgeben von einer plötzlichen Einsamkeit. Mein Vater würde jetzt in einem Büro all die Wörter benutzen, die ich von seinen Telefonanrufen her kannte: Ausleger, Laufkatze, Zuglast, Standfestigkeit, Montagezeit – und diese Wörter verwandelten ihn: W. betrat den Vorraum mit einem Lachen, ließ sich anmelden und war da wie jemand, dem das alles gehört und von dem man nie geglaubt hätte, dass er sich selber hierher bemühen würde. Der Besuch konnte nur ein schmeichelhaftes Entgegenkommen bedeuteten, mit Rat dem Baumeister beizustehen, der vor wenigen Jahren noch ein Kundenmaurer gewesen war und dessen Unternehmen schneller wuchs, als man bauen konnte: Diese Leute brauchten Hilfe, und sie brauchten sie von jemandem, der den Überblick besaß, es ehrlich mit ihnen meinte, der sie nicht beschwatzen wollte. Und W. fasste den Baumeister versichernd am Ellenbogen, wie er es mit dem Küfer- und Wagnermeister getan hatte, nickte ihm freundschaftlich zu, dass dieser Fuchs von Unternehmer, der längst gemerkt hatte, dass die Bauerei am meisten abwarf, wenn man es nicht allzu genau mit den Materialien, den abzurechnenden Stunden oder den Bauordnungen nahm, im Gesicht des Besuchers eine Insel des Anstands sah. Er brauche keine neue Mischanlage zu kaufen, sagte ihm dieser Herr im Gabardineanzug, der »etwas Besseres« und »gebildet« war, die bestehende Kapazität reiche doch längst aus. Er müsse einen Einsatzplan für die optimale Nutzung der bestehenden Anlagen machen und darauf achten, dass sie rasch von einem Standort zum anderen gebracht werden könnten. Bei den Kranen sei für die Konkurrenzfähigkeit ein modernes Produkt allerdings nötig, das schnell und mit großem Ausleger arbeite. Den Kippkran, den seine Firma verkaufen würde, könne er ihm nicht wirklich empfehlen, da gäbe es bessere Modelle auf dem Markt, hingegen sei der Hochkran von Pingon, ein Nadelausleger, der sich selber aufstelle, ein absolutes Spitzenprodukt –

Und W. kam die Straße entlang, die schwarze Mappe in der Hand, hatte um sich noch etwas von den Wörtern und Prospekten, eine Atmosphäre des Geschäfts, die sich Schritt für Schritt von ihm lösten wie ein Schal, der unbeachtet von der Schulter rutscht. Er öffnete den Wagenschlag, warf die Mappe auf den Rücksitz, setzte sich ans Steuer. Doch erst wenn wir einige Kilometer gefahren waren, »über Land« kamen, entspannte sich sein Gesicht, kam allmählich und versteckt die naive Gutmütigkeit in seine Züge zurück, blickte er zu den Wäldern hin, sah auf die Äcker – und neben mir saß Vater, den ich auf eine mir gänzlich unklare Weise beschützen musste.

Zur Jahreswende bekam Vater Prospekte von Firmen und Geschäftsfreunden zugestellt, zusammen mit einer Partie französischer Weine, einem Korb exotischer Früchte, verpackten Schinken und Kaviar in Konservendosen. Diese hochformatigen Hefte durchblätterte er, in seinem Fauteuil sitzend, und las, ohne zu lesen, verweilte bei den Bildern, die auf Hochglanzpapier durch diese neuen Druckverfahren von so wunderbarer Klarheit waren: In die blauen Himmel ragten die filigranen Konstruktionen der Gittertürme, deren gerade Nadeln über entstehende Betonkuben schwebten, sich drehten, auf Schienen fuhren, und die Kabinen, Stützwagen, Motorgehäuse, die Gestänge der Türme waren in einem Lindgrün gestrichen, das so frisch wirkte, als könne man diesen Duft des eben Fertiggestellten aus Farbe und Ölen noch riechen. Kein Schmutz war in diesen Bildern zu sehen, keine aufgeweichte Erde, nirgends Flecken von verschüttetem Beton. Gebäude oder Gegenstände, die alt waren, Spuren des Verfalls, der Abnutzung trugen, existierten nicht, Vergangenheit gab es nicht einmal als einen Vergleich: Alles entstand neu, war geplant, in der Form streng, in der Funktion zweckmäßig, aus einfachen, soliden Materialien gefertigt. Die Bilder versprachen Schwerelosigkeit, sie weckten die Vorstellung von großen Fenstern und hellen Räumen, die sich aus Elementen von Sichtbeton, Glas und Holz zusammensetzten, mit weichen imprägnierenden Farben gestrichen waren und eine Zukunft bedeuteten, die für W. am besten mit dem Namen und den dazugehörigen Wäldern als »Skandinavien« bezeichnet wurde. Es kümmerte Vater nicht, dass dieses »Skandinavien« gleichzeitig auch in Amerika lag und dennoch europäisch war, denn W. wollte während der Feiertage, da jedermann hoffen und wünschen durfte, an diese glänzenden Bilder glauben, dass er Anteil an einer großen Neuerung habe, die auch ihn einmal in diese Schwerelosigkeit führen werde und ihn befreite von dem, was ihm durch seinen Bruder und seinen Vater angetan worden war. Er konnte die Demütigung nicht verwinden, sie lag als ein bitterer Rest in ihm, auch wenn er mit dem Verkauf von Kränen noch nie so viel Geld verdient hatte wie im letzten halben Jahr.

»Pipins Seife« – Hans Saner wurde seit jener Weihnacht nicht müde, die Anekdote wieder und wieder mit seinem schluckenden Lachen zu erzählen, da Vater in einem der Körbe, die mit den Prospekten eingetroffen waren, eine Frucht entdeckte, die wir alle nicht kannten. Sie sah birnenförmig aus, hatte jedoch eine olivfarbene, harte Haut, in deren Innern sich ein glitschiger Kern befand. Man habe das grüngelbliche Fleisch der Frucht auszulöffeln, sagte Vater, er habe ihren Namen vergessen, doch sie sei eine Delikatesse, die neuerdings als Vorspeise serviert würde. Mutter hatte die Frucht geteilt und jedem von uns ein Viertel auf einen Teller des Cölner Service gelegt, auf dessen schneeweißem, mit Bouquets verziertem Porzellan dieser Schnitz sich fremdartiger ausnahm, als er dies durch die olivdunkle Haut ohnehin schon tat. Vater beugte sich über sein Viertel, neugierig, mit spitzem Gesicht, grub den Silberlöffel in die grüngelbliche Masse – Meint ihr, dass die reif ist? – und schob sich das Stück in den Mund, nahm eine Genießer- und Kennermiene an, die sich jedoch schnell verdüsterte. Er spuckte aus, sagte: – So, weg damit! Das ist, als würde man in eine Seife beißen –, und Hans Saner, dem die Geschichte mit der Avocado erzählt wurde, lachte sein schluckendes Lachen, sagte: – Typisch

Pipin, und: Man müsse sie mit ein wenig Zitronensaft, Salz und Pfeffer essen. Avocados würden heute als eine Besonderheit bei Einladungen serviert, was Vater dazu bewog, Avocados – allerdings aß er sie später lieber mit Olivenöl – erneut zu versuchen. Auch Mutter nickte wohlwollend über ihrem Bissen: Die Avocados stammten, wie die Jaffa-Orangen auch, aus Israel, was für sie die ganz selbstverständliche Pflicht bedeutete, die Früchte nicht nur zu kaufen, sondern sie auch gut zu finden.

XVII

WINTER

Schnee gehörte nun zu einem Luxus, den sich die Familie leistete, wenn es ruhiger in der Baubranche wurde, durch den ich in Keilhose und Fellschuhen watete, ein noch feines Brennen vom Wind und der Sonne im Gesicht. In die früh einbrechende Dämmerung fiel das Licht von den Auslagen des Sportgeschäftes, der Konditorei, der Schmuck- und Souvenirläden, legte sich auf die Fahrbahn, wo die Kufen der Pferdeschlitten Parallelen zogen. Und die Fenster des Grand Hotels füllten sich mit einem blauen Licht, das noch die Umrisse der Firne als Bruchlinie einer schon dunkleren Fläche erkennen ließ. Dann erhellten sich erst einzelne, dann ganze Reihen von Rechtecken, die Straße lag verlassen, und in der Nacht flimmerten einzelne Lichter klein wie Nadelstiche aus der Ferne. Das Weiß, das einen Tag lang von gleißender Helle gewesen war, mit blendenden Flächen die Hänge deckte, hatte sich nun als gestärktes Leinen auf die Tische gelegt, wo man sich unter den Lüstern des Speisesaals traf, die Herren in dunklen Anzügen, die Damen in Abendroben, das Gleißen an den Händen und im Dekolleté.

Vater war an einem Morgen in der Schule erschienen, in der großen Pause, kam den Flur entlanggeschritten, in seinem schweren, jetzt wiegenden Gang. Er müsse den Jungen für zwei Wochen aus der Schule nehmen, er fahre mit der Familie in die Berge. Und ich packte die Schulsachen zusammen, ließ das neu eingerichtete Schulzimmer und meine Kameraden zurück, ganz im Gefühl, es stehe mir durchaus zu, statt weiterhin den Unterricht zu besuchen, mich gemeinsam mit anderen Wintersportgästen in einer Zahnradbahn durch Fels und Tannen hoch zum Rand einer schneeigen Schale ziehen zu lassen. Dort standen neben einfachen Holzhäusern die Hotels. Es roch nach Skiwachs und Sonnencreme, man setzte sich zum Tee-Rum nach draußen in die Sonne, sah zu den Bergen hoch und auf eine Nebeldecke hinab, unter der man den grauen Alltag wusste. In den Waden und Schenkeln schmerzte das »Anstemmen-und-Schwingen«, das ich mit den Eschenlatten jeden Vormittag in der Skischule üben musste, und im Gesicht brannten die Wangen, weil ich oben auf der Plattform, zu der ich mit meinen Cousins in der Bahn gefahren war, zu lange in die berüchtigte Eigernordwand geblickt hatte: Dort sah man die »Spinne«, ihre Beine waren Streifen von Fels, und sie wickelte ihre Beute zu Kokons, die lange an Seilen dort oben im Eis hingen.

Mutter hatte nie Sport getrieben, und wenn sie von W. einmal zu einem Versuch gedrängt worden war, endete er in einem Desaster. Sie mochte keine raschen oder aufgeregten Bewegungen, schon ein Fahrrad fuhr ihr zu schnell, und der einzige Versuch – er lag schon Jahre zurück –, auf Skiern zu stehen, endete mit einem Beinbruch. So beschränkte sie sich auf Spaziergänge, die sie mit Tante Doro unternahm oder mit einer der Damen, deren Bekanntschaft sie im Hotel gemacht hatte. Die Wege führten sie durchs Dorf und die Hügel hinauf zu den Tannenwäldern. Mutter genoss den Blick auf das Tal und in die Berge, wo an klaren Tagen sogar noch jener Gipfel zu sehen war, an dessen Fuß man damals mit Curt und seiner Familie die Ferien verbracht hatte. Sie dachte an die Winter, in denen sie mit ihren Eltern in die Karpaten gefahren war, nach Sinaia, jenem Kurort, wo die Königsschlösser standen und sich die Bukarester Gesellschaft traf. Man genoss die Bergluft, fuhr in den Pferdeschlitten, die auch in Bukarest, nach Schneetreiben und eisigem Ostwind, benutzt wurden. Doch Mutter schwieg, wenn sie jetzt mit Frau Saner, Tante Doro oder einer Bekannten in einen der Mietschlitten stieg, behielt ihre Erinnerungen für sich, griff nur in die Felldecke, die über den Knien lag, spürte, wie der Ruck beim Anfahren des Schlittens sie wieder dorthin zurückbrachte, wo früher die Straßen und Plätze vereist gewesen waren, die Menschen vermummt an den stuckverzierten, hohen Fenstern der Chaussee entlanghasteten, die Hand am Hut. Sie fühlte den Rhythmus des Pferdes, das sich im leichten Trab wiegte, einen Rhythmus, der ihren Körper straffte, sie mit Erlebtem, aber auch mit Erzähltem erfüllte – von jenem Vorfahr, der in einer Troika durch ein tolstoisches Russland gefahren war –, und Mutter blickte stolz, ja hochmütig auf die Feriengäste, die an diesem Wintersportort so offensichtlich nach anderen Vergnügungen verlangten –, und sie schwieg. Rumänien, das dem Ostblock und Warschauer Pakt angehörte, war nichts mehr, das man vorzeigen konnte, und die schon bekenntnishafte Ablehnung all dessen, was aus dem Osten kam oder »kommunistisch« hieß, machte sie »nervös«. Diese Leute, die sich am Abend um die weiß gedeckten Tische versammelten, bemüht um Manieren, verurteilten, was sie nicht kannten, waren selbst nie im Osten gewesen, den sie als eine Bedrohung jeglicher Lebensart bezeichneten. Und Mutter, die in ihrem einfachen Kostüm dasaß, die Arme lose im Schoß gefaltet, lächelte, schwieg. Sie hörte den Gesprächen zu, mit denen man sich den Anschein einer Konversation geben wollte, betrachtete die Anzüge und Roben, die wie Verkleidungen wirkten, und sie allein bemerkte die geziert abgespreizten Finger, die gerade und von vorn geführten Suppenlöffel, hörte das Schlürfen. Umso steifer und korrekter aß sie selbst, als müsste sie die kleinen Unkorrektheiten der anderen am Tisch ausgleichen, fühlte eine heimliche Genugtuung, wenn Onkel Ralph, der sich als Einziger in seinem Abendanzug frei bewegte und in seinem Benehmen gänzlich ungezwungen war, in seiner freundlich spöttischen Art sagte, das mit den Kommunisten sei alles dummes Zeug, eine Hysterie und Angstmacherei. Die Amerikaner hätten die Sowjets viel zu nötig und wir Europäer sowieso, woher wir denn glaubten, dass der Wohlstand käme, wenn nicht durch diese für alle komfortable »kalte Kriegswirtschaft«. Er saß zurückgelehnt in seinem Stuhl, die Beine übereinander geschlagen, rauchte eine Player Navy Cut, blickte in diese Gesichter von Fabrikbesitzern und Direktoren, auf denen blanke Ablehnung lag. Die Frauen hatten zu politischen Themen ohnehin zu schweigen, und ihre Männer zuckten bloß die Schultern. Onkel Ralph war »ein gelungener Siech«, den niemand ernst zu nehmen brauchte, auch wenn er – wie Mutter wusste – als Einziger dieser Abendgesellschaften die Regeln einer Konversation tatsächlich beherrschte.

Ein klackendes Geräusch, wenn der Stein aufs Eis gesetzt wurde, dann glitt W. einen Moment noch hinter dem Stein her, den linken Schuh aufgesetzt, das rechte Knie auf dem Eis. Er schien zu schweben, den einen Arm abgewinkelt, den anderen vorgestreckt, sein Körper folgte gebeugt der Hand, die den Griff des Steines mit einem letzten Berühren der Fingerspitzen entließ. Dann zog der Körper sich zusammen, als wäre die Spannung durchschnitten, hielte sich einzig noch im Blick, und der Stein löste unerwartete Rufe aus, »down down down«, »up«, »yeah yeah«, um in einem trockenen Prall zu enden, wenn der Stein einen bereits gesetzten traf. Augenblicklich trat eine Beruhigung ein, W. erhob sich, der Skip rief: »Well done«, »good shot«, und W. spürte die Befriedigung, die nicht allein von dem geglückten Stein ausging: Im Spiel fand er eine Atmosphäre des Fairplays, war zusammen mit Gästen, viele von ihnen Engländer oder Schotten, die um des Vergnügens willen spielten. Er fühlte sich befreit, umgeben von den Schneegipfeln, auf dem spiegelnden Eis, und wenn er den Stein anhob, ihn sanft aufsetzte, sich gleiten ließ hin zu dem Moment, da der Griff den Fingerspitzen entglitt, dann gab es da niemanden, der ihn bestimmte, kein Raum blieb für Ängste, und dieses Unmittelbare des Gelingens berauschte ihn, blieb unaussprechlich und verband ihn doch mit seinen Mitspielern, sogar mit den Gegnern. Nicht immer glückte dieses Moment einer unwillkürlichen Freigabe, der leiseste Anflug von Ehrgeiz, jeder Zwang oder Druck verdarb es, ließ den Stein misslingen – und war überraschend doch wieder da: »Good shot! Well done!«

Und Vater stand auf dem Eisplatz unter dem Grand Hotel, eine Schirmmütze auf dem Kopf, in der Hand den Wischer. Über das rechte Knie der Knickerbockerhose hatte er ein Tuch gebunden. In seinem Gesicht war eine große Ruhe – und er sah aus, als hätte er alles in seinem Leben erreicht, was es zu erreichen gäbe.

Der Trax riss mit seinen blanken Stahlzähnen dunkle Rillen in den Schnee, brüllte auf, stieß Rauchwolken in die Luft, schob den Schnee, vermischt mit Erde und Gras, vor sich auf. Das Bauernhaus, in dem die Büros untergebracht waren, erzitterte, durch die gehäkelten Gardinen, die noch von früher her stammten, sah W. zu, wie die Maschine jetzt die alten Apfelbäume aus ihren Wurzeln riss, die Stämme zerspleißte, die Äste zerbrach. Die behelfsmäßige Produktion in der Scheune genügte nicht mehr, die Umsatzzahlen und der Bestelleingang machten neue Produktionshallen nötig. Sie mussten in Rekordzeit hochgezogen werden. Hackler hatte der Baufirma die modernsten Maschinen vermietet, und ohne mit irgendjemandem zu reden, plante er bereits einen weiteren Ausbau, den er im Herbst oder dem folgenden Frühjahr verwirklichen wollte. Die Krane ausländischer Firmen zu verkaufen, war bloß eine Übergangsphase, bis sie die Räume und Möglichkeiten besäßen, eigene Modelle zu produzieren: Das Krangeschäft brachte zwar zur Zeit viel Geld, und sein ehemaliger Vorgesetzter und jetziger Partner W. machte enorme Provisionen, doch Erich Hackler genügte das nicht. Mit einer eigenen Produktion ließe sich unendlich viel mehr Geld verdienen, als W. sich vorstellen konnte, der es schon bei dem jetzigen Bauvorhaben mit der Angst zu tun bekam und dem die Verträge mit Pingon und Wetzel genügten. Wozu sie Risiken eingehen müssten, anstatt zu warten, ob sich der Erfolg auch »konsolidiere«. Er, Hackler, wollte kein »Konsolidieren«. Dafür blieb keine Zeit. Um zu wachsen, musste man handeln, sonst würden dies andere tun. Die Entwicklung war jetzt so rasant, dass man die Nase nur vorne behielt, wenn man mehr als die anderen wagte. Und Erich Hackler fühlte sich stark, er hatte nichts zu verlieren. Durch den Umstand, dass W. sich von der Gießerei und Maschinenfabrik getrennt hatte, sie gemeinsam die Herstellung der Baumaschinen übernehmen konnten, war ihm eine Chance zugefallen, mit der er nie gerechnet hätte. Er würde sie nutzen, und als ehemaliger Schweißer hatte er gelernt, dass man die ganze Energie auf einen einzigen Punkt richten musste, damit dieser aufglühte und man erreichte, was man wollte. Und er wollte mehr, er wollte ein neues Leben, und dazu würde Gerda gehören, die ehemalige Sekretärin seines Partners. Es war vorbei mit dem alten, bescheidenen Auskommen, der Näherin und den beiden Kindern, jener beengenden Wohnung im Vorort. Der Boom brachte ihn nach vorn, und Gerda gab ihm Kraft, den Glauben an das Gelingen, sie arbeitete am Erfolg der Unternehmung mit, kannte genau, womit er sich täglich herumschlug, was er riskierte, welche Schwierigkeiten er zu überwinden hatte. Und sie wollte ihn, Erich Hackler.

Auch die Familien waren keine Familien mehr, sie hielten lediglich noch den Anschein aufrecht. Hinter den Fassaden wuchsen die Schatten, wurden länger mit dem zunehmenden Wohlstand, lauerte der Hass

hinter Benimmregeln. Doch die zerbrochenen Werte
– Ehe, Moral und christlicher Glaube – mussten um
jeden Preis hochgehalten werden, damit nach den
Verheerungen der Vergangenheit die Ordnung so sein
würde, wie sie vordem in »gutbürgerlichen Kreisen«
geherrscht hatte, zu denen man jetzt doch gehörte –
und W. war empört, als er erfuhr, dass Hackler seine
Frau und die Kinder verlassen wollte, um Gerda, seine
Sekretärin, nach einer Scheidung und der fünfjähri-
gen Wartezeit zu heiraten. Er fühlte sich von beiden
getäuscht, er hatte Gerda für ein anständiges Mädchen gehalten, unfähig, eine Familie zu »zerstören« –
und W. fühlte sich mitschuldig: Er hatte sie schließlich
aus Deutschland hierher gebracht. Gerdas Jugendlichkeit, ihr unbeschwertes Wesen, hatten auch ihn
angezogen. Doch Hackler, wie in allen Dingen, nahm
sich, was er haben wollte, ohne Rücksicht auch auf
ihn, W., der die einzige Vertraute in allen geschäftlichen Dingen damit verlor. Es war ungerecht und gemein, dass Hacklers Frau, die ihm bei der Finanzierung
des Geschäftes mit ihrem bescheidenen Auskommen
geholfen hatte, nun mit den beiden Kindern »ausran-
giert« wurde, zum Verlust ihres Gatten auch noch all
die Vorurteile zu tragen hatte, die an einer »Geschie-
denen« haften blieben. W. fühlte die moralische
Pflicht, der Frau beizustehen, auch wenn er es nicht
offen tun konnte. Er würde ihr helfen, die Scheidung
zu verhindern, und in seiner Entrüstung merkte er
nicht, wie er eigene Wünsche an Gerda und Hackler

zu rächen versuchte, die er als ein oftmals quälendes Verlangen mit der Stimme seines Vaters niederhielt, der an einem Sonntagnachmittag und nach der dritten Flasche Wein, als »Oha« andeutete, dass er sich scheiden lassen wolle – er habe eine andere –, seinen Mittleren, den Lieblingssohn, der da neben seiner Frau saß, die stumm und reglos weinte, einfach nur ansah, und mit sehr ruhiger Stimme sagte:

– Tue es, aber ich werde dafür sorgen, dass du kaputtgehst.

XVIII

ZEICHEN

Bis auf einen schmalen Durchblick war die Ebene hinter der Getreidemühle und den neu erstellten Blöcken, dem »Frohdörfchen«, verschwunden. Der Schnee war ausgeblieben und die Straße keine schwärzliche Linie mehr, die aus den Hügeln herführte, an der Thujahecke zu einem Band wurde, über dem Hüte, Kappen, Pferdemähnen, aufgetürmte Fässer und Kannen vorbeizogen. Ein Strom von Autos brach zwischen den Blöcken und Häusern hervor, stäubte – wie im »Hobby« zu lesen war – Blei aus den Auspuffrohren in unseren Garten, durch das wir »degenerieren« würden, wie einstmals die Römer, die Wein aus Bleibechern getrunken hatten. Der Rasen war welk, die Bäume kahl, und zwischen den Säulen hüllte Stroh die Rosenstöcke ein.

Mit einem Leintuch deckte ich die beiden leer geräumten und zu einer einzigen Fläche zusammengeschobenen Pulte. Diese weiße Fläche, die fast die ganze Länge unseres Zimmers einnahm, unterteilte ich mit rotem Wollfaden, den ich mit Nadeln feststeckte: Ein doppelter Faden für die großen Zeitabschnitte, einen einfachen für die Fundorte.

Ich legte auf das Weiß der Decke meine Fundstücke, setzte sie in Zeilen hin, begann mit der Steinzeit und einem »Prunkstück«, das ich erst kürzlich in einer Pfahlbausiedlung gefunden hatte: Eine Silexklinge, so alt wie die Pyramiden, honiggelb mit einem Stück Steinrinde auf der Oberseite und Retouchen entlang der Kante. Auf die Klinge, ich hatte sie von den anderen Funden abgesetzt, um ihre Bedeutung zu betonen, folgten Scherben, die schwarz und rot geflammt waren, deren Ton eine grobe Körnung durchsetzte, ein Stück Pfahlholz, auf Watte gelegte verkohlte Körner, das Stücke einer Hirschhornfassung und Zähne von Schweinen –

Ich legte auf das Weiß die Glasperle aus der Höhensiedlung, mit Resten von Wandbewurf. Getrennt durch zwei Fäden die Funde aus dem Legionslager, eine Bronzefibel, ein Silberdinar, die Terra sigillata mit der nachsinnenden Figur.

Am Walfischwirbel, über dem Eingang zum Haus, brachte ich ein Schild an, die Ausstellung sei geöffnet, wenn die elektrische Birne brenne.

Auch Armin wollte seine Funde ausstellen, da er jedoch einen Kellerraum zur Verfügung hatte, fragte er im Naturkundemuseum nach alten Vitrinen und Schaukästen. Wir durften den Boden durchstöbern, fanden dort im Dämmer ein Sammelsurium von ausgestopften Tieren, von Masken aus Afrika und Südostasien, von Speeren und Schilden. Auch ein Sarkophag stand da, das Rot und Gold bedeckt von filzigem Staub. Das Gesicht über den gekreuzten Armen war jung, ebenmäßig, von großer Ruhe. Ein Bogen überwölbte das Auge, der zu einem Strich auslief, parallel zum Unterlid, und die Pupille als einen Kreis inmitten hatte. Während Armin nach den Schaukästen suchte, betrachtete ich fasziniert dieses mandelförmige Zeichen auf dem Sarkophag, das wie eine »Hieroglyphe« für Gefühle stand, die seit einiger Zeit als ein genauso großes Sammelsurium in mir waren wie die hier zusammengetragenen Gegenstände auf dem Boden des Museums. Sehnsüchte nach fremden Ländern, wo Frauen in Schleiern nach Schutz verlangten, das Sumpffieber einen schüttelte, man von sanften Händen gepflegt wurde, ein Entdecker vor Palmen und Pyramiden, im Dunstkreis angelesener Götter, Gräber und Gelehrter, voller Bewunderung für Herrn Champillion, der diese »Hieroglyphe« vielleicht hätte deuten können. Und zugleich wollte ich auch einfach nur wie Onkel Rodolph sein, der einstmals Antiquar gewesen war, mit all den Altertümern gehandelt hatte wie eben diesem Sarkophag eines Mädchens, der jetzt als Ramsch und wertloses, weil unwissenschaftliches Zeugs auf dem Boden des Museums lag, zusammen mit den Schaukästen, die Armin für fünf Franken erwerben konnte, um sein privates Kabinett einzurichten.

Ich zündete die elektrische Birne im Walfischwirbel an, zeigte damit an, dass meine Ausstellung geöffnet sei, und wartete. Vielleicht würden auch Mädchen das Licht und das Schild am Walfischwirbel sehen, träten ein, wären voller Bewunderung für die Klinge, die Glasperle, die Terra sigillata mit der sinnenden Figur. Doch neben ein paar Schulfreunden kamen nur die Verwandten, von den Eltern zum Mittagessen eingeladen. Sie standen gebeugt an den Pulten, sahen ratlos auf die in Reihen angeordneten Fundstücke, fragten, was diese Steine und Scherben sollten, wieso man behaupten könne, so ein Stück Ton oder gar diese Körner wären fünftausend Jahre alt, und belächelten meine Erklärungen. Das sei Mäusedreck, sagte die Tante zu den Körnern, und der Onkel meinte, er hätte noch nie so säuberlich Abfall ausgebreitet gesehen, doch so seien die Kinder, unbeschwert würden sie aus nichts etwas machen, man solle nur zeitig dafür sorgen, dass ich nicht Archäologe werden wollte, das sei eine brotlose Sache.

Und Mutter, nachdem der Besuch gegangen war, ich mich über das Unverständnis dieser Onkel und Tanten beschwerte, sagte nur:

– Du bist eben wie ein S. nicht wirklich lebensfähig.

Hackler hatte geschafft, was er erreichen wollte: Als die Züge wieder von Süden mit Saisoniers anrollten, die Bahnhöfe mit Koffern und Pappkartons, Körben, den bauchigen Fiasci Wein überquollen, Männer in dunklen Kitteln und einem Käppi auf dem Kopf ihre Lasten schleppten, als ließe sich ein Stück jener fernen Weinberge und Felder über die Alpen zerren, standen die Produktionshallen. Und in den hellen hohen Gebäuden hämmerten die »It'liener«, schweißten, schraubten zusammen, hatten ihre Zigarette im Mundwinkel, wohnten in leeren Bauernhäusern, die auf Abbruch bereitstanden, um einer Baustelle Platz zu machen, auf der andere Italiener die Maschinen bedienten, die diese hier bauten.

Es müsse jetzt ein neues Bürogebäude her, sagte Hackler, und Vater, dem alles zu rasch ging und der auch das Gefühl nicht loswurde, bei der Geldbeschaffung für die neuen Bauvorhaben würde allzu leichtfertig vorgegangen, getraute sich nicht, Hacklers Plänen zu widersprechen. Er setzte sich in seinen Wagen, fuhr los, neben sich die Kartei, auf deren Karten die Bauvergabungen aufgeklebt waren, ausgeschnitten aus dem Schweizerischen Baublatt und mit einem grünen Reiter ausgezeichnet. Und er tröstete sich mit seinen Verkäufen, sie stiegen mehr noch als im Vorjahr. Die Kundschaft vertraute ihm, die Baumeister, denen oftmals auch alles zu rasch ging und die eine ähnliche Unsicherheit verspürten wie er selbst, fragten ihn um Rat.

– Sollten Sie sich für die Konkurrenz entscheiden, achten Sie unbedingt darauf, wie viel Zeit es braucht, den Kran von einem Arbeitsort zum anderen zu verschieben, wie viele Leute benötigt werden, um ihn aufzustellen oder zu demontieren, und ob Sie ein Spezialfahrzeug für den Transport brauchen, das Sie zumieten müssten. Das sind Kosten, an die keiner denkt. Und lassen Sie sich vom Vertreter versichern, dass Sie für das Aufstellen des Krans nicht jedes Mal Monteure der Firma brauchen, sonst wird es noch teurer.

Und während Vater argumentierte, wuchs das neue Bürogebäude hoch, ein funktionaler Kubus aus Sichtbacksteinen. Hackler ließ die Tür des Bauernhauses, das abgerissen worden war, am Nebeneingang einsetzen. Eine gewöhnliche, nicht sehr alte Tür, mit Mittelsprosse und welligen Glasscheiben, die kaum auffiel, doch ein Stück täglicher Genugtuung war. Sie sollte ihn daran erinnern, wie er begonnen hatte und wie weit er es noch bringen würde. Sie war von dieser ärmlichen Biederkeit, die seine Jugend geprägt und während der Ehe mit der Näherin, als er noch Vertreter war, begleitet hatte. Auch an ihrer Wohnungstür hatte es die Art von Klinke aus billigem Spritzguss gegeben, die sich überall fand, wo Leute harte Hände hatten. Doch jetzt öffnete diese Klinke die Tür zu einem Ort, der hell und sauber war, an dem – wie Gerda es nannte – das Wunder der Mehrung geschah:

– Der Franken, den Erich in die Hand nimmt, verdoppelt sich im Augenblick.

Und mit dem Geld würde er eine Villa bauen, für die er schon ein Grundstück in Aussicht hatte, in der er mit Gerda, nach der Wartefrist, wohnen würde, geachtet, beneidet, Teil der besseren Gesellschaft, zu der sein Kompagnon so selbstverständlich gehörte. Doch W., der sich in geschäftlichen Dingen nicht getraute, die Pläne Hacklers zu durchkreuzen, wollte dies wenigstens bei seinen privaten Absichten tun. Als Sohn des bekannten Industriellen hatte W. Beziehungen, und er ließ diese spielen, um der Näherin und ihren Kindern zu helfen, die Scheidung zu verhindern. Damit würde korrigiert, was auch die Firma in ein ungünstiges Licht stellte. Baumeister waren konservative Leute, und ein geschiedener Geschäftsmann galt ihnen als wenig vertrauenswürdig. Doch mit seiner Hilfe kämen die Dinge wohl allmählich wieder »ins Lot«, Hackler würde zur Familie zurückkehren, und niemand erführe von seiner Einmischung, am wenigsten sein Partner. Es bliebe bei dem einen Gespräch mit dem ihm befreundeten Chef der kantonalen Behörde, und Gerda erhielte den fremdenpolizeilichen Bescheid zugestellt, einem Antrag auf »Wegweisung aus moralischen Gründen« sei stattgegeben worden. Sie habe das Land innerhalb eines Monats zu verlassen.

Es hatte geklopft, mitten im Unterricht, in der letzten Stunde des Nachmittags. Herr Meier öffnete, blieb einen Moment vor der Tür, während wir uns streckten und aufrichteten, uns nach hinten zum Nachbarn wandten, das Gemurmel zum Gerede wurde, auch schon wieder abbrach, während ich aufgerufen wurde und durch die Bankreihen nach vorne zur Tür ging.

Der Herr sei von der Presse, der »Illustrierten Zeitung«, sagte Herr Meier, und vor mir stand ein Schmalgesicht in knielangem Regenmantel, eine Kappe auf dem Kopf, den Lederriemen der Kameratasche quer über der Brust. Er wolle eine Reportage über mich und Armin machen, ich könne ihn jetzt begleiten, und ich holte meine Jacke vom Haken, zog sie über und folgte dem Mann, der dunkle fettige Locken um seine Mütze hatte.

Wir würden zu Armin fahren, sagte der Reporter, hieß mich auf den Beifahrersitz der Vespa steigen, und ich umklammerte den Mantel, der sich grau und schmutzig nur wenig vor meinem Gesicht wölbte, spürte den mir fremden Körper, den ich festhalten musste, und der Fahrtwind zerrte nasskalt an den Hosen und Ärmeln. Seitlich glitten die Felder vorbei, schwerfällig schob sich das Nachbardorf über der Schulter des Fahrers heran, kahl an die Straße gestellte Häuser. Sie verschwanden hinter meinem Rücken, mussten dort zu einer nebligen Kälte verklumpen, die wie ein Rucksack an mir hing, schwerer wurde, und ich wünschte nur noch, aus der eisigen Zugluft, dem Lärm, den ungeschützt vorbeiziehenden Bildern herauszukommen. Ich konnte Onkel Ralphs Begeisterung für die Vespa nicht teilen. Stocksteif stieg ich vom Roller.

In Armins Haus mussten wir uns im Kellerraum, der mit den Vitrinen des Naturkundemuseums ausgestattet war, aufstellen. Der Reporter wies uns an, so zu tun, als würden wir einzelne Funde besprechen, vielleicht auch eine der Vitrinen öffnen, einen besonders auffälligen Gegenstand vor uns hinhalten und Gesichter machen, als hätten wir noch nie gesehen, was wir doch schon hunderte Male in den Händen gehabt hatten. Danach wurden wir nach oben, in die Stube gebeten, mussten uns an den runden Tisch unter die Lampe setzen, deren Schein auf die Registratur, auf Keramik und ein Steinbeil fiel, hatten Fragen zu beantworten, die der Mann notierte, dann blitzte erneut sein Photoapparat, während Armin vorgab, mit der Schreibmaschine eine Karteikarte auszufüllen, und blitzte wieder, als ich so tat, als setzte ich die Scherben eines Gefäßes zusammen. Doch sie passten nicht, und das sah ich auf den ersten Blick – sah aber auch, dass unter der Tür zum Zimmer Armins Mutter im Türrahmen lehnte, eine dunkelhaarige Frau. In ihren Augen war ein bewundernder Glanz, der uns galt, Armin und mir, die wir da am Tisch zu erfüllen suchten, was der Reporter mit seiner Kamera wollte, ein Glanz, den ich nie zuvor in Augen gesehen hatte und der erlosch, als der Mann sagte: Das sei es! Er hätte genug Material, den Artikel würde er schicken.

Und wieder kletterte ich auf den Beifahrersitz der Vespa, klammerte mich an den Mantel, es war jetzt Nacht, und zu Hause fragte niemand, wo ich gewesen sei, weil sich die Eltern längst daran gewöhnt hatten, dass ich wegen der »Graberei« manchmal verspätet eintraf. Ich nahm allein am Esstisch das Abendbrot ein, während im Wohnzimmer Vater die Abendausgabe der Zeitung las und das ganz gewöhnliche Licht der Stehlampe brannte.

Das Heft hatte einen farbigen Umschlag, die Seiten fühlten sich glatt an, und ich blätterte zu der Stelle, an der über Armin und mich auf einer ganzen Seite berichtete wurde. Ich sah mir neugierig die Photos an, sie schienen so wahr und natürlich, als wären es Schnappschüsse gewesen, und ich betrachtete mich stolz, wie ich da am Tisch in Armins Wohnung saß, ein Steinbeil in den Händen, ein Junge mit hellen wachen Augen. Ich fühlte mich geschmeichelt, auch wenn mich verunsicherte, dass unser Posieren und unser Verstellen auf den Photos nicht zu sehen war. Ich begann, den Artikel zu lesen, folgte den Zeilen und Kolonnen, begegnete mir und meiner Beschäftigung mit vergangenen Kulturen in einer fremden Ausdrucksweise, und meine Verunsicherung wuchs. Der Reporter hatte nichts vom Abenteuer erfasst, das sich mit den Fahrten zu den jeweiligen Siedlungen verband, nichts vom Regen und Wind, den Widrigkeiten und Anstrengungen, von der Schönheit der Uferbäume, den Blicken auf die Erde oder ins Wasser, dem Glück, wenn ein Gegenstand aus der Vergangenheit heraufauchte und da vor mir in der Hand lag. Stattdessen standen Aussagen da, die wir nie gemacht hatten. Armin war »der unbestechliche Forscher«, ich der »klar disponierende Kopf des Zweimann-Teams«, wir wurden zu Altertumsforschern hochgerühmt und doch zugleich als Jungen beschrieben, die nur so taten, als ob sie Archäologen wären – wie Kinder eben Doktor oder Krämer spielen – und wir uns nur verstellten.

In den Tagen nach der Veröffentlichung nickten mir unbekannte Erwachsene zu, einige sprachen mich sogar an, sie hätten mein Bild in der Zeitung gesehen, jemand beschimpfte mich, »weshalb so ein Geuggel in die Illustrierte müsse«. Ich war für die Leute im Dorf zu jemandem geworden, der im »Heftli« gewesen ist, und Herr Meier bat mich in der Schulstunde nach vorn, hielt den Artikel hoch, sagte, er hätte bei einem Schützenfest oder bei einem ähnlichen Anlass auch schon versucht, ins »Heftli zu kommen«, in dem er sich in den Hintergrund eines Prominenten gedrängt habe. Ihr Schulkamerad sei nun aber derjenige im Vordergrund: – Nicht, wie wir gewöhnlichen Leute. Meine Mitschüler sollten sich an den Augenblick erinnern, aus ihrem Kameraden werde bestimmt etwas Besonderes werden. Auch in seinen Augen war ein Glanz wie bei Armins Mutter, und ich spürte, wie der Artikel mich von meinen Schulfreunden trennen würde, er aber auch die mir allein gehörige Welt aus Siedlungen und Funden von mir abrückte. Sie war nun benannt und bebildert – und wenn dies auch in einer unzutreffenden Art geschehen war, so glaubte doch jedermann an das, was in der Illustrierten gestanden hatte, in einem verborgenen Winkel sogar ich selbst.

XIX

HOROSKOP

W. zweigte von der Hauptstraße ab, fuhr über Land, wo es keine Baustellen gab und noch keine Kräne aufragten, fuhr durch erinnerte Sonntage, an denen wir mit Saners an den Jurahängen entlanggewandert waren, in einer Lichtung ein Feuer entfachten, Vater in der Jägerpfanne die Zwiebeln dünstete und das Fleisch briet, während die Flasche Wein im Brunnen kühlte. W. fuhr durch Gefühle und eine Landschaft, die tatsächlich an ihm vorbeizog, und er fuhr langsam, damit diese Gefühle ihn auch am Steuer erreichten: Ein Angerührtsein durch die Natur, das in einem zufälligen Blick so stark werden konnte, dass er anhielt. Er stieg aus, holte vom Rücksitz die Kamera und versuchte, diesen Blick im Bild festzuhalten. Seine Diakästen füllten sich mit Farbbildern, in denen Sonne und ein Leuchten von Blüten war, das erstarrte Zittern der Gräser, Blätter im Licht- und Schattenspiel, eine Geometrie von Feldern, hereinbrechende Waldränder, eine Kalkrippe, die aus den Buchen drängte. Im Album von Vaters Blicken aber gab es nur wenige Menschen. Einen Bauer, der sein Pferd über den gepflügten Acker führte, einen Fischer am See, der Netze flickte, Leute, die Tätigkeiten nachgingen, die am Verschwinden waren, einer vergangenen Zeit und einem scheinbar einfacheren Leben angehörten, das nichts von Baumaschinen, Mischanlagen und Sichtbeton wusste.

Wo Vater dennoch ein Bild von etwas Neuem oder einem eben fertig gestellten Bau machen wollte, wie dem Haus von Hans Saner, das termingerecht im Frühjahr mit einer kleinen Feier eingeweiht wurde, bei der es Entrecôte gab und Frau Saners Pariser Pommes frites, eine Spezialität, die viele »Ha!« nötig machten, blieb von der Villa, ihren Treppen und Terrassen, den breiten Fenstern zum Garten hin, nur gerade ein Beet von Osterglocken in W.s Diakasten übrig: Sie waren so wundervoll erblüht.

Ich sah mir diese Bilder an, die Vater an Sonntagabenden auf die Leinwand im Wohnzimmer projizierte, langweilige Blumenbilder. In ihnen aber spürte ich ein Verlangen nach etwas, das – wie die Uferbäume bei der Pfahlbausiedlung – einfach da war und nichts von ihm wollte. Die Blumen, die Vater photographierte, mussten für ihn – so stellte ich mir vor – die eigenen Blicke sein, etwas Reines und Ungestörtes. Ihr Anschauen schloss alles aus, das ihn immer wieder mit einem Dunkel bedrängte und mit dem Ausschalten des Projektors wieder begann: Die Ängste um Umsatz und Bestelleingang, die Unsicherheit jenem Mann gegenüber, den wir mit besonderer Rücksicht behandeln mussten, weil er stets empfindlicher und herrischer wurde: Hackler.

Alles müsse nach dessen »Grind« gehen, sagte Vater zu Hans Saner, als sie sich nach dem Entrecôte, den Pommes frites und dem »sehr schönen« Bordeaux ins Wohnzimmer zurückgezogen hatten, eine Zigarre rauchten und das Glas Rémy Martin VSOP pflichtgemäß schwenkten: – Er kann keinen neben sich dulden. Was nicht seine Idee ist, hat keine Chance. Beständig hat er das Gefühl, ihm würde etwas weggenommen, er würde nicht genug geschätzt. Er findet meine Provisionen zu hoch, meckert, dass alle Kontakte zu Pingon ausschließlich über mich laufen würden, doch spricht er Französich? Oder Englisch? Ich organisiere ihm das Büro, da er keine Ahnung von Korrespondenz und Buchhaltung hat, aber baut und produziert, ohne jegliche Kontrolle.

Und die Osterglocken vor der neu verputzten Hauswand wussten nichts von Hackler, nichts von Bauboom und noch nicht einmal von Hans Saner, der – wie Vater glaubte – sorglos und unabhängig leben konnte, weil er eine Alleinvertretung für Etikettiermaschinen hatte und jetzt sogar ein eigenes Haus mit Büro über dem See besaß.

Doch auch Schauen war nicht einfach mehr Schauen. Im ehemaligen Sonntagszimmer bei Ruschs stand ein Möbel, das eine gewölbte und gerundete Scheibe hatte, die aschgrau war, doch durch einen Knopfdruck aufzuleuchten begann, schräge weiße und schwarze Streifen zeigte, die durch Drehen an einem zweiten

Knopf sich zu einem Bild zusammensetzten: Einem Fußballfeld vor den Rängen einer Tribüne. Aus dem Apparat tönte die Stimme des Reporters vor der auf- und abschwellenden Erregung der Zuschauer, es war Samstagnachmittag, auf der Glasscheibe rannten die Spieler schwarzweiß über das Fußballfeld, und vor dem Fenster lag ein nebliges Licht auf Ruschs Garten. Felix behauptete, das Spiel sei in England, der Cupfinal, und zwar nicht etwa ein Film davon, nein, wir würden genau das sehen, was jetzt »dort drüben« geschehe. Im Gerät seien wir in diesem Moment in England, und die Menschen, die wir sehen würden, schauten in diesem anderen Land, ebenfalls dem Spiel zu. Sie hatten Schirme aufgespannt, Hüte aufgesetzt und Schals umgebunden, während draußen eine neblig samstägliche Stimmung herrschte, es trocken und auch nicht sehr kalt war – und diese Gleichzeitigkeit schien mir unfassbar. Doch allmählich wurde das Bild im Gerät, der Salon, wie jetzt das Sonntagszimmer hieß, und die gewohnte Landschaft vor dem Fenster zu einem Ganzen, ja schnell auch Gewohnten – dem »Fernsehschauen« –, das erst, wenn Frau Rusch das Gerät ausschaltete, ein Gefühl hinterließ, etwas fehle, breite sich als eine Leere aus, die man am liebsten durch das erneute Einschalten des Geräts ausgefüllt hätte.

Nein, das käme nicht in Frage: Fernsehen sei nichts für »unsereiner«, so wenig wie die »Heftli« und das meiste, was es beim Kiosk am Bahnhof zu kaufen gäbe.

Fernsehen sei für Leute ohne Bildung, wir könnten Bücher lesen oder uns sonst wie beschäftigen. Ich baute mein Fundregister aus, schrieb mit weißer Tusche Zahlen auf Scherben, mit schwarzer Tusche auf Silex, trug die Nummern in ein Heft ein, beschrieb den Fund, notierte Ort und Datum, an denen ich sie gefunden hatte, und übersetzte meine Sammlung in Namen und Ziffern. Mein Bruder bastelte Modellflugzeuge, schnipselte Balsaholz zurecht, verpestete das Zimmer mit Leim- und Lackdämpfen. Er schimpfte vor sich hin, das sei alles Mumpitz, er gehöre zu den Ungebildeten, wolle »Heftli« lesen und fernschauen, und er würde einen Beruf wählen, der nichts mit all dem zu tun habe, was Vater und »unsereiner« trieben. Was für ihn »Leben« bedeute, das finde sowieso anderswo statt – und wie zur Bekräftigung stülpte er den Kopfhörer über, drehte am Kondenser seines selbst gebastelten Detektors, hörte Radio Luxemburg und die Nachrichten: In Ungarn war ein Aufstand ausgebrochen, man hörte fiebrige Stimmen, Rufe, Freudenkundgebungen, später die Schüsse. Die russischen Tanks rollten zur Innenstadt von Budapest, die Franzosen und Engländer bombardierten Port Said, und wir strickten. Die Pultdeckel hochgeklappt, saßen wir in den Schulbänken, hatten Stricknadeln in den Händen, während der Lehrer die Kommaregeln erklärte, kämpften uns Masche für Masche an der Nadel vorwärts, um Wolldecken für Ungarn zu stricken, Flecken, die vernäht werden sollten. Wir warteten, dass die Amerikaner endlich taten, was sie nach Meinung von »unsereiner« schon lange hätten tun sollen: Einmarschieren, Schluss mit den Diktaturen machen, und mein Bruder, der an seinen Modellflugzeugen baute, sagte, dann könnten sie auch gleich mit ihm Schluss machen, er sei nämlich Kommunist und gehöre zur Arbeiterklasse. Doch weder fielen die Amerikaner in Ungarn ein, noch richteten die alten Kolonialmächte in Ägypten etwas aus – und entgegen aller Schimpftiraden meines Bruders wurde zunehmend unklar, wer die Leute, die von sich sagten, sie gehörten zu »unsereiner«, eigentlich waren.

W. kam gegen halb sieben ins Büro. Noch war niemand da, und im Empfang und Flur hing eine warme, verbrauchte Luft. Er öffnete das Fenster, ein Nieselregen fiel, und bei der Werkhalle wurde das Rolltor hochgezogen. W. begann, die Stapel von Papieren, die sich in den letzten Tagen angesammelt hatten, durchzusehen. Neben Briefen oder Anfragen, die allein ihn betrafen, wurden auch Schreiben auf sein Pult gelegt, die Hacklers Sekretärin, der Buchhalter oder auch Gerda längst hätten erledigen können. Selbst Routinekram wie die Bitten um eine Zustellung von Prospekten, die am Empfang bearbeitet wurden, hatte man – vielleicht sogar mit Absicht – hier aufgetürmt. Die Stapel erweckten den Eindruck von stummen Vorhaltungen, die unerledigten Haufen bedeuteten einen Mangel an Respekt. Und wieder fanden sich Bestellungen ohne Offerten, gab es Aufträge ohne Kostenvoranschlag. Die einfachsten Regeln wurden verletzt, Hackler hielt sich an nichts, hatte ihn nie gefragt, ob er mit dem Erweiterungsbau einverstanden sei, nie konsultiert, was er zu dieser Anschaffung, jenem Personalentscheid meine. Obschon er Mitbesitzer war, die Baumaschinenproduktion eingebracht hatte, die großen Verkäufe machte, wurde er wie ein Angestellter behandelt. W. verspürte neben der Empörung über die unseriöse Geschäftsführung auch eine Kränkung. Er wurde zur Seite gedrängt. Obschon Gerda »ausgewiesen« worden war und das Land hatte verlassen müssen, arbeitete sie weiterhin in der Firma, wohnte in Südbaden, und ihr Verhältnis mit Hackler war eine eingestandene Tatsache, auch wenn die beiden noch nicht zusammenwohnen durften. Doch genauso wie Hackler seine erste Frau zur Seite geschoben hatte, tat er es jetzt mit ihm. Er beriet sich einzig noch mit Gerda, die jede Kleinigkeit, die W. tat, Hackler hinterbringen würde. Und der traf Entscheide, ohne ihn zu fragen, bei all seinen Vorhaben waren Absprachen, Spezialpreise, Zusatzzahlungen im Spiel – Dinge, die nicht korrekt waren und zumindest vom Buchhalter hätten beanstandet werden müssen, den W. nicht eben freundlich empfing.

– Ich habe gehört, du machst hier großen Wind.

Hacklers Gesicht war wie ein Schild auf dem Betonsockel seines Halses, zeigte dieses kleine Lächeln, das kaum einmal verschwand, als wäre er von einem freundlichen Entgegenkommen. Er war mit Gerda vor wenigen Augenblicken eingetroffen.

– Du kommst her und spielst den Chef, nachdem du tagelang nicht da warst, und W., zu gereizt, um vorsichtig zu sein, entgegnete, so könne es nicht weitergehen, was hier unterlassen würde, grenze an eine unseriöse Geschäftsführung. Da würden Vereinbarungen ohne Verträge gemacht, Zahlungen ohne Belege, ohne Quittungen ausgegeben, und während W. seinem aufgestauten Ärger Luft machte, wurde das kleine Lächeln in Hacklers Gesicht erst eine Spur breiter, verschwand dann plötzlich, und das glatte, gepflegte Gesicht fiel wie eine Fassade. Dahinter kam eine Wut zum Vorschein, die in den Zügen festfror. Hackler brüllte los, was andere sich erst erarbeiten müssten, das sei W. nur einfach zugefallen, und noch immer meine er, hier als arroganter Nichtstuer befehlen und verurteilen zu können, glaube allein zu wissen, wie etwas richtig gemacht würde. – Ich scheiß auf deine korrekte Geschäftsführung! Und Hackler packte einen Stoß Akten vom Tisch, schleuderte ihn gegen die Wand, dann schlug die Tür bebend ins Schloss.

W. saß einen Augenblick wie betäubt da, dann stand er auf, nahm Hut und Mantel von der Garderobe, ging zur Tür. Er würde keine Minute länger bleiben. Doch bevor er noch die Tür erreichte, wurde sie geöffnet, trat Hackler in den Rahmen.

– Es ist Schluss, sagte er. Du räumst bis Mittag dein Pult. In der Firma hast du nichts mehr zu suchen.

Er lasse sich das nicht bieten, sagte W. heftig und bemüht, seiner Stimme Festigkeit zu geben. Hackler bekäme es sonst mit seinem Anwalt zu tun. Er sei kein Angestellter, den man entlassen könne.

– Ja, du bist Mitbesitzer. Vielmehr du bist es gewesen. Das Geschäft, die Firma habe ich allein hochgebracht. Du betreibst nur dein Krangeschäft, als handle es sich dabei um eine Alleinvertretung, die nur dir und nicht der Firma gehört.

Man sei jetzt erregt, man müsse sich zusammensetzen und die Missverständnisse klären. Doch festhalten wolle er dennoch, dass er, W., die Anfangsfinanzierung sichergestellt, die Modelle eingebracht und die Alleinvertretung der Krane besorgt habe. Und wiederum sei er es gewesen, der vor einem Monat die Lizenzen für die Herstellung der Pingon-Krane beschafft habe –

– Ja, die hast du mir beschafft, doch für diese wirst du keine Provisionen mehr kassieren. Du hast im letzten Jahr glatt das doppelte Gehalt von mir bezogen. Provisionen sind üblicherweise Lohnbestandteile eines Angestellten, nicht eines Inhabers. Selbstverständlich war das abgesprochen, eine Gegenleistung für die Anfangsfinanzierung. Doch gibt es einen Vertrag? Wer wird bestreiten wollen, dass dieses Geld keine Rückzahlungen gewesen sind?

W. spürte eine Ohnmacht hochdrängen, seine Augen begannen zu zittern, und Hacklers Stimme war fern, klang wie ein Reißen im Eis.

– Diese Provisionen, die du für die Kranverkäufe

erhalten hast, sind jetzt die Auszahlung deines Anteils. Wenn du dagegen klagen willst, tu es. Ich habe mich schon vor langer Zeit beraten lassen: Du wirst sehr lange prozessieren müssen, länger, als du bezahlen kannst – und nun packst du deine Sachen und gehst –

Und W. ging, überquerte in Mantel und Hut den Vorplatz, setzte sich in seinen Wagen, der ihm so viel Sicherheit geben sollte, dann schlug er die Hände vors Gesicht.

Vater saß im Lehnstuhl, in seinem alten Morgenrock, las über »das positive Denken«, ohne zu lesen, und Mutter hantierte in der Küche. Sie bat uns, Vater nicht zu stören, Hackler hätte Vater »vor die Tür gesetzt«, es sei Schluss mit der gemeinsamen Firma. Wir blieben in unserem Zimmer, blickten aus dem Fenster auf den Garten, die Thujahecke, die Straße, wo an der Ecke zum »Frohdörfchen« ein Kiosk gebaut wurde. Wir warteten, dass wir hinaus und in die Schule gehen konnten, weg von der lastenden Stille im Wohnzimmer, die nur hie und da durch das Gemurmel von Mutters Stimme unterbrochen wurde, die auf Vater einredete. Wir warteten, dass der Mann im Lehnstuhl sich aufraffe, den Morgenrock, der aussah, als gehöre er Lehrer Lämpel aus Max und Moritz und mache Vater genauso lächerlich, dass er den Mantel weghänge, wieder seinen Anzug trage, das weiße Hemd, die Krawatte, die englischen Schuhe. Wir warteten auf das Gewohnte, auf die Erleichtertung, dass Vater nach dem Kaffee aus dem Lehnstuhl wieder aufstehen, den Hut nehmen und in seinem Studebaker wegfahren würde.

Doch er saß da, ohne sich zu rühren, ohne einen Gruß oder ein Wort an uns zu richten, und wenn wir das Haus verließen, rückte Mutter auf dem grünen Hocker neben ihn, hörte sich von Vater Sätze an, die sie kannte und schon damals von ihrem Papa gehört hatte, nachdem sich das Eiserne Tor hinter dem Heck des Dampfers geschlossen hatte, und Mutter spürte, dass sie wieder an dem Punkt angelangt war, an dem sie schon als junge Frau gewesen war. Ihre Theorie der »aufsteigenden Linie« stimmte nicht, der Glaube an jenen Zyklus der Generationen, wonach W. jetzt den Höhepunkt an gesellschaftlichem Erfolg haben müsste, war falsch. Doch Mutter beschloss zu tun, was sie nie gelernt hatte, sie wollte kämpfen und nicht einfach aufgeben, wie ihre Eltern es getan hatten, wie W. es tun wollte. Sie redete auf Vater ein, nicht klein beizugeben. Seine Bezüge wären rechtmäßig gewesen, er sei Mitbesitzer, die Geschichte mit den Provisionen leere Drohungen. Er solle mit seinem Anwalt reden, Hackler versuche doch nur wieder eine seiner unsauberen Machenschaften, sie hätte diesem Grobian nie vertraut. Er solle sich selbständig machen, es »riskieren«, um wie Hans Saner unabhängig von Leuten wie Hackler zu sein.

Heimlich schickte sie Vaters Geburtsdaten nach Genf, ließ ein Horoskop anfertigen, dass in den Sternen geschrieben sei, er habe eine träumerische Seite in seinem Wesen, die ihn oftmals die Menschen falsch einschätzen lasse, aus der jedoch auch seine Fähigkeit der Einfühlung komme, seine Ideen, das Gespür für die Zeit und ihre Bedürfnisse, und Mutter betete ihm vor, was Jupiter, Mond, Mars und Neptun ihm zu sagen hatten, bis Vater sich sehr langsam erhob. Er würde gegen Hackler nicht klagen, er würde die Kraft jetzt brauchen, um sich eine neue und eigene Vertretung zu suchen, und Vater stand wieder in Hemd und Krawatte da, mit den englischen Schuhen an den Füßen, ein wenig stärker geworden, setzte sich in den Studebaker und fuhr los. Diesen Sommer bestimmt nicht, doch vielleicht im nächsten würden wir wieder nach Italien reisen, nach Forte dei Marmi ans Meer, an den Strand, zur Bar unter den Pinien, wo sich mit Hans Saner der Aperitif einnehmen ließe, die Oliven im Mund nach wirklichem Leben schmeckten. Denn es wurden neue Fabriken, Wohnsiedlungen, ganze Städte gebaut, es brauchte Krane, viele Krane, solche mit Teleskopturm, solche, die mit dem Hochhaus in die Höhe kletterten, und W. hatte in Frankreich einen neuen Vertrag für die Alleinvertretung von Modellen abgeschlossen, die all dies konnten: Nicht mehr »Pingon« hieß der Name, der uns jetzt überall hin begleiten sollte, sondern »Potain«. Und jeden Morgen las Ruth S. ihrem Mann aus einem zweiten Horoskop vor, das die günstigen und gefährlichen Aspekte jeden Tages prophezeite.

XX

FERNGLAS

Ein Bogen überwölbt das Auge, der zu einem Strich parallel zum Unterlid ausläuft, und die Pupille ist ein runder Punkt inmitten: Das Zeichen auf dem Sarkophag wollte sich nicht verkörpern, so sehr ich mich bemühte. Die dumpfen und unklaren Gefühle fanden keine ihnen entsprechende Gestalt in meinem Alltag. Weder auf der Dorfstraße noch auf dem Schulhof fand sich ein Mädchen, das vielleicht auch nur mandelförmige Augen oder gar die ruhig würdige Ausstrahlung einer Ägypterin gehabt hätte. Ich beneidete Felix. Wie er wollte ich ebenso Blicke erhalten, diese raschen, blitzenden Blicke von Lina in den Schulstunden oder auf dem Pausenplatz, versteckt und doch so spürbar. Sie veränderten Felix, machten ihn heller, auch ungelenker, doch vor allem entschieden. Er wusste, was wichtig war und was nicht, worauf es beim »Karisieren« ankäme, und er machte Andeutungen, von einem Lächeln begleitet, die ein Geheimnis erahnen ließen, das meine Neugier weckte, einen Schatz bedeuteten, den zu finden von einer ähnlich fiebrigen Erregung begleitet sein musste wie ich es von den Fundplätzen her kannte. Ich müsste auch jetzt langsam und gewissenhaft vordringen, wie zur Ufersiedlung am See, jenem Ort, den ich liebte, wohin es mich immer wieder zog: Vordringen zu der Linie, die Land und Wasser trennte, bestanden war von mächtigen Weidenbäumen, vom Gestrüpp und dem Schilfgürtel gegen das offene Wasser hin. Dazwischen lag der Uferstreifen, teils freigewaschen, teils bedeckt mit knietiefem Wasser. Es roch nach Algen, in den Weiden ging der Wind, und das Schilf rasselte, während unter dem Laubwerk im spiegelnden Wasser eine Welt aus Blättern, Ästen, Steinen herauftauchte. Durch die Spiegelung des eigenen Gesichts musste man spähen, durch diesen zitternden schwankenden Umriss, um die möglichen Scherben, Feuersteine, die Knochen, das Horn, das Steinbeil zu erkennen, denn nichts besaß dort Schärfe und Eindeutigkeit. Und wieder und wieder hob man Splitter heraus, die einen Fund versprachen und nur gewöhnlicher Bruchstein waren – und ich fuhr mit dem Fahrrad durch die Dorfstraßen, spähte nach den Mädchen aus, stand an den Hausecken herum oder vor den Dorfläden, radelte zu den Bauernhöfen. In einem der Weiler spähte ich ein Mädchen aus, das mit viel gutem Willen, und auf die nicht geringe Entfernung vielleicht wirklich meine verwirrten Gefühle verkörperte, einer Ägypterin glich oder zumindest mandelförmige Augen hatte. Doch als ich sie am nächsten Tag ansprach, sie sich nach mir umwandte, stand ein Bauernmädchen vor mir, das erschreckt schaute, errötete und auf die Frage, ob sie meine Freundin werden wolle, lachend davonrannte.

Mutter begleitete Vater nun öfter auf seinen Geschäftsfahrten, saß neben ihm auf der durchgehenden Sitzbank des neuesten Modells von Studebaker, eines hellblau lackierten Wagens mit Heckflügeln und großen roten Leuchten. Vater hatte ihn gekauft, weil er »noch mehr Sicherheit« brauche, wenn er nun schon die ganze Woche unterwegs sein müsse, wie er Hans Saner erklärte. Mutter beugte sich über die Straßenkarte, versuchte, den Weg zu der Adresse zu finden, die im Karteikasten auf einem Blatt mit grünem Reiter stand: Sie, die selbst nie Autofahren gelernt hatte und sich mit Zurechtfinden ein Leben lang schwer tat, spähte durch die Frontscheibe nach Hinweistafeln und Abzweigungen, versuchte, eine Übereinstimmung mit den Linien und Flecken auf dem Stadtplan zu entdecken, während Vater drängte. Sie solle »vorwärts machen«, ihm sagen, wann er abbiegen müsse, er wäre bestimmt schon zu weit gefahren, und Mutter, um die Unsicherheit, die unerträglich wurde, zu beenden, entschied: – Da vorne links, du musst nach links abbiegen, und fand erneut bestätigt, was immer schon so gewesen war: Sie hatte sich falsch entschieden. Vater schimpfte, sagte: – Herculanum, das sieht man doch, dass das eine Einbahnstraße ist. Und während er rückwärts herausmanövrierte, brummelte, mit raschen Blicken seine Frau betrachtete, die zu verzweifelten Rechtfertigungen ansetzte, man sähe auf dem Plan wirklich nicht, ob die nächste Abzweigung in eine Einbahnstraße münde, begann sich eine Erheiterung in Vater auszubreiten. Er fand ihre Unbeholfenheit rührend, sie gab ihm das Gefühl, der Gewandtere zu sein, der sich letztlich doch besser zurechtfand, auch wenn man ihm täglich das Horoskop vorlesen musste, damit er unbeschadet durchs Leben käme.

Auch Armin und ich beugten uns über die Landkarten, im Maßstab 1:25000, studierten die Blätter mit blauen und roten Stiften. Wir hatten uns vom Aufsuchen bekannter Fundstellen auf das Entdecken neuer Siedlungen verlegt, und dabei waren die unzähligen Baustellen, an denen die Mischanlagen der Firma Hackler standen und ein Kran von »Potain« seinen Nadelausleger schwenkte, Orte, die mit blauem Stift angekreuzt wurden. Sie mussten ebenso untersucht werden wie jene Stellen, die auf Grund ihrer Lage ein Kreuz verdienten: Hügelzungen, die nach drei Seiten steil abfielen, sich als Fluchtburgen eigneten und einen Bach, eine Quelle in der Nähe hatten. Dann die buckligen Erhebungen in ehemals sumpfigem Gelände, die als Rastplätze mittelsteinzeitlicher Jäger in Frage kamen, Abris und Höhlen, die den altsteinzeitlichen Nomaden Schutz boten. Wir legten Routen zwischen den blauen Kreuzen fest, fuhren mit den Fahrrädern los, bepackt mit Grabungsgeräten, Karten, Messband und Millimeterpapier, stiegen in Stiefeln, einen Spachtel und die Hacke in Händen, in die Baugruben, untersuchten die Schachtwände auf mögliche Verfärbungen hin, auf Brand- oder Lehmschichten, auf Steinsetzungen, suchten nach eingesprengten Keramikscherben, stiegen zu Waldzungen hinauf, hofften auf Bodenstörungen durch Wege, die mit schrägen Borden in die Erde schnitten, liefen über Äcker, achteten auf zersprengte Kiesel, die im Feuer erhitzt worden waren, lasen die fingernagelgroßen Steinwerkzeuge auf, die so unglaublich fein gearbeitet und typisch für die Mittelsteinzeit sind. Die Entdeckungen trugen wir mit rotem Stift in die Karte ein, klassierten die Funde, zeichneten die wichtigsten maßstabgetreu und schickten die Zeichnungen mit einem kurzen Bericht über Ort und Datierung an den Kantonsarchäologen. Immer häufiger standen unsere Namen in den Zeitungen und Zeitschriften, sah man die Photos von den beiden Schülern, die »mit den Jahrtausenden vertraut« waren, legte sich ein Gitter aus Wörtern um uns, das bei Bekannten Neid, aber auch Bewunderung weckte und wiederum zu weiteren Wörtern führte, die mich ängstigten:

– Wer von euch beiden wird später einmal wohl der Berühmtere werden.

Und alle diese Wörter in den Zeitungen, auf die Armin so stolz war, nahmen mir genauso wie das Gerede von Verwandten und Freunden etwas weg, das ich liebte, weswegen ich mit dem Fahrrad durch die Landschaft fuhr, Hügel und Seeufer aufsuchte, auch wenn ich das, was mir durch die Berichte und das Geschwätz genommen wurde, nur empfand und nicht benennen konnte: Momente eines unmittelbaren Erlebens von Erde, Gestrüpp, Bäumen und Wasser, der Sonnenstrahlen, die durch das Laub einfielen, Flecken auf die Erde warfen, über die unsere Blicke hingingen, auf der Suche nach den Zeugnissen einer Vergangenheit. Nicht so sehr die Funde als diese Momente suchte ich, in denen ein Schweigen war, das aus den fernen wortlosen Zeiten kam und auf dem sich das Erleben ausbreiten konnte, selbst wortlos und stumm. Doch auf diese Momente lagerten sich nun die Wörter ab, wurden die Ufersiedlung, der Streifen ausgewaschener Erde zwischen Schilf und Gestrüpp von Meinungen und Erwartungen erfüllt, fanden Armin und ich uns mit einem Mal in einen Wettstreit gezwungen, den wir nicht gesucht hatten und doch ausfechten mussten. Die Pfeilspitzen und Steinbeile, die Keramikgefäße und Scherben wurden zu Photos in Zeitungen, zu Abbildungen auf Papier, und selbst die Originale auf dem Leintuch, mit dem ich die Pulte deckte, um sie auszustellen, verloren von ihrer Faszination. Sie waren mehr und stärker nur Stein und Ton geworden.

Vater stand vor den Optikergeschäften, sah sich die Auslagen an, und wir warteten, bis er sich satt gesehen hatte. Er wolle ein Fernglas kaufen, jedoch nicht ein übliches Modell – und schon gar keinen Armeefeldstecher –, sondern ein Fernglas, das eine starke Vergrößerung, aber auch ein weites Blickfeld habe. »Ideal«, was die Sicht und Beobachtungsmöglichkeiten betreffe, sei eigentlich ein Fernrohr, doch dazu benötige man auch ein Stativ, und er möge sich nicht mit so vielen Geräten abschleppen. Er brauche etwas, das für den Alltag tauge, das er bei sich haben könne – und nachdem wir ein paar Wochen jeweils gewartet hatten, bis Vater wieder eine der Auslagen betrachtet hatte, lag neben der Leica, auf dem Rücksitz des neuen Studebakers, ein Fernglas, das aus zwei mächtigen Zylindern bestand, dazu das Bestimmungsbuch von Peterson »Die Vögel Europas«, und Vater machte im Verzeichnis ein Kreuz hinter jeder Art, die er beobachtet hatte.

Obschon wir damals nicht wussten, weshalb Vater neben dem Photographieren von Blumen und bäuerlichen Landschaften nun plötzlich das Bedürfnis verspürte, Vögel zu beobachten, tat er dies mit zunehmender Leidenschaft, schloss sich sogar einem ornithologischen Verein an, kannte auch die Moose und Sümpfe, wo sich besonders viele oder auch seltene Arten aufhielten. Kam er auf der Geschäftsreise in die Nähe eines dieser Feuchtgebiete, so fuhr er hin, um eine Weile mit seinem riesigen Fernglas in die Bäume und Büsche, ins Riedgras oder aufs Wasser zu spähen. Und die Linsen, durch die er sah, bildeten eine runde leuchtende Kugel, in der zwischen Ästen und Blättern die Vögel ihre Federzeichnungen sehen ließen, nach denen man sie bestimmen konnte, und W. schaute sich aus der Welt in diese ganz andere hinein, die so kugelrund leuchtend war, glitt durch die beiden schwarzen Zylinder hinüber, wo das Geschaute groß und deutlich wurde, ohne die Trübungen und die Unschärfe, die er manchmal bemerkte und durch das Einkneifen des einen Auges auszugleichen suchte.

Er würde gerne in die Camargue fahren, die Flamingos und die Bienenfresser beobachten, sagte er, es sei dort noch eine reine Natur, und man käme den Flamingos so nahe, dass man sie auch ohne das Fernglas betrachten könne.

Und Vater stand am Rand eines Teiches, hatte seine Brille hochgeschoben, schaute mit dem Fernglas hoch ins Geäst einer Erle. Armin und ich hatten die Erhebungen um das »Moos« abgesucht, waren in den Stiefeln über die frisch gepflügten Äcker rund um den Tümpel gelaufen, der als ein Rest spiegelnden Wassers, umfasst von Schilf und Bäumen, von einer eiszeitlichen Sumpflandschaft übrig geblieben war. Armin hatte zu dem Studebaker hinübergezeigt, der im Feldweg geparkt stand, hatte gefragt, ob das nicht unser Wagen sei, und während ich mich umsah, entdeckte ich Vater, wie er mit seinem Fernglas dort am Teich stand. Ich hoffte, er würde uns nicht sehen, nicht bemerken, dass ich ihn beobachtete. Ich schämte mich auch ein wenig vor Armin, als hätten wir Vater bei etwas Verbotenem ertappt, einer Schwäche, der er mitten am Nachmittag nachgab, indem er in die Bäume spähte, während Armins Vater arbeiten musste.

Doch Vater entdeckte uns nicht, ging nach einer Weile auf dem Feldweg zurück zu seinem Wagen, und in seinem Gang durch die Wiese, dem leicht nach vorne geneigten Körper, dem zur Seite geneigten Kopf, lag eine Einsamkeit, die mich elend machte, dass ich auf die frisch gepflügte Erde sah, ohne zu sehen.

– Sie müssten Linsen wie ein Fernglas haben, sagte der Augenarzt zu Vater viele Jahre später, nach einem Autounfall. Seine Sehkraft war im linken Auge beinahe ganz erloschen, im rechten noch zu einem Drittel vorhanden, und vielleicht hatte damals, als er vor den Optikergeschäften stehen blieb, die Auslagen studierte, bis er das ihm entsprechende Fernglas gefunden hatte, bereits begonnen, was er sich nicht eingestehen konnte, dass die Klarheit abnahm. Wieder drohte die Schwärze, die er jetzt in Form von zwei Zylindern noch handhaben konnte, um sich für kurze Zeit hinüber ins Schauen zu retten.

XXI

HACKLER

Hackler saß auf dem Kanapee unter Vaters Berglandschaft, wie er dies schon einmal getan hatte, und als hätte die Zeit selbst eine Erinnerung, saß er auch an diesem Frühsommertag in der Mitte des Möbels, eine füllige, raumgreifende Erscheinung. Doch im Unterschied zu seinem ersten Besuch trug Hackler nun einen hellen Anzug aus Gabardine, zum weißen Hemd eine dunkelseidene Krawatte, die mit einer Goldnadel festgesteckt war. Die breit aufgestellten Füße staken in rehbraunen Lederschuhen, einem italienischen Modell, und dass karierte Socken hervorschauten, war ein Detail, das Madame H. nicht entging. Sie saß als Skulptur auf der Stuhlkante, und ihre Reglosigkeit ließ weder auf einen Kaffee noch auf ein Konfekt hoffen. Vater lehnte eingesunken zwischen den Armstützen seines Fauteuils, die Schultern wurden dabei hochgedrückt, dass W.s Kopf wie eingezogen erschien, als fürchte er einen Schlag und müsse sich schützen. Ein Zug hilfloser Ergebung kam in sein Gesicht, die hellen Augen begannen zu zittern, eine unwillkürliche Bewegung, die ich von den Besuchen bei Großvater her kannte. Hackler dagegen saß so selbstgewiss da, als wäre nichts Außergewöhnliches an seinem Besuch, den er unangemeldet erzwungen hatte. Er sah sowohl Mutter wie Vater mit diesem glatten, von Selbstbewusstsein angefüllten Gesicht an, in dem ein kleines Lächeln war: Einfache, klare Züge, die Erfolg ausdrückten und die Überzeugung, ihm gelinge, was immer er anpacke. Die Haare trug er nach hinten frisiert, dunkel glänzend und kraus aufgetürmt, dass sie sein eher breites Gesicht erhöhten, dem ohnehin wuchtigen Kopf noch stärkeren Ausdruck verliehen, und nur die Hände, die aus den weißen Manschetten hervorsahen, waren noch immer die des ehemaligen Vertreters der Eisengießerei und Maschinenfabrik, auch wenn sie jetzt mit Ringen geschmückt waren.

– Ich brauche dich, sagte Hackler. Die Geschäfte gehen nicht so, wie ich will. Ich brauche jemanden, der das Büro in Ordnung hält und das Krangeschäft wieder in Schwung bringt. Ich habe damals einen Fehler gemacht.

Es war ein Schweigen im Wohnzimmer, das unerträglich durch das Unausgesprochene war, das zwischen Hackler und meinen Eltern anwuchs, dicht und undurchdringlich von verletzten Gefühlen wurde. Das Atmen fiel mir schwer, ich geriet in eine Panik, wie ich sie als kleiner Junge verspürt hatte, wenn Vater jeweils die Bettdecke über mich geworfen und zugepresst hatte, bis ich keine Luft mehr bekam. Warum erlaubte sich Hackler, der Vater um seinen Firmenanteil gebracht hatte, einfach herzukommen, wieder sich auf das Kanapee zu setzen, meine Eltern, die ich liebte, vor mir so hilflos zu machen? Vater war wie gelähmt, Mutter steif und versteinert. Einzig Hackler lächelte, war gelöst und irgendwie gut gelaunt, sagte leichthin:

– Ich brauche dich und keinen anderen. Lass uns vergessen, was uns auseinander gebracht hat. Du wirst Direktor der »Hackler Baumaschinen AG«, ich schließe mit dir einen Vertrag auf Lebzeiten, bei dessen Verletzung durch mich eine so hohe Konventionalstrafe vorgesehen wird, dass du für den Rest deines Lebens nicht mehr zu arbeiten brauchst.

– Lassen Sie meinen Mann in Ruhe, sagte Mutter. Sie haben ihm genug angetan. Er hat seine Vertretung, und wir brauchen Sie nicht.

Hackler sah Madame H. mit diesem kleinen Lächeln an. Er wisse, W. sei ein hervorragender Verkäufer, er bekomme das jetzt zu spüren, und deshalb wolle er seinen Fehler wieder gutmachen.

– Ich biete dir einen Vertrag an, der dich finanziell vollständig absichert. Du hast ausgesorgt.

Und Hackler verschwand wie eine Erscheinung, ließ nur dieses bedrängende Angebot zurück, das Unausgesprochene und die Angst, die – je länger wir dasaßen und keine Antwort fanden – zur Leere wurde, in der das Nachmittagslicht so gläsern war, der Garten, die Thujahecke, der Kiosk an der Straße ihre Bedeutung verloren, das Beschriebene aufhörte, einen vertrauten Sinn zu haben, und nur ein Nachhall noch blieb, der wie eine Drohung klang:

– Du wirst für mich arbeiten, und Sie – er hatte sich an Mutter gewandt – müssen für Ihren Mann nichts befürchten. Ich stehe im Wort.

Doch auch dieses Wort galt nicht mehr, das am Anfang war, dieser Körper des Göttlichen, bestehend aus den Buchstaben seines Namens, der geheiligt sein sollte, und durch dessen Nennung die Schöpfung erst aufblühte, all die Erscheinungen zur Sichtbarkeit kamen, damit sie erlebt werden konnten, auch dieses Wort verstummte.

Großvater hatte noch »seinen« Pfarrer gehabt, einen hoch gewachsenen, drahtigen Mann, der eine Bassstimme hatte, mit der er die Kirche durchdröhnte, in Gotthelfscher Manier den Predigtbesuchern die »Kappe wusch«, wie Großvater das nannte, ihnen »den Marsch blies« und zeigte, wo »Gott hockte«, im Übrigen gern den Wein aus Großvaters Keller trank und im Kreis der »Corona« einen Jass klopfte. Er war für alle kirchlichen Feste zuständig, tauchte am Familientisch auf, wenn eine Konfirmation, ein Todesfall, eine Hochzeit zu erledigen waren, immer gleich jovial, dröhnend und mit zunehmend gerötetem Gesicht. Doch weder Vater noch seine Brüder besuchten die Kirche, und Mutter hielt sich still, als könnten Fragen nach dem Glaubensbekenntnis gefährlich sein.

Nach unserem Umzug nach S. war der Karfreitag noch ein Tag gewesen, an dem mein Bruder und ich das Haus nicht verlassen durften, keine Ausfahrt mit dem Auto in Aussicht stand, auch keine Spiele gespielt werden durften. Noch gab es zu Ostern die in Zwiebelschalen gefärbten Eier, das Bockbier, das Lamm am Sonntag und die Krautwähe am Montag, noch wurde das Pfingstfest mit einer Wanderung im Jura, durch die blühenden Kirschbäume gefeiert. Doch dann geschah das Wunder der Wirtschaft, eine Speisung durch ungeahnte Mengen an Nahrungsmitteln und Waren. An Weihnachten hörten wir uns im Radio mit einer Mischung aus Befremden und Bewunderung eine Gospel-Messe an, spielten später auf dem neu gekauften Plattenspieler das »Stille Nacht« von Mahalia Jackson, bis auch sie verstummte, und der Fernseher, der doch noch Einzug hielt, die Unterhaltungssendung zum Heiligen Abend ausstrahlte, ein bläuliches Licht, das unser Wohnzimmer durchzuckte.

Jetzt war das Bild am Anfang, und die Wörter kamen hinterher wie eine Meute Hunde. Sie rechtfertigten und priesen an. Sie gaben neue Versprechen, solche, die leicht und anziehend waren, helle Farben hatten, eine Zeit des Wohlergehens prophezeiten, die nicht irgendwann in einer fernen Zukunft lag, sondern stets begann, stets im nächsten noch nicht ganz eingetroffenen Moment: Meer und Palmen, Ferien im Gebirge, Sonne dank Auto. Man würde mit Freunden in einem dieser Lokale sitzen, die schmiedeeiserne Dreiecke und Quadrate als Kunst an die Wände geschraubt hatten, legte den Arm locker um die Taille über dem Petticoat, trank aus bauchigen Schwenkern und hatte die Zigarette im Mundwinkel wie James Dean, ein Haartolle wie Elvis Presley – und dies waren die echten Legenden. Sie wurden Gegenwart durch Photos in Zeitschriften, Bilder im Fernsehen und Filmen im Kino. Man wurde Leib von ihrem Leib, lehnte wie sie am Wagen lehnten, schwenkte mit den Hüften, lebte in ihren Filmen, der Musik, in den Werbeträumen, fand allein dort eine echte Zuflucht, spürte diese Bedrohungen nicht, die einmal jährlich noch zur Schau gestellt wurden, auch sie in Bildern: gigantische Projektile mit Mehrfach-Sprengköpfen, Massen marschierender Menschen, grau, gerichtet, in diesem Stiefelschritt, der immer noch den Takt der Vergangenheit schlug. Doch uns kümmerte einzig die »*Lucky Strike*«, das Coca Cola, der amerikanische Traum, den wir als eine Seelenlandschaft mit uns herumtrugen, auch wenn wir ihn französisch mit Existenzialismus würzten, darum bemüht, die Unterwelt auf ein Kellerlokal und die erotische Ausstrahlung von Juliette Greco zu beschränken.

Mein Bruder sagte, als wir am Fenster unseres Zimmers standen, in den Garten und zur Straße sahen, für ihn sei klar, was er einmal werden würde. Man müsse erst gar nicht versuchen, ihn in ein Büro oder in eine dieser Firmen zu stecken, die mit Großvaters Eisen- und Stahlwerken oder »Ohas« Gießerei zusammenarbeiten, er werde an die Kunstgewerbeschule gehen und Graphiker werden, Plakate entwerfen, Slogans kreieren. Er habe das Talent von Großpapa. Den habe man wie ihn auch verachtet. Aber heute sei nicht gestern, und er nie ein H. gewesen. Er werde Graphiker, das bedeute die Zukunft, und dort wolle er hin.

Der Kaffee wurde kalt, und Vater schaute mit seinen unruhigen Augen in die Leere, schwieg, als wollte er nicht da sein. Nach dem Besuch Hacklers wusste er nicht, was er tun sollte, fühlte sich nur festgeklemmt wie zwischen Wänden.

– Man geht nicht zu jemandem zurück, der einen betrogen und miserabel behandelt hat, sagte Mutter, was immer er versprechen mag.

Doch Vater glaubte, dass Menschen sich auch ändern können, man Hackler auch wieder vertrauen müsse, da er seinen Fehler eingesehen habe, und das Angebot sei wirklich verlockend. Es sicherte seine Einkünfte, er hätte unabhängig von den Verkäufen und der Konjunktur ein gutes Auskommen.

Mutter aber kämpfte, sie, die nie zu kämpfen gelernt hatte, jedoch als Einzige noch Maßstäbe besaß, auch wenn es Elle, Fuß und Zoll waren:

– Warum zahlt er denn nicht erst deinen Anteil aus? Bietet dir an, wieder Teilhaber zu werden, was das einzig redliche Angebot wäre, wenn er wirklich gutmachen wollte, was er uns angetan hat.

Mein Bruder dagegen hob nur die Schultern, ihm sei total wurscht, ob einer karierte Socken zu einem einfarbigen Anzug trage, darauf käme es heute nun wirklich nicht mehr an, während ich mich in die Schiebetür zwischen Wohn- und Speisezimmer stellte, auf das frisch gewienerte Parkett sah, sagte: Dann solle er eben zurückgehen, wenn ihm die Sicherheit einer Anstellung so wichtig sei.

Und nur Mutter gab nicht nach:

– Du hast doch, was du dir immer erträumt hast, eine Alleinvertretung wie Hans Saner, du bist dein eigener Herr und Meister, keiner kann dir dreinreden, und mit den »Pingon«-Kranen hast du doch gut verdient.

Doch W. hörte nur Risse und Sprünge in der Eiswand.

– Begreif doch, dass er dich nur zurückholt, weil du ihm zu viele Kunden wegnimmst. Er hat doch selber gesagt, du bist ein guter Verkäufer, sein Krangeschäft laufe nicht mehr so wie früher. Du bist eine unangenehme Konkurrenz für ihn.

In W. aber breitete sich ein heftiger werdendes Grollen, Rauschen, Brechen aus. Und wie damals, als Großvater verkündete, er habe seinen Söhnen W. und O. eine Gießerei und Maschinenfabrik gekauft, sie hätten ihre Stellungen zu kündigen, den Wohnort zu wechseln, wie damals gab er auch jetzt preis, was er sich aufgebaut hatte:

Er unterschrieb den Vertrag.

XXII

FÜLLHORN

An den Wochenenden fuhren wir nun zum Bieler- und Neuenburgersee, wo Herr Hackler, wie wir ihn jetzt auch unter uns nannten, ein Motorboot besaß, ein schnittiges Schiff mit dem Steuersessel über der Kabine und einem Sitzplatz achtern im Windschatten. Unter der Zeltbahn saßen die Erwachsenen um einen Tisch, tranken ein Glas Weißwein, während mein Bruder und ich über das spiegelnde Wasser zu den Ufern blickten, die mit Gebüsch, Anlegestellen und Badebuchten vorbeizogen, eine Hügellandschaft zum Hintergrund hatten, aus dem herauf sich der sommerliche Himmel spannte und mit einem Stich Hitze die Blätterfülle der Uferbäume so dunkel leuchtend machte. Vater hatte ein breites glückliches Lachen unter der Schirmmütze, und Mutter verbarg ihre Ängstlichkeit, warf zaghafte Blicke über die Bordwand, und der Fahrtwind zerrte an ihrem Schal. Herr Hackler saß in Badehose am Steuer, zog hinter seinen schwarz aufgetürmten Haaren und den runden Schultern die Rauchwolken seiner Zigarre her, die quirlten und ausschossen, sich mit dem schaumigen Weiß des Wassers verbanden, das hinter dem Heck hervorquoll und eine sich verbreiternde Spur zurückstieß, die plötzlich stehen blieb und sich zu dunklem Wasser auflöste. Die Geschwindigkeit, die vom Kiel schneidenden Wellen ließen meinen Bruder auf der Bordwand balancieren, das Gesicht im Wind, und mit dem Grinsen, das er sich angewöhnt hatte, bei dem er einen Mundwinkel verächtlich herunterzog, sprang er über Bord, war einen Moment lang wirbelnde Beine und Arme und ein klatschendes Aufspritzen, dass Frau Gerda aufschrie und Mutter schimpfte. Vater rückte an der Brille, er versuchte, zum Heck zu gelangen, während das Schiff den Kiel ins Wasser rammte, das Heulen der Motoren zu einem spuckenden Husten erlosch. Mein Bruder wurde ins Boot geholt, er grinste, hob die Schulter, als wolle er beweisen, dass ihm der Schmerz einer Zerrung egal war. Ich aber wünschte mir, das Boot läge vor einer der berühmten Ufersiedlungen, die Mitte des 19. Jahrhunderts bei einem tiefen Wasserstand entdeckt worden waren und durch die im Schlick aufgefundenen Pfähle zur Annahme führten, die Häuser müssten auf Rosten über dem Wasser gestanden haben, jener romantischen Vorstellung, die seit damals die Urgeschichte prägte. Wie oft hatten Armin und ich uns ein Boot gewünscht, wenn wir in Stiefeln im Wasser standen, nie weiter als zwei, drei Schritte hinausgehen konnten, ahnten, dass eben dort an der Kante des Uferschildes, zwischen Schilf und Pfählen, die wunderbarsten Funde liegen mussten, für uns unerreichbar. Doch das Motorboot fuhr und fuhr, schnitt Wellen vom Kiel und zog eine Spur vom Heck, die erstarrte und erlosch, und der See blieb verschlossen mit gleißenden Reflexen und dunklem Wasser.

Auch die Pfahlbauer waren jetzt keine Pfahlbauer mehr, das Idyll vom Steg, der hinaus zu einer von wilden Tieren geschützten Plattform führte, wo die Menschen, abgeschieden vom Land, töpferten, woben und Geräte herstellten, der Rauch des Herdfeuers gottgefällig zum Himmel stieg, dieses gehätschelte Idyll wurde durch eine neue Theorie zertrümmert. Nach dieser blieb nichts vom nationalen Mythos schweizerischer Eigenart übrig, die ihren Ursprung auf den Holzrosten der Pfahlbauer genommen hatte, und der gestrenge Professor, Direktor des schweizerischen Landesmuseums, ließ mit reformatorischem Eifer vom ehemaligen Paradies helvetischer Einzigartigkeit gerade noch Reihen einfacher Schilfhüttchen übrig, die sich am Ufer drängten wie die Umkleidekabinen eines dieser neu errichteten Campingplätze.

Doch die Pfahlbauten drängten mit ungeahnter Gewalt in die Moderne zurück, trotz Forschung und Theorie. Corbusier, der Rekonstruktionen von Pfahlbauten aus seiner Kindheit kannte, bezeichnete in seinem Entwurf der »Boîte en air« 1928 die Betonpfeiler, auf die das Gebäude gestellt werden sollte, als »Pfähle«. Die Häuser sollten schweben, auch über dem Wasser wie Wright es mit »Fallingwater« verwirklichte, und die Idee, den Baukubus von seinem

Untergrund zu lösen, um damit die sechste Seite des Würfels sichtbar zu machen, fand weltweit so viel Nachahmung, dass in allen Städten die Regierungsgebäude, Verwaltungen, Bürohäuser, sogar Wohnblöcke auf Stützen gestellt wurden, die in ihren Ausmaßen immer größer, ja gigantisch wurden. Sie machten so gewaltige Mischanlagen für Beton nötig, dass auch die Motorboote von Herrn Hackler breiter und länger wurden, er noch schneller über die ehemaligen Siedlungen pflügte, dass deren Kulturschichten vom künstlichen Wellenschlag allmählich, doch endgültig erodierten.

Und wieder fuhren wir nach Italien, zusammen mit Onkel Ralph, Tante Doro, den Saners, bewohnten eine etwas komfortablere Pension, unweit der alten. Nach den Stunden am Strand saß Vater neben Hans Saner im Schatten der Pinien, trank Martini Soda zum Aperitif, aß Oliven, und Onkel Ralph nippte an seinem x-ten Espresso. Herr Saner fand die Etikette auf der Flasche Cynar in sehr beachtlicher Qualität aufgeklebt, und die »Frauen« waren zur Pension spaziert, um sich für den Mittagstisch umzukleiden. Wir Kinder trödelten noch an den Verkaufsständen entlang, die als farbige Warenwolken in die Straße quollen, stahlen uns zur Eisdiele, um die neuesten Schlager zu hören, und das Zeichen auf dem Sarkophag – der Bogen über dem Auge, der zum Unterlid in einem parallelen Strich ausläuft –, hatte ich im Gesicht eines Mädchens aus Florenz gefunden. Es war schlank, hatte dunkle Augen und sah mich unter den in die Stirn fallenden Fransen lächelnd an. Sein Blick, die Lippen, die einen Glanz der Zähne sehen ließen, ihr Lauf, wenn sie zum Strand hinunter und hinein in die Wellen lief, trieb einen Schaum von prickelnd platzenden Blasen in meine Glieder, aus dem ein neues Sammelsurium an Bildern aufquoll, von Zypressen, schattenkühlen Gassen, einem Dom, gelbgebrannten Hügeln, Landschaften, die von einer Leichtigkeit durchweht waren, warm und voll gleißendem Licht – Bilder, die mich erneut verwirrten. Ich fühlte mich hochgestimmt, von einer fiebrigen Freude erregt, die keinen Platz mehr für andere Vergnügungen ließ, die jedoch gedämpft und eingetrübt wurde, wenn ich statt zum Strand, wo das Mädchen warten würde, hinter Vater und Herrn Saner durch die Olivenhaine wandern musste. Carla Lombardi hieß das Mädchen, und sein schlanker, fast kindlicher Körper bedeutete alles, was ich bis dahin an Sehnsucht kennen gelernt hatte, in seiner Nähe verblassten die vergangenen Kulturen, nach denen ich geforscht hatte, wurden farblos vor der Gegenwart, die mir allein noch begehrenswert schien, seine Gegenwart, die ein leichtes und prickelndes Gefühl war, doch zur Schwere verklumpte, als das Mädchen abreiste, von ihm plötzlich nur der Name und eine Erinnerung blieb: Carla Lombardi. Ihnen würde, wie dem Bogen über dem Auge, nach Rückkehr aus den Ferien, kein Mädchen mehr entsprechen, weder auf den Dorfstraßen, noch auf dem Schulhof. Melancholie, sagte Mutter, heiße dieses Gefühl ziehender Trauer, und sie selber spann an diesem Faden, der ins Dunkel führt, redete diesmal auch kein Rumänisch, benutzte die Sprache überhaupt nicht mehr, und die Sommerkleider, die sie trug, waren dieselben wie zu Hause. Eine Schicht Dörflichkeit umgab sie, die sich auch am Strand, in den Gassen und Straßencafés, in dem Glast von Licht nie ganz ablöste, wie ein Mantel war, durch den keine Strahlen dringen konnten. Sie war Tante Doro darin ähnlich, die füllig geworden war, langsamer auch in ihren Bewegungen, und die Mutter gestand, Onkel Ralph hätte eine Geliebte, aus dem engeren Freundeskreis. Sie kenne die Frau gut und müsse sie öfter auch treffen. Ralph verbringe mit ihr jedes zweite Wochenende in einem Nobelhotel, während sie mit den Kindern zu Hause sitze, dabei gingen die Geschäfte schlecht. Diese Medizinalgewebe würden zwar gut verkauft, doch die Investitionen in die immer raschere Entwicklung überstiegen mehr und mehr ihre Mittel. Und Vater, während eines Spaziergangs im Apennin, sagte zu Hans Saner, er wisse zwar nicht, ob er richtig entschieden habe. Hackler sei kein einfacher Kompagnon, doch er sei vertraglich vollständig gesichert, und die Umsätze seien phantastisch. Er arbeite die Unterlagen der zwei vergangenen Jahre auf, die Firma habe die Gewinne jährlich mehr als verdoppelt. Er hätte sich mit der Vertretung von »Pingon« die nächsten Jahre halten können – und zwar nicht schlecht –, doch wenn diese »Überhitzung« einmal nachließe, er älter werde, keine Pension habe – und Hans Saner machte »Ha!«, nickte voller Verständnis. Er habe deshalb ein Mehrfamilienhaus gekauft, das eine zweistellige Rendite abwerfe, eine sichere Anlage bei den steigenden Immobilienpreisen – und mein Bruder erschreckte sie alle zutiefst, als er sich auf dem Schiefen Turm von Pisa vor eine Säule außerhalb des Geländers stellte, für Sekunden die Hände losließ, die Arme ausbreitete und dort oben gekreuzigt am Marmor einen Atemzug lang schwebte, bevor er mit diesem Grinsen hinunterstieg, das erst dann James Dean wirklich glich, wenn er bei der Eisdiele noch eine Zigarette in den Mundwinkel hängte, die »Stop« hieß.

Und wieder fuhren wir im Winter in die Berge, wohnten im Grand Hotel über dem Eisplatz, und Vater glitt hinter den Steinen über die spiegelnde Fläche. Es gab dieses klackende Geräusch, wenn er den Stein aufsetzte, sich die Rufe bei der Freigabe lösten, das heftige Staccato »Up, up, up, up« oder das gedehnte, dunkle »down! down!«, während Vater noch hinter seinen Fingerspitzen herschwebte, dann sich hinkauerte, dem Stein mit dem Blick folgte, bis mit dem dumpfen Prall die Spannung zerbrach. Doch das Spiel war jetzt kämpferisch geworden. Die englischen Herrschaften, in ihren Knickerbockers und Schottenschals, die freundlich die Hand hoben, »good shot« oder ein »next time better« riefen, kamen nicht mehr, waren vielleicht zu alt geworden für ein Spiel, das zu einem Sport geworden war. Hände wurden keine mehr gehoben, die Stimmen klangen heftig, und die neuen Herrschaften hatten Gripsohlen an den Schuhen, einen Schoner vors Knie geschnallt, und ihre Mützen zierten Reihen von Clubzeichen aus den verschiedenen Turnieren. Vater war Nummer vier, der Skip der Mannschaft, fuhr auch nach den Winterferien zu den Eisplätzen in den Bergen, gemeinsam mit seinen Teamkollegen, Herren, die alle eigene Firmen besaßen, aus den Gesellschaftskreisen von A. stammten, in denen Vater seit Jahren bekannt war. Sie beschlossen, ihrem Ehrgeiz und Hobby eine Eishalle zu bauen, an der auch Vater ein Aktienpaket hielt, damit man unabhängig von der Witterung und schon früh im Herbst und tief in den Frühling hinein spielen konnte, zumal die Turniere neuerdings vermehrt auf Kunsteis ausgetragen wurden. Hans Saner konnte dem Spiel nichts abgewinnen, er fuhr weder Ski, noch übte er eine andere Sportart aus, und Onkel Ralph hatte sowieso nur Spott für die »Bettflaschen« übrig. So sah man sich an den Wochenenden kaum noch, wir fuhren auch nicht mehr gemeinsam in den Urlaub. Mutter verbrachte die Ferientage oft allein oder schloss sich den Frauen anderer Curlingspieler an, die von Reisen oder dem Schmuck, den sie erhalten hatten, erzählten und damit von den allen bekannten Tatsachen schwiegen, dass ihre Männer abends an der Bar saßen, Whisky tranken und ihre Freundinnen hatten.

Gaston D. quartierte die seine gar im Nachbarhotel ein, was zu besonderer Freundlichkeit seiner Frau gegenüber und zu einiger Kritik hinter der vorgehaltenen Hand an Gaston D. führte, von Vater jedoch nicht einmal bemerkt wurde. Er stand im Rink, den Wischer in der Linken, zeigte mit der Rechten den »handle« an, war so ganz im Spiel gefangen, ohne noch von den früheren Bildern aus Sils, dem Schauen und Gewährenlassen berührt zu sein: Die verschneiten Berge standen tief im Hintergrund, Können und Fertigkeit hatten das intuitive Freigeben des Steines ersetzt. Statt Gelingen war jetzt Taktik verlangt: Man wollte gewinnen. Und Vater gewann.

XXIII

RIFF

Auch Vater war nun öfter in der Zeitung zu sehen, im Sportteil, in stets ähnlichen Aufnahmen, die im Büro von Pult zu Pult gereicht wurden und die Herr Hackler ebenfalls zu Gesicht bekam: Das Curling-Team, bestehend aus den drei bekannten Persönlichkeiten und W., das als Turniersieger auf dem Eis mit stolzen Gesichtern stand. Alle vier Spieler trugen die mit Wildleder gesäumten Strickjacken, Gaston D., dem eine Porzellanmanufaktur gehörte, Werner L., Direktor der Vereinigten Zementfabriken, und Franz S., dem das Tiefbau-Unternehmen gehörte, das an jeder Abschrankung bei Straßen- und Tunnelbauten mit seinem Namen firmierte. W. stand breitbeinig auf dem Eis, den Wischer in der Linken, im Arm die Siegestrophäe, und Hackler betrachtete das Photo mit einem Gefühl von gekränktem Ehrgeiz. Unwillig schob er die Zeitung zur Seite, wo W. auf dem Photo weiterhin lächelte. Dieses selbstzufriedene, naive Lächeln berührte Hackler unangenehm, als würde W. ihm höhnisch zu verstehen geben, dass er zu diesen Leuten, seinem Team, nie gehören würde. W.s Curlingsiege machten ihn zum Unterlegenen, als wäre nicht er der Chef, sondern noch immer nur der angestellte Vertreter, während es doch genau umgekehrt war und er dort auf dem Bild als Skip eines Teams von Firmenbesitzern stehen müsste.

Doch es würde nicht mehr allzu lange dauern, bis mit dem Bau seiner Villa weithin sichtbar würde, wer als Skip dem besten Team vorstehen müsste. Dann würde er die »Hackler Trophy«, das höchstdotierte Turnier des Landes, gründen.

Zu den Besuchen bei Großvater kamen nun auch die bei den Hacklers hinzu, Abende oder Wochenenden, die wir in der südbadischen Grenzstadt, wo Frau Gerda noch für ein Jahr wohnen musste, zu verbringen hatten. Erich wünsche einen näheren Umgang, sagte Vater, er könne sich dem unmöglich entziehen, er verlange auch, Hans Saner oder den Curlern vorgestellt zu werden, man sei jetzt über das Geschäft hinaus miteinander befreundet, was zur selbstverständlichen Folge habe, auch die Freizeit gemeinsam zu verbringen. Geburtstage oder Feste wie der Jahreswechsel mussten künftig bei Hacklers gefeiert werden, man hatte Reisen nach Deutschland, zu den Kranwerken in Frankreich mitzumachen, besuchte zusammen Baumaschinen-Ausstellungen und -Messen. Herr Hackler zeigte sich dabei stets großzügig, gab oftmals Mengen von Geld aus, dass auch Vater unangenehm berührt war und fand, es grenze an Protzerei.

Mutter machte klaglos alle Besuche und Reisen mit, verstand sich mit Frau Gerda recht gut, die empfindsam und eine kluge Begleiterin war. Niemals ließ Mutter eine Kritik hören, niemals machte sie Vater Vorwürfe, doch seit er den Vertrag unterschrieben hatte, wieder für die Firma arbeitete, jetzt als ihr Angestellter, zog sie sich zurück. Sie hatte Vater unterstützt, als er sich selbständig gemacht hatte, allein in dem großen, schweren Studebaker gereist war. Jetzt hatte er anders entschieden. Sie begleitete Vater nur mehr selten auf seinen Geschäftsfahrten und kaum einmal zu den Turnieren in die mondänen Wintersportorte. Ihr genügten die Verpflichtungen, die sie gegenüber »denen in A.« und den Hacklers hatte, Verpflichtungen, die erfüllt wurden. Doch Mutter verlas keine Horoskope mehr, begann allmählich aus unserer Wahrnehmung zu verschwinden, ohne ein Bedauern, ja ohne dass wir ihren Rückzug wirklich bemerkt hätten. Und wie ihr Papa, der zu Hause ein Versager und in der Arbeiterkneipe ein Herr war, gab auch Mutter nach außen hin die Dame von großer Zurückhaltung und nach innen eine Dienstmagd, die den Haushalt, wie sie es von den Angestellten in Bukarest her kannte, perfekt führte. In beiden Figuren blieb sie jedoch so unauffällig, dass nicht nur wir selber, sondern auch unsere Bekannten, die Freunde und Verwandten Mutter zu übersehen begannen. Ihr Gesicht, in dem erste Falten, doch keinerlei Regungen mehr waren, wirkte so unveränderlich wie die Ordnung in Haus und Garten, die tatsächlich keinerlei Beachtung bedurfte, da nichts darin störte.

Mein Bruder, der bei Großvater nie viel gegolten hatte, auch in unserer Familie wenig Beachtung erhielt, außer bei seinen Mutwilligkeiten, rückte mit dem Verschwinden Mutters umso stärker ins Licht, war Anlass zu Fragen und Sorgen, die er selbst schulterzuckend abtat. Er hatte eben die Schule mit Ach und Krach beendet, der Berufsberater empfahl eine kaufmännische Lehre, ein Vorschlag, den mein Bruder mit einem schiefen James-Dean-Lächeln quittierte. Er wisse genau, was er werden wolle, man brauche sich darum nicht zu kümmern, er hätte sich längst entschieden, und als Großvater an einem Sonntagnachmittag, bei einem der üblichen Besuche, fragte, ob denn so einer wie er, den man nicht groß brauchen könne, schon eine Lehrstelle gefunden habe, zog mein Bruder den Mundwinkel nicht ganz so schief wie sonst und sagte, er möchte gerne Graphiker werden. Er habe wie Großpapa S. schon immer gern gemalt, der Unterricht im Zeichnen sei sein liebstes Fach gewesen, und er würde gerne zur Kunstgewerbeschule gehen, Malen und Zeichnen lernen und später Plakate entwerfen wie Leuppi, den Vater kenne und dessen Arbeiten man überall sehe: Mach mal Pause Coca Cola. Großvater sah meinen Bruder mit einem Blick an, der wie die Strahlen im Durchleuchtungskasten des Schuhgeschäfts durch Kleider und Muskeln ging, lachte auf und sagte, das fehle noch, dass da einer in der Familie mit Kritzeln das Betteln versäume und ein Hungerleider werde, wie der in B. es gewesen sei. Und »Oha«, der beipflichtete, das komme überhaupt nicht in Frage, verkündete mit lauter Stimme, er werde das in die Hand nehmen, er kenne die Leute, die für die Lehrlingsausbildung zuständig seien. Und das Schicksal meines Bruders war entschieden: Er würde Maschinenzeichner werden, hätte sich schon im nächsten Monat beim Elektrokonzern zur Eignungsprüfung anzumelden, und »Oha« wäre dafür besorgt, dass er angenommen würde.

Der Fall war erledigt, man wollte weitertrinken und -reden, und mein Bruder sah vor sich auf die Muster der Decke, wartete. Doch keiner wehrte sich, nicht für ihn. Vaters Augen zitterten nur, und auch Mutter schwieg. Allein gelassen saß mein Bruder da, reglos – und ich sah zu dem Bild mit dem Kornfeld vor dunklem Jurazug auf, das ein Maler gemalt und Großvater zu einem Dienstjubiläum geschenkt erhalten hatte, und dachte, dass ich fort und in Räume gelangen müsste, in die keiner von der Familie mir folgen konnte, wohin ihr Einfluss niemals reichen würde, die noch sehr viel ferner und ihnen verschlossener war als meine urgeschichtlichen Forschungen. Mein Bruder aber war seit jenem Sonntagnachmittag nicht mehr der, den wir gekannt hatten, ein stiller, verschlossener Junge, der zu unerwarteten, ein wenig verrückten Mutproben neigte. Er kam fremd aus dem Elektrokonzern nach Hause. Die Krawatte hing schief im offenen Kragen, die Haare trug er aufgetürmt und hinten zu einem »Entenschwanz« gekämmt, er rauchte, hatte die Zigarette im Mundwinkel hängen, lehnte sich schief in die Türrahmen, sagte, er sei »Prolet und Büezer«, und sein Lächeln war verächtlich, wenn Vater oder Mutter ihn zurechtwiesen, wütend wurden über sein Geschwätz von »Arbeiter und Kommunismus«, er, der doch aus einer guten Familie stamme.

Ein Riff war jetzt kein Riff mehr, das wir mit den Taucherbrillen von Hans Hass erforschen wollten, war keine SonnePalmenStrand-Romantik, keine Paul-Anka-Eiscrem, die himbeerfarbig durch die Seele tropfte: Riffs waren Folgen von Gitarrentönen, die über die Milkshake- und Petticoat-Idyllen hereinbrachen, auf die Krane-Ahnen-Stahlwerk-Welt einhieben, die mein Bruder nicht weniger verlogen fand. Die Grundig-Musikanlage, die Herr Hackler uns geschenkt hatte, bestand aus einem Radio, einem Plattenspieler und dem Tonbandgerät, hatte ein Fach für die Schellackplatten, wo Jack Teegarden, The Firehouse Five und die Dutch College Band allmählich sedimentierten, selbst Bill Haley, den Vater »nicht einmal so schlimm« fand, in die Überschichtung geriet. Jetzt hieb Chuck Berry kreuzbeinig die Riffs aus seinen Drähten, schlug eine Spalte in die gewohnte Stumpfheit aus »Man-muss-doch-Geldverdienen«, fegte die eierfarbene Aufgeräumtheit weg und entlarvte das »Was-soll-denn-einmal-aus dir-werden« als lügenhafte Sorge, die einen zu derselben Leblosigkeit verurteilen wollte, die am Sonntagnachmittag mit breiten Ärschen um den Familientisch saß. Doch die Drähte schrien dagegen an, die Stühle ordentlichen Sitzens gingen in Brüche, und eine Lust auf Verderbtheit und Gewalt vibrierte im Unterleib, drückte Eruptionen von Gefühlen hoch: Dieser »organisierte Lärm, der selbst noch Beethoven verhunzte«, schuf ein Ghetto der Obszönität, der Anarchie, das andernorts wirklich existierte, hier jedoch nur so lange herrschte, wie die Nadel durch die Rillen fuhr: Dann saß man wieder an Mutters gedecktem Tisch aus Cöln, Vater fand, es sei jetzt genug von dieser »Negermusik«, und die Nachrichten ließen beim dritten Toh genau die Fortschritte vermelden, die der »weiße Mann« der Welt an Errungenschaft gab: Das amerikanische Atom-U-Boot »Nautilus« hatte erstmals das Nordpoleis unterquert, die UDSSR starteten einen zweiten Satelliten, mit Hündin Laika »bemannt«, die ersten Düsenflugzeuge der BOAC eröffneten regelmäßige Transatlantikflüge, und zwischen den Elektronen und dem Kern des »Atomium« – dem Riesenmodell bei der Weltausstellung – schwebten kleine Gondeln mit Besuchern, die Attraktion!

Mein Bruder aber schloss sich einer Rockband an, stotterte ein Schlagzeug von seinem Lehrlingslohn ab, war am Abend und an den Wochenenden aus dem Untergrund des Kellers als ein nicht endendes Klopfen gegenwärtig.

Wir standen am Küchenfenster, Vater, Mutter und ich, sahen zu den Teppichstangen und dem Nachbarhaus hin, einem Wohnhaus, zweistöckig mit hohen Fensterstürzen, wie es um die Wende des letzten Jahrhunderts gebaut worden war. Seine symmetrische Fassade, patiniert von Wetter und Alter, stand hinter verwilderten Büschen und einer Gruppe Tannen, war stets ein beruhigender Anblick gewesen, den besonders Mutter liebte, weil er ein wenig »an früher« erinnerte: Sie, die selbst so perfekt war, schätzte das Imperfekte, wenn es hinter einem Zaun mit Wicken und außerhalb ihres Gartens lag, dort als ein Flieder- oder Holunderbusch wucherte und eine Weinranke zu einem der Fenster sich winden ließ – wo jetzt die Baggerschaufel brüllend durch den Rahmen stieß, das gewohnte Bild zu einem Haufen Schutt niederzerrte. Unter dem Geheul der Sägen fielen die Tannen, der Holunderbusch, der Flieder wurde weggerissen, und wir standen am Küchenfenster, sahen, wie die Wellblech- und Betonkonstruktion eines Eisenlagers hin gewuchtet wurde, das Fenster verdunkelte mit einer Wand von Grau.

Es sei jetzt genug, sagte Vater, wir müssten uns ernsthaft überlegen, wohin wir ziehen wollten. Vielleicht sei die Zeit gekommen, ein Grundstück zu kaufen, an einen Hausbau zu denken, schließlich habe er Beziehungen zur Baubranche. Er würde gerne im Grünen wohnen, wo es noch Tiere und Wiesen gäbe, man im Garten sitzen, mit dem Fernglas die Vögel beobachten könne, ohne vom Lärm einer Straße, ohne von Betonbauten bedrängt zu werden.

Und Vater begann, nach einer unverbaubaren Lage für sein Haus zu suchen.

XXIV

EHRUNGEN

Unweit des alten Rebhanges, an dem Vater nach trotziger Entschlossenheit und doch wieder Zögern ein Stück Bauland kaufen würde, riss ein anderes dieser gelb gestrichenen Ungeheuer Gras, Wurzeln, Steine aus der Flanke des Hügels, der sich so sanft hinzog, beflaggt von einer Gruppe Pappeln. Die Schaufelzähne baggerten für die neue Wasserfassung eine Erdwand in der steil ansteigenden Wiese frei, die Armin und ich untersuchten, und dabei eine Entdeckung machten, von der wir sofort wussten, sie müsse bedeutend sein: Wie ein Text, der noch nicht zu entziffern ist, zog sich eine horizontale Steinsetzung in der Erdwand hin, eine Zeile von Steinen, bedeckt von einer Schicht Lehm, die an beiden Enden durch senkrechte Mauern begrenzt war. In der Füllung dieser angeschnittenen Grube fanden sich Kohlestücke und Keramikscherben, die auf eine jungsteinzeitliche Anlage deuteten, und nachdem wir den Kantonsarchäologen benachrichtigt und die Erlaubnis erhalten hatten, unter seiner Leitung die Steinsetzung auszugraben, begannen wir, Schicht um Schicht abzutragen. Zwei Arbeiter wurden uns zur Hilfe zugeteilt, während die übrigen Bauarbeiten ruhten. Wir hoben die Grube aus, vermaßen, zeichneten, photographierten, hockten uns am Mittag in den Schatten, um unsere Stullen zu essen, legten mit den Spachteln die Lehmschicht, danach die gesetzten Steine frei, säuberten die Funde *in situ* mit Pinseln, führten ein Grabungstagebuch, diskutierten über die Datierung, über die mögliche Nutzung der Grube, ahnten nicht, dass wir am Rand eines der bedeutendsten Gräberfelder arbeiteten und nur wenige Schritte von uns entfernt die jungsteinzeitlichen Steinkisten begannen, in denen die Toten in hockender Stellung linksseitig begraben lagen, die Schädel nach Nordosten, die Beine nach Südwesten ausgerichtet, eine Nekropole, die niemand ausgerechnet an diesem Ort vermutet hätte.

Armin und ich hatten unser »Troja« gefunden, und die Entdeckung brachte uns erneut in die Zeitungen und Zeitschriften. Wir wurden von der Stadtbehörde empfangen, als jüngste Mitglieder in die Gesellschaft für Urgeschichte aufgenommen, dabei von einem Bundesrat geehrt, dass Vater fand, es fehle jetzt nur noch, dass wir in der »Kiste«, wie der Fernseher genannt wurde, zu sehen wären. Das Gerät, das seit kurzem auch bei uns – unpassend zu den Möbeln aus Cöln – im Wohnzimmer stand, ein Gehäuse auf dünnen Beinen, dessen Blech ein helles Ahornholz vortäuschte, öffnete Bilder, die neu und unbekannt waren, flimmerten, doch das Dorf und unseren Garten mit ungeahnten Blicken durchbrachen. Die »Tagesschau« gehörte bald schon zu einem täglichen Ritual, dem selbst das Abendbrot sich unterzuordnen hatte. Wie eine Predigt zum Sonntag wurde ein Quiz geschaut, bei dem das »Doppelte oder Nichts« zu gewinnen war. Und auch die Ruschs schauten fern, Felix, die Familie Saner, Tante Doro, die immer öfter allein mit den Kindern blieb, Herr Hackler und seine Frau Gerda, Vaters Brüder, sie alle saßen – wie wir auch – allein oder im Halbkreis vor dem Gerät, in das zu schauen man sich noch ein wenig genierte. Besuchern wurde beteuert, man sähe sich nur die Nachrichten und die kulturellen Sendungen an. Die Unterhaltung sei ja wirklich unter allem Niveau, doch um sich ein eigenes Urteil zu bilden, habe man »Ha!« diese Tanzrevue gesehen. Nur Großvater blickte in die eigenen inneren Bilder, mit denen er nicht fertig wurde, bis sein Herz aufhörte zu schlagen, an eben jenem Tag, an dem die »Tagesschau« die erste Einpflanzung eines künstlichen Herzens durch den Chirurgen Michael De Bakey in Los Angeles bekannt gab. Und das Schauen – vom sonntäglichen Frühschoppen, über die Skirennen oder Fußballspiele, zu den amerikanischen Serien, in denen Vater der Beste und Mutter die Allerbeste waren – ließ uns nachlässig in den Fauteuils sitzen, hingefläzt in den Kissen des Kanapees liegen, Vater legte die Beine auf den Hocker hoch, und kaum noch blickten wir aus den Fenstern, zumal es dort nur die Blöcke des »Frohdörfchens«, einen Kiosk und die

Straße zu sehen gab, auf der ununterbrochen die Autos zwischen der Thujahecke und dem Platz vor den Lagerhallen durchdrängten, wo aufgereiht die Lastwagen einer Transportfirma standen. Das Verteilzentrum war wegen des Platzmangels aufgegeben worden, die Handelsfirma überbaute jetzt die Wässermatte, wo die »Wuhren« und die unzähligen Kanäle gewesen waren, in denen wir Molche gefangen hatten. Und auch im letzten verbliebenen Stück Feld, zwischen dem »Frohdörfchen« und dem Wald, da, wo die Autobahn geplant sei, würde Felix' Vater, der jetzt die Bude für Elektromotoren verkauft hatte, ein Autocenter errichten. Wenigstens behauptete das Felix, der seit seinem Geburtstag eine Velosolex besaß, bei der man den Motor auf das Vorderrad niederdrückte, um loszufahren. Eine Werkstätte mit Showroom würden sie bauen, sagte er, die »Tipp-Topp-Garage« heiße.

Auch wenn die Entdeckung im Fernsehen nicht gezeigt wurde, so empfanden Armin und ich die Einladung zur Jahresversammlung der Gesellschaft für Urgeschichte, bei der wir als jüngste Mitglieder in den Kreis von Professoren und Altertumsforschern aufgenommen werden sollten, als eine Ehre, die uns aufgeregt an den Ort reisen ließ, an dem die Tagung stattfinden sollte. Man begutachtete die beiden jugendlichen Entdecker der Nekropole, stellte ihnen Fragen wie Kandidaten einer Quizsendung, und die Herren, denen wir arglos Rede und Antwort standen, waren Direktoren von Museen, Leiter kantonaler Dienste, auch vereinzelte Sammler. Nach einem Besuch des Römermuseums am Vormittag traf sich die Gesellschaft zum gemeinsamen Mittagessen im geschmückten Saal eines Restaurants, in dessen Gartenwirtschaft meine Eltern während des Krieges noch unter den Kastanienbäumen gesessen hatten, Vater sein Bier trank und die Archäologen die Mythen stützten, die mithelfen sollten, das Land zu verteidigen. Und diese Mythen – am eingewurzelsten wohl derjenige von der friedlichen Urbevölkerung, die, umgeben von einer feindlichen Landschaft, auf ihren heilen Pfahlbaurosten zu überleben suchte – waren noch immer in den Schulbüchern abgedruckt, steckten in den Köpfen als liebgewordene Vorstellungen, die selbst von einem Teil der am Mittagstisch versammelten Herren noch immer als wissenschaftliche Tatsachen betrachtet wurden. Sie fanden sich durch die Anwesenheit jenes verehrten Magistraten bestätigt, der schon während des Krieges dem Bundesrat angehört hatte, eine streng nationale Gesinnung zur Schau trug, die sein Gesicht in scharfe Züge schnitt. Nach einleitenden Worten begrüßte dieser hohe Ehrengast Armin und mich als die jüngsten Mitglieder der Gesellschaft, nannte uns die »künftige Blüte der Forschung eines modernen Landes, das seinen Vorfahren verpflichtet bliebe«. Und wir beiden Jungen standen vor dem gestrengen Herren, der mit so vielen Großen der Weltgeschichte zusammengetroffen war, bekamen von ihm ein Anerkennungsschreiben und einen Händedruck, wurden beklatscht von freundlich nickenden Gesichtern, und ich fühlte eine Bestätigung, die mich mit Freude erfüllte und mir Selbstvertrauen gab, hatte ich die Anerkennung doch vor Fachleuten erhalten, die aus unserer Entdeckung keine verzerrte Reportage machen würden. Am Nachmittag saß ich neben Armin im Saal eines Kinos, in dem Vorträge zu urgeschichtlichen Themen gehalten werden sollten, saß im verdunkelten Saal, ganz von einem Gefühl der Zugehörigkeit getragen, beflügelt auch vom Wunsch, mehr über die einzelnen Forschungsprobleme zu erfahren. Am hell erleuchteten Pult stand der Direktor des Landesmuseums. Er würde über die neuesten Ergebnisse der Untersuchung von Ufersiedlungen berichten – dass es nämlich die Pfahlbauten als Häuser über dem Wasser nie gegeben habe. Doch er verließ sein Thema nach wenigen Sätzen, um mit zunehmender Erregung »eine Professionalität der urgeschichtlichen Forschung« anzumahnen. Noch immer werde diese wie im 19. Jahrhundert durch Sammler und Laien betrieben, und es mag der Gleichmut jener älteren Herren im Saal gewesen sein, die alle kein Studium der Urgeschichte hatten, weil es dieses Fach in ihrer Jugendzeit noch gar nicht gegeben hatte, und dem »heißblütigen Reformator« sowieso mit spöttischer Amüsiertheit begegneten, dass der Direktor unerwartet Armin und mich angriff. Wir seien das wohl deutlichste Beispiel für die Art Diletantismus, mit dem Schluss gemacht werden müsse. Seit die urgeschichtliche Forschung begonnen habe, seien es sammelwütige Laien wie diese beiden Schüler gewesen, die der Wissenschaft wichtige Funde vorenthalten hätten. Durch unsere Ausgrabung – ohne das notwendige akademische Wissen – sei nur zerstört worden, was für die Wissenschaft unschätzbar gewesen wäre: die Nekropole. Und seine Wörter splitterten in den Saal, waren wie die Wörter von Großvater einzig dazu da, um zu verletzen.

– Dass die Gräber ohne uns gar nicht entdeckt worden wären, ist ihm wohl entgangen. Armin lachte, wenn auch gequält. Der »Reformator« sei nicht beliebt, sagte er, man kenne seine Ausfälle, und es gäbe eine Gruppe nicht weniger wichtiger Forscher, die sich gegen ihn stellten.

Für mich aber war eine Welt eingestürzt und mit ihr ein Vorbild gefallen. Noch während ich verdattert im Kinosessel saß und der Professor eiferte, beobachtete ein Teil in mir, der sich nicht einschüchtern ließ, wie dieser von mir verehrte Mann zu einer lächerlichen Figur wurde. Er griff die Schwächsten im Saal an, zwei Schüler, die mittelmäßige Noten schrieben und die unregelmäßigen Verben im Lateinbuch nicht behalten konnten, doch die Wissenschaft bedrohten. Seine Forschung, die so revolutionär und wichtig sein sollte, entpuppte sich als ein Wichtigmachen auf Kosten der anderen, und das kannte ich von den sonntäglichen Besuchen in A. zur Genüge. Die Archäologie hatte sich als ein untauglicher Schutz gegen die Willkür und die Heftigkeit der Wörter erwiesen.

Ich löste meine Sammlung auf, gab die wichtigsten Funde ins Museum, schenkte den Rest Armin, schrieb einen Brief an den Kantonsarchäologen, der uns stets liebevoll betreut hatte, doch auch nur einer dieser gescholtenen alten Herren war. Dann beschloss ich, nochmals die Höhle aufzusuchen, zu der ich mich immer wieder hingezogen fühlte, die als ein Fundplatz uns am weitesten zurück in die Vergangenheit geführt hatte, dreißigtausend Jahre weit zurück ins altsteinzeitliche Magdalénien. Seine Kultur war berühmt durch die Höhlenzeichnung von Lascaux geworden, die zwei Jungen durch einen Zufall entdeckt hatten.

W. stand inmitten all der Leute, die in das beste Restaurant der Stadt eingeladen worden waren, um das Firmenjubiläum zu feiern. Er sollte bei der Gelegenheit als neuer Generaldirektor aller Fabrikationsstandorte der »HBA-Holding« – wie die »Hackler Baumaschinen AG« seit neuestem hieß – vorgestellt werden, und es fanden sich in dem rustikal hergerichteten Speisesaal vor allem Geschäftspartner, Direktoren von Zulieferbetrieben und Lizenzgebern, auch wichtige Kunden ein. Auf Drängen Hacklers bat Vater auch einige der Herren aus dem Kreis von Fabrikanten dazu, dem die Curling-Spieler seines Teams angehörten. Hackler hatte in der Stadt ein großes Stück

Bauland erworben, das auf einer leichten Anhöhe lag. Von ihr sah man über die Dächer und Gärten der Altstadt zu den Jurazügen und blickte seitlich auf die Eishalle hinab, in der vom Frühherbst bis in den Frühling die Steine klackten. Dort wollte auch er sein Team haben, gehörte er im Grunde doch selbstverständlicher zu dem Kreis als W., und das würde die Villa, die mit Betonkuben und Fensterfronten über der Hügellehne heraufwuchs, weithin sichtbar machen. W. müsste ihm beim Zutritt zu dem eher geschlossenen und auf alten Beziehung beruhenden Kreis behilflich sein, doch Vater stand in der gedrängten Menge von Gästen, redete, das Glas in der Hand, hatte sein lächelndes, selbstgewisses Gesicht, auf dem hell das Licht lag. Er wirkte groß und nobel, und seine Augen blickten ruhig durch die jetzt in Mode gekommene breitrandige Brille, und niemand bemerkte das leichte Zittern, das einsetzte, als Hackler ein Glas anschlug und den Gästen das verkünden würde, was W. noch nicht einmal gewagt hatte, seiner Frau zu gestehen.

– Seit der Gründung der »HBA Holding« haben W. und ich eine bewegte Geschichte erlebt, die uns zu Freunden hat werden lassen. Noch vor nicht allzu langer Zeit schlossen wir einen Vertrag, der von vielen Sicherheitsklauseln bestimmt war. Doch zwischen Freunden hat Misstrauen keinen Platz, und die Verdienste von W. rechtfertigen einen neuen, einen großzügigeren Vertrag, frei von Klauseln und Sicherheitsbestimmungen, der ihn ab dem heutigen Tag zum

Generaldirektor der inzwischen weit verzweigten Unternehmung macht.

Und Hackler schloss all die Zahlen seiner Erfolgsgeschichte an, die mit Wachstum und Gewinnen prunkte, auf den Gesichtern von Ws. Teamkollegen und Freunden eine höfliche Starre festfror, die auch dann nicht taute, als zum Aperitif – eine Geste Hacklers an Vaters Bekanntenkreis – in schweren Kristallgläsern, die zum Zubehör des freundschaftlichen Zusammenseins nach den Curling-Spielen gehörte, Whisky »on the rocks« serviert wurde.

An einem trüben Morgen, gegen elf, kam Vater überraschend aus dem Büro nach Hause, sagte abwesend, während er den Hut auf die Garderobe legte: – So, er ist tot! Und setzte sich in den Fauteuil im Wohnzimmer.

Ich dachte an Großvater, mit dem ich vor zwei Tagen noch am Schiefertisch in der Veranda seines Hauses gesessen hatte, er sich mit der immer gleichen Bewegung über das Gesicht gefahren war, von rechts über die Wange und die Augen hin zum Kinn, als quälten ihn Erinnerungen, die er weg ins Vergessen wischen wollte, wo sie nicht blieben – und ich hatte an dem Tag das Bild von Spinnweben, die sich einem unversehens in einer Scheune oder einem Keller aufs Gesicht legen, ein klebrig staubiges Gespinst, unfassbar, doch mit der Vorstellung einer fetten Spinne verknüpft, die es lange schon nicht mehr gibt.

– Er ist die Treppe hinunter in den Flur gefallen, sagte Vater, wahrscheinlich ein Herzversagen. Er sei nach der Morgentoilette, als er sich zum Frühstück hinunter begeben wollte, oben an der Treppe gestürzt und bei der Tür zur Veranda tot liegen geblieben.

Vaters Augen blickten ruhig, und auf seinem Gesicht war ein Ernst, aber auch eine Erleichterung, als wäre mit Großvaters Sturz auch ein Gewicht von ihm selbst gefallen, und in die hellen Zügen von Mutter kam eine Bewegung, die an keinen Marmor mehr erinnerte.

Bei der Trauerfeier nahmen Industrielle, Politiker, Militärs teil, bliesen die Jäger auf ihren Hörnern das »Ende der Jagd« und standen die drei Söhne mit ihrer Mutter vorne am Grab, während Großvaters Leib- und Magenpfarrer über die Vergänglichkeit allen Seins donnerte, die Frauen und Enkel im Halbkreis standen und Erich Hackler sah, wie W. und »Oha«, seine ehemaligen Chefs, zu der hier versammelten Prominenz nur einfach deshalb gehörten, weil ihr Vater Direktor der Stahl- und Eisenwerke gewesen war, sich in den Weltkriegen und für die industrielle Entwicklung des Landes Verdienste erworben hatte. Doch auch er – Erich Hackler – war keine geringere Persönlichkeit als dieser Hans H., dessen Sarg in Blumen und Kränzen versank, und das würde er den hier Versammelten noch zu verstehen geben, wenn die Villa erst fertig gebaut wäre und er einen Teil der jetzt stillgelegten Fabrikationshallen der Eisen- und Stahlwerke aufkaufen würde.

Vater aber, nachdem er den schwarzen Anzug abgelegt und die vom Amt zugestellten Dokumente zur Erbschaft studiert hatte, tat das, was er Hans Saner so oft versichert hatte, nie tun zu wollen. Er kaufte ein Stück Land in der Nähe eines Städtchens und baute darauf ein Haus.

XXV

STILLSTAND

Wir standen im Wohnraum des eben fertig gestellten Hauses, schauten von der Anhöhe eines ehemaligen Rebbergs durch die großen, nach Süden gerichteten Fenster auf eine Ebene hinab, in der ein Weiler von drei Bauernhäusern inmitten der Felder lag. Die Straße zog sich als ein staubig weißes Band an einem Bach und an Pappeln entlang, verschwand im Schattendunkel eines bewaldeten Hügels – und wir empfanden den Ausblick ein wenig so, als hätten wir die Sicht in S., wie sie zu Anfang gewesen war, wiedergewonnen, wenn auch von einer erhöhten Perspektive aus. Vater hatte zur Einweihung des Hauses seine Freunde eingeladen, sie drängten sich in dem um drei Stufen versetzten Wohnraum, der durch die wenigen modernen Möbel, von Mutter zu den Erbstücken aus Cöln passend ausgesucht, großzügiger wirkte, als er tatsächlich war. Hans Saner machte »Ha!«, worin seine bewundernde Zustimmung zu der Aussicht lag, die – wie er anmerkte – einen Park ersetze. Gaston D. fand, er selber wünschte sich, jetzt wo die Kinder alle ausgeflogen seien, ein Haus wie dieses, sein eigenes sei viel zu groß und der Garten eine dauernde Sorge. Deshalb hätten auch sie ihr Haus verkauft, sagte Onkel Ralph, und nachdem die Firma von Medical Waveries übernommen worden sei, er sich zur Ruhe gesetzt habe, genüge eine Wohnung vollkommen. Franz S., der als die Nummer drei im Team spielte, meinte, ein Sitzplatz wie ihn W. dort bei dem Ahornbaum habe, sei genau das Richtige für einen Grill, und er wolle Vater einen zur Einweihung schenken, mit Rauchabzug, dazu einen Elektromotor, um das Fleisch – er empfehle Gigot oder Kalbshaxe – schön gleichmäßig braten zu können. Obschon das mit Sichtbacksteinen, Holz und Betonelementen erbaute, nordisch anmutende Haus bescheiden war, spürte Erich Hackler, der selbstverständlich auch eingeladen war und sich im Hintergrund hielt, wie die anwesenden Freunde W.s neuem Heim eine Wertschätzung entgegenbrachten, die er bei der Einweihung seiner Villa nicht erfahren hatte. Ihm könne ein Anwesen nicht groß genug sein, sagte er, er brauche hohe, offene Räume, um sich wohl zu fühlen – und er könne sich Dienstpersonal leisten, sowohl im Haus wie für den Garten. Die Herren, die in Sichtweite seiner Glas- und Betonkuben in der kühlen Jahreszeit die Steine übers Eis gleiten ließen, nickten mit höflichem Lächeln, und Hans Saner machte »Tja!«. Sie hatten nicht einmal für nötig befunden, ihr Fernbleiben bei der Einweihung – trotz Einladung in die »Hackler-Halde«, wie das Grundstück schon bald hieß – zu entschuldigen. Und Hackler nahm einen Schluck von dem dreißig Jahre alten schottischen

Malt, den er selbst mitgebracht hatte, wog das Kristallglas in der Hand, in das eine Betonmischanlage eingraviert war.

Wieder und wieder standen wir am Fenster, sahen hinunter auf die Äcker und Felder, die Bauernhäuser, deren Dächer aus den Obstbäumen lugten, blickten zum Wald, aus dem bei Regen die Nebelschwaden stiegen und im Frühjahr gelbliche Wolken von Sporen wirbelten, schauten den Bauern beim Pflügen, der Aussaat, dem Ernten zu oder folgten mit dem Blick einem Fahrzeug, das, eine Staubwolke hinter sich herziehend, zwischen Tannen im Einschnitt des Hügelzuges verschwand. Vater hatte sein Fernglas auf den Sims gestellt. In dem neuen Ledersessel konnte er sich vom Fernseher weg zur Aussicht auf die Felder drehen, die Vögel in den Büschen und Bäumen beobachten, den Rehen im Rund des Fernglases folgen, die abends aus dem Wald in die angesäten Felder traten, photographierte die Rosen, wenn sie erblühten, und photographierte sie, wenn sie verwelkten, und tat, was Gaston D. ihm empfohlen hatte. Er briet Kalbshaxen und Schafskeulen an Sonntagen im neuen Grill, und es war einen schönen Tag lang so, als könnten wir nochmals beginnen, bevor wir durch Großvaters »Machtwort« gezwungen worden waren, B. zu verlassen, in ein Dorf zu ziehen, in dem wir uns nicht zurechtfanden. So wie uns damals in der Stadt das Gefühl beschwingt hatte, die Zukunft würde unbeschwert und frei von großväterlichen Zwängen sein, getragen von einem freudigen Lebensgefühl, so war auch jetzt eine Stimmung von Leichtigkeit und Helle um uns, die im neuen Haus – das durch die rot gestrichene Holzfassade »skandinavisch« wirkte – ihren Ausdruck fand. Und wieder und wieder standen wir am Fenster, sahen hinunter auf die Ebene, die im Winter unberührt unter einer Decke von Schnee lag.

Während sich Mutter in S. eine so große Zurückhaltung auferlegt hatte, dass wir sie nur wenig beachteten, kehrte sie nun entschieden in unsere Wahrnehmung zurück. Sie nahm das Haus wie einen lange vermissten, jetzt wiedergefundenen Lebensbereich in Besitz, entwarf Pläne für die Einrichtung, schnitt wiederum kleine Rechtecke aus, die sie auf dem Grundriss der Zimmer verschob, doch im Gegensatz zu S., wo sie versucht hatte, möglichst genau die Wohnung wieder herzustellen, die wir hatten verlassen müssen, sollte jetzt nichts mehr an S. erinnern. Das fiel umso leichter, als sehr viel mehr Raum zur Verfügung stand und die Anordnung der Zimmer eine ganz andere war. Doch Mutter suchte nicht nur nach Möbeln, die sich mit den Erbstücken passend »kombinieren« ließen, die Stühle aus Cöln, der Sessel und das Kanapee erhielten neue Überzüge, der Esstisch wurde, wie die Biedermeierkommode auch, restauriert, als müssten sie in die Gegenwart zurückkehren, wie auch sie es tat, die jetzt im Haus eine zeitgemäße Form ihrer Vergangenheit leben wollte. Sie redete nicht mehr von Exil, sagte nichts von der Emigrantin, die sie sei, erzählte zwar hie und da noch von Rumänien und kochte einen türkischen Kaffee, doch mit einer Selbstverständlichkeit, wie sie auch gerne die Mokkatassen oder Urgroßpapas Trinkbecher aus böhmischem Glas betrachtete, die ihren festen Platz in der Vitrine hatten.

Die nach Farben und Abrieb riechenden Räume, ihre anfangs noch nackte »Baulichkeit«, nahmen die warmen und weichen Farbtöne von Mutters Welt an, strömten eine diskrete Vornehmheit aus, die auf ihrer heimlichen Rangliste den höchsten Wert innehatte und jetzt auch Gegenwärtiges, ja Modernes zuließ. Der noch kahle Garten verwandelte sich zur wuchernden Üppigkeit, und obschon er – bedingt durch die Hanglage des Hauses – kaum mehr als ein großzügiger Sitzplatz war, wurde der seitlich vom Haus gelegene Teil von Mutter mit einer Zuwendung, die uns verwunderte, in eine Parklandschaft »en miniature« verwandelt.

Auf sie sah man durch die Gartentür, rechts von den großen, nach Süden gerichteten Fenstern, und davor rückte Mutter ihren Sessel, um auf den Rasen und die Blumen zu sehen, wenn sie den Blick vom Buch in ihren Händen hob. Sie las nun täglich, hatte sich erst all die Bücher vorgenommen, die seit Jahren als Geschenke in den Regalen gestanden hatten, kaufte sich danach Neuerscheinungen und las, wie man ja auch damals in Bukarest – an den Abenden im Salon – gelesen hatte. Und wenn die Zeiten auch andere geworden waren und am Abend das Fernsehgerät lief, so blieben doch die langen Nachmittagsstunden, in denen sie allein im Sessel beim Fenster saß. Beim Wenden der Seiten hob sie dann kurz den Blick, sah durchs Fenster auf den »kleinen Park«, der in beruhigender Weise, so bescheiden er sein mochte, die ihr gemäße Lebensform bestätigte.

Die Krane drehten sich, die Mischanlagen erbrachen den grauen Brei, Satellitenstädte entstanden, Autobahnen rollten sich aus, und dieser Strom an Neuerungen, der noch vor einem Jahrzehnt als Umbruch und ein rasches Verschwinden von Hergebrachtem erlebt wurde, war zu einer Gewohnheit geworden. Der Fortschritt wirkte wie Stillstand: Die Jahre gingen gleichmäßig dahin, der Überfluss nahm zu, die Gehälter würden stets größer und die Ferien länger werden. Armut gehörte der Vergangenheit an, und die Gegenwart in ihrer überquellenden Fülle und Buntheit wirkte so berechenbar, dass selbst das Rebellische meines Bruders – das man selbstverständlich zu unterdrücken versuchte – nur für eine heute allgemeine Erscheinung aller Jugendlicher und »Halbstarker« hielt. Er trug jetzt die berühmte Haartolle, wollte zwar auch weiterhin »primitiv« sein, ein »Büezer« eben, der lieber mit den Kollegen sein Bier soff, als ewig den Gigot zu fressen, spielte in seiner Band, hatte auch ein paar Auftritte, doch neben der neu angetretenen Stelle als

Maschinenzeichner begann er Abendkurse an der Kunstgewerbeschule zu besuchen. Statt Hemden trug er schwarze Rollkragenpullover, dazu grob gerippte Manchesterhosen, rauchte »Gauloise« und ging mit Laura aus, einem Mädchen, das er in einem Künstlerlokal kennen gelernt hatte. Er lieh sich eine alte Schrottkarre aus, um nach Italien zu fahren, wo Laura mit einer Freundin per Anhalter campieren war, so quälend gefährdet durch »Papagallis«, die dort auf die Mädchen aus dem Norden lauerten. Und während mein Bruder nach hochtoupierten Haaren an den Promenaden und Stränden Ausschau hielt, flogen Kosmo- und Astronauten ins All, redete man vom »atomaren Schlagabtausch«, einem Dritten Weltkrieg als Folge der Kubakrise, doch auch die Drohungen waren nur ein Nervenkitzel am Bildschirm, an deren apokalyptische Verwirklichung niemand mehr wirklich glaubte. Vater reiste kaum noch, die wichtigsten Kunden kannte er inzwischen so gut, dass gelegentliche Anrufe genügten. Zudem sah es Hackler ungern, wenn er nicht im Büro am Pult saß. Er habe Koordinationsaufgaben zu erfüllen, die Leitung der Holding wahrzunehmen, er bezahle ihn nicht fürs Herumreisen. Doch in ebendiesen Arbeitsbereichen war Hackler nicht bereit, die geringste Aufgabe aus der Hand zu geben, fühlte sich von jedem Vorschlag, durch jeden Anstoß zu einer Neuerung angegriffen. Vater nahm auch das als eine Gegebenheit hin, die nicht zu ändern war, hatte sich darauf eingerichtet, wie es seinem Wesen entsprach, Hackler »den Willen zu lassen«, wie er Hans Saner gegenüber sagte: – Du weißt ja, was für ein schwieriger Patron Hackler ist. Beständig liegt er mir in den Ohren, nun endlich etwas zu tun, damit er in den Curling Club aufgenommen wird und ein eigenes Team bekommt. Hackler wolle in den Kreis aufgenommen werden, der in A. das Sagen habe, schließlich wohne er jetzt da und sei einer der größten Unternehmer. – Doch was soll ich machen, er wird nicht geschätzt, man hat mir deutlich zu verstehen gegeben, er sei bei den Clubanlässen oder anderen Zusammenkünften nicht erwünscht.

Vater war zwar ängstlich und vorsichtig, doch wirkliche Sorgen machte er sich nicht, auch wenn Hackler schon einmal mit Kündigung drohte: Eine Konventionalstrafe müsse er seit dem neuen Vertrag nicht mehr bezahlen, hatte er gesagt, er solle sich also vorsehen. Doch W. nahm dies als ein für Hackler typisches Machtgebaren, das ihn bei seinen Freunden so unbeliebt machte. Er konnte sich nicht vorstellen, dass für Hackler die Tatsache, keinen Zugang zu einem Kreis von Leuten zu haben, der W., seinem Angestellten, offen stand, unerträglich war.

Eine Wand raste auf Vaters Gesicht zu, kam – ein weißes Briefpapier von schwarzen Zeilen liniert – auf ihn zu, setzte sich kurz vor den Augen wieder zu dem Sinn zusammen, den er nicht fassen konnte. Mit dem Aufprall presste ein glühender Schmerz die Brust zusammen, doch es blieb keine Zeit mit raschen, flimmernden Blicken die Bedrohung zu erkennen, sie vielleicht noch in Schach zu halten: Es war nur plötzlich dunkel, und W. war in einem Nichts angelangt, wie damals in der Universitätsklinik, nur dass er jetzt nicht einmal mehr ein Bewusstsein davon hatte, was geschehen war –: Als er nach Stunden erwachte, lag er in einem Bett, sah verwundert zur Pflegerin hoch, die den zuckend piepsenden Kathodenstrahl kontrollierte. Sie lächelte, als sie seinen Blick bemerkte, sprach ihn französisch an. Wieso französisch? War er in Frankreich? – W. sah mit weit geöffneten Augen zum Weiß der Decke hoch. Und aus dieser Leere drang allmählich ein dumpfdunkles Erinnern. Er war unterwegs gewesen, seit Stunden im Studebaker, hatte das Werk aufsuchen wollen, dessen Namen er nicht mehr wusste, die Firma, die Krane herstellte – und wiederum verspürte er einen Schmerz in der Brust, doch diesmal kam er von dem, was im Brief gestanden hatte und er nicht wahrhaben wollte: Hackler hatte ihm gekündigt, er war »von allen seinen Funktionen freigestellt, ohne Anspruch auf eine Abschlagszahlung irgendeiner Art«. W. hatte im Büro am Pult gesessen. Er war wie jeden Morgen gegen sieben Uhr eingetroffen, hatte die Mappe aufs Pult gelegt, wo auch der Briefumschlag lag, und es war W.s Ordnungssinn, ihn sofort zu öffnen und nicht zu warten, bis die übrige Post eintraf. Doch was da auf dem Blatt zu lesen stand, musste ein Irrtum sein, eine Anrede wie »Sehr geehrter

Herr ...« wurde bei internen Mitteilungen nicht verwendet. Erst als er weiterlas: »Nach mehrmaliger Ermahnung sehen wir uns gezwungen ...«, begriff W., dass es kein Versehen war, dass da etwas Unbegreifliches auf dem Briefbogen stand. Während er jetzt im Spitalbett lag, angehängt an Infusionsschläuchen und den Drähten des Elektrokardiogramms zur Decke sah, erinnerte er sich bloß noch, dass er zu seinem Auto gelaufen und losgefahren war, offenbar von der Idee getrieben, so schnell wie möglich ins Werk zu fahren, bevor die Leute dort erführen, dass er gekündigt war. Vielleicht gelänge ihm, die Alleinvertretung der Potain-Krane zurückzubekommen, die er bei seinem Wiedereintritt an die »Hackler Holding« abgegeben hatte. Doch noch vor seinem Ziel holten ihn die Zeilen und Worte des Kündigungsschreibens ein. Er begriff, was sie wirklich hießen, wie absurd sein Versuch war, und er prallte gegen das Dunkel.

– Sie haben am Steuer einen Schlaganfall erlitten, sagte der Arzt. Die Familie sei auf Grund der Ausweise ermittelt und informiert worden. Der Wagen stehe in einer Garage, er sei beschädigt. Er hätte ein Steilbord gerammt, und der Wagen sei – zum Glück und ohne weiteren Schaden zu verursachen – zum Stillstand gekommen.

– Hören Sie mich? Monsieur W., Monsieur W.!

Ja, wollte er sagen, ich bin W., Generaldirektor der »HB-Holding«, doch er hatte keine Worte, nur weit geöffnete Augen, die zitterten.

XXVI

BRUCH

Mutter, das Licht des Fensters im Rücken, saß am Bett ihres Mannes, der dalag, verängstigt und verzweifelt, doch von dem Schlaganfall so weit erholt, dass keine Lähmung, kein Wortverlust geblieben waren. Und sie redete auf ihn ein, der aus dem Fenster und in die Zweige blickte, die Augen so hell vom Widerschein.

– Nein, sagte sie, du bist kein Versager, wir werden es schaffen, du hast doch Beziehungen, warst der beste Verkäufer, bevor Hackler dich beschwatzt hat, in seine Firma zurückzukehren. Wir hatten davor gut gelebt, du warst zufrieden und viel ruhiger als nach deinem Wiedereintritt in die HBA und hast ja auch bedauert, immer nur im Büro sitzen zu müssen ... und Mutter redete und redete, um nicht an ihren Papa denken zu müssen, nicht wieder an die Geschichte mit »Oha«, mit Hackler und der gemeinsamen Firma erinnert zu werden, an diese immer wiederkehrenden Zusammenbrüche, die ihr Leben durchzogen, das Dasein seit der Jugend bestimmten, und ihr das ruhige Dasein verweigerten, das ihr doch zustand.

– Wovon sollen wir leben, sagte Vater, wir werden das Haus verkaufen müssen!

Und Mutter spürte in sich eine Gewissheit, die hinaus in den Flur und die Treppe hinab drang, die Wohnräume ausfüllte, den Sitzplatz und »kleinen Park« einschloss, ja bis hin zu den Bauernhäusern und dem Wald reichte, dass sie dies nie zulassen würde, nicht solange sie da wäre und mitzubestimmen hätte. Es gäbe nicht noch einmal eine Abreise wie damals im Donaudampfer von Giurgiu nach Wien, es gäbe kein weiteres S. und kein Exil mehr. Jetzt bliebe sie.

Und Ruth S. spürte, wie der Wille, für immer zu bleiben, sie von ihrem Mann trennte und mit dem Haus am ehemaligen Rebberg noch enger verband. W. lag da, den Schein vom Fenster im Gesicht, mit geweiteten, angstvollen Augen, hatte wie all die Jahre einen Zipfel des Leintuchs im Mund, kaute und biss darauf herum, was die gesamte Aussteuer – noch gewoben von der »Bumbac« in Bukarest – durchlöchert hatte, und Ruth S. erkannte seine kindliche Hilflosigkeit. Sie müsste W. künftig den Weg weisen, doch nicht mehr mit Horoskopen, die ihn unbeschadet durch den Alltag bringen sollten, sondern durch eine sanfte Führung, die ihr das Haus erhielt.

– Du wirst dich wieder selbständig machen, sagte sie, wie nach dem ersten Zerwürfnis mit Hackler. Am besten suchst du nach einem Produkt aus einem anderen Zweig als dem Baugewerbe. Du wirst es mit keinem der Leute mehr zu tun haben, die dich beruflich kennen, kannst neu und unbelastet beginnen. Ich weiß, was immer für ein Produkt du wählst, verkaufen kannst du – und sie dachte, während ihr die Tränen in die Augen stiegen: Weil du anständig bist und glaubst, dies auch bei allen anderen voraussetzen zu dürfen.

Und das Gemurmel verstummte, nur Stille blieb.

Mein Bruder und ich waren auf und ab gegangen, an den nach Süden gerichteten Fenstern stehen geblieben, hatten in die Ferne geblickt, ohne etwas zu sehen, und nahmen dann unser Hin- und Hergehen wieder auf. Die Räume des Hauses waren von einer Stille erfüllt, die umso bedrängender war, als Mutters Stimme vom oberen Stockwerk, wo die Schlafzimmer lagen, als ein gleichmäßiges, doch undeutliches Wortgerinsel herabsickerte. Eine Angst und Ungewissheit ging von den Lauten aus, als wäre mit ihnen bereits ausgesprochen, was als Befürchtungen in unseren Köpfen irrlichterte, dass Vater nie wieder gesund würde, der Mann, den die Ambulanz nach Hause gebracht hatte, für immer da oben liegen müsse, unfähig, sich wieder zu erheben, zu sprechen, einer neuen Tätigkeit nachzugehen. Die Landschaft lag so grau vor den Fenstern, auf dem Kaminsims standen die Dose, der schmiedeeiserne Leuchter, die kleine Inuit-Steinskulptur fremd wie nie gesehen, wir setzten uns in den Fauteuil oder auf das Kanapee, nur um wieder aufzustehen, wieder ans Fenster, an den Kamin zu treten, auf die Stimme dort oben zu lauschen, die neue Ängste und Vermutungen in unseren Köpfen entzündete.

Und die Unsicherheit wuchs zur furchtsamen Erregung, als Mutter die Treppe herunterkam, vom Flur aus unter die Tür trat und in den um drei Stufen nach unten versetzten Wohnraum zu uns hersah. Mit einer allzu gefassten Stimme sagte sie, Vater schäme sich zu sehr vor uns, die wir ihn verachten müssten, weil er ruiniert und ein Versager sei. Er wolle uns nicht mehr sehen.

Das Treten der Pedale, der Atem, der durch die Anstrengung, mich neben meinem Bruder zu halten, stoßweise ging, hatte Gedanken und Ängste gelöscht und nur ein rotes Pulsieren übrig gelassen, das durch Hirn und Körper strömte, einen wechselweisen Schmerz in den Oberschenkeln erzeugte. Dass Vater uns nicht mehr sehen wollte, hatte uns mehr verängstigt als all die Befürchtungen, die sich uns aufgedrängt hatten, während wir im Wohnraum wartend auf und ab gegangen waren. Wir hatten in der Einfahrt der Garage gestanden, als wären wir auch aus dem Haus gewiesen worden, standen dort verwirrt und ratlos, bis mein Bruder mit großer Bestimmtheit sagte:
– Holen wir die Räder! Wir fahren zur Villa von Hackler. Er muss Vater wieder einstellen. Wir müssen ihm sagen, wie schlimm es um Vater steht.
Und wir hatten die Fahrräder hervorgeholt, waren losgefahren, zwanzig Kilometer würde es zur Stadt sein, eine Strecke, für die wir eine gute Stunde brauchten. Es ging auf Mittag zu, kühl wehte uns die Luft ins Gesicht, und vor der Lenkstange rollte das

Rad. Es gab wenig Verkehr, eine sonntägliche Ruhe lag auf den Feldern, umgab die Gärten und Häuser, die hinter Hecken verborgen lagen, feindlich und abweisend wurden, als wir für das letzte steile Stück von der Eishalle hinauf zur Hackler Halde aus den Sätteln steigen mussten. Keuchend standen wir vor der Villa, von plötzlichen Zweifeln befallen. Es gehörte sich nicht, an einem Sonntag unangemeldet vorzusprechen, außerdem wussten wir nicht, was zwischen Vater und Hackler vorgefallen war. Uns hatte nur einfach die Furcht getrieben, Vater könne, ohne eine erneute Einstellung, nie wieder gesund werden.

– Sind wir schon mal da, klingeln wir auch, sagte mein Bruder, schließlich kennt uns Hackler seit Jahren.

Und wir gingen zwischen Azaleensträuchern durch zum Eingang, drückten die Klingel, die in dem leeren Vorraum schrillte, ohne dass sich etwas bewegte.

Seidenteppiche bedeckten den Wohnraum, in den wir nach nochmaligem Klingeln von einem Dienstmädchen geführt wurden, waren zum Teil in Schichten aufeinander gelegt, dämpften unsere Schritte, machten sie weich und federnd. Ein Glanz ging von ihnen aus, als würden sie leuchten. Sie waren hell, von einem Goldton, und hatten leichte, schwungvolle Muster: Ranken, die weit geschweift Blätter und Vögel ausstreuten, und diese Muster, die Farbe, der weiche Glanz erfüllten das Zimmer mit einer luxuriösen Atmosphäre. Eine Glasfront über die ganze Länge hin gab den Blick auf eine Gartenfläche frei, in der einzelne Bäume standen, kleine Rotunden mit Blumen angelegt waren, und die Teppiche gingen scheinbar nahtlos in den Rasen über, die Ranken, Blätter, Vögel der Muster wurden im Garten zu den Bäumen und Blumen.

Die Seidenteppiche nahmen meine ganze Aufmerksamkeit gefangen. Sie waren wunderbar. Noch nie hatte ich so große Stücke gesehen, dazu in der Vielzahl und mit der Kraft, einen großzügigen, weiten Raum zu verwandeln. Sie verströmten einen Hauch von großem Reichtum, denn die Seidenteppiche waren ein Vermögen, das da auf dem Boden ausgebreitet lag, auf das man die Schuhe setzte, die Schritte federn ließ und alle Geräusche dämpfte.

Die Seidenteppiche weckten in mir auch Neid und ein Gefühl von Unrecht. Hackler war früher doch nur ein Vertreter gewesen, er hatte dies alles – Haus, Garten, Teppiche – erwerben können, weil er Vater betrogen und um die Hälfte der Firma gebracht hatte, ihm die Baumaschinenproduktion und später die Kranvertretungen und die Lizenzen abluchste –: Uns müssten die Seidenteppiche gehören, und nicht Hackler, der schließlich, nachdem wir eine halbe Stunde gewartet hatten, doch noch erschien. Er trug einen Anzug, dazu Krawatte, hatte das Kristallglas mit dem Whisky in der Hand und ging schwerfällig zu einem Sessel, der wie ein Thron vor der Wand mit dem Ölbild eines Waldteichs stand.

Er hatte uns nicht begrüßt, war nur einfach zu dem Sessel gegangen, ließ sich dort tief in die Polster sinken, stellte das Glas mit dem Whisky auf die Lehne, wartete, sah uns aus dunklen Augen an, auf dem Gesicht das kleine Lächeln.

Wir traten vor, machten ein paar Schritte, und mein Bruder mit dem Mut, der ihn auf dem Turm von Pisa die Hände von der Säule hatte lösen lassen, brachte unsere Bitte vor, sagte, Vater hätte einen Schlaganfall erlitten, er läge jetzt im Bett, er wolle uns nicht mehr sehen, und wir hätten Angst, er könne den Schock nicht überleben. So wollten wir ihn bitten –

Eine Veränderung geschah in dem Gesicht, das ungerührt geblieben war. Das Lächeln verschwand, und Abscheu zeigte sich in den massigen Zügen.

– Nicht einmal selber herzukommen hat er den Mut, sagte Hackler, er schickt mir seine Kinder ins Haus, um zu bitten und zu betteln. Tiefer kann man nicht sinken, auch wenn er mit den Herren Curling vor meiner Haustür spielt.

Und Hackler leerte das Glas auf einen Zug.

– Euer Vater ist ein Feigling, sagte er, richtet ihm das aus. Dann stand er auf und verließ den Raum, in dem Seidenteppiche die Schritte dämpften.

Als die Urgeschichte dort in der Höhle, einem der wenigen Fundplätze des Magdalénien, den ich noch einmal besuchen wollte, zu Ende war, glaubte ich einen Moment lang, durch den Höhlenausgang – wie einst durchs Loch im Walfischwirbel – aus Eis- und Vorzeit zurückzufinden. Ich würde hinaus in eine Helle aus Zweigen, Laub und Ästen treten, diese Vergangenheiten hinter mir zurücklassen, mich der Gegenwart zuwenden, die in jenem Florentiner Mädchen am Strand eine so sehnsuchtsvolle Verkörperung gefunden hatte.

Doch die Gegenwart erwies sich durch Vaters Zusammenbruch einmal mehr als der Ort, der von Stahl, Kränen und Willkür nicht zu befreien war, in der einstmals Großvater, jetzt Hackler, der Direktor des Landesmuseums ihre Auftritte hatten, und schon damals, als der Professor mich und Armin angriff, hatte ein Teil in mir nur einfach zugeschaut. Und auch an dem Sonntagvormittag, an dem mein Bruder und ich zur Villa Hackler fuhren, sah ich wie in einem Theaterstück zu, in dem ich gleichzeitig spielte, wenn auch nur als Statist. Doch diese Erfahrungen genügten, um mich dem Dunkel der Bühne zuzuwenden, das Theater zu entdecken, wo der Vorhang sich öffnet, die Scheinwerfer aufblenden, die Herrscher stürzen, und auf dem alle Zeiten – von der Steinzeit bis zur Moderne – als eine Gegenwart möglich sind.

Abfall, sagte Vater, davon würde es immer mehr geben, die Schachteln und Hüllen, die Kartons, Dosen, Beutel, und je mehr Waren es gäbe, desto größer würde die Menge an Abfall. Zehn Millionen Menschen bewohnten allein in drei Jahrzehnten unser Land, dreimal mehr als heute, und sie alle würden keine Tüten mehr aufheben, keine Schnur mehr einrollen und aufbewahren. Jeder reiße schon heute das Stanniolpapier von der Schokolade, werfe eine zerknüllte Cellophanhülle aufs Trottoir oder in den Rinnstein, lasse die Zigarettenkippe fallen, wo er gehe und stehe, auch Orangenschalen oder diese Papiertaschentücher, die jetzt jeder benutze. Straßenkehrer werde es keine mehr geben, nicht solange dieser Mangel an Arbeitskräften bestehe und daran werde sich so bald nichts ändern. Deshalb brauche es Straßenkehrmaschinen, jede mittlere bis größere Stadt müsse sich in den nächsten Jahren solche Maschinen beschaffen, nicht nur eine, sondern viele –

Und es war mein Bruder, der jetzt am Bett von Vater saß, das Fenster im Rücken, in das hinein die Ahornzweige ragten. Er blickte auf das blasse, unrasierte Gesicht im Kissen, erschreckt darüber, Vater so vor sich liegen zu sehen, wie er ihn nicht kannte, mit wirren Haaren, weit geöffneten Augen, diesem Zipfel feuchten Leintuchs am Kinn. Vater hatte ihn zu sich rufen lassen, nach Tagen, in denen Gemurmel und Stille im Haus gewesen waren, das Schlafzimmer der Eltern mit ängstigenden Vorstellungen angefüllt war, die schmerzten und ein Bedrücktsein anwachsen ließen, das uns ungelenk und stumm machte. Doch nun endlich durfte mein Bruder das Zimmer betreten, Vater sehen, und in die Erleichterung mischte sich Scheu, die sich zu Erschrecken und Mitleid verwandelte, als er ihn so hilflos daliegen sah.

Das Sicherheitsgerät, sagte das blasse Gesicht, ohne ihn dabei anzusehen, sei das andere Produkt, das sie zusammen verkaufen würden. Die kürzeren Arbeitszeiten, die höheren Löhne führten zu mehr Freizeit und mehr Freizeitbeschäftigungen. Nicht mehr nur die Wohlhabenden würden in die Berge fahren, sondern jedermann, der dazu Lust verspüre. Es müssten mehr und viele Bergbahnen gebaut werden, Schwebe- und Drahtseilbahnen, welche die Leute in die Skigebiete hochbrächten, und er habe beim Curling einen Ingenieur und Hersteller kennen gelernt, der Sicherheitsgeräte baue, die bei einer Panne, dem Stillstand einer Schwebebahn, benutzt werden könnten, die Passagiere aus den Kabinen abzuseilen. Beide Produkte, die Straßenkehrmaschinen und die Sicherheitsgeräte, würden sie gemeinsam verkaufen, die Straßenkehrmaschinen in der Stadt, die Sicherheitsgeräte im Berggebiet.

Er dürfe sich vorläufig nicht ans Steuer setzen, doch brauche er jemanden, der ihn fahren würde.

– Ich habe mir gedacht, wir könnten das Geschäft gemeinsam aufziehen, eine selbständige Firma, in der du Teilhaber wirst und zugleich auch die Maschinen und Geräte vorführst, die wir verkaufen.

Er müsse also seine Anstellung sofort kündigen, am besten noch heute.

Mein Bruder dachte an das Reißbrett, an dem er täglich stand, an die genauen, ordentlichen Linien, die er auf das Papier mit seinen Stiften zog, an die abendlichen Stunden an der Kunstgewerbeschule, die ihm das Wichtigste geworden waren. Sie wiesen ihn auf einen Weg, der ihn weg von den toten Linien der Maschinenteile und zum Gestalten von Plakaten führen würde, den er gemeinsam mit Laura gehen wollte, mit der er eine Wohnung in der Stadt mieten wollte, endlich fort von zu Hause. An all das dachte mein Bruder, und dass er diesen erst in Skizzen und Übungen allmählich werdenden Weg nicht verlassen wollte. Seine Stimme aber sagte etwas ganz anderes, als das was er dachte und fühlte, sie gehorchte nicht ihm, sondern dem Mann, der da vor ihm im Bett auf dem Zipfel des Leintuchs herumbiss.

– Ich bin einverstanden, hörte mein Bruder sich sagen. Ich werde kündigen. Ich werde dich fahren.

XXVII

SPRUNG

Mein Bruder fuhr den Studebaker, der zu groß für das Sträßchen war, lenkte ihn durch die Wiesen, aus denen beidseits die Felswände aufragten. Von den Kanten stäubten weiße Wasserfahnen, und seit den Sommerferien, da die Familie noch von B. aus mit Onkel Curt zum Berghotel gefahren war, hatte sich die Gegend kaum verändert. Der Bergbach strömte breit und beruhigt zwischen den Erlen, die Bergahornbäume standen mit schorfig silbrigen Stämmen zwischen Brocken von Fels, die Bauernhäuser hatten wie damals auch Geranien vor den Fenstern, und mein Bruder fühlte sich in die Zeit zurückversetzt, da am Ende des Tals der Aufstieg begann und Vater vorausging, eine gute Stunde Fußmarsch zur ersten Felsstufe hoch, einen Rucksack schulternd. Nun saß er neben ihm, blass und kraftlos, sah zu den Bergen auf, wies auf eine Alp oder Anhöhe hin, zu der sie früher gestiegen seien, seufzte, weil er das nicht mehr schaffen würde und sich für einen Moment bewusst war, nie wieder dort hinaufsteigen zu können.

Mein Bruder fühlte sich schon beinahe erleichtert, im Tal nicht alles so unverändert zu finden, wie er anfänglich geglaubt hatte. Bei der Poststation und dem Restaurant, wo der Fußweg hinauf zur Felsstufe und dem Berghotel begann, waren ein ausgedehnter Parkplatz angelegt und die Talstation einer Schwebebahn zu einem der Dreitausender errichtet worden. Von dem schräg geschnittenen Dach des Betonklotzes spannten die Drahtseile hoch zu den Masten – und die Gondel schwebte langsam aus dem Schacht hoch, gewann schnell an Höhe, während mein Bruder das Sicherheitsgerät vorbereitete. Vater redete auf die drei Männer ein, die am umlaufenden Geländer der Kabine lehnten, zwei in Anzügen, der Versicherungsexperte und ein Angestellter der Betreibergesellschaft sowie ein Techniker, der eine alte Militärhose und eine Strickjacke trug. Dieser sprach in seinem singenden Dialekt ins Funkgerät, während die Tiefe unter der Gondel wuchs, der Talgrund sich stetig senkte, ein Summen die Kabine füllte, in das hinein Vaters Worte schnell erlöschende Inseln bildeten: – Absolute Sicherheit, rasch zur Hand, einfach zu bedienen. Und mein Bruder überprüfte den Hebel, der am Drahtseil auf Gesichtshöhe angebracht war und den er im richtigen Moment drücken musste, um den Fall zu bremsen. Die Gondel ruckte, war gestoppt worden, schwankte über der Leere.

– Man verankert das Gerät in der Kabine, sagte Vater, beispielsweise am Handlauf, und mein Bruder schob die beiden Sitzschlaufen über die Beine. Die Tür stand auf, er machte die Schritte zur Kante vor, stand dort, die Arme leicht abgespreizt, und er hörte Vaters Stimme, ungeduldig und fordernd: – So spring endlich!

Es war das erste Mal überhaupt, dass das Gerät auf seine Tauglichkeit hin geprüft wurde, und mein Bruder sprang, raste auf den Boden zu, drückte dann den Hebel vor seinem Gesicht. Das Gerät bremste den Fall, brachte ihn – während die Sitzschlaufen in die Oberschenkel schnitten – zwei, drei Meter über dem Grund zum Halten. Dort pendelte er hilflos am Drahtseil, bis er wieder in die Höhe gezogen wurde, die Gesichter aus der Türöffnung ihm entgegensahen, das seines Vaters blass.

Vielleicht liegt es an der Brille. Du musst dir eine neue Brille machen lassen.

Wie einstmals Onkel Rodolph, der während einer Konversation im Garten seines Hauses aufgestanden war und mir ein Buch mit griechischen Vasenbildern geholt hatte, das mich lange Zeit beschäftigen sollte, so schob mir ein Student, den ich nur flüchtig kannte, ein Taschenbuch hin, sagte: – Das musst du lesen – und es war an einem Spätnachmittag gewesen, als ein Gewitter niederging, wir auf dem Balkon einer Pension saßen, in der ich für die Dauer eines Ferienkurses wohnte.

Mit dem Aufschlagen des Buches betrat ich einen geschlossenen Raum aus Rede und Gegenrede, in dem die Menschen sich bewegten, der sich, den kursiv gedruckten Anweisungen entsprechend, von einem Wohnraum in ein Restaurant und ein Büro verwandelte, in dessen Hintergrund leuchtende Wolkenkratzer aufwuchsen, und eine Familie – Vater und Mutter, die beiden Söhne – von Dingen redeten, *Seine Augen lassen nach*, die von einer Schärfe und Genauigkeit waren, die wie Schnitte in mich drangen: *Er ist ein Mensch, und es passiert ihm gerade etwas Schreckliches –*.

Die Vergangenheit, die ich mit Armin aufgesucht hatte, kannte keine Wörter, von den Kulturen waren nur Werkzeuge und Scherben übrig geblieben, und wenn die Wörter mich dennoch mit Zeitungsartikeln einholten, so waren sie unwahr, und ich glaubte, in eine nächste, ältere Schicht ausweichen zu müssen, die noch entfernter von sprachlichen Zeugnissen lag. Hier, in dem Buch des Studenten, wurde nur geredet: *Früher konnte er sechs, sieben Abschlüsse in Boston machen. Jetzt holt er die Koffer aus dem Auto und lädt sie wieder ein und packt sie wieder aus, und er ist erschöpft*. Doch dieses Reden war nicht, wie ich es zu kennen glaubte, ein Nebel, der sich trübend auf die Erfahrungen legt, es schaffte im Gegenteil eine Klarheit, die meine eigenen Empfindungen verdeutlichte. Ich konnte das Theaterstück »Tod eines Handlungsreisenden« von Arthur Miller lesen, und es war die Geschichte von Willi, dem Vertreter, der allen erzählt, wie großartig er verkaufe, von Biff und Happy, den Söhnen, die besser sein müssen als alle anderen, weil sie eben die Söhne von Willi Lohmann sind, und Linda, die eine letzte

Rate für das Haus bezahlt. Ich konnte das Stück wieder lesen, und es war auch unsere eigene Geschichte und die einer Zeit, in der nur noch Geld und Erfolg zählten, die Hochhäuser in die Felder wucherten und *ein Reisender Träume braucht. Er hat ja sonst nichts als seinen Bezirk.*

Das Sicherheitsgerät, das mein Bruder mit einem Sprung aus der Schwebebahn vorgeführt hatte, lag noch Jahre im Keller, ohne jemals wieder benutzt zu werden. Als hätte die Fahrt ins Bergtal, die Einwände des Versicherungsexperten, man könne doch von Leuten, die in Panik seien, zumindest aber große Angst hätten, nicht verlangen, im richtigen Moment einen Hebel zu drücken, genügt, Vater zu entmutigen, gemeinsam mit meinem Bruder eine Firma gründen zu wollen.

Er werde eine Anstellung suchen, sagte er wenige Tage nachdem sie von ihrer Reise zurückgekehrt waren zu meinem Bruder, der auf dem Kanapee unter der Berglandschaft saß und ungläubig durch das Seitenfenster auf Mutters »kleinen Park« sah.

– Ich will wieder meine Kundschaft betreuen, die mich kennt und mich schätzt. In der Baubranche weiß man, wer ich bin.

Er fühle sich zu alt, wandte Mutter ein, seine Gesundheit sei nicht mehr gut genug, um in einem ganz neuen Gebiet, zu dem auch sie geraten habe, eine Firma aufzubauen.

– In meinem Alter steigt man auf keinen Dreitausender mehr. Weißt du noch – sechs Stunden! – fast senkrecht hoch …

– Moment mal! Das kannst du nicht machen. Du hast gesagt, wir gründen eine gemeinsame Firma, ich solle dir helfen und dich fahren, die Geräte vorführen, die du verkaufst. Du kannst jetzt, nach einem ersten Versuch, nicht schon aufgeben.

– Du hast doch selbst gesehen, das Gerät taugt nicht –

– Immerhin bin ich gesprungen!

– Schon, ja, du warst schon immer ein verrückter Kerl, aber wir haben es nicht verkauft.

– Schau, ich habe gekündigt. Ich habe keine Stelle mehr. Du hast das von mir verlangt, und auch da bin ich gesprungen. Jetzt habe ich nichts.

– Du bist jung, für dich ist das kein Problem. In meinem Alter sieht das ganz anderes aus …

– Wir haben noch immer die Kehrichtmaschinen. Ich glaube, dass du Recht hast. Sie sind ein künftiges Geschäft. Es wird mehr und mehr Abfall geben, die Gemeinden müssen kaufen, schließlich haben wir einen Ruf als sauberstes Land der Erde zu verlieren.

Vater habe bereits Verbindung zur Baumaschinenfirma Jaquard im Welschland aufgenommen, wandte Mutter ein. Nach ein, zwei Jahren, wenn er deren Produkte gut verkaufe, könne er einen Produktionsstandort in der Deutschschweiz gründen, den er leiten werde.

– Ich bin zu alt, sagte Vater, ich bleibe bei den Baumaschinen, und mit denen ist auch heute noch ein Vermögen zu machen.

Mutter gestand, um meinen Bruder zu beruhigen, der wütend war und sich getäuscht fühlte, der Prototyp dieser Kehrichtmaschine, in dessen Entwicklung Vater den Rest des Vermögens aus dem großväterlichen Erbe gesteckt habe, sei gepfändet worden, der Ingenieur, dem Vater das Geld anvertraut habe, sei verschwunden. Er würde gesucht.

Hackler saß »Oha« im Büro gegenüber, in dem er vor rund fünfzehn Jahren gesessen hatte, als er noch Vertreter der »Gießerei und Maschinenfabrik« gewesen war. Damals hatte er sich die Arroganz der beiden Brüder gefallen lassen müssen. Doch nun trug er einen feinen Anzug, hatte die Hand am Kristallglas, in dem ein torfbrauner Single Malt war: Sie hatten ihn im Club, auf dessen Eishalle er von seiner Villa hinuntersah, nicht aufgenommen, ihm trotz in Aussicht gestellter Finanzen kein Team zugestanden. W. hatte es nicht geschafft, ihm die Tür zur Gesellschaft von A. zu öffnen, der auch »Oha«, der ihm hier gegenübersaß, angehörte, überheblich, mit anmaßendem Lächeln, dieser »Noch-Firmenbesitzer«.

– Ich brauche Land für neue Montagehallen, sagte Hackler, und in seinem unbewegten, zur Ruhe gezwungenen Gesicht, kniffen einzig die Augen reflexartig ein, als hätten sie einen Moment lang ungeschützt in das Licht am Schweißbrenner geblickt, das einen schmerzenden Schein auf der Netzhaut erzeugt.

Er griff in die Innentasche seines Jacketts, zog den Kaufvertrag für die »Maschinenfabrik und Gießerei« hervor, legte ihn auf den Tisch, dass der Kaufpreis zu sehen war, eine Zahl, hinter der »Oha« die Nullen zählte. Ein Preis, der zu gut war für ein Unternehmen, das sich gerade noch hielt. Müsste sein Sohn, den er an die Gießereifachschule in Duisburg geschickt hatte, damit dieser den Betrieb in ein paar Jahren übernehmen könnte, sich eben anderweitig umsehen. Er, »Oha«, hätte »ausgesorgt«, würde sich durch den Verkauf zur Ruhe setzen und mit der »Jungen« ein neues Leben anfangen, in den besten Hotels logieren, den Winter in Gstaad, den Sommer an der Côte d'Azur verbringen, sich im Garten einen Swimmingpool bauen lassen.

– Die H.s haben jetzt hier in S. nichts mehr zu suchen, sagte Hackler, dieses kleine Lächeln im Gesicht.

»Oha« hatte seine Unterschrift, die er bei Übernahme des Geschäftes damals unter der Vereinbarung zwischen seinem Vater, ihm und W. so geschickt vergessen hatte, ohne Bedenken hingesetzt. Und sie bewirkte, dass ein anderer Schriftzug, eine Leuchtschrift in der lindgrünen Farbe der Firma Hackler, am höchsten Werkgebäude weithin sichtbar machte, dass das ganze Areal, vom ehemaligen Bauernhaus bis hinunter zur Badeanstalt, nur einem Mann gehörte, und der umklammerte das Kristallglas, als verschaffte wenigstens der Whisky ihm eine Zugehörigkeit zu jenen Kreisen, die bei ihren geselligen Zusammenkünften Scotch aus schweren Gläsern tranken. Der Alkohol ließe ihn den Schmerz nicht so spüren, den die Ablehnung für ihn bedeutete, er, der es doch geschafft hatte, ja größer als sie alle geworden war. Immer öfter brachte man ihn nach Hause, kaum bei Bewusstsein. Er kaufte mit fahrigen Gesten die noch teureren Jachten, hielt sich ein Gestüt von Rennpferden, nahm ein Auftreten an, das an W. erinnerte, wenn er nüchtern, und an »Oha«, wenn er betrunken war. Doch an jenem Nachmittag saßen sich die beiden gegenüber, noch ohne Wissen, wie ähnlich die trüben Blicke und aufgeschwemmten Züge sie in Zukunft einander machen würden. Sie stießen auf den Kauf an, fühlten Sympathie, ein gehobenes Verbundensein, erinnerten sich, wie das damals gewesen war, als sie schon mal in der Mittagspause – wie hieß sie? die kleine Brünette, die danach den Schreinermeister heiraten musste, weil sie schwanger war?

Nach dem ersten Rausch über das viele Geld, den Reisen und Ferien, begannen die Hotels, die Wintersportorte und Badestrände »Oha« zu langweilen, er saß zu Hause herum, wusste nicht recht, was er noch mit sich auffangen sollte, griff immer häufiger zum Glas und war wie einer der Bauern, die ihr Land verschachert hatten.

Seit Vater wieder reiste, für die Jaquard SA. im welschen Jura Baumaschinen verkaufte und den ganzen Tag unterwegs war, auch mein Bruder und ich nicht mehr jeden Tag nach Hause kamen, verschwanden wir aus Mutters Wahrnehmung, erst zögerlich zwar, dann ließ sie es resigniert zu, als könne sie nicht aufhalten, dass ihr Alltag, den sie weiterhin mit Sorgfalt versah, einsamer zu werden beginne. In der kühleren Jahreszeit feuerte sie das Cheminée ein, schichtete die Birkenscheite nach einem gleich bleibenden Muster. W. sollte es angenehm »häuslich« haben, wenn er müde mit seiner Tasche von den Fahrten nach Hause kam, sich in den Lederfauteuil bei den nach Süden gerichteten Fenstern setzte, ohne kaum noch einen Blick in die dunkelnde Landschaft zu werfen: Das Wohnzimmer war nun sein Exil, warm erhellt von der Stehlampe und dem Feuer im Kamin, in das er allabendlich aus einer feindlichen Außenwelt zurückkehrte, schweigsam und unendlich müde. Im Sommer stellte sie Rosen in die Vasen, pflückte einen Strauß von Rittersporn und Lupinen, steckte gelbe Margeriten und einen Wedel Farn dazu, weil W. Blumen doch so sehr mochte und diese in einen gepflegten Haushalt gehörten. Doch trotz dieser Aufmerksamkeiten waren wir abgerückt, zu Figuren ihrer Vergangenheit geworden, die sie schätzte und liebte, doch so liebte wie auch das Service aus Cöln, die Biedermeierkommode und Großpapas Bilder. Wir gehörten zur Erinnerung und taten das Unsere, um Erinnerungen zu werden: Mein

Bruder war entschlossen, nachdem er sich von Vater seit der Unternehmung mit den Sicherheitsgeräten im Stich gelassen fühlte wie schon einmal, als Großvater und »Oha« bestimmt hatten, dass er Maschinenzeichner statt Graphiker werden müsste, auszuwandern, sich dem »Einfluss dieser H.s und ihrer Maschinenwelt« zu entziehen. Er heiratete Laura, fuhr über den Atlantik, wohin so viele in diesen Jahren emigrierten, um dort die Kunstakademie zu besuchen und zu werden, was er sich immer gewünscht hatte. Ich selbst wollte zum Theater gehen, verlor mich im »Land über Dächern«, wohnte in Mansarden und in Büchern und schlug mich mit Hilfsarbeiten durch, hatte mich in eine »Bohème« abgesetzt, in die meine Eltern mir nicht folgen konnten, die Vater entsetzlich und Mutter bedauernswert fand, eine Verirrung, die es in ihrer Familie noch nie gegeben hatte. Umso ausschließlicher – als könne sie dadurch ein wenig den Verfall ausgleichen – lebte Mutter in »ihrem« Haus, pflegte das »Pärklein«, las Bücher über glanzvolle Epochen, richtete die Wohnräume nach ihrer Vorstellung aus den gleich bleibenden Elementen neu ein: aus dem Hausaltar, dem Esstisch und den Stühlen aus Cöln, aus Kanapee und Rauchtisch, achtete darauf, dass beim Rucken und Schieben keine »Dümpfe« ins alte Holz gestoßen wurden, baute sich ihre Landschaft, ihr Land, bereitete sich so auf eine lange Einsamkeit vor. Diese begann, als Vater starb, dauerte zwei Jahrzehnte, bis sie eines Tages auf den gedunkelten Wänden des Wohnzimmers helle Chöre sah, die sangen, Stimmen das Haus zu bevölkern begannen, eine Musik spielte, die nicht mehr aufhören wollte, obschon sie versuchte, das »Di-da-da-dum« zu verschlucken und zu ertränken. Nochmals, ein letztes Mal, musste sie auswandern, in ein weißes Zimmer im Nirgendwo, in dem ein Radio spielte, das es nicht gab, das aus den Spitalwänden tönte und von Papa und Mama berichtete, von den Jahren in Bukarest und von Dingen, über die man nicht spricht: alte Dinge, die nochmals gesagt sein wollten, bevor sie endgültig erloschen.

Mutter musste den weitesten Weg von uns allen gehen, so viel weiter als ihr Mann, dessen Herz an einem Abend nur einfach aufhörte für ein Dasein zu schlagen, das sich nicht groß mehr lohnte. Weiter auch als mein Bruder, der im Schiff über den Atlantik fuhr und von der Küste noch ein paar hundert Kilometer weiter nach Westen zog, bis die Stimmen, die ihm folgten, die befehlende Stimme Großvaters, die großspurige »Ohas« und die von Vater, endlich und für immer zurückblieben. Weiter auch als ich selbst, der ich mir einbildete, durch die Figuren, die ich als Schauspieler künftig auf der Bühne spielen würde, die Helden aller Zeiten sein zu können, nur nicht ich selbst. Mutter jedoch musste ihr ganzes Leben rückwärts bis wieder zur Kindheit in Bukarest leben, durfte auch dort nicht bleiben, musste in der Menschheitsgeschichte tiefer hinabsteigen, zum Anfang des Lebens überhaupt. Und ihr Atem klang wie das Schaben eines

Steinwerkzeugs auf Pergament, das, gleichmäßig kratzend, unaufhaltsam und in ordentlicher Vollständigkeit alle Schriftzeichen löscht – bis nur die schneeweiße Fläche bleibt.

XXVIII

NACHTFROST

Hans Saners Lebensweg war so ruhig wie der Höhenweg hinter dem Sanatorium in Davos verlaufen, ein – um die Lungen der Patienten zu schonen – gemächlicher Anstieg entlang der Bergflanke zu einer erhöhten Aussicht auf Dorf und Tal. Weder in seinen häuslichen Belangen noch in seiner beruflichen Tätigkeit gab es rasche oder gar heftige Veränderungen, in allem war eine Ruhe, die Hans Saner selber ausstrahlte, wenn er mit genießerischer Miene über einem Stück Filet Mignon saß, nach ausgiebigem Kauen sein bewunderndes »Ha« hören ließ, um danach den Bissen nochmals den anschwellenden Kaumuskeln auszusetzen. Er war stets selbständig und unabhängig gewesen, betrieb durch all die Jahrzehnte den Verkauf von Etikettiermaschinen, hatte das Haus über dem See gebaut, sich einen Wohnblock und später auch einen Alterssitz im Tessin erworben, und Vater hatte ihn um dieses Leben beneidet. So wie sein Freund hätte auch W. das seine verbringen wollen.

– Ich habe bei Hackler die Finanzierung sichergestellt, die Baumaschinen eingebracht, sagte Vater zu Hans Saner auf einem der späten Spaziergänge, der sie auf einem Stück ebenen Wegs unter Buchenästen durchführte. Die beiden Freunde gingen, nach alter Gewohnheit, ein Dutzend Schritte vor ihren Frauen her, und Vater schaute über die Felder zu den Bergen hin. Die Modelle, die Kundschaft stammten aus der »Gießerei und Maschinenfabrik«, sagte er, ich habe das Krangeschäft aufgebaut, habe Hackler die Vertretungen, später die Lizenzen von Pingon und Potain besorgt, habe die Zweigstelle der Firma Jaquard gegründet und in den letzten sechs Jahren zu einer Firma mit hundert Arbeitsplätzen gemacht – und jetzt, was bleibt von all dem noch übrig?

Die Ölkrise hatte in der ersten Hälfte der Siebzigerjahre den Bauboom auf einen Schlag beendet, Leute mussten entlassen werden, Vater legte man die Pensionierung nahe, das ungebrochene Wachstum und der stets zunehmende Wohlstand waren zu Ende.

– Pipin, wann wirst du begreifen, dass so was nichts bedeutet, du hast ihm die Maschinen gegeben, aber damit kannst du nicht hausieren gehen. Das Einzige, was zählt in der Welt, ist, was du verkaufen kannst. Das Komische ist: Du bist Verkäufer und weißt nicht einmal das.

Nie hätte Hans Saner seinem Freund so wie Charley im »Tod eines Handlungsreisenden« geantwortet, er hätte so ähnlich vielleicht gedacht, seine einzige Äußerung war jedoch lediglich sein über die Jahre gleich bleibendes »Ha«, dazu ein Nicken und die Bemerkung gewesen, Dankbarkeit sei heute von niemandem mehr zu erwarten. Und Vater fühlte sich in seinem Selbstmitleid ein wenig im Stich gelassen, neigte dazu, seinem Freund die eigene Lage noch desolater darzustellen, als sie war, um ein wenig Mitgefühl zu erpressen, und er war so sehr mit sich beschäftigt, dass ihm nie in den Sinn gekommen wäre, sich zu fragen, worin eigentlich Hans Saner ihn beneidete, was er für den Schulfreund vorstellte, das dieser nie erreichte –

Vater bemerkte die hilflosen Blicke von Hans Saner nicht, wenn er während einer Wanderung unvermittelt stehen blieb, mit seinen von den vielen Salzspritzen vernarbten Augen auf einen Berg, auf einen blühenden Baum sah, in der Blüte etwas entdecken musste, das ihm, Hans Saner fremd blieb, er nicht verstand und doch spürte, wie es W. bewegte, eine Begeisterung auslöste, die ihn zu anderen Dingen führte, einem Lichteinfall, einem Aufleuchten, Momenten, an denen er achtlos vorbeigegangen wäre. Er musste den Genuss, die Freude behaupten, sich so geben, als ob er sie genauso fühle wie W., dem die Blicke zu Worten wurden und der ganz unerwartet von einem kindlichen Übermut erfasst werden konnte. Hans Saner blieb nur immer ein vages Erinnern und Bemühen, selbst bei den Gigots und schweren Weinen musste er bei seinem sprachlosen Ausruf bleiben. W. dagegen konnte in Gefühlen schwelgen, und er gab genug von seinem Überschwang ab, dass Hans Saner froh war, keine der Schicksalsschläge erleben zu müssen, die es vielleicht brauchte, damit so starke Farben entstanden, die er selbst in seinem gleich bleibenden Alltag nicht kannte. Hans Saner brachte sein Leben ruhig zu Ende, nicht ohne immer wieder einmal an »Pipins Seife«, die Anekdote mit der Avocado, oder die Anrufe an den Sonnabenden zu erinnern, an denen sein Freund sich als jemanden ausgegeben hatte – Spengler Suter, der wegen eines Rohrbruchs anrief –, den es nicht gab.

Vater richtete sich auf, saß auf dem Rasenbord, der Mäher war über die Böschung hinuntergerasselt, hatte eine Schneise in das Johanniskraut geschnitten, bevor die Maschine umgekippt war und mit kindischer Ungeduld weiterlärmte. Vater war blass, als ich ihn dort fand, bedeckt von kaltem Schweiß.

– Ich bin doch schon »weg« gewesen, sagte er, so schmerzlos weg.

Und dort, in dem Dunkel, hatte es ihn endlich nicht mehr gegeben, waren die Zwänge und Ängste zu Ende, konnten die Wände der Eisspalte sich aufeinander zu bewegen, ohne seinen Blick.

Doch Vater war aus der Ohnmacht erwacht, hatte im Gras gelegen, und der Geruch des geschnittenen Rasens, das heulende Geräusch der Mähmaschine, zerrten ihn zurück auf das Rasenbord hinter dem Haus bei den Azaleen.

– Ich habe genug, sagte er. Ich will nicht mehr.

Und ich sah auf dem Röntgenbild Vaters Herz, das so groß war, dass es beinahe die ganze Brust ausfüllte, das typische Herz eines Vertreters, wie der Arzt sagte,

der neben mir stand, ungerührt, das Gesicht leicht aufgehellt von der bestätigten Vermutung: Zu viele Kilometer gefahren, und er sah auf diesen schwarzen Sack, der zuckend das Herz meines Vaters sein sollte, sagte mit einer Stimme, die gewohnt war, Dinge endgültig auszusprechen:
– Sie müssen sich auf alles gefasst machen.

Obschon Vater in den beiden letzten Jahren beständig davon redete, das Geld reiche nirgends hin, sie müssten das Haus verkaufen, was Mutter zu noch strengerer Haushaltsführung bewog, fuhren sie jeden Sommer und Winter ins Engadin, das eine und andere Mal mit Tante Doro und Onkel Ralph, denen sie sich wieder näher angeschlossen hatten, seit diese die Weberei verkauft und von dem ihnen verbliebenen Rest ein bescheidenes Dasein führten.

Vater war sich nicht wirklich bewusst, dass er in diesen letzten Ferien in die Landschaft zurückkehrte, in der er nach der Augenkrankheit ein Jahr gelebt und in der ihn die Ahnung gestreift hatte, sein Leben müsste ein Schweifen und Entdecken ganz anderer Lebensumstände sein, als sie von seiner Herkunft mit Fabriken, Maschinen und Stahl vorgegeben waren. Zwar blieben ihm Berg, Baum, See näher, als die Bauten, und Schauen bedeutete ihm das Wunderbarste, auch wenn er es manchmal vergaß. Doch jetzt, da die endgültige Dunkelheit allmählich in seine Augen stieg, dachte er nicht mehr an Sils und das Orgelspiel in der

Kirche, an die Lektüre philosophischer und wissenschaftlicher Werke. Die Gewissheit, nicht mehr lange leben zu müssen, alle Sorgen, Unsicherheiten und Ängste bald schon los zu sein, es nie wieder mit Baumaschinen, mit Hackler oder seinem Bruder »Oha« zu tun zu haben, gab Vater seinen schalkhaften Humor zurück. Er genoss das Leben, weil es endlich zu Ende ging.

Es war in dem Herbst nach dem zweiten Herzinfarkt gewesen, als ich meine Eltern in den Ferien besuchte. Ein früher Wintereinbruch hatte einen Schauer Schnee auf die Landschaft gelegt. Ich begleitete Vater, der den Weg zur Chasté, der Halbinsel im Silsersee, einschlug, heftig atmete, dass stoßweise Fetzen vom Gesicht wehten. Den Pfad über dem Ufer schritten wir hintereinander her, bis wir gegen die Spitze der Halbinsel hin, bei einer Bucht innehielten. Aus den Felsen drang der Stamm einer Föhre, ragte als ein Strang rötlicher Kraft über das Wasser, breitete die Äste aus, an denen in Büscheln die Nadeln saßen, filigrane Strahlen von Grün, aufgehellt von einem Strich Schnee über dunklem Wasser. Vater blieb stehen, schaute lange, schweigend, und ich spürte ein Würgen im Hals. Ich verstand das erste Mal wirklich, dass er nicht mehr lange da sein würde, dass in diesem Blick auch ein Abschiednehmen lag.

Als wir weitergingen, kurz danach auf ein Wegstück gelangten, das so breit war, dass wir nebeneinanderher gehen konnten, sagte er unvermittelt, als spräche er einen Gedanken aus, den er eben zu Ende gebracht hatte:

– Mach nur immer das, wozu du dich gedrängt fühlst. Geh deinen Weg, auch wenn er keinen Erfolg verspricht. Ich habe es falsch gemacht und zu oft auf andere gehört. Doch eines musst du wissen, die Baubranche ist korrupt und verbrecherisch, man hat unzählige Male versucht, mich zu bestechen, mir Schweigegelder angeboten, weil ich wusste, dass zuviel Sand im Beton war, weil ich die Betrügereien kannte, die zu einer Zeit, da zu viel und zu rasch gebaut wurde, längst Alltag waren. Du musst aber wissen, dass dein Vater ehrlich durch all die Jahre, durch dieses Dreckgeschäft, gegangen ist.

Und ich spürte, das war sein ganzer Stolz.

Nur wenige Wochen später – Vater hatte sich wider alles Erwarten gut erholt – legte er den Kopf zur Seite, als er wie jeden Abend die Nachrichten sich ansehen wollte, und war tot. Als hätte er sich abgewendet, so hat es Mutter am Telefon gesagt. Ich fuhr nach Hause, es war kalt, Mitte November, und noch immer zuckten die blauen Bilder im Fernsehgerät, seltsam aufgeregt und unwirklich. Vater saß im Stuhl. In den großen, nach Süden gerichteten Fenstern spiegelte das Wohnzimmer, reflektierten die warmen Holztöne des Plafonds, das Backsteinrot des Kamins, durch die hindurch das Dunkel des Abends drang, die stechenden

Lichtpunkte der Straßenleuchten in den verschneiten Feldern.

Kein Flimmern, kein Zittern war unter den halbgeschlossenen Lidern, die beruhigt schauten. Er war jetzt angekommen. Ich fasste die Hände, die im Schoß verschränkt lagen, und erschrak. Sie waren wärmer als die meinen.

Die Zitate zur Feder in »Die verschluckte Musik« sind gekürzt und bearbeitet übernommen aus: Adolf Portmann, Vom Wunder des Vogellebens, Piper Verlag, München 1984.

Die kursiv gedruckten Zitate in »Das schwarze Eisen« sind zum Großteil entnommen aus: Wolfgang Hager, Funken und Scheinbilder, Skizzen zu einer Genealogie der Elektrizität, S. 69–118, in: Mehr Licht, hg. VVS Saarbrücken, Merve Verlag, Berlin 1999. (Leicht verändert).

INHALT

Die Verschluckte Musik *5*

Das schwarze Eisen *299*

Die besseren Zeiten *611*

Christian Haller

Der seltsame Fremde

Roman

384 Seiten, btb 74853

Manchmal sind wir uns selbst am meisten fremd.

Clemens Lang ist ein anspruchsvoller Fotograf. Der genaue Blick für die Strudel und Untiefen der Welt ist seine Stärke. Und doch ist er sich selbst am meisten fremd. Das jedenfalls beginnt er zu begreifen, als er sich auf die Reise zu einer bedeutenden Tagung in einer weit entfernten Metropole begibt.

»Haller erreicht eine sprachliche Präzision und Eleganz, die in der Gegenwartsliteratur rar geworden sind.«
Markus Bundi, Wiener Zeitung

»Die gelassene Genauigkeit von Christian Hallers Sprache ist ihre Schönheit.«
Manfred Papst, NZZ am Sonntag

btb